La Neuvième Maison

LEIGH BARDUGO

LA NEUVIÈME MAISON

Traduit de l'anglais (États-Unis)
par Sébastien Guillot

DE SAXUS

Ceci est œuvre de fiction.
Toute ressemblance avec des personnages, organisations
ou évènements existant ou ayant existé ne serait que purement fortuite.

AVERTISSEMENT DE CONTENU

VIOLENCE, SEXE, DROGUE, VIOLENCE SEXUELLE,
LANGUAGE GROSSIER, DESCRIPTIONS EXPLICITES DE BLESSURES

La Neuvième Maison
Par Leigh Bardugo

Design par Donna Sinisgalli Noetzel

Carte par Rhys Davies

Illustration de couverture : Graphic Compressor/Shutterstock.com
Conception graphique Eilean Books LLC - Volodymyr Feshchuk

Ouvrage publié sous la direction de Sam Souibgui
Coordination et suivi éditorial : Christian Martin

À Hedwig, Nima, Em et Les —
pour les innombrables coups de main.

Note de l'autrice

Les sociétés de l'université Yale et leurs anciens élèves prestigieux sont bien réels, mais tous les personnages et événements décrits dans ces pages sont le fruit de l'imagination de l'autrice – et à ma connaissance, personne n'a jamais utilisé la magie pour truquer une élection.

Ay una moza y una moza que nonse espanta de la muerte
porque tiene padre y madre y sus doge hermanos cazados.
Caza de tre tabacades y un cortijo enladriado.
En medio de aquel cortijo havia un mansanale
que da mansanas de amores en vierno y en verano.
Adientro de aquel cortijo siete grutas hay fraguada.
En cada gruta y gruta ay echado cadenado....
El huerco que fue ligero se entró por el cadenado.

— *La Moza y El Huerco*

Il y a une fille, une fille qui ne craint pas la mort
Parce qu'elle a son père, sa mère et ses douze frères chasseurs,
Une maison de trois étages et une basse-cour,
Au milieu de la ferme, un pommier
qui donne des pommes d'amour en hiver comme en été.
Dans la ferme, il y a sept grottes,
Chacune bien cadenassée...
La mort était légère, elle est entrée par la serrure.

— *La Mort et la Fille,* ballade séfarade

UNIVERSITÉ YALE

NEW HAVEN, CT (CONNECTICUT)

1 Skull & Bones
2 Book & Snake
3 Scroll & Key
4 Manuscrit
5 Wolf's Head
6 Berzelius
7 St. Elmo
8 Le Clapier
9 Il Bastone
10 Sheffield-Sterling-Strathcona Hall
11 Rosenfeld Hall
12 École forestière
13 Bibliothèque Beinecke De Livres Rares Et Manuscrits
14 Commons
15 Vanderbilt Hall
16 Linsly-Chittenden Hall

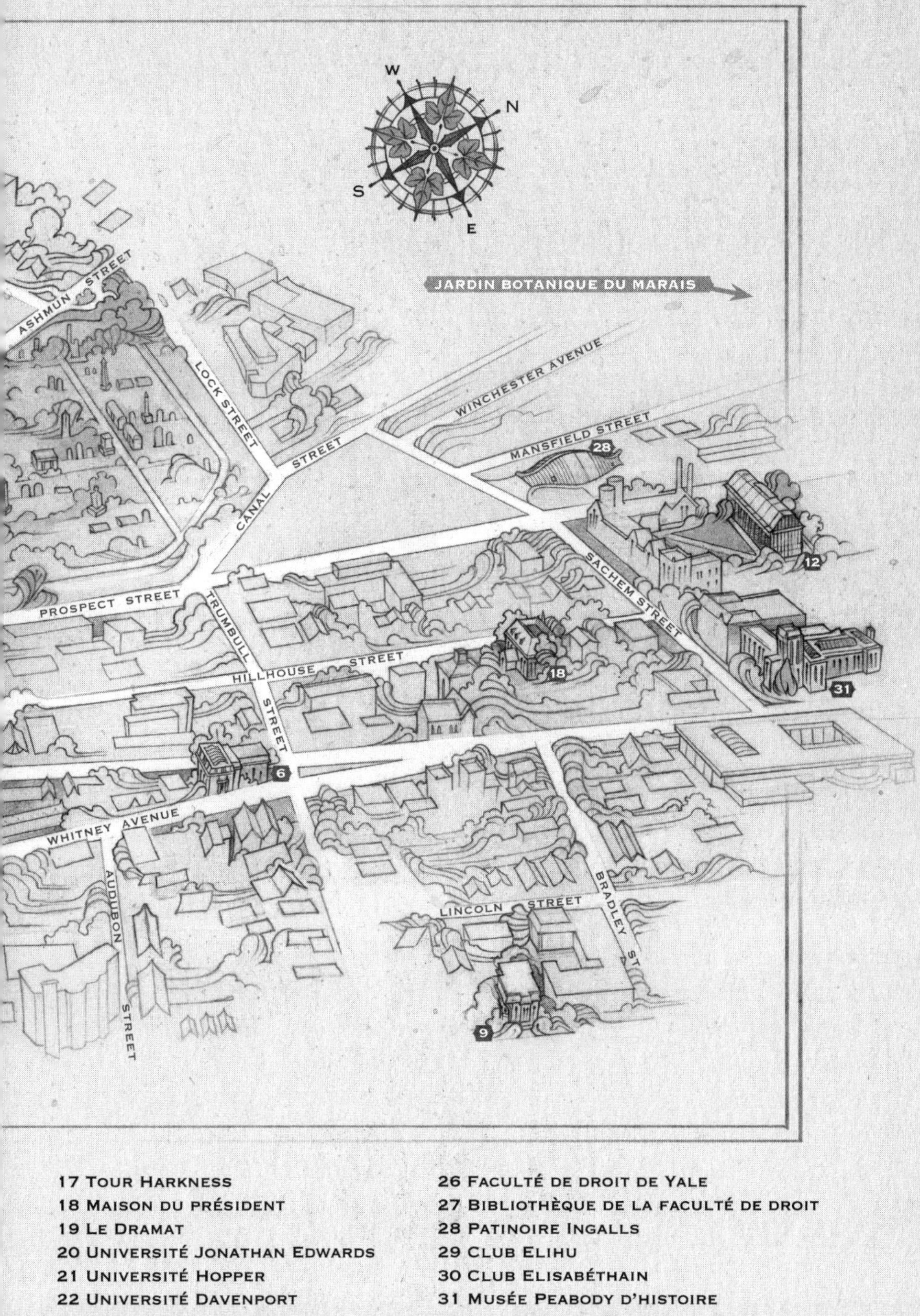

17 Tour Harkness
18 Maison du président
19 Le Dramat
20 Université Jonathan Edwards
21 Université Hopper
22 Université Davenport
23 Gymnase Payne Whitney
24 Cimetière de Grove Street
25 Bibliothèque Sterling
26 Faculté de droit de Yale
27 Bibliothèque de la faculté de droit
28 Patinoire Ingalls
29 Club Elihu
30 Club Elisabéthain
31 Musée Peabody d'histoire naturelle de Yale
32 Lieu de la mort de Tara

Prologue

Début du printemps

Le temps qu'Alex parvienne à se débarrasser du sang sur son manteau de laine, il faisait trop chaud pour le porter. Le printemps était arrivé à contrecœur ; les matinées bleu pâle se transformaient en après-midi humides, maussades, des congères tenaces s'obstinaient à border les routes. Vers la mi-mars, cependant, des lopins de pelouse firent leur apparition autour des chemins de pierre d'Old Campus – une herbe noire, humide, *touffue*. La jeune femme était à ce moment-là scotchée au dernier étage du 268 York Street, les *Critères de Recrutement du Léthé* en main.

Sa lecture était régulièrement entrecoupée par le carillon d'une sonnerie – celle du magasin de vêtements du rez-de-chaussée. Les membres du Léthé avaient donné un petit surnom affectueux à ce logement clandestin : ils l'appelaient le Clapier. L'espace commercial situé en dessous avait accueilli, selon les époques, un commerce de chaussures, une boutique de matériel de camping, et une supérette ouverte vingt-quatre heures sur vingt-quatre – avec son propre comptoir *Taco Bell*. Les journaux du Léthé datant de ces années-là étaient remplis de pages se plaignant de la puanteur des haricots frits et des oignons grillés qui remontait par le sol – jusqu'en 1995, date à laquelle quelqu'un avait enchanté le Clapier et l'escalier de service donnant sur l'allée pour leur conférer une odeur permanente d'adoucissant et de clou de girofle.

Alex avait découvert les directives de la Maison Léthé au cours des semaines brumeuses ayant suivi l'incident du manoir d'Orange Street. La jeune femme n'avait depuis lors consulté ses e-mails qu'une seule fois sur l'antique PC du Clapier ; découvrant la longue série de messages que lui avait envoyés le doyen Sandow, elle s'était empressée de se déconnecter. Elle avait laissé la batterie de son portable se décharger, séché les cours, regardé les bourgeons se transformer en feuilles sur les arbres qu'elle voyait par la fenêtre. Elle avait mangé tout ce que contenaient le garde-manger et le congélateur – les fromages de luxe et le saumon fumé pour commencer, puis les conserves (des « rations d'urgence », à en croire les étiquettes collées dessus) de haricots et de pêches au sirop. Quand les stocks s'étaient épuisés, elle avait commencé à commander compulsivement des plats à emporter, se servant du compte toujours actif de Darlington pour les payer. Descendre et monter des escaliers la fatiguaient suffisamment pour qu'il lui faille se reposer avant de s'attaquer à son déjeuner ou à son dîner ; parfois Alex ne se donnait même pas la peine de manger quoi que ce soit : elle s'endormait simplement devant la fenêtre ou même par terre, à côté des sacs en plastique et des récipients enveloppés de papier d'aluminium. Personne ne passait la voir. Il ne *restait* plus personne.

Imprimée sur du papier bon marché, la brochure était reliée avec des agrafes. Il y avait une photo en noir et blanc de la tour Harkness sur la couverture, avec la phrase *Nous sommes les Bergers* imprimée dessous. Alex doutait que les fondateurs de la Maison Léthé aient eu Johnny Cash en tête lorsqu'ils avaient choisi leur devise, mais chaque fois que ces mots lui passaient devant les yeux elle pensait à Noël, au vieux matelas du squat de Len, au quartier de Van Nuys, à une conserve de sauce à la canneberge à moitié mangée abandonnée par terre, et à Johnny Cash qui chantait : « *Nous sommes les bergers, nous avons franchi les montagnes. Nous avons quitté nos troupeaux quand la nouvelle étoile est apparue.* » Elle songea à Len, le revit se retourner, glisser sa main sous sa chemise et lui murmurer à l'oreille : « Ce sont vraiment des bergers de merde ».

Les directives destinées aux candidats de la Maison Léthé se trouvaient en fin de brochure ; la dernière fois qu'elles avaient été mises à jour remontait à 1962.

> *D'excellents résultats scolaires, notamment en histoire et en chimie.*
>
> *Des facilités en langues, une bonne connaissance du latin et du grec. Une santé physique et une hygiène irréprochables. Preuves d'un programme régulier d'exercices physiques encouragées.*
>
> *Montre des signes de stabilité et une propension manifeste à la discrétion.*
>
> *Un intérêt pour l'ésotérique est découragé, car cela indique fréquemment une tendance à la « marginalité ».*
>
> *Ne doit faire preuve d'aucune sensiblerie à l'égard des réalités du corps humain.*
>
> *MORS VINCIT OMNIA.*

Alex – dont la connaissance du latin était loin d'être *bonne* – en chercha la signification : La mort triomphe de tout. Mais quelqu'un avait griffonné *irrumat* au stylo bleu par-dessus *vincit*, effaçant presque le mot original.

Sous les prérequis du Léthé se trouvait un addendum : *Ces normes ont été assouplies en deux occasions : pour Lowell Scott (licence de lettres, 1909), et pour Sinclair Bell Braverman (aucun diplôme, 1950), avec des résultats mitigés.*

Une autre note avait été ajoutée dans la marge à cet endroit, clairement de la main de Darlington – un gribouillage irrégulier évoquant un ECG : *Alex Stern*. Elle songea au sang qui imprégnait le tapis du vieux manoir des Anderson. Songea au doyen – au blanc improbable de son fémur qui sortait de sa cuisse, à la puanteur des chiens sauvages qui emplissait l'air.

Alex reposa le reste de ses falafels froids, s'essuya les mains sur son survêtement Maison Léthé. Boita jusqu'à la salle de bains, ouvrit le flacon de zolpidem et plaça un comprimé sous sa langue. Elle mit sa main en coupe sous le robinet, se perdit dans la contemplation de l'eau qui s'écoulait sur ses doigts, écouta le son sinistre généré par le tuyau d'évacuation. *Ces normes ont été assouplies en deux occasions.*

Cela faisait des semaines qu'elle ne s'était pas regardée dans un miroir. La jeune femme couverte de bleus qui lui faisait face souleva son débardeur, effleura le coton maculé de pus. Son flanc ressemblait à une motte de gazon retournée, à une croûte noire. La morsure avait laissé une courbe visible qui guérirait certainement mal, elle le savait – pour peu que ça guérisse un jour. Sa carte avait été modifiée. Son littoral transformé. *Mors irrumat omnia.* La mort nous baise tous.

Alex passa doucement ses doigts sur la peau rouge et chaude qui entourait les marques de dents. La blessure était en train de s'infecter. Elle en éprouva une sourde inquiétude, stimulée par son instinct de conservation; mais l'idée de décrocher le téléphone, de se faire conduire au centre de santé des premiers cycles – chaque séquence d'actions engendrant de *nouvelles* actions – lui paraissait insurmontable; et puis, elle en était venue à trouver presque agréables les élancements qui parcouraient son corps. Peut-être allait-elle avoir de la fièvre, et commencerait-elle bientôt à avoir des hallucinations.

Elle considéra ses côtes; les veines bleues qui couraient sous ses contusions, pareilles à des lignes électriques. Ses lèvres étaient couvertes de gerçures. Elle songea à son nom inscrit dans les marges de la brochure – la troisième *exception.*

« Des résultats pour le moins mitigés », fit-elle, surprise par le timbre rauque de sa voix. Alex éclata de rire – et la canalisation parut comme accompagner ses gloussements. Peut-être avait-elle *déjà* de la fièvre.

À la lumière des néons de la salle de bains, elle agrippa le pourtour de la morsure et pinça la chair entourant ses points de suture jusqu'à ce que la douleur l'ait enveloppée telle une cape; la jeune femme accueillit avec reconnaissance la perte de conscience qui s'ensuivit.

Cette scène se passait au printemps. Mais les ennuis avaient commencé au beau milieu d'une nuit d'hiver, avec la mort de Tara Hutchins; Alex pensait encore s'en sortir impunément à ce moment-là.

La Skull & Bones, la plus ancienne des sociétés propriétaires, première des huit Maisons du Voile, fondée en 1832. Les Bonesmen peuvent se vanter d'avoir compté dans leurs rangs davantage de présidents, d'éditeurs, de capitaines d'industrie et de ministres que n'importe quelle autre société (voir l'annexe C pour une liste complète des anciens élèves) – et « se vanter » apparaît vraiment comme le mot juste. Les Bonesmen sont conscients de leur influence, ils s'attendent à ce que les délégués du Léthé fassent preuve de déférence à leur égard. Ils feraient bien de se souvenir de leur propre devise : Riches ou pauvres, tous sont égaux dans la mort. Conduisez-vous avec la discrétion et la diplomatie qu'impose votre fonction au sein du Léthé, mais n'oubliez jamais que notre devoir n'est pas de renforcer la vanité de la fine fleur de Yale, mais de nous dresser entre les vivants et les morts.

— extrait de *La Vie du Léthé : Procédures et Protocoles de la Neuvième Maison*

Les Bonesmen se prennent pour des titans parmi les ratés – voyez-vous ça. Mais qui suis-je pour pinailler, quand l'alcool est fort et les filles jolies ?

— Journal de George Petit,
alors membre du Léthé *(Université Saybrook, 1956)*

1

Hiver

Alex traversait en hâte la large surface quasi extraterrestre de la Beinecke Plaza ; ses bottes en martelaient bruyamment les carrés de béton immaculé. Le cube géant de la collection de livres rares semblait comme flotter au-dessus de son étage inférieur. Ses panneaux scintillaient d'une lueur ambrée pendant la journée – l'endroit évoquait alors une ruche brunie, moins une bibliothèque qu'un temple. La nuit, il ressemblait bien davantage à un tombeau. Cette partie du campus détonnait quelque peu par rapport au reste de Yale – pas de pierre grise ou d'arches gothiques ici, pas de petits affleurements rebelles de brique rouge, d'un style faussement colonial à en croire Darlington. Il lui avait expliqué pourquoi la bibliothèque Beinecke avait été construite ainsi : pour s'insérer dans l'architecture moderne de ce coin de campus – mais cela lui donnait toujours l'impression de se retrouver dans un film de science-fiction des années soixante-dix. Elle s'attendait à voir apparaître des étudiants vêtus de collants ou de tuniques trop courtes, occupés à siroter une boisson baptisée *Extrait* ou à manger d'improbables boulettes. Même la grande sculpture métallique – d'Alexander Calder, elle le savait à présent – lui rappelait une lampe à lave géante en négatif.

« C'est juste *une* Calder », grommela-t-elle entre ses dents. C'était ainsi qu'on parlait d'art, ici. On virait systématiquement le *de*. La sculpture est une Calder. La peinture une Rothko. La maison une Neutra.

Et Alex était en retard. Elle avait commencé la nuit pleine de bonnes intentions, déterminée à venir à bout de son essai sur le roman britannique moderne avant d'arriver – en avance – à la pronostication. Mais elle s'était endormie dans une des salles de lecture de la bibliothèque Sterling, un exemplaire de *Nostromo* en main, ses pieds posés sur un conduit de chauffage. La jeune femme s'était réveillée en sursaut à dix heures et demie, la joue collante de bave. Un « Merde ! » sonore avait aussitôt brisé le silence des lieux; le visage enfoui dans son foulard, son sac en bandoulière, Alex s'était alors empressée de prendre la fuite.

À présent, elle coupait par Commons, sous la rotonde où s'alignaient dans le marbre les noms des victimes de la guerre, sous la garde de silhouettes de pierre – Paix, Dévotion, Mémoire, et enfin Courage, en tout et pour tout vêtue d'un casque et d'un bouclier, de sorte qu'Alex y voyait davantage une strip-teaseuse qu'une femme en deuil. Elle descendit quatre à quatre les marches, traversa l'intersection de College Street et de Grove.

Le campus avait le don de changer de visage d'heure en heure et d'un quartier au suivant, de sorte qu'Alex avait toujours l'impression de le découvrir pour la première fois. Ce soir-là, il lui évoquait un somnambule, à la respiration profonde, régulière. Les personnes qu'elle croisait sur son chemin semblaient comme enfermées dans un rêve – les yeux dans le vague, leurs visages à moitié dissimulés par la vapeur s'élevant des tasses de café qu'elles tenaient dans leurs mains gantées. Elle avait l'impression étrange de faire partie de leurs rêves, d'être une fille en manteau sombre qui disparaîtrait à leur réveil.

Le Sheffield-Sterling-Strathcona Hall somnolait également : les salles de cours étaient fermées, les couloirs éclairés par des LED économes en énergie. Alex monta au premier par les escaliers, entendit des bruits en provenance d'une des salles de conférences. Le Yale Social y présentait des films tous les jeudis soir. Mercy avait collé l'horaire à la porte de leur résidence universitaire, mais Alex ne s'était pas donné la peine d'y jeter un œil. Ses jeudis soir étaient bien remplis…

Avachi contre le mur juste à côté des portes de la salle de conférences, Tripp Helmuth accueillit Alex d'un hochement de tête empreint de lassitude. Malgré les lumières tamisées, la jeune femme voyait sans peine que ses yeux étaient injectés de sang. Sans doute avait-il fumé avant de se pointer ce soir. Ce qui expliquait peut-être pourquoi les anciens de la Skull & Bones l'avaient choisi pour monter la garde. À moins qu'il ne se soit porté volontaire.

« Tu es en retard, lui lança-t-il. Ils ont commencé. »

Ignorant sa remarque, Alex lança un coup d'œil par-dessus son épaule pour s'assurer que le couloir était vide. Elle ne devait aucune excuse à Tripp Helmuth – et lui en faire passerait pour un aveu de faiblesse. Elle enfonça son pouce dans une encoche à peine visible dans le lambris. Le mur était censé se mouvoir sans à-coups, mais il restait toujours coincé. Elle le poussa de l'épaule, trébucha lorsqu'il s'ouvrit d'un coup.

« Tout doux, tueuse », fit Tripp.

Après avoir refermé derrière elle, Alex entreprit de longer l'étroit passage plongé dans la pénombre.

Malheureusement, Tripp avait raison: la pronostication avait déjà commencé. Alex entra aussi discrètement que possible dans l'ancienne salle d'opération.

Il s'agissait d'une pièce sans fenêtre, prise en sandwich entre l'amphithéâtre et une salle de cours que les étudiants de troisième cycle utilisaient pour des sessions de discussion. C'était un vestige oublié de l'ancienne école de médecine – dont les cours s'étaient tenus ici avant qu'elle ne déménage dans ses propres bâtiments. Les responsables du trust qui finançait la Skull & Bones avaient scellé l'entrée de la salle et fait installer de nouveaux lambris pour la dissimuler aux environs de 1932. Autant de faits qu'Alex avait glanés dans *Le Léthé: un Héritage*, alors qu'elle aurait sans doute mieux fait de lire *Nostromo*.

Personne ne lui accorda le moindre regard. Tous les yeux étaient fixés sur l'Haruspice, au visage maigre dissimulé derrière un masque chirurgical, aux robes bleu pâle éclaboussées de sang. Ses mains gantées de latex parcouraient méthodiquement les intestins du – patient? Sujet? Sacrifice? Alex n'était pas sûre du terme qui s'appliquait à l'homme allongé sur la table. Pas « sacrifice ». *Il est censé survivre*. S'en assurer faisait partie de son travail: une fois cette épreuve terminée, elle ferait en sorte qu'on le ramène dans le service hospitalier auquel on l'avait arraché. *Mais qu'est-ce qu'il sera devenu dans un an?* se demanda-t-elle. *Dans cinq?*

Alex considéra l'individu: Michael Reyes. Elle avait lu son dossier quinze jours plus tôt, lorsqu'il avait été sélectionné pour le rituel. Des clips en acier retenaient les replis de son estomac, de sorte que son abdomen ressemblait à une fleur – une orchidée rose bien charnue, rouge en son centre. *Dites-moi que ça ne laisse pas de marque*. Mais elle avait aussi son propre avenir à considérer. Reyes allait devoir se débrouiller.

Alex détourna les yeux, essaya de respirer par le nez; son estomac s'agitait, et une salive cuivrée avait commencé à inonder sa bouche. La jeune femme avait déjà vu plein de blessures graves, mais toujours sur des morts. Sur un vivant, un corps humain que seuls les bips métalliques réguliers d'un moniteur rattachaient à la vie, elles prenaient une dimension bien plus dramatique. Elle avait du gingembre confit en cas des nausées – un des tuyaux de Darlington –, mais n'arrivait pas à se résoudre à le sortir de sa poche.

Les yeux à moitié dans le vague, elle écoutait l'Haruspice égrener une série de chiffres et de lettres – des symboles boursiers, et le cours des actions d'innombrables sociétés cotées à Wall Street. Plus tard dans la nuit, il passerait au NASDAQ, à Euronext et aux marchés asiatiques. Alex ne se donna même pas la peine d'essayer de les déchiffrer. Les ordres d'achat ou de vente étaient donnés dans un néerlandais impénétrable – le langage du commerce, celui de la première bourse datant de la fondation de New York, et la langue officielle des Bonesmen. Lorsque la Skull & Bones avait été fondée, il y avait trop d'étudiants qui parlaient le grec et le latin. Leurs transactions nécessitaient quelque chose de plus *obscur*.

« Le néerlandais est plus difficile à prononcer, lui avait expliqué Darlington. Et puis, ça donne aux Bonesmen une excuse pour visiter Amsterdam. » Bien sûr, Darlington connaissait le latin, le grec et le néerlandais. Il parlait également français, mandarin, et se débrouillait en portugais. Alex venait de commencer l'espagnol en deuxième langue. Entre les cours qu'elle avait reçus à l'école primaire et le méli-mélo de dictons ladinos de sa grand-mère, la jeune femme avait espéré s'en sortir les doigts dans le nez, négligeant ainsi des choses telles que le subjonctif. En réalité, elle savait – tout juste – demander si Gloria était partante pour une soirée en boîte de nuit.

Une rafale de tirs étouffés traversa le mur qui les séparait de la salle de projection. L'Haruspice leva les yeux de l'intestin grêle de Michael Reyes, visiblement irrité.

Scarface, s'avisa Alex, alors même que la musique s'amplifiait et qu'un chœur de voix agressives tonnait à l'unisson : « Tu me cherches ? D'accord. Tu veux jouer les durs ? » Le public réagissait comme s'il s'était agi du *Rocky Horror Picture Show*. La jeune femme avait dû voir *Scarface* une bonne centaine de fois. C'était un des films préférés de Len. Celui-ci était terriblement prévisible en la matière, il adorait tout ce qui était *violent* – à croire qu'il avait reçu un kit « Comment être un gangster » par la poste. Quand ils avaient rencontré Hellie près de la promenade de Venice, Alex avait immédiatement pensé à Michelle Pfeiffer vêtue de son fourreau en satin – avec ses cheveux dorés formant comme un rideau ouvert pour le théâtre de ses grands yeux bleus. Ne lui manquait plus que la petite frange. Mais Alex ne voulait pas penser à Hellie ce soir – pas avec la puanteur du sang qui imprégnait l'atmosphère. Len et Hellie appartenaient à son ancienne existence. Ils n'avaient pas leur place à Yale. Mais bon, Alex non plus.

Malgré ces souvenirs, elle accueillait avec reconnaissance

n'importe quel bruit susceptible de couvrir les sons humides que l'Haruspice produisait en tripatouillant les intestins de Michael Reyes. Que voyait-il là-dedans? À en croire Darlington, les pronostications ne différaient en rien d'une lecture dans un jeu de tarot ou une poignée d'os d'animaux. Mais le *spectacle* était différent, par contre – pour le moins. Et la procédure semblait autrement plus précise. *Quelqu'un pense à vous. Vous trouverez le bonheur dans l'année à venir.* Voilà le genre de choses que lâchaient les voyants – des choses vagues, réconfortantes.

Alex considéra les Bonesmen encapuchonnés attroupés autour de la table, le Scribe – un étudiant de premier cycle – occupé à prendre note des prédictions qui seraient ensuite transmises dans le monde entier à des gestionnaires de fonds spéculatifs et à des investisseurs privés, de manière à assurer la sécurité financière de la Skull & Bones et de ses anciens élèves. D'anciens présidents, des diplomates, au moins un directeur de la CIA – tous des Bonesmen. Alex songea à Tony Montana, occupé à faire trempette dans son jacuzzi : « Tu sais ce qu'est le capitalisme ? » Elle lança un coup d'œil au corps de Michael Reyes, allongé sur le ventre. *Tony, tu n'en as pas la moindre idée.*

Un léger mouvement sur les bancs surplombant l'endroit où se déroulait l'opération. La salle accueillait deux Gris qui s'asseyaient toujours aux mêmes places, à quelques rangées l'un de l'autre : une malade mentale qui s'était fait retirer les ovaires et l'utérus lors d'une hystérectomie en 1926 – l'intervention lui aurait coûté six dollars si d'aventure elle avait survécu ; ainsi qu'un homme, un étudiant en médecine. Il était mort de froid dans une fumerie d'opium à des milliers de kilomètres de là, vers 1880, mais il revenait toujours s'asseoir ici, sur son ancien siège, pour observer les vivants qui s'affairaient en contrebas. Des pronostications n'y étaient effectuées que quatre fois par an, au début de chaque trimestre fiscal, mais cela semblait lui suffire.

Darlington aimait à dire qu'avoir affaire à des fantômes, c'était comme prendre le métro : *N'établissez pas de contact visuel. Ne souriez pas. N'entamez pas de conversation. Dans le cas contraire, vous ne savez jamais ce qui risque de vous raccompagner chez vous.* Plus facile à dire qu'à faire quand la seule autre chose à regarder dans la pièce était un homme occupé à jouer avec les entrailles d'un autre homme comme s'il s'agissait de tuiles de mah-jong.

Alex se remémora la réaction choquée de Darlington lorsqu'il avait compris qu'elle pouvait non seulement voir les fantômes sans l'aide d'une potion ou d'un sort, mais aussi les voir en *couleur*. Ça l'avait rendu étrangement furieux – ce qu'elle n'avait pas manqué d'apprécier.

« Quels genres de couleurs ? » lui avait-il demandé en faisant glisser ses pieds de la table basse. Ses lourdes bottes noires s'étaient abattues sur les lattes du salon d'Il Bastone.

« Juste en couleur. Comme un vieux Polaroïd. Pourquoi ? Qu'est-ce que vous voyez, vous ?

— Du gris, avait-il rétorqué. C'est pour ça qu'on les appelle des Gris. »

Elle avait haussé les épaules, consciente que sa nonchalance allait l'irriter un peu plus encore. « Ce n'est pas très important.

— Parlez pour vous », avait-il rétorqué, avant de s'éloigner d'un pas lourd. Il avait passé le reste de la journée dans la salle d'entraînement, à noyer sa mauvaise humeur dans la sueur.

Cela l'avait emplie de suffisance – elle se réjouissait de voir que tout ne lui tombait pas tout cuit dans la bouche. Mais présentement, alors même que la jeune femme arpentait le périmètre de la salle pour vérifier les petites marques inscrites à la craie à chaque point cardinal, elle se sentait juste nerveuse, insuffisamment préparée – comme depuis son arrivée sur le campus. Non, ça avait commencé plus tôt : au moment où le doyen Sandow s'était assis à côté de son lit d'hôpital, pour tapoter ses menottes de ses doigts jaunis par la nicotine et lui lancer : « Nous avons une opportunité à vous proposer. » Mais c'était là l'ancienne Alex. L'Alex de Hellie et de Len. L'Alex de Yale n'avait jamais porté de menottes, elle ne s'était jamais battue, n'avait jamais baisé avec un étranger dans une salle de bains flippante pour payer la dose de son petit ami. L'Alex de Yale galérait, mais ne se plaignait pas. C'était une jeune fille sage, qui s'efforçait de suivre.

Avec un succès tout relatif. Elle aurait dû venir plus tôt pour superviser la confection des signes et s'assurer que le cercle était sécurisé. Des Gris aussi vieux que ceux qui occupaient les gradins surplombant la pièce n'avaient pas tendance à causer des ennuis, même quand le sang venait titiller leurs narines fantomatiques – mais les pronostications s'appuyaient sur une magie puissante, et son travail consistait à vérifier que les Bonesmen suivaient les procédures appropriées, qu'ils restaient *prudents*. La jeune femme jouait la comédie, cependant. Elle avait passé la nuit précédente à bachoter, à essayer de mémoriser les signes corrects et les bonnes proportions de craie, de charbon et d'os. Alex avait même fait des *fiches*, bordel de merde, qu'elle s'était forcée à mémoriser entre deux pense-bêtes sur Joseph Conrad.

Les marques lui paraissaient correctement réalisées – mais bon, elle connaissait ses signes de protection à peu près aussi bien que le roman britannique moderne. Quand elle avait assisté à la pronostication du trimestre d'automne avec Darlington, la jeune femme avait-elle vraiment prêté attention à ce qui se passait ? Non. Trop occupée à sucer des bonbons au gingembre, à se remettre de l'étrangeté de la scène – et à prier pour ne pas s'humilier en vomissant. Elle pensait alors avoir tout le temps d'apprendre, sous la supervision de Darlington. Mais tous deux s'étaient trompés.

« Voorhoofd ! » lança l'Haruspice ; une rousse s'approcha immédiatement de lui. Melinda ? Miranda ? Alex n'arrivait pas à se rappeler son nom, mais elle faisait partie d'un groupe féminin *a cappella*, les *Divas du Rythme*. La fille tapota le front de l'Haruspice avec un tissu blanc, puis retourna se fondre dans le groupe de Bonesmen.

Alex s'efforçait de ne pas regarder l'homme allongé sur la table, mais ses yeux plongèrent quand même vers son visage. *Michael Reyes, quarante-huit ans, diagnostiqué schizophrène paranoïaque.* Allait-il se souvenir de quoi que ce soit à son réveil ? Est-ce qu'il passerait pour un fou quand il essaierait d'en parler à quelqu'un ? Alex était bien placée pour savoir comment les choses se passaient dans ce genre de circonstances. *Ça pourrait être moi sur cette table.*

« Les Bonesmen les aiment aussi tarés que possible, lui avait dit Darlington. Ils pensent que ça donne de meilleures prédictions. » Quand elle lui avait demandé pourquoi, il s'était borné à répondre : « Plus la *victima* est folle, plus elle est proche de Dieu.

— Vraiment ?

— "Ce n'est qu'à travers le mystère et la folie que l'âme se révèle" », avait-il cité, avant de hausser les épaules. « Leurs soldes bancaires tendent à leur donner raison.

— Et ça ne nous pose pas de problème ? Que des gens se fassent ouvrir pour permettre à M'sieur Rupin de redécorer sa résidence secondaire ?

— Jamais rencontré de Rupin, avait-il rétorqué. Mais je ne perds pas espoir. » Après quoi il avait marqué une pause au beau milieu de l'armurerie, le visage grave. « Rien ne pourra jamais arrêter cela. Il y a trop de gens puissants qui dépendent des petits miracles qu'accomplissent les sociétés. Avant l'existence du Léthé, personne ne montait la garde. Vous avez le choix : soit vous continuez vos bêlements futiles - auquel cas vous pouvez dire adieu à votre bourse d'études –, soit vous restez ici, pour améliorer autant que possible les choses en faisant votre boulot. »

Même à ce moment-là, elle s'était demandé si ce n'était pas là qu'une partie de l'histoire - si l'envie de *tout* savoir qui animait Darlington ne le liait pas au Léthé aussi sûrement que son sens du devoir. Mais elle s'était tue à l'époque, et comptait bien en faire de même présentement.

Ils avaient déniché Michael Reyes sur un lit de l'hôpital Yale New Haven. C'était *a priori* un patient tout ce qu'il y avait de plus banal : un vagabond, le genre à passer par les services psychologiques, les urgences, puis par la case prison avant de redisparaître dans la nature. Il avait un frère dans le New Jersey, enregistré comme son plus proche parent, et qui avait donné son autorisation pour une intervention médicale soi-disant de routine destinée à rafistoler un intestin abîmé.

Reyes était suivi par une seule infirmière, Jean Gatdula, qui avait déjà travaillé trois nuits d'affilée. Elle n'avait ni bronché ni fait d'histoires quand, après ce qui ressemblait à une erreur de planning, on lui avait collé deux soirées supplémentaires dans le service. Cette semaine-là, ses collègues avaient peut-être remarqué, ou pas, qu'elle venait toujours au boulot, lestée d'un énorme sac à main. Dans lequel était rangée une petite glacière, qu'elle utilisait pour transporter les repas de Michael Reyes : un cœur de colombe pour la lucidité, des racines de géranium, et un plat d'herbes amères. Gatdula n'avait pas la moindre idée de l'effet qu'avait cette nourriture, ou du destin qui attendait Michael Reyes, pas plus qu'elle ne savait ce qu'il advenait des patients « spéciaux » dont elle s'occupait. L'infirmière ne savait même pas pour qui elle travaillait – mais une fois par mois, elle recevait un chèque bien utile pour combler les dettes de jeu que son époux accumulait aux tables de black-jack de Foxwoods.

Alex n'aurait su dire si c'était son imagination, ou si elle pouvait vraiment sentir l'odeur du persil moulu qui mouchetait les entrailles de Reyes – mais son estomac lui envoya un nouvel avertissement. Toute transpirante sous ses couches de vêtements, elle se sentait sur le point d'étouffer. La salle d'opération était maintenue à une température glaciale, et bénéficiait de bouches d'aération indépendantes du reste du bâtiment, mais les énormes halogènes portables utilisés pour éclairer ce genre d'interventions n'en dégageaient pas moins beaucoup de chaleur.

Un faible gémissement se fit alors entendre. Le regard d'Alex se tourna aussitôt vers Michael Reyes, l'esprit envahi d'une image des plus horribles : le malheureux se réveillant pour se retrouver attaché à une table, entouré de personnages cagoulés, ses entrailles *sorties* de son ventre. Mais il avait les yeux fermés, et sa poitrine se soulevait selon un rythme régulier. Le geignement s'éternisait, plus fort à présent. Quelqu'un d'autre se sentait peut-être malade ? Mais aucun des Bonesmen ne semblait ébranlé. Leurs visages luisaient telles des lunes studieuses dans la pénombre de la salle, et leurs yeux restaient rivés sur le spectacle qui s'offrait à eux.

Le geignement continuait à s'amplifier, tel un vent agité qui aurait traversé la pièce pour rebondir sur le bois sombre des murs. *Pas de contact visuel direct*, se rappela Alex. *Borne-toi à vérifier que les Gris sont*… Elle étouffa un grognement de surprise.

Les Gris n'étaient plus sur leurs sièges.

Ils étaient collés à la balustrade entourant la salle d'opération, leurs doigts agrippés au bois, le cou tendu, leur corps irrésistiblement attiré par le cercle de craie. On eût dit des animaux s'efforçant de boire à un abreuvoir inaccessible.

Ne regardez pas. La voix de Darlington, sa mise en garde. *Ne regardez pas de trop près*. C'était si facile pour un Gris de tisser un lien, de s'attacher à quelqu'un. Et Alex courait maintenant un danger d'autant plus grand qu'elle connaissait déjà l'histoire de ceux-là. Ils erraient là depuis si longtemps que des générations de délégués du Léthé avaient consigné leur passé. Mais leurs noms avaient été effacés de tous les documents.

« Si un nom vous est inconnu, lui avait expliqué Darlington, vous ne pouvez pas le *penser* – ce qui vous épargne la tentation de le prononcer. » Un nom, c'était une sorte d'intimité.

Ne regardez pas. Mais Darlington n'était pas là.

La Grise était complètement nue, avec de petits seins ridés par le froid – comme ils avaient dû l'être au moment de sa mort. Elle leva une main vers son ventre, effleura tendrement la plaie ouverte qui s'y trouvait, telle une femme indiquant timidement qu'elle attend un enfant. Personne ne l'avait recousue. Le garçon – car c'était un garçon, maigre, aux traits délicats – portait une veste vert bouteille en sale état ainsi qu'un pantalon taché. Les Gris arboraient toujours l'aspect qu'ils avaient au moment de leur trépas. Mais les voir ainsi côte à côte, l'un nu, l'autre vêtu, avait quelque chose d'obscène.

Tous les muscles des Gris étaient tendus, leurs yeux grands ouverts, leurs lèvres entrebâillées. Les trous noirs de leurs bouches étaient pareils à des cavernes, desquelles sortait cette triste mélopée – nullement un gémissement, plutôt un son mat, *inhumain*, qui rappela à Alex le nid de guêpes qu'elle avait trouvé un été dans le garage situé sous l'appartement de sa mère, le bourdonnement abrutissant de ces insectes dans la pénombre.

L'Haruspice continuait à parler en néerlandais. Un autre Bonesman porta un verre d'eau aux lèvres du Scribe sans qu'il ne cesse ses transcriptions. L'odeur de sang, d'herbes et de merde imprégnait l'air ambiant.

Les Gris progressaient en arc de cercle, un centimètre après l'autre, tous tremblants, lèvres distendues, leurs bouches trop larges à présent – à croire que leurs mâchoires s'étaient décrochées. Toute la pièce semblait vibrer.

Mais seule Alex pouvait les voir.

C'était pour cette raison que le Léthé l'avait conduite ici, que le doyen Sandow s'était fait violence pour pactiser avec une fille menottée. Alex n'en balaya pas moins les lieux du regard, dans l'espoir que quelqu'un d'autre comprenne, de trouver une aide quelconque.

Elle recula d'un pas. Son cœur battait la chamade. Les Gris étaient dociles, inattentifs – surtout ceux d'un âge aussi canonique. Du moins Alex le croyait-elle. Était-ce là une des leçons que Darlington n'avait pas eu le temps de lui enseigner ?

La jeune femme se creusa la tête en quête des quelques incantations qu'il lui avait apprises le semestre précédent, des sorts de protection. À la rigueur, elle pouvait utiliser les mots de mort – mais allaient-ils fonctionner sur des Gris dans cet état ? Elle aurait dû mettre du sel dans ses poches, des caramels pour les distraire, n'importe quoi. *Des trucs de base*, lui murmurait Darlington en son for intérieur. *Faciles à maîtriser.*

Le bois commençait à se courber et à craquer sous les doigts des Gris. La chanteuse rousse leva les yeux, incapable de comprendre d'où venaient ces bruits.

La rambarde allait voler en éclats. Les signes n'avaient pas dû être réalisés correctement ; le cercle de protection n'allait pas tenir. Alex considéra les Bonesmen inutiles qui l'entouraient, leurs vêtements ridicules. Si Darlington avait été là, il serait resté se battre pour contenir les Gris et assurer la sécurité de Reyes.

Les halogènes faiblirent, victime de quelque surtension.

« Va te faire foutre, Darlington » grommela Alex, qui tournait déjà les talons pour prendre la fuite.

Boum.

La pièce se mit à trembler. Alex trébucha. L'Haruspice lui lança un regard noir, tout comme le reste des Bonesmen.

Boum.

Le bruit d'une chose venue de l'autre monde. *Grosse.* Une chose qu'il ne fallait pas laisser passer.

« Notre Dante serait-il ivre ? » marmonna l'Haruspice.

Boum.

Alex ouvrit la bouche pour crier, pour les exhorter à fuir avant que ne cède ce qui retenait cette créature.

Les gémissements se turent d'un coup, tel un génie qui se retrouverait enfermé dans sa bouteille. Le moniteur se mit à biper. Les lampes à bourdonner.

Les Gris avaient rejoint leurs sièges ; ils ne lui prêtaient pas la moindre attention.

Le chemisier d'Alex collait à sa peau sous son manteau – il était détrempé de sueur. La jeune femme sentait l'odeur de sa propre peur envahir ses narines. Les néons, d'une blancheur aveuglante, continuaient à briller ; la salle diffusait de la chaleur tel un organe gorgé de sang. Le spectacle touchait à sa fin, sous le regard interdit des Bonesmen.

Alex voyait l'endroit où les Gris avaient agrippé la rampe : le bois y formait des éclats écartés comme des soies de maïs.

« Désolée. » Elle plia les genoux et vomit sur le sol en pierre.

Il était presque trois heures du matin quand Michael Reyes retrouva enfin son intégrité physique. La plupart des Bonesmen, y compris l'Haruspice, étaient partis depuis longtemps pour se purifier du rituel et se préparer à une fête d'anthologie censée se poursuivre une bonne partie du lendemain.

L'Haruspice avait le choix : retourner directement à New York, sur la banquette en cuir crème d'une Town Car noire, ou bien rester pour les festivités et faire son choix parmi de jeunes étudiants – filles ou garçons – consentants, ou les deux. Alex avait cru comprendre que « s'occuper » de l'Haruspice était considéré comme un honneur ; sans doute pouvait-on avoir cette impression, pour peu qu'on soit assez défoncé et assez ivre – mais ça ressemblait quand même beaucoup à du proxénétisme, dont profitait l'homme qui payait les factures.

La rousse – Miranda, s'avéra-t-il, « comme dans *La Tempête* » – l'avait aidée à nettoyer le vomi. Elle avait fait preuve de gentillesse à son égard, et Alex s'en était presque voulu de ne pas se souvenir de son nom.

Reyes avait été transporté hors du bâtiment sur un brancard, dissimulé par des voiles d'obscurcissement qui lui donnaient l'apparence d'équipements audiovisuels empilés sous une bâche en plastique. C'était le moment le plus risqué de toute la soirée du point de vue de la sécurité. La Skull & Bones n'excellait vraiment que dans la pronostication, et les membres du Manuscrit n'avaient bien entendu guère envie de partager leurs sorts avec une autre société. Les voiles magiques de Reyes s'agitaient à chaque bosse, révélant par moments le brancard ; les bips de l'équipement médical et du respirateur restaient audibles. Si quelqu'un venait à s'intéresser de plus près à cet étrange dispositif, les Bonesmen auraient de vrais problèmes – qu'ils ne manqueraient pas de régler à coups de chèques, Alex n'en doutait nullement.

Elle passerait voir Reyes une fois le malheureux de retour dans son service, puis une semaine plus tard pour s'assurer qu'il guérissait sans complications. Il y avait déjà eu des décès après une pronostication, mais un seul depuis que le Léthé avait été fondé en 1898 pour surveiller les sociétés. Un groupe de Bonesmen avait accidentellement tué un vagabond lors d'une lecture d'urgence planifiée à la hâte après le krach boursier de 1929. Toute pronostication avait été interdite pendant les quatre années suivantes, et la Skull & Bones avait failli perdre son énorme tombeau de pierre rouge sur High Street. « C'est pour cela que nous existons », avait déclaré Darlington pendant qu'Alex tournait les pages listant les noms de chaque *victime* dans les archives du Léthé. « Nous sommes les bergers, Stern. »

Mais il avait grimacé quand Alex lui avait montré une note inscrite dans une des marges de *Léthé : Un héritage*. « PCM ? »

Il avait lâché un soupir. « Plus de Clochards Morts. »

Au temps pour la noble mission de la Maison Léthé. Alex avait pourtant bien du mal à se sentir supérieure ce soir, alors qu'elle avait été à deux doigts d'abandonner Michael Reyes pour sauver sa peau.

La jeune femme dut supporter une longue série de blagues sur son dîner composé de poulet grillé et de Twizzlers ; elle resta sur place pour s'assurer que les Bonesmen restants suivaient ce qu'elle espérait être la procédure adéquate pour assainir les lieux.

Alex se promit de revenir plus tard pour saupoudrer la salle de poussière d'os. Les *memento mori* étaient le meilleur moyen de tenir les Gris à distance – voilà pourquoi les cimetières comptaient parmi les endroits les moins hantés du monde. Elle songea aux bouches ouvertes des fantômes, à cet horrible bourdonnement d'insectes. Quelque chose avait tenté de s'immiscer à l'intérieur du cercle de craie. Ça lui avait donné cette impression, en tout cas. Les Gris – des fantômes – étaient inoffensifs. Pour l'essentiel. Prendre une forme quelconque dans le monde des mortels leur demandait énormément d'efforts. Et traverser l'ultime Voile ? Se matérialiser, devenir capables de *toucher* ce qui les entourait ? De provoquer des dommages ? C'était dans leurs cordes. Alex le savait de première main. Mais c'était presque impossible.

N'empêche : des centaines de pronostications s'étaient déroulées dans cette salle, et Alex n'avait jamais entendu parler de Gris prenant une forme physique pour s'en mêler. Pourquoi leur comportement avait-il changé ce soir ?

Pour peu qu'il ait *changé*.

Le plus beau cadeau que le Léthé avait offert à Alex n'était pas sa virée jusqu'à Yale – le nouveau départ qui avait récuré son passé comme une brûlure chimique. C'était la *connaissance*, la certitude que les choses qu'elle voyait étaient réelles et l'avaient toujours été. Mais elle avait vécu trop longtemps en se demandant si elle était folle pour s'arrêter maintenant. Darlington, lui, l'aurait crue. Comme toujours. Sauf que Darlington avait disparu.

Pas pour de bon, se dit-elle. Dans une semaine, quand la nouvelle lune se lèverait, ils allaient le ramener parmi eux.

Tout en effleurant de ses doigts la balustrade fendue, Alex réfléchissait déjà à la façon dont elle allait formuler sa description de la pronostication pour les archives de la Maison Léthé. Le doyen Sandow passait tous les rapports en revue, et elle ne tenait pas à attirer son attention sur quoi que ce soit d'inhabituel. Et puis, si l'on mettait de côté l'homme sans défense qui s'était fait réarranger les tripes, il ne s'était rien passé de vraiment dramatique.

Tripp Helmuth sortit d'un coup de sa torpeur en la voyant émerger dans le couloir. « Ils ont presque fini, là-dedans ? »

La jeune femme hocha la tête, inspira une longue goulée d'air – comparativement – frais ; elle était impatiente de se retrouver dehors.

Tripp la gratifia d'un petit sourire en coin. « Plutôt dégueu, hein ? Si tu veux, je peux te refiler quelques tuyaux quand les résultats seront retranscrits. Ça vire un peu du stress lié à ces prêts étudiants.

— Depuis quand tu t'y connais en prêts étudiants ? » Des paroles sorties de sa bouche sans qu'elle parvienne à se retenir de les prononcer. Darlington n'aurait pas apprécié. Alex était censée rester civilisée, distante, *diplomatique*. Et puis, c'était franchement hypocrite de sa part. Le Léthé avait fait en sorte qu'elle obtienne son diplôme sans qu'un nuage de dettes plane au-dessus d'elle – pour peu qu'elle réussisse à concilier quatre ans durant des nuits de ce genre avec ses études.

Tripp leva les mains en signe de reddition ; il lâcha un petit rire nerveux. « Hé, je fais avec les moyens du bord. » Il appartenait à l'équipe de voile – c'était un Bonesman de troisième génération, un gentleman et un érudit, un golden retriever pur-sang: stupide, le poil brillant, et hors de prix. Rose et fripé comme un bébé en bonne santé, les cheveux blond vénitien, il arborait une peau toujours bronzée des vacances d'hiver qu'il avait passées sur une île paradisiaque quelconque. Se dégageait de lui l'aisance de celui qui ira *toujours très bien*; jamais ce garçon ne serait privé de secondes chances. « Pas de soucis entre nous? demanda-t-il avec un certain empressement.

— Aucun, non. » Mais Alex n'était pas au top de sa forme. Elle sentait encore dans ses poumons la réverbération de ce gémissement d'outre-monde, qui lui vrillait le crâne. « C'est juste qu'on étouffe là-dedans.

— Tu trouves aussi? dit Tripp, désireux de faire copain-copain. Ce n'est peut-être pas si mal, de rester coincé ici toute la nuit. » Mais il n'avait guère l'air convaincu par ses propres paroles.

« Qu'est-ce que tu t'es fait au bras? » Un bout de pansement dépassait du coupe-vent de Tripp.

Il remonta sa manche, révélant une pièce de cellophane huileuse, collée sur la face interne de son avant-bras. « Des potes et moi on s'est fait tatouer, aujourd'hui. »

Alex regarda de plus près: un bouledogue arrogant traversé d'un grand Y bleu. L'équivalent pour les mecs de *meilleures amies pour la vie!* « Joli, mentit-elle.

— Tu en as, toi? » Ses yeux fatigués la parcouraient, tentaient de l'imaginer privée de ses couches de vêtements – un comportement digne des tocards qui traînaient autour de Ground Zero: elle se remémora leurs doigts effleurant sa clavicule, ses biceps, pour suivre les formes qui les recouvraient. *Et celui-là, qu'est-ce qu'il signifie?*

« Nan. Pas mon truc. » Alex enroula son foulard autour de son cou. « J'irai voir comment va Reyes demain.

— Hein? Oh, d'accord. Très bien. Où est Darlington, au fait? Il t'a déjà refilé les boulots merdiques? »

Tripp tolérait Alex, il s'efforçait d'être amical avec elle parce qu'il voulait se faire gratouiller le ventre par tous ceux qu'il croisait – mais il appréciait sincèrement Darlington.

« En Espagne », lui répondit-elle, parce que c'était ce qu'on lui avait ordonné de dire.

« Super. Dis-lui "*buenos días*" de ma part. ».

Si Alex avait pu dire quoi que ce soit à Darlington, ça aurait été : *Revenez*. En anglais *et* en espagnol. Et à l'impératif.

« *Adiós*, lança-t-elle à Tripp. Profite bien de la fête. »

Une fois sortie du bâtiment, Alex ôta ses gants et déballa deux bonbons collants qu'elle fourra dans sa bouche. Elle était fatiguée de penser à Darlington – mais l'odeur du gingembre, la chaleur que cela créait au fond sa gorge… la jeune femme avait presque l'impression de le voir là, bien vivant devant elle. Elle s'imagina son long corps étendu devant la grande cheminée en pierre de Black Elm. Il avait ôté ses bottes, et laissé ses chaussettes sécher sur le foyer. Allongé sur le dos, yeux fermés, il remuait ses orteils au rythme de la musique qui flottait dans la pièce – un morceau de classique qu'Alex ne connaissait pas, et qui donnait la part belle à des cors d'harmonie pour le moins véhéments.

Alex était par terre à côté de lui, adossée à un vieux canapé, ses bras autour de ses jambes ; elle s'efforçait d'arborer un air détendu – et d'arrêter de fixer les pieds de Darlington. Ils lui semblaient tellement *nus*… Il avait remonté son jean noir pour laisser sécher sa peau, et ces minces pieds blancs, aux orteils parsemés de poils, lui paraissaient un peu obscènes. Elle s'imaginait dans la peau de quelque pervers des temps jadis rendu fou par la vue fugace d'une cheville.

Va te faire foutre, Darlington. Elle remit ses gants…

… puis resta paralysée un instant. Il lui fallait retourner à la Maison Léthé et rédiger son rapport pour le doyen Sandow – mais ce qu'elle voulait vraiment, c'était s'écrouler sur son lit étroit, dans la chambre qu'elle partageait avec Mercy, jusqu'au début des cours. Vu l'heure tardive, elle n'aurait même pas besoin de trouver d'excuses pour apaiser la curiosité de ses petites camarades. Mais si elle dormait au Léthé, Mercy et Lauren réclameraient à cor et à cri de savoir où – et avec qui – elle avait passé la nuit.

Darlington lui avait suggéré de s'inventer un petit ami pour justifier ses longues absences et ses sorties tardives.

« Si je fais ça, avait-elle répliqué d'une voix chargée de frustration, à un moment donné je vais devoir sortir de mon chapeau un humain en forme de garçon – vous savez, avec des yeux enamourés. Comment vous avez fait pour vous en sortir, ces trois dernières années ? »

Darlington s'était borné à hausser les épaules. « Mes camarades de chambre me prenaient pour un joueur. » Si Alex avait levé plus haut les yeux au ciel, ses globes oculaires auraient fini par prendre leur indépendance.

« D'accord, d'accord. Je leur ai dit que je faisais partie d'un groupe avec des gars de l'université du Connecticut, et que ça me prenait beaucoup de temps.

— Et vous jouez d'un instrument, au moins ?

— Bien sûr. »

Du violoncelle, de la contrebasse, de la guitare, du piano, et d'un truc appelé oud.

Avec un peu de chance, Mercy dormirait déjà au retour d'Alex dans leur chambre ; auquel cas elle pourrait se faufiler à l'intérieur pour récupérer ses produits de douche, puis aller se laver sans se faire remarquer. Plus facile à dire qu'à faire : chaque fois qu'on touchait au Voile séparant ce monde de l'autre, il en résultait une puanteur évoquant le crépitement électrique de l'ozone après un orage, associé à la pourriture d'une citrouille laissée trop longtemps sur un rebord de fenêtre. La première fois que la jeune femme avait commis l'erreur de retourner à la résidence sans se doucher, il lui avait fallu inventer une chute impromptue dans un tas d'ordures pour justifier l'odeur qui émanait d'elle. Mercy et Lauren avaient mis des semaines à s'en remettre.

Alex songea à la douche crasseuse qui l'attendait à sa résidence universitaire... puis à l'immense baignoire à pieds occupant une bonne partie de la salle de bains immaculée d'Il Bastone, au lit à baldaquin si haut qu'elle devait se *hisser* dedans. Le Léthé avait prétendument des refuges et des planques disséminés un peu partout sur le campus de Yale, mais Alex ne connaissait que le Clapier et Il Bastone. Le premier était plus proche de sa résidence et de la plupart de ses cours, mais il se résumait à quelques pièces miteuses – et néanmoins confortables – au-dessus d'un magasin de vêtements. On y trouvait en permanence des sachets de chips et les barres protéinées préférées de Darlington ; l'endroit était idéal pour faire une petite sieste sur le canapé mal amorti. Il Bastone, par contre, avait quelque chose de spécial : c'était un manoir de trois étages, situé à un bon kilomètre du cœur du campus, et qui servait de quartier général au Léthé. Oculus allait l'attendre là-bas ce soir, toutes lampes allumées, avec un plateau de thé, du cognac et des sandwiches. C'était la tradition, quand bien même Alex ne se pointait pas pour en profiter. Mais tout ce luxe aurait un prix : se *coltiner* Oculus, et ce soir elle n'allait tout simplement pas pouvoir supporter les silences de Dawes, sa mâchoire serrée. Mieux valait encore retourner à sa résidence enveloppée de la puanteur résultant de sa nuit de travail.

Alex traversa la rue et coupa par la rotonde. La jeune femme avait bien du mal à se retenir de regarder derrière elle – de se remémorer les Gris amassés au bord du cercle, leurs bouches trop larges pareilles à des fosses noires émettant ce faible bruit insectoïde. Que se serait-il passé si cette balustrade s'était brisée, si le cercle de craie n'avait pas résisté ? Qu'est-ce qui les avait provoqués ? Aurait-elle eu la force ou les connaissances nécessaires pour les retenir ? *Pasa punto, pasa mundo.*

Alors même qu'elle passait devant la bibliothèque Beinecke, Alex resserra son manteau autour de son corps et fourra son visage dans son foulard – elle sentit son souffle humide contre la laine.

« S'il y a un incendie là-dedans, avait affirmé Lauren en parlant du bâtiment, tout l'oxygène est aspiré. Pour protéger les livres. »

C'étaient des conneries, Alex le savait. Darlington lui avait tout expliqué. Il connaissait la vérité sur tous les aspects de ce bâtiment ;

savait qu'il avait été construit selon l'idéal platonicien (c'était un temple), en utilisant les mêmes ratios que ceux employés par certains typographes pour leurs pages (c'était un livre), et que son marbre avait été extrait dans le Vermont (c'était un monument). L'entrée était conçue de manière à ne laisser passer qu'une seule personne à la fois – on franchissait tel un suppliant la porte pivotante. Alex se remémora Darlington occupé à manipuler des manuscrits rares avec des gants blancs, ses longs doigts révérencieusement posés sur la page. Len se comportait de la même manière avec des billets de banque.

Il y avait une pièce cachée à l'intérieur de la Beinecke, à... Alex ne se rappelait plus à quel étage. De toute façon, la jeune femme ne s'y serait pas rendue quand bien même elle l'aurait pu. Elle n'avait pas les couilles de descendre dans le patio, de former le motif secret sur la fenêtre, de pénétrer dans cette salle plongée dans l'obscurité – qui faisait partie des endroits préférés de Darlington, tant elle *regorgeait* littéralement de magie. Nulle part sur le campus Alex ne se sentait davantage dans la peau d'un imposteur.

Elle sortit son téléphone pour vérifier l'heure, espérant qu'il n'était pas trop tard. Si elle parvenait à se laver et à se coucher avant quatre heures, il lui resterait encore trois heures et demie avant de devoir se lever pour aller rejoindre son cours d'espagnol à l'autre bout du campus. C'était là le genre de calculs qu'elle faisait chaque nuit, à chaque instant. Combien de temps pour tenter de mener à bien ses innombrables tâches ? Pour se reposer ? La jeune femme n'arrivait jamais à tout faire rentrer dans son planning. Elle se bornait à vivoter, à jouer avec des heures toujours un peu trop courtes – au prix d'une panique peu ou prou permanente.

Alex considéra l'écran lumineux – et lâcha un juron. Il était *inondé* de messages. Elle avait mis le portable en mode silencieux pour la pronostication, et oublié de le rallumer.

Tous les SMS provenaient de la même personne : Oculus, Pamela Dawes, l'étudiante de troisième cycle qui entretenait les résidences du Léthé et leur servait à tous d'assistante de recherche.

Pammie – mais seul Darlington l'appelait ainsi.

Appelle-moi.

Appelle-moi.

Appelle-moi.

Les textos étaient tous espacés d'exactement quinze minutes. Soit Dawes suivait un genre quelconque de protocole, soit elle était encore plus coincée qu'Alex ne l'avait imaginé.

Elle envisagea un instant de simplement ignorer ces messages. Mais on était jeudi soir – la nuit où les sociétés se réunissaient. Il y avait donc des chances qu'une petite merde ait gentiment foiré quelque chose. Si ça se trouvait, les idiots métamorphes de la Wolf's Head s'étaient transformés en un troupeau de bisons et avaient piétiné une bande d'étudiants qui sortaient de Branford.

Elle alla s'abriter du vent derrière une des colonnes soutenant le cube Beinecke, puis composa le numéro de Dawes.

Qui décrocha à la première sonnerie. « Oculus à l'appareil.

— C'est Dante. » Alex avait toujours du mal à prendre cela au sérieux, d'autant que Darlington était son Virgile. C'était ainsi que le Léthé devait fonctionner – jusqu'à ce que la jeune femme entre en dernière année et prenne le titre de Virgile pour encadrer un nouveau bizut. Elle lui avait rendu son petit sourire et avait fait semblant de comprendre la plaisanterie quand Darlington lui avait annoncé leurs noms de code – des « fonctions », ainsi qu'il les avait qualifiés. Pour faire ses petites recherches ensuite, et découvrir que Virgile avait été le guide de Dante lors de sa descente aux enfers. Au temps pour l'humour de la Maison Léthé…

« Il y a un corps devant le Payne Whitney, fit Dawes. Centurion se trouve sur place.

— Un corps », répéta Alex, qui se demandait si la fatigue n'avait pas endommagé sa capacité à comprendre le langage humain le plus élémentaire.

« Oui.

— Un cadavre, tu veux dire ?

— Oui. » Dawes s'efforçait à l'évidence de garder son calme, mais sa respiration s'était bloquée, transformant l'unique syllabe en un hoquet musical.

Alex s'adossa à la colonne – elle sentit le froid de la pierre traverser son manteau, et un pic d'adrénaline la parcourir.

Tu te fous de ma gueule ? Voilà ce qu'elle aurait voulu demander. Voilà l'impression que ça lui donnait. D'être la gamine bizarre qui parlait toute seule, qui avait tellement besoin d'amis qu'elle avait accepté de rejoindre Sarah McKinney aux *Tres Muchachos* après l'école lorsque celle-ci l'avait suppliée de venir essayer de parler à sa grand-mère défunte. « On y allait souvent, et elle me manque tellement... » Elle était restée devant le restau mexicain le plus merdique de l'aire de restauration la plus merdique de la Vallée jusqu'à se décider à appeler sa mère pour lui demander de venir la chercher parce que personne ne se pointait. Bien *sûr* que personne ne s'était pointé...

Mais là, il ne s'agit pas d'une entourloupe à la Sarah McKinney. Si Pamela Dawes était bien des choses, la duperie ne faisait pas partie de son attirail.

Ce qui signifiait que quelqu'un était mort.

Et elle était censée y faire quelque chose ? « Euh, c'était un accident ?

— Homicide probable. » À croire que Dawes attendait précisément cette question.

« OK, fit Alex – parce qu'elle ne savait pas quoi dire d'autre.

— OK », répéta Dawes d'un ton embarrassé. Elle avait lâché sa grande réplique, et à présent elle était prête à sortir de scène.

Alex raccrocha, retrouva le morne silence de la place vide balayée par le vent. Elle avait oublié au moins la moitié de ce que Darlington avait essayé de lui enseigner avant de disparaître, mais il n'avait assurément pas abordé le meurtre.

Elle ignorait pourquoi. Pour se rendre ensemble en enfer, le meurtre semblait constituer un bon point de départ.

2

L'automne précédent

Daniel Arlington s'enorgueillissait de se tenir prêt à toute éventualité, mais s'il avait dû choisir une façon de décrire Alex Stern, l'expression « fâcheuse surprise » se serait sans doute imposée à lui. La jeune femme lui inspirait beaucoup d'autres termes, mais aucun n'était poli – et Darlington s'efforçait toujours d'être poli. S'il avait été élevé par ses parents – un père dilettante, une mère désinvolte, mais brillante –, il aurait pu avoir des priorités différentes, mais il avait grandi auprès de son grand-père, Daniel Tabor Arlington III, un homme persuadé que la plupart des problèmes pouvaient se résoudre avec du scotch bien fort, beaucoup de glace et des manières impeccables.

Son grand-père n'avait jamais rencontré Galaxy Stern.

Ce fut par une affreuse journée étouffante, pendant la première semaine de septembre, que Darlington se mit en quête de la chambre d'Alex au rez-de-chaussée de la résidence universitaire Vanderbilt. Il aurait pu attendre qu'elle se présente à la maison d'Orange Street, mais lorsque lui-même était un première année, son propre mentor – l'inimitable Michelle Alameddine, qui lui avait servi de Virgile – l'avait accueilli à Yale et initié aux mystères de la Maison Léthé en venant à sa rencontre dans le quartier d'Old Campus. Darlington était déterminé à bien faire les choses, quand bien même tout avait mal commencé concernant Stern.

Ce n'était pas lui qui avait décidé de faire de Galaxy Stern son Dante. En réalité, par le simple fait de son existence, la jeune femme lui avait volé quelque chose qu'il attendait impatiemment depuis le tout début de son engagement de trois ans au sein du Léthé : le moment où il ferait le don de ce qu'il aimait par-dessus tout à quelqu'un de nouveau, où il ouvrirait les yeux d'une âme digne de découvrir un monde qu'elle suspectait à peine. À peine quelques mois plus tôt, il avait empilé avec un enthousiasme de chiot les cartons pleins de candidatures dans la grande salle de Black Elm, déterminé à lire ou au moins à parcourir les quelque mille huit cents dossiers avant de faire ses recommandations aux anciens élèves de la Maison Léthé. Darlington allait se montrer juste, ouvert d'esprit, minutieux, et au final il choisirait vingt candidats pour occuper le rôle de Dante. Le Léthé se chargerait ensuite d'examiner leurs antécédents, légaux comme médicaux, de traquer le moindre signe de maladie mentale ou de vulnérabilités financières, et une décision finale serait prise.

Darlington avait élaboré un plan afin de traiter chaque jour un nombre déterminé de candidatures sans pour autant négliger ses autres activités – en particulier ses après-midi de travail au Peabody Museum. Ce jour de juillet, il avait pris de l'avance sur son programme – candidature n° 324 : Mackenzie Hoffer, 800 à l'oral, 720 en maths ; neuf examens AP pendant sa première année ; un blog bilingue français-anglais sur la Tapisserie de Bayeux. Elle lui avait paru prometteuse – jusqu'à ce qu'il se penche sur sa présentation, dans laquelle elle se comparait à Emily Dickinson. Darlington venait de jeter son dossier sur la pile *non* quand le doyen Sandow l'avait appelé pour lui annoncer que leurs recherches étaient terminées. Ils avaient trouvé leur candidate. Les anciens élèves étaient unanimes.

Darlington avait failli protester. Merde, il avait failli *casser* quelque chose. Au lieu de quoi il avait redressé la pile de dossiers qui lui faisait face, et dit : « Qui est-ce ? J'ai tous les dossiers ici même.

— Vous n'avez pas le sien. Elle n'a jamais postulé. Elle n'a même pas fini le lycée. » Et, sans laisser le temps à Darlington d'exprimer son indignation, Sandow avait ajouté : « Daniel, elle peut voir les Gris. »

Darlington avait marqué une pause, sa main toujours posée sur le dossier de Mackenzie Hoffer (deux étés passés dans les rangs d'*Habitat for Humanity*). Sandow l'appelait rarement par son prénom, mais il n'y avait pas que ça – loin de là. *Elle peut voir les Gris*. La seule façon pour un vivant de voir les morts était d'ingérer de l'Orozcerio, un élixir d'une infinie complexité dont l'élaboration exigeait des compétences de premier plan et une grande attention aux détails. Il en avait lui-même fait l'expérience à l'âge de dix-sept ans, avant même d'avoir entendu parler du Léthé – tout ce qu'il espérait à l'époque, c'était de découvrir que ce monde ne se limitait pas à ce qu'on voulait lui faire croire. Ses efforts l'avaient conduit aux urgences, et il avait perdu du sang par les yeux et les oreilles pendant deux jours.

« Elle a réussi à préparer un élixir ? » s'était-il enquis, à la fois ravi et – il devait l'admettre – un peu jaloux.

Un silence s'était alors abattu sur eux, assez long pour que Darlington éteigne la lampe posée sur le bureau de son grand-père et sorte sur la véranda située à l'arrière de Black Elm. De là, il pouvait voir la succession de maisons qui conduisaient au campus et, bien au-delà, le détroit de Long Island. Tous les terrains qui descendaient vers Central Avenue faisaient jadis partie de Black Elm, mais ils avaient été vendus l'un après l'autre à mesure que se réduisait la fortune des Arlington. Ne restaient plus que la maison, ses roseraies et les ruines du labyrinthe à l'orée du bois – et lui seul demeurait là pour s'en occuper, pour élaguer, pour redonner vie à ces lieux. La nuit tombait présentement, un lent crépuscule estival truffé de moustiques et de lucioles. Un point d'interrogation blanc se frayait un chemin dans les hautes herbes : la queue de Cosmo, occupé à traquer quelque petite créature.

« Pas d'élixir, avait fini par lui répondre Sandow. Elle les *voit*, tout simplement.

— Ah. » Darlington s'était perdu dans la contemplation d'une grive occupée à picorer sans conviction ce qui restait de la fontaine de l'obélisque. Il n'y avait rien d'autre à dire. Si le Léthé avait été fondé pour surveiller les activités des sociétés secrètes de Yale, il avait pour mission secondaire de percer les mystères qui entouraient le Voile. Ses membres avaient des années durant récolté des données sur les personnes capables de voir des fantômes – avec plus ou moins de bonheur, certaines histoires se résumant à des rumeurs. Si le conseil avait déniché une fille bel et bien susceptible d'y parvenir, et qu'ils faisaient d'elle leur obligée… Eh bien, qu'il en soit ainsi. Il aurait dû se réjouir de faire sa connaissance.

L'idée de se saouler lui avait traversé l'esprit.

« Je ne m'en réjouis pas plus que vous, avait repris Sandow. Mais vous n'ignorez rien de notre situation actuelle. C'est une année importante pour le Léthé. Il faut que tout le monde soit… *heureux*. » Le Léthé était chargé de surveiller les Maisons du Voile, mais il dépendait également d'elles d'un point de vue financier. C'était une année de réengagement, et les sociétés – qui n'avaient pas connu d'incidents depuis longtemps – laissaient entendre qu'elles envisageaient d'arrêter de puiser dans leurs coffres pour continuer à subvenir à ses besoins. « Je vais vous envoyer son profil. Elle n'est pas… Ce n'est pas le Dante qu'on aurait pu espérer, mais essayez de garder l'esprit ouvert.

— Bien sûr, lui avait assuré Darlington – en parfait gentleman qu'il était. Bien sûr. »

Et il s'était efforcé de s'y tenir. Même après avoir lu son dossier, même après avoir regardé l'enregistrement de sa rencontre avec Sandow dans un hôpital de Van Nuys, en Californie, écouté le son rauque, *brisé* de sa voix. Elle avait été retrouvée nue et dans le coma sur une scène de crime, auprès d'une fille qui n'avait pas eu la chance de survivre au fentanyl qu'elles avaient toutes deux pris. Les détails étaient plus sordides que tout ce que Darlington aurait pu imaginer, au point qu'il s'était forcé à la prendre en pitié. Son Dante, la fille à qui il allait donner les clés d'un monde secret, était une criminelle, une droguée, une marginale avec laquelle il ne partageait absolument rien. Mais il *avait* essayé.

Et pourtant rien ne l'avait préparé au choc qui l'attendait dans cette salle commune miteuse du Vanderbilt. La pièce était petite, mais haute de plafond, avec trois grandes fenêtres qui donnaient sur la cour en forme de fer à cheval et deux portes étroites menant aux chambres. Un chaos sans nom – caractéristique d'un emménagement de premières années – régnait sur les lieux : des boîtes partout par terre, aucun meuble digne de ce nom, mais une lampe branlante et un fauteuil relax bien abîmé collés contre une cheminée apparemment abandonnée. Une blonde musclée vêtue d'un short de course – Lauren, devina-t-il (en médecine, de bons résultats aux tests, capitaine de l'équipe de hockey sur gazon de son école préparatoire à Philadelphie) – était en train d'installer une platine vintage sur le rebord de la fenêtre, juste à côté d'une caisse de disques en équilibre instable. La chaise longue devait sans doute lui appartenir également : Darlington l'imaginait fort bien dans un décor du comté de Bucks. Assise par terre, Anna Breen (Huntsville, Texas ; boursière STEM ; cheffe de chœur) s'efforçait d'assembler ce qui ressemblait fort à une étagère. Cette fille ne paraissait pas être un parangon de socialisation ; elle finirait sans doute par occuper une place éminente dans la chorale de son église. Il ne fallait clairement pas compter sur elle pour faire la fête avec ses camarades, en tout cas.

Les deux autres émergèrent alors d'une des chambres, les bras chargés d'un bureau universitaire ayant connu des jours meilleurs.

« Il faut vraiment que tu mettes ça ici ? s'enquit Anna d'une voix lugubre.

— On a besoin de davantage d'espace », lui répondit une fille vêtue d'une robe à fleurs – Mercy Zhao (piano ; 800 en maths, 800 à l'oral ; des essais primés sur Rabelais ; plus un comparatif bizarre, mais convaincant entre un extrait du *Bruit et la Fureur* et le passage du poirier dans *Les Contes de Canterbury*, qui avait attiré l'attention des départements d'anglais de Yale et de Princeton).

Et puis Galaxy Stern (aucun diplôme d'études secondaires, pas d'équivalence, aucune prouesse sinon celle d'avoir survécu à ses propres malheurs) émergea du coin sombre de la pièce, vêtue d'une chemise à manches longues et d'un jean noir totalement inadaptés à la chaleur. Elle tenait en équilibre dans ses bras maigres une extrémité du bureau. La mauvaise vidéo de Sandow avait bien saisi sa masse de cheveux noirs, mais pas la précision sévère de son visage ; ses yeux enfoncés dans leurs orbites, mais pas leur intense couleur encre. Elle semblait souffrir de malnutrition, avec ses clavicules aussi acérées que des points d'exclamation sous le tissu de sa chemise. Et elle était en sueur – moins Ondine sortant des eaux qu'une Rusalka affublée de poignards en guise de dents.

À moins qu'elle n'ait simplement besoin d'un en-cas et d'une longue sieste.

Très bien, Stern. Que la fête commence.

Darlington frappa à la porte et entra dans la pièce, un large sourire lumineux aux lèvres ; elles étaient en train de déposer le bureau dans le coin de la salle commune. « Alex ! Ta mère m'a dit que je devais prendre de tes nouvelles. C'est moi, Darlington. »

L'espace d'un bref instant, la jeune femme parut complètement perdue, voire paniquée – après quoi elle lui rendit son sourire. « Hé ! Je ne t'avais pas reconnu. »

Bien. Elle savait s'adapter.

« Présentations, s'il vous plaît. » Lauren fixait sur lui des yeux intéressés, presque inquisiteurs. Elle venait de sortir de la caisse un 33 tours de Queen, *A Day at the Races*.

Il lui tendit la main. « Je suis Darlington, le cousin d'Alex.

— Toi aussi tu es à JE ? » lui demanda-t-elle.

Darlington se remémora ce sentiment de loyauté immérité. Au début de l'année, tous les étudiants de première année étaient répartis dans des résidences universitaires, où ils prenaient la plupart de leurs repas et continuaient à dormir lorsqu'ils quittaient

Old Campus en deuxième année. Ils achetaient des foulards rayés aux couleurs de leur pensionnat, en apprenaient les chants et les devises. Alex appartenait au Léthé, tout comme Darlington, mais elle avait été affectée à Jonathan Edwards – baptisé ainsi en hommage au prédicateur des Flammes de l'Enfer.

« Je suis à Davenport. Mais je n'habite pas sur le campus. » Il aurait bien voulu vivre à Davenport – profiter de son réfectoire, de sa grande cour herbeuse. Mais il n'appréciait guère l'idée de laisser Black Elm vide, et l'argent qu'il avait économisé sur le gîte et le couvert avait suffi à financer la réparation du dégât des eaux qui s'était manifesté dans la salle de bal le printemps précédent. Et puis, Cosmo aimait avoir de la compagnie.

« Tu as une voiture ? » lui demanda Lauren.

Mercy éclata de rire. « Oh mon Dieu, quelle question ridicule. »

Lauren haussa les épaules. « Comment on va faire pour aller chez *Ikea*, sinon ? On a besoin d'un canapé. » Elle allait devenir la cheffe de cette petite équipe, celle qui déciderait des fêtes à fréquenter, des chambres censées accueillir leurs jeux à boire pour Halloween.

« Désolé, dit-il avec un sourire confus. Je ne peux pas vous y emmener. Pas aujourd'hui, en tout cas. » *Ni demain, ni jamais.* « Et je vais devoir vous subtiliser Alex. »

Celle-ci s'essuya les paumes sur son jean. « On essaie de s'installer », dit-elle d'une voix hésitante, avec une pointe d'espoir. Darlington voyait des cercles de sueur sous ses bras.

Un clin d'œil. « N'oublie pas ta promesse. Tu sais comment ma mère réagit dès qu'il s'agit de la famille. »

Il vit un éclair de rébellion dans ses yeux pétrole ; la jeune femme se borna néanmoins à répondre : « D'accord.

— Tu peux nous donner du fric pour le canapé ? » lui demanda Lauren tout en remettant le vinyle de Queen dans la caisse. Darlington espérait qu'il ne s'agissait pas d'un pressage original.

« 'videmment », lui répondit Alex. Elle se tourna vers son « cousin ». « Tante Eileen a bien dit qu'elle allait m'acheter un nouveau canapé, non ? »

La mère de Darlington s'appelait Harper, et il doutait qu'elle ait jamais entendu le mot *Ikea*. « Ah bon ? Tu es sûre ? »

Alex croisa les bras. « Ouaip. »

Darlington sortit son portefeuille de sa poche arrière, en retira trois cents dollars en liquide. Il les tendit à Alex, qui les remit à Lauren. « N'oublie surtout pas de lui écrire un mot de remerciement.

— Oh, je n'y manquerai pas, fit Alex. Je sais à quel point elle peut se montrer pointilleuse sur ce genre de choses. »

Darlington reprit la parole dès qu'ils eurent mis le pied sur les pelouses d'Old Campus, une fois les tours de brique rouge et les créneaux du Vanderbilt derrière eux : « Vous me devez trois cents dollars. Il est hors de question que je vous achète un canapé.

— Vous pouvez vous le permettre, rétorqua froidement Alex. J'imagine que vous venez du bon côté de la famille, cousin.

— Vous aviez besoin d'une couverture pour tout le temps que vous allez passer avec moi.

— Foutaises. Vous me testiez.

— C'est mon *travail* de vous tester.

— Je croyais que votre boulot, c'était de *m'enseigner* des choses. Il y a une nuance, non ? »

Au moins n'était-elle pas stupide. « Exact. Mais rendre des visites à votre chère tante Eileen, ça peut couvrir certaines de vos sorties nocturnes.

— On parle de rentrer à quelle heure, là ? »

Il y avait une inquiétude audible dans sa voix. Était-ce de la prudence, ou de la paresse ? « Que vous a dit le doyen Sandow ?

— Pas grand-chose. » Elle souleva le bas de sa chemise pour essayer de se rafraîchir l'estomac.

« Pourquoi êtes-vous habillée comme ça ? » Il s'était promis de ne pas poser la question, mais sa chemise Henley noire boutonnée jusqu'au cou avait l'air tellement inconfortable, *déplacée*. Depuis ses aisselles se déployaient des cercles sombres de sueur. Une si bonne menteuse aurait dû se montrer plus douée pour protéger sa couverture.

Alex lui lança un regard en coin. « Je suis très modeste. » N'ayant rien à répliquer à cela, Darlington lui indiqua l'un des deux bâtiments en brique rouge qui bordaient le chemin. « C'est la construction la plus ancienne du campus.

— Il n'a pas *l'air* vieux.

— Il a été bien entretenu. Mais on a bien failli le perdre. D'aucuns trouvaient qu'il gâchait l'aspect d'Old Campus ; ils sont allés jusqu'à demander sa démolition.

— Et pourquoi ne l'ont-ils pas obtenue ?

— Les livres parlent d'une campagne de préservation, mais la vérité est tout autre : le Léthé a découvert que le bâtiment abritait un filon.

— Hein ?

— Un filon *spirituel* : il faisait partie d'un vieux rituel de liaison censé assurer la sécurité du campus. » Ils tournèrent à droite, en direction la Herse Phelps – cet ersatz de porte médiévale. « À une époque, toute l'université ressemblait à cela. De petits bâtiments en brique rouge. Style colonial. Très Harvard. Et puis les murs ont gagné en hauteur après la guerre civile. À présent, l'essentiel du campus est construit de cette façon : une série de forteresses isolées les unes des autres, un véritable château fort. »

Old Campus en était un parfait exemple : un énorme quadrilatère de dortoirs de pierre entourant une immense cour ensoleillée ouverte à tout vent – jusqu'à ce que la nuit tombe et que les portes se referment.

« Pourquoi ? s'enquit Alex.

— Pour empêcher la populace d'entrer. Les soldats sont revenus à New Haven après la guerre, la plupart célibataires, et pour beaucoup bien abîmés par les combats. Et puis il y a eu une vague d'immigration. Des Irlandais, des Italiens, des esclaves affranchis – chacun en quête d'un emploi dans l'industrie. Yale voulait à tout prix s'en isoler. »

Alex éclata de rire.

« J'ai dit quelque chose de drôle ? » lui demanda Darlington.

Elle lança un coup d'œil en direction de sa résidence. « Mercy est chinoise. Une Nigériane vit juste à côté de nous. Sans même parler de mon cul de bâtarde. On a tous fini par entrer. Au bout du compte.

— Un long siège patient. » Le mot *bâtarde* faisait l'effet d'un dangereux appât. Il considéra ses cheveux noirs, ses yeux sombres, la teinte olive de sa peau. Elle aurait pu être grecque. Mexicaine. Blanche. « Une mère juive, rien sur le père – mais vous en avez eu un, j'imagine?

— Je ne l'ai jamais connu. »

Darlington aurait certes pu creuser, mais il s'en abstint. « On a tous des espaces qu'on garde vides. » Ils avaient atteint Phelps Gate, la grande arche pleine d'échos qui menait à College Street et les éloignait de la sécurité relative d'Old Campus. Il ne voulait pas se laisser distraire: tous deux avaient beaucoup de terrain à couvrir, au propre comme au figuré. « Voici le New Haven Green. Quand la colonie a été fondée, c'est là que ses habitants ont construit leur temple. Cette ville était censée devenir un nouvel Éden érigé entre deux fleuves, comme le Tigre et l'Euphrate. »

Alex fronça les sourcils. « Pourquoi y a-t-il autant d'églises? »

Il y en avait trois dans le parc: deux presque jumelles, d'un dessin très nordiste; quant à la troisième, c'était un véritable joyau néo-gothique.

« Cette ville a une église dans presque chaque quartier. Ou du moins, en *avait* une. Certaines sont en train de fermer. Plus personne ne s'y rend.

— Y compris vous? demanda-t-elle.

— Je vous retourne la question.

— Jamais je n'y mets les pieds.

— Moi si, fit-il. Une habitude familiale. » Darlington vit une lueur du jugement briller dans les yeux de la jeune femme, mais des explications lui semblaient inutiles. L'église le dimanche, le travail le lundi – la devise des Arlington. Peu après son treizième anniversaire, Darlington avait traversé une courte phase de rébellion, affirmant qu'il se réjouissait d'affronter le courroux divin pour peu qu'on le laisse dormir; malgré ses quatre-vingts ans, son grand-père l'avait attrapé par l'oreille pour le tirer de son lit. « Peu m'importe que tu sois ou non croyant, lui avait-il dit. Le travailleur croit en Dieu, et il attend la même chose de nous – alors tu vas t'habiller et aller coller ton cul sur un banc, sans quoi je vais te le tanner. » Darlington avait obtempéré. Et la coutume s'était perpétuée après la mort de son grand-père.

« Ce parc a accueilli la première église de la ville, et son premier cimetière. Ce qui en fait une gigantesque source de pouvoir.

— Ouais… sans déconner. »

Les épaules de la jeune femme s'étaient relâchées, s'avisa-t-il alors. Sa démarche avait changé: elle ressemblait un peu moins à quelqu'un qui se prépare à prendre un coup.

Darlington s'efforça de ne pas parler d'une voix trop enthousiaste. « Qu'est-ce que vous voyez ? » Aucune réponse. « Je sais de quoi vous êtes capable. Ce n'est pas un secret. »

Le regard d'Alex demeurait lointain, presque indifférent. « C'est vide ici, voilà tout. Je ne vois jamais grand-chose autour des cimetières et tout ça. »

Et tout ça. Darlington regarda autour de lui – mais il voyait uniquement ce que tout le monde voyait: des étudiants, des employés du palais de justice ou des magasins de Chapel Street, tous occupés à profiter de leur pause déjeuner pour prendre un bain de soleil.

Les chemins qui semblaient découper arbitrairement le parc avaient en réalité été tracés par un groupe de francs-maçons pour tenter d'apaiser et de contenir les morts quand le cimetière avait été déplacé quelques pâtés de maisons plus loin. Darlington savait qu'on pouvait voir du ciel le pentagramme qu'ils formaient. Il connaissait l'endroit où le Chêne de Lincoln était tombé après l'ouragan Sandy, révélant un squelette humain entremêlé dans ses racines – l'un des nombreux cadavres n'ayant jamais eu les honneurs du cimetière de Grove Street. Et si Darlington voyait la ville différemment, c'était parce qu'il la *connaissait* intimement, qu'il lui vouait une véritable adoration. Mais tout l'amour du monde ne pouvait suffire à lever le voile sur les Gris. Pas sans *Orozcerio* – pas sans le Bol d'Or. Un frisson le parcourut. Il courait à chaque fois le risque que son corps dise *assez*, qu'un de ses reins se borne à lâcher.

« C'est normal que vous n'en voyiez pas ici, reprit-il. Certaines choses les poussent à s'approcher des cimetières, mais en règle générale ils s'en tiennent éloignés. »

Il avait toute son attention, à présent. Une étincelle d'intérêt s'était allumée dans ses yeux – premier signe que la jeune femme abandonnait peu à peu sa réserve vigilante. « Pourquoi ?

— Les Gris adorent la vie et tout ce qui leur rappelle le fait d'être vivants. Le sel, le sucre, la sueur. Les bagarres et la baise, les larmes et le sang, les petits drames humains…

— Je croyais que le sel les empêchait d'entrer quelque part. »

Darlington souleva un sourcil. « Vous avez vu ça à la télévision ?

— Ça vous rendrait plus heureux, si je vous disais que j'ai trouvé cette information dans un livre ancien ?

— Eh bien, oui.

— Dommage pour vous.

— Le sel est un purificateur, lui expliqua-t-il pendant qu'ils traversaient Temple Street. C'est donc un produit parfait pour bannir les démons – bien qu'à mon grand dam je n'aie personnellement jamais eu cet honneur. Mais pour ce qui concerne les Gris, dessiner un cercle de sel équivaut à laisser à des cerfs une pierre à lécher.

— Et qu'est-ce qui les empêche d'entrer, dans ce cas ? »

Son besoin de savoir *crépitait* dans ses mots. C'était donc là que se nichait son intérêt.

« De la poussière d'os. De la terre de cimetière. Des cendres de crématorium. *Memento mori.* » Il la dévisagea. « Vous ne parlez pas latin ? » Elle secoua la tête. Bien sûr que non. « Ils détestent tout ce qui leur rappelle la mort. Si vous voulez immuniser votre chambre contre les Gris, accrochez-y une gravure de Holbein. » C'était une plaisanterie, mais il voyait bien qu'elle s'efforçait de mémoriser le nom de l'artiste. Darlington se sentit envahi d'un intense sentiment de culpabilité qu'il n'apprécia nullement. Jalouser les capacités de cette fille l'avait tellement occupé qu'il n'avait pas réfléchi à ce que ça devait faire, de ne jamais pouvoir fermer la porte aux morts. « Je peux protéger votre chambre, dit-il en guise de pénitence. Toute votre résidence si vous préférez.

— Vous savez faire une chose pareille ?

— Oui. Et je peux aussi vous montrer *comment* faire.

— Je suis tout ouïe. » Maintenant qu'ils s'étaient éloignés de la fraîcheur relative des résidences universitaires, le nez et le front d'Alex s'étaient couverts de sueur ; le petit duvet qui surmontait sa lèvre supérieure scintillait légèrement. Elle allait littéralement tremper cette chemise, et sa façon de tenir rigidement ses bras le long de son corps montrait à quel point cela la gênait.

« Avez-vous lu *La Vie du Léthé* ? lui demanda-t-il.

— Oui.

— Vraiment ?

— Je l'ai feuilleté.

— Alors, lisez-le. Je vous ai fait une liste d'autres documents qui vous aideront à vous mettre à niveau. Essentiellement des récits sur New Haven, ainsi que nos propres données – compilées – relatives aux sociétés. »

Alex secoua sèchement la tête. « Ce que je veux savoir, c'est ce je fais ici… avec vous. »

C'était là une question qui n'avait pas de réponse facile. Rien. Tout. Le Léthé était censé être un présent – pour elle aussi ? Il y avait *trop* de choses à dire.

Sitôt qu'ils eurent quitté le parc, Darlington vit se retendre les épaules de la jeune femme, alors même que lui-même ne percevait rien qui soit susceptible de justifier pareille nervosité. Ils passèrent devant les banques d'Elm Street, regroupées sur le même trottoir – elles encerclaient *Chez Kebabian*, un petit magasin de tapis qui prospérait on ne savait trop comment depuis plus d'un siècle –, puis tournèrent à gauche en direction d'Orange Street. Ils ne se trouvaient qu'à quelques pâtés de maisons du campus proprement dit, mais des *kilomètres* semblaient les en séparer. L'agitation de la vie étudiante s'évanouit aussitôt – à croire qu'ils venaient de tomber d'une falaise. Un mélange chaotique de neuf et d'ancien dominait les rues environnantes : des maisons de ville dans leur jus, des parkings déserts, une salle de concert soigneusement restaurée, la tour gargantuesque de l'Office du Logement.

« Pourquoi ici ? s'enquit Alex lorsqu'elle comprit que Darlington n'allait pas répondre à sa question précédente. Qu'y a-t-il dans cet endroit qui les attire spécifiquement ? »

La réponse courte était : *Qui sait ?* Mais Darlington subodorait qu'elle n'améliorerait guère la crédibilité de son organisation, ou même la sienne.

« Au début du XVIIIe siècle, la magie a commencé à se déplacer de l'ancien au Nouveau Monde – elle a quitté l'Europe avec ses praticiens. Ces gens avaient besoin d'un lieu où stocker leurs connaissances et préserver leurs pratiques. Personne ne sait avec certitude pourquoi ça a fonctionné à New Haven. D'autres localisations ont été évaluées, fit Darlington avec une certaine fierté. Cambridge. Princeton. Mais c'est à New Haven que la magie a réussi à prendre racine. Certains pensent que c'est parce que le Voile est plus fin ici, plus facile à déchirer. Vous comprenez donc pourquoi le Léthé se réjouit de vous avoir à bord. » *Une partie du Léthé, tout du moins.* « Vous serez peut-être en mesure de nous apporter des réponses. Certains Gris se trouvent ici depuis bien plus longtemps que l'université.

— Et ces praticiens se sont dit que ce serait malin d'enseigner toute cette magie à une bande d'étudiants ?

— Le contact avec le surnaturel laisse certaines séquelles ; plus on vieillit, et plus il est difficile de le supporter. Les sociétés reconstituent donc chaque année leur stock en recrutant une nouvelle délégation. La magie est *littéralement* un art en voie de disparition, et New Haven reste l'un des rares endroits au monde où il est encore possible d'en attiser les braises. »

Alex demeura silencieuse. Tout cela l'effrayait-il ? *Bien*. Peut-être allait-elle étudier les livres qu'il lui avait préparés, au lieu de simplement les parcourir.

« Yale compte plus d'une centaine de sociétés à l'heure actuelle, mais la plupart d'entre elles ne nous intéressent pas. Elles se réunissent pour des dîners, se penchent sur leur histoire, font un peu de service communautaire. Ce sont les Huit Doyennes qui comptent. Les sociétés propriétaires. Les Maisons du Voile. Celles qui n'ont jamais cessé d'entretenir leurs tombeaux.

— Des tombeaux ?

— Je parie que vous en avez déjà vu certains. Des club-houses – même s'ils ressemblent davantage à des mausolées.

— Pourquoi on ne s'intéresse pas aux autres sociétés ? s'enquit-elle.

— C'est le *pouvoir* qui nous importe, et le pouvoir est lié à certains lieux bien spécifiques. Chacune des Maisons du Voile s'est développée autour d'une branche de l'ésotérique et se consacre à son étude – et chacune a construit son tombeau sur un nexus de pouvoir. Excepté Berzelius, mais tout le monde se fiche de Berzelius. » Cette société s'était fondée en réaction directe à l'essor de la magie à New Haven ; ses membres considérant ceux des autres Maisons comme des charlatans et des dilettantes superstitieux, et souscrivant à la philosophie selon laquelle la science était la seule vraie magie, ils s'étaient consacrés à des investissements dans les nouvelles technologies. Ils avaient réussi à survivre au krach boursier de 1929 sans l'aide de pronostications, avaient perduré tant bien que mal jusqu'à celui de 1987, qui les avait peu ou prou anéantis. De fait, la seule vraie magie était… la magie.

« Un *nexus*, répéta Alex. Il y en a partout sur le campus ? De ces nex…

— Nexus, oui. Représentez-vous la magie comme un fleuve. Les nexus correspondent à des *tourbillons* de pouvoir, qui permettent aux sociétés de mener à bien leurs rituels. Nous en avons localisé douze en ville. Huit accueillent des tombeaux, et sur les autres sites se trouvent des structures déjà existantes, comme la gare, qui rendent impossible toute nouvelle construction. Quelques sociétés ont perdu leur tombeau au fil du temps. Elles peuvent bien étudier tout leur saoul : une fois cette connexion rompue, elles n'accompliront pas grand-chose.

— Si je comprends bien, toute cette histoire dure depuis plus d'un siècle – et personne n'a jamais rien deviné ?

— Parmi les anciens élèves des Huit Doyennes, on trouve certains des hommes et des femmes les plus puissants du monde. Des gens qui ont la haute main sur des gouvernements, sur la richesse des nations, qui façonnent la forme même de la culture. Ils ont tout dirigé, des Nations unies jusqu'au Congrès, en passant par le *New York Times* et la Banque mondiale. Ils ont truqué presque toutes les World Series, six Super Bowls, les Academy Awards et au moins une élection présidentielle. Des centaines de sites web se consacrent au décryptage des liens qui les unissent aux francs-maçons, aux Illuminati, au groupe Bilderberg – et à bien d'autres entités encore.

— S'ils se réunissaient au *Denny's* plutôt que dans des mausolées géants, ils n'auraient peut-être pas à s'inquiéter pour ça. »

Ils étaient arrivés à Il Bastone, une demeure appartenant au Léthé : trois étages de brique rouge et de vitraux construits par John Anderson en 1882 pour une somme scandaleuse, puis abandonnés à peine un an plus tard – à cause des taux d'imposition élevés de la ville, officiellement. Mais les archives du Léthé racontaient une autre histoire, impliquant le père d'Anderson et le fantôme d'une fumeuse de cigares. Contrairement à Black Elm, Il Bastone ne s'était pas étendu. C'était une maison de ville entourée de chaque côté par d'autres propriétés, haute, mais d'une grandeur contenue.

« Ça ne les inquiète pas, rétorqua Darlington. Ils *adorent* les théories du complot et les barjots affublés de chapeaux en papier d'alu.

— Parce qu'ils aiment faire les intéressants ?

— Parce que c'est *tellement* plus bénin que ce qu'ils font vraiment. » En poussant le portail en fer forgé noir, Darlington vit le porche de la vieille maison se redresser légèrement, comme en prévision de la suite. « Après vous. »

L'obscurité les enveloppa sitôt la porte fermée. Un hurlement leur parvint aussitôt des entrailles de la maison, aigu, *affamé*. Galaxy Stern lui avait demandé dans quoi elle s'embarquait. Le moment était venu de lui montrer.

3

Hiver

P*ersonne ne meurt en faisant de la gym.* Alex entreprit de revenir sur ses pas sitôt après avoir raccroché avec Dawes. Elle ne s'était rendue qu'à une reprise au gymnase Payne Whitney : quand elle avait laissé Mercy la traîner à un cours de salsa, où une fille blanche parfaitement moulée dans un legging noir lui avait dit de pivoter, pivoter, pivoter…

Darlington l'avait encouragée à utiliser les poids et haltères afin de « renforcer son cardio ».

« Pour quoi faire ? avait demandé Alex.

— Pour vous améliorer. »

Seul Darlington pouvait dire une chose pareille sans perdre son sérieux. Cela dit, il courait dix kilomètres chaque matin, et semblait constamment évoluer sur un nuage de perfection physique. Chaque fois qu'il se pointait à la suite Vanderbilt, le sol semblait comme parcouru de quelque courant électrique. Lauren, Mercy, et même la taciturne Anna se redressaient un peu, les yeux brillants, trépidant légèrement sur leur siège telle une bande d'écureuils bien maquillés. Alex aurait aimé être immunisée contre son charme – son beau visage, son corps élancé, l'aisance avec laquelle il occupait l'espace, comme si le monde lui appartenait. Il avait cette façon de passer une main distraite dans ses cheveux bruns qui vous donnait envie de le faire à sa place. Mais l'attirance qu'il lui inspirait était contrebalancée par la saine terreur qu'il instillait en elle. Au bout du compte, c'était un gosse de riches affublé d'un beau manteau, capable de la faire chavirer sans même s'en rendre compte.

La première fois qu'elle avait mis les pieds au manoir d'Orange Street, Darlington avait lâché des chacals à ses trousses. Des *chacals*. Qui avaient bondi des buissons entourant la maison, avec force gloussements et grognements, dès qu'il avait poussé un sifflement aigu. Alex s'était aussitôt mise à hurler. Elle avait fait un faux pas en se retournant pour prendre la fuite et s'était écroulée dans l'herbe – loupant de peu la petite clôture en fer dans le mouvement. Mais cela faisait longtemps qu'elle avait appris à toujours se concentrer sur la personne responsable. La configuration changeait selon les lieux, mais ça payait invariablement de savoir à qui revenaient les grandes décisions. À Darlington, en l'occurrence. Et Darlington n'avait pas l'air effrayé. Il semblait *intéressé*.

Les chacals s'approchaient d'elle d'un pas raide, en bavant, toutes dents dehors et dos courbés.

Ils ressemblaient à des renards. Aux coyotes qui parcouraient les collines d'Hollywood. À des *chiens de chasse*.

Et c'est nous *les bergers*.

« Darlington, lui avait-elle lancé en se forçant au calme, rappelez vos putains de chiens. »

Il avait prononcé une série de mots qu'elle n'avait pas compris – et les créatures s'étaient aussitôt retranchées dans les buissons, toute leur agressivité disparue : elles bondissaient sur leurs pattes en se mordillant les unes les autres. Il avait eu le culot de lui sourire en lui tendant une main élégante. L'ex-gamine du quartier de Van Nuys avait failli lui enfoncer ses doigts dans la trachée pour lui faire ravaler son rictus, mais elle s'était finalement forcée à le laisser l'aider. Ç'avait été le début d'une *très* longue journée.

Quand Alex avait fini par retrouver sa résidence, Lauren avait réussi à tenir précisément soixante secondes avant de passer à l'attaque : « Et donc, il a une petite amie ton cousin ? »

Installées autour de la nouvelle table basse, elles enfonçaient de petites vis en plastique dans ses pieds pour la stabiliser. Anna n'était nulle part en vue, et Lauren avait commandé des pizzas. La fenêtre ouverte laissait entrer les prémices d'une brise crépusculaire, et Alex avait l'impression de se regarder depuis la cour – une fille heureuse, une fille *normale*, entourée de gens persuadés qu'elle *aussi* avait un avenir. Elle s'était efforcée de s'accrocher à ce sentiment, de le garder pour elle.

« Tu ne vas pas me croire… mais je n'en ai aucune idée. » Ce qu'elle avait appris l'avait tellement submergée que l'idée de poser ce genre de questions ne lui avait même pas traversé l'esprit.

« Ce type sent les billets verts », avait lancé Mercy.

Lauren lui avait jeté une clé Allen à la figure. « Quelle vulgarité.

— Ne t'avise pas de sortir avec mon cousin », avait dit Alex – parce que c'était le genre de phrases que prononçaient ces filles. « Je n'ai vraiment pas besoin de ça. »

Le vent faisait gonfler son manteau d'hiver. Alex songea à cette fille, illuminée d'or, assise dans ce cercle sacré – le dernier moment de paix dont elle arrivait à se souvenir. Il ne s'était écoulé que cinq mois depuis, mais cela lui semblait remonter à bien plus longtemps.

Elle coupa à gauche, à l'ombre des colonnes blanches qui longeaient le côté sud du vaste réfectoire que tout le monde appelait encore Commons, alors qu'il avait été officiellement rebaptisé le Schwarzman Center. Schwarzman, un Bonesman de la promotion 1969, gérait un fonds d'investissement privé des plus prospères, le Groupe Blackstone. Le centre existait grâce à un don de cent cinquante millions de dollars à l'université : une offrande autant qu'un geste d'excuse, la magie buissonnière qui s'était échappée d'un rituel non autorisé ayant causé des comportements bizarres et provoqué des crises d'épilepsie chez la moitié des membres de la *Yale Precision Marching Band* lors d'un match de football contre Dartmouth.

Alex songea aux Gris dans la salle d'opération, à leurs bouches béantes. Il aurait dû s'agir d'une pronostication de routine. Rien n'était censé aller de travers – sauf que quelque chose s'était *bel et bien* mal passé, quand bien même elle était la seule à le savoir. Et maintenant, elle était censée se coltiner un meurtre ? Darlington et Dawes avaient gardé un œil sur les homicides dans la région de New Haven, elle le savait, histoire de s'assurer que rien ne puait le surnaturel – et qu'aucune des sociétés n'avait fait preuve d'un peu trop d'enthousiasme en dépassant les limites de ses rituels.

Des Gris formaient devant elle un fin gruau qui tourbillonnait sur le toit de la faculté tel un nuage de lait dans du café, attirés par le mélange de peur et d'ambition. L'imposant tombeau blanc de la Book & Snake se dressait sur sa droite. De tous les bâtiments des sociétés, c'était celui qui ressemblait le plus à une crypte. « Un fronton grec, des colonnes ioniques, avait dit Darlington. Quelle trivialité. » Il réservait son admiration aux paravents et parchemins mauresques de la Scroll & Key, aux lignes sévères milieu de siècle du Manuscrit. Alex, pour sa part, ne se lassait pas d'admirer la clôture entourant la Book & Snake : du fer noir grouillant de serpents. « Le symbole de Mercure, dieu du commerce », lui avait expliqué son mentor.

Le dieu des voleurs. Celui-là, même Alex le connaissait. Mercure était le messager.

Face à elle se déployait le cimetière de Grove Street. Alex aperçut un groupe de Gris rassemblés à côté d'une tombe, tout près de l'entrée. Quelqu'un avait sans doute laissé là des biscuits pour un parent défunt – à moins que le fan d'un artiste ou d'un architecte enterré dans le coin lui ait fait l'offrande de quelque nourriture sucrée. Mais le reste du cimetière, comme tous les cimetières une fois la nuit tombée, était dénué du moindre fantôme. Pendant la journée, les Gris s'attachaient aux larmes salées et aux fleurs parfumées des personnes endeuillées – autant de cadeaux que les vivants laissaient aux morts. La jeune femme avait appris qu'ils adoraient tout ce qui leur rappelait la vie. La bière renversée et les rires bruyants des fêtes organisées par les fraternités; les bibliothèques en périodes d'examens, où des étudiants anxieux se nourrissaient de café et de Coca; les résidences universitaires bruissantes de ragots et de couples essoufflés, les mini-frigos remplis de nourriture un peu passée, les étudiants qui se retournent dans leur sommeil, leurs rêves remplis de sexe et de terreur. *C'est là que je devrais me trouver,* songea Alex. *Dans notre salle de bains crasseuse, à prendre une douche – au lieu de passer devant un cimetière au beau milieu de la nuit.*

Les portes du cimetière étaient censées évoquer un temple égyptien: des fleurs de lotus ornaient les énormes colonnes, et le socle arborait l'inscription *LES MORTS RESSUSCITERONT.* en lettres géantes. Darlington avait qualifié ce point de signe de ponctuation le plus éloquent de toute la langue anglaise. Encore une chose qu'Alex avait dû vérifier, un autre bout de code à déchiffrer. La citation, ainsi qu'elle l'avait découvert, était tirée d'un verset de la Bible:

> *Voici, je vous dis un mystère: nous ne mourrons pas tous, mais tous nous serons changés, en un instant, en un clin d'œil, à la dernière trompette. Car la trompette sonnera, et les morts ressusciteront, incorruptibles, et nous serons changés.*

« Incorruptibles. » En voyant ce mot, la jeune femme comprit le sourire de Darlington. Les morts allaient ressusciter, mais en matière d'incorruptibilité le cimetière de Grove Street ne faisait aucune promesse. Mieux valait ne pas espérer de garanties, à New Haven.

Ce qu'Alex découvrit devant le gymnase de Payne Whitney lui rappela la salle d'opération: des projecteurs de police illuminant la neige, les ombres des spectateurs comme plaquées au sol. Un noir et blanc magnifique, presque une lithographie – mais l'effet se voyait gâché par les rubans jaunes et les gyrophares bleus et rouges des voitures de patrouille garées là pour barrer l'intersection. L'activité semblait se concentrer sur le triangle de terres orphelines qui se déployait en son centre.

Il y avait là une camionnette de médecin légiste, toutes portières ouvertes ; des policiers en uniforme postés au garde-à-vous le long du périmètre ; des hommes en veste bleue – sans doute des experts médico-légaux, si Alex devait en croire les séries télé dont elle s'était goinfrée ; des étudiants sortis de leur résidence pour voir ce qui se passait malgré l'heure tardive.

De sa relation avec Len, Alex avait hérité d'une certaine méfiance à l'égard des forces de l'ordre. Quelques années plus tôt, celui-ci n'avait rien trouvé de mieux que de la forcer à participer aux livraisons, partant du principe qu'aucun uniforme – la sécurité du campus ou la police de Los Angeles – n'allait arrêter une gamine potelée qui cherchait sa grande sœur dans la cour d'un lycée. Mais en prenant de l'âge, elle avait fini par perdre l'apparence d'une fille fréquentant des quartiers *sains*.

Même quand elle n'avait rien sur elle, Alex avait appris à se tenir à l'écart des flics – tant certains semblaient avoir le don de flairer sur elle les ennuis. Et pourtant voilà qu'elle marchait dans leur direction, en se lissant les cheveux d'une main gantée. Une étudiante comme les autres.

Centurion n'était pas difficile à repérer. Alex avait déjà croisé l'inspecteur Abel Turner, à une seule occasion. Il s'était montré affable, gracieux – en un instant, elle avait compris qu'il la détestait ; et pas seulement elle, mais aussi Darlington et tout ce qui avait trait au Léthé. Elle n'aurait su dire pourquoi on l'avait désigné Centurion, l'agent de liaison entre la Maison Léthé et le chef de la police, mais de toute évidence il ne voulait pas de ce poste.

Il était en pleine discussion avec un autre inspecteur et un flic en uniforme. Noir, dépassant d'une demi-tête ses deux collègues, il avait la tête presque rasée et portait un complet bleu marine ainsi qu'un pardessus Burberry – un *vrai, a priori*. Le tout hurlait *ambition* tel un roulement de tonnerre. *Trop beau*, aurait dit sa grand-mère. *Quien se prestado se vestio, en medio de la calle se quito*. Estrea Stern ne fiait pas aux bellâtres, surtout lorsqu'ils étaient bien habillés.

Alex se rapprocha nonchalamment de la barricade. Centurion se trouvait sur les lieux, ainsi que Dawes l'avait promis, mais la jeune femme ne savait pas trop comment attirer son attention – et que faire lorsqu'elle l'aurait obtenue. Les sociétés se réunissaient le jeudi et le dimanche. Aucun rituel vraiment risqué n'était autorisé sans la présence de délégués de la Maison Léthé, mais cela n'aurait nullement empêché quelque petit malin de sortir du script. La rumeur selon laquelle Darlington se trouvait « en Espagne » s'était sans doute répandue, et quelqu'un avait peut-être voulu en profiter pour s'essayer à quelque chose de nouveau. Alex ne subodorait aucune intention véritablement malveillante, mais tous les Tripp et les Miranda de ce monde pouvaient faire beaucoup de dégâts sans pour autant le vouloir. Après tout, leurs erreurs ne leur collaient jamais aux basques.

La foule qui l'entourait s'était dispersée presque immédiatement ; Alex se souvint alors de l'odeur pestilentielle qu'elle devait exhaler, mais il était trop tard pour y faire quoi que ce soit. Elle sortit son portable, fit défiler ses quelques contacts. La jeune femme avait reçu un nouveau téléphone lorsqu'elle avait accepté l'offre du Léthé ; il contenait bien peu de numéros, Alex ayant effacé d'un seul geste de bannissement l'essentiel de son ancienne existence. Celui de ses camarades de chambre. Celui de sa mère, qui lui envoyait chaque matin une série de smileys – comme si des émojis pouvaient leur servir d'incantation partagée. Turner s'y trouvait également, mais Alex ne lui avait jamais adressé le moindre texto ; l'occasion ne s'était jamais présentée jusque-là.

Je suis ici, tapa-t-elle, pour ensuite ajouter : *C'est Dante.* Elle estimait probable qu'il n'ait pas pris la peine de l'ajouter à ses contacts.

Elle regarda Turner sortir son téléphone de sa poche, lire son message. Et ne même pas jeter un coup d'œil autour de lui.

Son portable se mit à vibrer une seconde plus tard.

Je sais.

Alex attendit dix minutes, puis vingt. Turner termina sa

conversation, consulta une femme vêtue d'une veste bleue, fit les cent pas devant une zone délimitée – là où le corps avait dû être retrouvé.

Un groupe de Gris rôdait à proximité du gymnase. Alex laissa ses yeux les survoler sans jamais se poser nulle part, ou se concentrer sur quoi que ce soit. Il y avait quelques locaux, toujours visibles dans les parages : un rameur qui s'était noyé au large des Keys, mais qui revenait à présent hanter les bassins d'entraînement, un malabar ayant à l'évidence joué au football de son vivant. Elle crut apercevoir le Marié, le fantôme le plus célèbre de la ville et l'un des préférés des amateurs du meurtre comme des guides touristiques consacrés à la *Nouvelle-Angleterre hantée* ; on le soupçonnait d'avoir tué sa fiancée – avant de se suicider – dans les bureaux d'une usine située jadis tout près d'ici. Une théorie qu'Alex ne se laissa pas le temps de confirmer. Payne Whitney était depuis toujours un phare pour les Gris, imprégné de faim, de sueur et d'efforts. Les cœurs y battaient plus vite qu'ailleurs.

« Quand les avez-vous vus pour la première fois ? » lui avait demandé Darlington lors de leur première rencontre, le jour où il avait lâché sur elle ces saloperies de chacals. Darlington connaissait sept langues. Il maîtrisait l'escrime, le ju-jitsu brésilien, et savait comment recâbler un boîtier électrique. Il pouvait citer des poèmes et des pièces d'auteurs dont Alex n'avait jamais entendu parler. Mais il posait toujours les mauvaises questions.

Alex vérifia son téléphone. Elle avait perdu une heure supplémentaire. À ce stade, ce n'était sans doute même pas la peine de rentrer dormir. La jeune femme ne figurait pas en tête de la liste des priorités de Turner, elle le savait, mais tout ça la mettait vraiment dans le pétrin.

Nouveau message : *Je peux aussi appeler Sandow.*

C'était du bluff, et elle espérait presque que Turner ne tombe pas dans le panneau. S'il refusait de lui parler, Alex prendrait un plaisir certain à le dénoncer au doyen – mais à une heure un peu plus civilisée. Elle allait d'abord rentrer et princièrement s'accorder deux heures de sommeil.

Raté : elle vit Turner sortir son portable de sa poche, secouer la tête, puis se rapprocher d'elle d'un pas nonchalant. Son nez se plissa légèrement, mais il se borna à dire : « Mme Stern, en quoi puis-je vous être utile ? »

Alex ne le savait pas trop, mais il lui avait laissé tout le temps nécessaire pour formuler une réponse. « Je ne suis pas ici pour vous causer des ennuis. On m'a *ordonné* de venir. »

Turner lâcha un petit rire convaincant. « Nous avons tous un boulot à faire, Mme Stern. »

Et je parie que vous aimeriez que le vôtre implique de me tordre le cou séance tenante. « Je comprends parfaitement, mais on est jeudi soir.

— Et hier, c'était mercredi ; et demain on sera... »

Allez-y, jouez les abrutis. Alex aurait été ravie de le planter là, mais elle avait besoin de matière pour son rapport. « Il y a une cause de décès ?

— Bien sûr que quelque chose a provoqué sa mort. »

Espèce de connard. « Je voulais dire...

— Je *sais* ce que vous vouliez dire. On n'a rien de définitif pour l'instant, mais je ne manquerai pas de rédiger un compte rendu pour le doyen quand nous en saurons plus.

— Si une société est impliquée...

— Nous n'avons aucune raison de supposer une chose pareille. » Une pause, puis : « Pour l'instant. » À croire qu'il s'imaginait en pleine conférence de presse.

« On est *jeudi* », répéta-t-elle. Les sociétés se réunissaient deux fois par semaine, mais les rituels n'étaient autorisés que le jeudi soir. Le dimanche était consacré à « l'étude et à l'investigation » – à savoir un repas chic servi dans des plats hors de prix, un conférencier épisodique et beaucoup d'alcool.

« Vous êtes sortie avec les idiots ce soir ? s'enquit-il, d'une voix toujours agréable. C'est pour ça que vous sentez la merde réchauffée à la poêle ? Avec qui étiez-vous ? »

Le côté *provocateur* de la jeune femme la poussa à réagir : « Vous parlez comme un petit ami jaloux.

— Je parle comme un flic. Répondez-moi.

— C'est le tour des Bonesmen, ce soir. »

Turner en resta un instant coi. « Dites-leur de rendre le crâne de Geronimo.

— Ils ne l'ont pas. » Ce qui était la stricte vérité. Les héritiers de Geronimo leur avaient intenté un procès quelques années plus tôt, mais la démarche n'avait abouti à rien. Bon, les Bonesmen gardaient bel et bien son foie et son intestin grêle dans un bocal, mais ça ne lui semblait pas être le bon moment pour en parler.

« Où est Darlington ? s'enquit Turner.

— En Espagne.

— En Espagne ? » Pour la première fois, le masque de douceur du flic s'était fissuré.

« Il est parti étudier à l'étranger.

— Et il vous a laissée aux commandes ?

— Ouaip.

— Il doit avoir une sacrée confiance en vous.

— Ouaip. » Alex afficha son sourire le plus charmeur ; l'espace d'un instant, elle crut que l'inspecteur Turner allait en faire de même – car il faut être un escroc pour en reconnaître un autre. Mais il resta parfaitement impassible – sans doute devait-il se tenir sur ses gardes depuis trop longtemps.

« D'où venez-vous, Stern ?

— Pourquoi cette question ?

— Écoutez, vous m'avez l'air d'être une chic fille…

— Non, rétorqua Alex. Pas du tout. »

Turner leva un sourcil, inclina la tête sur le côté – puis il opina du chef, lui concédant le point. « D'accord. Vous avez un boulot à accomplir ce soir, et moi aussi. Vous avez fait votre part : vous m'avez parlé. Vous allez tenir Sandow informé de ce qui s'est passé ici – l'assassinat d'une fille blanche, ce qui va déjà pas mal attirer l'attention sans même que vous vous immisciez dans nos affaires. On va faire en sorte de ne pas impliquer l'université et… tout le reste. »

Il agita une main comme pour écraser distraitement une mouche – alors même qu'il parlait là de cabales centenaires manipulant une magie d'un autre âge. « Vous avez joué votre rôle ; *maintenant* vous pouvez rentrer chez vous. C'est bien ce que vous voulez, pas vrai ? »

N'était-ce pas précisément ce qu'Alex avait en tête ? Et pourtant la jeune femme hésitait – elle sentait le jugement de Darlington peser sur ses épaules. « Effectivement. Mais le doyen Sandow va vouloir… »

Le masque de Turner glissa alors complètement : la fatigue de la nuit, exacerbée par la colère que lui inspirait la présence de la jeune femme, devint soudain visible. « Elle est de la ville, Stern. Tirez-vous d'ici. »

Elle est de la ville. Pas une étudiante. Pas liée aux sociétés. *Laissez tomber.*

« Ouais, fit Alex. C'est bon. »

Turner sourit – presque un *vrai* sourire : des fossettes enfantines apparurent sur ses joues. « Affaire réglée. »

Et il se détourna d'elle, pour repartir tranquillement voir ses collègues.

Alex lança un coup d'œil à la grise cathédrale gothique de Payne Whitney. Le bâtiment ne ressemblait pas à un gymnase – mais *toutes* les apparences étaient trompeuses, par ici. *C'est bien ce que vous voulez, pas vrai ?*

L'inspecteur Abel Turner la comprenait intimement – Darlington n'aurait pas pu en dire autant avant sa disparition.

Bien. Mieux. Meilleur. Voilà quelle était la trajectoire censée vous conduire jusqu'à Yale. Ce que Darlington – et probablement tous ces enfants aussi enthousiastes que laborieux – ne pouvait comprendre, c'était qu'Alex se serait volontiers contentée de moins. Darlington ne visait rien de moins que la perfection, le spectaculaire. Il ignorait à quel point une vie banale pouvait s'avérer *précieuse*, à quel point c'était facile de perdre le fil. On commençait par dormir jusqu'à midi, on loupait un cours, un jour d'école, on perdait un emploi, puis un autre, on oubliait la façon dont fonctionnaient les gens normaux.

On oubliait peu à peu le langage de la vie ordinaire. Et puis, sans le vouloir, on pénétrait dans une contrée d'où il était impossible de repartir. Le sol semblait toujours y glisser sous vos pieds, sans vous donner la moindre possibilité de retrouver un endroit solide.

Peu importait qu'Alex ait vu les délégués de la Skull & Bones lire l'avenir des matières premières dans les entrailles de Michael Reyes, ou le capitaine de l'équipe de lacrosse se transformer en campagnol. (Il avait couiné, et puis – elle l'aurait juré – s'était mis à sucer son petit poing rose). Alex voyait dans le Léthé un billet retour pour la Normalité. Elle n'avait pas *besoin* d'être exceptionnelle. Ni même d'être brillante, juste moyenne. Turner lui en avait donné la permission. *Rentre chez toi. Va te coucher. Prends une douche. Retourne donc à tes chères études – pour peu que tu ambitionnes toujours de réussir ton année.* Ses notes du premier semestre, guère brillantes, lui avaient valu une mise en probation.

Elle est de la ville.

Sauf que les sociétés aimaient bien acheter des filles et des garçons de la ville pour leurs petites expériences. C'était même la raison d'être du Léthé – quasiment la seule. Et Alex avait passé la majeure partie de sa vie à être *de la ville.*

Elle examina la camionnette du médecin légiste, à moitié garée sur le trottoir. Turner lui tournait toujours le dos.

L'erreur que les gens commettaient quand ils voulaient éviter de se faire remarquer, c'était de prendre un air désinvolte ; ce fut donc d'un pas déterminé qu'elle se rapprocha du véhicule – telle une fille bien décidée à retourner à sa résidence universitaire. Il était tard, après tout. Au moment de contourner l'arrière du van, elle lança un rapide coup d'œil en direction de Turner – après quoi elle se glissa dans le large V formé par les portes arrière, sous les yeux méfiants d'un médecin légiste en uniforme.

« Salut », fit-elle. Il demeura à moitié accroupi, son corps dissimulant ce qui se trouvait derrière lui. Alex lui tendit l'une des deux pièces d'or qu'elle gardait cachées dans la doublure de son manteau. « Vous avez fait tomber ça. »

Le toubib vit le métal étinceler et, sans réfléchir – tel le chien de Pavlov – tendit la main pour s'en saisir. Quelqu'un vous faisait une fleur, vous acceptiez. Mais il y avait aussi quelque chose de la *pie* dans sa réaction, dans l'attrait qu'exerçait tout objet brillant. Alex se sentait un peu dans la peau d'un troll dans un conte de fées.

« Je ne pense pas… », commença-t-il. Mais son visage se détendit dès que ses doigts se refermèrent sur la pièce et que la sujétion s'empara de lui.

« Montrez-moi le corps », lui dit Alex, qui s'attendait à moitié à essuyer un refus. La jeune femme avait vu Darlington subjuguer un agent de sécurité, mais elle-même n'avait jamais eu l'occasion d'utiliser une pièce de sujétion.

Le légiste ne cligna même pas des yeux : il recula dans les profondeurs du van tout en lui tendant une main serviable. Après un regard rapide par-dessus son épaule, Alex referma derrière elle. Ils n'allaient pas avoir beaucoup de temps – il suffisait que le chauffeur ou, pire encore, Turner vienne frapper à la porte et la trouve là, occupée à discuter avec un cadavre, pour qu'elle aille au-devant de graves ennuis. Sans compter qu'elle ne savait pas trop combien de temps la sujétion allait durer. Cette magie particulière provenait du Manuscrit, une société spécialisée dans la magie des miroirs, les charmes, la persuasion. N'importe quel objet pouvait être enchanté, le plus célèbre restant un préservatif qui avait convaincu un diplomate suédois coureur de jupons de se séparer d'un véritable trésor de documents sensibles.

Produire ces pièces exigeait énormément de magie ; le Léthé en conservait donc un nombre limité, et Alex s'était montrée économe avec les deux qu'on lui avait allouées. Pourquoi en gaspillait-elle une *maintenant* ?

Sitôt dans l'espace clos en compagnie du légiste, la jeune femme vit ses narines se dilater, titillées par l'odeur du surnaturel. Mais la main du médecin – celle qui ne tenait pas la pièce – s'était déjà refermée sur la fermeture Éclair du sac mortuaire. Il bougeait trop vite, comme en avance rapide ; Alex faillit lui dire de faire une pause, mais il ne tarda pas à se calmer. Le vinyle noir se fendit comme la peau d'un fruit…

« Putain de merde », murmura Alex.

Le visage de la fille était fragile, veiné de bleu. Elle portait une camisole de coton blanc, déchirée et plissée là où le couteau avait frappé – à maintes reprises. Toutes les blessures se concentraient autour de son cœur ; son assassin y avait mis suffisamment de force pour que son sternum donne l'impression d'avoir commencé à céder, avec des os fracturés qui formaient un petit cratère ensanglanté. Alex regretta soudain de ne pas avoir suivi le conseil insistant de Turner. Cela ne ressemblait pas du tout à un rituel qui aurait mal tourné. Ça avait l'air… *personnel*.

Elle ravala la bile qui s'était accumulée dans sa gorge et se força à prendre une longue inspiration. Si l'une des sociétés avait pris cette fille pour cible, ou si la malheureuse s'était mêlée de surnaturel, l'odeur du Voile devait encore se trouver sur elle. Une hypothèse hélas impossible à vérifier avec la propre odeur d'Alex qui empuantissait l'ambulance.

« C'est le petit ami. »

Alex lança un coup d'œil au légiste. Les sujétions étaient censées rendre soucieuse de plaire toute personne sous leur pouvoir.

« Comment le savez-vous ? s'enquit-elle.

— C'est ce que Turner a dit. Ils l'ont déjà emmené pour l'interroger. Il a des antécédents.

— À savoir ?

— Trafic de drogue et possession. Elle aussi. »

Évidemment. Le petit ami transportait de la dope, et cette fille aussi. Mais le meurtre, c'était quand même autre chose que du trafic à la petite semaine. *Pas toujours*, se remémora-t-elle. *Parfois, un rien sépare l'un de l'autre.*

Alex revint au visage de la défunte. Elle était blonde, un peu comme Hellie.

La ressemblance était superficielle, du moins à l'extérieur. Mais *dedans* ? En leur for intérieur, elles étaient toutes pareilles.

Les filles comme Hellie, comme Alex, comme *celle-ci*, devaient fuir sans cesse – sous peine de se faire rattraper par les ennuis. Cette gamine n'avait tout simplement pas couru assez vite.

Des sacs en papier lui dissimulaient les mains – pour préserver les preuves, s'avisa Alex. Peut-être avait-elle griffé son agresseur.

« Comment s'appelait-elle ? » Ça n'avait guère d'importance, mais Alex avait besoin de le savoir pour son rapport.

« Tara Hutchins. »

Elle le nota dans son portable pour éviter de l'oublier. « Recouvrez-la. »

Alex se réjouit de ne plus voir ce corps brutalisé. Le spectacle n'avait rien de ragoûtant, loin de là, mais cela ne signifiait pas pour autant que Tara était liée aux sociétés. Les êtres humains n'avaient pas besoin de magie pour faire preuve d'une cruauté sans nom.

« Heure du décès ? » s'enquit-elle. Un point qui lui semblait important pour son rapport.

« Vers onze heures. Difficile à déterminer plus précisément, à cause du froid. »

Elle se figea, une main sur la poignée des portes du véhicule. Vers onze heures. Soit peu ou prou au moment où Alex avait vu béer les mâchoires de deux Gris dociles, qui n'avaient jamais causé le moindre problème à personne – à croire qu'ils essayaient d'avaler le monde –, pendant que quelque chose essayait de pénétrer de force à l'intérieur d'un cercle de craie. Et si ce *quelque chose* avait plutôt trouvé son chemin jusqu'à Tara ?

À moins que son petit ami ne se soit suffisamment défoncé pour se croire capable de la poignarder en plein cœur ? Il y avait plein de monstres parfaitement *humains* dans le coin – Alex en avait croisé quelques-uns. Dans l'immédiat, elle avait « fait sa part ». Voire davantage.

La jeune femme repoussa la portière coulissante du van, balaya la rue du regard, puis bondit par terre. « Vous allez oublier que vous m'avez vue », lança-t-elle au légiste.

Une expression de confusion parcourut le visage du médecin.

Le laissant hébété à côté du corps de Tara, Alex traversa la rue pour retrouver l'obscurité du trottoir – loin des lumières de la police. La sujétion n'allait pas tarder à s'estomper, et le légiste se demanderait comment il avait fait pour se retrouver avec une pièce d'or dans la main. Il la mettrait dans sa poche et oublierait son existence, ou bien la jetterait à la poubelle sans jamais se douter qu'elle était parfaitement authentique.

Elle jeta un coup d'œil aux Gris rassemblés autour de Payne Whitney. Était-ce son imagination, ou y avait-il quelque chose dans la courbure de leurs épaules, la façon dont ils se blottissaient les uns contre les autres près des portes du gymnase ? Il ne fallait pas trop les fixer, Alex le savait, mais dans ce moment fugace elle aurait juré qu'ils avaient l'air effrayés. De quoi les morts avaient-ils peur ?

Elle entendait la voix de Darlington dans sa tête : *Quand les avez-vous vus pour la première fois ?* Il lui avait demandé ça d'une voix grave, hésitante, comme s'il craignait d'aborder un sujet tabou. Mais la vraie question, la seule valable, était : *Quand avez-vous compris pour la première fois que vous aviez peur ?*

Alex le remercia mentalement de ne jamais l'avoir posée.

Par où commencer pour raconter l'histoire du Léthé? Débute-t-elle en 1824, avec Bethsabée Smith? Peut-être. Mais il allait falloir encore soixante-dix ans, et bien d'autres désastres, avant que le Léthé ne devienne réalité. Nous allons donc plutôt choisir 1898, lorsque Charlie Baxter, un sans foyer dénué de la moindre importance, a été retrouvé mort avec des brûlures aux mains, aux pieds et au scrotum, ainsi qu'un scarabée noir en lieu et place de sa langue. Des accusations ont fusé, l'université a menacé de lourdes sanctions les diverses sociétés. Pour apaiser les dissensions et – parlons franchement – pour sauver leurs miches, Edward Harkness, membre de la Wolf's Head, s'est associé avec William Payne Whitney, de la Skull & Bones, et Hiram Bingham III, de la défunte Fraternité Acacia, pour fonder la Ligue du Léthé, une organisation censée surveiller les activités occultes des sociétés.

De ces réunions initiales est née notre profession de foi: nous sommes chargés de surveiller les rites et pratiques de toute société qui s'adonne à la magie, à la divination ou entretient des rapports avec l'autre monde – avec l'intention expresse de protéger citoyens et étudiants contre tous dommages mentaux, physiques et spirituels, et de promouvoir des relations amicales entre les sociétés et l'administration universitaire.

Des capitaux injectés par Harkness – auxquels s'ajoutait une contribution obligatoire versée par les trusts gérant chacune des Huit Doyennes – assuraient le financement du Léthé. Quand Harkness a recruté James Gamble Rogers (Scroll & Key, 1889) pour dessiner le plan de Yale et concevoir nombre de ses structures, il a veillé à ce que le Léthé jouisse de refuges et de tunnels – creusés expressément pour son usage – un peu partout sur le campus.

Harkness, Whitney et Bingham se sont inspirés des connaissances de chacune des sociétés pour créer à l'usage

des agents du Léthé une réserve de magie – considérablement étoffée en 1911, lorsque Bingham s'est rendu au Pérou.

— extrait de *La Vie du Léthé : Procédures et Protocoles de la Neuvième Maison*

4

L'automne précédent

« Debout, lui lança Darlington en l'aidant à se relever. L'illusion ne va pas tarder à disparaître, et vous allez vous retrouver allongée devant la maison telle une alcoolique tout sauf mondaine. » Il la traîna à moitié jusqu'à la véranda. Alex n'avait pas si mal réagi que ça aux chacals, mais elle avait le teint grisâtre et respirait difficilement. « Vous êtes dans un état lamentable.

— Et vous, vous êtes un connard.

— On a donc tous les deux des problèmes à surmonter. Vous m'avez demandé de vous expliquer dans quoi vous vous embarquiez. Vous le *savez,* à présent. »

Elle s'arracha à sa prise. « M'expliquer. Pas essayer de me tuer. »

Darlington ne la quittait pas des yeux. C'était fondamental qu'elle *comprenne.* « Vous n'avez jamais été en danger. Mais je ne peux pas vous promettre que ce sera toujours le cas. Si vous ne prenez pas tout cela au sérieux, vous risquez de vous faire du mal - ou de blesser quelqu'un d'autre.

— Quelqu'un dans votre genre ?

— Oui. La plupart du temps, il ne se passe rien de trop grave au sein des Maisons. Vous allez voir des choses que vous préféreriez oublier. Des miracles, également. Mais personne ne comprend entièrement ce qu'il y a au-delà du Voile, ou ce qui risque d'arriver si jamais il se déchire. *Les ailes noires de la Mort planent au-dessus de nous, hoplites, hussards, dragons.* »

Elle posa ses mains sur ses cuisses, leva les yeux vers lui. « C'est de vous ?

— Cabot Collins. On l'appelait le poète du Léthé. » Darlington tendit une main vers la porte. « Il a perdu ses deux mains quand un portail interdimensionnel s'est refermé dessus – il était en train de réciter son dernier ouvrage en date. »

Alex frissonna. « D'accord, j'ai compris. Mauvaise poésie, affaire sérieuse. Ces chiens, est-ce qu'ils sont réels ?

— Suffisamment. Ce sont des chiens mystiques, tenus de servir les fils et les filles du Léthé. Pourquoi ces manches longues, Stern ?

— Les marques de piqûres.

— Vraiment ? » L'hypothèse, pourtant crédible, lui paraissait difficile à croire.

Elle se redressa, se fit craquer le dos. « Ouaip. Bon, on y va ou pas ? »

D'un mouvement du menton, il désigna le poignet de la jeune femme. « Montrez-moi. »

Alex leva son bras sans pour autant remonter sa manche. Elle se borna à le tendre vers lui, comme pour se laisser faire une prise de sang.

Un défi – que Darlington répugnait soudain à accepter. Ce n'étaient pas ses affaires. Il aurait dû dire ça. Laisser tomber.

Au lieu de quoi il saisit son poignet. Les os étaient fluets dans sa main, anguleux. De son autre main, il remonta la manche de la jeune femme. Un peu comme des préliminaires.

Aucune trace de piqûres d'aiguille. Sa peau était couverte de tatouages : la queue recourbée d'un serpent à sonnette, une fleur de pivoine, et…

« La Roue. » Il résista non sans mal à l'envie de passer son pouce sur l'image, qui occupait le creux de son coude. Ce petit bout de tarot ne manquerait pas d'intéresser Dawes – et ça donnerait peut-être aux deux femmes un sujet de conversation. « Pourquoi cacher des tatouages ? Tout le monde s'en fiche, dans le coin. » La moitié des étudiants en avaient. Les manches longues n'étaient guère répandues, mais cela n'avait rien d'inédit.

Alex arracha son poignet à sa prise. « Il y a d'autres obstacles à franchir ?

— Plein. » Il ouvrit la porte et la conduisit à l'intérieur.

L'entrée était plongée dans la fraîcheur et la pénombre ; le vitrail projetait des motifs lumineux sur la moquette qui recouvrait le sol. Le grand escalier – en bois sombre sculpté d'un épais motif tournesol – serpentait devant eux le long du mur jusqu'au deuxième étage. À en croire Michelle, lui seul valait davantage que le reste de la maison et le terrain sur lequel celle-ci était construite.

Alex lâcha un petit soupir.

« Heureuse de vous retrouver à l'abri du soleil ? »

Elle émit un doux bourdonnement. « C'est calme, ici. »

Il lui fallut un instant pour comprendre ce qu'elle voulait dire par là. « Il Bastone est sous protection. Tout comme les chambres du Clapier... C'est si grave que ça ? »

Alex haussa les épaules.

« Eh bien... ils ne peuvent pas vous atteindre ici. »

Alex regarda autour d'elle, le visage impassible. L'entrée ne l'impressionnait-elle pas un tant soit peu, avec son bois chaleureux et ses vitraux, l'odeur de pin et de cassis qui évoquait immanquablement Noël ? À moins qu'il ne s'agisse d'un simple numéro de sa part...

« Chouette club-house, dit-elle. Ça ne ressemble guère à un tombeau.

— Le Léthé n'est pas une société – nous ne fonctionnons donc pas de la même manière. Il Bastone n'est pas un club-house : c'est notre quartier général, le cœur même du Léthé, où sont entreposées des centaines d'années de connaissances occultes. » Darlington parlait comme un horrible pisse-froid, il le savait, mais il n'arrivait pas à s'en empêcher. « Les sociétés recrutent tous les ans une nouvelle délégation de quatrièmes années, seize membres – huit femmes, huit hommes. Nous, nous recrutons un seul nouveau Dante – un première année – tous les *trois* ans.

— Ça fait de moi quelqu'un d'assez spécial, j'imagine.

— Espérons-le. »

Alex fronça les sourcils, puis d'un signe de tête désigna le buste en marbre posé sur une table sous le portemanteau. « Qui est-ce ?

— Le saint patron du Léthé, Hiram Bingham III. » Mais ses traits enfantins et sa bouche boudeuse ne se prêtaient malheureusement pas à une immortalisation dans la pierre. Il ressemblait à un mannequin de grand magasin dépressif.

Dawes sortit alors du salon en traînant les pieds, ses mains perdues dans les manches de son volumineux sweat-shirt, ses écouteurs autour de son cou – une vision en beige. Darlington sentait la gêne qui émanait d'elle : Pammie *détestait* rencontrer de nouvelles personnes. L'apprivoiser lui avait pris la majeure partie de sa première année, et il avait toujours l'impression que le moindre bruit un peu fort pourrait suffire à la convaincre de se précipiter dans la bibliothèque, pour y rester à jamais.

« Pamela Dawes, voici notre nouveau Dante : Alex Stern. »

Avec tout l'enthousiasme d'une personne saluant l'arrivée d'une épidémie de choléra, Dawes lui tendit sa main. « Bienvenue au Léthé.

— Dawes fait tourner la boutique, et s'assure que je reste dans les limites acceptables du ridicule.

— C'est donc un boulot à plein temps ? » s'enquit Alex.

Dawes cligna des yeux. « Le soir et l'après-midi, mais je peux me rendre disponible si vous me prévenez suffisamment tôt. » Elle lança un regard inquiet vers le salon, comme si sa thèse toujours inachevée était un bébé en pleurs. Dawes servait comme Oculus depuis près de quatre ans, tout en travaillant d'arrache-pied sur sa thèse – une étude des pratiques cultuelles mycéniennes dans l'iconographie des tarots primitifs.

Darlington se décida à mettre fin à ses souffrances. « Je vais lui faire visiter les lieux, après quoi on ira faire un tour au Clapier.

— Le Clapier ? répéta Alex.

— Un logement appartenant au Léthé, au coin de York et d'Elm Street. L'endroit est modeste, mais il s'avère pratique quand on ne veut pas trop s'éloigner de sa résidence. Et lui aussi bénéficie de protections.

— Ainsi que d'un stock substantiel de provisions », murmura Dawes avant de retrouver la sécurité du salon.

D'un geste, Darlington invita Alex à le suivre à l'étage.

« Qui était Bethsabée Smith ? » lui demanda-t-elle dans l'escalier.

Elle avait donc lu son exemplaire de *La Vie du Léthé*. Il se félicita qu'elle se souvienne du nom, mais si sa mémoire était bonne, Bethsabée figurait sur la première page du premier chapitre – il convenait par conséquent de modérer son enthousiasme. « La fille de dix-sept ans d'un fermier local. Son corps a été retrouvé dans le sous-sol de l'École de Médecine de Yale en 1824. Elle avait été déterrée pour être examinée par les étudiants.

— Putain de merde.

— Ça n'avait rien d'exceptionnel. Les médecins avaient besoin d'étudier l'anatomie, et il leur fallait des cadavres pour cela. Mais le cas Bethsabée nous semble être l'une des toutes premières tentatives de communication avec les morts. Un assistant médical a porté le chapeau, et les étudiants de Yale ont appris à faire preuve d'un peu plus de discrétion. Après la découverte du cadavre de la jeune femme, les habitants ont failli réduire Yale en cendres.

— Peut-être qu'ils auraient dû », murmura Alex.

Peut-être. L'événement avait reçu le nom d'Émeute de la Résurrection, mais il aurait pu tourner bien plus mal. Dans les bons moments comme dans les pires, New Haven restait une ville au bord du gouffre.

Darlington fit visiter à Alex le reste d'Il Bastone : le grand salon, avec la vieille carte de New Haven au-dessus de la cheminée, la cuisine et le garde-manger, les salles d'entraînement au rez-de-chaussée et l'armurerie du premier – avec son mur de tiroirs d'apothicaire, remplis d'herbes et d'objets sacrés.

Il incombait à Dawes de s'assurer que l'endroit était bien

approvisionné, que tout aliment périssable était remplacé ou jeté avant de devenir immangeable, et d'entretenir tous les objets qui nécessitaient un soin particulier. Il fallait par exemple porter quelques heures chaque mois les Perles de Protection de Cuthbert, sans quoi elles perdaient à la fois leur éclat et leur aptitude à protéger de la foudre. Un ancien du Léthé, Lee De Forest – qui avait été suspendu pour avoir causé une panne d'électricité sur tout le campus –, avait laissé derrière lui d'innombrables inventions, parmi lesquelles l'Horloge de la Révolution, qui affichait un compte à rebours précis à la minute des révoltes armées enflammant des pays du monde entier. Elle possédait vingt-deux visages et soixante-seize mains, et il fallait la remonter régulièrement – sans quoi elle se mettait simplement à crier.

Darlington attira son attention sur les réserves de poussière d'os et de terre de cimetière, dont ils allaient se munir chaque jeudi soir, et sur les précieuses fioles d'Eau de Perdition, censées provenir des sept fleuves de l'enfer, et à n'utiliser qu'en cas d'extrême urgence. Darlington n'en avait jamais eu l'occasion, mais il gardait espoir.

Au centre de la salle se trouvait le Creuset d'Hiram – ou « le Bol d'Or », ainsi qu'aimaient l'appeler les délégués du Léthé. Aussi large qu'une roue de tracteur, il était intégralement constitué d'or battu à vingt-deux carats.

« Le Léthé savait depuis des années que New Haven regorgeait des fantômes. Il y avait des hantises, des rumeurs d'observation, et certaines des sociétés avaient réussi à percer le Voile par des séances et des invocations. Mais le Léthé savait qu'il y avait davantage – un monde secret existant à côté du nôtre et interférant fréquemment avec lui.

— Interférant *comment* ? » s'enquit Alex ; et il vit la ligne étroite de ses épaules se tendre, pour adopter cette posture légèrement voûtée de combattante.

« Personne n'avait la moindre certitude à l'époque. La présence de Gris dans les cercles sacrés et les salles des temples semblait perturber les sorts et les rituels des sociétés. Certains signes laissaient à penser que les bribes de magie libérées lors des rituels en raison de leur ingérence pouvaient provoquer tout un tas d'effets, d'une gelée soudaine jusqu'à des crises de nerfs d'écoliers à quinze kilomètres de là. Mais le Léthé n'en avait aucune preuve, et aucun moyen de prévenir le phénomène. Année après année, et souvent au risque de leur propre existence, ses membres ont tenté de mettre au point un élixir qui leur permettrait de voir les esprits. Mais leurs expériences – leurs *tâtonnements*, devrais-je dire – n'ont rien donné. Jusqu'au Creuset d'Hiram. »

Alex fit courir un doigt le long du rebord doré de la cuvette. « On dirait un soleil.

— Nombre des structures du Machu Picchu étaient dédiées au culte du dieu soleil.

— Ce truc vient du Pérou ? N'ayez pas l'air aussi surpris : je *sais* où se trouve le Machu Picchu. Je suis même capable de trouver le Texas sur une carte si on me donne assez de temps pour ça.

— Vous allez devoir pardonner mon manque de familiarité avec le programme du district scolaire de Los Angeles, ou vos propres centres d'intérêt.

— Pardonné. »

Peut-être, songea Darlington. Mais Alex Stern donnait l'impression d'être du genre rancunier.

« Hiram Bingham était l'un des membres fondateurs du Léthé. Il a "découvert" le Machu Picchu en 1911 – même si ce verbe a tendance à froisser quelques plumes, les autochtones ayant parfaitement conscience de son existence *avant*. » Comme Alex demeurait silencieuse, il ajouta : « Et il aurait, paraît-il, servi d'inspiration pour le personnage d'Indiana Jones.

— Cool », fit la jeune femme.

Darlington étouffa un soupir. C'était ce qui allait retenir son attention, *évidemment*. « Bingham a volé environ quarante mille artefacts.

— Et il les a rapportés ici ?

— Oui, à Yale, pour les étudier au Peabody[1], en promettant de les rendre au bout d'un an et demi. Le Pérou a mis littéralement un siècle pour les récupérer. »

Alex donna une chiquenaude au creuset, qui émit un léger bourdonnement. « Ils ont oublié de mettre ça dans le colis retour ? Je ne vois pas trop comment on pourrait le louper.

— Le creuset n'a jamais été répertorié, parce qu'il n'a jamais été confié à Yale. Le Léthé l'a réceptionné directement.

— Entre autres biens volés.

— J'en ai bien peur, oui. Mais c'est la clé pour obtenir l'Orozcerio. Le problème avec l'élixir du Léthé n'était pas la recette, mais le récipient.

— Ce serait donc un saladier magique ? »

Quelle petite païenne. « Je ne l'exprimerais sans doute pas ainsi – mais oui, vous avez raison.

— Et c'est de l'or pur ?

— Avant d'essayer de vous enfuir avec, gardez à l'esprit qu'il pèse deux fois plus lourd que vous, et que toute la maison est protégée contre le vol.

— Si vous le dites. »

Avec la chance qu'il avait, Alex allait trouver un moyen de faire rouler le creuset dans les escaliers, de le charger à l'arrière d'un camion et de le transformer en boucles d'oreilles.

« L'élixir a bien d'autres noms qu'*Orozcerio*, reprit-il. L'Épreuve Dorée. La Balle d'Hiram. Chaque fois qu'un membre du Léthé en boit – chaque fois qu'il utilise le creuset –, il met sa vie en danger. Le mélange est toxique, et le processus incroyablement douloureux. Mais nous le pratiquons quand même. Encore et encore. Pour entrevoir un instant ce qui se déploie derrière le Voile.

— Je vois, dit Alex. Ce n'est pas la première fois que je croise des toxicos. »

Mais ça n'a rien à voir, voulut-il protester. Vraiment ?

---

[1] Musée d'histoire naturelle de Yale.

Le reste de la visite se déroula sans incident. Darlington lui montra les salles de rangement et de recherche des étages supérieurs, lui expliqua comment utiliser la bibliothèque – tout en l'avertissant de ne pas le faire seule tant que la maison n'aurait pas appris à la connaître –, et enfin la chambre avec sa salle de bains attenante, préparées pour le nouveau Dante du Léthé qu'elle était. Il avait transféré ses propres affaires dans la suite de Virgile à la fin de l'année précédente, à l'époque où il pensait encore hériter d'un *véritable* protégé. Toute cette histoire le rendait un peu trop sentimental à son goût. Les appartements de Virgile, deux fois plus grands que ceux de Dante, les surplombaient d'un étage. Ils étaient restés vides quand Darlington avait obtenu son diplôme, de sorte qu'il puisse les utiliser à sa convenance. La coiffeuse avait appartenu à Éléazar Wheelock. Une moitié du mur qui faisait face au lit était occupée par un vitrail représentant un bois de conifères, dont les couleurs changeaient au rythme des déplacements du soleil dans le ciel. Au moment d'emménager, il avait découvert que Michelle lui avait laissé une bouteille de cognac lors de sa dernière visite, accompagnée d'un petit mot :

> *Voici la forêt primitive ; les pins au feuillage sonore et les pruches,*
> *aux barbes de mousse, drapés de vert et noyés dans la pénombre ;*
> *se dressent tels d'anciens druides aux voix tristes et prophétiques…*[2]
>
> Un monastère produisait un armagnac si raffiné que ses moines furent contraints de fuir en Italie quand Louis XIV a suggéré – pour plaisanter – de les tuer afin de protéger leurs secrets. C'est la dernière bouteille. Ne la bois pas l'estomac vide, et n'appelle que si tu es mort. Bonne chance, Virgile !

[2] Henry Wadsworth Longfellow : *Évangeline, histoire ancienne*

Darlington avait toujours trouvé Longfellow par trop surestimé, mais ça ne l'avait pas empêché d'apprécier le cognac – et le petit mot.

Il regardait présentement Alex transpirer au milieu du luxe de ses anciens appartements, qu'il avait rarement utilisés mais chérissait tendrement – les murs marine, le lit à baldaquin et ses lourdes couvertures bleu sarcelle, l'armoire blanche en cornouiller. Le vitrail était plus modeste ici : deux fenêtres élégantes – des nuages dans des tons de bleu et de violet qui traversaient un ciel étoilé – encadrant une cheminée recouverte de carreaux peints.

Alex se tenait au centre de la scène, à tourner lentement sur elle-même, ses bras enroulés autour de sa taille. Darlington repensa à Ondine. Mais peut-être n'était-elle qu'une fille perdue en mer.

La question lui brûlait les lèvres : « Quand les avez-vous vus pour la première fois ? »

Elle le dévisagea, lança un coup d'œil à la fenêtre qui la surplombait – un vitrail représentant une lune à jamais croissante. Puis ramassa la boîte à musique Reuge posée sur le bureau, en effleura le couvercle, pour finalement se décider à la reposer.

Darlington avait la parole facile, mais il préférait encore quand personne ne lui parlait, quand il n'avait pas à jouer son propre rôle et pouvait se borner à observer autrui. Alex avait quelque chose de granuleux, comme un vieux film. Elle était en train de faire un choix, il le voyait. Révéler ou non ses secrets ? S'enfuir ou pas ?

La jeune femme haussa les épaules ; Darlington crut qu'elle allait en rester là, mais après avoir récupéré la boîte à musique elle lui lança : « Je n'en sais rien. Pendant un certain temps j'ai cru qu'il s'agissait de gens – et ce n'est pas comme si un enfant qui parle dans le vide attirait l'attention. Je me souviens d'avoir vu un gros type en chaussettes et en caleçon au beau milieu de la rue, avec une télécommande dans la main ; on aurait dit qu'il tenait un ours en peluche. J'ai essayé d'expliquer à mère qu'il allait finir par se blesser. À la jetée de Santa Monica, j'ai vu une femme allongée dans l'eau comme une image de… » Elle fit le geste de remuer le contenu d'une casserole. « Avec les cheveux et les fleurs ?

— Ophélie.

— Ophélie. Elle m'a suivi jusque chez nous, et s'est bornée à se rapprocher de moi quand je me suis mis à pleurer et que je lui ai hurlé de partir.

— Ils apprécient les larmes. Le sel, la tristesse, la moindre émotion forte.

— La peur ? » Alex était comme pétrifiée – à croire qu'elle posait pour un portrait.

« La peur. » La plupart des Gris n'étaient pas malveillants, mais beaucoup adoraient surprendre et terrifier.

« Pourquoi n'y en a-t-il pas davantage ? Je ne devrais pas en voir partout ?

— Seuls quelques Gris parviennent à traverser le Voile. La grande majorité reste dans l'au-delà.

— J'en voyais au supermarché, autour des points chauds ou des coins boulangerie. Ils adoraient la cafétéria de notre école. Ça m'est un peu sorti de la tête – jusqu'à ce que Jacob Craig me demande si je voulais voir son truc. Je lui ai répondu que j'en avais déjà vu plein, et l'info est remontée je ne sais comment jusqu'à sa mère, qui a appelé l'école. Ma prof m'a convoquée : "Comment ça, tu as vu beaucoup de… trucs ?", qu'elle m'a demandé. Je n'étais pas douée pour mentir… » Elle laissa lourdement retomber la boîte à musique. « Si vous voulez réveiller les services de protection de l'enfance, le plus simple est encore de parler de bite fantôme. »

Darlington n'aurait su dire à quoi il s'attendait. Au spectre d'un bandit de grand chemin romantique rôdant devant la fenêtre ? À une banshee vagabondant telle la Llorona sur les rives du Los Angeles ? L'histoire de cette fille avait quelque chose de parfaitement ordinaire, et en même temps de vraiment affreux. Quelqu'un avait signalé son cas aux SPE, et l'un des algorithmes de recherche du Léthé – ou un de ses innombrables contacts payés pour monter la garde – avait repéré la mention de mots clés bien spécifiques : *Hallucinations. Paranoïa. Fantômes.* Elle était sans doute restée sous surveillance depuis lors. « Et cette nuit-là, dans l'appartement de Cedros Avenue ? »

Elle fronça les sourcils, puis : « Oh, vous voulez parler de Ground Zero. Ne me dites pas que vous n'avez pas lu le dossier.

— Je l'ai étudié. Ce que je veux savoir, c'est comment vous avez fait pour survivre. »

Alex passa son pouce sur le rebord de la fenêtre. « Moi aussi. »

Était-ce là une réponse suffisante ? Darlington avait vu les photos de la scène de crime, les vidéos prises par les policiers quand ils étaient arrivés sur les lieux. Cinq hommes morts, tabassés au point d'être méconnaissables ou presque ; deux d'entre eux avec un pieu enfoncé dans le cœur, comme des vampires. Malgré le carnage, les projections de sang indiquaient qu'il s'agissait de l'œuvre d'un seul et même auteur – des demi-cercles rouges, chaque coup féroce asséné de gauche à droite.

Quelque chose clochait dans toute cette affaire, mais Alex n'avait jamais été suspectée. D'une part, elle était droitière ; et puis elle était bien trop petite pour avoir manié une arme avec autant de force. Sans compter qu'elle avait suffisamment de fentanyl dans son organisme pour s'estimer chanceuse de ne pas y être passée également. Les flics l'avaient retrouvée nue comme un ver, les cheveux mouillés. Darlington avait creusé un peu, incapable qu'il était de se départir de ses soupçons, mais aucune trace de sang ou de drogue n'avait été retrouvée dans les canalisations – si Alex avait pris part au massacre, elle ne s'était pas douchée pour faire disparaître les preuves. Mais pourquoi l'agresseur n'avait-il pas touché aux filles ? Si la police avait raison, et qu'il s'agissait d'un genre de dispute avec un autre dealer, pourquoi épargner Alex et son amie ? Des trafiquants de drogue capables de frapper des gens à mort avec des battes ne semblaient pas du genre à épargner femmes et enfants. L'agresseur les avait peut-être crues déjà mortes, victimes d'une overdose ? À moins qu'Alex n'ait rencardé quelqu'un ? Quoi qu'il en soit, elle était loin d'avoir tout raconté à la police – Darlington en aurait mis sa main à couper.

« Hellie et moi on s'était défoncées, murmura-t-elle sans cesser de passer son doigt sur le rebord de la fenêtre. Je me suis réveillée à l'hôpital. Elle ne s'est pas réveillée *du tout*. »

Elle parut soudain bien plus petite ; une vague de honte déferla aussitôt sur Darlington. Alex avait vingt ans ; elle était donc plus âgée que la plupart des premières années, mais à bien des égards elle restait une enfant, une gamine dépassée. Et elle avait perdu des amis cette nuit-là, son copain – tout ce qui lui était familier.

« Venez avec moi », lui lança-t-il, sans trop savoir pourquoi. Peut-être parce qu'il se sentait coupable de son indiscrétion. Peut-être parce qu'elle ne méritait pas d'être punie pour avoir accepté un marché qu'aucune personne sensée n'aurait refusé.

Il la ramena dans la pénombre de l'armurerie. La pièce n'avait aucune fenêtre, et ses murs – d'une hauteur équivalant à presque deux étages – étaient tapissés d'étagères et de tiroirs. Trouver le placard qu'il cherchait lui prit un certain temps. Lorsqu'il posa sa main sur la porte, la maison marqua une pause, puis laissa la serrure produire un déclic désapprobateur.

Darlington en sortit précautionneusement la boîte – en bois noir lourd et luisant, incrusté de nacre.

« Vous allez sans doute devoir ôter votre chemise, lui dit-il. Je vais donner ça à Dawes, et elle pourra…

— Dawes ne m'apprécie pas beaucoup.

— Dawes n'aime personne.

— C'est bon. » Elle s'exécuta, révélant un soutien-gorge noir et des côtes évoquant les sillons d'un champ labouré. « Pas la peine de l'embêter. »

Pourquoi faisait-elle preuve d'une telle confiance à son égard ? Était-elle sans peur, ou juste un peu trop téméraire ? Aucun de ces traits ne présageait d'un avenir radieux au sein du Léthé. Mais Darlington avait le sentiment qu'il y avait autre chose – comme si c'était *elle* qui le testait en cet instant, comme si elle lui avait lancé un nouveau défi.

« Un minimum de bienséance ne vous tuerait pas, fit-il.

— Pourquoi courir le risque ?

— Quand une femme se déshabille devant moi, j'ai généralement droit à un genre d'avertissement. »

Alex haussa les épaules; il vit des ombres se mouvoir sur sa peau. « J'allumerai les feux de signalisation la prochaine fois.

— Voilà qui serait mieux. »

Des tatouages la recouvraient du poignet jusqu'à l'épaule, avant de se déployer sous ses clavicules. Un peu comme une armure.

Il ouvrit le couvercle de la boîte.

Alex retint sa respiration, eut un soudain mouvement de recul.

« Un problème ? » s'enquit-il. Elle avait littéralement battu en retraite sur la moitié de la pièce.

« Je n'aime pas les papillons.

— Ce sont des phalènes. » Elles étaient perchées en rangées régulières dans la boîte; la jeune femme voyait battre leurs douces ailes blanches.

« Pour ce que ça change...

— Il faut que vous restiez calme. Vous pouvez faire ça ?

— Pourquoi ?

— Faites-moi confiance. Le jeu en vaut la chandelle. » Il réfléchit. « Et dans le cas contraire, je vous emmènerai chez *Ikea* avec vos camarades de chambre. »

Alex roula sa chemise en boule dans ses poings. « Et manger une pizza ensuite.

— Marché conclu.

— Et cette chère tante Eileen va m'acheter de nouveaux vêtements d'automne.

— *D'accord.* Bon, revenez ici, espèce de lâche. »

Elle s'exécuta en marchant plus ou moins en crabe, sans un instant regarder le contenu de la boîte.

Il sortit l'une après l'autre les phalènes de la boîte, les posa doucement sur la peau de la jeune femme: sur son poignet et son avant-bras droits, dans le creux de son coude, sur son biceps gracile, sur son épaule. Il répéta le processus du côté gauche, puis disposa deux papillons sur ses clavicules là où s'enroulaient les têtes de deux serpents noirs – leurs langues se rejoignant presque dans le creux de sa gorge.

« *Chabash* », murmura-t-il. Les insectes battirent des ailes à l'unisson. « *Uverat.* » Ils se teintèrent de gris. « *Memash.* »

Les phalènes s'assombrissaient à chaque nouveau battement – et les tatouages commençaient à s'effacer.

La poitrine d'Alex se soulevait par à-coups aussi rapides qu'irréguliers. La jeune femme avait les yeux écarquillés de peur, mais son expression changea – *s'épanouit* – à mesure que les phalènes s'assombrissaient et que l'encre disparaissait de sa peau. Ses lèvres s'entrouvrirent.

Elle a vu les morts, songea Darlington. *Elle a été témoin d'horreurs sans nom. Mais jamais elle n'a vu de magie.*

Voilà pourquoi il avait fait ça, non pas par culpabilité ou par fierté, mais parce qu'il attendait cela depuis une éternité : la chance de montrer des merveilles à quelqu'un d'autre, de le voir comprendre qu'on ne lui a pas menti, que le monde qu'on lui a promis dans son enfance existe bel et bien, qu'il y a vraiment des choses tapies dans le bois, cachées sous les escaliers ou parmi les étoiles. Qu'il y a du mystère absolument partout.

Les phalènes ne cessèrent de battre des ailes qu'après être devenues noires – un noir presque abyssal. Elles chutèrent alors une à une de ses bras, pour atterrir sans un bruit sur le sol. Il ne restait plus le moindre signe de tatouages sur sa peau, à part de légères crêtes là où l'aiguille s'était enfoncée plus profondément. Alex tendit ses bras, le souffle court.

Darlington rassembla les corps fragiles des phalènes, puis les replaça délicatement dans la boîte.

« Elles sont mortes ? murmura-t-elle.

— Ivres d'encre. » Il en referma le couvercle, la remit dans le placard. Le déclic de la serrure parut plus résigné cette fois. Une petite discussion avec la maison allait s'imposer… « Les phalènes de transfert étaient à l'origine utilisées pour le transport de matériel classifié. Une fois qu'elles avaient bu un document, on pouvait les envoyer n'importe où dans une poche de manteau ou une boîte d'antiquités. On les plaçait ensuite sur une nouvelle feuille de papier, où elles recréaient au mot près le document. Dès lors que le destinataire connaissait la bonne incantation.

— On pourrait donc transférer mes tatouages sur *votre* peau ?

— Je doute que ça m'aille à ravir, mais oui, absolument. Faites attention, par contre… » Il agita une main vers sa gorge. « La salive humaine annule la magie.

— Uniquement l'humaine ?

— Oui. N'hésitez pas à laisser un chien vous lécher les coudes. »

Alex braqua alors ses yeux sur lui. Ils semblaient noirs dans l'obscurité de la salle, presque fous. « C'est tout ? »

Darlington n'avait nul besoin de lui demander ce qu'elle voulait dire par là. Le monde allait-il continuer à se dévoiler ? À divulguer ses secrets ?

« Non. Loin de là. »

Elle hésita. « Vous me montrez ?

— Avec votre accord, oui. »

Alex s'autorisa alors un sourire – un rictus minuscule, un aperçu de la fille tapie en elle, une fille heureuse, moins hantée. Voilà l'effet qu'avait la magie : elle révélait la personne que vous étiez avant que la vie ne vous retire vos croyances en l'impossible. Elle redonnait aux enfants solitaires le monde qu'ils désiraient de toutes leurs forces. Voilà ce que le Léthé avait fait pour lui. Peut-être en serait-il de même pour Alex.

Des mois plus tard, il se souviendrait encore du poids des phalènes dans sa paume. Il se remémorerait ce moment, et se morigénerait d'avoir été assez stupide pour croire qu'il la connaissait un tant soit peu.

5

Hiver

Le ciel s'assombrissait déjà quand Alex finit par rentrer à Old Campus. Elle avait fait un saut au Clapier pour se doucher avec du savon à la verveine sous un encensoir suspendu rempli de cèdre et de palo santo – les seules choses susceptibles de contrecarrer la puanteur du Voile.

La jeune femme avait passé fort peu de temps toute seule dans des lieux appartenant au Léthé. Darlington s'était toujours trouvé avec elle, et la jeune femme s'attendait encore à le voir installé près de la fenêtre avec un livre, à l'entendre lui reprocher d'avoir utilisé toute l'eau chaude. Il lui avait suggéré de laisser des vêtements sur place, ainsi qu'à Il Bastone – mais Alex en avait si peu qu'elle ne pouvait pas se permettre de planquer un jean supplémentaire et l'un de ses deux soutiens-gorges ailleurs que dans l'affreuse commode de sa résidence universitaire. Il lui fallut donc opter, lorsqu'au sortir de la salle de bains elle pénétra dans l'étroit dressing, pour un survêtement Maison Léthé – avec le chien mystique brodé sur le sein gauche et la hanche droite, un symbole n'ayant de sens que pour les membres de ladite société. Les vêtements de Darlington s'y trouvaient encore: une veste Barbour, une écharpe rayée du Davenport College, un jean propre soigneusement plié, des bottes d'ingénieur consciencieusement assouplies, ainsi qu'une paire de Sperry prête à l'emploi – au cas où on venait à lui retirer sa carte de bourge, sans doute.

Alex avait laissé une lampe de bureau verte allumée au Clapier. Dawes n'allait pas apprécier, mais elle ne supportait pas l'idée de laisser les lieux dans l'obscurité.

Elle était en train de déverrouiller la porte d'entrée du Vanderbilt lorsqu'un SMS du doyen Sandow lui parvint : « Ai discuté avec Centurion. Dormez tranquille. »

Elle faillit jeter son téléphone à l'autre bout de la cour. Dormir tranquille ? Si Sandow comptait s'occuper directement du meurtre, pourquoi avait-elle perdu son temps – et une pièce de sujétion – en se rendant sur la scène du crime ? Le doyen ne lui faisait pas confiance, elle le savait. Et ça n'avait rien d'étonnant. Quand la nouvelle de la mort de Tara lui était parvenue, il devait sans doute boire une tasse de thé à la camomille, son gros chien endormi à ses pieds, à attendre près de son téléphone qu'on lui confirme que la pronostication se passait bien et qu'Alex n'avait rien fait de gênant pour le Léthé. Bien *sûr* qu'il voudrait éviter d'avoir à l'imaginer à proximité d'un meurtre.

Dormir tranquille. Tout le reste était sous-entendu : *Je ne m'attends pas à ce que vous vous occupiez de ça. Personne ne s'attend à ce que vous vous en occupiez. Personne n'attend quoi que ce soit de vous, à part éviter d'attirer l'attention jusqu'à ce qu'on ait récupéré Darlington.*

Pour peu qu'ils y parviennent – qu'ils parviennent à le ramener du lieu obscur, quel qu'il soit, où il avait disparu. Dans moins d'une semaine ils allaient tenter le rite de la nouvelle lune. Alex n'en comprenait pas les détails, mais le doyen Sandow semblait croire que ça allait marcher – dans l'intervalle, il revenait à la jeune femme de s'assurer que personne ne pose trop de questions sur l'enfant chéri du Léthé. Au moins n'avait-elle plus à s'inquiéter d'un homicide ou à gérer un inspecteur grognon.

Mercy se trouvait déjà dans le foyer lorsqu'elle y fit son entrée. Alex se félicitait d'être passée prendre une douche et se changer. Les résidences universitaires n'avaient rien à voir avec les espèces d'hôtels – de longs couloirs dans lesquels s'alignaient les chambres – auxquels elle s'était attendue. Le Vanderbilt lui évoquait plutôt un immeuble résidentiel à l'ancienne rempli d'innombrables bruits métalliques, de gens qui fredonnaient et riaient en se croisant à l'entrée des salles de bains communes, de claquements de portes qui se répercutaient tout le long de l'escalier central. Le squat qu'elle avait partagé avec Len, Hellie, Micmac et les autres était bruyant lui aussi, mais ses soupirs et gémissements lui avaient paru différents – presque funestes, comme ceux d'un corps mourant.

« Tu es réveillée », dit Alex.

Mercy leva les yeux de son exemplaire de *La Promenade au phare*, aux pages collantes de notes prises au crayon pastel. Ses cheveux étaient soigneusement tressés, et au lieu de s'emmitoufler dans leur tapis afghan miteux, elle avait passé sur son jean une robe de soie à motifs de jacinthes bleues. « Tu es *rentrée* hier soir, au moins ? »

Alex prit un risque : « Absolument. Tu ronflais déjà. Je me suis levée tôt pour aller courir un peu.

— Tu es allée au gymnase ? Ils ouvrent les douches aussi tôt ?

— Pour l'équipe, ouais. » En réalité, Alex n'en était pas sûre du tout, mais elle savait que Mercy se fichait comme d'une guigne de tout ce qui avait trait au sport. Et puis, Alex n'avait ni chaussures de course ni soutien-gorge de sport, et son amie n'avait jamais posé la moindre question à ce sujet. Les gens ne cherchaient pas de mensonges là où rien ne laissait entendre qu'il y en avait – et pourquoi quelqu'un mentirait-il à propos d'un jogging matinal ?

« Bande de psychopathes. » Mercy lui lança une pile de pages agrafées ; Alex les rattrapa, mais ne put se résoudre à les regarder. Son essai sur Milton. Mercy lui avait proposé de le relire. Elle l'imaginait sans peine vider un stylo rouge dessus.

« Alors ? s'enquit-elle en pénétrant d'un pas traînant dans la minuscule caverne qui leur servait de chambre. C'était comment ?

— Pas désastreux.

— Mais pas génial », murmura Alex en se débarrassant de son survêtement. Mercy avait recouvert son mur d'affiches, de photos de famille, de talons de billets pour des spectacles de Broadway, d'un poème écrit en caractères chinois – que ses parents lui avaient fait mémoriser dans son enfance pour briller en société, mais dont elle était tombée amoureuse –, d'une série d'esquisses d'Alexander McQueen, et d'une espèce d'étoile composée d'enveloppes rouges. Alex savait que c'était du cinéma, du moins en partie, une *construction* de la personne que Mercy voulait être à Yale, mais chaque objet ne la reliait pas moins à quelque chose. Alex, pour sa part, se sentait dans la peau d'une personne privée de ses racines. Dans sa jeunesse, sa grand-mère lui avait servi de pont à peu près stable vers ses origines, mais Estrea Stern était morte alors que sa petite-fille n'avait que neuf ans. Et si Mira Stern l'avait pleurée, elle n'avait montré aucun intérêt pour les histoires et chansons de sa mère, sa façon de cuisiner ou de prier. Elle se qualifiait d'*exploratrice* – homéopathie, allopathie, pierres de guérison, Kryeon, sophrologie, trois mois passés à mettre de la spiruline dans tout et n'importe quoi : autant d'expériences menées avec le même optimisme farouche, de remèdes miracles successivement imposés à Alex. Quant à son père… Mira restait vague sur les détails, et devenait *encore* plus vague quand on insistait. Cet homme était un point d'interrogation, la moitié fantôme d'Alex. Ce qu'elle savait de lui se résumait à ceci : il aimait l'océan, était Gémeaux et avait des cheveux bruns – Mira n'aurait su dire s'il était dominicain, guatémaltèque ou portoricain, mais elle savait que son ascendant Verseau s'élevait avec sa lune en Scorpion. Ou quelque chose dans le genre. Alex n'arrivait jamais à s'en souvenir.

La jeune femme n'avait presque rien apporté de chez elle. Retourner à Ground Zero pour récupérer ses vieilles affaires était hors de question, et celles qui se trouvaient dans l'appartement de sa mère se résumaient à des objets de petite fille – des poneys en plastique, des rosettes en rubans multicolores, des gommes parfumées au chewing-gum. Au bout du compte, elle avait emporté un morceau de quartz fumé que sa mère lui avait donné, les fiches de recettes presque illisibles de sa grand-mère, un présentoir à bijoux qu'elle avait depuis l'âge de huit ans, ainsi qu'une carte rétro de la Californie, qu'elle avait accrochée à côté de l'affiche de Coco Chanel appartenant à Mercy. « Je sais que c'était une fasciste, lui avait dit cette dernière, mais je n'arrive pas à m'en séparer. »

Le doyen Sandow avait suggéré à Alex d'acheter quelques carnets à dessin et du fusain, qu'elle avait consciencieusement placés sur sa commode à moitié vide en guise de couverture.

Elle s'était efforcée de choisir les matières les plus faciles possible – la littérature anglaise, l'espagnol (obligatoire), un cours d'introduction à la sociologie, la peinture. L'anglais au moins lui paraissait abordable, vu qu'elle avait toujours adoré lire. Même quand ça se passait vraiment mal à l'école, elle était toujours parvenue à exploiter cela à son avantage. Mais cet anglais-*là* était une langue complètement différente. Elle avait écopé d'un D pour sa première épreuve écrite, avec une note disant : *Merci pour ce rapport de lecture.* Ça lui avait rappelé le lycée – sauf qu'en l'occurrence, elle s'était vraiment donné du mal.

« Je t'adore, lui lança Mercy depuis la pièce commune, mais cet essai est un bordel sans nom. Tu ferais sans doute mieux de t'entraîner un peu moins et de passer plus de temps à travailler. »

Sans déconner, songea Alex. Mercy n'allait pas en croire ses yeux si d'aventure elle lui demandait de courir plus de cent mètres ou de soulever quelque chose de lourd. « On peut en parler pendant le petit-déjeuner, si tu veux. »

Tout ce qu'Alex voulait, c'était dormir – mais retourner au lit ne semblait guère être d'usage après un footing, et Mercy avait eu la gentillesse de corriger son horrible essai : elle n'avait donc pas d'autre choix que d'accepter. Le Léthé lui avait fourni un tuteur, un étudiant de troisième cycle en littérature américaine prénommé Angus qui passait la plupart de leurs sessions hebdomadaires penché sur le travail d'Alex, grognant d'exaspération et secouant la tête comme un cheval harcelé par des mouches. Mercy n'avait rien d'un parangon de douceur, mais elle se montrait bien plus patiente.

Alex enfila un jean et un T-shirt, puis le sweat-shirt en cachemire noir sur lequel elle avait totalement craqué chez *Target*. La jeune femme se rappelait encore le jour où elle avait découvert le splendide pull lavande de Lauren – et lui avait bêtement demandé en quoi il était fait. Elle avait alors compris qu'il existait en réalité plein de cachemires différents, et que son pathétique pull ne valait pas tripette. Au moins, il était chaud.

La jeune femme gratifia son manteau d'un nouveau jet d'huile de cèdre, pour supprimer définitivement toute trace de la puanteur du Voile, souleva son sac – et hésita. Elle ouvrit le tiroir de sa commode, le fouilla jusqu'à y dénicher la petite bouteille de ce qui ressemblait à un collyre ordinaire. Sans se laisser le temps de trop réfléchir, elle inclina la tête en arrière et se mit dans chaque œil deux gouttes de *basso belladonna*. C'était un stimulant, très puissant – un peu comme de l'Adderall magique. L'effet était brutal, mais Alex ne se voyait vraiment pas affronter la matinée sans un peu d'aide. Tous les vieux garçons du Léthé avaient tenu un journal de leur période passée au sein de la société ; ils avaient plein de trucs pour assurer au quotidien. Alex avait découvert celui-ci après la disparition de Darlington.

Retour dans la fraîcheur matinale, avec Mercy à ses côtés. Alex appréciait toujours de parcourir les quelques centaines de mètres séparant Old Campus du réfectoire de JE, mais la cour intérieure avait quand même moins de charme par une journée grisâtre. Les bancs de neige crasseuse retrouvaient toute leur blancheur une fois la nuit tombée, mais présentement ils ressemblaient à des amoncellements de draps sales en attente de lavage. La tour Harkness dominait la scène telle une bougie à moitié fondue ; la jeune femme entendait sonner ses carillons.

Alex avait mis quelques semaines à comprendre ce qui ne lui plaisait pas ici. C'était l'absence totale de charme. L.A. avait toujours du style, même dans la Vallée, même dans ses pires journées. Même la *mère* d'Alex en avait, avec son fard à paupières violet et ses horribles turquoises ; même leur appartement miteux avec ses châles en guise d'abat-jour, même ses amis désargentés qui se réunissaient pour se remettre de la nuit précédente autour d'un barbecue ; même les filles en shorts ras du cul, avec leur ventre à l'air et leurs cheveux jusqu'aux fesses ; même les garçons au crâne rasé – ou affublé d'une queue-de-rat, ou bien d'épaisses dreadlocks. *Tout le monde* avait un look.

Ici les couleurs semblaient comme se brouiller. Chez elle, les gens portaient des genres d'uniformes – pour les sportifs, des casquettes de baseball à l'envers et de longs shorts amples qu'ils exhibaient sans se soucier du froid ; pour les filles, un jean et une veste matelassée ; quant aux théâtreux, ils arboraient des crêtes iroquoises teintes en rouge pétard. Vos vêtements, votre voiture, la musique que vous écoutiez – chaque choix avait vocation à clamer votre identité. Ici, c'était comme si tous les numéros de série avaient été limés, toutes les empreintes digitales effacées. *Qui es-tu ?* se disait parfois Alex en regardant une autre fille vêtue d'un caban, au visage aussi pâle qu'une lune décroissante sous son bonnet de laine, sa queue-de-cheval gisant tel un animal mort sur son épaule. *Qui es-tu ?*

Mercy était une exception. Elle préférait les fleurs sauvages, associées à un chapelet apparemment sans fin de lunettes – qu'elle portait autour du cou, au bout de ficelles scintillantes : Alex ne l'avait jamais vue s'en servir. Elle avait opté ce jour-là pour un manteau en brocart brodé de poinsettias qui la faisait ressembler à la plus jeune grand-mère excentrique du monde. Quand Alex avait levé les sourcils, Mercy s'était bornée à dire : « J'aime bien le tape-à-l'œil. »

L'air chaud se referma en rafale sur les deux amies lorsqu'elles pénétrèrent dans la salle commune Jonathan Edwards. Une lumière hivernale venait doucement caresser les canapés en cuir – comme un prélude timide, faussement humble, aux chevrons et aux alcôves en pierre du réfectoire.

Mercy éclata de rire à ses côtés. « Je te vois sourire comme ça uniquement quand on va manger. »

C'était parfaitement exact. Si la Beinecke était le temple de Darlington, Alex venait chaque jour au réfectoire pratiquer son culte. Au squat de Van Nuys, ils se nourrissaient de Taco Bell et de Subway quand le fric coulait à flots, et de céréales – parfois sans rien, parfois trempées dans du soda les jours où la jeune femme n'en pouvait plus – lorsqu'ils étaient fauchés. Elle volait un sac de pains à hot-dog chaque fois qu'Eitan les invitait pour un barbecue, histoire de pouvoir étaler du beurre de cacahuètes sur quelque chose ; à une occasion, elle s'était même essayée aux croquettes de Loki, mais ses dents n'avaient guère apprécié. Même quand elle vivait avec sa mère, elle ne mangeait que des surgelés, du riz en sachet-cuisson – de temps à autre des milk-shakes bizarres et des barres nutritives quand Mira s'entichait de la marque Herbalife. Il lui était souvent arrivé d'aller à l'école lestée d'un improbable pudding protéiné.

L'idée qu'il puisse y avoir de la nourriture chaude à sa disposition trois fois par jour restait presque choquante. Mais ce qu'elle mangeait, ou la *quantité* qu'elle ingurgitait, ne changeait rien : c'était comme si son corps, affamé depuis si longtemps, était définitivement passé en mode vorace. Son estomac se rappelait toutes les heures à son bon souvenir, comme les cloches de Harkness. Alex prenait toujours deux sandwiches pour la journée, ainsi qu'une pile de cookies aux pépites de chocolat enveloppés dans une serviette. La réserve de nourriture que contenait son sac à dos lui faisait l'effet d'une couverture de sécurité. Si cette comédie prenait fin, si tout lui était retiré d'un coup, au moins ne connaîtrait-elle pas la faim pendant au moins deux jours.

« C'est une bonne chose que tu fasses autant de sport », lui fit remarquer Mercy en la voyant engloutir des céréales. Sauf que, bien sûr, elle n'en faisait pas – et son métabolisme allait finir par ne plus coopérer. Mais peu lui importait. « Tu crois que j'en ferais trop si je mettais une jupe demain soir, pour Fusion Omega ?

— Toujours à fond dans ces conneries de fraternité, hein ? » Fusion Omega faisait partie du Plan de Cinq Fêtes élaboré par Mercy pour booster leur sociabilité.

« Tout le monde n'a pas un cousin sexy prêt à jouer les chevaliers servants, donc oui – jusqu'à ce qu'on me propose une fête d'un calibre supérieur. On n'est plus au lycée. Rien ne nous oblige à être les tocardes qui se morfondent en attendant qu'on vienne les inviter à sortir. Je ne sais plus quoi faire pour te forcer à t'habiller un minimum.

— D'accord, fit Alex, je porterai une jupe si ça te fait plaisir. Mais... je vais devoir en emprunter une, du coup. » Personne ne se mettait sur son trente-et-un pour les fêtes qu'organisaient les fraternités – mais si Mercy voulait faire des efforts pour des types vêtus de combinaisons hazmat, elle n'allait certainement pas jouer les rabat-joie. « Tu devrais mettre ces bottes avec tous les lacets. Je reviens dans une seconde. »

La *basso belladonna* commença à faire effet alors qu'elle empilait sur son plateau des pancakes au beurre de cacahuètes. Le choc lui coupa le souffle : ça donnait l'impression de se faire casser un œuf glacé sur la nuque. Ce fut bien sûr le moment que le professeur Belbalm choisit pour lui faire signe depuis sa table ; ses cheveux blancs luisaient telle la tête d'un phoque brisant une vague sous les fenêtres à petits carreaux du réfectoire.

« Merde », grommela Alex entre ses dents – avant de grimacer en voyant la bouche de Belbalm tressaillir, comme si elle l'avait entendue.

« Donne-moi une minute », lança-t-elle à Mercy, avant de déposer son plateau sur leur table.

Marguerite Belbalm était française, mais elle parlait un anglais impeccable. Ses cheveux blancs comme neige formaient un carré aussi lisse que sévère, qui semblait avoir été sculpté dans l'os avant d'être soigneusement posé sur sa tête à la manière d'un casque. Elle portait des vêtements noirs asymétriques qui pendaient en plis suprêmement chics, et affichait parfois une immobilité qui faisait frémir Alex. Alex était tombée sous son charme dès qu'elle avait aperçu sa forme élancée lors de la journée d'orientation de Jonathan Edwards, et humé la première bouffée de son parfum poivré. Professeure d'études féminines, directrice du JE College, elle faisait partie des plus jeunes personnes à avoir jamais obtenu leur titularisation. Alex ne savait pas trop ce qu'impliquait ladite titularisation, ou si « jeune » signifiait trente, quarante ou cinquante ans – tant Belbalm semblait changer d'âge en fonction de la lumière. Présentement, avec la *basso belladonna* dans son organisme, la jeune femme avait tendance à lui donner trente ans ; la lumière que produisaient ses cheveux blancs scintillait comme de petites étoiles filantes.

Alex vint se placer derrière une des chaises en bois. « Salut, fit-elle.

— Alexandra. » Le menton de Belbalm reposait sur ses mains repliées. Elle se trompait toujours sur le nom d'Alex, qui ne la corrigeait jamais. Admettre qu'elle puisse s'appeler Galaxy était pour cette femme quelque chose d'inconcevable. « Je sais que vous prenez votre petit-déjeuner avec votre amie, mais j'aurais besoin de vous voler quelques minutes. » Alex n'avait sans doute jamais rien entendu d'aussi chic que *prendre son petit-déjeuner*. À égalité avec *passer l'été*. « Vous avez un moment ? » Ses questions ne sonnaient jamais comme des questions. « Vous allez m'accompagner jusqu'à mon bureau, d'accord ? Histoire qu'on puisse discuter un peu, toutes les deux.

— Bien sûr. » Alors qu'en réalité Alex aurait surtout voulu savoir si elle avait des ennuis. Lorsqu'elle avait été placée en probation à la fin de son premier semestre, Belbalm lui avait annoncé la nouvelle dans son bureau élégamment aménagé – avec, posés devant elle, trois essais de la jeune femme : un sur *L'Étoffe des Héros*, pour son cours de sociologie consacré aux désastres organisationnels ; un autre sur *Late Air*, un poème d'Elizabeth Bishop qu'elle avait choisi pour sa longueur modeste – avant de se rendre compte qu'elle n'avait rien à dire dessus et ne pouvait même pas tirer à la ligne en reprenant de longues citations ; et un dernier pour son cours sur Swift, qu'elle espérait sympa à cause des *Voyages de Gulliver*. Or il s'était avéré que les *Voyages* qu'elle avait lus étaient destinés aux enfants, et n'avaient rien à voir avec l'impénétrable original.

Belbalm avait à l'époque passé une main sur les pages

dactylographiées. « Vous êtes dyslexique, n'est-ce pas ? Pourquoi ne jamais en avoir parlé ?

— Oui », avait menti Alex, qui avait besoin d'une raison quelconque pour justifier son retard abyssal. Sans doute aurait-elle dû s'en vouloir de ne pas corriger Belbalm, mais toute l'aide qu'elle pouvait obtenir était alors bienvenue.

Et là ? Le semestre avait débuté trop récemment pour qu'Alex ait déjà tout foiré – encore une fois.

Belbalm lui adressa un clin d'œil, puis lui serra la main. « Tout va bien. Pas la peine d'arborer cette expression de petit animal apeuré prêt à prendre ses jambes à son cou. » Ses doigts étaient frais et osseux, aussi durs que du marbre ; une pierre de grosse taille gris foncé scintillait sur son annulaire. Alex se savait en train de fixer la bague, mais la drogue qui irriguait son organisme donnait au bijou des airs de montagne, d'autel, de planète en orbite. « Je préfère les pièces uniques, ajouta-t-elle. En toute simplicité, hmm ? »

Alex hocha la tête, ce qui lui permit de s'arracher à la contemplation de l'anneau. Elle-même portait des boucles d'oreilles à deux dollars dénichées chez *Claire*, dans le centre commercial de Fashion Square. En toute simplicité.

Belbalm se leva, agita une main élégante. « Venez.

— Laissez-moi juste prendre mon sac. » Alex rejoignit Mercy et fourra dans sa bouche un pancake, qu'elle entreprit de mâcher frénétiquement.

« Tu as vu ça ? lui lança son amie en tournant vers elle son téléphone. Une fille de New Haven a été assassinée la nuit dernière. Devant Payne Whitney. Tu as dû passer devant la scène de crime ce matin !

— Merde. » Elle jeta un coup d'œil furtif au portable de Mercy. « J'ai vu les lumières. Je me suis dit qu'il avait dû y avoir un accident de voiture.

— Je trouve ça hyper flippant. Elle n'avait que dix-neuf ans. » Mercy se frotta les bras. « Qu'est-ce que La Belle Belbalm te veut ? Je pensais qu'on allait corriger ton essai. »

Le monde scintillait autour d'elle. Alex se sentait *éveillée*, capable d'accomplir n'importe quoi. Mercy faisait preuve de générosité, et Alex voulait bosser avec elle avant que son effervescence ne commence à s'estomper – mais ce n'était pas comme si elle avait le choix.

« Belbalm a quelques minutes à me consacrer maintenant, et il faut que je lui parle de mon emploi du temps. Je te rejoins dans la chambre ? »

Cette salope ment comme elle respire, avait dit Len à son propos. Il avait dit beaucoup de choses avant de mourir.

Alex suivit le professeur hors du réfectoire, traversa la cour en sa compagnie. Elle s'en voulait à mort d'avoir laissé tomber Mercy. Son amie venait d'une riche banlieue de Chicago. Ses parents étaient l'un comme l'autre des professeurs, et elle avait écrit un article incroyable que même Darlington avait trouvé impressionnant. Les deux jeunes femmes n'avaient rien en commun, à part le fait d'être toujours assises seules à la cafétéria, et Mercy ne s'était pas moquée d'elle quand Alex avait mal prononcé *Goethe*. En sa présence, ou avec Lauren, elle avait moins de mal à faire semblant d'incarner la personne qu'elle était censée être ici. Quand bien même : si La Belle Belbalm[3] exigeait de vous voir, on ne la faisait pas attendre.

Belbalm avait deux assistants, qui se relayaient devant son bureau. Ce matin-là, c'était le très énergique et très charmant Colin Khatri – un membre de la Scroll & Key, et un petit prodige de la chimie – qui se trouvait à l'accueil.

« Alex ! » s'exclama-t-il – à croire qu'on n'attendait plus qu'elle pour lancer quelque fête.

L'enthousiasme de Colin semblait toujours sincère, mais cette propension à l'exaltation avait tendance à hérisser la jeune femme, au point qu'elle envisageait parfois de lui planter un crayon dans la paume. Belbalm accrocha son élégant manteau sur le portant, puis fit signe à Alex de pénétrer dans son sanctuaire.

---

[3] En français dans le texte.

« Vous nous feriez du thé, Colin ? s'enquit la professeure.

— Bien sûr ! » À le voir ainsi rayonner, on pensait davantage à un acolyte qu'à un simple assistant.

« Merci, mon chou. »

Man-teau, articula Colin. Alex se débarrassa sa veste. Elle lui avait un jour demandé ce que Belbalm savait à propos des sociétés. « Rien, lui avait-il répondu. À ses yeux, ce sont des conneries élitistes pour vieux garçons. »

Et elle n'avait pas tort. Alex s'était demandé ce que les quatrièmes années sélectionnées chaque année par les sociétés avaient de si spécial. Une part de magie, peut-être ? Mais en réalité, c'étaient simplement des étudiants *favorisés* – des héritiers, des reines de charisme, le rédacteur en chef du *Daily News*, le quarterback de l'équipe de football, un gamin ayant mis en scène une version si avant-gardiste d'*Equus* que personne ne voulait la voir. Des gens qui allaient ensuite diriger des fonds spéculatifs et des start-up, ou finir producteurs exécutifs à Hollywood.

Alex suivit Belbalm à l'intérieur, laissa le calme du bureau s'insinuer en elle. Les livres alignés sur les étagères, les objets rapportés de voyages de l'enseignante et soigneusement conservés – une carafe en verre soufflé évoquant le corps d'une méduse, une sorte de miroir antique, les herbes qui fleurissaient tels les morceaux de quelque sculpture géométrique sur le rebord de la fenêtre, dans des récipients en céramique blanche. Même la lumière du soleil semblait plus douce ici.

La jeune femme prit une longue inspiration.

« Trop de parfum ? s'enquit une Belbalm tout sourire.

— Oh non ! Je trouve ça super. »

L'enseignante se laissa gracieusement tomber dans son fauteuil, puis fit signe à Alex de s'asseoir face à elle sur le canapé en velours vert.

« Le Parfum de Thérèse[4] , fit Belbalm. Edmond Roudnitska, l'un

[4] En français dans le texte.

des grands nez du XXe siècle. Il a conçu cette fragrance pour son épouse. Elle seule avait le droit de la porter. Romantique, non ?

— Dans ce cas…

— Comment je suis arrivée à mettre la main dessus ? Eh bien, ils sont morts tous les deux et il y avait de l'argent à se faire – Frédéric Malle l'a donc commercialisée pour que nous autres paysans puissions l'acheter. »

Paysan était un mot que les pauvres n'utilisaient pas. Pas plus que les gens chics n'employaient le terme *chic*. Mais Belbalm semblait vouloir inclure Alex dans son monde, aussi la jeune femme lui rendit-elle un sourire qu'elle espérait entendu.

Colin fit alors son apparition, lesté d'un plateau accueillant un service à thé de la couleur de l'argile rouge. Il le posa sur le bord du bureau. « Autre chose ? » demanda-t-il avec espoir.

Belbalm le chassa d'un petit geste de la main. « Allez faire des choses importantes. » Elle versa le thé dans les tasses, en tendit une à Alex. « Servez-vous en crème et en sucre si vous voulez. Il y a aussi de la menthe fraîche. » Elle se leva, alla en récupérer une petite branche sur le rebord de la fenêtre.

« De la menthe, ce sera parfait. » Alex accepta le brin, répéta les mouvements de la professeure : écraser les feuilles, les faire tomber dans la tasse.

Belbalm retourna s'asseoir, but une gorgée de son thé. Alex en fit de même – au grand dam de sa langue, qui ne s'attendait pas à une telle température.

« Vous avez entendu parler de ce qui est arrivé à cette pauvre fille, j'imagine ?

— Tara ? »

Les minces sourcils de Belbalm se soulevèrent. « Oui, Tara Hutchins. Vous la connaissiez ?

— Non, lui répondit Alex, agacée par sa propre stupidité. Je viens tout juste de lire un article à son sujet.

— Quelle horreur. Et je vais admettre quelque chose de plus horrible encore : j'aurais trouvé cela encore pire si elle avait été une de nos étudiantes. Mais ça ne diminue en rien la gravité de cette tragédie, bien sûr.

— Bien sûr. » Sauf que Belbalm semblait penser exactement le contraire.

« Bon, Alex, qu'est-ce que vous attendez de Yale ? »

De l'argent. Marguerite Belbalm allait trouver pareille réponse désespérément grossière, elle le savait. *Quand les avez-vous vus pour la première fois ?* lui avait demandé Darlington. C'était peut-être inhérent aux riches, de poser les mauvaises questions. Pour des gens comme Alex, ce ne serait jamais *qu'est-ce que vous voulez.* Ça se résumait toujours à *qu'est-ce qu'on peut en tirer ?* Suffisamment pour survivre ? Pour l'aider à prendre soin de sa mère quand tout partait en couille – ce qui était chaque fois le cas ?

Comme elle restait silencieuse, Belbalm fit un nouvel essai : « Pourquoi ne pas avoir intégré une école d'art plutôt que de venir ici ? » Outre les peintures qu'il lui avait fournies, le Léthé avait élaboré une fausse piste de succès et des recommandations élogieuses pour excuser ses échecs scolaires.

« Je suis douée, mais pas assez pour réussir. » C'était la vérité. La magie pouvait produire des peintres compétents, de très bons musiciens, mais pas des génies. Alex avait ajouté des cours facultatifs d'art à son emploi du temps, pour crédibiliser sa couverture ; elle ne l'avait pas regretté, tant ils s'étaient révélés abordables par rapport au reste de sa vie universitaire. Parce que ce n'était pas *sa* main qui faisait bouger le pinceau. Quand elle dessinait sur les carnets de croquis que Sandow lui avait suggéré d'acheter, ses crayons semblaient comme danser sur une planche de Ouija, quand bien même les images qui se formaient dessus provenaient de *son* for intérieur – Micmac à moitié nu, occupé à boire dans un trou ; Hellie vue de profil, avec les ailes d'un papillon monarque dans le dos.

« Loin de moi l'idée de vous accuser de fausse humilité. Vous êtes la mieux placée pour connaître l'étendue de vos talents. » Belbalm prit une autre gorgée de thé. « Le monde se montre fort cruel pour les artistes qui sont bons sans être exceptionnels. Bien.

Que souhaitez-vous ? De la stabilité ? Un emploi stable ?

— *Oui* », fit Alex, qui bien malgré elle avait parlé d'un ton légèrement irrité.

« Vous vous trompez à mon sujet, Alexandra. Ce n'est nullement un crime de vouloir toutes ces choses. Seuls ceux qui ont toujours vécu dans le confort trouvent cela horriblement *bourgeois*. » Un clin d'œil. « Les marxistes les plus radicaux sont toujours des hommes. Les femmes sont par trop sujettes aux calamités. Nos existences peuvent s'effondrer d'un coup, sans crier gare. Et l'argent ? L'argent est le rocher auquel on s'accroche quand le courant essaie de nous emporter.

— *Oui* », confirma Alex en se penchant en avant. C'était là ce que sa mère n'avait jamais réussi à saisir. Mira aimait *l'art*, la *vérité* et la *liberté*. Elle ne voulait pas être un simple *rouage dans la machine*. Mais la machine s'en fichait. La machine continuait à tourner, à la coincer dans ses engrenages.

Belbalm reposa sa tasse sur la soucoupe. « Et donc, une fois que vous aurez de l'argent, que vous aurez cessé de vous accrocher au rocher car vous serez parvenue à grimper dessus, que comptez-vous y construire ? Qu'allez-vous prêcher lorsque vous l'aurez conquis ? »

Alex sentit qu'elle perdait tout intérêt pour cette conversation. Était-elle vraiment censée avoir quelque chose à dire, quelque sagesse à transmettre ? *Reste à l'école ? Ne te drogue pas ? Ne baise pas avec n'importe qui ? Ne laisse pas n'importe qui te faire chier ? Sois gentil avec tes parents même s'ils ne le méritent pas, parce qu'ils peuvent se permettre de t'emmener chez le dentiste ? Rêve plus petit ? Ne laisse pas mourir la fille que tu aimes ?*

Le silence s'éternisait. Alex considéra les feuilles de menthe qui flottaient dans son thé.

Belbalm poussa un soupir. « Si je vous pose toutes ces questions, Alex, c'est parce que je ne sais pas comment vous motiver autrement. Vous vous demandez pourquoi je me soucie de votre sort ? »

Pas vraiment, en réalité. Elle avait simplement présumé que Belbalm prenait au sérieux son travail de directrice, qu'elle s'occupait ainsi de tous les étudiants dont elle avait la charge. Ce qui ne l'empêcha pas d'acquiescer.

« On a tous commencé quelque part, Alex. Beaucoup de ces enfants sont nés avec une cuillère en argent dans la bouche. Ils n'ont donc pas votre niaque – une niaque que je respecte au plus haut point. » Elle tapota son bureau du bout des doigts. « Mais au service de *quoi*? Vous vous améliorez, c'est évident. Vous avez reçu de l'aide, je pense, et c'est là une excellente chose. Vous êtes une fille intelligente; une mise en probation a quelque chose d'inquiétant, mais il y a une chose qui me préoccupe davantage encore: le fait que la facilité semble être le seul critère motivant vos choix de matières. On ne peut pas simplement *vivoter*, ici. »

C'est ce qu'on verra, songea Alex. Qui se borna pourtant à dire: « Je suis désolée. » Sincèrement: Belbalm cherchait quelque potentiel secret à débloquer, et Alex allait la décevoir.

L'enseignante balaya ses excuses d'un geste. « Réfléchissez à ce que vous voulez, Alex. Ce sera peut-être quelque chose que vous ne pourrez pas trouver ici. Mais dans le cas contraire, je ferai mon possible pour vous aider à rester. »

C'était *cela* qu'Alex voulait: la paix parfaite de ce bureau, la douce lumière qui passait par les fenêtres; la menthe, le basilic et la marjolaine qui formaient des motifs pareils à de la dentelle.

« Vous avez réfléchi à ce que vous alliez faire cet été? lui demanda Belbalm. Envisageriez-vous la possibilité de rester ici? De venir travailler pour moi? »

La tête Alex se releva d'un coup. « Qu'est-ce que je pourrais bien faire pour vous? »

Belbalm éclata de rire. « Vous croyez vraiment qu'Isabel et Colin accomplissent des tâches compliquées? Ils gèrent mon calendrier, font du classement, organisent mon existence à ma place. Je ne doute nullement de votre capacité à en faire de même. L'université ouvre un cursus de rédaction cet été; cela pourrait je pense vous permettre d'améliorer vos résultats futurs. Vous pourriez en profiter pour commencer à réfléchir à la suite, à un véritable parcours professionnel. Je refuse de vous voir laissée sur le chemin, Alex. »

Un été pour rattraper le temps perdu, pour reprendre mon souffle. Alex avait un certain talent pour les probabilités. Pas le choix. Avant de se lancer dans un deal, il fallait savoir si on avait des chances de s'en tirer sans dommages. Et se coltiner quatre ans de Yale dans les conditions actuelles lui paraissait plus qu'improbable. Avec Darlington dans le coin, c'était différent. Son soutien lui avait donné un avantage, avait rendu cette existence gérable, *possible*. Mais Darlington n'était plus là – Dieu seul savait quand il allait réapparaître –, et Alex n'en pouvait plus de faire du surplace.

Belbalm lui offrait trois mois de respiration, durant lesquels elle pourrait se remettre, planifier la suite, se ressourcer – histoire de devenir enfin une *vraie* étudiante de Yale, de ne pas rester une simple figurante dans le Grand Feuilleton du Léthé.

« Comment on s'organiserait ? » s'enquit Alex. Elle voulait poser sa tasse, mais sa main tremblait tellement fort qu'elle redoutait de la casser.

« Montrez-moi que vous pouvez continuer à vous améliorer. Terminez l'année en beauté. Et la prochaine fois que je vous demande ce que vous voulez, j'attends de vous une réponse. Vous avez entendu parler du salon que je tiens ? Il y en a eu un hier soir, mais le prochain aura lieu la semaine prochaine. Vous pouvez commencer par y assister.

— C'est dans mes cordes », fit-elle, malgré les doutes qui s'étaient empressés de l'assaillir. « Je peux y arriver. Merci.

— Ne me remerciez pas, Alex. » Belbalm lui lança un coup d'œil par-dessus le rebord rouge de sa tasse. « Bornez-vous à *travailler*. »

L'esprit léger, Alex salua Colin d'un petit signe amical en sortant du bureau – pour découvrir une cour plongée dans le silence. Cela arrivait parfois, de trouver toutes les portes et les fenêtres closes afin d'empêcher le froid d'entrer. Et si personne ne se rendait en cours ou au réfectoire à ce moment-là, l'endroit se transformait en une espèce de chambre anéchoïque. La jeune femme se laissa aller à imaginer que tous les bâtiments alentour avaient été abandonnés.

À quoi allait ressembler le campus en été ? Serait-il aussi calme ? Humide et dépeuplé, telle une ville sous verre ? Alex avait passé ses vacances d'hiver terrée à Il Bastone, à regarder des films sur l'ordinateur portable que le Léthé lui avait acheté, effrayée à l'idée que Dawes ne fasse son apparition. Elle avait skypé avec sa mère, et ne s'était aventurée dehors que pour acheter des pizzas et des nouilles. Même les Gris avaient disparu – comme si, sans l'excitation et l'anxiété estudiantines, plus rien ne les attirait sur le campus.

Alex songea aux matins calmes susceptibles de ponctuer l'été à venir. Elle se voyait déjà s'installer derrière le bureau de Colin, préparer le thé, mettre à jour le site web de JE – bref, faire ce qu'on attendait d'elle. Elle pourrait choisir des matières dont les programmes ne changeaient pas trop ; prendre de l'avance dans ses lectures, suivre les cours de rédaction histoire de moins dépendre de Mercy – à supposer que celle-ci veuille bien partager sa chambre avec elle l'année prochaine.

L'année prochaine. Des mots magiques. Belbalm lui avait construit un pont vers un futur possible. Ne lui restait plus qu'à le traverser. Sa mère serait déçue si elle ne rentrait pas en Californie… Vraiment ? C'était peut-être plus facile ainsi. Quand Alex lui avait dit qu'elle allait intégrer Yale, Mira l'avait regardée avec une telle tristesse que sa fille avait mis un long moment à comprendre pourquoi : elle la croyait défoncée. Poussée par la culpabilité, la jeune femme prit une photo de la cour vide et l'envoya à sa mère. *Une froide matinée !* Sans intérêt, mais c'était une preuve qu'elle allait bien et se trouvait *ici* – une preuve de vie.

Elle fit un saut par les toilettes avant se rendre en cours. Avec Hellie, Alex passait un temps fou à se maquiller – elles adoraient dépenser leurs maigres économies pour s'acheter de l'eye-liner et du brillant à lèvres. Ça lui manquait, parfois. Ici, le maquillage avait une autre signification ; il envoyait un signal inacceptable, le signal qu'on faisait un *effort*.

Alex endura une heure d'espagnol – ennuyeux, mais gérable :

ça n'exigeait d'elle qu'un – modeste – effort de mémorisation. Tout le monde parlait de Tara Hutchins, mais personne ne l'appelait par son nom. C'était la fille morte, la victime de meurtre, la *citadine* qui s'était fait poignarder. Les gens parlaient de lignes de crise, de thérapie d'urgence pour toute personne perturbée par l'événement. Le professeur adjoint chargé de son cours d'espagnol leur rappela d'utiliser le service de raccompagnement du campus une fois la nuit tombée. *Je me trouvais juste à côté. J'y étais une heure avant que ça n'arrive. J'y passe tous les jours.* Alex entendait les mêmes phrases se répéter encore et encore. Il y avait de l'inquiétude, de l'embarras – une preuve supplémentaire que New Haven ne serait jamais Cambridge, quel que soit le nombre de chaînes de magasins qui finiraient par s'y installer. Mais personne ne semblait vraiment avoir peur. *Parce que Tara n'était pas une des vôtres,* songea-t-elle en remballant ses affaires. *Ce n'est pas* votre *sécurité qui a été compromise.*

La jeune femme comptait passer les deux heures qui la séparaient du cours d'anglais terrée dans sa chambre, à manger ses sandwiches chapardés en rédigeant son rapport pour Sandow, avant de dormir un peu sous l'effet de la *basso belladonna.*

Au lieu de quoi ses pieds la conduisirent malgré elle jusqu'à Payne Whitney. L'intersection n'était plus bloquée, et la foule avait disparu, mais un cordon de police entourait toujours la bande triangulaire de terre aride située face au gymnase. Les étudiants de passage se hâtaient de poursuivre leur route après avoir jeté un regard furtif à la scène, comme si les mortifiait l'idée d'être aperçus en train de contempler quelque chose d'aussi horrible par cette froide lumière grisâtre. Il y avait une voiture de flic à moitié garée sur le trottoir, et une camionnette de presse stationnée de l'autre côté de la rue.

Le doyen Sandow et le reste de l'administration de Yale devaient tenir d'innombrables réunions de crise depuis le début de la matinée. Alex peinait toujours à différencier Yale, Princeton ou Harvard des villes qu'elles occupaient. Ces universités se trouvaient toutes au même endroit impossible dans la même cité imaginaire. Mais vu la façon dont Lauren et Mercy se moquaient de New Haven, il était clair que l'endroit ne bénéficiait pas d'une réputation aussi prestigieuse. Un meurtre aussi près du campus, même si la victime n'était pas étudiante... ça ne lui faisait certainement pas une bonne publicité.

Alex se demanda si elle regardait l'endroit où Tara avait été assassinée ou si son cadavre avait simplement été jeté devant le gymnase. Elle aurait dû interroger le légiste là-dessus pendant qu'il était sous sujétion. Mais la première hypothèse lui semblait être la plus crédible. Si on veut se débarrasser d'un corps, on ne le balance pas au beau milieu d'un carrefour très fréquenté.

Une image de la chaussure de Hellie – cette sandale en plastique translucide rose qui glissait de ses orteils vernis – lui traversa alors l'esprit. Hellie avait de gros pieds, des orteils qui se chevauchaient, une peau épaisse et calleuse à cet endroit : la seule partie inesthétique de son corps.

Qu'est-ce que je fous ici ? Alex ne voulait pas se rapprocher davantage de l'endroit où s'était trouvé le cadavre. *C'est le petit ami qui a fait ça.* Voilà ce que le médecin légiste lui avait dit. C'était un dealer. Un genre de dispute avait dû éclater. Il lui avait infligé des blessures d'une violence extrême – mais comment savoir ce qui peut passer par la tête d'un type défoncé ?

La scène de crime ne l'en laissait pas moins dubitative. Alex était arrivée par Grove Street la veille au soir, mais à présent elle se trouvait de l'autre côté du carrefour, juste en face des résidences de Baker Hall et du coin de terre glacé où Tara avait été retrouvée. L'endroit avait quelque chose de familier sous cet angle – les deux rues, les pieux enfoncés dans la terre là où la malheureuse était morte, ou avait été abandonnée. Était-ce le fait de voir les lieux en plein jour, sans la foule, qui les rendait différents ? Une fausse impression de déjà-vu ? À moins que la *basso belladonna* ne lui joue des tours en quittant son organisme ? Les journaux du Léthé regorgeaient d'avertissements sur la puissance de cette drogue.

Alex se remémora alors la chaussure d'Hellie : elle la revit pendre un bref instant à son orteil avant de tomber sur le sol de l'appartement. Len s'était tourné vers Alex, luttant contre le poids du corps avachi d'Hellie, ses mains coincées sous ses aisselles. Micmac avait ses genoux collés contre sa hanche, comme s'ils dansaient le swing. « Allez, lui avait lancé Len. Ouvre la porte, Alex. Laisse-nous sortir. »

Laisse-nous sortir.

Elle chassa ce souvenir et jeta un coup d'œil au groupe de Gris rassemblés devant le gymnase. Ils étaient moins nombreux aujourd'hui, et leur humeur – pour peu qu'on puisse parler *d'humeur* les concernant – était revenue à la normale. Le Marié était toujours là, cependant. Malgré toutes ses tentatives pour l'ignorer, le fantôme s'avérait difficile à rater – pantalon impeccable, chaussures brillantes, un beau visage comme on en voit dans les vieux films, de grands yeux sombres et des cheveux noirs qui formaient une douce vague sur son front : seule la grosse marque sanglante d'une blessure par balle à la poitrine venait gâcher l'ensemble.

C'était un *véritable* "hanteur", un Gris capable de traverser les couches du Voile et de faire sentir sa présence d'un coup bien placé sur les pare-brise des véhicules garés sur le parking qui s'étendait là où se trouvait jadis l'usine de voitures familiales – là où il avait tué sa fiancée avant de se suicider. Il s'agissait d'une des étapes favorites des circuits consacrés à la Nouvelle-Angleterre hantée. Alex ne laissa pas son regard s'attarder sur lui, mais elle le vit du coin de l'œil se détacher du groupe pour s'approcher d'elle d'un pas nonchalant.

Il était temps de filer. La jeune femme ne voulait pas éveiller l'intérêt des Gris, et encore moins d'un Gris capable de prendre n'importe quelle forme *physique*. Elle lui tourna le dos, puis fila en direction du cœur du campus.

L'effet de la drogue s'était déjà bien atténué à son retour au Vanderbilt. Alex se sentait faible, épuisée – comme si elle venait d'affronter la pire semaine de grippe de son existence. Son rapport pouvait attendre. Elle n'avait pas grand-chose à raconter à Sandow de toute façon. Mieux valait dormir. Peut-être allait-elle rêver de l'été à venir. Elle sentait encore l'odeur de la menthe écrasée sur ses doigts.

Elle ferma les yeux et vit le visage d'Hellie, ses sourcils pâles décolorés par le soleil, du vomi collé à ses lèvres. C'était la faute de Tara Hutchins. Les blondes lui faisaient toujours penser à Hellie. Mais pourquoi la scène de crime lui semblait-elle si familière ? Qu'avait-elle vu dans ce triste coin perdu cerné par des flots de circulation ?

Rien. Elle était simplement sortie tard trop souvent, avait passé trop de temps à écouter ce que Darlington lui murmurait à l'oreille. Tara n'avait rien à voir avec Hellie. Elle n'était qu'une pâle imitation, *générique*, de la marque Hellie.

Non, fit une voix dans sa tête – et c'était celle d'Hellie, postée en équilibre sur un skateboard, bien campée sur ses larges pieds. Sa peau était cendrée, le haut de son bikini maculé de restes de son ultime repas. *Elle et moi on est pareilles. Et elle est comme toi, sauf qu'elle n'a jamais eu de seconde chance.*

Alex dut lutter pour échapper aux griffes du sommeil. La chambre était plongée dans la pénombre ; l'unique fenêtre étroite laissait passer un peu de lumière.

Hellie était morte depuis longtemps, tout comme les gens qui lui avaient fait du mal. Mais quelqu'un avait *aussi* fait souffrir Tara Hutchins. Quelqu'un qui n'avait pas été puni. Pas encore.

Laisse l'inspecteur Turner s'en occuper. Voilà ce que disait la survivante en elle. *Prends du repos. Lâche l'affaire. Concentre-toi sur tes études. Pense à ce que tu vas faire cet été.* Alex visualisait le pont que Belbalm avait construit ; elle n'avait plus qu'à le traverser.

La jeune femme alla récupérer les gouttes de *basso belladonna* dans sa commode. Encore un après-midi. C'était ce qu'elle pouvait consacrer à Tara Hutchins avant de l'enterrer définitivement et de passer à autre chose. Comme avec Hellie.

Aurélien, le foyer des futurs rois philosophes, des grands unificateurs. Cette Maison a été fondée pour adopter des idéaux de leadership et – soi-disant – pour combiner le meilleur des sociétés. Elle s'est modelée comme une sorte de Nouveau Léthé, faisant appel à toutes ses consœurs pour former son conseil de direction. Cela n'a pas duré longtemps. Les débats animés ont laissé place à d'âpres discussions, de nouveaux membres ont été recrutés, et Aurélien n'a pas tardé à devenir aussi clanique que les autres Maisons du Voile. En fin de compte, sa magie possède un aspect fondamentalement pratique, ses membres la vivent moins comme une vocation que comme un métier. Cela leur a valu force moqueries de la part d'individus plus « délicats », mais quand les Auréliens se sont retrouvés bannis de leur « tombeau », privés de toute adresse permanente, ils ont réussi à survivre là où d'autres Maisons ont sombré – en proposant leurs services au plus offrant.

— extrait de *La Vie du Léthé : Procédures et Protocoles de la Neuvième Maison*

Ils manquent tout simplement de *style*. Il arrive bien sûr qu'un sénateur ou un auteur un peu renommé sorte de leurs rangs, mais les nuits auréliennes donnent toujours l'impression d'être la transcription de quelque procès croustillant. Ça commence sous les meilleurs auspices, et à la page deux on se rend compte qu'il y a là beaucoup trop de mots pour bien peu de drame.

— Journal de Michelle Alameddine, membre du Léthé (*Université Hopper*)

6

L'automne précédent

Il commença doucement avec elle – par les Auréliens. Darlington estimait que la magie *sérieuse* pouvait attendre quelques mois, et comprit qu'il avait fait le bon choix lorsqu'il descendit les escaliers d'Il Bastone pour découvrir Alex occupée à se ronger fébrilement un ongle sur un coussin de velours. Dawes était pour sa part dans son monde, son casque antibruit bien en place, toute son attention concentrée sur un recueil de textes mycéniens.

« Prête ? » lui demanda-t-il.

Alex se leva, s'essuya les paumes sur son jean. Darlington lui fit passer en revue le stock de protections que contenaient leurs sacs ; il se réjouit de voir qu'elle n'avait rien oublié.

« Bonne nuit, Pammie, lui lança-t-il alors même qu'ils décrochaient leurs vêtements du portemanteau situé dans le couloir. On ne rentrera pas tard. »

Dawes fit glisser ses écouteurs sur sa nuque. « On a du saumon fumé, des œufs, et des sandwiches à l'aneth.

— Oserais-je demander si… ?

— Et de l'avgolémono.

— Je te qualifierais bien d'ange, mais tu es *tellement* plus intéressante. » Ce qui arracha à Dawes un petit gloussement. « Ce n'est vraiment pas une soupe d'automne.

— L'automne a tout juste commencé, et il n'y a rien de plus fortifiant. » Et puis, ce n'était pas facile de se réchauffer après une gorgée de l'élixir d'Hiram.

Pamela retourna tout sourire à son texte. Elle aimait qu'on la félicite pour sa cuisine presque autant qu'elle appréciait de voir reconnue son érudition.

Ce fut par une température glaciale qu'ils prirent Orange Street pour retourner vers le Parc et le campus. Le printemps prenait toujours son temps pour atteindre la Nouvelle-Angleterre, mais l'automne ressemblait à la négociation d'un virage serré. On pouvait passer sans transition d'une canicule presque estivale à un climat digne du Grand Noir.

« Parlez-moi d'Aurélien. »

Alex prit une longue inspiration puis : « Fondée en 1910. Des salles consacrées dans le Sheffield-Sterling-Strathcona Hall…

— Économisez votre salive. Tout le monde l'appelle SSS.

— SSS. Pendant les rénovations de 1932.

— À peu près au même moment où les Bonesmen fermaient leur bloc opératoire, ajouta Darlington.

— Leur quoi ?

— Vous le découvrirez lors de votre première pronostication. Mais je me suis dit qu'on allait garder les petites roues pour notre premier périple à l'extérieur. » Mieux valait qu'Alex Stern trouve ses marques parmi les Auréliens – des individus globalement généreux, *enthousiastes* – plutôt que face aux Bonesmen. « L'université a donné ces logements aux Auréliens en récompense de services rendus.

— Quel genre de services ?

— À vous de me le dire, Stern.

— Eh bien, ils sont spécialisés dans la logomancie, la magie des mots. Un truc en rapport avec un contrat, peut-être ?

— L'achat de Sachem's Wood en 1910. C'était une énorme acquisition, et l'université voulait s'assurer que la transaction ne puisse jamais être contestée. Ce terrain est devenu Science Hill.

Quoi d'autre?

— Les gens ne les prennent pas vraiment au sérieux.

— Les gens?

— Le Léthé, se corrigea-t-elle. Les autres sociétés. Parce qu'ils n'ont pas de vrai tombeau.

— Nous n'avons rien à voir avec ces gens, Stern. Nous ne sommes pas snobs.

— Vous êtes la définition même du snobisme, Darlington.

— Ma foi, d'un *autre* genre de snobisme. Nous n'avons que deux préoccupations: leur magie fonctionne-t-elle, et est-elle dangereuse?

— Et donc? s'enquit Alex. Je suis tout ouïe...

— La réponse à ces deux questions est: *parfois*. Aurélien s'est spécialisé dans les contrats incassables, les vœux contraignants, les histoires littéralement capables d'endormir le lecteur. En 1989, un certain millionnaire est tombé dans le coma dans la cabine de son yacht. Un exemplaire de *Dieu et l'Homme à Yale* a été retrouvé auprès de lui, et si quelqu'un avait songé à le feuilleter, il y aurait trouvé une introduction qui n'existe dans aucune autre version - c'est Aurélien qui l'avait rédigée. Et vous trouverez peut-être intéressant de savoir que les derniers mots de Winston Churchill ont été "Tout cela m'ennuie au plus haut point".

— Vous dites que les Auréliens ont assassiné Winston Churchill?

— Simple spéculation. Mais je peux confirmer que la moitié des morts du cimetière de Grove Street restent sous terre uniquement parce que les inscriptions ornant leurs pierres tombales ont été gravées par des membres d'Aurélien.

— Ce qui suppose une sacrée puissance, non?

— Ça remonte à l'époque où ils étaient encore considérés comme une société propriétaire - quand la magie coulait à flots en leur sein. Les Auréliens se sont retrouvés expulsés de leurs logements quand les négociations portant sur la convention collective ont tourné à l'aigre avec l'université. Ils ont été accusés de servir de l'alcool à des mineurs, mais en réalité Yale leur reprochait d'avoir bâclé les contrats initiaux. Ils ont perdu la Chambre 405, et tirent un peu la langue depuis. À présent, ils gèrent surtout l'accord d'appoint de non-divulgation, ou sort d'inspiration. C'est ce que nous allons voir ce soir. »

Ils passèrent devant les bureaux administratifs de Woodbridge Hall, longèrent les locaux de la Scroll & Key. Les Serruriers avaient annulé leur prochain rituel. Ce qui ne signifiait pas pour autant moins de travail pour le Léthé – la Book & Snake s'était empressée de récupérer le créneau du jeudi soir –, mais Darlington se demandait ce qui se passait au juste chez les Keys. Lui étaient parvenues des rumeurs parlant de magie défaillante, de portails qui fonctionnaient mal ou ne s'ouvraient pas du tout. Ce n'était peut-être que ça, des on-dit – les Maisons du Voile étaient secrètes, compétitives et sujettes à des commérages mesquins. Mais Darlington comptait profiter de ce délai pour enquêter plus avant sur ce que la Scroll & Key risquait d'affronter avant d'entraîner son Dante dans une situation potentiellement délicate.

« Si Aurélien n'est pas dangereux, s'enquit Alex, à quoi ça sert qu'on vienne ici ?

— Il s'agit d'éviter toute interruption malencontreuse. Ce rituel particulier a tendance à attirer beaucoup de Gris.

— Pourquoi ?

— À cause du *sang*. » Les pas d'Alex ralentirent. « S'il vous plaît, ne me dites pas que vous êtes du genre sensible. Vous ne tiendrez pas un semestre si vous n'arrivez pas à en supporter la vue. »

Darlington se reprocha immédiatement cette pique stupide. Bien sûr qu'Alex allait se montrer méfiante, après ce qu'elle avait traversé en Californie... Cette fille avait vécu un véritable traumatisme, loin du macabre théâtral auquel Darlington ne faisait presque plus attention.

« Ça va aller », dit-elle – tout en serrant les poings autour de la sangle de sa sacoche.

Ils mirent pied sur le plateau désolé de la Beinecke Plaza ; les fenêtres de la bibliothèque scintillaient tels des morceaux d'ambre.

« Absolument, lui promit-il. On parle là d'un environnement

contrôlé, et d'un sort assez simple. Nous allons peu ou prou servir de videurs ce soir.

— Très bien. »

Mais elle-même n'avait *pas* l'air bien.

Ils franchirent la porte tournante de la bibliothèque, pénétrèrent dans l'entrée voûtée digne d'une chambre forte. Gordon Bunshaft avait conçu cette bibliothèque comme une boîte à l'intérieur une boîte. Un vaste mur de verre lesté d'innombrables étagères de livres s'élevait jusqu'au plafond derrière le bureau vide de la sécurité. Il s'agissait là de la *vraie* bibliothèque, du cœur même de la Beinecke – la structure extérieure qui l'entourait faisait office d'entrée, de bouclier et de fausse peau. Il y avait de chaque côté de grandes fenêtres donnant sur la place vide.

Une longue table avait été installée non loin du bureau de la sécurité, à une distance raisonnable des vitrines – où étaient exposées des pièces appartenant aux collections de la bibliothèque. La Bible de Gutenberg avait droit à son propre petit cube de verre, éclairé par le haut ; une seule page était tournée chaque jour. Dieu que Darlington aimait cet endroit.

Les Auréliens, déjà vêtus de leurs robes ivoire, bavardaient nerveusement autour de la table. Toute cette énergie vertigineuse devait probablement suffire à attirer des Gris. Josh Zelinski, l'actuel président de la délégation, se détacha du groupe pour venir les saluer. Darlington l'avait croisé à l'occasion de plusieurs séminaires universitaires. Affublé d'une crête iroquoise, il préférait les salopettes trop grandes et parlait beaucoup. Le suivait comme son ombre une femme d'une quarantaine d'années, l'Impératrice de la soirée – l'ancienne élève choisie pour superviser le rituel. Darlington avait fait sa connaissance lors d'un rite qu'Aurélien avait accompli l'année précédente pour rédiger les documents de gouvernance de son syndic d'immeuble.

« Amelia, lui lança-t-il – tout en s'efforçant de retrouver son nom de famille. Quel plaisir de te revoir. »

Tout sourire, elle lança un coup d'œil à Alex. « C'est le nouveau toi ? » Ils avaient posé exactement la même question à Michelle Alameddine lorsqu'elle avait amené ici le première année qu'il était à l'époque.

« Je vous présente notre nouveau Dante. Alex est de Los Angeles.

— Cool, fit Zelinski. Tu connais des stars de cinéma ?

— Un jour, j'ai nagé nue dans la piscine d'Oliver Stone – ça compte ?

— Il était là ?

— Non. »

Ce qui parut sincèrement décevoir Zelinski.

« Nous allons commencer à minuit », déclara Amelia.

Cela leur laissait le temps d'établir un périmètre autour de la table de rituel.

« Pour ce rite, expliqua Darlington, nous n'allons pas pouvoir bloquer complètement les Gris. » Ils étaient en train d'effectuer un large cercle autour de la table, pour déterminer le tracé de la frontière qu'ils allaient dessiner. « La magie exige que les voies restent ouvertes avec le Voile. Bon, énumérez-moi les premières étapes, à présent. »

Il lui avait demandé de lire des extraits des *Entraves de Fowler*, ainsi qu'un court traité sur la magie des portails datant des débuts de la Scroll & Key.

« Former le cercle avec de la poussière d'os, de la terre de cimetière ou tout autre *memento mori*.

— Bien, fit Darlington. Ce soir, nous allons utiliser ceci. » Il lui tendit une craie confectionnée à partir de cendres de crématorium compressées. « Ça va nous permettre de faire des marquages plus précis. Nous allons laisser des voies ouvertes à chaque point cardinal.

— Et ensuite ?

— Ensuite on s'occupe des portes. Les Gris peuvent perturber le rituel, et on n'a aucune envie de voir ce genre de magie se déchaîner. La magie a besoin de *résolution*. Une fois que ce rite aura débuté, elle va se mettre en quête de sang – et si le sort se libère de la table, il risque de littéralement couper en deux un gentil étudiant en droit occupé à bosser à l'autre bout du campus. Le monde en serait un peu plus beau, je sais, mais je me suis laissé dire que les blagues sur les avocats étaient devenues ringardes. Donc, si un Gris essaie de traverser, vous avez deux options : le saupoudrer de poussière, ou les mots de mort. » Les Gris détestaient tout ce qui leur rappelait la mort ou l'agonie – lamentations, chants funèbres, poèmes sur le deuil ou la perte ; même une annonce mortuaire particulièrement bien formulée pouvait faire l'affaire.

« Et pourquoi pas les deux ? demanda Alex.

— Ce ne sera vraiment pas nécessaire. On ne gaspille pas d'énergie quand on peut s'en dispenser. »

Elle arborait un air sceptique. Son anxiété ne manquait pas de surprendre Darlington : Alex Stern était peut-être disgracieuse et sans éducation, mais elle avait fait montre d'énormément de courage jusque-là – à part avec les phalènes. Où était passée la solidité qu'il avait entrevue en elle précédemment ? Et pourquoi sa peur le décevait-elle à ce point ?

Alors même qu'ils étaient sur le point d'achever le cercle, un jeune homme passa le tourniquet – son écharpe remontée presque jusqu'à ses yeux. « L'invité d'honneur, murmura Darlington.

— Qui est-ce ?

— Zeb Yarrowman, un jeune prodige. Ou du moins un *ancien* jeune prodige. Il doit certainement exister un mot pour les petits génies qui se transforment en enfants terribles avec l'âge.

— Vous le connaîtriez, Darlington.

— Quelle cruauté, Stern. Il me reste encore du temps. Zeb Yarrowman a écrit un roman pendant la première année qu'il a passée à Yale ; il l'a publié avant d'obtenir son diplôme, et est resté la coqueluche de la scène littéraire new-yorkaise plusieurs années d'affilée.

— Un bon livre ?

— Il n'était pas *mauvais*. Mal-être, folie, amours de jeunesse : les poncifs habituels du roman d'apprentissage, le tout dans un contexte un peu particulier – la laiterie en faillite de son oncle, là où il travaillait. Mais sa prose a fait son petit effet.

— Donc il est venu ici servir de mentor à quelqu'un ?

— Il est ici parce que *Le Roi des Petits Espaces* a été publié il y a près de huit ans, et que Zeb Yarrowman n'a pas écrit un mot depuis. » Darlington vit Zelinski faire signe à l'Impératrice. « Il est temps de commencer. »

Les Auréliens s'étaient disposés en deux lignes symétriques, qui se faisaient face de chaque côté de la longue table. Ils portaient des manteaux blancs évoquant des robes de chœur, avec des manches pointues si longues qu'elles frôlaient la surface du meuble. Josh Zelinski se tenait à une extrémité, l'Impératrice à l'autre. Tous deux passèrent des gants blancs – du même type que ceux qu'utilisent les archivistes pour manipuler des manuscrits –, puis déployèrent un rouleau sur la longueur de la table.

« Du parchemin, fit Darlington. De la peau de chèvre trempée dans de la fleur de sureau. Un présent pour la muse. Mais ses exigences ne se limitent pas à cela. Venez. » Il ramena Alex devant les premières marques qu'ils avaient tracées. « Vous allez garder les portes du sud et de l'est. Ne vous tenez pas entre les marques, sauf en cas d'absolue nécessité. Si vous voyez un Gris approcher, bornez-vous à vous mettre sur son chemin et servez-vous de votre terre de cimetière, ou prononcez les mots de mort. Moi je vais surveiller le nord et l'ouest.

— *Comment ?* » Elle avait parlé d'une voix nerveuse, presque agressive. « Vous ne pouvez même pas les voir. »

Darlington sortit la fiole d'élixir de sa poche : il ne lui était plus possible de remettre ça à plus tard. Il brisa la couche de cire, déboucha le récipient et, sans laisser le temps à son instinct de conservation de mettre son grain de sel, en descendit le contenu.

Darlington ne s'y était jamais habitué. Et il doutait d'y parvenir un jour – l'envie de vomir, la pointe d'amertume qui traversait son palais délicat pour remonter jusqu'à l'arrière de son crâne.

« Putain de merde », haleta-t-il.

Alex cligna des yeux. « Ça doit être la première fois que je vous entends jurer. »

Des frissons le parcoururent; il s'efforça de maîtriser les tremblements qui secouaient son corps. « Je c-c-classe l'o-obscénité dans la même cat-t-tégorie que les déclarations d'amour. À utiliser avec parcimonie, et uniquement en cas de véritable nécessité.

— Darlington… vos dents sont censées claquer ainsi ? »

Il tenta de hocher la tête, sauf que celle-ci était *déjà* en train de remuer – à cause des spasmes qui parcouraient l'intégralité de son corps.

Boire de l'élixir revenait à plonger la tête dans le Grand Froid, à pénétrer dans un long et sombre hiver. Ou, comme Michelle l'avait un jour exprimé : « C'est comme si on vous mettait un glaçon dans le cul.

— En moins localisé », avait tenté de plaisanter Darlington à l'époque – alors même qu'il aurait préféré s'évanouir plutôt qu'endurer une seconde de plus l'atroce frisson qui le parcourait. Ce n'était pas qu'un problème de froid, de goût ou de tremblements. Plutôt le sentiment d'avoir effleuré quelque chose d'horrible. Il n'était pas parvenu à identifier cette sensation à ce moment-là – mais des mois plus tard, alors qu'il conduisait sur l'autoroute I-95, un semi-remorque avait failli l'emboutir en s'engageant sur sa voie ; son corps s'était alors retrouvé submergé d'adrénaline, et le goût amer de l'aspirine, similaire à celui de la Balle d'Hiram, lui avait empli la bouche.

C'était pareil à chaque fois – et il en serait de même jusqu'à ce que son foie bascule dans la toxicité, la dose ayant fini par atteindre un seuil peu ou prou mortel. À force de tourner autour de la Grande Faucheuse, elle finissait par vous attraper la cheville…

Mais bon, si d'aventure il en arrivait là, le Léthé lui dénicherait un nouveau foie. Il ne serait pas le premier. Tout le monde ne pouvait pas naître avec un don, comme Galaxy Stern.

Le tremblement finit par passer, et l'espace d'un bref instant, le monde devint laiteux – comme si Darlington voyait la Beinecke à travers une épaisse cataracte de toiles d'araignée : les couches du Voile.

La brume se dissipa dès qu'elles se furent écartées. Les colonnes familières de la bibliothèque, les membres d'Aurélien en tenue de rituel et le visage méfiant d'Alex : tout redevint plus net – sauf qu'il vit un vieillard en veste pied-de-poule rôder près de la vitrine qui abritait la Bible de Gutenberg, puis passer devant lui pour aller examiner la collection d'objets ayant appartenu à James Baldwin.

« Je crois… Je crois que c'est… » Il força à reprendre contenance avant de prononcer le nom de Frederic Prokosch. Les noms étaient intimes, ils risquaient de créer un lien avec les morts. « Il a écrit un roman qui a eu son quart d'heure de célébrité, *Les Asiatiques*, sur un des bureaux de la bibliothèque Sterling. Je me demande si Zeb ne serait pas fan. » Prokosch s'était entouré d'une aura de mystère, même pour ses amis les plus proches. Et pourtant il se trouvait là, à se morfondre – après sa mort – dans une bibliothèque universitaire. C'était sans doute une bonne chose que l'élixir coûte si cher et ait si mauvais goût. Sans quoi Darlington en avalerait un après-midi sur deux pour le simple plaisir d'assister à ce genre de spectacles. Mais bon, l'heure n'était pas à la détente. « Renvoyez-le dans l'au-delà, Stern. Mais n'établissez pas de contact visuel. »

Alex roula des épaules comme un boxeur sur le ring, puis s'approcha de Prokosch en prenant bien soin de ne pas le regarder. Elle sortit de son sac la fiole de terre de cimetière.

« Qu'est-ce que vous attendez ?

— Je n'arrive pas à ôter le couvercle. »

Prokosch détourna les yeux de la vitrine, se mit à dériver en direction de la jeune femme.

« Alors, prononcez les *mots*, Stern. »

Alex recula d'un pas, sans cesser de triturer le couvercle.

« Il ne peut pas vous faire de mal. » Darlington se positionna entre Prokosch et l'entrée du cercle. Le rituel n'avait pas encore commencé, mais mieux valait rester le plus consciencieux possible. Darlington n'aimait pas l'idée de chasser lui-même le Gris. Il en savait trop sur ce fantôme, et le bannir derrière le Voile risquait de créer un lien entre eux. « Continuez, Stern. »

Alex ferma les yeux. « *Du courage!* s'écria-t-elle. *Personne n'est immortel!* »

Tremblant d'appréhension, Prokosch leva une main comme pour repousser Alex – puis traversa en hâte les murs en verre de la bibliothèque. Les mots de mort pouvaient être tout et n'importe quoi, vraiment, pour peu qu'ils parlent des choses que les Gris craignaient le plus: la finalité de la mort, une vie sans héritage, le vide de l'au-delà. Darlington avait fourni à Alex certains parmi les moins difficiles à retenir – tirés des Lamelles orphiques découvertes en Thessalie.

« Vous voyez? lui lança-t-il. Facile. » Il jeta un coup d'œil aux Auréliens; certains étaient en train de se moquer de l'ardente déclaration d'Alex. « Bon, les hurlements étaient sans doute de trop. »

Mais la jeune femme ne semblait pas se soucier de l'attention qu'elle avait attirée. De ses yeux brillants, elle fixait l'endroit que Prokosch avait occupé quelques instants plus tôt. « Facile! » répéta-t-elle. Elle fronça les sourcils, considéra la fiole de terre dans sa main. « Tellement facile.

— Vous pourriez au moins fanfaronner un peu, Stern. Histoire de ne pas me priver du plaisir de vous remettre à votre place. » Comme elle ne répondait rien, il ajouta: « Venez, ils sont prêts à commencer. »

Zeb Yarrowman se tenait en tête de table. Ayant ôté sa chemise, il était nu jusqu'à la taille – la peau pâle, la poitrine étroite, ses bras collés à ses flancs comme des ailes repliées. Darlington avait vu beaucoup d'hommes et de femmes à cette place au cours des trois dernières années. Des membres d'Aurélien, pour certains. D'autres avaient simplement payé la somme – élevée – que le trust de la société réclamait pour ce privilège. Ils étaient venus prononcer leurs mots, présenter leurs requêtes, en espérant voir se produire quelque chose de spectaculaire. Chacun avait des besoins différents, et les Auréliens savaient s'adapter en fonction des exigences de leurs « clients »: les pierres surmontant l'entrée de la faculté de droit pouvaient accueillir des arrangements prénuptiaux; la galerie d'art de l'université un faux du *Cicéron découvrant le tombeau d'Archimède* de Benjamin West. Des actes de propriété foncière et des transactions immobilières étaient scellés au sommet d'East Rock, face aux lumières scintillantes de la ville. La magie d'Aurélien était peut-être plus faible que celle des autres sociétés, mais elle s'avérait plus aisément transportable, plus *pratique*.

Les chants de la soirée débutèrent en latin – une récitation douce, apaisante, qui envahit peu à peu les lieux, passant d'une étagère à l'autre dans le cube de verre occupant le centre de la bibliothèque. Darlington les écoutait d'une oreille tout en surveillant le périmètre du cercle, et en gardant un œil sur Alex. Qu'elle soit tendue à ce point lui semblait de bon augure. Au moins se souciait-elle de faire du bon travail.

Le latin finit par laisser place à de l'italien vernaculaire, l'antiquité à la modernité. La voix de Zeb était la plus puissante : presque implorante, elle se réverbérait sur la pierre – et Darlington pouvait sentir le désespoir qui l'habitait. Rien d'étonnant, vu ce qui était prévu ensuite.

Zeb tendit les bras. Les Auréliens qui l'encadraient dégainèrent leurs couteaux et, au son de la mélopée, dessinèrent deux longues lignes depuis ses poignets jusqu'au creux de ses bras.

Le sang coula lentement dans un premier temps; il remontait à la surface par des fentes rouges évoquant des yeux qui s'ouvrent.

Zeb posa ses mains sur le papier disposé devant lui; son sang commença aussitôt à se répandre dessus – de plus en plus vite, comme si ledit papier y prenait goût : une marée qui semblait comme *dévaler* le rouleau, au rythme des paroles psalmodiées en italien.

Comme attendu, les Gris commencèrent à apparaître. Darlington les voyait littéralement traverser les murs.

Quand le flot de sang eut atteint l'extrémité du parchemin, chaque Aurélien plongea ses manches dans le papier détrempé, pour les laisser s'imbiber du liquide noirâtre. Celui-ci parut remonter le tissu à mesure que s'élevaient les chants – psalmodiés en innombrables langues, à présent : il y avait là des mots tirés des livres qui les entouraient de toute part, jusqu'aux caveaux climatisés situés en sous-sol. Des *milliers* de volumes. Des mémoires et des contes pour enfants, des cartes postales et des menus, de la poésie et des récits de voyage… L'italien rond en bouche se voyait transpercé par les sons mordants de l'anglais, le rythme languissant de l'allemand se mêlait à des murmures en cantonais.

Les Auréliens abattirent comme un seul homme leurs mains sur le parchemin ensanglanté. Dans un bruit de tonnerre, du noir commença à se répandre de leurs paumes telle une nouvelle marée, tandis que le sang se transformait en encre et *parcourait* la table, arpentant le papier jusqu'à l'endroit où étaient posées les mains de Zeb. Celui-ci hurla quand l'encre pénétra en lui, remonta le long ses bras en zigzaguant, phrase après phrase, mot après mot – un palimpseste qui noircissait sa peau formait de lentes boucles cursives jusqu'à ses coudes. Le malheureux pleurait, tremblait et hurlait de douleur – mais il gardait les mains bien à plat sur le papier.

L'encre grimpa plus haut, jusqu'à ses épaules courbées, le long de son cou, sur sa poitrine – en même temps qu'elle pénétrait à l'intérieur de sa tête et de son cœur.

Il s'agissait de la partie la plus dangereuse du rituel, du moment où les Auréliens seraient les plus vulnérables, et les Gris les plus empressés. Ces derniers se mirent de fait à traverser plus rapidement les murs et les fenêtres scellées ; ils tournaient autour du cercle, en quête des portes qu'Alex et Darlington avaient laissées ouvertes, attirés par les clameurs de Yarrowman et le piquant ferreux du sang frais. La jeune femme semblait avoir oublié tous les tourments qui la torturaient : elle prenait un plaisir évident à lancer des poignées de terre de cimetière sur les Gris, à coups de gestes inutilement complexes qui la faisaient ressembler à une catcheuse professionnelle s'efforçant de motiver une foule invisible. Darlington se concentrait sur propres points cardinaux : il projetait des nuages de poussière d'os sur les Gris un peu trop intrépides, murmurait d'antiques mots de mort quand l'un d'eux essayait de passer. Son hymne orphique préféré commençait par *Ô esprit du fruit immature*, mais il était presque trop long pour que le jeune homme se donne la peine de l'entamer.

Un grognement lui parvint aux oreilles; il lança un coup d'œil à Alex par-dessus son épaule, s'attendant à la découvrir plongée dans une manœuvre de bannissement particulièrement acrobatique. Au lieu de quoi la jeune femme se trouvait par terre, occupée à reculer tant bien que mal, les yeux emplis de terreur – tandis que des Gris franchissaient d'un pas décidé le cercle de protection. Comprendre ce qui s'était passé ne lui prit qu'un court instant: les marques de la porte sud étaient détériorées. Emportée par son enthousiasme, Alex avait marché dessus et rompu la partie sud du cercle. Ce qui était jusque-là un accès étroit, censé contrôler le flux de magie, était devenu un trou béant sans la moindre barrière. Concentrés sur le sang et la nostalgie, les Gris se rapprochaient inexorablement des Auréliens – qui ne se doutaient de rien.

Darlington vint se poster sur leur chemin, pour aboyer les mots de mort les plus cruels de son répertoire: « *Sans larmes!* s'écria-t-il. *Sans honneur et sans gloire!* » Certains s'immobilisèrent, d'autres prirent la fuite. « *Sans larmes, sans honneur et sans gloire!* » répéta-t-il. Mais elle avait de l'élan désormais, cette masse de Gris que lui seul pouvait voir outre Alex, affublés de vêtements de toutes les époques, certains jeunes, d'autres vieux, certains blessés et mutilés, d'autres intacts.

Le rituel allait être interrompu si d'aventure ils atteignaient la table. Et Yarrowman risquait fort de mourir, en emportant avec lui la moitié des Auréliens. La magie allait se déchaîner.

Mais si la bibliothèque Beinecke était une maison de mots *vivante*, elle formait également un gigantesque mémorial pour la fin de toute chose. Le masque mortuaire de Thornton Wilder. Les dents d'Ezra Pound. Des poèmes élégiaques par centaines. Darlington se mit en quête des mots qui s'imposaient en pareille situation... Hart Crane sur Melville, Ben Jonson sur la mort de son fils. Le *Requiem* de Robert Louis Stevenson. Son esprit se perdait dans ce véritable labyrinthe de choix. *Commence quelque part. Commence n'importe où.*

« Os déluré, je chante ma chanson,
et descends là où nous nous enfonçons… »

Doux Jésus. Donc, pour repousser une attaque surnaturelle, son esprit dérangé était allé chercher un poème de Foley parlant d'un squelette occupé à faire l'amour?

Quelques Gris disparurent, mais il avait besoin d'une véritable *gravité* pour régler définitivement le problème.

Horace.

« Que Jupiter nous donne encore de très nombreux hivers, que celui-ci soit le dernier,
qui, en ce moment même, fait se briser les vagues de la mer Tyrrhénienne sur les rochers usés,
toi, plein de sagesse, fais couler du vin et abrège l'attente… »

Ils ralentissaient à présent; certains se couvraient les oreilles.

« … trop longue pour un instant si court. Le temps de parler, et la vie jalouse sera enfuie. Prends le jour qui s'offre, ne fais pas crédit à demain. »

Darlington leva les mains devant lui, comme si cela pouvait suffire à les repousser. Pourquoi n'arrivait-il pas à se rappeler le premier vers du poème? Parce qu'il ne l'avait pas trouvé intéressant. *Pourquoi essayer de connaître l'avenir, qui ne peut* pas *être connu?*

« De très nombreux hivers! » répéta-t-il. Mais alors même qu'il repoussait les Gris derrière la porte rompue tout en essayant d'atteindre la craie, Darlington lança un regard à l'extérieur par les murs de verre de la bibliothèque. Une horde était en train de s'y rassembler – une véritable marée de Gris, qui encerclait le bâtiment. Il n'allait pas pouvoir reconstituer à temps les marques…

Alex était toujours par terre; elle tremblait si fort que même de loin il voyait les spasmes qui secouaient son corps. Quand la magie allait se libérer, ils risquaient fort d'être ses deux premières victimes.

« Du courage! ne cessait-elle de répéter. *Du courage!*

— Ce n'est pas suffisant! »

Les Gris n'étaient plus qu'à quelques mètres de la bibliothèque.

« Mors vincit omnia ! » s'écria Darlington, se rabattant ainsi sur les mots imprimés dans chaque manuel du Léthé. L'Impératrice et les Auréliens avaient levé les yeux de la table ; seul Zeb Yarrowman demeurait perdu dans les affres du rituel, sourd au chaos qui avait fait son entrée dans le cercle.

Puis une voix transperça l'air, aiguë et vacillante – et elle *chantait : « Parióme mi madre en una noche oscura. »*

La mélodie qu'interprétait Alex semblait comme s'agripper à ses sanglots. *« Ponime por nombre niña y sin fortuna. »*

Ma mère m'a donné naissance par une nuit sombre et m'a appelée la fille sans fortune.

De l'espagnol, mais un peu dénaturé. Un genre de dialecte.

« Ya crecen las yerbas y dan amarillo triste mi corazón vive con suspiro. »

Il ne connaissait pas la chanson, mais les paroles semblaient ralentir la progression des Gris.

Les feuilles poussent et se parent d'or.

Mon cœur lourd bat et soupire.

« Encore ! s'exclama Darlington.

— Je ne connais pas la suite ! » hurla Alex. Les Gris continuaient d'avancer.

« Dites quelque chose, Stern ! Il nous faut plus de mots !

— *Quien no sabe de mar no sabe de mal ! »* Elle ne chantait pas ces paroles : elle les hurlait, encore et encore.

Celui qui ne connaît rien de la mer ne connaît rien de la souffrance.

La rangée de Gris chancela à l'extérieur, et certains lancèrent des regards par-dessus leurs épaules : quelque chose était en train de bouger derrière eux.

« Continuez ! lui lança-t-il.

— *Quien no sabe de mar no sabe de mal ! »*

C'était une vague, une vague énorme sortie de nulle part et qui déferlait à présent sur la place. Mais *comment* ? Alex ne prononçait même pas des mots de mort. *Celui qui ne sait rien de la mer ignore tout de la souffrance.* Darlington n'était même pas sûr de la signification de cette phrase.

La vague se dressa tel un serpent ; de nouveaux mots s'imposèrent à Darlington, signés Virgile – le *vrai* Virgile. Tirés des *Bucoliques*. *« Oui,* s'exclama-t-il, *que tout devienne océan ! »* L'eau monta encore plus haut, dissimulant les bâtiments et le ciel au-delà. *« Adieu, forêts ; je vais, du haut de la roche aérienne, me précipiter dans les ondes. Nysa, reçois ce dernier hommage d'un amant qui meurt pour toi ! »*

La vague s'abattit, dispersant des Gris sur les dalles de la place. À travers la vitre, Darlington les voyait s'agiter tels des morceaux de glace au clair de lune.

Il se hâta de redessiner les marques de protection, les renforçant avec de la terre de cimetière. « Vous nous avez fait quoi, là? » s'enquit-il.

Alex regardait les Gris vaincus, les joues encore humides de larmes. « Je... c'était juste un truc qu'avait coutume de dire ma grand-mère. »

Du Ladino. Elle avait parlé espagnol, hébreu, et il n'aurait su dire quoi d'autre. C'était la langue de la diaspora. La langue de la mort. Elle avait eu de la chance. Et lui aussi.

Il lui tendit sa main pour l'aider à se relever. « Vous allez bien ? » La paume de la jeune femme était froide dans la sienne, un peu moite.

« Oui, lui répondit-elle – mais elle tremblait encore. Bon. Je suis désolée, je...

— Ne dites plus un mot jusqu'à ce qu'on soit retourné à Il Bastone – et pour l'amour de Dieu, ne vous excusez auprès de personne tant qu'on n'est pas sortis d'ici. »

Zelinski marchait à grands pas dans leur direction, l'Impératrice sur ses talons. Le rituel avait pris fin et ils semblaient furieux – mais un peu comme des membres du Klan qui seraient partis se promener en oubliant leurs cagoules. « Qu'est-ce que vous avez foutu ? s'emporta Amelia. Vous avez presque ruiné le rituel avec vos hurlements. Qu'est-ce qui s'est passé ici ? »

Darlington se tourna vers eux, les empêchant de voir les

marques à moitié effacées. « Pourquoi ne pas *me* le dire ? » rétorqua-t-il, faisant appel à toute l'autorité de son grand-père.

Zelinski s'arrêta net ; ses manches – à nouveau immaculées – claquèrent doucement lorsqu'il baissa les bras. « Quoi ?

— Vous avez déjà pratiqué ce rituel ?

— Vous savez bien que oui ! s'exclama Amelia.

— Exactement de cette façon ?

— Bien sûr que non ! Le rituel change toujours un peu en fonction des besoins. Chaque histoire est différente. »

Darlington se savait sur un terrain glissant, mais mieux valait poursuivre l'offensive – sans quoi le Léthé tout entier passerait pour une bande d'amateurs. « Ma foi, j'ignore ce que Zeb a en tête pour son prochain roman, mais il a failli libérer un troupeau de fantômes sur votre délégation. »

Les yeux de Zelinski s'écarquillèrent. « Il y avait des Gris ici ?

— Une véritable armée.

— Mais elle criait…

— Vous nous avez mis en danger, mon Dante et moi, fit Darlington. Je vais devoir le signaler au doyen Sandow. Les Auréliens ne devraient pas jouer avec des forces…

— Non, non, s'il vous plaît, le supplia Zelinski en levant les paumes comme pour éteindre un feu. S'il vous plaît. C'est notre premier rituel en tant que délégation. Il fallait donc s'attendre à ce qu'on rencontre quelques… problèmes. On fait campagne pour récupérer nos chambres au SSS.

— Elle aurait pu être blessée, insista Darlington d'une voix d'aristocrate indigné. Voire pire.

— Nous sommes dans une année de dons, pas vrai ? intervint alors Amelia. Nous… nous pouvons faire en sorte qu'ils soient *généreux*.

— Vous n'essaieriez quand même pas de me soudoyer ?

— Non ! Pas du tout ! Il s'agit là d'une négociation, d'un… accord.

— Hors de ma vue. Vous avez vraiment de la chance que la collection n'ait subi aucun dommage durable. »

Alex se tourna vers lui une fois que l'Impératrice et Zelinski se furent exécutés. « Merci », chuchota-t-elle.

Darlington la fusilla du regard, puis se pencha pour commencer à effacer le cercle. « C'est pour le Léthé que je l'ai fait, pas pour vous. »

Ils nettoyèrent le reste des marques, s'assurèrent que les Auréliens n'avaient laissé aucune trace, que les bras de Zeb étaient bandés et que ses signes vitaux restaient stables. Le malheureux avait encore des taches d'encre sur les lèvres, les dents et les gencives – et il en coulait également de ses oreilles et de ses yeux. Il avait l'air d'un monstre, mais souriait pourtant de toutes ses dents en baragouinant des phrases incompréhensibles qu'il gribouillait dans un carnet; ça allait continuait ainsi jusqu'à ce qu'il se soit débarrassé de toute l'histoire.

Ce fût dans un silence tendu que les deux membres du Léthé retournèrent à Il Bastone. La nuit semblait plus froide, et pas seulement à cause de l'heure tardive: les effets de l'élixir d'Hiram se faisaient encore sentir. Darlington éprouvait d'ordinaire un sentiment de tristesse quand cette magie disparaissait – mais ce soir-là, il était extrêmement heureux de voir le Voile se remettre en place.

Que s'était-il passé pendant le rite? Comment Alex avait-elle pu se montrer aussi imprudente? Elle avait enfreint les règles pourtant élémentaires qu'il lui avait fixées. Le cercle était inviolable. Il fallait surveiller les marques. Avait-il fait preuve de laisser-aller dans toute cette histoire? Avait-il un peu trop essayé de la mettre à l'aise?

Les lumières de l'entrée vacillèrent à leur arrivée, comme si la maison pouvait percevoir leur humeur. Dawes se trouvait exactement là où ils l'avaient laissée: devant la cheminée. Elle leva les yeux, parut se tasser encore un peu plus dans son sweat-shirt – et s'empressa de retourner à ses fiches, heureuse de tourner le dos aux querelles humaines.

Darlington ôta son manteau, l'accrocha près de la porte, puis –

sans attendre de voir si Alex allait le suivre – prit le couloir menant à la cuisine. Après avoir allumé le gaz pour faire réchauffer la soupe de Dawes, il sortit sans ménagement le plateau à sandwiches du réfrigérateur. Une bouteille de syrah avait été décantée ; il s'en versa un verre et s'installa face à Alex, qui s'était affalée sur une chaise devant la table de la cuisine, ses yeux sombres fixés sur le carrelage noir et blanc de la pièce.

Il se força à finir son verre de vin, s'en versa un autre, puis : « Alors ? Qu'est-ce qui s'est passé ?

— Je n'en sais rien, murmura-t-elle d'une voix à peine audible.

— Et vous croyez que je vais me contenter de ça ? Vous ne nous êtes littéralement d'aucune utilité si vous n'arrivez pas à gérer quelques Gris.

— Ils n'en avaient qu'après vous.

— Détrompez-vous. Il m'incombait de surveiller deux de ces portes – vous vous en souvenez ? »

Elle se frotta les bras. « C'est juste que je n'étais pas prête. Je ferai mieux la prochaine fois.

— La prochaine fois sera différente. Et la suivante. Et celle d'après. Il y a six sociétés en activité, et chacune possède des rituels spécifiques.

— Ce n'était pas un problème de rituel.

— Le sang, dans ce cas ?

— Non. L'un d'eux m'a attrapée. Vous ne m'avez pas prévenue que ça allait arriver. J'ai… »

Darlington n'en croyait pas ses oreilles. « Vous dites que l'un d'eux vous a touchée ?

— Pas seulement un. J'ai…

— Ce n'est pas possible. Je veux dire… » Il reposa son verre, passa ses mains dans ses cheveux. « Ça n'arrive jamais ou presque. *Parfois* en présence de sang, ou si l'esprit est particulièrement ému. D'où le fait que les vraies hantises soient si rares. »

La voix d'Alex était dure, distante. « *C'est* possible. »

Peut-être. À moins qu'elle ne mente. « Vous allez devoir être prête la prochaine fois. Vous n'étiez pas préparée...

— À qui la faute? »

Darlington se redressa aussitôt. « Je vous demande pardon? Vous avez eu deux semaines pour vous mettre à niveau. Je vous ai même envoyé des passages précis à lire, histoire de vous faciliter la tâche.

— Et toutes les années *avant* cela, vous étiez où? » Alex se leva, remit sa chaise en place. Comme étincelante d'énergie, elle avança d'un pas dans la salle du petit-déjeuner, ses cheveux noirs reflétant la lumière de la lampe. La maison lâcha aussitôt un grognement d'avertissement. La jeune femme n'était ni triste, ni honteuse, ni inquiète. Elle était en *colère*. « Où étiez-vous? fulmina-t-elle. Vous tous, les sages du Léthé – avec vos sorts, vos craies et vos bouquins? Où étiez-vous quand les morts me suivaient chez moi? Quand ils se pointaient dans mes salles de classe? Dans ma chambre? Dans ma foutue *baignoire*? Sandow m'a dit que vous me suiviez depuis des années, depuis mon enfance. Personne n'aurait pu me dire comment me débarrasser d'eux? Qu'il suffisait de quelques mots magiques pour les faire disparaître?

— Ils sont inoffensifs. Ce sont juste les rituels qui... »

Alex attrapa le verre de Darlington le jeta contre le mur, au grand dam du vin rouge. « Ils ne sont *pas* inoffensifs. Vous parlez comme si vous saviez quoi que ce soit, comme si vous étiez un genre d'expert. » Elle abattit ses mains sur la table et se pencha vers lui. « Vous n'avez aucune idée de ce dont ils sont capables.

— Vous avez fini, ou vous comptez passer vos nerfs sur un autre verre? »

— Pourquoi ne pas m'avoir aidée? » La jeune femme avait presque grogné ces paroles.

« Mais je vous *ai* porté secours. Si vous vous souvenez bien, une véritable mer de Gris était sur le point de vous engloutir.

— Pas *vous*. » Alex agita le bras, pour indiquer la maison. « Sandow. Le Léthé. *Quelqu'un*. » Elle se couvrit le visage de ses mains. *« Du courage. Personne n'est immortel.* Vous savez ce que ça aurait signifié pour moi, de connaître ces mots dans mon enfance ? Il aurait fallu si peu de choses pour tout changer. Mais tout le monde s'en foutait. Je ne vous étais pas *utile,* à l'époque. »

Darlington n'appréciait guère l'idée qu'il se soit mal comporté ; que le *Léthé* se soit mal comporté. *Nous sommes les bergers.* Et pourtant ils avaient laissé Alex affronter seule les loups. Elle avait raison. Le Léthé s'était borné à l'étudier de loin, sans nullement s'intéresser à son sort.

À ses yeux, il lui avait donné une chance, il s'était montré juste envers cette fille qui s'était échouée sur son rivage. Mais il s'était laissé aller à la considérer comme une personne ayant fait de bien piètres choix et qui s'était engagée sur la mauvaise voie. Il ne lui était pas venu à l'esprit qu'en réalité des monstres la pourchassaient.

« Cela vous aiderait-il de casser quelque chose d'autre ? » lui demanda-t-il au terme d'un long silence.

Elle avait le souffle court. « Peut-être. »

Darlington se leva, alla ouvrir un placard, puis un autre, et encore un autre, révélant ainsi d'innombrables étagères remplies de vaisselle – verrerie, assiettes, pichets, plateaux, beurriers, saucières : des milliers de dollars de cristal et de porcelaine. Il s'empara d'un verre, le remplit de vin et le tendit à Alex.

« Par où voulez-vous commencer ? »

7

Hiver

Le Léthé devait avoir un protocole en cas de meurtre, une série d'étapes à suivre. Darlington, lui, les aurait connues par cœur.

Il lui aurait sans doute conseillé de s'assurer l'aide de Dawes. Mais les deux jeunes femmes n'étaient jamais parvenues à faire beaucoup mieux que s'ignorer poliment. Comme à peu près tout le monde, Dawes vouait un véritable culte au génialissime Darlington. Personne à part Daniel ne semblait totalement à l'aise avec l'idée de communiquer avec elle; lui y parvenait sans la gêne qui pesait sur les épaules de Pamela comme un de ses gros sweat-shirts aux couleurs improbables. Alex la soupçonnait de lui reprocher les événements de Rosenfeld Hall, et même si Dawes ne lui disait jamais grand-chose, son silence avait pris une nouvelle tournure hostile, mâtinée de regards méfiants et de placards qui claquent. La jeune femme ne voulait donc pas lui parler plus que de nécessaire.

Elle allait donc consulter la bibliothèque du Léthé. *Ou alors tu pourrais juste lâcher l'affaire,* se dit-elle en gravissant les marches du manoir d'Orange Street. Il y avait des chances que Darlington soit de retour sous ce toit dans moins d'une semaine: Alex l'imaginait sortir en un seul morceau du rite de la nouvelle lune, heureux et prêt à focaliser son magnifique cerveau sur le problème posé par le meurtre de Tara Hutchins. Mais peut-être aurait-il d'autres choses en tête...

Il n'y avait pas de clé pour pénétrer à l'intérieur d'Il Bastone. Darlington avait présenté Alex à la porte le jour où il l'avait amenée ici pour la première fois ; désormais elle poussait un soupir grinçant quand la jeune femme entrait – loin du fredonnement joyeux qu'elle émettait lorsque Darlington se trouvait là lui aussi. Au moins les chacals semblaient-ils appartenir au passé. Alex n'avait pas revu les chiens du Léthé depuis sa découverte de la demeure, mais elle repensait à eux chaque fois qu'elle s'en approchait : elle se demandait où ils dormaient, s'ils avaient faim – les chiens mystiques n'avaient peut-être même pas *besoin* de nourriture.

Dawes avait en théorie ses vendredis de libres, mais on pouvait presque toujours compter sur elle pour se terrer dans le salon du rez-de-chaussée avec son ordinateur portable. Ce qui la rendait facile à éviter. Alex rejoignit furtivement la cuisine, où elle trouva l'assiette des sandwiches de la nuit précédente – Dawes l'avait laissée au-dessus du frigo, couverte d'une serviette humide. Elle les engloutit un à un, et l'impression d'être une voleuse ne fit qu'améliorer le goût du pain blanc, des morceaux de concombre et du saumon finement tranché et piqué à l'aneth.

Le Léthé avait fait l'acquisition de la maison d'Orange Street en 1888, peu après que John Anderson l'eut abandonnée – soi-disant pour tenter d'échapper au fantôme de la fille au cigare que son père avait assassinée. Depuis lors, Il Bastone avait successivement été – pour le monde extérieur – une résidence privée, une école dirigée par les Sœurs de Sainte-Marie, un cabinet d'avocats, et à présent une demeure privée en attente perpétuelle de rénovation. Mais le Léthé en était toujours resté le propriétaire.

Il y avait un meuble rempli de livres dans le couloir du premier étage, à côté d'un antique secrétaire et d'un vase d'hortensias séchés. C'était là l'entrée de la bibliothèque. Un vieux panneau mural était censé commander une chaîne stéréo, mais il ne fonctionnait que la moitié du temps, et parfois la musique sortait si souffreteuse des haut-parleurs que la maison donnait l'impression d'être plus vide encore.

Alex sortit le Livre d'Albemarle de la troisième étagère. Il ressemblait à un ouvrage ordinaire relié en toile teintée, mais ses pages crépitèrent légèrement lorsque la jeune femme l'ouvrit – elle poussa un juron, surprise par le petit coup de jus. Le livre conservait des échos de la plus récente requête qui lui était faite : en tournant les pages jusqu'aux ultimes entrées, Alex découvrit les gribouillis de Darlington ainsi que les mots *schémas de Rosenfeld Hall,* inscrits le 10 décembre. La dernière nuit où Daniel Arlington avait été vu vivant.

Elle prit un stylo sur le secrétaire, écrivit la date puis P*rotocoles de la Maison Léthé.* Homicide. Après quoi elle remit le livre dans l'étagère, entre *Stover à Yale* et un exemplaire esquinté de *La Cuisine de la Nouvelle-Angleterre, Vol. 2.* Jamais elle n'avait vu nulle part la moindre trace du premier tome.

La demeure émit un grognement désapprobateur, l'étagère trembla légèrement. Alex se demanda si Dawes était trop plongée dans son travail pour le remarquer ou si elle allait lever les yeux vers le plafond, en se demandant ce que cette satanée Stern était encore en train de trafiquer.

Quand le meuble eut cessé de bouger, Alex en agrippa le côté droit et tira. Il s'écarta du mur à la manière d'une porte, révélant une chambre circulaire de deux étages aux murs littéralement recouverts d'étagères. L'après-midi n'avait pas encore pris fin, et la jeune femme voyait le ciel briller du bleu lumineux du crépuscule à travers le dôme de verre situé au-dessus de sa tête. L'air était légèrement parfumé ; l'odeur des fleurs d'oranger venait lui titiller les narines.

Le Léthé disposait d'une place limitée, aussi avait-on équipé la bibliothèque d'un portail télescopique basé sur une magie empruntée à la Scroll & Key et déployé par le regretté Richard Albemarle, alors qu'il n'était encore qu'un Dante. Il fallait inscrire le sujet de son choix dans le Livre d'Albemarle, placer celui-ci dans le meuble – et la bibliothèque récupérait alors aimablement une sélection de volumes dans la collection de la Maison Léthé, sélection qui vous attendait quand vous ouvriez la porte secrète. La collection complète, conservée dans un bunker souterrain sous une propriété de Greenwich, privilégiait l'histoire de l'occultisme, de New Haven et de la Nouvelle-Angleterre. Elle comprenait un pressage original du *Malleus Maleficarum* de Heinrich Kramer et cinquante-deux traductions différentes dudit texte, les œuvres complètes de Paracelse, les journaux secrets d'Aleister Crowley et de Francis Bacon, un livre de sorts tout droit sorti du Temple du Feu zoroastrien de Chak Chak, une photo dédicacée de Calvin Hill, ainsi qu'une première édition du *Dieu et l'Homme à Yale* de William F. Buckley, assorti d'un sortilège écrit sur une serviette de table qui en révélait les chapitres secrets. Mais bonne chance pour y trouver un exemplaire d'*Orgueil et Préjugés* ou une histoire de la guerre froide qui ne soit pas entièrement focalisée sur la magie défectueuse utilisée dans la formulation de la doctrine Eisenhower.

La bibliothèque se montrait également un peu capricieuse. Si votre requête n'était pas assez précise, ou si elle ne trouvait pas de livres sur le sujet désiré, l'étagère se bornait à continuer de trembler, et finissait par dégager de la chaleur en émettant un gémissement aussi aigu qu'éperdu – jusqu'à ce que vous récupériez le Livre d'Albemarle et murmuriez une incantation apaisante au-dessus de ses pages tout en lui caressant doucement le dos. La magie des portails devait également être entretenue grâce à toute une série de rites complexes, pratiqués tous les six ans.

« Qu'est-ce qui se passe si vous loupez une année? avait demandé la jeune femme à Darlington lorsqu'il lui avait expliqué le fonctionnement de la bibliothèque.

— C'est arrivé en 1928.

— Et?

— Tous les livres de la collection se sont retrouvés d'un coup dedans, et le sol s'est effondré sur Chester Vance – l'Oculus de l'époque.

— Mon Dieu, c'est horrible.

— Sans doute, avait rétorqué Darlington d'une voix pensive. Mais bon, étouffer sous une pile de livres me semble être une bonne façon de mourir pour un assistant de recherche. »

Alex s'approchait toujours de la bibliothèque avec prudence, et restait à bonne distance de l'armoire à livres quand celle-ci tremblait. La jeune femme imaginait sans peine un futur Darlington plaisanter sur la délicieuse ironie entourant le trépas de l'ignorante Galaxy Stern, mortellement frappée à la mâchoire par un savoir scélérat.

Elle posa son sac sur la table circulaire qui trônait au centre de la pièce – le bois du meuble était incrusté d'une carte des constellations qui lui étaient inconnues. Alex trouvait étrange que l'odeur des livres soit toujours la même. Les documents anciens dans les rayons et vitrines des salles climatisées de la Beinecke ; les salles de recherche de Sterling ; la bibliothèque *versatile* de la Maison Léthé : il en émanait un parfum identique à celui des salles de lecture remplies de livres de poche bon marché dans lesquelles elle avait passé son enfance.

La plupart des étagères étaient vides. Il y avait là quelques vieux ouvrages bien lourds sur l'histoire de New Haven, ainsi qu'un livre de poche intitulé *Chaos à New Haven !* qu'on trouvait sans doute à une époque dans les boutiques de tourisme. Alex mit une bonne minute à se rendre compte qu'une des étagères était remplie de réimpressions du même petit volume – *La Vie du Léthé : Procédures et Protocoles de la Neuvième Maison* –, tout d'abord reliées, puis agrafées à moindre coût quand le Léthé avait revu à la baisse certaines de ses prétentions et commencé à surveiller son budget.

Alex attrapa l'édition la plus récente, celle dont la couverture était ornée d'un gros *1987*. Elle n'y trouva aucune table des matières, juste des pages photocopiées reproduites de travers, avec quelques notes dans les marges et un talon de billet pour un spectacle de Squeeze au Colisée de New Haven. Ledit Colisée avait disparu depuis longtemps, démoli pour faire place à des appartements et à un campus de collège communautaire qui n'avait finalement pas vu le jour. Alex avait vu un Gris adolescent vêtu d'un T-shirt R.E.M.

errer sans but à proximité du parking que l'endroit était devenu, comme s'il espérait encore obtenir des billets.

L'entrée *Meurtre* était d'une brièveté frustrante :

En cas de mort violente liée aux activités des sociétés propriétaires, un colloque sera organisé entre le doyen, le président de l'université, les membres actifs de la Maison Léthé et le Centurion en exercice pour décider d'une ligne de conduite. (Voir : « Protocoles de réunion »).

Alex se rendit à la page « Protocoles de réunion », pour n'y trouver qu'un plan de la salle à manger de la Maison Léthé, un guide du placement à table selon l'ordre de préséance, un rappel à l'intention de l'Oculus résident – « Il conviendra de tenir un procès-verbal » –, et des suggestions de menus. Une cuisine légère était apparemment prescrite, avec de l'alcool uniquement servi sur demande. Il y avait même une recette pour une boisson répondant au doux nom de granité à la menthe.

« Merci beaucoup, les gars, marmonna-t-elle. Ça m'aide énormément. » Ils parlaient de la mort comme d'un manquement aux bonnes manières. Quant au mot « colloque », il lui était plus ou moins inconnu – mais il s'agissait à l'évidence d'une réunion de gros bonnets qu'elle n'avait aucune intention de convoquer. Était-elle vraiment censée aller voir le président de l'université pour l'inviter à manger des petits fours ? Sandow l'avait exhortée à se reposer. Il n'avait rien dit à propos d'un colloque. Pourquoi ? Parce qu'on est en pleine année de financement. *Parce que Tara Hutchins est de la ville. Parce que rien ne laisse suggérer la moindre implication des sociétés. Alors, laisse tomber.*

Au lieu de quoi Alex retourna dans le couloir, ferma la porte de la bibliothèque et rouvrit le Livre d'Albemarle. Ce fut cette fois une odeur de cigares qui s'échappa des pages, assortie d'un bruit de plats qui s'entrechoquent. Voilà à quoi se résumait le meurtre dans les souvenirs du Léthé : pas de sang ni de souffrance, juste des hommes réunis autour d'une table, occupés à boire du punch aromatisé à la menthe. Elle hésita – ce n'était pas facile de trouver les mots justes pour guider la bibliothèque –, puis inscrivit une nouvelle entrée :

Comment parler aux morts.

Elle remit le livre en place ; un frisson violent parcourut aussitôt l'armoire à livres. Lorsqu'Alex pénétra dans la bibliothèque, cette fois, elle trouva les étagères pleines à ras bord.

Il était difficile pour la jeune femme de ne pas sentir la présence de Darlington en ces lieux ; elle avait l'impression que l'érudit passionné se retenait de s'immiscer dans ses tentatives maladroites de recherche.

Quand les avez-vous vus pour la première fois ? Alex lui avait dit la vérité : elle n'arrivait tout simplement pas à s'en souvenir. Elle ne les avait même jamais qualifiés de *morts* dans sa tête. La fille en bikini au bord de la piscine, avec ses lèvres bleues ; l'homme complètement nu posté derrière le grillage de la cour de l'école, qui se caressait paresseusement pendant que la classe d'Alex faisait du sport ; les deux garçons en sweat-shirts ensanglantés installés dans le box d'un *fast food* – dans l'attente d'une commande qui n'arriverait jamais. C'étaient des Silencieux, rien d'autre, qui la laissaient tranquille pour peu qu'elle ne leur accorde pas trop d'attention.

Tout cela avait changé dans des toilettes de Goleta, alors qu'Alex avait douze ans.

À cette époque-là, elle avait déjà appris à se taire sur les créatures qu'elle voyait – et elle s'en sortait plutôt bien. Quand le moment fut venu d'entrer au collège, elle avait demandé à sa mère de cesser de l'appeler Galaxy et de remplir ses formulaires scolaires en conséquence. Tout le monde à son ancienne école la connaissait comme la gamine nerveuse qui parlait toute seule et sursautait devant des choses qui n'étaient pas là, qui n'avait pas de père et qui ne ressemblait pas à sa mère. Un conseiller pensait qu'elle souffrait d'un TDAH ; un autre qu'elle avait besoin d'horaires de sommeil plus réguliers. Et puis le directeur adjoint avait fini par prendre sa mère à part pour lui suggérer la possibilité qu'Alex soit tout simplement un peu lente. « On ne peut pas tout résoudre avec une thérapie ou une pilule, vous savez ? Certains enfants sont juste en dessous de la moyenne, mais il y a aussi de la place pour eux en classe. »

Mais une autre école signifiait un nouveau départ, une chance de se réinventer en quelqu'un d'ordinaire.

« Tu ne devrais pas avoir honte de ta différence, lui avait dit sa génitrice le jour où Alex avait trouvé le courage de demander à changer de nom. Ce n'est pas pour rien que je t'ai baptisée Galaxy. »

Alex ne pouvait qu'acquiescer. La plupart des livres qu'elle lisait et des émissions de télé qu'elle regardait lui présentaient la différence comme un bienfait. Être différent, c'était super ! Sauf que personne n'était comme elle. Sans compter, songeait-elle en faisant le tour de son minuscule appartement rempli d'attrape-rêves, d'écharpes en soie et de peintures de fées dansant sous la lune, qu'elle doutait de pouvoir un jour se fondre dans la masse.

« Je vais peut-être finir par m'y faire.

— Parfait. C'est ton choix, et je le respecte. » Puis Mira avait enlacé sa fille et lui avait collé un bon gros baiser sur le front. « Mais tu restes de toute façon ma petite étoile. »

Alex s'était soustraite à ses bras en riant, presque étourdie de soulagement, puis avait commencé à réfléchir à un moyen de convaincre sa génitrice de lui acheter un nouveau jean.

À son entrée en cinquième, elle s'était demandé si son nouveau nom n'avait pas quelque chose d'un peu magique. Il ne réglait pas tous les problèmes. Alex n'avait toujours pas les bonnes baskets, le bon chouchou, et sa mère ne mettait toujours pas ce qu'il fallait dans sa lunch box. Elle n'avait pas grandi, n'était toujours pas blonde, faisait toujours partie du Club des Sourcils épais. Les gamins blancs continuaient à la prendre pour une Mexicaine, les gosses mexicains pour une Blanche. Mais elle se débrouillait bien en classe. Elle avait des gens avec qui partager son déjeuner. Elle avait une amie prénommée Meagan, qui l'invitait à regarder des films en mangeant des bols de céréales au nom sucré qui chatoyaient de couleurs artificielles.

Le matin du voyage à Goleta, quand Mme Rosales leur avait dit de se mettre en binôme et que Meagan lui avait pris la main, Alex s'était sentie envahie d'une telle gratitude qu'elle avait failli vomir les petits muffins à la myrtille que les enseignants avaient apportés. Elles avaient passé la matinée à boire du chocolat chaud dans des tasses en plastique, collées au vinyle vert des sièges du bus. Leurs deux mères aimaient Fleetwood Mac, et quand *Go Your Own Way* était passée à la radio, elles s'étaient aussitôt mises à chanter – hurler ? – en chœur, alors que Cody Morgan qui tentait de se boucher les oreilles leur avait crié de LA FERMER.

Il leur avait fallu près de trois heures pour arriver à la réserve de papillons, et Alex avait savouré chaque minute du trajet. Le bosquet proprement dit n'avait rien de spécial : un joli massif d'eucalyptus bordé de sentiers poussiéreux, avec un guide qui parlait des habitudes alimentaires et des schémas migratoires des monarques. L'adolescente avait aperçu une femme gracile occupée à traverser le petit bois, avec un bras qui n'était plus attaché à son corps que par quelques tendons ; elle s'était empressée de détourner le regard – juste à temps pour voir jaillir des arbres une volée de papillons orange. Elle avait déjeuné en compagnie de Meagan sur une table de pique-nique située près de l'entrée, et tout le monde était allé aux toilettes – des blocs de béton au sol humide – avant de remonter dans les bus. Les deux gamines avaient failli vomir en découvrant les lieux.

« Même pas en rêve, avait dit Meagan. Je peux me retenir jusqu'à notre retour. »

Ce qui n'était pas le cas d'Alex. Elle avait choisi les cabinets les plus propres, garni le siège de papier-toilette, baissé son short en jean – et s'était figée. Il lui avait fallu un long moment pour donner sens à ce qu'elle était en train de regarder. Le sang était presque sec, et si brun qu'elle avait eu du mal à comprendre qu'il *s'agissait* de sang. Elle avait eu ses règles. N'était-elle pas censée souffrir de crampes, ou quelque chose dans le genre ? Meagan avait eu les siennes pendant l'été ; ses pensées avaient beaucoup tourné autour des tampons, des serviettes hygiéniques et de l'ibuprofène.

Le plus important, c'était que le sang n'avait pas maculé son short. Mais comment allait-elle faire pour endiguer le problème tout au long du trajet retour en bus ?

« Meagan ! » Mais les toilettes publiques s'étaient à l'évidence vidées de toute présence humaine. Une vague de panique s'était alors abattue sur l'adolescente. Il fallait qu'elle retrouve Mme Rosales au plus vite, sans attendre que les autres aient rejoint le bus. L'enseignante était une adulte, elle saurait quoi faire.

Alex avait enroulé du papier-toilette autour de sa main, glissé le tampon de fortune dans ses sous-vêtements souillés, puis remonté son short et quitté en hâte le cabinet.

Un hurlement était aussitôt sorti de sa bouche. Un homme se tenait là, devant elle, le visage marqué d'innombrables bleus. Prendre conscience qu'il était mort l'avait soulagée au plus haut point. Un homme mort dans les toilettes des filles, c'était bien moins effrayant qu'un type vivant. Poings fermés, Alex avait entrepris de lui passer au travers. Elle *détestait* ça. Il arrivait que des bribes de souvenirs lui envahissent l'esprit – mais cette fois, cela s'était résumé à un souffle d'air froid. Elle s'était précipitée sur un lavabo pour se laver les mains. Il était toujours là, Alex le sentait, mais elle refusait de croiser son regard dans le miroir.

Elle avait senti quelque chose frôler le creux de son dos.

Un instant plus tard, son visage allait percuter le miroir. Quelque chose poussait ses hanches contre le rebord en porcelaine du lavabo. Des doigts froids commençaient à tirer sur la ceinture de son short…

Alex avait hurlé, rué, frappé de la chair et des os – et senti se desserrer la prise sur son short. En essayant de décoller son corps de l'évier, elle avait aperçu son visage dans le miroir, et vu l'homme – la *chose* – qui l'agressait. *Tu ne peux pas faire ça,* avait-elle songé. *Tu ne peux pas me toucher*. Ce n'était pas possible. Ce n'était pas *autorisé.* Aucun Silencieux n'avait le droit de la toucher.

Et puis elle s'était retrouvée face contre terre sur le sol en béton. Quelque chose l'avait alors tirée en arrière par les hanches, et elle avait senti sa culotte se baisser. Alors que la créature tentait de pénétrer *en* elle, l'adolescente avait vu un papillon gisant dans une flaque sous le lavabo ; l'insecte battait des ailes comme pour lui faire signe. Alex s'était mise à hurler.

Meagan et Mme Rosales l'avaient découverte ainsi, sur le sol des toilettes, son short au niveau des chevilles, sa culotte baissée jusqu'aux genoux, les cuisses maculées de rouge et un morceau de papier-toilette imbibé de sang entre ses jambes ; l'adolescente se débattait en sanglotant, toute tremblante. Elle était seule.

Mme Rosales s'était jetée à ses côtés en criant « Alex ! Ma chérie ! » –, et la chose qui avait tenté de la pénétrer avait aussitôt disparu. Jamais elle ne saurait pourquoi le fantôme s'était arrêté, pourquoi il avait fui, mais l'adolescente s'était cramponnée à sa bienfaitrice, s'était perdue dans sa chaleur *vivante*, dans son odeur de savon à la lavande.

Mme Rosales avait fait sortir Meagan des toilettes, séché les larmes d'Alex, puis elle l'avait aidée à se nettoyer. Ayant un tampon dans son sac à main, elle lui avait expliqué comment l'insérer. Alex avait suivi ses instructions sans cesser de trembler et de pleurer. La malheureuse ne voulait *pas* toucher à son intimité. Elle ne voulait *pas* se remémorer ce que le fantôme avait tenté de lui faire. Mme Rosales s'était installée auprès d'elle dans le bus, et lui avait donné une petite brique de jus de fruits. Alex écoutait les rires et les chants des autres enfants, mais elle avait peur de se retourner. De regarder Meagan.

Tout au long du trajet qui les avait ramenés à l'école, comme pendant l'interminable attente à l'infirmerie, l'adolescente n'avait cessé de penser à sa mère. Elle voulait se réfugier dans ses bras, retrouver la sécurité de leur appartement, s'emmitoufler avec elle dans des couvertures pour regarder des dessins animés. Le temps que Mira ait fini de discuter avec le directeur, le conseiller d'orientation et Mme Rosales, les couloirs de l'école s'étaient vidés. Alex regrettait de ne plus être assez petite pour se faire porter jusqu'à leur voiture…

Une fois de retour à la maison, l'adolescente s'était douchée aussi vite qu'elle l'avait pu. Elle se sentait trop vulnérable, *trop* nue. Et si jamais il se repointait ? Si quelque chose d'autre venait s'en prendre à elle ? Qu'est-ce qui pourrait l'empêcher, lui ou l'un de ses congénères, de la retrouver ? Alex les avait vus *traverser* des murs. Comment dès lors se sentir en sécurité où que ce soit ?

Laissant la douche en marche, elle s'était faufilée dans la cuisine pour fouiller le tiroir où sa mère rangeait tout le bric-à-brac. Elle pouvait l'entendre murmurer au téléphone dans sa chambre.

« Elle a peut-être subi une agression, d'après eux. » Mira était en train de pleurer. « Ce serait à cause de ça qu'elle se comporte ainsi... Je ne sais pas. Je n'en sais rien. Ça m'a rappelé ce maître-nageur à la piscine qu'elle fréquentait. Il avait toujours l'air un peu à côté de la plaque, et Alex n'aimait pas aller là-bas. Il s'est peut-être passé quelque chose ? »

Si Alex détestait cette piscine, c'était parce qu'un gamin mutique au crâne à moitié défoncé aimait traîner autour du podium rouillé, là où s'était jadis trouvé le plongeoir.

L'adolescente avait fini par dénicher le petit canif rouge, puis était retournée sous la douche équipée de son arme improvisée. Elle n'aurait su dire si cela aurait le moindre effet sur les Silencieux, mais ça la rassurait quand même un peu. Elle s'était lavée en hâte, et après avoir enfilé un pyjama était venue se pelotonner sur le canapé du salon, ses cheveux mouillés enveloppés dans une serviette. Sa mère devait l'avoir entendue, car elle était sortie de sa chambre quelques instants plus tard.

« Hé, ma chérie », avait-elle murmuré. Ses yeux étaient rouges. « Tu as faim ? »

Alex n'avait pas quitté des yeux l'écran de télé. « On peut avoir de la vraie pizza ?

— Je peux t'en faire une ici. Fromage et amandes, ça te dirait ? »

Alex n'avait rien répondu. Quelques minutes plus tard, elle l'avait entendue passer une commande téléphonique chez *Amici*. Toutes deux avaient mangé en regardant la télé, Mira faisant semblant de ne pas regarder sa fille.

Alex s'était bâfrée jusqu'à en avoir mal au ventre – après quoi elle avait continué à manger. Il était trop tard pour les dessins animés, qui avaient laissé place aux sitcoms pleins de jeunes sorciers et de jumeaux vivant dans des lofts, que tout le monde à l'école déclarait ne plus regarder depuis longtemps. *Qui sont ces gens ?* s'était demandé Alex. *Qui sont ces gens heureux, si pleins de vie ? Comment font-ils pour ne pas avoir peur ?*

Après avoir fini un morceau de croûte, sa mère avait attrapé la télécommande pour couper le son de la télé. « Ma chérie. Galaxy.

— Alex.

— Alex, tu veux me parler ? Tu veux qu'on parle de ce qui s'est passé ? »

L'adolescente avait alors senti un douloureux éclat de rire remonter le long de son œsophage. Si d'aventure elle le laissait sortir, serait-ce pour s'esclaffer ou pour pleurer ? *Tu veux qu'on parle de ce qui s'est passé ?* Qu'était-elle censée dire ? *Un fantôme a essayé de me violer ? Peut-être qu'il* m'a *violée ?* Elle ne savait pas trop quand ça comptait, à quel point son agresseur devait s'être enfoncé. Mais peu importait, vu que personne n'allait la croire de toute façon.

Ses doigts s'étaient refermés sur le canif dans la poche de son pyjama. Son cœur avait soudain commencé à tambouriner dans sa poitrine. Que pouvait-elle dire ? *Aidez-moi. Protégez-moi.* Sauf que personne n'en était capable. Personne ne pouvait voir les choses qui lui faisaient du mal.

Sans compter, pire encore, qu'elles n'étaient peut-être même pas réelles. Était-il envisageable qu'Alex ait tout imaginé ? Mais l'hypothèse de la folie lui donnait encore plus envie de hurler – et de ne jamais s'arrêter.

« Ma chérie ? » Les yeux de sa mère s'étaient à nouveau emplis de larmes. « Quoi qu'il se soit passé, ce n'est pas ta faute. Tu le sais, hein ? Tu...

— Je ne peux pas retourner à l'école.

— Galaxy... »

— Maman. » Alex s'était tournée vers sa mère, lui avait saisi le poignet ; elle avait *besoin* de son attention. « *Maman,* ne me force pas à y aller. »

Mira avait essayé de la prendre dans ses bras. « Oh, ma petite étoile… »

Alex s'était alors mise à crier. Elle avait rué de toutes ses forces pour empêcher sa mère d'approcher. *« Tu es une putain de ratée ! »*, avait-elle hurlé encore et encore – avant d'aller s'enfermer dans sa chambre, malade de honte.

Mira l'avait laissée rester à la maison jusqu'à la fin de la semaine. Elle lui avait même trouvé un thérapeute – sauf qu'Alex n'avait rien à dire.

Sa mère l'avait suppliée, elle avait essayé de la soudoyer avec de la malbouffe et des heures de télé supplémentaires. Pour finalement lui lancer : « Tu as le choix : parler à ton thérapeute, ou retourner à l'école. »

Le lundi suivant, Alex était donc retournée à l'école. Personne ne lui avait parlé. Ses camarades l'avaient à peine regardée, et elle avait compris pourquoi en retrouvant de la sauce spaghettis étalée sur son casier de gym : Meagan avait tout déballé.

Alex avait hérité d'un petit surnom dans l'aventure : Bloody Mary. Elle déjeunait toute seule. Personne ne la choisissait comme binôme en cours de science ou pour les excursions, et il fallait toujours l'imposer à autrui. En désespoir de cause, Alex avait commis l'erreur de vouloir expliquer à Meagan ce qui s'était vraiment passé. C'était stupide, l'adolescente s'en rendait compte à mesure qu'elle lui égrenait les choses qu'elle avait vues, les choses qui peuplaient son existence : les yeux fuyants, son amie se bornait à faire tournoyer une longue boucle de cheveux bruns autour de son index. Mais plus Meagan se repliait sur elle-même, et plus Alex parlait, comme si dans tous ces mots il devait se trouver quelque code secret, une clé susceptible de lui redonner l'innocence qu'elle avait perdue.

Au bout du compte Meagan s'était bornée à dire : « Bon, va falloir que j'y aille, hein. » Après quoi elle s'était comportée exactement comme Alex l'avait prévu : elle avait tout répété.

Quand Sarah McKinney l'avait suppliée de la rejoindre aux *Tres Muchachos* pour parler au fantôme de sa grand-mère, Alex se doutait qu'il s'agissait sans doute d'un coup monté, d'une vaste plaisanterie. Elle s'y était quand même rendue, espérant toujours un genre de miracle – pour se retrouver assise dans l'espace de restauration, les yeux humides de larmes.

Mosh, qui la toisait depuis le comptoir du *Hot Dog on a Stick*, l'avait alors prise en pitié. C'était une terminale, qui se teignait les cheveux en noir et arborait mille bagues en argent sur ses mains blanches de cadavre. En sa qualité de spécialiste des filles méchantes, elle avait invité Alex à traîner avec ses amis sur le parking du centre commercial.

Alex ne savait pas trop comment réagir ; elle était donc restée les mains dans les poches jusqu'à ce que le petit copain de Mosh lui propose le bang qu'ils faisaient circuler.

« Elle a douze ans ! s'était emportée Mosh.

— Elle est stressée, ça se voit. Et elle est cool, pas vrai ? »

Alex avait vu des élèves plus âgés tirer des taffes sur des joints ou des cigarettes. Avec Meagan, elle faisait parfois semblant de fumer ; l'adolescente savait donc plus ou moins comment ne pas se rendre trop ridicule.

Elle avait collé ses lèvres au bang, aspiré la fumée – et s'était presque aussitôt mise à cracher ses poumons.

Ce qui lui avait valu les applaudissements de Mosh et de ses amis.

« Tu vois ? avait lancé son copain. Cette gamine est cool. Et jolie avec ça.

— Essaie de te tenir un peu, l'avait sermonné Mosh. Tu as vu l'âge qu'elle a ?

— Je n'ai pas dit que je voulais la baiser. Comment tu t'appelles, d'ailleurs ?

— Alex. »

Le garçon lui avait tendu la main ; ses deux poignets ornés d'un léger duvet sombre arboraient des bracelets en cuir. Il ne ressemblait en rien aux garçons de sa classe.

Elle l'avait acceptée, ce qui lui avait valu un clin d'œil de sa part.

« Enchanté, Alex. Moi c'est Len. »

L'adolescente se sentait presque invincible quand elle avait – tant bien que mal – rejoint son lit quelques heures plus tard. Elle s'était alors rendu compte qu'aucun mort n'avait traversé son champ visuel depuis que la fumée avait envahi ses poumons.

Tout était une question d'équilibre, ainsi qu'elle l'avait appris. L'alcool fonctionnait, de même que l'oxycodone – n'importe quoi, pourvu que ça ait un effet tranquillisant. Il n'y avait rien de mieux que le Valium, qui lui donnait l'impression d'être enveloppée dans du coton. Les amphés étaient à éviter à tout prix, surtout l'Adderall, mais il n'y avait rien de pire que les acides. La seule fois où Alex avait commis l'erreur d'en prendre, elle n'avait pas seulement vu des Gris, elle les avait *sentis* – leur tristesse et leur faim suintaient de toute part dans sa direction. L'incident des toilettes publiques ne s'était jamais reproduit, en revanche aucun Silencieux ne parvenait plus à la toucher, sans qu'elle comprenne pourquoi. Mais il y en avait partout, en permanence.

Le truc chouette avec ses nouveaux amis, ses amis *défoncés*, c'était qu'ils s'en fichaient si d'aventure elle piquait une crise. Ils trouvaient même ça hilarant. Alex était la gamine la plus jeune de leur petit groupe, leur mascotte, et ça les faisait tous marrer quand elle parlait à des choses qui ne se trouvaient pas là. Mosh qualifiait de « blondasses » et de « Mimimutantes » les filles dans le genre de Meagan ; à ses yeux, c'étaient toutes « de tristes petits poissons qui buvaient leur propre pisse dans le courant dominant ». Mosh – à l'en croire – aurait pu tuer quelqu'un pour avoir les cheveux noirs d'Alex, et quand celle-ci affirmait que le monde était plein de fantômes prêts à déferler dans le monde des vivants, elle se contentait de secouer la tête et de dire : « Tu devrais écrire tout ça, ma belle. Je te jure ».

Alex avait redoublé. Le lycée l'avait suspendue. Elle s'était mise à voler de l'argent dans le sac à main de sa mère, puis de petits objets dans la maison – jusqu'à la tasse en argent de son grand-père. Mira pleurait, criait, ne cessait d'établir de nouvelles règles ; Alex les enfreignait toutes. Elle culpabilisait de traiter ainsi sa génitrice, et culpabiliser ne faisait qu'empirer son humeur. Tout cela la fatiguait au plus haut point, aussi avait-elle fini par ne plus *du tout* rentrer à la maison.

Dans sa quinzième année, sa mère avait utilisé ce qui lui restait d'économies pour tenter de l'envoyer dans un centre de rééducation réservé aux adolescents en difficulté. Mosh était alors partie depuis longtemps, pour une école d'art, et elle ne traînait plus avec Alex, Len ou les autres gosses quand elle rentrait pour les vacances. Alex l'avait croisée au salon de beauté – au moins achetait-elle toujours de la teinture pour cheveux noirs. Mosh lui avait demandé comment ça se passait à l'école ; comme Alex s'était bornée à rire, elle avait commencé à lui présenter des excuses.

« Mais c'est quoi ces conneries ? avait rétorqué Alex. Tu m'as sauvé la vie. »

Mosh avait arboré un air si triste, si honteux, qu'Alex s'était pratiquement enfuie du magasin. Elle était rentrée chez elle cette nuit-là, pour voir sa mère et dormir dans son propre lit. Mais elle s'était réveillée face à deux malabars qui lui avaient collé une lampe de poche dans les yeux avant de la traîner hors de sa chambre sous le regard de sa mère en pleurs : « Je suis désolée, ma chérie. Je ne sais pas quoi faire d'autre. » C'était une bonne journée pour les excuses, apparemment…

Ils lui avaient attaché les poignets avec des colliers de serrage en plastique, l'avaient jetée à l'arrière d'un 4 × 4, pieds nus, en pyjama, tout en lui donnant des leçons de respect : Alex brisait le cœur de sa mère, en Idaho elle allait apprendre les bonnes manières, à vivre selon les *règles*. Mais Len lui avait montré comment rompre des serre-câbles ; il lui avait donc suffi de deux essais pour se libérer, ouvrir en douce la portière arrière – et disparaître entre deux immeubles résidentiels avant que ces deux abrutis ne se soient avisés de sa disparition. Elle avait marché douze kilomètres pour rejoindre Len chez le glacier pour lequel il travaillait. La jeune femme avait planté ses pieds cloqués dans un pot de glace au chewing-gum, puis tous deux avaient fait l'amour sur le sol de la réserve après s'être défoncés.

Elle avait bossé dans un *TGI Fridays*, pour un restaurant mexicain qui raclait les assiettes de ses clients pour resservir tous les soirs les haricots restants, dans un paintball, chez *Mail Boxes Etc.* Un après-midi, alors qu'elle s'occupait des expéditions, une jolie fille aux boucles marron était arrivée avec sa mère et une pile d'enveloppes krafts. Alex avait mis une bonne minute à se rendre compte qu'il s'agissait de Meagan. Postée là dans son tablier marron, pendant que son ex-amie discutait avec l'autre employé, Alex avait soudain eu l'impression de faire partie des Silencieux, d'être morte dans ces toilettes des années plus tôt – pour devenir invisible depuis lors. Elle s'était tout simplement trop défoncée pour le remarquer. Meagan lui avait alors jeté un coup d'œil par-dessus son épaule, un regard suffisamment appuyé pour qu'Alex réintègre son corps. *Tu me vois,* avait-elle songé. *Tu préférerais m'ignorer, mais tu me vois.*

Les années passèrent. Parfois Alex relevait la tête, songeait à rester sobre, à lire un livre, à reprendre l'école, à recontacter sa mère. Elle se laissait aller à rêver de draps propres, de quelqu'un pour la border le soir. Puis elle apercevait un motard au visage ensanglanté parsemé de graviers, ou le fantôme d'une vieille femme à moitié débraillée posté devant la vitrine d'un magasin d'électronique, et s'empressait de replonger. Alex n'aurait su dire pourquoi, mais ils ne semblaient la voir que si *elle-même* les voyait.

Elle avait continué ainsi jusqu'à Hellie – l'adorable Hellie, qu'à en croire Len elle était censée détester. Peut-être même *espérait*-il qu'elle la déteste. Or Alex avait adoré cette fille – jusqu'à cette nuit à Ground Zero où tout avait mal tourné, jusqu'au matin où elle s'était réveillée dans sa chambre d'hôpital pour y découvrir le doyen Sandow.

Il avait sorti des papiers de sa mallette, une vieille dissertation qu'Alex avait rédigée quand elle se donnait encore la peine d'aller à l'école. Elle ne se souvenait pas de l'avoir écrit, ce texte intitulé *Un jour dans ma vie*. Un grand F rouge était griffonné en haut de la première page, à côté des mots : *Je ne vous ai pas demandé une œuvre de fiction.*

Sandow s'était perché sur une chaise auprès de son lit et lui avait demandé : « Les choses que vous décrivez dans cette dissertation, vous les voyez toujours ? »

La nuit du rituel aurélien, quand les Gris s'étaient répandus dans le cercle protecteur, qu'ils avaient pris forme, attirés par le sang et la nostalgie, tout lui était revenu d'un coup. Alex avait presque tout perdu avant même de commencer, mais elle s'était accrochée, et avec un peu d'aide – à commencer par un emploi d'été, pour apprendre à préparer la parfaite tasse de thé dans le bureau du professeur Belbalm – elle pensait pouvoir tenir encore un peu. Ne lui restait plus qu'à offrir à Tara Hutchins le repos éternel qu'elle méritait.

Le soleil s'était couché le temps qu'Alex ait terminé ses recherches dans la bibliothèque du Léthé. La jeune femme avait le cerveau engourdi. Elle avait commis l'erreur initiale de ne pas se limiter à l'anglais, et même après avoir réinitialisé la bibliothèque, restait sur les étagères un nombre déconcertant de textes sibyllins, d'articles et de traités universitaires tout simplement trop denses pour qu'elle puisse s'y attaquer. D'une certaine manière, cela lui facilitait les choses. Alex ne pouvait comprendre qu'un nombre limité de rituels, ce qui réduisait *de facto* ses options. Sans parler des rites qui exigeaient un alignement particulier des planètes, ou un équinoxe, ou une journée ensoleillée d'octobre – il y en avait même un qui requérait le prépuce d'*un jeune homme plein d'adresse et de courage*, et un autre les plumes de cent balbuzards pêcheurs ; c'était moins dérangeant, mais tout aussi difficile à obtenir…

« La satisfaction d'un travail bien fait » Une des phrases préférées de sa mère. « Un dur labeur fatigue l'âme. Les bonnes actions la nourrissent ! » Alex n'aurait su dire ce que Mira entendait précisément par là, mais c'était mieux que de ne rien faire. Après avoir recopié le texte – son portable ne fonctionnant pas dans l'annexe, même pour prendre une photo –, la jeune femme scella la bibliothèque puis descendit les escaliers menant au salon.

« Hé, Dawes ! », lança-t-elle d'un ton embarrassé. Aucune réponse. « Pamela. »

Celle-ci se trouvait à sa place habituelle : recroquevillée par terre à côté du piano à queue, un surligneur dans la bouche. Son ordinateur portable était éteint, et elle était entourée de piles de livres ainsi que des rangées de fiches sur lesquelles elle avait dû inscrire les titres des innombrables chapitres de sa thèse.

« Hé, insista Alex, j'aurais besoin que tu viennes faire des courses avec moi. »

Dawes glissa *D'Eleusis à Empoli* sous *Mimesis et la Roue du Chariot*. « J'ai du boulot, marmonna-t-elle entre ses dents.

— Il faudrait que tu m'accompagnes à la morgue. »

Dawes leva alors la tête, fronça les sourcils, cligna des yeux comme si elle venait d'être exposée à la lumière du soleil. Elle avait toujours l'air un peu éteinte quand on lui parlait – à croire qu'elle était chaque fois sur le point d'avoir la révélation susceptible de l'aider à *enfin* terminer la thèse qu'elle écrivait depuis six ans.

Elle ôta le surligneur de sa bouche, l'essuya à la hussarde sur le tissu rêche de son sweat-shirt – gris ou bleu marine en fonction de la lumière. Ses cheveux roux étaient remontés en chignon, et Alex voyait l'auréole rose d'un bouton sur son menton. « Pourquoi ?

— Tara Hutchins.

— Le doyen Sandow t'a demandé d'y aller ?

— J'ai besoin de davantage d'informations. Pour mon rapport. » Un problème susceptible de lui valoir la compréhension de cette chère Dawes.

« Tu devrais appeler Centurion, dans ce cas.

— Je doute fort que Turner veuille me parler. »

Dawes passa un doigt le long d'une de ses fiches. *Herméneutique hérétique : Josèphe et l'influence de l'escroc sur le fou.* Elle se rongeait les ongles jusqu'au sang. « Je croyais que c'était le petit ami, le coupable ? » Elle tira sur sa manche pelucheuse. « Qu'est-ce que cela a à voir avec nous ?

— Probablement rien. Mais ça s'est passé un jeudi soir, et je pense qu'on devrait vérifier. C'est pour ça qu'on est là, non? » Alex aurait tout aussi bien pu dire: *Darlington se bougerait le cul, lui.*

Dawes s'agita nerveusement. « Mais si l'inspecteur Turner...

— Que Turner aille se faire foutre. » Alex était fatiguée. Elle avait loupé le dîner. L'affaire Tara Hutchins lui avait fait perdre des heures, et elle était sur le point d'en perdre encore quelques-unes.

Dawes se mordilla la lèvre, comme si elle s'efforçait – légitimement – de visualiser les rouages qui tournaient dans la tête de son interlocutrice. « Je ne sais pas.

— Tu as une voiture?

— Non. Mais Darlington si. Il en *avait* une, je veux dire. Merde. » L'espace d'un instant, sa présence envahit la pièce, formidable, *compétente*. Dawes se leva, ouvrit son sac à dos, en sortit un trousseau de clés, le soupesa pensivement dans sa paume. « Je ne sais pas », répéta-t-elle.

Elle aurait pu parler d'une centaine de choses différentes. *Je ne sais pas si c'est une bonne idée. Je ne sais pas si on peut te faire confiance. Je ne sais pas comment finir ma thèse. Je ne sais pas si tu m'as dérobé notre garçon prodige, un homme destiné à la gloire.*

« Comment allons-nous faire pour entrer? s'enquit Dawes.

— Laisse-moi m'occuper de ça.

— Et ensuite? »

Alex lui tendit la feuille de notes qu'elle avait transcrites à la bibliothèque. « On a tout ça ici, non? »

Dawes balaya la page du regard. « Pas mal », dit-elle – mais sa surprise était manifeste.

Ne vous excusez pas. Faites juste votre travail.

Dawes se rongeait la lèvre inférieure. Sa bouche était aussi incolore que le reste de son corps. À croire que sa thèse la vidait de toute vie. « On ne pourrait pas appeler un taxi, plutôt?

— On risque de devoir filer en vitesse. »

Dawes poussa un soupir, attrapa sa parka. « C'est moi qui conduis. »

8

Hiver

Dawes avait garé la voiture de Darlington un peu plus loin dans le quartier. C'était une vieille Mercedes couleur vin, datant peut-être des années quatre-vingt – Alex n'avait jamais posé la question. Les sièges étaient recouverts d'un cuir caramel, usé par endroits, avec des coutures ayant connu des jours meilleurs. Darlington avait toujours bien entretenu ce véhicule, mais celui-ci était désormais *immaculé*. Il fallait sans nul doute y voir la main de Dawes…

Celle-ci marqua une pause avant de tourner la clé de contact – comme pour demander quelque permission. Le véhicule revint aussitôt à la vie, et toutes deux s'éloignèrent du campus pour aller prendre l'autoroute.

Elles roulèrent en silence. Le bureau du Médecin légiste en chef se trouvait à Farmington, à soixante kilomètres de New Haven. *La morgue,* se dit Alex. *Je vais à la morgue. Dans une Mercedes.* Elle songea à allumer la radio – une véritable antiquité, avec une ligne rouge qui parcourait les stations tel un doigt cherchant le bon endroit sur une page. La voix de Darlington lui parut alors, comme s'échappant des haut-parleurs – *Sortez de ma voiture, Stern* –, ce qui la convainquit des bienfaits du silence.

Trouver le chemin de l'institut médico-légal leur prit pas loin d'une heure. Alex n'aurait su dire à quoi elle s'attendait, mais à leur arrivée la jeune femme se réjouit de découvrir les lumières vives qui éclairaient un grand lotissement – une ambiance *parc de bureaux*, en quelque sorte.

« Et maintenant ? » fit Dawes.

Alex sortit de sa sacoche le cabas en plastique et la petite boîte qu'elles avaient préparés, les fourra dans les poches arrière de son jean. Elle ouvrit sa portière, ôta manteau et foulard et les jeta sur le siège passager.

« Qu'est-ce que tu fais ? lui demanda Dawes.

— Je ne veux pas qu'on me prenne pour une étudiante. Donne-moi ton sweat-shirt. » Le fin manteau d'Alex était en laine, avec une doublure en polyester, mais il hurlait *Je suis à l'université.* Ce pour quoi elle l'avait acheté, au demeurant.

Dawes parut sur le point d'émettre une objection – mais elle ouvrit sa parka, ôta son sweat-shirt et le lança toute tremblante à Alex. « Je ne suis pas sûre que ce soit une bonne idée.

— Bien sûr que non. Allons-y. »

La salle d'attente, visible de l'autre côté des portes vitrées, accueillait quelques personnes qui toutes espéraient manifestement en avoir fini avant la fermeture. Il y avait une femme installée derrière un bureau au fond de la salle. Elle avait des cheveux bruns duveteux, avec des reflets roux – sans doute une teinture.

Alex envoya un bref message à Turner : *Il faut qu'on parle.* Puis elle se tourna vers Dawes : « Attends cinq minutes, puis va t'asseoir à l'intérieur. Tu feras semblant d'attendre quelqu'un. Si cette femme quitte son bureau, tu m'envoies un SMS immédiatement – d'accord ?

— Qu'est-ce que tu vas faire ?

— Lui parler. »

Alex regretta d'avoir gaspillé sa pièce de sujétion sur le légiste. Il ne lui en restait plus qu'une, et elle ne pouvait pas se permettre de l'utiliser pour passer la réception – pas si le plan se déroulait comme elle l'espérait.

Elle se coinça les cheveux derrière ses oreilles puis pénétra d'un pas décidé dans la salle d'attente, en se frottant les bras. Derrière le bureau trônait une affiche sur laquelle était marqué : COMPASSION ET RESPECT. *Je m'appelle Moira Adams*, disait une autre, plus petite, *et je suis contente de vous aider*. Contente, pas heureuse. On n'était pas censé être heureux dans un bâtiment rempli de morts.

Moira leva les yeux, sourit. Elle avait des pattes-d'oie autour des yeux, et une croix autour du cou.

« Salut. » Alex lâcha un soupir pour le moins théâtral. « Euh, un inspecteur m'a dit que je pouvais venir voir ma cousine ici.

— D'accord, mon chou. Bien sûr. Et comment s'appelle ta cousine ?

— Tara Anne Hutchins. » Son deuxième prénom avait été assez facile à dénicher sur Internet. Le visage de la femme se fit méfiant. Tara Hutchins avait fait la une des journaux. C'était une victime d'homicide – le genre susceptible d'attirer des tarés. « C'est l'inspecteur Turner qui m'a envoyée ici. »

L'expression de Moira n'en resta pas moins circonspecte. Turner était l'agent référent sur l'affaire ; son nom était très certainement apparu dans les médias. « Tu peux t'asseoir pendant que j'essaie de le joindre. »

Alex sortit son portable. « Il m'a donné son numéro. » Elle lui envoya un nouveau SMS : *Décrochez MAINTENANT, Turner*. Puis elle passa sur l'écran d'appel et mit le haut-parleur. « Tenez, fit-elle en lui tendant l'appareil.

— J-je ne peux pas… », bafouilla Moira. Mais la mine d'Alex fit son petit effet : lèvres pincées, elle accepta de prendre le portable de la jeune femme.

Aux sonneries succéda la boîte vocale de Turner, ainsi qu'Alex l'avait anticipé. L'inspecteur Abel Turner répondait quand ça lui chantait, pas quand une première année énervée cherchait à lui forcer la main.

Elle espérait que Moira allait raccrocher, or celle-ci se racla la gorge et lança : « Inspecteur Turner, Moira Adams à l'appareil – je suis responsable de la sensibilisation du public à l'institut médico-légal de Farmington. Si vous pouviez nous rappeler... » Elle lui laissa leur numéro. Avec un peu de chance, Turner ne consulterait pas avant longtemps sa messagerie. Peut-être même, mesquin comme il l'était, se bornerait-il à tout effacer.

« Tara était une chouette fille, vous savez ? dit-elle quand Moira lui rendit son téléphone. Elle ne méritait pas ça. »

Moira émit des bruits compatissants. « Toutes mes condoléances. » Elle donnait l'impression de lire un script.

« J'ai juste besoin de prier pour elle, de lui faire mes adieux. »

Moira effleura subrepticement sa croix. « Bien sûr.

— Elle avait beaucoup de problèmes – mais qui n'en a pas ? On l'emmenait à l'église tous les week-ends. Son petit ami n'aimait pas ça, vous pouvez me croire. » Moira lâcha alors un soupir compréhensif. « Vous pensez que l'inspecteur Turner va bientôt rappeler ?

— Dès qu'il le pourra. Il est peut-être occupé.

— Mais vous fermez dans une heure, c'est bien ça ?

— Pour le public, oui. Mais tu pourras revenir lund...

— Ben non, justement. » Les yeux d'Alex parcoururent les photos scotchées sous le rebord du bureau, y repérèrent une femme en blouse Winnie l'ourson. « Je suis à l'école d'infirmières.

— À Albertus Magnus ?

— Ouais !

— Ma nièce aussi. Alison Adams ?

— Une très jolie rouquine ? »

Un grand sourire s'épanouit sur le visage de Moira. « Exactement.

— Je ne peux pas me permettre de rater des cours. C'est super dur. Je n'ai jamais été aussi fatiguée de toute ma vie.

— Je sais, dit tristement Moira. Ça épuise Allie également.

— Je... j'aimerais juste pouvoir dire à ma mère que j'ai pu lui dire au revoir. Les parents de Tara, ils... ils n'étaient pas proches. » Alex était passablement en roue libre à présent, mais elle soupçonnait Moira Adams d'avoir déjà croisé des filles comme Tara Hutchins. « Si je pouvais juste voir son visage, lui faire mes adieux... »

Moira hésita un instant, puis lui serra la main. « Je peux demander à quelqu'un de t'emmener la voir. Prépare ta carte d'identité et... ça peut être dur, mais la prière est d'une grande aide.

— Toujours », confirma Alex avec ferveur.

Moira appuya sur un bouton; quelques minutes plus tard, un médecin légiste manifestement épuisé vint les rejoindre, et fit signe à Alex de passer.

Il faisait froid de l'autre côté des doubles portes; les carreaux du sol étaient gris bruyère, les murs de la couleur de la crème fondue. « Signez ici, dit-il tout lui désignant le porte-bloc accroché au mur. Je vais avoir besoin d'une pièce d'identité. Téléphones portables, appareils photo et n'importe quel appareil d'enregistrement: dans le panier. Vous pourrez les récupérer à votre retour.

— D'accord », fit Alex. Qui tendit ensuite la main; de l'or se mit à scintiller sous les néons. « Je crois que vous avez fait tomber ça. »

La salle était glacée, et plus grande que ce à quoi la jeune femme s'attendait. Elle s'avérait aussi étonnamment bruyante – un robinet qui goutte, le bourdonnement des cellules réfrigérantes, le ronflement du climatiseur –, tout en étant silencieuse d'une autre manière. Jamais des Gris ne mettraient les pieds ici. Au diable Belbalm: autant faire un stage à la morgue l'été prochain.

Les tables étaient en métal, tout comme les bassines, les tuyaux enroulés en surplomb et les tiroirs – qui occupaient deux des murs, comme des armoires de classement. Hellie avait-elle été autopsiée dans un endroit de ce genre? La cause de sa mort n'était pas franchement un mystère...

Alex aurait bien aimé avoir son manteau. Ou la parka de Dawes. Ou un verre de vodka.

Il lui fallait œuvrer rapidement. La sujétion allait lui donner une trentaine de minutes pour accomplir sa tâche et ressortir. Mais trouver Tara ne lui prit pas longtemps, et le tiroir – bien que plus lourd qu'escompté – se tirait sans effort.

La revoir dans cet état avait quelque chose de pire encore, comme si toutes deux s'étaient connues du vivant de la malheureuse. Face à ce cadavre, Alex s'avisa que seuls les cheveux blonds pouvaient lui faire penser à Hellie. Celle-ci avait eu un corps de sportive, qui se souvenait du football et du softball qu'elle avait pratiqués au lycée ; on l'imaginait bien faire du surf ou du skateboard, telle une fille tout droit sortie du magazine *Dix-Sept Ans*. Cette fille-là était bâtie comme Alex – un corps noueux, mais sans force.

Les genoux de Tara étaient d'un gris brunâtre. De petits poils sortaient de son maillot – la zone était irritée, comme si la malheureuse venait de la raser. Elle avait un tatouage de perroquet à la hanche, avec un *Key West* gribouillé dessous. Son bras droit arborait le portrait affreusement réaliste d'une gamine. Sa fille ? Une nièce ? Son propre visage d'enfant ? Alex repéra également un drapeau de pirate, un bateau en pleine tempête, ainsi qu'une Bettie Page zombie en talons aiguilles parée d'une lingerie noire affriolante. Le camée ornant l'intérieur du bras intérieur avait l'air plus récent ; l'encre était très sombre, mais la mauvaise police gothique rendait le texte presque illisible : *Mourir plutôt que douter*. Les paroles d'une chanson, mais Alex ne se rappelait pas laquelle.

Elle se demanda si ses propres tatouages allaient réapparaître à sa mort, ou si leur motif allait vivre pour toujours à l'intérieur des phalènes de transfert.

Assez de tergiversations. Alex sortit ses notes. La première partie du rituel était facile : une mélopée. *Sanguis saltido* – sauf qu'on ne pouvait pas se contenter d'en prononcer les paroles, il fallait les chanter. Faire cela dans cette pièce vide pleine d'échos avait quelque chose de franchement obscène, mais elle s'y contraignit néanmoins : *Sanguis saltido ! Salire ! Saltare !* Aucune mélodie n'était spécifiée, juste *allegro*. Ce fut en répétant ces mots pour la troisième fois que la jeune femme prit conscience de chanter sur l'air du jingle des Twizzlers. *Si caoutchouteux. Si fruités. Si joyeux et* tellement *juteux*. Mais s'il fallait ça pour faire danser le sang, hein… Elle comprit que ça fonctionnait en voyant les lèvres de Tara commencer à rosir.

Les choses allaient empirer, à présent. La mélopée du sang n'était destinée qu'à faire redémarrer la circulation de Tara et à atténuer la rigidité de son corps, de sorte qu'Alex puisse lui ouvrir la bouche. La jeune femme saisit le menton du cadavre, en s'efforçant d'ignorer la chaleur et la souplesse toutes neuves de sa peau, et remua sa mâchoire.

Elle sortit le scarabée du sac en plastique glissé dans sa poche arrière et le posa délicatement sur la langue de Tara. Puis elle sortit la petite boîte métallique, et se servit du baume que celle-ci contenait pour tracer des motifs cireux sur le corps de la défunte, en refusant de penser à la peau morte qu'effleuraient ses doigts. Les pieds, les tibias, les cuisses, le ventre, les seins, les clavicules, les bras – puis les poignets et les majeurs du cadavre. Enfin, en commençant par le nombril, elle traça une ligne scindant en deux le torse de Tara, jusqu'à sa gorge, son menton et le sommet de son crâne.

Alex s'avisa alors qu'elle avait oublié d'apporter un briquet. Or elle avait besoin de feu. Il y avait un bureau auprès de la porte, sous un tableau blanc littéralement recouvert d'inscriptions. Les grands tiroirs étaient verrouillés, mais celui du haut, plus étroit, accepta de s'ouvrir. S'y trouvait un briquet en plastique rose à côté d'un paquet de Marlboro.

Alex s'en empara, passa la flamme juste au-dessus des endroits où elle avait appliqué le baume. Ce faisant, elle vit une brume légère recouvrir la peau de la défunte – pareille à l'air qui semble onduler à la verticale d'un bitume trop chaud. L'effet se faisait plus dense ici et là, plus épais – le corps paraissait *vibrer*, au point qu'Alex avait l'impression de le regarder à travers les rayons d'une roue en mouvement.

Après avoir remis le briquet dans le tiroir, elle tendit une main vers la tache scintillante qui surplombait le coude de Tara et l'enfonça dedans. Sans transition, elle se retrouva à faire du vélo dans la rue. Une portière de voiture s'ouvrit à l'improviste devant elle ; la jeune femme freina de toutes ses forces, mais elle heurta quand même le métal de biais et se coupa le bras dessus. Une sourde douleur envahit aussitôt son corps. Alex poussa un juron, ramena sa main en arrière, berça son bras comme si l'os cassé avait été le sien et pas celui de Tara.

La brume qui enveloppait Tara formait une carte de tous les dommages causés à son corps – des scintillements au-dessus de ses tatouages et à l'endroit où ses oreilles avaient été percées, une masse dense au-dessus de son bras cassé, une minuscule spirale sombre au-dessus d'une marque laissée par un pistolet à air comprimé sur sa joue, l'obscurité insondable qui flottait au-dessus des blessures de sa poitrine.

Alex n'avait trouvé dans les livres du Léthé aucun moyen de faire parler Tara ou de la joindre de l'autre côté du Voile – rien qui soit réalisable sans l'aide d'une des sociétés, en tout cas. Et quand bien même elle y serait parvenue, les informations qu'elle avait dénichées montraient clairement que parler à des morts récents risquait fort de provoquer leur résurrection, ce qui n'avait jamais rien de souhaitable. Personne ne pouvait être ramené de manière permanente des contrées situées au-delà du Voile, et faire revenir une âme réticente dans son corps pouvait s'avérer extrêmement imprévisible. Spécialisée dans la nécromancie, la Book & Snake avait créé de nombreux dispositifs de protection pour ses rituels – mais même eux perdaient parfois le contrôle une fois qu'un Gris trouvait le chemin d'un corps. À la fin des années soixante-dix, ils avaient essayé d'invoquer l'esprit de Jennie Cramer, la légendaire Belle de New Haven, dans le corps d'une adolescente de Camden, qui était morte de froid après avoir fait un coma éthylique dans sa voiture pendant un blizzard. Or c'était cette dernière qui était revenue, toute frissonnante et pourvue de la force sauvage des morts récents.

Elle avait franchi les portes de la Book & Snake et s'était rendue chez *Yorkside Pizza*, où elle avait mangé deux tartes avant de s'allonger dans un four pour essayer de se réchauffer. Un délégué du Léthé présent sur place était rapidement parvenu à mettre la zone en quarantaine et, par une série de sujétions, à convaincre les clients que la jeune fille participait à une performance artistique. Le propriétaire, un Grec, était moins facilement influençable. Il portait depuis longtemps le *gouri* que lui avait donné sa mère – plus précisément le « mauvais œil » bleu, ou *mati*, qui faisait obstacle à toute tentative de sujétion. L'argent liquide s'était avéré bien plus efficace. À sa demande, le Léthé était également intervenu pour s'assurer que le *Yorkside* conserve son bail alors même que la majorité des autres commerces étaient contraints de quitter le quartier à cause d'une hausse des loyers destinée à attirer des détaillants haut de gamme. Toutes les boutiques traditionnelles avaient fini par disparaître d'Elm Street et de Broadway, pour laisser place à des marques de prestige ou à des chaînes de magasins, mais *Yorkside Pizza* s'était maintenu sur place.

Comme Tara ne pouvait pas parler, il revenait à son corps de le faire. Alex avait découvert un rituel pour révéler les dommages – un sort assez simple, utilisé pour des diagnostics ou lorsqu'un patient ou un témoin s'avérait incapable de prononcer le moindre mot. Girolamo Fracastoro l'avait inventé pour déterminer qui avait empoisonné une comtesse italienne tombée morte, de l'écume à la bouche, à son propre repas de noces.

Alex ne voulait pas mettre sa main dans la brume qui surmontait la poitrine horriblement mutilée de Tara. Mais c'était ce qu'elle était venue faire ici. Elle prit une longue inspiration, puis força ses doigts à se mouvoir.

Pour se retrouver aussitôt par terre, avec face à elle le visage d'un garçon – Lance. Parfois elle l'adorait, mais ces derniers temps c'était vraiment compliq… La pensée déserta sans crier gare son esprit. Elle se sentit ouvrir la bouche, goûter quelque chose d'âcre. Lance était en train de sourire. Ils étaient en route pour… où ça? Elle n'éprouvait que de l'excitation, de l'impatience – alors même que tout se brouillait autour d'elle.

« Je suis désolé », dit Lance.

La jeune femme fixait le ciel, allongée sur le dos. Les lampadaires semblaient se perdre dans le lointain; tout était en mouvement, et la cathédrale qui se dressait côté d'elle laissa place à un bâtiment occultant les quelques étoiles présentes dans le ciel. Elle entendit quelque chose dans le silence environnant, comme une botte qui pataugé dans la boue. *Splosh, splosh.* Il y avait un corps au-dessus du sien ; en découvrant le couteau, elle comprit d'où provenait le bruit : de son propre sang, de ses os qui se faisaient découper. Pourquoi ne sentait-elle rien ? Qu'est-ce qui était réel, et qu'est-ce qui ne l'était pas ?

« Ferme les yeux », dit une voix inconnue. La jeune femme s'exécuta – et disparut.

Alex trébucha en arrière, étreignit sa poitrine. Cet horrible bruit de succion lui emplissait encore les oreilles, et elle sentait une chaleur humide se répandre dans sa poitrine. Mais aucune douleur ? Comment était-ce possible ? Était-elle défoncée ? Assez pour ne pas sentir qu'on la poignardait ? Lance avait dû commencer par la droguer. Il lui avait dit qu'il était désolé. Lui *aussi* devait être défoncé.

Ainsi donc elle avait sa réponse. Tara et Lance avaient de toute évidence pris autre chose que de l'herbe. Turner devait avoir fouillé leur appartement ; sans doute avait-il déniché les saloperies douteuses qu'ils prenaient et vendaient. Alex n'avait aucun moyen de savoir ce qui était passé par la tête de Lance cette nuit-là – mais s'il avait pris une sorte d'hallucinogène, ça pouvait être n'importe quoi.

Alex considéra le cadavre de Tara. Ses derniers instants s'étaient teintés d'effroi, mais elle n'avait pas souffert. C'était toujours ça de pris, songea la jeune femme.

Lance allait finir en prison. La police allait forcément trouver des preuves contre lui. Une telle quantité de sang... c'était tout simplement impossible à cacher. Alex le savait.

La carte brillait toujours au-dessus de Tara. De petites blessures. Des grosses. Qu'est-ce que celle d'Alex allait montrer le moment venu ? Elle ne s'était jamais fracturé un seul os, n'avait jamais été opérée. Mais les pires dégâts ne laissaient pas de marque. Quand Hellie était morte, Alex avait eu l'impression qu'on lui fendait sa propre poitrine, d'être faite de balsa. Et si ça s'était vraiment passé comme ça ? S'il lui avait fallu arpenter la rue en sang en essayant de retenir ses côtes – son cœur, ses poumons, son corps tout entier à la merci du monde extérieur ? Mais la chose qui l'avait brisée n'avait laissé aucune marque, aucune cicatrice lui permettant de dire : *C'est ça qui m'a tuée.*

Et il en était sans doute de même pour Tara. Aucun sort n'aurait suffi à révéler toute la douleur piégée en elle. Mais ses blessures avaient beau être grotesques, aucun organe n'avait été prélevé, il n'y avait là nulle trace de sang ou de blessure magique. Si Tara était morte, c'était parce qu'elle fait preuve d'autant de stupidité qu'Alex – mais que personne n'était arrivé à temps pour la sauver. Elle n'avait pas trouvé Jésus ou le yoga, et personne ne lui avait offert de bourse d'études à Yale.

Il était temps de partir. Alex avait ses réponses. Ce qui devrait suffire à apaiser la mémoire d'Hellie, ainsi que le jugement de Darlington. Mais quelque chose continuait à la titiller, ce sentiment de familiarité qu'elle avait éprouvé sur la scène du crime et qui n'avait rien à voir avec les cheveux blonds de Tara ou les tristes tracés parallèles de leurs existences respectives.

« Il faut qu'on y aille ? demanda-t-elle au médecin légiste. Il se tenait dans un coin, les yeux dans le vide.

— Comme vous voulez », lui répondit-il.

Alex referma le tiroir, lâcha un soupir. « Je crois que j'aimerais dormir dix-huit heures d'affilée. Accompagnez-moi, vous allez dire à Moira que tout s'est bien passé. »

Elle ouvrit la porte – pour buter presque aussitôt sur l'inspecteur Abel Turner.

Il lui attrapa le bras, la ramena sans ménagement dans la pièce et referma violemment derrière lui. « Putain de bordel, qu'est-ce que vous *foutez* ici ?

— Salut ! lui lança joyeusement Alex. Vous avez pu venir, finalement. »

Le légiste déambulait derrière lui. « Est-ce qu'on y va ? s'enquit-il.

— Restez là une minute, fit Alex. Turner, je vous jure que vous allez me lâcher.

— Si je veux. Et lui, c'est quoi son problème ?

— Il passe une excellente soirée. » Alex sentait son cœur tambouriner dans sa poitrine. Abel Turner ne perdait jamais son flegme ; il était toujours souriant, toujours calme. Mais quelque chose chez Alex le préférait ainsi.

Il avait les doigts enfoncés dans sa peau « Vous avez touché à cette fille ? Son corps est une preuve, et vous êtes en train de lui faire je ne sais quoi. Il s'agit d'un crime. »

Alex songea à lui mettre un coup de genou bien placé, mais mieux valait éviter avec un flic… Elle se laissa donc aller. Complètement. Une stratégie qu'elle avait appris à utiliser avec Len.

« C'est quoi ce bordel ? » Il s'efforça de l'empêcher de s'affaler contre lui, puis se décida finalement à relâcher sa prise. « Qu'est-ce qui ne va pas chez vous ? » L'inspecteur essuya sa main sur son bras, comme s'il craignait de se faire contaminer par la faiblesse de la jeune femme.

« Bien des choses. » Alex parvint à se redresser avant de vraiment tomber, tout en s'assurant de rester hors de sa portée. « Dans quel genre de coup foireux Tara et Lance s'étaient-ils embarqués ?

— Je vous demande pardon ? »

Elle pensa au visage de Lance qui flottait au-dessus du sien. *Je suis désolé*. Qu'avaient-ils pris ensemble au cours de cette ultime nuit ? « Qu'est-ce qu'ils dealaient ? Des acides ? De la MDMA ? Je sais qu'ils ne se limitaient pas à l'herbe. »

Les yeux de Turner se plissèrent ; son masque *flegmatique* se remit en place. « Comme tout ce qui est lié à cette affaire, ça ne vous regarde pas.

— Est-ce qu'ils vendaient de la drogue aux étudiants ? Aux sociétés ?

— Ils avaient une longue liste de clients.

— À savoir ? »

Turner secoua la tête. « Allons-y. *Maintenant*. »

Il tenta d'attraper son bras ; elle fit un pas de côté pour échapper à sa prise. « Vous pouvez rester ici, lança Alex au médecin légiste.

Le bel inspecteur Turner va me raccompagner. »

« Qu'est-ce que vous lui avez fait ? marmonna le flic au moment où tous deux pénétrèrent dans le couloir.

— Des trucs tordus.

— Cette histoire n'a rien d'une plaisanterie, Mme Stern.

— Qu'est-ce que vous croyez ? Que je fais tout ça pour m'amuser ? Ça me fait chier d'être Dante, tout comme ça vous fait chier d'être Centurion – mais c'est notre boulot, et là tout de suite vous n'avez rendu service à aucun de nous deux. »

Une saillie verbale qui parut énerver un peu Turner. Ce n'était pas entièrement vrai, bien sûr. Sandow lui avait dit de lâcher l'affaire. De *prendre du repos*.

Ils pénétrèrent dans la salle d'attente. Dawes n'était nulle part visible. « J'ai demandé à votre amie d'attendre dans la voiture, expliqua Turner. *Elle* au moins a le bon sens de savoir quand elle fout la merde. »

Et pas un seul avertissement. Dawes était vraiment un guetteur de merde.

Moira Adams lui sourit depuis le bureau. « Tu as pu te recueillir, mon chou ? »

Alex hocha la tête. « Oui. Merci.

— Je vais prier pour ta famille. Bonne nuit, Inspecteur Turner. »

« Vous lui avez fait des trucs bizarres à elle aussi ? » s'enquit le flic une fois tous deux à l'extérieur.

Alex se frotta piteusement les bras. Elle voulait son manteau. « Pas eu besoin.

— J'ai promis à Sandow de le tenir au courant des développements de l'affaire. Si je soupçonnais un des jeunes psychopathes sous votre charge d'être impliqué, je n'hésiterais pas un instant à creuser plus avant. »

Alex n'en doutait nullement. « Il y a peut-être certaines choses qui vous échappent.

— Je ne vois pas quoi. Son petit ami a été arrêté tout près de la scène de crime. Leurs voisins les ont entendus se disputer violemment ces dernières semaines. Il y a des traces de sang qui le relient au meurtre. Et on a retrouvé de puissants hallucinogènes dans son organisme…

— Lesquels, exactement ?

— Nous n'en sommes pas encore sûrs. »

Alex s'était tenue à l'écart de toute forme d'hallucinogène après avoir pris conscience qu'ils ne faisaient que rendre les Gris plus terrifiants encore, mais elle avait tenu beaucoup de mains durant des trips plus ou moins bons – sans jamais croiser le moindre champignon susceptible de vous donner l'impression d'être poignardé à mort.

« Vous voulez qu'il s'en tire ? s'enquit Turner.

— Pardon ? » La question l'avait fait sursauter.

« Vous avez falsifié une preuve – le cadavre de Tara. Si vous continuez à foutre le bordel dans cette affaire, le crime de Lance Gressang va finir par rester impuni. C'est ce que vous voulez ?

— Non, lui répondit Alex. Il ne s'en tirera pas comme ça. »

Turner hocha la tête. « Bien. » La jeune femme commençait à avoir vraiment froid. Elle voyait la vieille Mercedes sur le parking, une des rares voitures à s'y trouver encore. Le visage de Dawes se résumait à une tache un peu floue derrière le pare-brise. Elle leva une main – pour lui faire mollement signe, s'avisa Alex. *Merci, Pammie*. Il était grand temps de laisser tomber. Pourquoi n'y parvenait-elle pas ?

Elle tenta un ultime coup : « Donnez-moi juste un nom. Le Léthé finira par l'obtenir, de toute façon. Si les sociétés font joujou avec des substances illégales, c'est clairement de notre ressort. » *Et ensuite on pourra passer au kidnapping, au délit d'initié, et – est-ce que le fait d'ouvrir quelqu'un pour lire dans ses entrailles constitue une agression ?* Une toute nouvelle section du Code pénal serait nécessaire pour couvrir les innombrables domaines auxquels touchaient les sociétés. « On peut enquêter sans pour autant vous marcher sur les pieds. »

Un panache blanc sortit de la bouche de Turner, qui venait de lâcher un soupir. « Il n'y avait qu'un seul nom lié aux sociétés dans ses contacts. Tripp Helmuth. Nous sommes en train de vérifier son alibi…

— Je l'ai vu hier soir. C'est un Bonesman. Il œuvrait comme gardien lors d'une pronostication.

— C'est ce qu'il nous a dit. Il y est resté toute la nuit ?

— Je n'en sais rien », admit-elle. Tripp avait été banni dans le couloir pour y monter la garde. Les allées et venues étaient restreintes au minimum une fois un rituel commencé - à des cas d'évanouissement ou de nausée, ou s'il fallait aller chercher quelque chose pour l'Haruspice. Alex pensait se rappeler qu'il y avait eu du mouvement, mais n'en était pas certaine à cent pour cent. Le cercle de craie occupait toutes ses pensées ou presque, et elle avait surtout essayé de ne pas vomir. Mais il était difficile de croire que Tripp ait pu partir en douce du rituel, faire tout le chemin jusqu'à Payne Whitney, assassiner Tara et reprendre du service sans que personne s'en rende compte. Et puis, qu'est-ce qui aurait pu justifier qu'il la tue ainsi ? Quand bien même Tara ou son petit ami l'aurait tenu par les couilles, Tripp était assez riche pour se sortir de n'importe quelle situation à coups de chéquier - et ce n'était pas *son* visage qu'Alex avait vu planer au-dessus de Tara. C'était celui de Lance.

« N'allez pas lui parler, fit Turner. Je vous tiens au jus, vous et le doyen, dès qu'on aura corroboré ses allées et venues. Tenez-vous à l'écart de mon affaire.

— Et de votre carrière ?

— Exact. La prochaine fois que je tomberai sur vous là où vous n'êtes pas censée vous trouver, je vous arrête sur-le-champ. »

Alex ne put s'empêcher d'éclater de rire. « Vous n'allez pas m'arrêter, *Inspecteur* Turner. S'il y a bien un endroit où vous ne voulez pas me voir, c'est dans un commissariat - j'y ferais bien trop de bruit. Je suis bordélique, le Léthé aussi, et vous n'avez vraiment aucune envie de retrouver notre… bordel sur ces chaussures hors de prix. »

Turner la dévisagea longuement. « J'ignore comment vous vous êtes retrouvée ici, Mme Stern, mais je connais la différence entre un produit de qualité et ce que je déniche sous mes semelles – et je vous laisse imaginer dans quelle catégorie je vous place.

— Ravie d'avoir pu discuter avec vous, Turner. » Alex ouvrit la portière passager de la Mercedes, parfaitement consciente des vagues de puanteur surnaturelle qui émanaient de son corps. Elle le gratifia de son plus beau sourire. « Et ne me touchez plus *jamais* comme ça. Je suis peut-être une merde, mais je suis du genre collante. »

9

Hiver

Alex et Dawes se séparèrent à proximité de l'école de théologie, devant un immeuble lugubre en forme de fer à cheval situé dans le ghetto de l'université. Pamela avait dans un premier temps refusé de lui laisser la voiture, mais elle avait du boulot en retard, et Alex s'était proposée de ramener la Mercedes chez Darlington.

La jeune femme s'attendait à essuyer un refus. *« Sois prudente et ne… tu ne devrais pas… »* Mais Dawes se borna à sortir du véhicule, prête – s'avisa alors Alex – à s'en remettre à elle dans pareille situation. Dante servait Virgile, mais Oculus les servait tous les deux. Et tous servaient le Léthé. Dawes hocha la tête – elle ne cessa d'opiner du chef en remontant l'allée menant à son appartement, comme pour accompagner chacun de ses pas.

La demeure de Darlington se trouvait à Westville, à quelques kilomètres du campus. Il y avait là le Connecticut dont Alex avait rêvé : des fermes sans animaux, de robustes demeures coloniales en brique rouge avec des portes noires et des finitions blanches parfaites, un voisinage rempli de cheminées fumantes, de pelouses bien entretenues, de fenêtres qui scintillaient d'or une fois la nuit tombée comme autant de passages vers une vie meilleure, de poêles de cuisine sur lesquels bouillonnait quelque chose de bon, de tables de petit-déjeuner parsemées de crayons de couleur. Personne ne tirait ses rideaux ; lumière, chaleur et bonne fortune se répandaient dans l'obscurité comme si ces inconscients ignoraient ce qu'une telle abondance risquait d'attirer – des filles affamées dans son genre, par exemple.

Alex n'avait pas beaucoup conduit depuis qu'elle avait quitté Los Angeles ; cela lui faisait donc du bien de se retrouver au volant d'une voiture, même si l'idée de faire la moindre égratignure dessus la terrifiait. Malgré le GPS de son téléphone, elle loupa l'entrée du domaine de Darlington et dut faire demi-tour à deux reprises avant de repérer les épaisses colonnes de pierre marquant l'entrée de Black Elm. Les lampes qui bordaient l'allée étaient allumées ; elles formaient des halos lumineux qui donnaient aux arbres dénudés un aspect doux et amical, comme une carte postale hivernale. La forme massive de la maison lui apparut enfin ; Alex écrasa la pédale de frein.

La cuisine était allumée – on eût dit un phare –, tout comme la chambre de Darlington dans les hauteurs de la tour. La jeune femme se remémora son corps pelotonné contre le sien, les vitres dépolies de l'étroite fenêtre, la mer de branches noires en contrebas, les bois sombres qui séparaient Black Elm du monde extérieur.

Alex s'empressa d'éteindre les phares et le moteur. S'il y avait quelqu'un, ou *quelque chose* ici, l'idée était de ne pas le faire fuir.

Ses bottes faisaient un bruit d'enfer sur le gravier. Pas grave : la jeune femme n'avait rien à se reprocher, elle marchait juste en direction de la porte de la cuisine. Elle avait les clés de la demeure dans sa main. Elle était la bienvenue en ces lieux.

Ça pourrait être sa mère ou son père, se dit-elle. Elle ne savait pas grand-chose de la famille de Darlington, mais il en avait forcément une. *Un autre parent. Quelqu'un que Sandow avait engagé pour s'occuper de l'endroit quand Dawes était occupée.*

Autant d'hypothèses plus probables que… *Il est ici,* insistait pourtant son cœur, qui tambourinait si fort dans sa poitrine qu'elle dut s'arrêter à la porte le temps de maîtriser sa respiration. *Il est ici.*

Cette pensée la tirait comme un enfant qui aurait tenu sa manche.

Elle lança un coup d'œil par la fenêtre depuis la sécurité que lui offrait l'obscurité. La cuisine était des plus chaleureuses, avec du bois un peu partout, des carreaux bleus à motifs, une grande cheminée en brique et des casseroles en cuivre qui scintillaient au bout de leurs crochets. Il y avait du courrier empilé sur l'îlot central, comme prêt à être trié. *Il est ici.*

Alex songea à frapper, préféra finalement essayer avec les clés. La deuxième tourna dans la serrure. La jeune femme entra, referma doucement derrière elle. La lumière chaleureuse, *accueillante* de la cuisine se reflétait dans les casseroles en cuivre, dans l'émail vert pastel du poêle installé là dans les années cinquante.

« Il y a quelqu'un ? » lança-t-elle dans un souffle.

Le bruit sourd, inattendu, des clés qui tombent sur le comptoir. Postée au beau milieu de la cuisine, Alex arborait un air coupable – comme en attente de quelque réprimande, peut-être de la part de la maison. Mais celle-ci n'était pas le manoir d'Orange Street, avec ses grincements pleins d'espoir et ses soupirs désapprobateurs. Darlington représentait l'âme de ces lieux ; la demeure semblait immense et vide sans lui, telle la coque d'un bateau naufragé.

Depuis cette nuit-là, à Rosenfeld Hall, Alex se surprenait souvent à espérer que tout ceci ne soit qu'un test, imposé à chaque nouvel apprenti de la Maison Léthé ; que Dawes, Sandow et Turner soient en réalité tous dans le coup. Darlington devait présentement se cacher dans sa chambre, au deuxième étage. Il avait entendu la voiture dans l'allée, gravi quatre à quatre les marches – et se cachait là-haut, dans le noir, le temps qu'elle se décide à partir. Le meurtre faisait peut-être aussi partie de sa mise à l'épreuve : aucune fille n'était morte ; Tara Hutchins allait elle-même descendre ces escaliers quand tout serait fini. Le Léthé devait simplement s'assurer de la capacité d'Alex à gérer toute seule quelque chose de grave.

C'était absurde. Et pourtant cette voix s'obstinait : *Il est ici.*

Sandow avait dit qu'il était peut-être encore en vie, qu'ils pouvaient le ramener. Une nouvelle lune, la magie adéquate… et tout redeviendrait comme avant. Mais Darlington avait peut-être retrouvé son chemin sans l'aide de personne. Il pouvait faire n'importe quoi. Pourquoi pas *ça* ?

La jeune femme s'enfonça un plus loin dans la maison. Les lumières jaunâtres de l'allée éclairaient faiblement les diverses pièces – l'office du maître d'hôtel, avec ses armoires blanches remplies de vaisselle et de verres ; le grand congélateur-chambre, dont la porte métallique rappelait immanquablement celle de la morgue ; la salle à manger fastueuse, avec sa table polie évoquant un lac sombre dans une clairière silencieuse ; et puis le vaste salon, avec sa grande fenêtre noire donnant sur les formes sombres du jardin, les bosses que formaient les haies et les arbres squelettiques. Il y avait une autre pièce, plus petite, à côté du séjour principal – on y trouvait de grands canapés, une télévision et plusieurs consoles de salon. Len se serait pissé dessus en voyant la taille de l'écran. Il aurait vraiment *adoré* cette pièce, les jeux vidéo étant peut-être la seule chose qu'il avait en commun avec Darlington. *Enfin, pas tout à fait.*

La plupart des pièces du premier étage étaient fermées. « C'est là que je me suis retrouvé à court d'argent », lui avait-il expliqué, un bras autour de son épaule pour empêcher la jeune femme de se rapprocher davantage. Cette demeure évoquait un corps dont on aurait assuré la survie en limitant la circulation sanguine aux seules parties vitales. Une ancienne salle de bal avait été transformée en une sorte de gymnase de fortune. Il y avait là un speed bag suspendu au plafond, de gros poids métalliques, des ballons et des fleurets d'entraînement, ainsi que de lourdes machines collées contre les fenêtres telles de volumineux insectes.

Elle suivit les escaliers jusqu'au dernier étage, se fraya un chemin dans le couloir encombré. La porte de la chambre de Darlington était ouverte.

Il est ici. Cette certitude s'imposa une fois encore à la jeune femme, toujours plus puissante. C'était pour elle qu'il avait laissé la lumière allumée. Il *voulait* qu'elle le retrouve. Alex allait le découvrir sur son lit, penché sur un livre, le front à peine visible derrière sa cascade de cheveux noirs. Il allait lever les yeux, croiser les bras. *J'ai failli attendre.*

Elle se retint de courir vers ce carré de lumière, se contraignant à progresser d'un pas mesuré telle une mariée s'approchant de l'autel ; sa certitude s'étiolait peu à peu, le refrain *Il est là* laissant peu à peu la place à un genre de prière : *Sois là, sois là, sois là.*

La pièce, vide, était petite par rapport au logement d'Il Bastone ; il s'agissait d'une étrange salle ronde qui n'avait à l'évidence jamais été prévue pour servir de chambre, et qui lui évoquait confusément la cellule d'un moine. Rien n'avait bougé depuis la dernière fois qu'Alex était venue ici : le bureau appuyé contre un mur courbe, une coupure de journal jaunâtre collée au-dessus, comme oubliée là ; un mini-frigo – car bien sûr Darlington n'était pas du genre à s'arrêter de lire ou de travailler pour descendre se nourrir ; un fauteuil à dossier haut installé à proximité de la fenêtre. Aucune étagère, par contre, juste d'innombrables piles de livres de diverses hauteurs – à croire qu'il cherchait à s'emmurer derrière des briques de couleur. La lampe de bureau éclairait un livre ouvert : *Méditations sur le Tarot : un voyage dans l'Hermétisme chrétien.*

Dawes. Dawes était venue s'occuper de la maison, trier le courrier, sortir la voiture. Dawes était venue étudier dans cette pièce. Pour être plus proche de lui. Peut-être pour l'attendre. Elle avait reçu un appel urgent et laissé les lumières allumées, escomptant revenir le soir même pour s'en occuper. Mais c'était Alex qui avait hérité de la voiture. Pas la peine de chercher plus loin.

Darlington ne se trouvait pas en Espagne. Il n'était pas chez lui. Il n'allait *jamais* rentrer chez lui. Et la faute en incombait à Alex.

Du coin de l'œil, elle repéra une forme blanche qui ressortait sur l'obscurité ambiante. La jeune femme fit un bond en arrière, renversant au passage une pile de livres, et poussa un juron. Mais ce n'était que Cosmo, le chat de Darlington.

Il rôdait en bordure du bureau, pour profiter de la chaleur

qu'émettait la lampe de bureau. Alex le surnommait le chat Bowie, à cause de son œil vairon et de sa fourrure blanche striée qui ressemblait à l'une des perruques portées par le chanteur dans *Labyrinthe*. C'était un animal aussi stupide qu'affectueux – il suffisait de lui tendre la main pour que Cosmo vienne pousser vos doigts du museau.

Alex s'installa au bord du lit étroit de Darlington. Il avait été fait avec soin, sans doute par Dawes. S'était-elle également assise ici ? Avait-elle *dormi* ici ?

Alex se souvint des pieds délicats de Darlington, du cri qu'il avait poussé en disparaissant. Elle baissa sa main, fit signe au chat. « Salut, Cosmo. »

Il la contempla de ses yeux dépareillés ; la pupille gauche ressemblait à une tache d'encre.

« Allez, Cosmo. Je ne voulais pas que ça arrive. Pas vraiment. »

Le chat traversa à pas feutrés la pièce. Dès que sa petite tête soyeuse effleura les doigts de la jeune femme, elle se mit à pleurer.

Alex dormit dans le lit de Darlington ; elle rêva qu'il était pelotonné dans son dos sur l'étroit matelas.

Il la tira tout contre lui ; ses doigts s'enfoncèrent dans son abdomen, et elle sentit des griffes à leur extrémité. « Je te servirai jusqu'à la fin des temps, lui murmura-t-il à l'oreille.

— Et tu m'aimeras », rétorqua-t-elle en riant – son rêve la rendant audacieuse, sans peur.

Ce à quoi il se borna à rétorquer : « Ce n'est pas la même chose. »

Alex se réveilla en sursaut, se retourna, considéra la pente abrupte du toit ; la lumière crue du soleil hivernal projetait sur le plafond de la pièce les ombres des branches situées au-delà de la fenêtre. Ne sachant trop comment faire fonctionner le thermostat, elle s'était emmaillotée dans trois pulls de Darlington – y ajoutant un affreux chapeau marron qu'elle avait trouvé sur sa commode, mais qu'elle ne l'avait jamais vu porter. Elle refit le lit, puis descendit changer l'eau de Cosmo et se restaurer de céréales hors de prix dénichées dans le garde-manger.

Après avoir récupéré son ordinateur portable dans son sac, la jeune femme se rendit dans le solarium poussiéreux qui s'étendait sur toute la longueur du premier étage. Elle contempla le jardin à l'extérieur. La pente de la colline menait à un labyrinthe de haies couvertes de ronces ; Alex voyait en son centre une sorte de statue, ou de fontaine. Elle n'aurait su dire où le terrain s'arrêtait – à se demander si toute cette colline n'appartenait pas à la famille Arlington…

Elle mit près de deux heures à rédiger son rapport sur le meurtre de Tara Hutchins. Causes de la mort. Heure du décès. Le comportement des Gris lors de la pronostication de la Skull & Bones. Alex avait hésité sur ce dernier point, mais le Léthé l'avait fait venir ici pour ce qu'elle pouvait *voir*, et elle n'avait aucune raison de mentir à ce sujet. La jeune femme mentionna les informations qu'elle avait glanées auprès du médecin légiste et de Centurion, en particulier l'allusion au nom de Tripp et le fait que Turner excluait *a priori* toute implication du Bonesman. Elle espérait que le flic ne parlerait pas de sa petite excursion à la morgue.

Il y avait une section intitulée « Conclusions » à la fin du rapport d'incident. Alex réfléchit un long moment, sa main caressant distraitement la fourrure de Cosmo qui ronronnait auprès d'elle sur la vieille causeuse en osier. Pour finalement décider de ne pas évoquer le sentiment étrange qui l'avait envahie sur la scène de crime, ou le fait qu'elle soupçonnait Tara et Lance de fournir de la drogue à des membres d'autres sociétés. *Centurion tiendra Dante informé de ses découvertes, mais pour l'instant tout porte à croire qu'il s'agit d'un crime commis par le petit ami de Tara sous l'influence de puissants hallucinogènes – un crime qui n'aurait aucun lien avec le Léthé ou les Maisons du Voile.* Elle se relut à deux reprises, pour la ponctuation, mais aussi pour essayer de sonner aussi darlingtonien que possible, puis envoya le rapport à Sandow sans oublier de mettre Dawes en copie.

Cosmo miaula plaintivement quand Alex s'éclipsa par la porte de la cuisine – mais ça faisait du bien de quitter la maison, de respirer l'air glacé. Le ciel était d'un bleu éclatant, débarrassé de tout nuage, et le gravier scintillait dans l'allée. Elle rentra la Mercedes dans le garage, puis alla appeler un taxi au bout de l'allée. Les clés, elle pourrait toujours les rendre plus tard à Dawes.

Si ses camarades de chambre lui demandaient d'où elle venait, Alex se bornerait à leur répondre qu'elle avait passé la nuit chez Darlington. Urgence familiale. L'excuse avait déjà bien assez servi – mais bon, les absences inexpliquées allaient sans doute s'espacer drastiquement désormais. Elle avait fait ce qu'il fallait concernant Tara. Lance allait être puni, ce qui ne manquerait pas d'apaiser la conscience de la jeune femme, au moins là-dessus. Ce soir, elle se descendrait une bière pendant que sa coloc se mettrait minable au schnaps à la menthe poivrée, et passerait la journée du lendemain à rattraper son retard en lecture.

Elle demanda au taxi de la déposer devant le mini-marché chic d'Elm Street. Ce ne fut qu'une fois à l'intérieur du magasin qu'Alex remarqua le chapeau de Darlington sur sa tête – elle l'avait oublié. Elle l'ôta, puis le remit en place. Il faisait froid. Pas besoin d'être sentimentale à propos d'un chapeau…

Alex remplit son panier de Chex Mix, de Twizzlers et de bonbons gélifiés. Dépenser autant d'argent n'avait rien de raisonnable, mais l'appel réconfortant de la malbouffe était le plus fort. Alors qu'elle fouillait la vitrine frigo en quête d'un lait au chocolat présentant une meilleure date de péremption, la jeune femme sentit que quelque chose lui effleurait la main – comme des doigts caressant ses articulations.

La jeune femme eut un mouvement de recul, persuadée d'avoir le bras brûlé ; le cœur battant, elle referma la porte de la vitrine et se mit en position de combat, prête à encaisser l'explosion du verre. Mais rien ne se produisit. Alex regarda autour d'elle, embarrassée.

Un type affublé de petites lunettes rondes et d'un sweat-shirt Yale bleu marine était en train de la regarder. Elle se pencha pour ramasser son panier, profita de l'occasion pour fermer les yeux et prendre une longue inspiration. Imagination. Privation de sommeil.

Nervosité générale, rien de plus. Merde, il s'agissait peut-être simplement d'un rat. Mais elle allait quand même passer au Clapier, qui se trouvait à deux pas. Une fois à l'abri des protections, dans un environnement exempt de tout Gris, elle devrait parvenir sans peine à rassembler ses pensées.

La jeune femme attrapa son panier, se redressa. L'inconnu était venu se poster bien trop près d'elle. Alex ne pouvait pas voir ses yeux, à cause de la lumière qui se reflétait sur les verres. Il sourit, et quelque chose bougea au coin de sa bouche : l'antenne noire d'un insecte, s'avisa-t-elle. Un scarabée s'extirpa de la poche que formait sa joue – on aurait dit qu'il recrachait du tabac à chiquer. L'insecte chuta de ses lèvres. Alex fit un bond en arrière, en étouffant un cri.

Trop lent. La créature vêtue d'un sweat-shirt bleu la saisit par la nuque et abattit sa tête contre la porte de la vitrine. Le verre se brisa ; Alex sentit des éclats pénétrer sa peau, du sang chaud couler le long de ses joues. Son agresseur la balança ensuite par terre. *Tu ne peux pas me toucher. Ce n'est pas autorisé.* Quelle réaction stupide, enfantine, après toutes ces années d'horreurs.

Elle se mit à ramper. La caissière était en train de hurler ; son mari sortit de l'arrière-salle, les yeux écarquillés. Le binoclard entreprit de se rapprocher d'Alex. Pas un homme. Un Gris. Mais qu'est-ce qui l'avait attiré ici, qu'est-ce qui l'avait aidé à traverser ? Et pourquoi ne ressemblait-il à aucun Gris de sa connaissance ? Sa peau n'avait plus l'air humaine : elle évoquait du verre transparent, qui laissait voir des veines et la forme des os. Ce Gris *puait* le Voile.

Alex enfonça ses mains dans ses poches, mais elle n'avait pas refait le plein de terre de cimetière. Elle en avait presque toujours sur elle – au cas où.

« Du courage ! s'écria-t-elle. *Personne n'est immortel ! »* Les mots de mort qu'elle s'était répétés tous les jours depuis que Darlington les lui avait appris.

Mais la créature ne montrait aucun signe de désarroi ou de distraction.

Les gérants du magasin hurlaient ; l'un d'eux avait un téléphone en main. *Oui, appelez la police.* Mais c'était sur *elle* qu'ils criaient, pas sur la créature – qui leur restait invisible. Tout ce qu'ils voyaient, c'était une fille qui brisait leurs vitrines frigorifiques et démolissait leur boutique.

Alex se releva d'un bond. Il lui *fallait* se rendre au Clapier. Tant bien que mal, elle se retrouva enfin sur le trottoir.

« Hé ! » s'exclama une fille vêtue d'un manteau vert quand Alex lui rentra dedans. Le gérant ne tarda pas à suivre – « Que quelqu'un arrête cette fille ! » beugla-t-il de toutes ses forces.

Alex lança un coup d'œil par-dessus son épaule. Le binoclard contourna le propriétaire, puis parut comme *bondir* par-dessus la foule. Sa main se referma sur la gorge de sa proie, qui tomba du trottoir sur la chaussée. Des klaxons se mirent aussitôt à retentir. Des crissements de pneus lui envahirent les oreilles. Elle n'arrivait plus à respirer.

Alex aperçut alors Jonas Reed au coin de la rue, comme figé sur place – ils suivaient le même cours d'anglais. Elle se remémora le visage stupéfait de Meagan, sa surprise laissant place au dégoût. Se rappela Mme Rosales qui hurlait : *« Alex ! Ma chérie ! »* Cette créature allait l'étrangler au beau milieu de la rue, et personne ne pouvait la voir – personne ne pouvait *l'arrêter*.

« Du courage », tenta-t-elle de dire, mais seul un gémissement rauque sortit de sa bouche. Les yeux larmoyants, le visage maculé de sang, Alex lança autour d'elle un regard désespéré. *Ils ne peuvent plus vous atteindre, à présent*, lui avait promis Darlington. Ce n'était pas vrai, elle le savait, mais elle s'était laissée aller à croire en une forme de protection – car cela rendait son existence *supportable*.

Ses mains sondèrent la peau de la créature ; elle était dure et glissante, comme du verre. Alex vit un liquide trouble, grenat foncé, jaillir de la chair claire de sa gorge, ses lèvres s'ouvrir. Le binoclard lui lâcha le cou, et sans pouvoir s'en empêcher la jeune femme inspira de toutes ses forces – alors même qu'il lui soufflait un jet de poussière rouge au visage. Une terrible douleur explosa dans sa poitrine quand la poudre pénétra dans ses poumons. Elle s'efforça de tousser, mais la chose la maintenait au sol en pressant ses genoux contre ses épaules.

Des gens criaient. Le hurlement d'une sirène envahit ses oreilles, mais Alex savait que l'ambulance allait arriver trop tard. Elle allait mourir ici, affublée du stupide chapeau de Darlington. Peut-être l'attendrait-il de l'autre côté du Voile, avec Hellie. Et Len. Et tous les autres.

Un rideau noir s'était abattu sur la jeune femme… et puis soudain, sans transition, elle récupéra sa capacité à bouger : l'abominable poids avait déserté ses épaules. Hors d'haleine, ses deux mains collées contre sa poitrine, elle lâcha un grognement et se releva. Où donc était parti le monstre ? Elle leva les yeux.

La créature était aux prises avec quelque chose dans le ciel. Non, avec *quelqu'un*. Un Gris. Le Marié, le meurtre-suicide préféré de New Haven, avec son costume chic et sa coiffure de star du cinéma muet. Le binoclard l'avait attrapé par les revers de sa veste, et leurs mouvements chaotiques les faisaient scintiller légèrement au soleil : Alex les vit se heurter à un lampadaire, traverser les murs d'un immeuble, puis revenir dans la rue. Tout semblait trembler autour d'elle, comme en proie à quelque tempête – mais la jeune femme savait qu'elle seule pouvait entendre ce vacarme.

Un grincement de freins vint interrompre le vacarme. Un véhicule noir et blanc était en train de s'arrêter sur York Street, suivi d'une ambulance. Alex jeta un ultime coup d'œil au visage du Marié – il avait les lèvres retroussées sous l'effort des coups qu'il assénait à son adversaire –, puis traversa à toute vitesse l'intersection.

La douleur dans sa poitrine continuait à se déployer comme des feux d'artifice. Il lui était arrivé quelque chose, quelque chose de grave, et la jeune femme ignorait combien de temps elle allait pouvoir rester consciente. Elle ne savait qu'une chose : il lui fallait atteindre le Clapier, monter à l'étage, retrouver la sécurité des salles secrètes du Léthé. D'autres Gris risquaient d'arriver, d'autres *monstres*. Que pouvaient-ils lui faire ? Ne *pas* lui faire, surtout ? Elle avait *besoin* de protections magiques.

D'un coup d'œil par-dessus son épaule, elle vit qu'un ambulancier était en train de courir dans sa direction. Elle bondit sur le trottoir au coin de la rue, puis s'engagea dans l'allée. L'urgentiste la suivait de près, mais il ne pouvait rien pour elle : s'il la prenait en charge, Alex allait mourir. Elle le savait. L'entrée de la demeure, située sur sa gauche, lui permit de se dissimuler à sa vue.

« C'est moi ! » hurla-t-elle au Clapier, en priant pour qu'il la reconnaisse. La porte s'ouvrit aussitôt, l'escalier parut comme descendre vers elle pour l'emmener à l'intérieur.

La jeune femme tenta de rester debout, mais se retrouva à genoux sur les marches. Elle trouvait généralement réconfortante l'odeur du vestibule – des senteurs hivernales de bois brûlé, de canneberge et de vin chaud. Présentement tout cela lui donnait envie de vomir. *C'est le surnaturel,* comprit-elle. Au moins la puanteur des ordures dans la ruelle avait-elle été *authentique*. Son organisme n'arrivait pas à assimiler davantage de magie. Elle referma une main sur la rampe de fer, positionna l'autre contre le rebord de la marche en pierre, puis entreprit de se redresser. Il y avait des taches sur le béton de l'escalier, évoquant des étoiles noires ou bien des amas de lichen : son sang, qui s'écoulait de ses lèvres.

Une vague de panique déferla alors en elle. Alex se retrouva soudain par terre dans ces toilettes publiques. Le battement de la seule aile valide du monarque lui emplissait les oreilles.

Levez-vous. Le sang les attire. La voix de Darlington dans sa tête. *Les Gris peuvent franchir la ligne s'ils veulent assez fort quelque chose.* Et si les protections ne tenaient pas ? Si elles n'étaient pas conçues pour empêcher un monstre de ce genre d'entrer ? Le Marié semblait avoir eu le dessus. Mais s'il l'emportait, rien ne disait qu'il se montrerait plus gentil que le binoclard... Ni l'un ni l'autre ne lui avait paru particulièrement *gentil*.

Elle envoya à Dawes un SMS disant : *S.O.S. 911*. Il y avait sans doute un code à utiliser pour *saigner de la bouche,* mais Pamela allait devoir s'en contenter.

Si Dawes se trouvait à Il Bastone et pas ici, au Clapier, Alex allait mourir dans ces escaliers. Elle imaginait sans peine l'étudiante installée dans le salon de la maison d'Orange Street, ses fiches étalées devant elle comme des cartes de tarot, qui toutes parlaient de désastre, d'échec. La Reine de la Futilité, une fille menacée par un couperet. Le Débiteur, un garçon écrasé sous un rocher. L'Étudiante – Dawes elle-même, dans une cage de sa propre fabrication. Et tout ça pendant qu'Alex se vidait de son sang à deux petits kilomètres de là.

La jeune femme se traîna jusqu'à l'étage suivant. Il lui *fallait* se mettre à l'abri derrière ces portes. Les refuges de ce genre possédaient plusieurs couches de sécurité, un peu comme une poupée russe. Le Clapier. Où venaient se terrer les petits animaux.

Une vague de nausée s'abattit alors sur elle. Alex eut un haut-le-cœur, et vit une goutte de bile noire s'écouler de sa bouche pour ensuite se mouvoir sur les escaliers. Des *scarabées,* au dos luisant d'humidité. Des morceaux de carapace iridescente, scintillant dans le mélange de sang et de boue qui avait jailli de sa gorge. Elle faillit se remettre à vomir face à ce sinistre spectacle, alors même que son esprit s'efforçait de trouver une quelconque logique à ce qui lui arrivait. Pourquoi cette créature l'avait-elle attaquée ? Quelqu'un l'avait-il envoyée à ses trousses ? Si elle devait mourir, son cœur mesquin voulait savoir qui revenir hanter. La cage d'escalier commençait à se troubler devant ses yeux. Elle n'allait pas y arriver.

Un bruit métallique – Alex comprit un instant plus tard qu'une porte venait de s'ouvrir un peu plus haut. Elle s'efforça d'appeler à l'aide, mais ne parvint qu'à émettre de petits gémissements humides. Lui parvint aux oreilles le son presque liquide des sandales de Dawes qui dévalent les escaliers, ponctué d'innombrables « Merde merde merde… »

Un bras ferme se glissa sous son corps, le souleva. « Merde. *Merde*. Qu'est-ce qui s'est passé ?

— Aide-moi, Pammie. » Dawes sursauta. Pourquoi Alex avait-elle utilisé ce prénom ? Seul Darlington l'appelait comme ça.

Les jambes horriblement lourdes, elle laissa Dawes la porter jusqu'à l'étage suivant. Sa peau la démangeait comme si quelque chose rampait dessous. L'image des scarabées sortant de sa bouche s'imposa à son esprit, et elle eut un nouveau haut-le-cœur.

« Ne me vomis pas dessus, lui dit Dawes. Si tu vomis, je vais vomir. »

L'image d'Hellie occupée à lui tenir les cheveux envahit alors son esprit. Elles s'étaient saoulées à la Jäger, pour ensuite comater à moitié sur le sol de la salle de bains de Ground Zero – des rires, du vomi, un brossage des dents, et rebelote.

« Remue tes jambes, Alex », l'exhortait Hellie, en poussant ses genoux pour pouvoir s'affaler auprès d'elle dans le grand fauteuil en osier. Elle sentait la noix de coco et son corps était chaud, *toujours* chaud – comme si le soleil l'aimait, comme s'il voulait s'accrocher le plus longtemps possible à sa peau dorée.

« Remue tes putains de jambes, Alex ! » Pas Hellie. Dawes, qui lui hurlait ces mots à l'oreille.

« C'est ce que je fais.

— *Non*. Allez, encore trois marches. »

Alex voulait l'avertir que le monstre arrivait. Les mots de mort ne l'avaient pas affecté ; rien ne disait que les protections y parviendraient. Elle ouvrit la bouche – et vomit à nouveau.

Dawes en fit aussitôt de même. Puis toutes deux se retrouvèrent sur le palier. Alex se sentit tomber sur le sol du Clapier, sentit son visage s'écraser sur le tapis élimé.

« Qu'est-ce qui s'est passé ? » lui demanda Pamela, mais Alex était trop fatiguée pour répondre. Elle sentit qu'on la roulait sur le dos, qu'une gifle s'abattait sur son visage. « Dis-moi ce qui s'est passé, Alex, sans quoi je ne pourrai rien rectifier. »

Alex se força à la regarder. Mais tout ce qu'elle voulait, c'était retourner sur le fauteuil en osier, auprès du corps mordoré d'Hellie.

« Un Gris, enfin je crois. Comme du verre. Je pouvais voir à travers.

— Merde, tu parles d'une *gluma*, là. »

Alex n'aurait pas craché sur ses fiches pédagogiques. Mais le mot était là, quelque part dans sa mémoire. Une *gluma* était une enveloppe, l'esprit ressuscité d'un mort récent, un intermédiaire capable de traverser le Voile. C'étaient des messagers. De la Book & Snake.

« Il y avait de la fumée rouge. J'en ai respiré. » Nouveau haut-le-cœur.

« Des nécrophores. Ils vont te dévorer de l'intérieur. »

Bien sûr. Bien sûr qu'ils allaient la bouffer. Parce que la magie n'était jamais bienveillante ; elle ne recelait aucune *bonté*.

Alex entendit de l'animation, puis sentit qu'on lui collait une tasse contre les lèvres. « Bois ça, lui dit Dawes. Ça va faire un mal de chien, et ta gorge va se remplir de cloques… mais je peux te tirer d'affaire. »

Elle appuya sur son menton pour la forcer à ouvrir la bouche. La gorge d'Alex prit immédiatement feu. Une vision de prairies éclairées par une flamme bleue s'empara de son esprit. La brûlure envahit son corps, et elle attrapa la main de Dawes.

« Mon Dieu, Alex, pourquoi est-ce que tu souris comme ça ? »

La *gluma*. L'enveloppe. Quelqu'un avait envoyé cette créature à ses trousses, et il ne pouvait y avoir qu'une seule raison à cela : Alex était sur une piste. Ses ennemis savaient qu'elle était allée voir le corps de Tara. Mais qui ? La Book & Snake ? La Skull & Bones ? Quelle que soit leur identité, ils n'avaient aucune raison de penser qu'elle allait se contenter d'une visite à la morgue. Ils n'avaient pas connaissance du choix qu'elle avait fait, pas plus qu'ils ne savaient que son rapport avait déjà été classé. Alex avait vu juste. Il y avait quelque chose qui clochait dans la mort de Tara – un lien quelconque avec les sociétés, les Maisons du Voile. Mais ce n'était pas pour cette raison qu'elle souriait.

« Ils ont essayé de me tuer, Hellie », dit-elle d'une voix rauque tout en glissant dans les ténèbres. *Ça veut dire que je peux leur rendre la pareille.*

Le Manuscrit est la dernière-née des Maisons du Voile, mais il s'agit sans conteste de la société qui s'est le mieux adaptée à la modernité. On pense bien sûr immédiatement aux lauréats d'Oscars et autres personnalités médiatiques sortis de ses rangs, mais ses anciens élèves incluent également des conseillers de présidents, le conservateur du Metropolitan Museum of Art et – un point sans doute bien plus révélateur – certains parmi les plus grands spécialistes des neurosciences. Aborder le Manuscrit revient à parler de magie des miroirs, d'illusions, de charmes puissants susceptibles de faire de vous une star – mais il serait bon de ne pas oublier que l'intégralité de leurs tours repose sur la manipulation de nos perceptions.

— extrait de *La Vie du Léthé : Procédures et Protocoles de la Neuvième Maison*

Ne vous rendez jamais à une fête du Manuscrit. N'y allez pas, point barre.

— Journal de Daniel Arlington, membre du Léthé (*Université Davenport*)

10

L'automne précédent

La nuit de la fête du Manuscrit, Darlington passa les premières heures de la soirée devant la porte de Black Elm, à distribuer des bonbons aux enfants de passage. Des citrouilles-lanternes bordaient l'intégralité de l'allée. Il appréciait ce volet d'Halloween, le côté *rituel,* cette marée d'étrangers radieux qui venaient s'échouer mains tendues sur son rivage. La plupart du temps, Black Elm lui donnait l'impression d'être une île invisible – une île ayant d'une certaine manière cessé d'apparaître sur les cartes. Pas la nuit d'Halloween.

La maison occupait le sommet d'une petite colline non loin des terres ayant appartenu à Donald Grant Mitchell, et sa bibliothèque était remplie d'innombrables exemplaires de ses ouvrages : *Rêveries d'un Célibataire, Vie de Rêve,* et le seul titre que son grand-père avait jugé digne d'être lu : *Ma Ferme d'Edgewood.* Dans son enfance, Darlington s'était entiché du mystérieux nom de plume de Mitchell, Ik Marvel – pour trouver terriblement décevante l'absence de magie ou de merveilles dans ses ouvrages.

Mais Daniel ressentait cela à propos de toute chose, à l'époque : il *fallait* davantage de magie. Peu lui importaient les performances des clowns grimés et des illusionnistes, les tours de cartes. La magie qu'on lui avait promise, il allait la trouver au fond des armoires, sous les ponts, de l'autre côté des miroirs. Elle était dangereuse, *séduisante,* et ne cherchait pas à divertir. S'il avait grandi dans une maison ordinaire, avec une isolation de qualité et une pelouse soigneusement tondue en lieu et place des tours délabrées de Black Elm, de ses marécages, de ses sinistres épis de digitales, de sa brume suintante qui en automne enveloppait les arbres au crépuscule, peut-être aurait-il eu une chance. Peut-être que s'il était né à Phoenix plutôt qu'à New Haven, cette ville maudite...

Le moment qui l'avait conduit à sa perte n'avait même pas été de son fait. Alors qu'il avait onze ans, leur gouvernante Bernadette avait insisté pour l'emmener à un pique-nique organisé par les Chevaliers de Colomb, sous prétexte que « les garçons ont besoin d'air frais ». Une fois le groupe arrivé à Lighthouse Point, elle s'était isolée sous une tente avec ses amis et un plat d'œufs à la diable et lui avait dit d'aller jouer.

Darlington était tombé sur un groupe de garçons de son âge – à moins que ce ne soit l'inverse –, et ils avaient passé l'après-midi à faire la course et à s'affronter à diverses attractions de fête foraine, avant d'inventer leurs propres jeux lorsqu'ils avaient commencé à s'ennuyer. Un certain Mason, un grand échalas affublé de cheveux bouclés et de dents de lapin était en quelque sorte devenu le décisionnaire du jour – à quel moment manger, à quel moment aller nager... –, au grand plaisir d'un Darlington ravi de laisser quelqu'un d'autre s'en charger. Une fois lassés du vieux manège, ils s'étaient rendus aux limites du parc, pour observer au loin le détroit de Long Island et le port de New Haven.

« Il devrait y avoir des bateaux, avait dit Mason.

— Des hors-bord, par exemple. Ou des jet-skis, avait enchéri un garçon prénommé Liam. Ce serait cool.

— Ouais, avait ajouté un autre gamin. On pourrait même aller faire un tour de grand huit. » Il les avait suivis tout l'après-midi. Plus petit que ses camarades, il avait un visage couvert de taches de rousseur couleur sable, et un coup de soleil sur le nez.

« Quel grand huit ? » s'était enquis Mason.

D'un doigt, le gosse lui avait désigné le lieu d'où venaient les sons. « Avec toutes les lumières dessus. À côté de la jetée. »

Darlington avait regardé au loin, sans rien voir dans la lumière de fin d'après-midi à part une langue de terre parfaitement plate.

Mason s'était tourné vers le gamin. « Mais de quoi tu parles, à la fin ? »

Malgré le crépuscule qui commençait à les envelopper, Darlington avait vu du rouge envahir le visage constellé de taches de rousseur. Le gamin avait éclaté de rire. « Laisse tomber. Je me foutais juste un peu de vous.

— Crétin. »

Ils avaient rejoint la mince bande de plage pour courir dans les vagues, et tout le monde avait oublié l'incident. Jusqu'à ce que, des mois plus tard, le grand-père de Darlington ouvre son journal à la table du petit-déjeuner et que le garçon découvre le titre : *EN SOUVENIR DE SAVIN ROCK.* L'article était illustré de l'image d'un énorme grand huit en bois qui dominait les eaux du détroit de Long Island. *Le légendaire Thunderbolt,* disait la légende, *l'une des attractions les plus populaires du parc de Savin Rock, détruit par un ouragan en 1938.*

Darlington avait découpé la photo pour la punaiser au-dessus de son bureau. Ce jour-là, à Lighthouse Point, le garçon aux taches de rousseur avait *vu* les vieilles montagnes russes – il ne faisait pas semblant, ça n'avait rien d'une blague. Surpris par l'incompréhension de ses petits camarades, confus, il s'était empressé de la fermer. Comme si ce n'était pas la première fois que ce genre de choses lui arrivait. Darlington s'était efforcé de se rappeler son nom. Il avait demandé à Bernadette de l'emmener chez les Chevaliers de Colomb pour jouer au bingo, de le faire participer à des dîners de bienfaisance – tant il voulait retrouver la trace de poil de carotte. Au bout du compte, son grand-père avait mis un terme à cette histoire d'un « Arrête de vouloir transformer ce gosse en foutu catholique » définitif.

Darlington avait grandi, le souvenir de Lighthouse Point s'était peu à peu estompé – mais jamais il n'avait ôté de son mur la photo du manège. Il pouvait l'oublier pendant des semaines, parfois même des mois, mais ne parvenait plus à se défaire totalement de l'idée qu'il ne voyait qu'un monde parmi des multitudes, qu'il existait des endroits perdus, voire des *gens* perdus susceptibles de prendre vie devant lui pour peu qu'il plisse suffisamment les yeux ou trouve les *bons* mots magiques. Les livres, avec leurs promesses de portes enchantées et de lieux secrets, ne faisaient qu'empirer les choses.

Ce sentiment aurait dû décliner avec le temps, usé par les petites déceptions permanentes qui accompagnaient le fait de grandir. Or c'était à Lighthouse Point qu'à seize ans Darlington s'était rendu dans la vieille Mercedes de son grand-père, pour inaugurer son permis de conduire provisoire. Posté au bord de l'eau, il avait attendu que le monde se révèle à lui. Lorsqu'il avait fait la connaissance d'Alex Stern des années plus tard, il lui avait fallu résister à l'envie de l'emmener là-bas pour voir si le Thunderbolt allait lui apparaître comme n'importe quel autre Gris – un fantôme grondant de joie et de terreur vertigineuse.

Une fois la nuit tombée, quand le flot d'enfants affublés de masques de gobelins se fut tari ou presque, Darlington enfila son propre costume, le même qu'il portait chaque année – un manteau noir, et une paire de crocs en plastique bon marché qui lui donnaient de faux airs de chirurgien-dentiste.

Il se gara dans la ruelle située derrière le Clapier; Alex l'y attendait, toute frissonnante dans un long manteau noir qu'il découvrait pour la première fois.

« On ne peut pas y aller en voiture? demanda-t-elle. On se les gèle. »

Aaah, les Californiens… « Il fait 10 degrés, et ce n'est qu'à trois pâtés de maisons. M'est avis que cette traversée de la toundra ne devrait pas trop mal se passer. J'espère juste que vous ne portez pas un costume moulant de félin là-dessous. Nous sommes censés donner l'image d'une certaine autorité.

— Je peux faire mon boulot en pantalon sexy. Sans doute *mieux*, même. » Elle exécuta un *mae geri* modérément enthousiaste. « Plus de place pour bouger. » Au moins avait-elle eu le bon sens de mettre des bottes.

À la lumière du réverbère, il vit – outre ses grosses boucles d'oreilles en or – qu'Alex n'avait pas lésiné sur le maquillage. Avec un peu de chance, elle n'avait rien mis de trop provocant ou de trop… avantageux. Darlington ne voulait pas passer la soirée à se prendre des remarques moralisatrices sous prétexte que la jeune femme avait ressenti le besoin de s'habiller en Pocahontas sexy.

Daniel leur fit descendre Elm Street. La jeune femme semblait alerte, prête à affronter n'importe quoi. Elle s'était bien débrouillée depuis l'incident du tombeau d'Aurélien, depuis que tous deux avaient brisé quelques milliers de dollars de verre et de porcelaine sur le sol de la cuisine d'Il Bastone. Darlington avait peut-être fait quelques efforts, lui aussi. Ils avaient assisté à une série de transformations orchestrées par la Wolf's Head, qui s'étaient déroulées sans incident – Shane Mackay avait quand même eu du mal à redescendre : il avait fallu l'enfermer dans la cuisine le temps que le malheureux abandonne sa forme de coq. Il s'était ruiné le nez à force de picorer la table, et un de ses amis avait passé une heure à lui arracher consciencieusement de minuscules plumes blanches – les blagues graveleuses avaient fusé… Ils avaient chaperonné une résurrection organisée par la Book & Snake – durant laquelle, avec l'aide d'un traducteur, un cadavre desséché avait relayé les ultimes récits de soldats récemment morts en Ukraine ; le tout ressemblait à une partie aussi étrange que macabre de téléphone arabe. Darlington ignorait qui avait sollicité ces informations au sein du département d'État, mais il ne doutait pas qu'elles lui seraient consciencieusement transmises. Ils avaient été témoins d'une tentative infructueuse d'ouverture de portail dans le tombeau de la Scroll & Key – censé envoyer quelqu'un en Hongrie, le rite s'était soldé par une odeur de goulasch terriblement persistante ; et mieux valait oublier la tempête qu'avaient voulu invoquer les membres de St. Elmo dans leur appartement pourri de Lynwood Place : le président de la délégation en était resté muet de honte, tout comme les anciens élèves ayant participé au rituel.

« Ils ont tous la tête qu'un type fait quand il est trop bourré pour bander, avait chuchoté Alex.

— Vous êtes vraiment obligée de faire preuve d'une telle vulgarité, Stern ?

— Dites-moi que je me trompe, Darlington.

— Comment voulez-vous que je le sache. »

Les choses allaient être un peu différentes ce soir : ils n'allaient pas dessiner de cercles de protection. L'idée était simplement de faire acte de présence, de surveiller l'accumulation de pouvoir au sein du nexus du Manuscrit, puis de rédiger un rapport.

« Et on va rester longtemps à cette petite sauterie ? s'enquit Alex au moment où la rue bifurquait vers la gauche.

— Au moins jusqu'à minuit, peut-être un peu plus tard.

— Mercy et Lauren vont m'attendre au Pierson Inferno.

— Elles seront tellement torchées qu'elles ne remarqueront même pas votre retard. Bon, concentrez-vous maintenant : les membres du Manuscrit ont l'air inoffensifs, mais ce n'est qu'une apparence. »

Alex lui jeta un regard. Elle avait des espèces de paillettes sur les joues. « Je confirme : il y a de la nervosité dans votre voix. »

De toutes les sociétés, le Manuscrit était celle qui rendait Darlington le plus méfiant. Il vit du scepticisme s'afficher sur le visage d'Alex lorsqu'ils s'immobilisèrent devant un mur de briques blanches particulièrement crasseux.

Elle resserra son manteau autour d'elle. « C'est *ici* ? » Un martèlement de basses leur parvenait de l'étroite allée, en même temps que des murmures de conversations.

Darlington comprenait l'incrédulité d'Alex. Les autres tombeaux avaient été construits pour *ressembler* à des tombeaux – les socles néo-égyptiens des Bonesmen, les colonnes blanches élancées de la Book & Snake, les paravents délicats et les arches mauresques de la Scroll & Key, la crypte préférée de Darlington. Même la Wolf's Head, qui prétendait vouloir se débarrasser des pièges de l'ésotérique pour fonder une maison plus égalitaire, s'était construit une propriété de campagne anglaise en miniature. Darlington, qui avait lu les descriptions de chaque tombeau dans le guide que Pinnell avait consacré à Yale, estimait que son analyse de ces lieux ne rendait nullement justice au mystère qu'ils suscitaient. Pinnell n'avait bien sûr jamais entendu parler du tunnel situé sous Grove Street – une galerie qui reliait directement la Book & Snake au cœur du cimetière – ni des orangers enchantés de l'Alhambra qui portaient toute l'année des fruits dans la cour de la Scroll & Key.

L'extérieur du Manuscrit ressemblait quant à lui à un tas de briques mastoc, avec des poubelles de recyclage amassées sur le côté.

« C'est *ça* ? fit Alex. Je trouve cela encore plus triste que cette piaule, là, sur Lynwood Street. »

En réalité, rien n'était plus triste que la maison de St-Elmo – avec sa moquette tachée, ses escaliers branlants et son toit hérissé de girouettes.

« Ne jugez pas un livre sur sa couverture, Stern. Cette crypte s'enfonce dans le sol sur huit niveaux, et abrite l'une des plus belles collections d'art contemporain du monde. »

Les sourcils d'Alex s'arquèrent. « Donc ce sont des Calitalistes.

— Pardon ?

— À L.A., les types vraiment pétés de thunes s'habillent comme des clochards, comme s'il fallait que tout le monde sache qu'ils vivent en bord de mer.

— Le Manuscrit visait, je pense, une élégance discrète, pas *Je me tape des mannequins dans mon manoir de Malibu* – mais qui sait ? » Le tombeau avait été achevé au début des années soixante par King-lui Wu. Darlington n'était jamais parvenu à accorder davantage qu'un respect réticent à l'architecture du milieu du siècle. Malgré tous ses efforts pour en admirer les lignes aussi sévères qu'épurées, à ses yeux celle-ci confinait toujours à l'échec. Son père s'était ouvertement moqué de son faible *bourgeois* pour les tourelles et les toits à pignon.

« Là. » Darlington prit Alex par les épaules et la déplaça un peu sur la gauche. « Regardez.

— Oh ! » s'exclama la jeune femme, au grand plaisir de son mentor.

Sous cet angle, on voyait émerger le motif circulaire dissimulé dans les briques blanches. La plupart des gens pensaient qu'il représentait un soleil – mais Darlington n'était pas n'importe qui.

« Il est invisible de face, expliqua-t-il. Comme tout le reste ici. Cette maison est celle des illusions et des mensonges. Gardez bien à l'esprit le charisme dont peuvent faire preuve certains de ces individus. Notre travail consiste à faire en sorte que personne ne s'écarte trop du droit chemin, et que personne ne soit blessé. Il y a eu un incident en 1982.

— De quel genre ?

— Une fille a mangé quelque chose à l'occasion d'une de ces fêtes – et elle s'est convaincue d'être un tigre. »

Alex haussa les épaules. « J'ai regardé Salomé Nils arracher des plumes du cul d'un mec dans la cuisine de la Wolf's Head. Je suis un peu moins impressionnable depuis…

— Elle n'a jamais *cessé* de se prendre pour un tigre.

— Pardon ?

— Le fonds de commerce de la Wolf's Head, c'est la modification du *physique* : on renonce à sa forme humaine, mais on conserve toute sa tête. Le Manuscrit est quant à lui spécialisé dans l'altération de la conscience.

— Dans le tripatouillage du cerveau.

— Les parents de cette fille la gardent aujourd'hui encore enfermée dans le nord de l'État de New York. C'est une belle installation : la malheureuse a des *hectares* rien que pour elle, et de la viande crue matin et soir. Un jour, elle a réussi à s'échapper – leur facteur s'en souvient encore.

— Bordel de dieu en string.

— Elle l'a jeté par terre, et s'est directement attaquée à son mollet. On a fait passer ça pour une dépression nerveuse. Le

Manuscrit a payé tous ses soins médicaux, et a été suspendu pendant un semestre.

— Une sanction bien sévère.

— Je n'ai pas dit que c'était juste, Stern. Pas grand-chose ne l'est. Mais je vous le répète : ne vous fiez pas à vos sens ce soir. La magie du Manuscrit a pour objet de les tromper. Ne mangez rien, ne *buvez* rien. Gardez la tête sur les épaules. Ça me ferait mal d'avoir à vous envoyer dans le nord de l'État avec votre propre pelote de laine. »

Ils suivirent dans l'étroite ruelle un groupe de filles vêtues de corsets et maquillées en zombies. Les épouses d'Henry VIII. Le cou d'Anne Boleyn était couvert de faux sang d'aspect collant.

Kate Masters était perchée sur un tabouret près de la porte d'entrée, un tampon dans la main ; Alex s'apprêta à lui présenter son poignet, mais Darlington l'en empêcha sans ménagement. « Vous ne savez pas ce qu'il y a dans le colorant, murmura-t-il. On va s'en dispenser, Kate.

— Le vestiaire est sur la gauche. » Ladite Kate cligna des yeux ; des paillettes rouges scintillèrent sur ses paupières. Elle était déguisée en Poison Ivy – des feuilles de papier de bricolage agrafées sur un bustier vert.

La musique battait son plein à l'intérieur, et la chaleur des corps générait une atmosphère étouffante composée de parfum et d'air humide. La grande salle carrée, faiblement éclairée, était remplie de gens occupés à tourner autour de cuves de punch en forme de crâne ; des guirlandes de lumières scintillantes constellaient le jardin situé à arrière. Darlington commençait déjà à transpirer.

« Ça ne m'a pas l'air si mal, fit Alex.

— Vous vous rappelez ce que j'ai dit ? La vraie fête se déroule *en bas*.

— Il y aurait donc neuf niveaux au total ? Neuf cercles infernaux ? »

— Non, l'endroit s'inspire de la mythologie chinoise. Le Huit est considéré comme le chiffre le plus chanceux – donc huit niveaux secrets. L'escalier représente une spirale divine. »

Alex ôta son manteau, dévoilant la robe fourreau noire qu'elle portait en dessous. Ses épaules étaient parsemées d'une cascade d'étoiles argentées. « Vous êtes censée être qui ? lui demanda Darlington.

— Une fille en noir un peu trop maquillée au niveau des yeux ? » Elle sortit de la poche de son manteau une couronne de fleurs en plastique recouverte de peinture argentée, la posa sur sa tête. « La Reine Mab.

— Vous ne me sembliez pourtant pas être une grande amatrice de Shakespeare.

— Effectivement pas. Lauren est passée au Dramat[5] emprunter un costume de Puck. Comme Mercy sort déguisée en Titania, elle m'a suggéré d'incarner le personnage de Mab.

— C'est le nom que Shakespeare a donné à la sage-femme des fées, vous savez. »

Alex fronça les sourcils. « Je croyais que c'était la Reine de la Nuit.

— Aussi. Ça vous va très bien, en tout cas. »

C'était un compliment dans la bouche de Darlington, mais la jeune femme le fusilla du regard. « C'est juste une robe.

— Qu'est-ce que je vous ai dit tout à l'heure ? Rien n'est *juste* ce qu'il semble être. » Et peut-être voulait-il qu'elle soit le genre de fille à s'habiller comme la reine Mab, qui aimerait les mots et aurait des étoiles dans le sang. « Visitons le rez-de-chaussée avant de nous attaquer à ce qui se trouve en dessous. »

Ça ne leur prit pas longtemps. Le Manuscrit bénéficiant d'un agencement sans cloison populaire dans les années cinquante et soixante, il y avait là peu de pièces ou de passages à étudier. Du moins à ce niveau.

« Je ne pige pas », murmura Alex alors même qu'ils jetaient un coup d'œil au petit jardin broussailleux. L'endroit était trop bondé pour qu'on s'y sente à l'aise, mais rien d'extraordinaire ne semblait

---

[5] Yale Dramatic Association, ou « Yale Drama » : deuxième plus ancienne compagnie de théâtre universitaire aux États-Unis.

s'y produire. « Si cette soirée est tellement spéciale pour le Manuscrit, pourquoi accomplir un rite avec autant de gens dans le coin?

— Ce n'est pas précisément un rite. Plutôt une *collecte*. Mais c'est le problème avec leur magie: ils ne peuvent pas la pratiquer dans un environnement isolé. La magie des miroirs est une question de réflexion et de perception. Un mensonge ne devient un mensonge qu'à partir du moment où quelqu'un y croit. Peu importe à quel point vous êtes charmant s'il n'y a personne à charmer. Tout le monde à cet étage *alimente* ce qui se passe en bas.

— Simplement en prenant du bon temps?

— En *essayant* d'en prendre. Regardez autour de vous. Qu'est-ce que vous voyez? Des gens en costumes, affublés de cornes et de faux bijoux, qui se parent de minuscules couches d'illusion. Ils se tiennent plus droit, rentrent leur ventre, disent des choses qu'ils ne pensent pas, se livrent à d'insondables flatteries. Ils commettent mille petits actes de mensonge et de tromperie, boivent jusqu'au délire pour faciliter les choses. Nous avons là une nuit de *transactions*, entre ceux qui voient et ceux qui se laissent voir, une nuit où les gens concluent de leur plein gré des marchés trompeurs, espérant duper et se faire duper pour le simple plaisir de se sentir courageux, ou sexy, ou beau ou simplement *désiré* – ne fût-ce que fugacement.

— Darlington, vous n'êtes quand même pas en train de me dire que le Manuscrit tire sa puissance de lunettes chopes de bière?

— Vous avez un vrai talent pour la synthèse, Stern. Chaque week-end il y a des fêtes consacrées à ces marchandages, mais Halloween vient tout exacerber. Ces gens adhèrent au pacte sitôt qu'ils ont franchi cette porte, pleins d'impatience. Et même *avant* cela, quand ils se parent de leurs ailes, de leurs cornes – il lui jeta un regard – et de leurs paillettes. Ne dit-on pas que l'amour est une illusion partagée?

— Quel cynisme, Darlington. Ça ne vous va pas du tout au teint.

— Appelez ça de la magie si vous préférez. Deux personnes récitant le même sort.

— Ma foi, fit Alex, personnellement ça me plaît beaucoup.

On dirait une fête de cinéma. Sauf qu'il y a des Gris absolument partout. »

Darlington le savait, mais cette déclaration le prit néanmoins par surprise. Après aussi longtemps, il aurait quand même dû être capable de percevoir un tant soit peu leur présence. Il s'efforça de prendre du recul, de considérer l'endroit du point de vue d'Alex – mais qu'y avait-il d'autre à voir qu'une simple fête ? Si pendant la nuit d'Halloween les morts avaient tendance à s'animer, c'était parce que les vivants y étaient *plus* vivants : des gamins euphoriques défoncés aux bonbons, des adolescents énervés d'avoir des œufs et de la crème à raser dans la capuche de leur sweat ; des étudiants ivres affublés de masques, d'ailes et des cornes, qui s'autorisaient à être autre chose – ange, démon, diable, gentil docteur, vilaine infirmière. La sueur et l'excitation, les punchs trop sucrés chargés de fruits et d'alcool de grain… les Gris ne pouvaient pas résister.

« Qui se trouve ici ? » s'enquit-il.

Les sourcils sombres de la jeune femme s'arquèrent. « Vous voulez des détails ?

— Je ne vous demande pas de vous mettre en danger simplement pour assouvir ma curiosité. Une… vue d'ensemble me suffira.

— Il y en a deux près de la porte coulissante en verre, cinq ou six dans la cour, un à l'entrée juste derrière cette fille qui régule les arrivées, tout un troupeau agglutiné autour du punch. Et j'en loupe forcément. »

Ou pas : si elle avait à ce point conscience de leur présence, c'était parce qu'ils lui faisaient *peur*.

« Tous les étages inférieurs sont protégés. Vous n'avez pas à vous inquiéter pour ça ce soir. » Il prit la direction des escaliers ; appuyé contre la rampe, Doug Far s'assurait que seules descendaient des personnes dotées d'une invitation. « La magie du sang est strictement réglementée pour Halloween – les morts la trouvent par trop attirante. Mais cette nuit le Manuscrit va siphonner l'intégralité du désir et de l'abandon de ces fêtards pour alimenter toute une année de rites.

— Faire la fête, c'est puissant à ce point ?

— Anderson Cooper mesure un mètre soixante-cinq, pèse quatre-vingt-dix kilos et parle avec un accent de Long Island à couper au couteau. » Les yeux d'Alex s'écarquillèrent. « Restez sur vos gardes.

— Darlington ! s'exclama Doug. Le gentleman du Léthé !

— T'es coincé ici toute la nuit ?

— Encore une heure, et ensuite je vais me défoncer sévère.

— Cool. » Darlington s'aperçut alors qu'Alex roulait des yeux. À part la nuit où ils s'étaient saoulés après le désastreux rituel aurélien, il ne l'avait jamais vue ingurgiter ne fût-ce qu'une gorgée de vin. Il se demanda si elle faisait la fête avec ses camarades de chambre, ou si elle avait choisi la sobriété après ce qui était arrivé à ses amis de Los Angeles.

« Et elle fit Doug, qui est-ce ? » Sa façon nonchalante de mater le costume d'Alex ne manqua pas d'agacer Darlington. « Ton rancard ou ton Dante ?

— Alex Stern. Ma remplaçante désignée. Elle va surveiller la bande d'abrutis que vous êtes quand je me serai enfin tiré d'ici. » Il disait cela parce que c'était ce qu'on attendait de lui – mais Darlington n'allait jamais quitter cette ville. Il avait trop donné pour rester ici, pour garder Black Elm. Tout ce qu'il lui fallait, c'était quelques mois à lui pour voyager, visiter les vestiges de la bibliothèque de Dunhuang, faire un pèlerinage au monastère du mont Sainte-Odile. Le Léthé comptait sur lui – il le savait – pour entamer un troisième cycle, et peut-être postuler un poste de chercheur au bureau de New York. Mais il avait d'autres choses en tête. New Haven avait besoin d'une nouvelle carte, une carte de l'invisible, et Darlington *voulait* en être l'auteur. Peut-être trouverait-il dans les lignes de ses rues, dans le calme de ses jardins poussant à l'ombre d'East Rock, une réponse à cette question fondamentale : pourquoi New Haven n'était-elle jamais devenue un Manhattan ou un Cambridge ? Pourquoi, malgré toutes les opportunités, tous les espoirs de prospérité, avait-elle toujours échoué ? Était-ce un simple hasard ? De la malchance ? La magie qui vivait ici avait-elle, d'une manière ou d'une autre, rabougri la ville alors qu'elle-même continuait à prospérer ?

« Et donc tu es quoi ? demanda Doug à Alex. Un vampire ? Tu vas me sucer le sang ?

— Si tu as de la chance, rétorqua-t-elle avant de disparaître dans les escaliers.

— Sois prudent ce soir, Doug », lui lança Darlington avant de partir rejoindre la jeune femme. Elle était déjà hors de vue dans la spirale des marches, alors qu'il lui avait bien dit de ne pas agir en solo.

Doug éclata de rire. « C'est *ton* boulot de nous éviter les ennuis ! »

Le souffle d'une machine à fumée le frappa alors en plein visage. Darlington faillit trébucher, s'énerva, agita les mains pour chasser le faux brouillard. Ces gens ne pouvaient-ils donc pas se contenter d'une conversation de qualité autour d'un verre ? Pourquoi tous ces faux-semblants ? À se demander s'il n'était pas un peu jaloux de Doug, de tous ceux qui parvenaient à se lâcher l'espace d'une nuit... Peut-être. Il se sentait déconnecté de tout depuis son retour à Black Elm. Les étudiants de première et de deuxième années étaient tenus de vivre en résidence universitaire – et s'il appréciait de passer religieusement à Black Elm, Darlington avait aimé l'idée de se retrouver en orbite autour d'autres astres, de sortir un peu de sa coquille, d'explorer un monde qui n'avait rien à voir avec le Léthé ou le surnaturel. Il s'était suffisamment bien entendu avec Jordan et E.J. pour partager une piaule avec eux pendant des années. Daniel songeait régulièrement à les appeler, pour les inviter à sortir. Mais les jours passaient, consacrés à ses livres, à Black Elm, au Léthé – et désormais à Alex Stern.

Il finit par la rattraper. « Vous devriez rester derrière moi », lui lança-t-il, vexé par la pointe d'irritabilité que contenait sa propre voix. Elle se trouvait déjà au niveau suivant, à poser des yeux avides sur tout ce qui l'entourait. L'étage ressemblait à la section VIP d'une boîte de nuit : les lumières étaient ici moins intenses, et les bruits de basses ne lui vrillaient plus les oreilles. Mais les lieux n'en avaient pas moins quelque chose d'onirique, comme si chaque personne et chaque objet de cette pièce se voyait paré d'un halo doré.

« On se croirait dans un clip vidéo, dit Alex.

— Doté d'un budget infini. C'est un charme.

— Pourquoi vous a-t-il appelé le gentleman du Léthé ?

— Parce que les gens qui se moquent des bonnes manières font semblant de les trouver amusantes. En avant, Stern. »

Ils dévalèrent une nouvelle volée de marches. « On va continuer à descendre jusqu'au bout ?

— Non. Les niveaux les plus bas sont ceux où s'effectuent les rites. À tout moment ces gens ont cinq à dix magiciens qui œuvrent dans le monde entier. Les sorts de charisme et de charme nécessitent un entretien constant. Mais ils ne vont pas pratiquer de rites ce soir ; ils vont se contenter de collecter du pouvoir pour le stocker dans leur chambre forte.

— Vous sentez ça ? s'enquit Alex. Cette odeur de… »

Forêt. Le niveau suivant avait l'apparence d'un bois verdoyant – c'était une mesa désertique l'année précédente. Les feuilles d'un bosquet d'arbres laissaient passer quelques rayons de soleil, et l'horizon semblait s'étendre sur des kilomètres. Tout vêtus de blanc, des fêtards se prélassaient sur des couvertures de pique-nique étendues sur l'herbe luxuriante ; des colibris effectuaient leur danse hypnotique dans l'air chaud. À partir de ce niveau, seuls les anciens élèves – et les membres actuels qui les accompagnaient – étaient autorisés.

« Et ça, chuchota Alex, c'est un vrai cheval ?

— Autant que nécessaire. » C'était de la magie joyeuse, *prodigue*, et Darlington devait admettre qu'une partie de lui-même voulait s'attarder ici – exactement la raison pour laquelle il leur fallait continuer. « Niveau suivant. »

Les escaliers s'incurvèrent à nouveau, sauf que cette fois les murs parurent se courber avec eux. Le bâtiment changea littéralement de forme : le plafond, d'une hauteur digne de celle d'une cathédrale à présent, affichait des bleus et des ors évoquant un ciel de Giotto; le sol était couvert de coquelicots. Il s'agissait d'une église, et en même temps ce n'en était pas une. La musique éthérée semblait provenir d'un autre monde – un mélange improbable de cloches et de tambours, ou les battements de cœur étonnamment apaisants de quelque bête immense. Il y avait des corps enlacés sur les bancs, dans les allées, au grand dam des pétales rouges.

« Aaah fit Alex, je m'attendais davantage à un truc dans le genre.

— À une orgie dans une cathédrale remplie de fleurs?

— Aux *excès*.

— C'est là tout l'objectif de cette soirée. »

Le niveau suivant reproduisait une tonnelle alpestre, qui ne se donnait même pas la peine de *paraître* réelle. L'endroit, noyé sous une brume couleur pêche, se résumait à des glycines suspendues en grappes épaisses à des colonnes rose pâle et à des femmes paressant sur des pierres chauffées par le soleil, leurs cheveux agités par quelque brise impossible: une heure magique qui jamais ne prendrait fin. Ils avaient mis les pieds dans un tableau de Maxfield Parrish.

Enfin, ils atteignirent une salle beaucoup plus calme, éclairée par des lucioles. Contre l'un des murs se trouvait une longue table de banquet, et des murmures tout à fait civilisés leur parvenaient aux oreilles. Un vaste miroir circulaire de près de deux étages occupait le mur nord. Sa surface semblait comme tourbillonner – ça donnait l'impression de regarder à l'intérieur d'un énorme chaudron agité par une main invisible, mais il était plus sage de concevoir le miroir comme une voûte, un dépôt de magie alimenté par le désir et l'illusion. Ce niveau du Manuscrit, le cinquième, marquait le point central entre les salles de collecte du dessus et les salles de rituel situées en dessous. Beaucoup plus grand que les autres, il s'étendait sous la rue et les maisons environnantes. Le système de ventilation fonctionnait parfaitement, Darlington le savait, mais il devait quand même lutter contre la peur de finir écrasé.

Il y avait là beaucoup de fêtards masqués – sans doute des

célébrités et des anciens élèves éminents. Certains portaient des toges sophistiquées, d'autres des jeans et des T-shirts.

« Vous voyez leurs langues violettes ? » demanda Darlington en lui désignant du menton un garçon couvert de paillettes occupé à verser du vin, ainsi qu'une fille vêtue en tout et pour tout d'oreilles de chat. « Ils ont pris de l'Accessit, la drogue des serviteurs. Les acolytes en prennent pour se défaire de leur volonté.

— Pourquoi quiconque ferait-il une chose pareille ?

— Pour me servir », lui répondit une voix pleine de douceur.

Darlington s'inclina devant la silhouette vêtue d'un peignoir de soie céladon et d'une coiffe dorée qui faisait également office de demi-masque. « Comment faut-il s'adresser à vous, ce soir ? »

Le porteur du masque représentait Lan Caihe, l'un des huit immortels de la mythologie chinoise – un être capable de changer de sexe à volonté. Un nouveau Caihe était choisi à chaque réunion du Manuscrit.

« Ce soir, je suis *elle*. » Ses yeux étaient entièrement blancs derrière son masque. Elle allait voir toute chose cette nuit-là ; aucun charme ne pourrait l'abuser.

« Nous vous remercions pour l'invitation, dit Darlington.

— Nous sommes toujours ravis d'accueillir ici les membres du Léthé, même si nous regrettons que vous n'acceptiez jamais notre hospitalité. Un verre de vin, peut-être ? » Elle leva une main satinée, aux ongles recourbés comme des griffes, mais aussi lisses et polis que du verre ; l'un des acolytes s'avança aussitôt avec un pichet.

D'un signe de tête, Darlington dissuada Alex d'accepter. « Non merci. » Il n'ignorait pas que certains membres du Manuscrit vivaient assez mal le fait qu'aucun membre du Léthé n'ait jamais goûté aux plaisirs de la société. « Question de protocole.

— Parlons des premières années », fit Lan Caihe, ses yeux blancs braqués sur Alex. « Aucune de nos propositions n'a été retenue. C'est très décevant. »

Darlington se hérissa aussitôt. Mais Alex intervint alors : « Ça vous évitera au moins d'en attendre trop de moi.

— Faites attention, rétorqua Caihe. J'adore qu'on me surprenne. Vous pouvez encore susciter certaines... attentes. Qui a enchanté votre bras ?

— Darlington.

— Avez-vous honte de vos tatouages ?

— Parfois. »

Darlington fixa sur Alex des yeux surpris. Était-elle sous le coup d'un sort de persuasion ? Mais en voyant le sourire satisfait de Lan Caihe, il comprit qu'Alex se bornait à jouer le jeu. Caihe aimait les surprises, et la franchise *était* surprenante.

Ladite Caihe tendit une main, enfonça un ongle dans la peau lisse du bras nu d'Alex. « On pourrait les effacer complètement, fit-elle. Pour toujours.

— Pour un prix modique ? s'enquit la jeune femme.

— Pour un prix *raisonnable*.

— Ma dame », lança Darlington en guise d'avertissement.

Caihe haussa les épaules. « Il s'agit là d'une nuit de collecte, durant laquelle les stocks sont réapprovisionnés et les tonneaux remplis. Il n'y aura *pas* de marchandage. Descends, mon garçon, si tu souhaites connaître la suite. Descends, et vois ce qui t'attend – si d'aventure tu l'oses. » Et elle repartit en direction de la table de banquet.

« Je veux juste savoir si Jodie Foster se trouve ici », murmura alors Alex. L'actrice faisait partie des anciens élèves les plus célèbres du Manuscrit.

« Partez du principe que vous *venez* de la croiser », fit Darlington. Mais il avait la tête lourde. Sa langue lui donnait l'impression d'être trop grande pour sa bouche. Tout semblait scintiller autour de lui.

Lan Caihe se tourna vers lui depuis l'extrémité de la table. *« Descends. »* Darlington n'aurait pas dû l'entendre parler à cette distance, mais le mot lui parut comme résonner sous son crâne. Il sentit le sol s'effondrer, *se* sentit tomber – pour se retrouver dans une vaste caverne creusée dans le sol. La roche était gorgée d'humidité, l'air riche de l'odeur de la terre retournée. Un bourdonnement emplit ses oreilles ; Darlington s'avisa que le bruit provenait du miroir, de la voûte toujours rattachée – il ne savait trop comment – au mur de la caverne. Il se trouvait dans la même pièce, et en même temps ailleurs. En fixant la surface tourbillonnante du miroir, il vit s'écarter les brumes qui le peuplaient, tandis que ses os commençaient à vibrer.

Darlington n'aurait pas dû regarder. Il le savait. Ne *jamais* fixer le surnaturel droit dans les yeux – mais était-il parvenu à s'en détourner ne fût-ce qu'une fois ? Non, il l'avait courtisé, imploré. Il fallait qu'il sache. Il voulait *tout* savoir. Il voyait la table du banquet se refléter dans le miroir, la nourriture qui s'y trouvait destinée à pourrir ; les convives continuaient à se fourrer dans la bouche des fruits et de la viande avariés, malgré les mouches qui tourbillonnaient autour d'eux. Ils étaient vieux, certains tout juste assez forts pour soulever jusqu'à leurs lèvres gercées une coupe de vin ou une pêche à moitié flétrie. Tous sauf Lan Caihe, illuminée par le feu, sa coiffe dorée pareille à une flamme, sa robe comme composée de braises rouges, les traits de son visage se modifiant à chaque respiration – une grande prêtresse, une ermite, une hiérophante. L'espace d'un instant, Darlington crut voir son grand-père à sa place.

Il sentait son corps trembler, sentait de l'humidité sur ses lèvres ; en passant sa main sur son visage, il s'avisa que son nez avait commencé à saigner.

« Darlington ? » La voix d'Alex, qu'il vit alors dans le miroir. Sauf qu'elle n'avait pas changé. Elle était toujours la reine Mab. Non... cette fois la jeune femme était *vraiment* la reine Mab. Autour d'elle dansait la Nuit, vêtue d'une cape d'étoiles scintillantes ; et une constellation brillait au-dessus de la masse obscure de ses cheveux – une roue, une couronne. Ses yeux étaient noirs, sa bouche du rouge foncé des cerises trop mûres. Un voile de pouvoir tourbillonnait autour d'elle, la *traversait*.

« Qu'êtes-vous donc ? » chuchota-t-il. Mais peu lui importait. Il s'agenouilla. C'était là ce qu'il attendait depuis longtemps.

« Ah, fit Lan Caihe en s'approchant. Un acolyte dans l'âme. »

Darlington se voyait dans le miroir – un chevalier tête inclinée, proposant ses services, une épée à la main, une épée dans le dos. Il ne ressentait aucune douleur, juste un ardent désir dans le cœur. *Choisissez-moi*. Des larmes coulaient le long de ses joues, à sa grande honte. Elle n'était *personne*, cette fille qui avait eu la chance de recevoir un présent, qui n'avait rien fait pour le mériter. Elle était sa reine.

« Darlington », répéta-t-elle. Mais ce n'était pas son vrai nom, pas plus qu'*Alex* n'était le sien.

Si seulement elle le choisissait. Si seulement elle le laissait...

Les doigts de la jeune femme effleurèrent son visage, soulevèrent son menton. Ses lèvres frôlèrent son oreille. Il ne comprit pas – il voulait juste qu'elle recommence. Des étoiles le traversèrent, une vague de nuit froide et ondulante. Il vit alors toute chose. Vit leurs corps s'entrelacer. Vit Alex le chevaucher, *se* vit simultanément la pilonner. La scène lui évoquait une fleur de lotus blanche et évasée. Elle lui mordit l'oreille – *fort*.

Tous ses sens exacerbés, il glapit aussitôt. Eut un mouvement de recul.

« Darlington, grogna-t-elle. Reprenez-vous. »

Il s'avisa alors qu'il avait remonté la jupe d'Alex, et collé ses mains sur ses cuisses blanches. Il vit les visages masqués qui les entouraient, sentit l'excitation de leurs propriétaires, leurs yeux brillants. Alex, qui le toisait, s'efforçait tant bien que mal de le repousser. La caverne avait disparu. Ils se trouvaient dans la salle de banquet.

Il lâcha la jupe et tomba en arrière, submergé d'humiliation face à l'érection qui palpitait vaillamment dans son jean. Qu'est-ce qu'ils lui avaient fait? Et *comment*?

« La fumée... » Darlington avait encore la tête qui tournait – et s'en voulait à mort. Son corps *vibrait* de ce qu'il avait inhalé. Il s'était jeté sans réfléchir dans le brouillard généré par cette satanée machine.

Lan Caihe sourit. « On ne peut pas reprocher à un dieu d'essayer. »

Darlington se servit du mur pour se relever, tout en restant à l'écart du miroir – il le sentait encore vibrer en son for intérieur. Ces gens méritaient sa fureur : toucher aux représentants du Léthé était strictement interdit, il s'agissait d'une violation de *l'intégralité* des codes régissant les sociétés. Mais il voulait aussi se barrer d'ici avant de s'humilier davantage. Partout où Darlington regardait, il y avait des visages – peints ou masqués.

« Venez. » Alex lui prit le bras et entreprit de gravir les marches, en le forçant à marcher devant elle.

Ils auraient dû rester, Darlington le savait. Patienter jusqu'à l'heure des sorcières, s'assurer que rien ne s'échappait des étages interdits ou n'interférait avec la collecte. Mais il en était incapable. Il lui fallait s'en aller. *Tout de suite.*

Les escaliers ne semblaient pas avoir de fin ; ils montaient encore et encore, au point que Darlington finit par perdre toute notion du temps. Il faillit tourner la tête pour s'assurer qu'Alex se trouvait toujours derrière lui – mais il avait lu assez d'histoires pour savoir qu'il ne fallait *jamais* faire volte-face sur le chemin qui menait hors de l'enfer.

Le niveau supérieur du Manuscrit lui fit l'effet d'une violente flambée de couleurs et de lumière. L'odeur des fruits qui fermentaient dans le punch, celle – musquée – de la sueur : rien ne lui était épargné. Sa peau lui donnait l'impression d'être collante, presque brûlante.

Alex secoua son bras et le tira par le coude. Darlington se borna à la suivre, incapable qu'il était de faire quoi ce que soit d'autre. Tous deux émergèrent dans l'air glacé comme s'ils avaient traversé quelque membrane nocturne. Darlington prit une longue inspiration, ce qui lui permet de reprendre un peu ses esprits. Il entendit des voix, s'avisa qu'Alex était en train de parler à Mike Awolowo, le président de la délégation du Manuscrit. Postée auprès de lui, Kate Masters était couverte de vignes en fleur. Ils allaient la consommer – *non*. Pour l'amour de Dieu, elle portait juste un costume de Poison Ivy.

« Inacceptable », fit Darlington. Il avait les lèvres pâteuses.

Alex maintint sa pression sur son bras. « Je vais m'en occuper. Restez ici. »

Ils étaient parvenus à descendre la rue jusqu'au Clapier. Darlington appuya sa tête contre la Mercedes. Il aurait dû prêter attention à ce qu'Alex disait à Kate et à Mike, mais le métal froid contre son visage lui faisait *tellement* de bien.

Tous deux montèrent dans sa voiture quelques instants plus tard, et Darlington marmonna l'adresse de Black Elm.

Au bout de quelques mètres, la jeune femme jeta un coup d'œil dans son rétroviseur. « Ils craignent que vous les dénonciez, expliqua-t-elle.

— Et *comment* que je vais les dénoncer ! Ils vont se manger une sacrée amende. Une suspension.

— Je lui ai dit que j'allais m'occuper du rapport.

— Vous n'en ferez rien.

— Vous manquez d'objectivité sur la question. »

Elle avait raison. Darlington se revoyait mentalement agenouillé, son visage collé contre ses cuisses, prêt à tout pour se rapprocher *encore*. Le simple fait d'y penser le refit instantanément bander ; en son for intérieur il remercia l'obscurité.

« Que voulez-vous que je mette dans le rapport ? s'enquit Alex.

— Tout ce qui s'est passé, grommela-t-il piteusement.

— Il n'y a pas de quoi en faire tout un plat. »

Oh que si. Ce qu'il avait ressenti… « Désir » n'était même pas le bon mot pour le définir. Il sentait encore sa peau sous ses paumes, sa chaleur contre ses lèvres à travers le tissu de sa culotte. Mais qu'est-ce qui déconnait chez lui ?

« Je suis désolé, dit-il. C'était… impardonnable.

— Vous avez fait un mauvais trip dans une soirée. On se détend.

— Si vous ne voulez pas continuer à travailler avec moi…

— La ferme, Darlington. Il est hors de question que je fasse ce boulot sans vous. »

La jeune femme le ramena à Black Elm, où elle le mit au lit. La maison était glacée, au point qu'il claquait des dents. Alex s'allongea auprès de lui ; seule l'épaisseur des couvertures séparait leurs deux corps. Le cœur de Darlington se languissait d'avoir quelqu'un.

« À en croire Mike, votre organisme devrait avoir éliminé la drogue dans une douzaine d'heures. »

Allongé sur son lit étroit, Darlington écrivait et réécrivait mentalement des mails furieux aux anciens du Manuscrit et au conseil du Léthé ; il perdait régulièrement le fil, submergé par des images troublantes de la jeune femme, de cette robe noire qui glissait de ses épaules – pour retourner ensuite à ses diatribes enflammées. Les mots s'entremêlaient, coincés dans les rayons d'une roue, pris dans les pointes d'une couronne. Mais une pensée ne cessait de tourner dans son esprit à moitié endormi, alors même que la lumière matinale commençait à éclairer son corps par la fenêtre de la tour : Alex Stern n'était pas ce qu'elle semblait être.

11

Hiver

Alex se réveilla d'un coup, passant sans transition d'un état de sommeil à une pleine conscience *terrifiée* ; elle pouvait toujours sentir les mains de son agresseur autour de son cou.

Sa gorge était toute irritée. La jeune femme se trouvait sur le canapé du Clapier. La nuit était tombée ; les lampes brûlaient faiblement dans leurs appliques, projetant des demi-lunes jaunes sur des peintures encadrées de prairies vallonnées parsemées de moutons et de bergers jouant de la cornemuse.

Dawes était perchée sur les coussins. « Tiens », lui dit-elle en portant à ses lèvres un verre rempli d'un liquide évoquant du lait de poule dans lequel elle aurait mis un peu de colorant alimentaire vert. En émanait une légère odeur de moisi. Alex eut un mouvement de recul, ouvrit la bouche pour demander ce qu'il avait dedans – mais n'en sortit qu'un faible bruit rauque, assorti d'une douleur proprement saisissante.

« Je te le dirai quand tu auras tout bu, fit Dawes. Fais-moi confiance. »

Alex secoua la tête. La dernière chose que Dawes lui avait donnée à boire avait embrasé ses entrailles.

« Tu es en vie, hein ? » lui demanda Dawes.

Oui, mais dans l'immédiat cela ne lui faisait pas plus plaisir que ça.

Alex pinça le nez, prit le verre et en avala le contenu. Un goût de rassis, poudreux – le liquide était si épais qu'elle faillit s'étouffer, mais la sensation de brûlure s'atténua dès qu'il atteignit son œsophage, ne laissant qu'une légère douleur.

Elle rendit le verre à Dawes, s'essuya la bouche d'une main ; l'arrière-goût la fit légèrement frissonner.

« Du lait de chèvre aux graines de moutarde, épaissi par des œufs d'araignée », expliqua Pamela.

Alex colla une main contre ses lèvres, se retint non sans mal de vomir. « Te faire *confiance* ? »

Sa gorge était irritée, mais elle pouvait quand même parler et le feu qui faisait rage dans ses entrailles semblait s'être apaisé.

« J'ai dû utiliser du soufre pour expulser les scarabées de ton corps. On pourrait dire que le remède était pire que le mal, mais vu que ces créatures te dévoraient de l'intérieur, je crois que ce serait mentir. On s'en servait dans l'Antiquité pour nettoyer les cadavres, pour vider les corps avant de les remplir d'herbes aromatiques. »

La sensation de fourmillement fit son retour ; Alex dut serrer les poings pour s'empêcher de se gratter la peau. « Qu'est-ce qu'ils m'ont fait ? Est-ce que ça va causer des dommages durables ? »

Dawes frotta son pouce contre le verre. « Honnêtement, je n'en sais rien. »

Alex s'extirpa des oreillers que Dawes avait positionnés sous son cou. *Elle aime prendre soin d'autrui,* s'avisa la jeune femme. Cela expliquait-il pourquoi toutes deux ne s'étaient jamais entendues ? Parce qu'Alex avait refusé de se laisser dorloter ? « Comment tu as su ce qu'il fallait faire ? »

Dawes fronça les sourcils. « C'est mon *boulot* de savoir. »

Et Dawes faisait bien son boulot. Point barre. Elle semblait assez calme, mais le verre qu'elle tenait allait se briser entre ses mains si elle s'avisait de serrer plus fort. Ses doigts étaient maculés de taches arc-en-ciel – des restes pâles de surligneur, comprit Alex.

« Est-ce que quoi que ce soit a essayé de… d'entrer ? » Elle n'était même pas sûre de l'apparence qu'aurait pu avoir la créature.

« Bonne question. Les carillons n'ont pas arrêté de sonner. Les protections ont été mises à rude épreuve. »

Alex se leva, sentit aussitôt la pièce tourner. Elle trébucha, et se força à prendre la main attentionnée de Dawes.

La jeune femme ne savait pas trop ce qu'elle s'attendait à voir dehors. Le visage de la *gluma* tourné vers elle, ses lunettes scintillantes ? Ou pire encore ? Elle se palpa la gorge, puis tira le rideau.

Sur la gauche, la rue était aussi sombre que vide. Elle avait dû dormir toute la journée. Mais le Marié faisait les cent pas dans la ruelle, sous la lumière jaune du lampadaire.

« Qu'est-ce que c'est ? s'enquit nerveusement Dawes. Qu'est-ce qu'il y a dehors ? » Elle parlait d'une voix entrecoupée – à croire qu'elle était hors d'haleine.

« Juste un Gris. Le Marié. » Il leva les yeux vers la fenêtre. Alex tira le rideau.

« Tu peux vraiment le voir ? Moi je n'ai vu que des photos. »

Alex hocha la tête. « Les cheveux tout ébouriffés. L'air super triste. Très… Morrissey. »

Et à sa grande surprise, Dawes se mit aussitôt à chanter : *« And I wonder, does anybody feel the same way I do ?*[6]

— *And is evil,* poursuivit doucement Alex, *just something you are or something you do ?*[7] » C'était une plaisanterie, un moyen de consolider les liens de camaraderie qui se nouaient entre les deux jeunes femmes – mais ces mots avaient quelque chose de menaçant dans le silence sinistre qui les entourait. « Je pense qu'il m'a sauvé la vie. Il a attaqué cette chose.

— La *gluma* ?

— Ouais. » Alex frissonna au souvenir de sa puissance – sans

---

[6] Morrissey, Sister I'm a Poet. Littéralement : « Et je me demande si quelqu'un éprouve la même chose que moi. »

[7] « Et la méchanceté, c'est par choix ou c'est dans votre nature ? »

même parler du fait qu'elle semblait immunisée contre tout ce que la jeune femme lui avait envoyé. Ce qui se résumait à pas grand-chose, il fallait l'avouer. « J'ai besoin de savoir comment on détruit une de ces choses.

— Je vais ressortir tout ce qu'on a sur elles, dit Dawes. Mais tu ne devrais pas tisser de liens avec un Gris, surtout s'il est violent.

— Il n'y a aucun lien entre nous.

— Alors pourquoi t'a-t-il aidée ?

— Peut-être qu'il ne m'aidait pas. Peut-être qu'il essayait juste de blesser la *gluma*. Je n'ai pas vraiment eu le temps de poser la question.

— Tout ce que je dis, c'est...

— Je *sais* ce que tu dis. » Après quoi Alex tressaillit – un gong venait de retentir, indiquant qu'il y avait quelqu'un dans la cage d'escalier.

« Tout va bien, fit Dawes. C'est juste le doyen Sandow.

— Tu as appelé Sandow ? »

Dawes se redressa « Bien sûr. Tu as failli te faire tuer.

— Je vais bien.

— Parce qu'un Gris est intervenu pour te tirer d'affaire.

— Ne lui raconte pas ça », grogna Alex, incapable de maîtriser sa réaction.

Dawes eut un mouvement de recul. « Il *doit* savoir ce qui s'est passé !

— Ne lui dis rien. » Alex n'aurait su dire pourquoi l'idée que Sandow soit mis au courant l'effrayait à ce point. Par habitude, peut-être. Bouche cousue. En toutes circonstances. Ceux qui parlaient trop se retrouvaient « en observation » – sitôt les SPE dans la boucle.

Dawes colla ses mains contre ses hanches. « Qu'est-ce que j'aurais pu lui dire ? Je ne sais pas ce qui t'est arrivé, tout comme j'ignore où Darlington a bien pu disparaître. Je suis tout juste bonne à nettoyer vos conneries.

— Ce n'est pas pour ça qu'on te paie ? » Remplir le frigo. Un peu de ménage. *Sauver ma vie de bonne à rien.* Merde. « Dawes... »

Mais Sandow était déjà en train d'ouvrir la porte. Découvrir Alex à la fenêtre le fit sursauter. « Vous êtes debout. Dawes m'a dit que vous étiez inconsciente. »

Alex se demanda ce qu'elle avait dit d'autre. « Elle s'est bien occupée de moi.

— Excellent », fit le doyen en accrochant son pardessus sur un poteau de bronze en forme de tête de chacal, avant de traverser la pièce jusqu'au coin où se trouvait un antique samovar. Sandow avait œuvré comme délégué du Léthé à la fin des années soixante-dix – et il faisait partie des meilleurs, à en croire Darlington. *Incollable sur la théorie, mais tout aussi bon sur le terrain. Il a conçu certains rites toujours en vigueur aujourd'hui*. Sandow était revenu sur le campus en qualité de professeur associé dix ans plus tard, et avait depuis lors joué le rôle d'agent de liaison entre le Léthé et le président de l'université. À l'exception de quelques anciens étudiants qui avaient eux-mêmes été recrutés, le reste de l'administration et du corps enseignant ne savait rien du Léthé ou des véritables activités des sociétés.

Alex imaginait Sandow bûchant avec enthousiasme à la bibliothèque du Léthé, ou traçant minutieusement un cercle à la craie. C'était un homme petit, ordonné, affublé d'une carrure de joggeur et de sourcils argentés qui se réunissaient au centre de son front – ce qui lui donnait un air constamment préoccupé. La jeune femme ne l'avait pas beaucoup croisé depuis son arrivée au sein du Léthé. Il lui avait envoyé ses coordonnées, ainsi qu'une « invitation valable aux heures de bureau » à laquelle Alex n'avait jamais donné suite. Fin septembre, le doyen était venu à Il Bastone participer à un long déjeuner particulièrement embarrassant, au cours duquel il avait discuté avec Darlington d'un nouveau livre sur les femmes et l'industrie de New Haven ; Alex avait dissimulé ses asperges blanches sous un petit pain.

Et, bien sûr, c'était lui qu'Alex avait contacté par SMS la nuit de la disparition de Darlington.

Ce soir-là, Sandow était venu à Il Bastone accompagné de son vieux golden retriever, Honey. Il avait fait un feu dans l'âtre du salon, demandé du thé et du brandy à Dawes, puis laissé Alex raconter... non pas ce qui s'était passé, car elle *ignorait* ce qui s'était passé. Ce qu'elle savait se résumait à ce qu'elle avait *vu*. Elle avait terminé son récit toute tremblante au souvenir du froid qui avait envahi la cave, de l'odeur crépitante de l'électricité dans l'air.

Sandow lui avait doucement tapoté le genou, avant de poser devant elle une tasse fumante.

« Buvez, lui avait-il lancé. Cela va vous aider. Vous avez dû avoir la peur de votre vie. » Des mots qui avaient pris Alex par surprise, son existence se résumant à une série d'événements terrifiants qu'on lui demandait de digérer sans broncher. « Ça ressemble à de la magie des portails, à vous entendre. Quelqu'un joue avec le feu, apparemment.

— Mais ce n'était *pas* un portail, d'après lui. Il a dit...

— Il avait peur, Alex, l'avait doucement coupé Sandow. C'est sans doute la panique qui parlait. Pour que Darlington disparaisse de cette façon, il y a forcément eu un portail d'impliqué. Peut-être un genre d'anomalie créée par le nexus sous Rosenfeld Hall. » Dawes s'était mise à errer dans la pièce, derrière le canapé, bras croisés, sur le point de craquer – alors même que le doyen murmurait des choses incompréhensibles à propos de sorts de récupération susceptibles de ramener Darlington parmi eux. « Nous allons juste avoir besoin d'une nuit de nouvelle lune. Et l'affaire sera réglée. »

Dawes avait éclaté en sanglots.

« Est-ce qu'il est... *où* est-il ? avait demandé Alex. *Est-ce qu'il souffre ? Est-ce qu'il a peur ?*

— Je l'ignore, lui avait répondu Sandow. Cela fera partie du défi qu'il va nous falloir relever. » Il avait parlé d'une voix presque enthousiaste, comme si on lui soumettait quelque délicieux problème. « Avec un portail de la taille et de la forme que vous avez décrites, assez stable pour se maintenir sans la présence de praticiens... Darlington ne risque guère d'avoir accédé à un lieu *intéressant*. Il a sans doute été transporté dans un royaume de poche – comme si on laissait tomber une pièce de monnaie entre les coussins d'un canapé.

— Mais il est piégé là-bas...

— Il n'est probablement même pas conscient d'être parti. Darlington va nous revenir en pensant qu'il se trouvait à Rosenfeld ; il va être furieux de devoir recommencer le semestre. »

D'innombrables mails et SMS avaient été échangés depuis lors – les recommandations de Sandow pour le rite à venir, l'organisation du « voyage en Espagne », une rafale de messages d'excuse ou mécontents lorsque l'emploi du temps de Michelle Alameddine les avait contraints, au grand dam de Dawes, à laisser passer la nouvelle lune de janvier. Mais ils ne s'étaient jamais retrouvés tous ensemble dans la même pièce depuis la nuit où Darlington avait... quitté ce monde. Sandow était l'alarme incendie que les membres du Léthé n'étaient censés déclencher qu'en cas d'urgence absolue. Alex était tentée de le considérer comme l'option nucléaire, mais en réalité cet homme jouait simplement le rôle d'un parent. D'un *adulte*.

Le doyen était en train de remuer du sucre dans sa tasse. « J'apprécie votre vivacité d'esprit, Pamela. On ne peut pas se permettre un autre... » Sa voix s'éteignit. « On a juste besoin de passer l'année, et... » Cette fois encore il laissa sa phrase en suspens, comme s'il l'avait laissée se dissoudre dans son thé.

« Et *quoi* ? » insista Alex. Parce qu'elle se demandait vraiment ce qui devait arriver ensuite. Dawes attendait les mains jointes – à croire qu'elle s'apprêtait à chanter un solo de chorale.

« J'y ai longuement réfléchi », finit par reprendre Sandow. Il se laissa choir dans un fauteuil bergère. « Nous sommes fin prêts pour la nouvelle lune. Je passerai chercher Michelle Alameddine à la gare mercredi soir – nous viendrons ensuite directement à Black Elm. J'ai bon espoir que le rite fonctionne, que Darlington soit bientôt de retour parmi nous. Mais nous devons aussi nous préparer à l'autre possibilité.

— L'autre possibilité ? » répéta Pamela. Elle s'assit brusquement, le visage crispé. Elle avait même l'air furieuse.

Alex ne pouvait prétendre comprendre tous les rouages de ce que le doyen Sandow avait prévu – Dawes, par contre, devait être dans le secret des dieux. *C'est mon boulot*. Qui consistait à réparer les inévitables dégâts. Elle n'allait pas chômer, cette fois…

« Michelle se trouve à Columbia, où elle travaille sur sa maîtrise. Elle sera avec nous pour le rite de la nouvelle lune. Alex, je pense qu'on pourra la persuader de venir les week-ends pour continuer votre formation. Cela rassurera les anciens élèves s'il nous faut – le doyen passa un doigt sur sa moustache grisonnante – les tenir informés de ce qui s'est passé.

— Et quid de ses parents ? De sa famille ?

— Les Arlington sont brouillés avec leur fils. Pour le monde extérieur, Daniel Arlington est en train d'étudier le nexus situé sous San Juan de Gaztelugatxe. Si le rite échoue…

— Si le rite échoue, le coupa Dawes, on refera un essai.

— Ma foi, bien entendu. » Le doyen semblait sincèrement affligé. « Bien entendu. Nous allons explorer toutes les pistes, épuiser toutes les possibilités. Pamela, ne me croyez pas insensible. » Il lui tendit la main. « Darlington ferait n'importe quoi pour sauver l'un des nôtres. Nous allons en faire de même. »

Mais si le rite échouait – si Darlington ne pouvait être ramené, que se passerait-il alors ? Sandow dirait-il toute la vérité aux anciens élèves ? Ou bien inventerait-il une histoire quelconque avec le conseil d'administration ? Une histoire qu'il se garderait bien de terminer par : *Nous avons mis deux étudiants dans une situation qu'ils ne pouvaient pas gérer, et l'un d'eux en est mort…*

Quoi qu'il en soit, Alex n'appréciait guère l'idée que le Léthé puisse clore si facilement le chapitre Darlington. Il y avait beaucoup de choses à dire sur lui, pas forcément agréables – mais son travail et la Maison Léthé comptaient beaucoup pour lui. Et la jeune femme trouvait cruel que ledit Léthé ne lui rende pas cet amour. C'était la première fois que Sandow envisageait la possibilité que Darlington ne revienne pas, qu'il ait simplement disparu entre les coussins interdimensionnels de quelque canapé cosmique. Était-ce parce qu'approchait inexorablement la pleine lune?

Sandow ramassa le verre vide, dont l'intérieur était recouvert d'une pellicule verdâtre – les restes de l'infâme boisson lactée verte.

« Axtapta? Une *gluma* vous a attaquée? »

Il avait parlé d'une voix douce, diplomatique, pensive, en discutant de Darlington – sa voix de doyen. Mais une ride profonde apparut entre ses sourcils à l'idée de devoir affronter une *gluma*.

« Tout à fait », déclara Alex avec fermeté, quand bien même elle ne savait pas encore vraiment ce que cela impliquait. Elle fit alors le grand saut: « Je pense que quelqu'un l'a envoyée à mes trousses. Peut-être la Book & Snake. »

Sandow lâcha un rire incrédule. « Qu'est-ce qui pourrait bien les pousser à faire une chose pareille?

— La mort de Tara Hutchins – je pense qu'ils ne sont pas étrangers à ce qui lui est arrivé. »

Sandow cligna si vite des yeux qu'ils évoquaient des lentilles de caméra défectueuses. « L'inspecteur Turner pense…

— C'est ce que *moi* je crois. Pas Turner. »

Sandow se tourna aussitôt vers elle; l'assurance qu'il avait perçue dans sa voix le surprenait, elle le savait. Mais la jeune femme estimait avoir dépassé le stade de la déférence *obligée*.

« Vous avez enquêté?

— Oui.

— Ce n'est pas prudent, Alex. Vous n'êtes pas armée pour…

— Il fallait bien que quelqu'un le fasse. » Et Darlington n'était pas là.

« Avez-vous des preuves de l'implication d'une des sociétés?

— Les membres de la Book & Snake ressuscitent les morts. Ils se servent de *glumas*…

— De *Glumae*, murmura Dawes.

— De *Glumae* comme messagers pour parler aux morts. L'une d'elles m'a attaquée. Je vous laisse en tirer la conclusion la plus évidente.

— Alex », dit-il doucement, d'une voix teintée de réprimande.

Quand vous êtes arrivée ici, nous savions que vous seriez la première personne dans votre genre à occuper cette position. Une personne dotée de telles… capacités, je veux dire. Il est possible, voire *probable*, que votre présence ait suffi à perturber des systèmes dont nous ne pouvons que deviner l'existence.

— C'est donc moi qui aurais déclenché l'attaque de la *gluma*, si je comprends bien ? » Elle détestait la nuance *défensive* qui teintait sa voix.

« Je n'ai rien dit de tel, rétorqua Sandow avec douceur. Mais cet incident a peut-être été provoqué par ce que vous êtes *intrinsèquement*. »

Dawes croisa les bras. « Ça sonne quand même beaucoup comme *elle l'a bien cherché*, monsieur le doyen. »

Alex n'en croyait pas ses oreilles. Pamela Dawes, en désaccord avec Sandow. Pour la défendre *elle*.

Sandow reposa sa tasse. « Ce n'est nullement ce que je voulais insinuer.

— Mais c'est pourtant ce qu'on *comprend* », rétorqua Dawes d'une voix claire et incisive – jamais auparavant Alex ne l'avait entendue parler comme ça. Elle fusillait le doyen du regard. « Alex nous a fait part de ses inquiétudes à propos de son agression, et plutôt que de l'écouter vous avez choisi de remettre en cause sa crédibilité. Vous ne vouliez peut-être pas insinuer quoi que ce soit, mais vos paroles ont néanmoins eu pour effet de la réduire au silence – pour moi, ça pue quand même la remise en cause de son statut de *victime*. C'est un équivalent sémantique du classique “elle portait une jupe trop courte”. »

Alex s'efforçait de ne pas sourire. Dawes s'était adossée à sa chaise, jambes et bras croisés, la tête penchée sur le côté – une position évoquant la fois la colère et la quiétude. Sandow, pour sa part, avait le visage rouge. Il leva les paumes comme pour tenter d'amadouer une bête sauvage – *tout doux…* « Pamela, j'espère vraiment que vous me connaissez mieux que ça. » Alex ne l'avait jamais vu aussi troublé. Dawes connaissait donc la langue du doyen, elle savait quel genre de menaces portait.

Alex poussa l'avantage que Dawes lui avait donné : « Quelqu'un a envoyé ce monstre à mes trousses. Et ça n'a rien d'une coïncidence, si une fille est morte quelques jours plus tôt. L'historique des appels de Tara montre qu'elle a eu plusieurs fois Tripp Helmuth au bout du fil. Ce qui fait des Bonesmen des suspects tout désignés. Une *gluma* vient d'essayer de me tuer en pleine rue. Ça nous oriente plutôt vers la Book & Snake. Tara a été assassinée un jeudi soir, une nuit de rituel – et si vous avez lu mon rapport, vous savez qu'au moment précis où quelqu'un la taillait en pièces, j'ai vu deux Gris jusque-là dociles perdre complètement la boule. » Les sourcils de Sandow se froncèrent, comme si pareil langage lui faisait mal aux oreilles. « Il y a une raison pour laquelle vous – le *Léthé* – m'avez fait venir ici ; or je vous dis qu'une fille est morte, et que les sociétés ne sont pas étrangères à son meurtre. Pendant une minute, faites comme si j'étais Darlington et essayez de me prendre au sérieux. »

Sandow la dévisagea ; Alex se demanda si elle n'était pas parvenue à se faire comprendre, au bout du compte. Il se tourna ensuite vers Dawes. « Pamela, je crois qu'on a une caméra qui couvre l'intersection d'Elm Street et de York. »

Alex vit les épaules de Dawes se détendre, sa tête se baisser – comme si Sandow avait prononcé les mots nécessaires pour briser le sort qui la contrôlait. Elle se leva, récupéra son ordinateur portable. Alex sentit quelque chose se tordre dans ses entrailles.

Dawes pianota quelques instants sur le clavier de son ordinateur ; le miroir s'éclaircit aussitôt sur le mur du fond. Un instant plus tard, l'écran montra une Elm Street grouillante de voitures et de gens – une mer de gris et d'anthracite. Un petit *11 h 50* en occupait le coin supérieur. La jeune femme considéra la marée humaine qui occupait le trottoir ; le spectacle lui évoquait des vagues recouvertes de manteaux. Un mouvement fugace devant le magasin bio attira alors son attention. Alex regarda la foule se séparer, s'éloigner instinctivement du danger. Se vit fuir le magasin, vit le propriétaire crier sur cette fille aux cheveux noirs affublée d'un chapeau en laine – celui de Darlington. Elle avait dû le perdre pendant le corps à corps.

La fille à l'écran quitta le trottoir et se retrouva dans la circulation – le tout dans un silence glacé de pantomime.

Alex se remémora la poigne de la *gluma* à ce moment-là – sauf qu'il n'y avait pas de *gluma* à l'écran, juste une brune qui se jetait en hurlant dans le flot de voitures, totalement hystérique. Elle se retrouva bientôt sur le dos. Alex se souvint de la créature sur elle, mais l'écran ne montrait rien de tel : simplement une jeune femme couchée au beau milieu de la rue, le dos fléchi, la bouche grande ouverte, ses mains occupées à griffer le vide, tandis que des véhicules faisaient des embardées pour l'éviter.

Quelques instants plus tard, elle était debout, et se dirigeait tant bien que mal vers l'allée située derrière le Clapier. Elle se vit lancer un regard par-dessus son épaule, vit ses yeux écarquillés, son visage maculé de sang, sa bouche déformée par l'horreur. *J'étais en train de regarder le Marié combattre la* gluma. *Vraiment ?* C'était là le visage d'une démente. Elle s'imagina de retour sur le sol des toilettes, son short au niveau des chevilles – à hurler, seule.

« Alex, il est fort possible que vous disiez la vérité. Mais la créature qui vous a attaquée n'a laissé aucune preuve – et je ne parle même pas de ceux qui tirent les ficelles. Si je montre ça aux anciens élèves… Qu'ils pensent que vous soyez quelqu'un de stable, de fiable, est absolument essentiel – surtout considérant… eh bien, la précarité de notre situation actuelle. »

Considérant la disparition de Darlington. Considérant le fait que c'était arrivé alors qu'elle était censée surveiller ses arrières.

« N'est-ce pas là notre raison d'être ? » lança alors Alex – dans une ultime tentative pour en appeler à quelque chose de plus grand qu'elle-même, quelque chose auquel Sandow allait peut-être accorder davantage de valeur. « Protéger des filles dans le genre de Tara ? S'assurer que les sociétés ne font pas… tout ce qu'elles veulent ?

— Absolument. Mais vous croyez-vous vraiment armée pour

enquêter toute seule sur un homicide ? Ce n'est pas pour rien que je vous ai demandé de lâcher l'affaire. J'essaie de préserver un semblant de normalité dans un monde rempli de monstres. La police s'occupe du meurtre de Hutchins. Son petit ami a été arrêté, et attend son procès. Vous pensez sincèrement que si Turner trouvait un lien avec l'une des sociétés, il n'approfondirait pas ses recherches ?

— Non, admit Alex. Je sais qu'il persévérerait. » Quoi qu'elle pensât de lui, Turner était un limier dont la conscience ne prenait jamais de congé.

« Auquel cas il pourra compter sur notre soutien absolu. Je vous promets de lui transmettre tout ce que vous avez appris. Mais dans l'immédiat je veux que vous vous concentriez sur votre rétablissement et votre sécurité. Dawes et moi allons tous deux nous focaliser sur ce qui a pu déclencher l'attaque de *gluma* ; nous allons aussi essayer de déterminer si vos talents particuliers sont susceptibles de causer d'autres perturbations. Votre présence ici, sur le campus, constitue un facteur inconnu, un élément perturbateur. Le comportement de ces Gris pendant la pronostication, la disparition de Darlington, une mort violente à proximité du campus, et maintenant une *gluma*...

— Attendez, l'interrompit Alex. Vous pensez que ma présence ici a quelque chose à voir avec la mort de Tara ?

— Bien sûr que non, lui répondit le doyen. Mais je ne veux pas donner au conseil du Léthé la moindre raison de *commencer* à tirer ce genre de conclusions. Et je ne peux pas me permettre de vous laisser jouer au détective amateur dans une affaire aussi grave. Notre financement va être réexaminé cette année. Nous n'existons que par le bon vouloir de l'université, et c'est le soutien continu des autres sociétés qui nous permet de garder nos lumières allumées. Nous avons *besoin* de leur bonne volonté. » Il lâcha un long soupir. « Alex, je ne suis pas la personne insensible que laissent suggérer ces paroles. Ce qui est arrivé à Hutchins est horrible, *tragique*, et je suis bien résolu à ne pas laisser ce crime impuni – mais il nous faut faire preuve de prudence. La fin du dernier semestre... Les événements de Rosenfeld ont tout changé. Pamela, vous voulez que le Léthé perde son financement ?

— Non », chuchota Dawes. Si elle comprenait sans mal la langue de Sandow, le doyen parlait lui aussi couramment le Dawes. Le Léthé était sa cachette, son bunker. *Jamais* elle ne prendrait le risque de le perdre.

Mais Alex n'était qu'à moitié attentive au discours de Sandow. Elle fixait la vieille carte de New Haven accrochée au-dessus de la cheminée – le plan original de la colonie. La jeune femme se rappela ce que Darlington lui avait dit le jour de leur rencontre, alors qu'ils traversaient le parc : *Cette ville était censée devenir un nouvel Éden érigé entre deux fleuves, comme le Tigre et l'Euphrate.*

Alex considéra la forme de la colonie – un coin de terre entrecoupé par la West River et le canal de Farmington, deux filets d'eau qui se mêlaient au niveau du port. Et comprit enfin pourquoi la scène de crime lui avait paru si familière. L'intersection où le corps de Tara Hutchins avait été découvert *ressemblait* à cette carte : le terrain vague devant Baker Hall formait une version miniature de la colonie. Les rues qui encadraient cette parcelle de terrain correspondaient aux cours d'eau ; chacune charriait des véhicules jusqu'à Tower Parkway, où toutes se rejoignaient. Et Tara Hutchins avait été retrouvée au beau milieu de tout cela, comme si son corps perforé gisait au cœur d'un nouvel Éden. Son cadavre n'avait pas simplement été jeté là : on l'y avait placé *délibérément*.

« Honnêtement, Alex, disait Sandow, qu'est-ce qui pourrait pousser l'une ou l'autre de ces personnes à agresser une fille pareille ? »

Elle n'aurait su le dire. Et pourtant c'était bel et bien le cas, aucun doute là-dessus.

Et puis quelqu'un avait découvert qu'elle s'était rendue à la morgue. Ces individus, quelle que soit leur identité, soupçonnaient Alex de connaître les secrets de Tara – du moins certains d'entre eux – et pensaient qu'elle avait assez de magie à sa disposition pour en apprendre davantage. Ils avaient donc décidé de passer à l'action. Peut-être avaient-ils essayé de la tuer ; à moins qu'ils n'estiment suffisant de la discréditer…

Et le Marié ? Pourquoi avait-il choisi de l'aider ? Était-il impliqué là-dedans, d'une manière ou d'une autre ?

« Alex, poursuivit Sandow, je veux que vous vous *épanouissiez* ici. Je veux qu'on surmonte cette épreuve, que toute notre attention se concentre sur le rite de la nouvelle lune et le retour de Darlington. Après quoi nous pourrons plus sereinement faire le point. »

C'était ce qu'Alex voulait également. Elle avait *besoin* de Yale. Elle avait besoin de garder sa place ici. Mais le doyen avait tort. La mort de Tara ne se résumait pas à l'horrible fait divers auquel il voulait la réduire. Un membre des sociétés était impliqué – et qui que ce soit, il voulait la faire taire.

Je suis en danger, voulait-elle dire. *Quelqu'un m'a fait du mal, et je ne pense pas que ce soit fini. Aidez-moi.* Mais si elle en croyait son expérience, à quoi cela aurait-il pu bien servir ? Alex avait plus ou moins espéré trouver un endroit différent ici – avec ses règles, ses rituels, et le doyen Sandow qui veillait sur eux. *Nous sommes les bergers*. Des enfants occupés à jouer, plutôt. Alex considéra Sandow, qui sirotait son thé, jambes croisées ; son mocassin brillait légèrement chaque fois que son genou bougeait. Elle comprit alors qu'à un certain niveau, il ne se souciait nullement de ce qui pouvait lui arriver. Peut-être même lui *souhaitait*-il de souffrir. Si elle se blessait, si elle *disparaissait*, Alex emporterait avec elle toute la responsabilité de ce qui était arrivé à Darlington – et son séjour à Yale, aussi court que désastreux, serait considéré comme une malheureuse erreur de jugement, une expérience ambitieuse ayant mal tourné. Sandow allait récupérer son enfant prodige à la nouvelle lune, et tout s'arrangerait. Il tenait à sa tranquillité. Tout comme elle, non ? Ne rêvait-elle pas d'un été paisible, de menthe dans son thé, alors même que Tara Hutchins gisait morte dans le tiroir d'une morgue ?

Prenez du repos. Elle y était toute disposée. Sauf que quelqu'un avait essayé de lui faire du mal.

Alex sentit un genre de noirceur se déployer en son for intérieur. « Tu es un reptile, lui avait dit un jour Hellie. Il y a une petite vipère tapie là-dedans, prête à frapper. Un crotale, probablement. » Elle avait accompagné ces mots d'un sourire, mais ça n'en était pas moins la vérité. Le temps hivernal, cette conversation *polie* – tout cela avait endormi le serpent, son rythme cardiaque ralentissant en même temps qu'une certaine indolence gagnait son esprit, comme n'importe que créature à sang froid.

« Moi aussi je souhaite le meilleur au Léthé. » Après quoi elle afficha un large sourire, aussi humble qu'enthousiaste. Le soulagement de Sandow traversa tel un front chaud la pièce – un front qu'auraient apprécié les habitants de la Nouvelle-Angleterre, tandis que ceux de Los Angeles y auraient vu le signe de prochains feux de forêt.

« Parfait, Alex. Et nous y arriverons. » Il se leva, mit son manteau, enroula son écharpe rayée autour de son cou. « Je vais remettre votre rapport aux anciens élèves, et on se retrouve mercredi soir à Black Elm avec Dawes. » Il lui pressa l'épaule. « Plus que quelques jours, et tout reviendra à la normale. »

Pas pour Tara Hutchins, pauvre connard. Nouveau sourire. « On se voit mercredi.

— Pamela, je vais vous envoyer un mail concernant les rafraîchissements à prévoir. Rien de trop chic. En plus de Michelle, nous attendons deux représentants d'Aurélien. » Il gratifia Alex d'un clin d'œil. « Vous allez adorer Michelle Alameddine. C'était la Virgile de Darlington. Un génie absolu.

— Vivement », lança Alex en lui rendant le salut qu'il lui envoya en sortant. Elle attendit que la porte se soit refermée, puis : « Dawes, à quel point c'est dur de parler aux morts ?

— Un jeu d'enfants si tu appartiens à la Book & Snake.

— Ce sont les derniers sur ma liste. J'essaie de ne pas demander d'aide à des gens susceptibles de vouloir me tuer.

— Ça limite tes options, grommela Dawes sans lever la tête.

— Oh, la méchanceté te va à ravir. » Pamela s'agita nerveusement, tira sur son sweat-shirt gris foncé. Referma son ordinateur. « Merci de m'avoir soutenue avec le doyen. Et de m'avoir sauvé la vie. »

Dawes opina presque imperceptiblement du chef. « Bon, quelles sont mes autres options pour parler à quelqu'un situé de l'autre côté du Voile ?

— La seule qui me vienne à l'esprit, c'est la Wolf's Head.

— Les métamorphes ?

— Si tu veux entrer dans leurs bonnes grâces, je ne saurais trop te conseiller de ne *pas* les appeler comme ça. »

Alex se rapprocha de la fenêtre, ouvrit le rideau.

« Il est toujours là ? lui lança Dawes dans son dos.

— Ouaip.

— Alex, *qu'est*-ce que tu fais ? Une fois qu'on le laisse entrer... Tu connais les histoires qu'on raconte sur lui, sur ce qu'il a fait à cette fille. »

Ouvre la porte, Alex.

« Il m'a sauvé la vie, et il veut que je lui prête attention. J'ai vu des relations qui se sont construites sur moins que ça. »

Les règles de la Maison Léthé s'avéraient aussi opaques qu'alambiquées. *Catholiques,* avait dit Darlington. *Byzantines.* Les plus importantes n'étaient pourtant nullement difficiles à retenir : laisser les morts entre eux ; se concentrer sur les vivants. Mais Alex avait besoin d'alliés, et Dawes n'allait jamais suffire.

Elle frappa à la fenêtre.

En contrebas, le Marié leva vers elle des yeux sombres à la lumière du lampadaire. La jeune femme ne détourna pas le regard.

La Wolf's Head, quatrième des Maisons du Voile, même si l'avis de Berzelius pouvait diverger sur ce point. Ses membres pratiquent la thérianthropie ; à leurs yeux, le métamorphisme constitue le b.a.-ba de la magie. Ils se concentrent donc plutôt sur la préservation d'une conscience humaine lors de leur transformation en animaux. Cela peut s'avérer fort utile pour la collecte de renseignements, l'espionnage industriel et le sabotage politique – d'où le fait que la CIA a beaucoup recruté parmi les membres de la Wolf's Head pendant les années cinquante et soixante. Se débarrasser de certaines caractéristiques animales prend parfois plusieurs jours après un rituel de métamorphose. Il conviendra donc de limiter au maximum toute discussion un tant soit peu sérieuse sur la question.

— extrait de *La Vie du Léthé : Procédures et Protocoles de la Neuvième Maison*

Je suis fatigué, et mon cœur refuse de se calmer. Mes yeux sont roses – pas le blanc : les iris. Quand Rogers m'a dit qu'on allait baiser comme des lapins, je ne pensais pas qu'il parlait de vrais lapins.

— Journal de Charles « Chase » MacMahon, alors membre du Léthé (*Université Saybrook, 1988*)

12

Hiver

Alex ne pouvait pas aller voir la Wolf's Head les mains vides, elle le savait. Pour obtenir leur aide, elle allait d'abord devoir récupérer une statuette de Romulus et Rémus dans le tombeau de la Scroll & Key. La Wolf's Head avait harcelé le Léthé pour organiser son retour depuis sa disparition lors de la Saint-Valentin de l'année précédente, durant laquelle – comme le voulait la tradition – ils avaient ouvert leurs portes à d'autres sociétés. Alex avait entre-temps repéré la statue sur une étagère du tombeau des Serruriers, avec un diadème en plastique balancé dessus, mais Darlington avait refusé de s'en mêler. « Le Léthé ne s'occupe pas des querelles insignifiantes, lui avait-il expliqué. Ce genre de farces est indigne de nous. »

Alex devait pourtant trouver un moyen d'entrer dans la salle du temple située au cœur même du tombeau de la Wolf's Head – et elle savait exactement ce que la présidente de leur délégation, Salomé Nils, allait exiger en échange.

Alex avala un des horribles milk-shakes protéinés que contenait le réfrigérateur de Darlington. Elle avait faim, ce qui pour Dawes était bon signe, mais sa gorge ne tolérait toujours rien de solide. La jeune femme n'était guère pressée de quitter la sécurité des protections, ne sachant toujours pas exactement ce qu'il était advenu de la *gluma*, mais elle ne se voyait pas non plus rester assise sans rien faire. Et puis, ceux qui lui avaient envoyé cette créature devaient la croire alitée quelque part, dévorée de l'intérieur par des nécrophores. Quant à sa petite crise publique au beau milieu d'Elm Street, elle n'avait pas eu trop de témoins – et aucun d'eux ne la connaissait à part Jonas Reed. Dans le cas contraire, un thérapeute du centre de santé n'aurait certainement pas manqué de lui passer un coup de fil préoccupé.

Alex savait que le Marié serait là, à l'attendre, sitôt les deux jeunes femmes dans l'allée. L'aube n'allait pas tarder à poindre, et les rues étaient silencieuses. Son « protecteur » les suivit jusqu'aux locaux de la Scroll & Key, où elle trouva un Serrurier stressé – il avait un gros papier à rendre – qu'elle n'eut aucun mal à baratiner : il ne tarda pas à la laisser entrer dans le tombeau, pour y récupérer un foulard que Darlington aurait oublié lors du dernier rite pratiqué en ces lieux. Le Léthé n'était en général autorisé à pénétrer dans les tombeaux que les nuits de rituel, ou lors d'inspections autorisées. « Il fait froid en Andalousie », lui expliqua-t-elle.

Le Serrurier rôdait à proximité de la porte, les yeux rivés sur son téléphone pendant qu'Alex faisait semblant de chercher. Il lâcha un juron quand la cloche de la porte d'entrée se remit à sonner. *Merci, Dawes*. La jeune femme s'empara de la statue, la fourra dans sa sacoche, après quoi elle lança un coup d'œil à la table ronde en pierre autour de laquelle la délégation se réunissait pour pratiquer ses rites – ou du moins *essayer*. Il y avait une citation, qu'Alex avait toujours appréciée, gravée sur le rebord de la table : *Arrogez-vous cette sombre contrée pour l'éclairer, ce monde mort pour lui redonner vie.* Ces mots lui disaient quelque chose, mais elle n'arrivait pas à se rappeler quoi précisément. La porte d'entrée claqua ; Alex se hâta de sortir de la pièce, remerciant le Serrurier – présentement occupé à pester contre ces putains de fêtards incapables de retrouver leurs putains de résidences – au passage.

Il y avait de fortes chances que la Scroll & Key la désigne

coupable de la disparition de la statue – mais c'était là une question pour plus tard. Dawes attendait au coin de la rue, devant la folie gothique qui servait d'entrée à la bibliothèque Bass. Darlington lui avait expliqué que les épées en pierre gravées dans son décor étaient des signes de protection.

« C'est une mauvaise idée », fit Dawes. Emmitouflée dans sa parka, elle semblait comme rayonner de désapprobation.

« Au moins, je suis cohérente. »

La tête de Dawes pivota tel un projecteur sur son cou. « Il est là ? »

Alex savait qu'elle parlait du Marié; jamais elle ne l'aurait admis, mais la jeune femme n'en revenait pas de la facilité avec laquelle elle avait réussi à s'attacher son attention. Elle doutait qu'il soit aussi aisé de s'en débarrasser... Elle lança un regard par-dessus son épaule, pour découvrir qu'il les suivait à une distance qu'on pouvait qualifier de *respectueuse*. « À un demi-pâté de maisons.

— C'est un *meurtrier* », chuchota Dawes.

Eh bien, ça nous fait un point commun, songea Alex. Pour se borner à dire : « On se contente de ce qu'on a. »

La jeune femme n'aimait guère l'idée de laisser un Gris s'approcher d'elle, mais elle avait fait un choix et ne comptait pas revenir dessus. Si la cible qu'elle avait dans le dos y avait été placée par des individus appartenant aux sociétés, elle allait découvrir leur identité – pour ensuite s'assurer que ses ennemis n'auraient plus jamais l'occasion de lui refaire du mal. Et pourtant...

« Dawes, murmura-t-elle. À notre retour, on cherchera des moyens de rompre les liens entre humains et Gris. Je ne veux pas passer le reste de ma vie en compagnie de Morrissey.

— Le moyen le plus simple, c'est de commencer par ne pas *créer* de lien.

— Vraiment ? ironisa Alex. Attends, je vais prendre des notes. »

Le tombeau de la Wolf's Head – un grand manoir grisâtre, perdu dans les broussailles et entouré d'un haut mur de pierre – se trouvait à quelques pas du Clapier. C'était l'un des endroits les plus magiques du campus. L'allée qui le ceinturait était bordée de vieilles maisons occupées par des fraternités, de robustes structures en brique cédées longtemps auparavant à l'université, avec d'anciens symboles de spiritisme gravés dans la pierre à côté de lettres grecques éparses. Elle faisait office de douves, dans lesquelles se concentrait un épais brouillard crépitant d'énergie. La plupart des gens de passage mettaient le frisson qui les parcourait alors sur le compte d'un changement de température, ou d'humeur – et s'empressaient de l'oublier une fois à l'intérieur du Cabaret de Yale ou du Centre afro-américain. Les membres de la Wolf's Head s'enorgueillissaient d'avoir hébergé des manifestants pendant les procès des Black Panthers, mais cette société avait aussi été la dernière des Huit Doyennes à accepter des femmes – l'un compensait plus ou moins l'autre, aux yeux d'Alex. Au cours des nuits de rituels, elle voyait régulièrement un Gris dans la cour, occupé à rêvasser devant les bureaux du *Yale Daily News*.

La jeune femme dut sonner à deux reprises avant que Salomé Nils ne se décide enfin à venir leur ouvrir.

« Qui est-ce ? » s'enquit-elle aussitôt. L'espace d'un instant, Alex la crut capable de voir le Marié. Il s'était rapproché et la suivait comme son ombre, un petit sourire aux lèvres comme s'il pouvait entendre les minuscules battements de son cœur. Elle s'avisa alors que Salomé parlait de Dawes. La plupart des membres des sociétés n'avaient sans doute même pas connaissance de l'existence de Pamela Dawes.

« C'est mon assistante », expliqua Alex.

Mais Salomé les faisait déjà entrer dans un vestibule plongé dans la pénombre, y compris – à son insu – le Marié. Les tombeaux ne bénéficiaient d'aucune protection, pour préserver la fluidité de la magie, mais cela signifiait que les Gris pouvaient y déambuler à leur guise. C'était ce qui rendait l'intervention du Léthé nécessaire pendant les rites.

« Tu l'as ? » demanda Salomé. L'intérieur était quelconque : des sols en ardoise, du bois sombre, des vitraux donnant sur une petite cour intérieure dans laquelle poussait un frêne. Il s'épanouissait là bien avant l'ouverture de l'université, et ses racines continueraient sans doute à se déployer quand les pierres qui l'entouraient finiraient par se désintégrer. Un tableau magnétique installé près de la porte indiquait quels membres de la délégation se trouvaient actuellement sur les lieux – une nécessité compte tenu de la taille du tombeau. Ils étaient répertoriés sous leurs noms de dieux égyptiens, et seul l'ankh de Salomé, *Chefren*, avait été déplacé dans la colonne *Présents sur place*.

« Je l'ai. » Et Alex sortit la statue de son sac.

Salomé s'en empara avec un cri de joie. « Parfait ! Les Keys vont péter un plomb quand ils se rendront compte qu'on l'a récupérée.

— À quoi elle sert ? » s'enquit Alex pendant que Salomé les faisait entrer dans une pièce plongée dans la pénombre. La jeune femme y découvrit une longue table en losange entourée de chaises basses, ainsi que des murs tapissés de vitrines remplies de bibelots égyptiens et de représentations de loups.

« À *rien* », lui répondit Salomé avec un regard cinglant. Elle remit la statue dans son écrin. « C'est une question de principe. Nous les avons invités dans notre demeure, et ils ont chié sur notre hospitalité.

— Je vois, fit Alex. C'est affreux. » Mais elle sentit une vague de colère déferler contre son sternum. Quelqu'un venait d'essayer de la tuer, et cette princesse jouait à des jeux stupides. « Bon, et si on s'y mettait ? »

Salomé changea de position. « Écoute, je ne peux vraiment pas ouvrir le temple sans l'approbation de la délégation. Même les anciens élèves ne sont pas autorisés à entrer. »

Dawes lâcha un petit soupir sonore. L'idée de tourner les talons et de rentrer à Black Elm lui paraissait visiblement des plus agréables. Dommage pour elle.

« On avait un accord, reprit Alex. Tu n'essaies quand même pas de rouler, hein ? »

Salomé sourit de toutes ses dents. La situation ne semblait pas du tout la faire culpabiliser. Le contraire eût été étonnant: Alex était une première année, une apprentie manifestement hors de son élément. Elle n'avait été que calme et déférence avec Salomé et la délégation de la Wolf's Head – laissant toujours Darlington, la *vraie* présence, le gentleman du Léthé, faire la conversation. Peut-être aurait-elle pu devenir cette fille si le Léthé était venu à sa rescousse plus tôt dans sa vie, peut-être que si la *gluma* ne l'avait pas attaquée, que si le doyen Sandow ne l'avait pas ignorée, elle aurait pu continuer à faire semblant. « Je t'ai rapporté ta stupide figurine, fit-elle. Tu m'es redevable.

— Sauf que tu n'étais pas vraiment censée faire ça, si? Donc bon. »

La plupart des ventes de drogue se faisaient à crédit. On se fournissait auprès d'un *vrai* affranchi, on apportait la preuve de son efficacité à en tirer un bon prix – et peut-être que la fois suivante on aurait la possibilité d'en obtenir une plus grosse part. « Tu sais pourquoi ton mec est et restera un amateur? » lui avait un jour demandé Eitan avec son accent à couper au couteau. D'un pouce il avait désigné Len, occupé à glousser au-dessus son bang pendant que Micmac jouait à Halo auprès de lui. « Fumer ma dope l'accapare tellement qu'il ne songe même pas à rendre riche quelqu'un d'autre que moi. » Len passait son existence à vivoter, il était toujours un peu à court d'argent.

Alors âgée de quinze ans, Alex était un jour retournée voir Len sans son argent, perturbée par le banquier d'affaires qu'elle avait croisé sur le parking de la Sherman Oaks Sports Authority. Len se chargeait généralement de lui, laissant le doux visage d'Alex faire son petit effet dans les collèges et les centres commerciaux. Mais Len avait tellement la gueule de bois ce matin-là qu'il lui avait filé de quoi s'acheter un ticket de bus pour Ventura Boulevard. L'adolescente n'avait pas su quoi dire quand le banquier lui avait expliqué qu'il n'avait pas assez de cash là tout de suite, mais que ça ne poserait aucun problème. Jamais elle n'avait croisé personne qui ait refusé tout net de payer. Les étudiants qu'elle fournissait l'appelaient sa « petite sœur » ; ils allaient parfois jusqu'à l'inviter à fumer avec eux.

Alex s'était attendue à ce que Len soit furieux, mais en réalité elle ne l'avait jamais vu ainsi : hors de lui, effrayé, hurlant que c'était sa faute et qu'elle allait devoir rendre des comptes à Eitan. Il lui avait donc fallu trouver un moyen de rembourser le fric : elle était rentrée chez elle pour le week-end et avait volé les boucles d'oreilles en grenat de sa grand-mère pour les mettre en gage. Elle avait décroché un boulot au Club Joy – la lie des clubs de strip-tease, rempli de tocards particulièrement chiches sur les pourboires. L'établissement appartenait à un type minuscule surnommé King King, qui ne vous laissait jamais sortir de votre loge sans vous peloter un peu au préalable. Mais c'était le seul endroit qui avait accepté de l'engager sans pièce d'identité, et sans rien pour remplir son bikini. « Il y a des types qui aiment ça, lui avait lancé King King avant de fourrer sa main dans son soutien-gorge. Pas moi. »

Elle n'était plus jamais revenue les mains vides.

Présentement elle regardait Salomé Nils – sa maigreur, son visage si *lisse* : une fille du Connecticut qui montait à cheval et jouait au tennis, ses lourds cheveux couleur bronze encadrant ses épaules comme une fourrure de luxe. « Salomé, que dirais-tu de reconsidérer ta position ?

— Et toi, que dirais-tu de rentrer chez toi avec ta tante célibataire ? »

Salomé étant plus grande qu'Alex ; celle-ci l'attrapa donc par la lèvre inférieure, sans ménagement, et tira dessus d'un coup sec. La fille se mit à couiner, à agiter les bras tout en se pliant en deux.

« Alex ! » s'écria Dawes, ses mains croisées sur sa poitrine tel un simulacre de cadavre.

Alex passa son bras autour du cou de Salomé, lui infligeant la prise d'étranglement que lui avait enseignée Minki – malgré son mètre cinquante, la seule fille du Club Joy que King King n'avait jamais fait chier. Elle referma ses doigts autour du diamant en forme de poire qui pendait à l'oreille de sa victime.

Elle avait conscience de la sidération de Dawes, de la présence du Marié – qui avança d'un pas comme pour répondre à quelque appel chevaleresque. L'air qui les entourait parut vibrer, *changer*, se défaire de la brume qui empêchait jusque-là Salomé et Dawes, voire le Gris, de voir clairement la jeune femme. C'était sans doute une erreur, Alex le savait. Mieux valait ne pas se faire remarquer, garder la tête basse, continuer à jouer les filles sans histoires qui ne menaçaient personne. Mais, comme la plupart des erreurs, cela faisait un bien fou.

« J'aime vraiment beaucoup ces boucles d'oreilles, murmura-t-elle. Elles ont coûté combien ?

— Alex ! » insista Dawes. Salomé se mit à griffer l'avant-bras d'Alex. Les sports qu'elle pratiquait – le squash, ou encore la voile – lui valaient une belle musculature, mais personne n'avait jamais posé la main sur elle, et sans doute n'avait-elle pas vu une seule bagarre de son existence en dehors d'une salle de cinéma. « Tu n'en sais rien, hein ? C'était un cadeau de ton père pour tes seize ans, ou pour ton diplôme – une connerie de ce genre ? » Alex la bouscula encore un peu ; Salomé se remit à couiner. « Voilà ce qui va se passer : tu vas me laisser entrer dans cette pièce, ou alors je vais t'arracher ces saloperies, te les enfoncer dans la gorge et te laisser t'étouffer avec. » C'était une menace en l'air : Alex n'allait certainement pas gâcher ainsi d'aussi jolis diamants. Mais Salomé, qui ne pouvait le savoir, se mit à pleurer. « C'est mieux, fit son bourreau. On se comprend, maintenant ? »

Salomé hocha frénétiquement la tête ; Alex sentit la peau moite de sa gorge aller et venir contre son bras.

Alex relâcha sa prise. Salomé battit aussitôt en retraite, ses mains tendues devant elle. Dawes avait plaqué ses mains contre sa bouche, et même le Marié semblait perturbé. Elle avait réussi à scandaliser un meurtrier !

Salomé se massa la gorge du bout des doigts. « Tu es folle. Tu ne peux pas... »

Le serpent qui se mouvait dans ses entrailles cessa de se tordre ;

elle le sentit se dérouler. Alex referma sa main dans la manche de son manteau et l'abattit sur la vitrine où ces gens gardaient leurs petits bibelots. Salomé poussa un cri, de même que Dawes. Toutes deux firent un pas en arrière.

« Je sais que tu as l'habitude de traiter avec des gens *qui ne peuvent pas,* mais ce n'est pas mon cas – alors, file-moi la clé de la salle du temple, et mettons-nous d'accord pour oublier tout ça. »

Salomé semblait planer dans l'encadrement de la porte, plantée comme elle l'était sur la pointe des pieds. Elle semblait si légère, si incroyablement mince – à croire qu'elle allait perdre contact avec le sol et flotter jusqu'au plafond pour y danser tel un ballon de fête. Puis quelque chose se modifia dans son regard, à mesure que se réinfiltrait en elle tout son pragmatisme puritain. Ses talons retouchèrent terre.

« Et puis merde », grommela-t-elle, avant de sortir ses clés de sa poche, d'en isoler une du trousseau et de la poser sur la table.

« Merci. » Alex lui fit un clin d'œil. « On peut redevenir amies, maintenant.

— Espèce de psychopathe.

— C'est ce que j'ai cru comprendre. » Mais les tarés étaient doués pour survivre. Alex s'empara de la clé. « Après toi, Dawes. » Celle-ci s'engagea dans le couloir, yeux baissés, en prenant garde de maintenir une belle distance entre elle et Alex.

Qui se retourna vers Salomé. « Je sais ce que tu penses : dès que je serai dans le temple, tu vas passer quelques appels et essayer de me piéger. » Son interlocutrice croisa les bras. « Fais-toi plaisir, vraiment. Comme ça, à mon retour, je me servirai de cette statue de loup pour te casser les dents de devant. »

Le Marié secoua la tête.

« Tu ne peux pas...

— Salomé, reprit Alex en agitant son index. Tu te répètes. »

Mais Salomé serra les poings. « Tu ne peux pas faire des choses pareilles. Tu vas finir en prison.

— Sans doute. Mais toi, tu auras toujours l'air d'une plouc qui se tape son frère. »

« Mais c'est quoi ton problème ? » cracha Dawes au moment où Alex la rejoignit devant la porte anonyme menant à la salle du temple, le Marié sur ses talons.

« Je suis une mauvaise danseuse, et je n'utilise pas de fil dentaire. Et c'est quoi le *tien* ? » La poussée d'adrénaline laissait à présent place au remords. Une fois le masque ôté, on ne pouvait pas le remettre en place comme si de rien n'était. Salomé n'allait pas appeler la cavalerie, Alex en était à peu près sûre. Tout comme elle aurait juré que cette fille finirait par parler. *Psychopathe. Salope. Tarée.* Qu'on la croie ou non, c'était un autre problème. Pour reprendre ses propres dires : *Tu ne peux pas*. Personne ne se comportait comme ça, dans le coin.

Mais Alex avait autre chose en tête, en cet instant : la jeune femme se sentait incroyablement bien – à croire qu'elle respirait normalement pour la première fois depuis des mois, libérée du poids étouffant de la nouvelle Alex qu'elle avait essayé de construire.

Dawes, par contre, avait le souffle court. Comme si elle s'était coltiné tout le boulot.

Alex appuya sur un interrupteur ; des flammes prirent aussitôt vie dans les lanternes à gaz disposées le long des murs rouge et or, illuminant un temple égyptien érigé au cœur même du manoir anglais. Il y avait là un autel chargé de crânes et d'animaux empaillés, qui entouraient un registre en cuir signé par chacun des membres de la délégation avant le début de tout rituel. Le mur du fond accueillait un sarcophage enchâssé dans du verre, une momie desséchée dérobée lors d'une fouille dans la vallée du Nil. L'ensemble était presque trop prévisible. Le plafond était peint de manière à ressembler à un ciel voûté, avec à chaque coin des feuilles d'acanthe et des palmiers stylisés, et un ruisseau – alimenté par une petite cascade s'écoulant bruyamment du balcon – coupait la pièce en deux. Le Marié demeurait aussi loin que possible du sarcophage.

« Je me tire ! hurla Salomé depuis l'autre bout du couloir. Je ne veux pas être là si jamais quelque chose se passe mal.

— Tout va bien se passer ! » lui cria Alex en retour. Elles entendirent claquer la porte d'entrée. « Dawes, qu'est-ce qu'elle voulait dire par “si quelque chose se passe mal” ?

— Tu as lu le rituel ? » Pamela était en train de parcourir le périmètre de la pièce, pour étudier le moindre de ses détails.

« En partie. » Assez pour savoir qu'il allait peut-être lui permettre d'entrer en contact avec le Marié.

« Il faut que tu franchisses la zone frontalière séparant la vie de la mort.

— Attends… Je vais devoir *mourir* ? » Elle aurait vraiment dû en faire une lecture un peu plus attentive…

« Oui.

— Et revenir ?

— Ben… c'est l'idée, oui.

— Et tu vas être obligée de me tuer ? » La timide Dawes qui, au premier signe de violence, s'était recroquevillée dans un coin comme un hérisson en sweat-shirt ? « Ça ne te pose pas de problème ? Je ne voudrais pas être à ta place si jamais je ne reviens pas. »

Pamela lâcha un interminable soupir. « Alors, faisons en sorte que tu reviennes. »

Le Marié arborait un visage lugubre – mais bon, c'était un peu son style. Alex considéra l'autel. « Et donc l'au-delà est *égyptien* ? C'est l'Égypte antique qui avait vu juste en matière de religion ?

— On ne sait pas vraiment à quoi ressemble l'au-delà. Tu as là *une* façon de pénétrer dans une zone frontalière. Il y en a d'autres, toujours liées à des fleuves ou des rivières.

— Comme le Léthé pour les Grecs.

— En réalité, c'est le Styx qui joue ce rôle pour eux. Le Léthé est l'ultime frontière que les morts doivent traverser. Les Égyptiens croyaient que le soleil mourait chaque jour sur la rive ouest du Nil. Voyager vers l'occident depuis la berge est revient par conséquent à quitter le monde des vivants. »

Un voyage qu'Alex allait devoir accomplir.

Le « fleuve » qui scindait le temple en deux était symbolique, taillé dans de la pierre extraite des antiques tunnels calcaires qui couraient sous Tura ; à sa base et le long de ses « berges » étaient gravés des hiéroglyphes tirés du Livre des Morts.

Alex hésita. Avait-elle atteint la croisée des chemins ? S'agirait-il là de l'ultime stupidité de son existence ? Et qui serait là pour l'accueillir dans l'au-delà ? Hellie. Darlington, peut-être. Len et Micmac, leurs crânes écrasés, le premier arborant toujours cette expression de surprise caricaturale. À moins qu'ils ne se retrouvent quelque part sur l'autre rive. Si jamais elle mourait, parviendrait-elle à retraverser le Voile pour passer toute une éternité à traîner autour du campus ? Allait-elle se retrouver chez elle, condamnée à hanter quelque décharge de Van Nuys ? *Faisons en sorte que tu reviennes*. Sans quoi Dawes se retrouverait avec son cadavre sur les bras, et Salomé Nils comme coresponsable du drame. Une pensée qui n'était pas entièrement désagréable.

« Tout ce que j'ai à faire, c'est me noyer ?

— Exactement », fit Dawes, sans l'ombre d'un sourire.

Alex déboutonna son manteau, retira son pull, pendant que Dawes ôtait sa parka et sortait de ses poches deux minces roseaux verts. « Où est-il ? murmura-t-elle.

— Le Marié ? Il est juste derrière toi. » Dawes sursauta. « Je plaisante. Il fait son boudeur à côté de l'autel. » La moue du Gris s'accentua aussitôt.

« Fais en sorte qu'il se poste sur la rive ouest, face à toi.

— Il entend tout ce que tu dis, Dawes.

— Oh, oui, bien sûr. » Dawes fit un geste maladroit ; le marié passa immédiatement de l'autre côté du cours d'eau, assez étroit pour qu'on le traverse d'une seule enjambée. « Bon, vous allez tous les deux vous agenouiller, maintenant. »

Alex n'aurait pas misé sur la bonne volonté du Marié en pareilles circonstances, et pourtant il s'exécuta sans broncher. Il semblait attendre autant qu'elle cette petite conversation.

Le froid du sol ne tarda pas à traverser son jean. Alex s'avisa qu'elle portait un T-shirt blanc, et qu'il allait finir trempé. *Tu vas mourir*, se morigéna-t-elle. *Ce n'est peut-être pas le moment de t'inquiéter pour le spectacle sexy dont tu vas gratifier un fantôme.*

« Mets tes mains derrière le dos, lui dit Dawes.

— Pourquoi ? »

Dawes brandit les roseaux. *« Que ses poignets soient liés par des tiges de papyrus »*, récita-t-elle.

Alex obtempéra – ce qui lui rappela quelques souvenirs d'arrestations. Elle s'attendait à moitié à sentir des menottes se refermer autour de ses poignets ; au lieu de quoi Dawes laissa choir quelque chose dans sa poche gauche.

« C'est une gousse de caroube. Quand tu voudras revenir, fourre-la dans ta bouche et mords-la. Prête ?

— Vas-y doucement », fit Alex.

Elle se pencha en avant, ce qui faisait bizarre avec sa posture. Dawes lui soutint le crâne et le cou pour lui faciliter la tâche. Alex hésita un moment à la surface, leva les yeux, croisa le regard du Marié. « Vas-y », fit-elle. Elle prit une longue inspiration, s'efforça de ne pas paniquer quand Dawes commença à lui enfoncer la tête sous l'eau.

Du silence emplit ses oreilles. Elle ouvrit les yeux, mais ne vit rien d'autre que de la pierre noire et les bulles réticentes qui s'échappaient de sa bouche. Ses poumons se vidaient peu à peu...

Et ils lui faisaient mal. La jeune femme ne pouvait *pas* faire ça, pas de cette façon. Ils allaient devoir trouver un autre moyen de parvenir à leurs fins.

Alex tenta de remonter, mais les doigts de Dawes étaient comme des griffes à l'arrière de son crâne. Se libérer s'avérait tout simplement impossible dans cette position. Elle sentait le genou de Pamela enfoncé dans son dos, ses doigts pareils à des pointes dans son cuir chevelu.

La pression dans sa poitrine était insupportable. Une vague de panique s'abattit sur la jeune femme, qui comprit qu'elle avait commis une *très grave* erreur. Pamela devait être de mèche avec la Book & Snake. Ou la Skull & Bones. Ou Sandow. En tout cas avec celui qui voulait sa mort. Dawes était en train de finir ce que la *gluma* avait commencé ; elle la punissait pour ce qui était arrivé à Darlington. Elle savait précisément ce qui s'était passé cette nuit-là à Rosenfeld, et se vengeait ainsi d'avoir été privée de son garçon prodige.

Alex se débattait en silence. Elle avait besoin de respirer. *Ne fais pas ça.* Mais son corps refusa de l'écouter : ses lèvres s'ouvrirent sans lui demander son avis, et de l'eau envahit son nez, sa bouche, ses poumons. Son esprit hurlait de terreur, mais il n'y avait aucune issue. Elle songea à sa mère, aux bracelets d'argent empilés tels des gantelets le long de ses avant-bras. Entendit sa grand-mère lui chuchoter : *Somos almicas sin pecado*. Vit ses mains noueuses se refermer sur une grenade, se débarrasser des graines dans un bol. *Nous sommes des petites âmes sans péché.*

Puis la pression disparut à l'arrière de son cou. Alex se jeta en arrière, poitrine gonflée. Son corps fut pris de convulsions, et une gerbe d'eau sale sortit brusquement de sa bouche. S'avisant que ses poignets étaient libres, elle poussa sur ses mains et ses genoux. Une toux rauque, épaisse, lui secoua le corps. Ses poumons la brûlèrent lorsqu'elle avala de l'air. *Que Dawes aille se faire foutre. Que* tout le monde *aille se faire foutre.* Des sanglots incontrôlables la parcouraient. Ses bras cédèrent et elle s'écroula par terre ; sitôt après s'être retournée, Alex reprit son souffle et s'essuya le visage d'une manche humide, pour découvrir dessus de la morve, des larmes – et du sang. Elle s'était mordu la langue.

Elle plissa les yeux vers le plafond peint. Des nuages étaient en train de le traverser – leurs innombrables nuances de gris contrastant avec le ciel indigo. Des étoiles formaient d'étranges formations au-dessus de sa tête. Ce n'étaient pas les constellations qu'elle connaissait.

Alex se força à se redresser. Elle porta sa main à sa poitrine, la frotta doucement tout en essayant de se repérer. Dawes avait disparu. Comme tout le reste – les murs, l'autel, les sols en pierre. La jeune femme se trouvait sur les rives d'un immense fleuve constellé de reflets d'étoiles ; le bruit de l'eau lui évoquait une interminable exhalaison. Un vent chaud faisait tressaillir les roseaux. *La mort est froide,* songea-t-elle. *Il ne devrait pas faire froid ici ?*

Une forme masculine se rapprochait d'elle depuis la rive opposée. Les eaux *s'ouvraient* autour du corps du Marié ; il avait donc une vraie forme physique, en ces lieux. Cela signifiait-il qu'elle était passée de l'autre côté du Voile ? Était-elle *vraiment* morte ? Malgré l'air chaud, Alex sentit un frisson la parcourir devant le spectacle qui s'offrait à ses yeux. Le Marié n'avait aucune raison de lui faire du mal, il l'avait même sauvée. *Mais c'est un tueur,* se rappela-t-elle. *Peut-être que ça lui manque d'assassiner des femmes.*

Alex ne voulait pas retourner dans l'eau – sa poitrine tremblait encore au souvenir de l'insupportable pression, et sa gorge restait endolorie. Mais la jeune femme n'était pas venue ici se lamenter, elle avait un objectif. Elle se leva, se frotta les paumes pour se débarrasser du sable qui les constellait et entreprit tant bien que mal de progresser dans les bas-fonds. L'eau lui monta tout d'abord jusqu'aux mollets – elle la sentait faire doucement pression sur ses genoux –, puis jusqu'aux cuisses, atteignit enfin sa taille. Des fleurs de lotus passaient nonchalamment devant elle, poussées par un courant de plus en plus puissant. De la vase se mouvait sous ses bottes.

Quelque chose effleura son corps dans l'eau ; elle aperçut alors un dos strié qui scintillait à la lumière des étoiles. Alex eut un mouvement de recul au passage du crocodile, qui fixa sur elle un œil doré avant de replonger dans les profondeurs du fleuve. Une autre queue noire fila alors sur sa gauche.

« Ils ne peuvent pas vous faire de mal. » Le Marié se tenait à quelques mètres à peine de la jeune femme. « Mais vous allez devoir me rejoindre, Mme Stern. » Au centre du fleuve. Là où morts et vivants pouvaient se rencontrer.

Qu'il connaisse son nom ne lui plaisait guère. Sa voix était basse et agréable ; il parlait avec un accent presque anglais, mais en étirant un peu trop les voyelles – un peu comme une mauvaise imitation d'un Kennedy.

Alex progressa tant bien que mal dans l'eau jusqu'à se retrouver juste devant le Marié. Il ressemblait à l'homme qu'il avait été de son vivant ; une lumière argentée mettait en valeur les lignes acérées de son élégant visage, faisait briller ses cheveux bruns ébouriffés – la jeune femme se trouvait suffisamment près de lui pour distinguer le nœud de sa cravate, le lustre de son manteau. Les morceaux d'os et de chair qui maculaient le tissu blanc de sa chemise avaient disparu. Il était *propre* ici, sans trace de sang ou de blessure. Un bateau passa devant eux, une svelte embarcation surmontée d'un pavillon de soie ondulante. Des ombres se mouvaient derrière le tissu, des formes sombres qui semblaient hésiter entre l'humain et le chacal. Un gros chat paressait à bord, une patte plongée dans l'eau. Il fixa sur elle d'énormes yeux pareils à des diamants – puis bâilla, révélant une longue langue rose.

« Où sommes-nous ? demanda-t-elle au Marié.

— Au centre du fleuve, la place de Maât, déesse de l'ordre. En Égypte, tous les dieux incarnent la mort en même temps que la vie. Nous n'avons pas beaucoup de temps, Mme Stern. À moins que vous ne souhaitiez nous rejoindre ici de façon… permanente. Le courant est fort, et nous finissons tous par succomber. »

Alex lança un coup d'œil au rivage par-dessus son épaule – en direction de l'ouest, du soleil couchant, des ténèbres et de l'autre monde.

Pas encore.

« J'ai besoin de vous pour trouver quelqu'un qui se trouve de l'autre côté du Voile, dit-elle.

— La fille assassinée.

— Exact. Elle s'appelle Tara Hutchins.

— Pas si facile. L'endroit est très fréquenté.

— Mais vous êtes à la hauteur de la tâche, j'en mettrais ma main à couper. Vous devez vouloir quelque chose en retour, j'imagine. D'où le fait que vous soyez venu à mon secours, pas vrai ? »

Le Marié ne répondit rien. Son visage demeura parfaitement

immobile, comme en attente que le silence se fasse au sein de quelque public. Ses yeux étaient presque violets à la lumière des étoiles. « Pour retrouver la fille, je vais avoir besoin de quelque chose de personnel, d'un bien qu'elle estimait précieux. Et qui aurait conservé ses effluves, de préférence.

— Ses quoi ?

— Salive, sang, transpiration.

— Je vais vous en trouver », fit Alex, sans trop savoir comment elle allait y parvenir. Retourner à la morgue était hors de question, et elle n'avait plus de pièces de sujétion. Et puis, pour ce qu'elle en savait, Tara se trouvait peut-être déjà six pieds sous terre – à moins qu'elle ne se soit fait incinérer.

« Il faudra ensuite me les rapporter.

— Je doute de pouvoir revenir ici. Salomé et moi ne sommes pas vraiment en bons termes.

— J'imagine sans peine pourquoi. » Les lèvres du Marié se pincèrent alors légèrement ; la mimique lui évoqua aussitôt Darlington, au point que la jeune femme se sentit parcourue d'un frisson. Elle voyait des formes sombres bouger sur la rive ouest – certaines humaines, d'autres moins. Un murmure sortait de leurs bouches, mais elle n'aurait su dire s'il s'agissait d'un langage ou de simples sons.

« J'ai besoin de savoir qui a assassiné Tara, dit-elle. J'ai besoin d'un *nom*.

— Et si elle ne connaît pas son agresseur ?

— Alors, découvrez ce qu'elle faisait avec Tripp Helmuth – il appartient à la Skull & Bones. Et si elle connaissait quelqu'un au sein de la Book & Snake. J'ai besoin de savoir comment elle est liée aux sociétés. » Pour peu qu'elle le *soit*, et que tout cela ne se résume pas à une simple coïncidence. « Trouvez pourquoi diable... » Un éclair dans le ciel ; le tonnerre envahit ses oreilles, et la rivière parut soudain s'animer de danses reptiliennes de mauvais augure.

Le Marié leva un sourcil. « Ils n'apprécient guère ce mot, par ici. »

Qui ça? faillit demander Alex. *Les morts? Les dieux?* Elle enfonça ses bottes dans le sable pour empêcher le courant de l'emporter vers l'ouest – vers les ténèbres. Elle aurait tout le temps *ensuite* de réfléchir aux mécanismes de l'au-delà.

« Bon, reprit-elle, découvrez pourquoi quelqu'un voulait sa mort. Elle devait savoir quelque chose.

— Alors, passons un marché. Vous aurez vos informations, et en retour je souhaite connaître l'identité du meurtrier de ma fiancée.

— Bizarre : j'avais comme l'impression que c'était vous. »

Les lèvres du Marié se pincèrent de plus belle. Il avait l'air si guindé, si *énervé*, qu'Alex faillit éclater de rire. « J'en suis conscient.

— Meurtre-suicide ? Vous l'avez abattue, avant de retourner l'arme contre vous ?

— Je n'ai rien fait de tel. Celui qui l'a tuée est également responsable de ma mort. J'ignore de qui il s'agit. Tout comme Tara Hutchins ne sait peut-être pas qui lui a fait du mal.

— D'accord, fit Alex d'une voix dubitative. Mais pourquoi ne pas demander à votre fiancée ce qu'elle a vu, dans ce cas ? »

Le Marié détourna alors le regard. « Je n'arrive pas à la localiser. Cela fait plus d'un siècle et demi que je la cherche des deux côtés du Voile.

— Peut-être qu'elle ne veut *pas* être retrouvée. »

Il hocha la tête avec raideur. « Si un esprit souhaite rester caché, il dispose d'une éternité pour ce faire.

— Elle vous tient pour responsable », dit Alex, qui assemblait une à une les pièces du puzzle.

« Sans doute.

— Et vous pensez qu'elle reviendra à de meilleures dispositions si vous découvrez l'identité de votre assassin ?

— Je l'espère, en tout cas.

— Ou alors vous pourriez simplement la laisser tranquille.

— Je suis le responsable de la mort de Daisy, même si c'est quelqu'un d'autre qui a porté le coup. Ayant échoué à la protéger, je lui dois de faire justice.

— Justice ? Ce n'est pas comme si vous pouviez vous venger. Celui qui vous a assassinés est mort depuis longtemps.

— Dans ce cas je le retrouverai de ce côté.

— Et pour lui faire *quoi* ? Le tuer pour de bon ? »

Une question qui fit sourire le Marié, dont les lèvres se retroussèrent pour révéler une dentition aussi régulière que prédatrice. Alex sentit un frisson la parcourir. Elle se remémora son aspect lorsqu'il avait affronté la *gluma* : pas tout à fait humain. Quelque chose que même les morts devaient craindre.

« Il est des choses pires que la mort, Mme Stern. »

Un nouveau murmure en provenance de la rive ouest ; cette fois Alex crut y distinguer un nom de consonance française. *Jean Du Monde ?* C'est peut-être le nom d'un homme, ou bien simplement des syllabes sans queue ni tête auxquelles son esprit essayait de donner un sens.

« Vous avez eu plus d'un siècle pour tenter de retrouver ce mystérieux tueur, fit Alex. Pourquoi aurais-je plus de chances que vous d'y parvenir ?

— Votre associé, Daniel Arlington, il enquêtait sur l'affaire.

— Permettez-moi d'en douter. Un vieux meurtre faisant la une des “Meilleurs lieux hantés de la Nouvelle-Angleterre”, ce n'était pas franchement son style.

« Il a visité l'endroit... de notre trépas. Il avait un carnet avec lui, et il a pris des photos. Je doute fort qu'il se soit borné à faire du tourisme. Je n'arrive pas à franchir les protections de la demeure d'Orange Street. Je veux savoir pourquoi il s'est rendu là-bas, et ce qu'il y a trouvé.

— Et Darlington n'est pas... il n'est pas *là* ? Avec vous ?

— Même les morts ignorent où se trouve Daniel Arlington. »

Si le Marié n'avait pas localisé Darlington de l'autre côté, cela devait vouloir dire que Sandow avait vu juste. Il n'était pas mort, il... manquait simplement à l'appel – et pouvait par conséquent être retrouvé. Alex avait *besoin* d'y croire.

« Retrouvez Tara », fit la jeune femme, impatiente de sortir de l'eau et de retourner dans le monde des vivants. Moi je vais voir ce qu'ont donné les investigations de Darlington. Mais j'ai besoin de savoir quelque chose : est-ce vous qui avez envoyé cette chose, la *gluma*, à mes trousses ?

— Pourquoi est-ce que j'aurais...

— Pour tisser un lien entre nous. Pour me rendre redevable envers vous, et jeter les bases de ce petit partenariat.

— Je n'ai rien fait de tel, et j'ignore qui aurait pu commettre pareil forfait. Comment puis-je vous en convaincre ? »

Bonne question. Alex avait plus ou moins espéré que la réponse à cette question allait s'imposer à elle en temps voulu, qu'elle parviendrait d'une manière ou d'une autre à l'assujettir par quelque serment. À supposer qu'elle puisse comprendre ce que Darlington avait découvert – pour peu qu'il *ait* découvert quelque chose. L'usine où avait eu lieu le meurtre était désormais un parking. Connaissant Darlington, il s'y était sans doute rendu pour prendre des notes sur l'histoire du béton à New Haven.

« Bornez-vous à retrouver Tara, fit-elle. Dégottez-moi mes réponses, et j'obtiendrai les vôtres.

— Ce n'est pas là le pacte que j'aurais choisi, et vous n'êtes pas le partenaire que j'aurais espéré, mais nous en tirerons tous deux le meilleur parti.

— Vous êtes un vrai charmeur, dites donc. Je vois ce que Daisy pouvait vous trouver. » Les yeux du Marié s'obscurcirent. Alex dut se forcer à ne pas battre en retraite. « Une petite tendance à s'emporter – le genre de type capable de descendre une dame qui en a marre de ses conneries. Non ?

— Je l'aimais. Je l'aimais davantage encore que la vie.

— Ce qui ne répond pas à ma question. »

Le Marié prit une longue inspiration, le temps de retrouver son calme ; ses prunelles revinrent dans la foulée à leur état normal. Il lui tendit la main. « Prononcez votre vrai nom, Mme Stern, et concluons notre marché. »

Il y avait du pouvoir dans les noms – ce qui expliquait pourquoi ceux des Gris étaient noircis dans les archives du Léthé ; et pourquoi Alex préférait en rester au *Marié* pour désigner la créature postée devant elle. Le danger résidait dans le lien, dans les relations qui se nouaient entre deux existences.

Alex palpa la gousse de caroube dans sa poche. Mieux valait se tenir prête au cas où il… quoi ? tenterait de la noyer ? Mais pourquoi aurait-il fait une chose pareille ? Il avait besoin d'elle, et vice versa. C'était ainsi que débutaient la plupart des catastrophes.

Elle prit la main du Marié dans la sienne. Il avait une poigne ferme, une paume aussi humide que glacée. Qu'était-elle en train de toucher ? Un corps ? Une pensée ?

« Bertram Boyce North, dit-il.

— Quel nom horrible.

— C'est un nom de *famille*, rétorqua-t-il avec indignation.

— Galaxy Stern. » Mais les doigts du Marié se contractèrent lorsque la jeune femme voulut retirer sa main.

« Cela fait bien longtemps que j'attends ce moment. »

Alex mit la gousse dans sa bouche. « Les moments passent », fit-elle, tout en se tenant prête à croquer dedans.

« Vous me pensiez endormi, mais je vous ai entendue dire que vous n'étiez pas une épouse légitime. » Alex tenta une fois encore de se libérer. La main du Marié refusa obstinément de lâcher la sienne. *« Je jure de ne pas vous demander ce que cela signifie : je vous crois malgré vous-même, et préfère désormais mourir plutôt que douter. »*

Mourir plutôt que douter. Le tatouage de Tara. Qui ne citait pas un groupe de métal, au bout du compte.

« *Les idylles du Roi*, murmura-t-elle.

— Vous vous en souvenez à présent. »

La jeune femme avait dû lire l'intégralité du long poème de Tennyson pour préparer la première visite qu'elle avait rendue à la Scroll & Key en compagnie de Darlington. Il y avait des citations un peu partout dans leur tombeau, des hommages au roi Arthur et à ses chevaliers – ainsi qu'un coffre-fort rempli de trésors pillés pendant les Croisades. *Arrogez-vous cette sombre contrée pour l'éclairer, ce monde mort pour lui redonner vie.* Elle se souvenait des mots gravés sur la table de pierre dans le tombeau des Serruriers.

Alex parvint enfin à échapper à la poigne du Marié. Il y avait donc potentiellement trois sociétés impliquées dans la mort de Tara. Celle-ci était liée à la Skull & Bones par Tripp Helmuth, à la Book & Snake par l'attaque de la *gluma*, et – à moins que la malheureuse n'ait eu un goût secret pour la poésie victorienne – à la Scroll & Key par son tatouage.

North s'inclina légèrement. « Quand vous aurez trouvé un objet qui appartenait à Tara, jetez-le dans n'importe quelle étendue d'eau – et je viendrai à vous. Chacune constitue pour nous un lieu de passage, à présent. »

Alex fléchit ses doigts un à un, pour se débarrasser de la sensation qu'avait laissée la main du Marié sur sa peau. « D'accord. » Elle se détourna de lui et mordit dans la caroube ; un goût amer, crayeux, lui envahit aussitôt la bouche.

La jeune femme tenta d'atteindre la rive est, mais le courant du fleuve la fit trébucher. Elle se sentit tirée vers l'arrière, perdre pied malgré tous ses efforts pour trouver de l'adhérence ; les formes sombres amassées à l'ouest se rapprochaient inexorablement. North, qui lui tournait le dos, semblait déjà s'être incroyablement éloigné. Les formes ne paraissaient plus tout à fait humaines. Elles étaient trop grandes, trop maigres, avec de longs bras pliés selon des angles étranges – des bras d'insectes. Alex voyait leur tête se profiler contre le ciel indigo, leur nez se soulever comme pour la flairer, leurs mâchoires s'ouvrir et se fermer.

« North ! » s'écria-t-elle.

Mais North n'interrompit pas sa marche. « Le courant nous prend tous au bout du compte, lança-t-il sans même se retourner. Si vous voulez vivre, il va falloir vous battre. »

Alex renonça à essayer de trouver le fond. Elle se positionna face à l'est et se mit tant bien que mal à nager, luttant contre le courant chaque fois qu'elle enfonçait ses bras dans l'eau. Elle tourna la tête pour reprendre son souffle ; le poids de ses chaussures la tirait vers le bas, ses épaules lui faisaient mal. Quelque chose de lourd, de *musclé* heurta alors son corps ; une queue lui fouetta la jambe. Les crocodiles ne pouvaient peut-être pas lui faire de mal, mais ils servaient les objectifs du fleuve. Une fatigue pesante envahissait ses muscles. Son allure ralentissait à vue d'œil.

Le ciel s'était assombri. Alex n'arrivait plus à voir la rive, elle n'était même pas sûre de nager dans la bonne direction. *Si vous voulez vivre.*

Et n'était-ce pas là le pire ? Elle *voulait* vivre. Jamais elle n'avait eu la moindre envie de mourir.

« Merde ! hurla-t-elle. Putain de merde ! » Le ciel se zébra d'éclairs fourchus. Un petit blasphème pour éclairer son chemin. L'espace d'un interminable moment, la jeune femme ne vit que des eaux noires – après quoi elle aperçut la rive est.

Elle progressa tant bien que mal, jusqu'à ce que ses jambes finissent par racler quelque chose. Le fond était *là*, plus près qu'elle ne l'avait cru. Elle rampa dans les hauts-fonds, son corps détrempé écrasant des fleurs de lotus au passage, et se laissa choir sur le sable. Alex entendait les crocodiles dans son dos – le grondement grave de leur bouche ouverte. Allaient-ils la remettre à la merci du fleuve ? La jeune femme se traîna encore sur quelques mètres, mais elle était trop lourde. Son corps s'enfonçait dans le sable ; les grains *pesaient* sur elle, lui emplissaient la bouche, le nez, s'infiltraient sous ses paupières.

Quelque chose de dur lui frappait la tête, encore et encore. Alex força ses yeux à s'ouvrir – pour se découvrir allongée sur le sol de la salle du temple. Elle était en train de recracher de la boue tout en fixant le visage effrayé de Dawes, que venait encadrer le ciel peint – par bonheur, statique et sans nuages. Son corps tremblait si fort qu'elle entendait le bruit de son propre crâne contre la pierre.

Dawes l'étreignit de toutes ses forces ; lentement, les muscles d'Alex cessèrent de convulser. Si sa respiration revint à la normale, elle pouvait toujours sentir dans sa bouche le goût du limon et les restes amers de caroube. « Tout va bien, lui murmura Pamela. Tout va bien. »

Et Alex n'eut d'autre choix que d'éclater de rire – tant c'était loin de la vérité.

« Tirons-nous d'ici, parvint-elle à articuler.

Avec une force surprenante, Dawes passa le bras d'Alex autour de ses épaules et la remit sur pied. Les vêtements de la jeune femme étaient parfaitement secs, mais ses jambes et ses bras tremblaient – comme si elle avait essayé de faire un kilomètre à la nage. L'odeur du fleuve lui emplissait encore les narines, et elle n'arrivait pas à se débarrasser de cette impression de se noyer.

« Où est-ce que je laisse la clé ? demanda Dawes.

— Près de la porte. Je vais envoyer un SMS à Salomé.

— Cela me semble tellement… civilisé.

— T'inquiète. On va briser une fenêtre et pisser sur le billard. »

Pamela lâcha un petit gloussement nerveux.

« Tout va bien, Dawes. Je ne suis pas morte. Pas trop. Je me suis rendue dans les zones frontalières. J'ai conclu un marché.

— Oh, Alex. Qu'est-ce que tu as fait ?

— Ce que j'avais *prévu* de faire. » Mais elle ne savait pas trop ce que tout cela lui inspirait. « J'ai chargé le Marié de retrouver Tara. C'est le moyen le plus simple de découvrir qui lui a fait du mal.

— Et qu'est-ce qu'il veut en échange ?

— Que je le disculpe. » Elle hésita. « Il prétend que Darlington enquêtait sur le meurtre-suicide. »

Les sourcils de Dawes s'arquèrent. « Bizarre… Darlington détestait les affaires de ce genre. Il les trouvait… morbides.

— De mauvais goût », rétorqua Alex.

Un minuscule sourire courba les lèvres de Pamela. « Exactement. Attends… le Marié n'a *pas* tué sa fiancée, si je comprends bien ?

— À l'en croire, en tout cas. Ce qui n'est pas tout à fait la même chose. »

Peut-être était-il innocent, peut-être voulait-il faire la paix avec Daisy, peut-être souhaitait-il simplement trouver un moyen de reconquérir la fille qu'il avait assassinée. Peu importait. Alex allait respecter sa part du marché. Qu'on passe un accord avec un vivant ou bien avec un mort, mieux valait assurer.

Nous souhaiterions peut-être passer plus rapidement sur la Book & Snake - et qui pourrait nous en vouloir? L'art de la nécromancie comporte une part de sordide, de scabreux; la répulsion naturelle qu'elle inspire ne peut que se voir renforcée par la façon dont ses membres ont choisi de se présenter. En pénétrant dans leur mausolée géant, il est bien difficile d'oublier qu'il s'agit d'une maison des morts. Mais mieux vaut sans doute faire fi de la peur et de la superstition, pour contempler la beauté de leur devise: *Tout change, rien ne périt.* En vérité, il est rare que des morts soient ressuscités sous leurs frontons tapageurs. Non, c'est d'*intelligence* dont la Book & Snake se nourrit, recueillie grâce à un réseau d'informateurs morts, qui se livrent à toutes sortes de commérages et n'ont pas besoin d'écouter aux portes puisqu'ils peuvent simplement traverser incognito les murs.

— extrait de *La Vie du Léthé : Procédures et Protocoles de la Neuvième Maison*

Ce soir, Bobbie Woodward a soutiré la localisation d'un bar clandestin abandonné aux restes d'une colonne vertébrale, d'une mâchoire cassée et d'une touffe de cheveux. Aucune quantité de bourbon ne parviendra jamais à me faire oublier ce spectacle.

— Journal de Butler Romano, alors membre du Léthé (*Université Saybrook, 1965*)

13

L'automne précédent

Il émergea de la fête du Manuscrit avec la pire gueule de bois de toute son existence. Alex lui montra une copie du rapport qu'elle avait envoyé. La jeune femme s'était gardée d'y consigner les éléments les plus sordides – Daniel aurait certes aimé qu'on dise de lui qu'il était d'une honnêteté irréprochable, mais il n'était pas sûr de pouvoir regarder le doyen Sandow dans les yeux si les détails de son humiliation venaient à être divulgués.

Darlington se doucha, prépara le petit-déjeuner d'Alex, puis appela un taxi de manière à aller récupérer sa voiture au Clapier. Il retourna à Black Elm dans la vieille Mercedes, les images de la nuit précédente encore floues dans son esprit. Après avoir ramassé les citrouilles qui encadraient l'allée pour les jeter au compost, il entreprit de ratisser les feuilles tombées sur la pelouse. Travailler lui faisait du bien. La maison semblait soudain très vide, comme elle ne l'avait pas été depuis fort longtemps.

Il n'avait jamais fait venir beaucoup de gens à Black Elm. Michelle Alameddine n'en avait pas cru ses yeux lorsqu'il l'y avait invité, en première année : « Cet endroit est vraiment incroyable. Combien il vaut, à ton avis ? » Il n'avait pas su quoi répondre.

Les tours romantiques de Black Elm étaient un vieux rêve, sorti de terre à la faveur d'une fortune bâtie sur les bottes en caoutchouc vulcanisé. Le premier Daniel Tabor Arlington, l'arrière-arrière-arrière-grand-père de Darlington, avait employé trente mille personnes dans son usine de New Haven. Il avait acquis des œuvres d'art et des antiquités d'un goût douteux, acheté une « cabane » de vacances de deux mille mètres carrés sur les rives d'un lac du New Hampshire, et distribué des dindes à tout le monde à l'occasion de Thanksgiving.

Les temps difficiles avaient débuté par une série d'incendies à l'usine, pour se terminer par la découverte d'un procédé permettant d'imperméabiliser le cuir. Les bottes en caoutchouc d'Arlington étaient robustes, faciles à produire en série, mais s'avéraient terriblement inconfortables. Un Danny âgé de dix ans en avait découvert tout un tas dans un coin du grenier de Black Elm, reléguées là comme si elles s'étaient mal comportées. Il avait fouillé dedans jusqu'à y trouver une paire assortie, qu'il avait époussetée avec la manche de son T-shirt. Des années plus tard, lorsqu'il prendrait son premier verre de l'élixir d'Hiram et verrait son premier Gris – pâle, éteint, comme si le Voile continuait à l'envelopper –, Darlington se remémorerait ces bottes maculées de poussière.

Il comptait les porter toute la journée, déambuler avec dans les jardins de Black Elm, mais Danny n'avait tenu qu'une heure avant de les ôter et de les remettre là où il les avait dénichées. Ça lui avait fait comprendre pourquoi les gens désireux de garder les pieds au sec s'étaient empressés de s'en détourner lorsqu'une alternative leur avait été proposée. La fabrique de bottes avait fermé, et elle était restée déserte pendant des années – tout comme l'usine de Smoothie Girdle, celles de Winchester et de Remington, ou encore les Calèches des Frères Blake & Rooster avant cela. En prenant de l'âge, Darlington avait fini par comprendre que les choses en allaient toujours ainsi à New Haven. L'industrie y était souffreteuse, anémique, saignée à blanc par une succession de maires corrompus et d'urbanistes stupides – à grand renfort de programmes gouvernementaux malavisés et d'injections de capitaux prometteuses, mais par trop brèves.

« Cette ville, Danny », disait son grand-père comme une rengaine, parfois amère, parfois affectueuse. *Cette ville*.

Black Elm avait été construit dans l'esprit d'un manoir anglais – l'une des nombreuses lubies ayant traversé la tête de Daniel Tabor Arlington pendant qu'il faisait fortune. Mais la demeure n'était *vraiment* devenue saisissante qu'avec le passage des années, la lente progression du temps – et du lierre – accomplissant ce que l'argent avait échoué à faire.

Les parents de Danny ne venaient à Black Elm que pour mieux en repartir. Ils lui apportaient parfois des cadeaux, mais la plupart du temps ne lui prêtaient même pas attention. Il ne sentait pas pour autant mal-aimé : son monde se composait de son grand-père, de la gouvernante Bernadette, et de l'obscurité mystérieuse de Black Elm. Un flux ininterrompu de tuteurs avait renforcé l'éducation qu'il recevait de l'école publique – escrime, langues étrangères, boxe, mathématiques, piano. « Tu vas apprendre à être un citoyen du monde, disait son grand-père. Des bonnes manières, du pouvoir et du savoir-faire : avec ça, rien ne te résistera. » Il n'y avait pas grand-chose à faire à Black Elm à part s'exercer, et Danny aimait s'illustrer dans tout ce qu'il entreprenait. Pas seulement pour les éloges que cela lui valait, mais pour le sentiment de déverrouiller de nouvelles portes, de les ouvrir en grand. Le jeune homme excellait dans chaque nouveau domaine, toujours avec l'impression de se *préparer* à quelque chose, même s'il ne savait pas à quoi.

Son grand-père s'enorgueillissait d'avoir le col aussi bleu que le sang. Il fumait des Chesterfield – la marque avec laquelle il avait commencé à l'usine familiale, où son propre père avait insisté pour qu'il passe ses étés – et on le surnommait le Vieil Homme au *Clark's Snack*, devant le comptoir duquel il mangeait régulièrement. Il avait un faible tant pour Marty Robbins que pour « les mélodrames de Puccini », pour reprendre l'expression de la mère de Danny. Elle appelait cela son « petit numéro d'homme du peuple ».

Les parents de Danny ne prévenaient qu'au dernier moment de leur arrivée. Son grand-père disait simplement : « Demain, Bernadette, vous dresserez la table pour quatre. Les Fainéants nous honorent de leur présence. » Sa mère enseignait l'art de la Renaissance. Quant à son père, Danny n'était pas tout à fait sûr de ce qu'il faisait – micro-investissements, portefeuilles immobiliers, couverture des marchés étrangers... Ça changeait à chaque visite, et ses affaires n'avaient jamais l'air de bien se porter. C'était l'argent de son grand-père qui faisait vivre ses parents, il le savait ; et c'était l'espoir de lui en soutirer davantage qui les motivait à venir leur rendre visite à New Haven. « Ils ne viennent que pour ça », disait son grand-père, et Danny n'avait pas franchement le cœur d'en débattre.

Les conversations autour de la grande tablée portaient toujours sur la vente de Black Elm – laquelle devenait plus pressante à mesure que le quartier entourant l'antique demeure commençait à revivre. Une sculptrice de New York avait acheté pour un dollar une vieille maison délabrée, qu'elle l'avait démolie pour se construire un vaste atelier en open space. Elle avait convaincu ses amis de lui emboîter le pas, et le quartier de Westville avait soudain commencé à se sentir branché.

« C'est le moment de vendre, disait son père. Maintenant que le terrain vaut enfin quelque chose.

— Tu sais comment est cette ville », enchérissait sa mère. *Cette ville.* « Ça ne durera pas.

— Nous n'avons pas besoin d'autant d'espace. C'est du pur gâchis ; l'entretien coûte une fortune à lui tout seul. Viens donc à New York ! Ça nous permettrait de nous voir plus souvent. On pourrait te trouver un appartement avec gardien – tu pourrais même déménager au soleil, tiens. Et Danny irait à Dalton College, ou à l'université d'Exeter.

— Les écoles privées ne produisent que des mauviettes, rétorquait son grand-père. Il est hors de question que je refasse la même erreur. »

Le père de Danny était allé à Exeter.

Le garçon soupçonnait parfois son grand-père d'aimer jouer avec les Fainéants. Il fixait intensément son verre de scotch, adossé à son fauteuil, ses pieds posés près du feu si c'était l'hiver – en été il contemplait les vertes formations nuageuses des ormes qui dominaient le jardin. Le vieil homme semblait comme considérer ses options. Il discutait des endroits où il faisait bon vivre, des avantages de Westport et des inconvénients de Manhattan. Il parlait en détail des nouvelles copropriétés qui se créaient à proximité de l'ancienne brasserie – et les parents de Danny suivaient ses fantaisies partout où elles menaient, remplis d'espoir, s'efforçant d'instaurer de nouvelles relations avec le vieux bougre.

La première soirée de leurs visites s'achevait toujours sur un « J'y penserai », les joues de son père rosies par l'alcool, sa mère resserrant son étole de cachemire autour de ses épaules. Mais vers la fin de la deuxième journée, les Fainéants commençaient à s'agiter, à devenir irritables. Ils se faisaient un peu plus insistants, ce qui braquait systématiquement son grand-père. La troisième nuit ils se disputaient ; le feu dans l'âtre fumait et crachotait, plus personne ne songeant à ajouter de nouvelles bûches.

Danny s'était longtemps demandé pourquoi son grand-père continuait à jouer ce jeu. Il ne comprendrait que bien plus tard, après le décès du patriarche, lorsque lui-même se retrouverait seul dans les tours sombres de Black Elm, que le vieil homme se sentait seul ; que cette routine de dîners, de collecte de loyers et de lectures – Kipling, en général – ne suffisait peut-être pas à chasser l'obscurité de la fin de journée, que son imbécile de fils lui manquait sans doute. Allongé de son côté de la maison vide, entouré d'un véritable nid de livres, Darlington prendrait alors conscience du prix que Black Elm exigeait, et du peu que cette maison donnait en retour.

Les visites des Fainéants se terminaient toujours de la même façon : ses parents partant dans un élan d'indignation, pour ne laisser derrière eux que le parfum de sa mère – Caron Poivre, ainsi que Darlington l'avait découvert lors d'une nuit fatidique à Paris, l'été de sa deuxième année de fac. Il avait enfin trouvé le courage de proposer un rendez-vous à Angélique Brun. Danny s'était pointé à sa porte – derrière laquelle la jeune femme l'attendait, magnifique dans sa robe de satin noir, son poignet barbouillé d'une puanteur hors de prix qui lui remémorait sa jeunesse misérable. Il avait prétexté une migraine et coupé court à la soirée.

Ses parents avaient insisté pour le reprendre : pour l'inscrire dans une école privée et le ramener à New York avec eux. Des menaces qui dans un premier temps avaient séduit Danny autant qu'elles l'avaient angoissé. Mais le garçon avait bien vite compris qu'il s'agissait de perches tendues à son grand-père. Ses parents n'avaient pas les moyens de payer de telles écoles sans l'argent des Arlington, et il était hors de question qu'un enfant vienne s'immiscer dans leur liberté.

Une fois les Fainéants partis, Danny et son grand-père allaient dîner au *Clark's*. Le patriarche s'asseyait, parlait à Tony de ses enfants, lui montrait des photos de famille – et tous deux vantaient la valeur d'un « honnête labeur ». Après quoi le vieil homme attrapait Danny par le poignet.

« Écoute », lui disait-il. Ses yeux étaient vitreux d'aussi près, humides. « Écoute-moi. Ils vont essayer de mettre la main sur la maison quand je serai mort. Ils voudront *tout* s'approprier. Ne les laisse pas faire.

— Vous n'allez pas mourir », rétorquait Danny.

Et dans un éclat de rire, son grand-père lui faisait un clin d'œil. « Pas tout de suite, non. » Un jour, installé sur une banquette rouge, les narines remplies de l'odeur épaisse des galettes de pommes de terre et de la sauce à steak, Danny avait pris son courage à deux mains et lui avait demandé : « Mais *pourquoi* m'ont-ils eu, pour commencer ?

— L'idée d'être parents leur plaisait. » Son grand-père avait fait de grands gestes au-dessus des restes de son dîner. « Ils voulaient t'exhiber devant leurs amis.

— Et puis quoi ? Ils m'ont juste... abandonné ici ?

— Je ne voulais pas que tu sois élevé par des nounous. Je leur ai proposé de leur acheter un appartement à New York s'ils me laissaient m'occuper de toi. »

Danny avait accepté cette explication à l'époque, parce que son grand-père *savait*, qu'il avait *gagné sa vie à la sueur de son front*. Et si le garçon se demandait parfois si le vieil homme ne voulait pas simplement une seconde chance, s'il ne s'intéressait pas davantage à la lignée des Arlington qu'aux besoins d'un petit garçon solitaire, quelque chose en lui savait qu'il valait mieux ne pas tirer sur ce fil.

Plus les années passaient, et plus Danny mettait un point d'honneur à quitter la maison quand les Fainéants passaient en ville. L'idée de traîner dans les parages, à la merci d'un cadeau ou d'un signe d'intérêt envers son existence, le mettait mal à l'aise. Il s'était lassé de les voir se délecter du sempiternel numéro qu'ils jouaient avec son grand-père.

« Pourquoi ne le laissez-vous pas tranquille ? Retournez donc gaspiller votre temps – et son argent – ailleurs ! les avait-il morigénés en sortant de la maison.

— Depuis quand le petit prince est-il devenu si pieux ? avait rétorqué son père. Tu verras un jour ce que ça fait d'être discrédité. »

Mais Darlington n'en avait jamais eu l'occasion. Son grand-père était tombé malade. Son médecin lui avait conseillé d'arrêter de fumer, de surveiller son alimentation – ce qui lui permettrait peut-être de gagner quelques mois supplémentaires, voire un an. Le vieil homme avait refusé. Il ferait les choses à sa façon, ou pas du tout. Une infirmière à domicile avait été engagée. Daniel Tabor Arlington devenait chaque jour plus pâle, plus frêle.

Les Fainéants avaient fait leur retour, cette fois pour s'installer – et Black Elm était soudain tombé en territoire ennemi. La cuisine s'était retrouvée envahie par les produits spéciaux de sa mère, les plans de travail encombrés de boîtes en plastique et de petits sacs de graines. Son père faisait les cent pas au rez-de-chaussée, passant d'une pièce à l'autre le portable à l'oreille – il parlait d'estimations immobilières, de droit successoral, de lois fiscales. Bernadette avait été remplacée par une équipe de nettoyage écoresponsable qui déboulait deux fois par semaine dans une camionnette vert foncé.

Danny passait l'essentiel de son temps au musée ou enfermé dans sa chambre, perdu dans des livres qu'il dévorait pour maintenir sa flamme – comme s'il s'était agi d'air. Il peaufinait son grec, et s'était mis en tête d'apprendre le portugais.

La chambre de son grand-père était remplie de matériel médical – des intraveineuses pour le maintenir hydraté, de l'oxygène pour sa respiration, un lit d'hôpital à côté de l'énorme baldaquin. On aurait dit qu'un voyageur temporel avait pris possession des lieux.

Chaque fois que Danny essayait de parler à son grand-père de ce que faisaient ses parents, de l'agent immobilier qui était venu faire le tour de la propriété, son grand-père lui saisissait le poignet et jetait un regard entendu en direction de l'infirmière. « Elle nous écoute », sifflait-il alors.

Et peut-être était-ce vrai. Darlington avait quinze ans. Il ignorait dans quelle mesure le vieil homme était lucide, si le cancer ou les médicaments parlaient à sa place.

« Ils me maintiennent en vie pour pouvoir contrôler la succession, Danny.

— Mais votre avocat…

— Tu crois vraiment qu'ils ne peuvent pas le soudoyer ? Laisse-moi mourir, Danny. Ils vont saigner Black Elm à blanc. »

Danny était sorti s'asseoir seul au comptoir du *Clark's*. Quand Leona avait posé une coupe de crème glacée devant lui, il avait dû coller ses paumes contre ses yeux pour s'empêcher de pleurer. Il y était resté jusqu'à la fermeture, puis avait pris un bus pour rentrer chez lui.

Son grand-père avait été retrouvé mort dans son lit le lendemain matin. Il était tombé dans le coma, et n'avait pu être réanimé. Le murmure de conversations tendues filtrait à travers les portes closes ; son père reprochait manifestement quelque chose à l'infirmière.

Danny avait ensuite passé ses journées au Peabody Museum. Le personnel n'y voyait pas d'inconvénient : tout un troupeau d'enfants s'y retrouvait abandonné pendant l'été. Il arpentait la salle des minéraux ; communiait avec la momie, le calmar géant et le raptor de Crichton, s'efforçait de reproduire la fresque des reptiles. Il parcourait le campus de Yale, consacrait des heures à déchiffrer les diverses langues inscrites au-dessus des portes de la Sterling, ne cessait de revenir à la collection de tarots qu'abritait la Beinecke, à l'impénétrable manuscrit de Voynich. Contempler ses pages lui donnait chaque fois l'impression de se retrouver à Lighthouse Point, et d'attendre que le monde se dévoile devant ses yeux.

Quand la nuit commençait à tomber, il prenait le bus pour rentrer chez lui. Après avoir franchi sans bruit les portes du jardin, Danny se retirait sur la pointe des pieds dans sa chambre – où il retrouvait ses livres. Les sujets ordinaires ne le rassasiaient plus. Bien qu'ayant passé l'âge de croire à la magie, il avait besoin de se persuader que le monde ne se limitait pas au simple fait de vivre et de mourir. Il avait donc transformé ce besoin en intérêt pour l'occulte, et plongé son nez dans l'œuvre d'alchimistes et de spiritualistes ayant fait miroiter des moyens de voir l'invisible. Une étincelle, c'était tout ce dont il avait besoin pour nourrir son âme.

Terré dans sa tour, Danny lisait Paracelse dans la traduction de Waite lorsque l'avocat de son grand-père avait frappé à la porte. « Il va falloir vous décider, lui avait-il dit. Je comprends que vous teniez à honorer la mémoire de votre grand-père, mais vous devriez également penser à vos propres intérêts. »

Pas un mauvais conseil – sauf que Danny était bien en peine de définir ses « propres intérêts ».

Son grand-père avait vécu sur la fortune des Arlington, disposant d'elle comme il le jugeait bon, mais les règles de succession lui imposaient de la léguer à son fils. La demeure, par contre, c'était une autre histoire : elle resterait en fiducie pour Danny jusqu'à ses dix-huit ans.

Le garçon avait été surpris de voir sa mère apparaître à la porte de sa chambre. « L'université veut acheter la maison », lui avait-elle dit, avant de balayer du regard la pièce circulaire. « Les bénéfices seront partagés si nous signons tous. Tu pourras venir à New York.

— Je n'ai aucune envie de vivre à New York.

— Tu n'imagines même pas les opportunités qui s'ouvriront à toi là-bas. »

Un an plus tôt, Danny avait pris le Metro-North pour se rendre en ville. Il avait déambulé pendant des heures dans Central Park, était allé s'asseoir dans le temple d'Isis au Metropolitan Museum. Le jeune homme s'était rendu devant l'immeuble de ses parents – il avait longtemps hésité, le doigt sur la sonnette, avant de perdre son sang-froid. « Je ne veux pas quitter Black Elm. »

Sa mère s'était assise au bord du lit. « Seul le terrain a de la valeur ici, Danny. Il faut que tu comprennes que cette maison est un gouffre financier, rien de plus. Elle va finir par nous coûter l'intégralité de notre argent.

— Je ne vendrai pas Black Elm.

— Tu ne connais rien du monde, Daniel. Tu es encore un enfant, et j'envie cela.

— Ce n'est pas *ça* que tu envies. »

Danny avait prononcé ces mots avec une terrible froideur, exactement comme escompté – mais sa mère s'était contentée de rire. « Qu'est-ce qui va se passer, à ton avis ? Il y a moins de trente mille dollars sur ton fonds d'études, alors à moins de te faire des amis à l'université du Connecticut, il va être temps de réévaluer la situation. Ton grand-père t'a légué un cadeau empoisonné ; il t'a mené par le bout du nez, exactement comme il l'a fait avec nous. Tu te voyais déjà en seigneur de Black Elm ? Tu n'as pas de pouvoir sur cette maison : c'est elle qui gouverne. Tires-en ce que tu peux tant qu'il est encore temps. »

Cette ville.

Danny s'était muré dans sa chambre, porte verrouillée. Il se nourrissait de barres de céréales et buvait l'eau du lavabo. C'était sans doute une étrange façon de porter son deuil, mais il ne savait pas quoi faire d'autre. Il y avait une liasse de mille dollars, cachée dans la bibliothèque, entre les pages du *1776* de McCullough. À dix-huit ans, il allait avoir accès au fonds réservé pour ses études universitaires. Et sa fortune se résumait à cela. Mais il ne pouvait pas se séparer de Black Elm, ça non – hors de question qu'un boulet de démolition traverse ses murs. Pour rien au monde. C'était *chez lui*, ici. Qui serait-il devenu, séparé de cette demeure ? De ses jardins sauvages et de sa pierre grise, du chant des oiseaux qui peuplaient ses haies, des branches nues de ses arbres ? Danny avait perdu la personne qui le connaissait le mieux, qui *l'aimait* le plus. À quoi d'autre aurait-il pu se raccrocher ?

Et puis un jour, Danny s'était réveillé dans une maison silencieuse. Dans la nuit, il avait entendu le moteur de la voiture de ses parents gronder, et ils n'étaient pas revenus. Le jeune homme avait ouvert sa porte, descendu les escaliers sur la pointe des pieds – pour découvrir Black Elm complètement vide. Il ne lui était pas venu à l'esprit que ses parents avaient pu *partir*, tout simplement. Les avait-il symboliquement retenus en otage à New Haven, les obligeant à lui prêter attention pour la première fois de sa vie ?

Sur le coup, Danny en avait été enchanté. Il avait allumé toutes les lumières, la télévision de sa chambre *et* celle de son repaire, au rez-de-chaussée. Avait dévoré des restes dénichés dans le réfrigérateur, nourri le chat blanc qui arpentait parfois le domaine au crépuscule.

Le lendemain, il avait fait ce qu'il faisait toujours : une fois levé, il s'était rendu au Peabody. Une fois de retour chez lui, il avait mangé du bœuf séché, puis s'était couché. Et rebelote le jour d'après, etc. Lorsque l'année scolaire avait repris, il était allé en cours. Il répondait au courrier, s'alimentait de boissons énergétiques et de cuisses de poulet achetées au *7-Eleven*. Il avait honte d'admettre que parfois, Bernadette lui manquait davantage que son grand-père.

Un jour qu'il rentrait chez lui, Danny avait actionné l'interrupteur de la cuisine – pour découvrir que l'électricité avait été coupée. Le jeune homme avait sorti toutes les couvertures du grenier, ainsi que le vieux manteau de fourrure de son grand-père, et dormi enfoui dessous. Les panaches de son souffle qui se diffusaient dans le calme de la maison formaient un spectacle presque hypnotique. Pendant six longues semaines, il avait vécu dans le froid et l'obscurité, faisant ses devoirs à la lumière des bougies, dormant dans les vieux vêtements de ski qu'il avait découverts dans un coffre.

Ses parents avaient refait leur apparition devant la porte d'entrée de Black Elm à la veille de Noël, les joues roses et le sourire aux lèvres, chargés de cadeaux et de sacs Dean & DeLuca. La Jaguar tournait au ralenti dans l'allée. Danny avait verrouillé les portes et refusé de les laisser entrer. Ils avaient commis l'erreur de lui apprendre comment survivre.

Danny avait bossé au snack-bar. Épandu du fumier et semé des graines à Edgerton Park. Poinçonné des tickets au Lyric Hall. Vendu des vêtements et des meubles du grenier. C'était suffisant pour le nourrir et payer l'électricité. Ses rares amis, il ne les invitait jamais: il ne voulait pas qu'on le questionne sur ses parents ou qu'on lui demande ce qu'un adolescent faisait seul dans une grande maison vide. La réponse, qu'il ne pouvait pas donner, était simple: il en prenait soin. Il gardait Black Elm en vie. La maison allait mourir si d'aventure il partait.

Une année était passée, puis une autre. Danny s'en sortait tant bien que mal. Mais il ignorait combien de temps il pourrait continuer à se débrouiller de la sorte. Comment savoir ce qui l'attendait? Le jeune homme n'était même pas sûr de pouvoir s'inscrire à l'université avec ses amis. Il allait prendre une année sabbatique, travailler en attendant l'argent de son héritage. Et ensuite? Bonne question. Il n'en savait rien et cela l'effrayait, parce qu'il avait dix-sept ans et se sentait déjà fatigué. La vie ne lui avait jamais paru *longue*, mais à présent il la trouvait interminable.

Plus tard, en repensant à ce qui s'était passé, Danny ne saurait jamais vraiment ce qu'il avait eu en tête cette nuit de début juillet. Il avait fait des allers-retours entre la Beinecke et le Peabody pendant des semaines, en quête d'élixirs. Il avait passé de longues nuits à rassembler des ingrédients et à commander par correspondance ce qu'il ne pouvait pas récupérer ou voler. Et puis il avait commencé le brassage, œuvrant dans la cuisine trente-six heures d'affilée, fermant un œil quand il le pouvait, réglant son alarme pour se réveiller à chaque étape de la recette. Lorsqu'enfin il avait posé les yeux sur l'épais sirop goudronneux qui recouvrait le fond de la cocotte Le Creuset de Bernadette, Danny avait hésité. Ce qu'il tentait était dangereux, il le savait. Mais il était à court de croyances. La magie était tout ce qui lui restait. Le garçon qu'il était partait à l'aventure, il n'allait pas avaler du poison.

Le livreur UPS l'avait trouvé étendu sur les marches le lendemain matin, avec du sang qui lui coulait des yeux et de la bouche. Il était parvenu à sortir de la cuisine avant de s'effondrer.

Danny s'était réveillé dans un lit d'hôpital. Un homme vêtu d'une veste en tweed et d'un foulard rayé était assis à côté de son lit.

« Je m'appelle Elliot Sandow. Et j'ai une offre à vous faire. » La magie avait failli le tuer, mais elle l'avait sauvé au bout du compte. Exactement comme dans les histoires.

14

Hiver

Alex était recroquevillée dans le fauteuil collé contre la fenêtre du Clapier. Dawes lui apporta une tasse de chocolat chaud ; elle avait placé dessus une guimauve gourmande qui évoquait une pierre brute extraite de quelque carrière.

« Tu t'es rendue aux Enfers, dit Pamela. Tu mérites bien une petite récompense.

— Pas tout à fait jusqu'aux enfers, quand même.

— Alors, rends-moi cette guimauve. » Dawes avait lâché cela d'une voix timide, comme si elle hésitait à glisser une blague en pareille circonstance. Les doigts d'Alex se firent possessifs autour de la tasse, pour lui montrer qu'elle jouait le jeu. Elle aimait bien *cette* Dawes, et espérait que c'était réciproque.

« Comment ça s'est passé ? »

Alex considéra les toits qu'éclairait la lumière de fin de matinée. De là où elle se trouvait, lui étaient visibles les pignons gris de la Wolf's Head, un bout d'arrière-cour couvert de lierre, un bac de recyclage bleu adossé au mur. Le tout avait l'air si… ordinaire.

Elle reposa son sandwich au bacon et aux œufs. La jeune femme pouvait en manger au moins deux d'affilée, d'ordinaire, mais la sensation persistante de l'eau qui la tirait vers le fond lui coupait l'appétit. Avait-elle *vraiment* fait la traversée? Quelle avait été la part d'illusion dans cette expérience? Elle décrivit de son mieux ce qu'elle avait vu, et ce que le Marié réclamait.

« Tu ne peux pas te rendre chez Tara Hutchins », lui dit Dawes lorsqu'elle en eut fini.

Alex picora son sandwich du bout des dents. « Je viens de te parler d'une communion avec les morts dans une rivière pleine de crocodiles aux yeux d'or, et c'est tout ce que tu trouves à dire ? »

Mais cet avant-goût d'aventure avait suffi à Dawes, apparemment. « Si le doyen Sandow découvre ce que tu as fait à Salomé pour nous donner accès au temple...

— Salomé va peut-être chouiner auprès de ses amis, mais elle ne sortira pas l'artillerie lourde. Nous laisser pénétrer dans le temple, voler la Scroll & Key – c'est trop compromettant.

— Et dans le cas contraire ?

— Je nierai tout en bloc.

— Et tu attends de moi que j'en fasse de même?

— Je veux que tu réfléchisses à ce qui est *vraiment* important.

— Et tu comptes me menacer, moi aussi? » Dawes gardait les yeux rivés sur sa tasse de cacao; sa cuillère y dessinait de petits cercles.

« Non, Dawes. Tu m'en crois vraiment capable? Ça te fait *peur* ? »

La cuillère se figea. Pamela leva les yeux. Elle avait des yeux couleur café chaud, et la lumière du soleil faisait presque scintiller l'auburn de ses cheveux tirés en chignon. « Je ne crois pas, fit-elle – un fait qui semblait d'ailleurs la surprendre. Tu as eu une réaction... extrême. Mais Salomé *avait* tort. » Le côté impitoyable de Dawes. « Toujours est-il que si le doyen découvre que tu as passé un marché avec un Gris...

— Il n'en saura rien.

— Mais s'il l'apprend...

— Tu as peur qu'il te reproche de m'avoir aidée. Ne t'inquiète pas. Je ne dirai rien. Mais Salomé t'a vue, par contre. Tu devrais sans doute t'assurer de *son* silence. »

Les yeux de Dawes s'écarquillèrent – puis elle comprit qu'Alex plaisantait. « Ah. Oui. C'est juste que... j'ai vraiment besoin de ce travail.

— Je comprends. » Peut-être mieux que tous ceux qui avaient pu mettre le pied dans cette demeure. « Mais j'ai besoin d'un objet ayant appartenu à Tara. Je vais rendre une petite visite à son appartement.

— Tu sais où elle vivait, au moins ?

— Non, admit Alex.

— Si jamais l'inspecteur Turner l'apprend...

— S'il apprend *quoi* ? Que j'ai fait la moitié du chemin jusqu'aux enfers pour parler à un fantôme ? Je suis presque sûre que ça ne compte pas comme subornation de témoin.

— Mais se rendre chez Tara, fouiller dans ses affaires – c'est une effraction, qui interfère avec une enquête policière en cours. Tu pourrais avoir des ennuis.

— Uniquement si je me fais prendre. »

Dawes secoua résolument la tête. « Tu franchis une ligne, en faisant ça. Et je ne peux pas te suivre si ça nous met en danger – nous, mais aussi le Léthé. L'inspecteur Turner ne te veut pas dans ses pattes, et il fera le nécessaire pour protéger son enquête.

— Pas faux », concéda Alex, pensive. Peut-être qu'au lieu de contourner Turner, il lui suffisait de *passer* par lui.

Alex aurait préféré se terrer au Clapier et laisser Dawes lui préparer des tasses de chocolat chaud. Un peu de maternage ne l'aurait nullement dérangée. Mais elle avait besoin de retourner à Old Campus, de renouer avec le monde ordinaire – sous peine de perdre le fil des choses essentielles.

Avant de laisser Pamela devant le Dramat, la jeune femme lui soumit le nom qu'elle avait entendu – ou *croyait* avoir entendu – dans les zones frontalières. « Jean Du Monde ? Ou Jonathan Desmond, peut-être ?

— Ça ne me dit rien. Mais je vais faire quelques recherches une fois de retour à Il Bastone – la bibliothèque aura peut-être quelque chose à dire sur la question. »

Alex hésita un instant, puis : « Sois prudente, Dawes. Garde les yeux ouverts. »

Pamela cligna des yeux. « Pourquoi ? Je ne suis personne.

— Tu es un membre du Léthé, et tu es en vie. Tu *es* quelqu'un. »

Dawes cilla de plus belle, comme tressaute l'engrenage d'une horloge. Puis son regard s'illumina. « Tu l'as vu ? s'enquit-elle, les yeux rivés sur ses pieds. De l'autre côté ? »

Alex secoua la tête. « Il ne se trouve pas là-bas, à en croire North.

— Ça doit être bon signe, fit Dawes. On va le récupérer mercredi. On va le ramener à la maison. Darlington saura comment gérer toute cette histoire. »

Peut-être. Mais Alex n'allait certainement pas parier sa vie là-dessus.

« Qu'est-ce que tu sais à propos des meurtres du Marié ? » demanda-t-elle. Ce n'était pas parce qu'elle connaissait le nom de North qu'il fallait prendre l'habitude de l'utiliser. Cela ne ferait que renforcer leur lien.

Dawes haussa les épaules. « Ce qu'on en dit dans les circuits consacrés aux lieux hantés du Connecticut – entre l'histoire de Jennie Cramer et celle de cette maison à Southington.

— Où ont-ils eu lieu ?

— Je n'en suis pas sûre. Mes goûts de lecture ne me poussent guère vers ce genre de choses…

— Alors tu as choisi le mauvais job, Dawes. » Elle inclina la tête. « À moins que ce soit *lui* qui t'ait choisie ? » Alex se remémora l'histoire de Darlington : il s'était réveillé sur un lit d'hôpital à dix-sept ans, une intraveineuse dans le bras et la carte du doyen Sandow dans la main. C'était là quelque chose qu'ils avaient en commun, quand bien même aucun des deux ne l'aurait reconnu.

« Le Léthé m'a approchée à cause du sujet de ma thèse. J'étais… faite pour la recherche, pour ainsi dire. Bon, c'était plutôt ennuyeux, jusqu'à ce que… » Elle s'interrompit. Ses épaules remontèrent, comme si quelque marionnettiste avait tiré sur ses ficelles. Jusqu'à Darlington. Pamela se frotta les yeux sans même ôter ses mitaines. « Je te tiendrai au courant si jamais j'apprends quelque chose.

— Dawes… » commença Alex.

Mais Pamela était déjà en route pour le Clapier.

Alex regarda autour d'elle, espérant voir le Marié. Elle se demandait si la *gluma* ou son maître savait qu'elle avait survécu, si une embuscade l'attendait au prochain coin de rue. Il fallait qu'elle retourne à la résidence universitaire.

Elle songea au passage des *Idylles du Roi* que le Marié avait cité, au poids sinistre des mots. Si sa mémoire était bonne, ce passage narrait la romance d'Énide et d'Érec, un homme rendu fou par la jalousie alors même que sa femme lui était restée fidèle. Cela n'inspirait pas particulièrement confiance… *Mourir plutôt que douter*. Pourquoi Tara avait-elle choisi cette phrase pour son tatouage ? Se sentait-elle proche d'Énide ? Aimait-elle simplement le son de ces mots ? Et pourquoi un membre de la Scroll & Key les aurait-il partagés avec elle ? Alex imaginait mal un des Serruriers la remerciant de l'avoir fait planer en lui proposant une visite de leur tombeau et une introduction à sa mythologie. Et même si personne ne se remplissait les poches sans rien faire, comment le fait de vendre de l'herbe à quelques étudiants avait-il pu dégénérer en meurtre ? Une pièce devait manquer au puzzle…

Elle se revit couchée sur le dos à ce carrefour. C'était le visage de Lance qu'elle avait aperçu à travers les yeux de Tara dans ses derniers instants. Mais imaginons que ça n'ait *pas* été lui ? Qu'un genre de charme ait opéré ?

Alex descendit High Street en direction du réfectoire du Hopper College. Elle aspirait à la sécurité de sa chambre – mais des réponses allaient davantage l'aider que n'importe quelle protection. Turner avait beau l'avoir mise en garde contre Tripp, c'était le seul nom dont elle disposait, et le seul lien direct entre Tara et les sociétés.

Il était encore temps, et pourtant Tripp se trouvait bel et bien là, installé à une longue table avec quelques potes – tous vêtus d'un short ample, d'une casquette de baseball et d'une polaire, les joues roses, pleins d'entrain malgré la sévère gueule de bois qu'ils devaient couver. La richesse marchait mieux que des injections de vitamines, apparemment. Darlington était fait du même bois précieux, mais lui avait hérité d'un *vrai* visage, avec des traits un tant soit peu sévères.

En s'approchant, Alex vit les amis de Tripp se tourner vers elle, la jauger – et passer à autre chose. Elle s'était douchée au Clapier, avait enfilé un survêt du Léthé et mis de l'ordre dans ses cheveux. Après avoir été poussée dans la circulation, après s'être *noyée*, la jeune femme n'était pas prête à faire davantage d'efforts. Pour quiconque.

« Hé, Tripp, lui lança-t-elle d'une voix enjouée. Tu as une minute ? »

Il fit volte-face. « Tu veux m'inviter au bal de promo, Stern ?

— Ça dépend. Tu veux bien être ma salope et écarter les cuisses ? » Les potes de Tripp se mirent aussitôt à crier ; l'un d'eux laissa échapper un long *« Ooooh putain »*. Bon, elle avait leur attention à présent. « J'ai besoin de te parler d'un truc. »

Le sang monta aux joues de Tripp – mais il ne tarda pas à redresser les épaules et à se lever. « Bien sûr.

— Ne le ramène pas trop tard à la maison, s'amusa un de ses potes.

— Pourquoi ? demanda-t-elle. Tu veux passer après lui ? »

Ils hurlèrent de plus belle, applaudirent comme si la jeune femme venait de faire un coup incroyable sur le green d'un golf.

« Tu es une petite vicelarde, Stern, susurra Tripp alors qu'elle le traînait hors du réfectoire. J'aime ça.

— Suis-moi. » Elle le conduisit en haut des marches, devant les vitraux représentant la vie dans les plantations – ils avaient survécu au changement de nom de la fac, de Calhoun « l'esclavage est un bien en soi » à Hopper. Un concierge noir avait réduit l'un d'eux en miettes quelques années plus tôt.

L'expression de Tripp se transforma : un rictus avide lui déforma la bouche. « Quoi de neuf, Stern ? », lui lança-t-il en pénétrant dans la salle de lecture. L'endroit était vide.

Alex referma la porte derrière elle – le sourire d'Helmuth s'élargit, comme s'il pensait vraiment qu'elle allait lui sauter dessus.

« Comment as-tu fait la connaissance de Tara Hutchins ?

— Pardon ?

— Comment la connais-tu ? J'ai vu ses relevés téléphoniques, mentit-elle. Je sais combien de fois vous vous êtes contactés. »

Il se renfrogna aussitôt, s'appuya bras croisés contre le dos d'un canapé en cuir. Bouder ne lui allait pas : ses traits ronds passaient d'une douceur enfantine à la colère du nourrisson. « T'es une flic, maintenant ? »

Elle s'avança vers lui, le vit se faire violence pour ne pas reculer. Le monde de Tripp n'était qu'esquives et pas de côté. Ne pas mettre les pieds dans le plat. Ne jamais regarder personne dans les yeux. Avoir l'air cool, ne pas prendre la mouche. Encaisser n'importe quelle pique.

« Ne me force pas à dire que j'appartiens aux forces de l'ordre, Tripp. J'aurais du mal à rester sérieuse. »

Les yeux d'Helmuth se plissèrent. « C'est quoi toutes ces questions, à la fin ?

— Tu es vraiment stupide à ce point ? » Son interlocuteur en ouvrit grand la bouche – il n'était pas loin de baver. Tripp Helmuth ne devait certainement pas avoir l'habitude qu'on lui parle ainsi… « C'est à propos d'une fille morte. Je veux savoir ce qu'elle représentait pour toi.

— J'en ai déjà parlé aux flics.

— Eh bien, tu vas recommencer avec moi.

— Je n'ai pas à… »

Elle se pencha vers lui. « Tu sais comment ça marche, pas vrai ? Mon boulot – celui de la Maison Léthé – est d'éviter que des petits merdeux dans ton genre ne causent des problèmes à l'administration.

— Pourquoi tu joues les dures à cuire comme ça ? Je croyais qu'on était amis. »

À cause du bière-pong et de l'été à Biarritz ? Il ne faisait donc *vraiment* pas la différence entre l'amitié et la sympathie ?

« Oh, mais nous *sommes* amis, Tripp. Dans le cas contraire, j'aurais déjà porté l'affaire devant le doyen Sandow – mais ça me fatigue d'avance, et je ne veux pas vous causer d'ennuis, à toi ou aux Bones, si je peux l'éviter. »

Il haussa ses larges épaules. « C'était juste un coup d'un soir.

— Je ne pensais pas que Tara était ton genre de fille.

— Depuis quand tu connais mon genre de fille ? » Essayait-il vraiment de flirter pour se tirer d'affaire ? Elle soutint son regard. « Elle était cool », grommela-t-il.

Pour la première fois, Alex eut l'impression qu'il était sincère.

« Je n'en doute pas un instant, dit-elle avec douceur. Toujours souriante, toujours contente de te voir. » C'était le b.a.-ba du dealer. Tripp ne comprenait sans doute pas qu'il était juste un client – ils n'étaient potes qu'aussi longtemps que le fric coulerait à flots entre eux.

« Elle était gentille. » Se souciait-il seulement de sa mort ? Était-il hanté par davantage qu'une gueule de bois ? Ou Alex *voulait*-elle croire qu'il en avait quelque chose à foutre ? « On n'a fait que baiser et fumer quelques bangs, je te le jure.

— Ça t'est arrivé d'aller chez elle ? »

Il secoua la tête. « Elle venait toujours me voir. »

Bien sûr – son adresse n'allait pas tomber du ciel. « Tu l'as déjà vue avec des membres d'autres sociétés ? »

Nouveau haussement d'épaules. « J'en sais rien. Écoute, Lance et T étaient des dealers ; ils avaient la meilleure herbe que j'aie jamais goûtée – la plus belle, la plus *verte* qui soit. Mais je ne surveillais pas ses fréquentations.

— Je t'ai demandé si tu l'as déjà vue accompagnée. »

Sa tête se baissa un peu plus. « Pourquoi tu me fais ça, Alex ?

— Tout doux », murmura-t-elle. La jeune femme posa une main sur son épaule. « Je ne cherche pas à te causer des ennuis, d'accord ? Tout va bien se passer. » Elle sentit se dissiper une partie de sa tension.

« Tu es si… *méchante*. »

Elle hésita un instant entre le gifler ou le mettre au lit avec sa tototte préférée et une tasse de lait chaud.

« Je veux juste des réponses, Tripp. Tu sais ce que c'est. J'essaie de faire mon travail.

— Je comprends, je comprends. » Elle en doutait, mais il savait à quoi s'en tenir. Un type normal, ce Tripp Helmuth. Qui hésitait entre travailler dur et se la couler douce.

Elle resserra sa prise sur son épaule. « Mais il faut que tu saisisses la situation. Une fille est *morte*. Et ces gens avec lesquels elle traînait ? Ce ne sont pas tes amis. Jouer les durs, ne pas balancer – toutes ces conneries que tu as vues dans les films –, tu vas me les épargner, parce qu'on n'est pas dans un film. C'est *ta* vie, et elle est plutôt chouette jusqu'à présent. Tu ne voudrais pas la foutre en l'air, pas vrai ? »

Tripp avait les yeux rivés sur ses chaussures. « D'accord. Ouais. » Il semblait sur le point de fondre en larmes.

« Bon, revenons aux fréquentations de Tara. »

Alex se pencha en arrière quand Helmuth eut fini de parler. « Tripp ?

— Ouais ? » Il n'arrêtait pas de regarder ses chaussures – de ridicules sandales en plastique, à croire que l'été de Tripp Helmuth n'avait jamais de fin.

« Tripp », répéta Alex. La jeune femme attendit qu'il lève la tête et croise son regard. Elle sourit. « C'est tout. On en a terminé. C'est fini. » *Tu n'auras plus jamais à repenser à cette fille – que tu as baisée avant de l'oublier. Tu pensais qu'elle te ferait un prix si jamais tu la faisais jouir, hein ? Ça te faisait* triper *de fréquenter quelqu'un qui avait l'air un poil dangereux…* « Tout baigne ? » demanda-t-elle. C'était là le langage qu'il comprenait.

« Ouais.

— Ça n'ira pas plus loin, promis. »

Le mot qu'il prononça ensuite lui confirma qu'il ne parlerait à personne de cette conversation – ni à ses amis ni aux Bonesmen : « Merci. »

Toute l'astuce était là : lui faire croire qu'il avait davantage à perdre qu'elle.

« Une dernière chose, Tripp, lui lança-t-elle alors même qu'il repartait en hâte vers le réfectoire. Tu as un vélo ? »

Ce fut donc à bicyclette qu'Alex traversa le parc, longea les trois églises, rejoignit State Street et passa sous l'autoroute. Il lui restait à peu près deux cents pages à lire si la jeune femme ne voulait pas prendre du retard cette semaine ; elle avait peut-être un monstre aux trousses – mais pour l'instant, elle devait parler à l'inspecteur Abel Turner.

New Haven perdait par intermittence de ses prétentions en dehors du campus : les magasins discounts et les bars crasseux se partageaient l'espace avec les marchés gastronomiques et les cafés chics ; les salons de manucure bon marché et les centres de téléphonie mobile côtoyaient des restaurants de nouilles haut de gamme et des boutiques vendant de petits savons inutiles. Tout cela mettait Alex mal à l'aise, comme si l'identité de la ville ne cessait de se transformer devant elle.

State Street se résumait à une longue avenue déserte – des parkings, des lignes électriques, la voie ferrée à l'est –, et le commissariat (un bâtiment presque musculeux, composé de dalles couleur gruau) se fondait parfaitement dans le décor. Ce genre d'espaces moribonds parsemaient toute la ville : des quartiers entiers se résumaient à une succession d'énormes monolithes de béton qui surplombaient des places vides, comme une antique représentation du futur.

Darlington les avait qualifiés de *brutalistes*. « Ça donne effectivement l'impression que les immeubles vont nous sauter dessus, avait convenu Alex.

— Non, l'avait-il reprise. Ça vient du français *brut*, car ils présentent un béton nu. Mais, oui, ça donne un peu cette impression. »

L'endroit était jadis un bidonville – jusqu'à ce que le fric du programme « Villes modèles » afflue à New Haven. « C'était censé tout révolutionner, mais ils ont construit des immeubles dans lesquels personne ne voulait habiter. Puis l'argent est venu à manquer, et New Haven s'est retrouvée avec ces… vides. »

Des blessures, s'était dit Alex à ce moment-là. *Il allait dire « blessures ». La ville est* vivante, *à ses yeux.*

La jeune femme vérifia son téléphone. Turner n'avait pas répondu à ses textos. Elle n'avait pas trouvé le courage de l'appeler, mais il n'y avait rien d'autre à faire maintenant qu'elle se trouvait là. Comme il ne répondait toujours pas, Alex raccrocha et le rappela, encore et encore. Elle n'avait pas approché le moindre poste de police depuis la mort d'Hellie. *Hellie n'a pas été la seule à mourir cette nuit-là.* Mais à cette seule pensée, au souvenir du sang, du cerveau de Len qui s'écoulait goutte à goutte – tel du tapioca – du bord du plan de travail de la cuisine, elle sentit son esprit tambouriner contre les parois de son crâne.

Turner se décida enfin à la rappeler : « Que puis-je faire pour vous, Alex ? » Sa voix était agréable, attentionnée – comme s'il avait passé la journée à attendre cet instant.

Répondez à mes foutus messages. « Bonjour, Inspecteur Turner. J'aimerais vous parler de Tara Hutchins. »

Le flic gloussa – il n'y avait pas d'autre mot pour qualifier ce rire indulgent digne d'un grand-père de soixante-dix ans, alors même que Turner ne devait pas en avoir beaucoup plus de trente. Était-il toujours comme ça, au bureau ? « Alex, vous savez que je n'ai pas le droit de parler d'une enquête en cours.

— Je suis devant le commissariat. »

Une pause. La voix de l'inspecteur était différente lorsqu'il répondit ; elle avait perdu un peu de sa chaleur joviale. « Où ça ?

— Juste en face. »

Une nouvelle pause – plus longue. « Retrouvez-moi dans cinq minutes à la gare. »

Alex poussa le vélo de Tripp jusqu'à Union Station. L'air frais charriait une humide promesse de neige. La jeune femme était en sueur ; elle n'aurait su dire si c'était à cause du trajet, ou parce qu'elle ne s'habituerait jamais à parler à des flics.

Elle posa le vélo contre un mur à proximité du parking, puis alla patienter sur un banc de béton. Un Gris vêtu d'un simple caleçon fila devant elle ; il ne cessait de consulter sa montre – à croire qu'il avait peur de rater son train. *Tu vas le louper, mon pote. Et les suivants aussi.*

Elle consulta son téléphone, gardant un œil sur la rue tout en cherchant le nom de Bertram Boyce North. Il lui fallait un peu de contexte avant d'aller interroger la bibliothèque du Léthé.

Par chance, il y avait plein d'informations en ligne. North et sa fiancée – la jeune Daisy Fanning Whitlock – étaient pour ainsi dire des célébrités. En 1854, tous deux avaient été retrouvés morts dans les bureaux de la North & Sons Carriage Company, depuis longtemps démolis. Leurs portraits étaient le premier lien cliquable sous l'onglet *New Haven* du site *Connecticut Haunts*. North avait l'air d'un bel homme sérieux, avec une coupe de cheveux plus soignée qu'après sa mort. Et puis il portait une chemise immaculée, sans tache de sang. Un frisson parcourut l'échine de la jeune femme. Parfois, malgré tous ses efforts, elle oubliait qu'elle voyait les morts, malgré le sang qui maculait leurs manteaux et leurs chemises de luxe. Étudier cette photo figée, en noir et blanc… c'était différent. *Il est en train de moisir dans un caveau. C'est un squelette, réduit en poussière.* Elle pourrait faire exhumer ce qui restait de lui, l'inviter au bord de sa propre tombe pour qu'ils s'émerveillent ensemble de la blancheur de ses ossements. Alex s'efforça de chasser cette image de son esprit.

Daisy Whitlock était ravissante, avec ses cheveux foncés et ses yeux froids typiques des filles de l'époque. Sa tête était légèrement inclinée, un soupçon de sourire naissait à la commissure de ses lèvres, et ses boucles disposées de chaque côté de sa tête dévoilaient joliment son cou. Elle avait la taille fine ; ses épaules de porcelaine émergeaient d'une écume de ruches, ses mains délicates serraient un bouquet de chrysanthèmes et de roses.

Quant à l'usine où le meurtre avait eu lieu, certaines portions n'étaient pas encore achevées au moment du drame – et les travaux ne s'étaient jamais terminés. North & Sons avait relocalisé ses activités à Boston, et poursuivi ses activités jusqu'au début du xxe siècle. Il n'y avait pas de photographies de la scène du crime, juste des descriptions tape-à-l'œil du sang, de l'horreur et du revolver – une arme que North gardait dans ses nouveaux bureaux en cas d'intrusion – toujours dans sa main.

Les corps avaient été découverts par la servante de Daisy, une femme du nom de Gladys O'Donaghue, qui s'était enfuie dans les rues en hurlant. Elle avait été retrouvée à près d'un kilomètre et demi de là, complètement affolée, à l'angle de Chapel et de High Street. Même après avoir été calmée au brandy, elle n'avait eu que peu d'informations à fournir aux autorités. Le crime ne laissait guère de place au doute; seul le mobile donnait matière à questionnement. Certaines théories avançaient que Daisy aurait été enceinte d'un autre homme, mais que sa famille avait étouffé l'affaire pour éviter un nouveau scandale. Un commentateur avait émis l'hypothèse d'un North rendu fou par un empoisonnement au mercure à cause du temps qu'il avait passé à proximité des usines de chapeaux de Danbury. La théorie la plus simple avançait que Daisy avait voulu rompre leur engagement, contre la volonté de North. Sa famille avait besoin d'une injection de capitaux de la part des Whitlock – et North convoitait Daisy. Coqueluche des chroniques de la société locale, celle-ci était connue pour être une femme aguicheuse, audacieuse, parfois même indécente.

« Je l'aime déjà », murmura Alex.

Elle fit défiler les cartes des tombes de Daisy et de North – et essayait de zoomer sur un vieil article de journal lorsque Turner arriva à la gare.

Celui-ci ne s'était pas encombré d'un pardessus – il n'avait pas l'intention de s'attarder longtemps, apparemment. Ce type savait s'habiller, il fallait lui accorder cela: il portait un costume anthracite très sobre, mais d'une coupe impeccable, et Alex remarqua le soin apporté aux détails – l'élégante pochette, la fine broche lavande accrochée à sa cravate. Darlington avait toujours été bien vêtu, mais sans chichi. Turner, lui, n'avait pas peur d'y mettre les formes.

Avec sa mâchoire crispée, sa bouche se réduisait à une mince couture. Ce ne fut qu'en repérant Alex qu'il revêtit son masque diplomatique. Toute son attitude changea : son corps se détendit, se fit moins menaçant – comme s'il se déchargeait de la tension accumulée.

Il s'assit auprès d'elle sur le banc, posa ses coudes sur ses genoux. « Je vais vous demander de ne plus vous présenter sur mon lieu de travail.

— Vous ne répondiez pas à mes messages.

— Mes journées sont assez mouvementées, actuellement. Vous ne l'ignorez pas, je suis au beau milieu d'une enquête pour homicide.

— C'était ça ou sonner à votre porte. »

La tension électrique retrouva aussitôt le chemin de son corps ; Alex ressentit une bouffée de satisfaction à l'idée d'être capable de l'énerver.

« Le Léthé doit avoir toutes mes coordonnées dans ses fichiers, j'imagine. » Ledit Léthé avait très probablement tout à disposition, de son numéro de Sécurité sociale à ses goûts en matière de porno, mais personne n'avait jamais proposé à Alex de consulter son dossier. Elle ignorait si Turner vivait à New Haven même. Le flic consulta son téléphone. « J'ai dix minutes à vous accorder.

— J'aimerais que vous me laissiez parler à Lance Gressang.

— Bien sûr. Et vous voulez diriger les poursuites judiciaires contre lui, pendant qu'on y est ?

— Tara n'était pas uniquement liée à Tripp Helmuth. Elle et Lance fournissaient des membres de la Scroll & Key et du Manuscrit. J'ai des noms.

— Continuez.

— Je ne peux pas les divulguer. »

Le visage de Turner demeurait impassible, mais Alex sentait croître sa rancœur à mesure qu'il se voyait contraint de céder à son petit jeu. *Bien.*

« Vous venez me voir pour obtenir des informations, mais vous n'êtes pas disposée à partager les vôtres ?

— Laissez-moi parler à Gressang.

— Ce type est le suspect principal dans une enquête pour meurtre. Vous comprenez ça, oui ou non ? » Un sourire sceptique s'était faufilé sur ses lèvres. Il la croyait vraiment stupide. Non. Hautaine. Une autre Tripp. Peut-être une autre Darlington. Et il préférait cette version d'elle à l'Alex qu'il avait découverte à la morgue : on pouvait *l'intimider*, celle-là.

« Je n'aurais besoin que de quelques minutes, rétorqua-t-elle en ajoutant une note pleurnicharde à sa voix. En fait, je n'ai même pas besoin de votre permission : je peux tout simplement passer par son avocat, prétexter que je connaissais Tara. »

Turner secoua la tête. « Hors de question. Dès qu'on en aura fini ici, je l'appellerai pour le prévenir qu'une folle essaie de s'immiscer dans cette affaire. Je lui montrerai peut-être la vidéo dans laquelle vous faites l'andouille au beau milieu d'Elm Street. »

Un éclair de honte ébranla aussitôt Alex, qui se revoyait sur la route, tordue de douleur, au beau milieu de la circulation. Sandow avait donc partagé la vidéo avec Turner. L'avait-il montrée à quelqu'un d'autre ? L'idée que la professeure Belbalm ait pu la voir lui souleva l'estomac. Pas étonnant que le détective affiche une telle morgue envers elle présentement. Il ne la croyait pas seulement stupide : il la prenait pour une déséquilibrée. *Encore mieux*.

« C'est quoi le problème ? » s'enquit la jeune femme.

Les doigts de Turner se contractèrent sur les jambes impeccables de son pantalon. « Le *problème* ? Je ne peux tout simplement pas vous faire entrer en douce. La prison garde trace de tous les visiteurs. Il me faut une bonne raison, une raison *officielle*, pour vous y faire entrer. Ses avocats devront être présents. Et la rencontre devra être intégralement enregistrée.

— Vous voulez me faire croire que les flics suivent toujours les règles ?

— *Les policiers*. Et si je contournais lesdites règles et que la défense le découvrait, Lance Gressang échapperait à toute sanction – et moi, je perdrais mon boulot.

— Écoutez, quand je me suis rendue chez Tara... »

Turner fixa aussitôt sur elle des yeux flamboyants ; l'heure n'était plus aux efforts diplomatiques. « Vous êtes allée chez elle ? Si vous avez franchi la rubalise...

— J'avais besoin de savoir si... »

Il se leva d'un bond. C'était là le vrai Turner : jeune, ambitieux, forcé – à son grand dam – de jouer la comédie pour se faire une place dans le monde. Il fit les cent pas devant le banc, puis pointa un doigt accusateur vers la jeune femme. « Ne venez pas fourrer votre nez dans mon enquête.

— Turner...

— *Inspecteur* Turner. Ne vous mêlez pas de mon affaire. Si jamais je vous vois rôder près de Woodland, je vous niquerai si fort que vous ne marcherez plus jamais droit.

— Pourquoi jouez-vous les durs à cuire ? gémit-elle – empruntant ainsi à Tripp son expression démodée.

— Toute cette histoire n'a rien d'un *jeu*, Mme Stern. Vous devez comprendre à quel point il me serait facile de mettre votre vie en pièces, de trouver un pochon d'herbe ou de pilules sur vous ou dans votre chambre. Mettez-vous ça dans le crâne.

— Vous ne pouvez pas... commença Alex, les yeux exorbités, la lèvre tremblante.

— Je ferai tout ce que la situation m'impose. Bon, tirez-vous d'ici maintenant. Vous n'avez aucune idée de ce dont il retourne – alors, arrêtez de me foutre la pression.

— C'est bon, j'ai compris, fit docilement la jeune femme. Je suis désolée.

— Tripp a vu qui avec Tara, au demeurant ? »

Ça ne dérangeait pas Alex de lui refiler les noms – elle en avait l'intention depuis le début. Il fallait que Turner sache que Tara fournissait de la drogue à des étudiants absents de son répertoire téléphonique, par le biais d'un prépayé ou d'un portable que Lance avait caché ou détruit. Elle considéra ses mains gantées, puis :

« Kate Masters et Colin Khatri. »

Kate appartenait au Manuscrit, mais Alex la connaissait à peine. La dernière fois qu'elle lui avait parlé, c'était le soir de la fête d'Halloween – quand Mike Awolowo l'avait suppliée de garder pour elle l'épisode Darlington. Kate s'était déguisée en Poison Ivy. Alex avait pas mal fréquenté Colin, par contre. Il travaillait pour Belbalm, et faisait partie de la Scroll & Key. C'était un garçon plutôt mignon, propre sur lui, dans la veine bon chic bon genre. Alex l'imaginait plus volontiers se détendre avec une bouteille de vin hors de prix que s'encanailler avec des produits moins… nobles. Mais le temps qu'elle avait passé à Ground Zero lui avait appris à quel point les apparences pouvaient se révéler trompeuses.

Turner lissa les revers de son col, tira sur ses manches, massa brièvement ses tempes. La jeune femme le regarda reprendre contenance ; lorsque, tout sourire, il lui adressa un clin d'œil, ce fut comme si le Turner en colère, *affamé*, n'avait jamais existé. « Content qu'on ait pu avoir cette petite discussion, Alex. Tenez-moi au courant si jamais je peux faire quoi que ce soit pour vous aider. »

Il fit volte-face, puis repartit vers la forme massive du commissariat. Ça n'avait pas amusé Alex, de geindre devant Turner. Elle n'avait pas non plus apprécié qu'il la traite plus ou moins de folle. Mais à présent, elle savait dans quelle rue Tara avait vécu – le reste serait facile.

Alex fut tentée de se rendre directement à Woodland, pour dénicher l'appartement de Tara – mais elle répugnait à jouer les fouineuses un dimanche, quand tout le monde était chez soi. Ça allait devoir attendre le lendemain. La jeune femme espérait que celui qui avait envoyé la *gluma* à ses trousses la croyait encore clouée au lit au Clapier – ou morte. Mais si ses ennemis la surveillaient, Alex espérait qu'ils l'avaient vue parler à Turner : ils penseraient qu'elle avait tout raconté à la police – ça ne servirait dès lors plus à rien de la faire taire. *À moins que Turner ne soit impliqué dans tout ça.*

Alex s'efforça de se débarrasser de cette pensée en pédalant vers les portes d'Hopper College. Une certaine prudence s'imposait, mais se montrer paranoïaque ne pourrait que la distraire.

La jeune femme envoya un message à Tripp pour lui indiquer où elle avait déposé son vélo, puis arpenta Old Campus en réfléchissant aux liens qui unissaient Tara et les sociétés. La *gluma* suggérait une implication de la Book & Snake, mais rien jusqu'à présent ne laissait supposer que Tara avait fourni de la drogue à un membre quelconque de cette société. Tripp la reliait à la Skull & Bones, Colin et ce tatouage bizarre à la Scroll & Key, Kate Masters au Manuscrit – une maison spécialisée dans les charmes. Si quelqu'un s'était drapé de magie cette nuit-là de manière à se faire passer pour Lance, le Manuscrit était probablement impliqué. Ce qui pouvait expliquer pourquoi Alex avait vu le visage de Lance dans les ultimes souvenirs de Tara.

Mais tout cela reposait sur la véracité des informations de Tripp. Sous le coup de la peur, on pouvait dire n'importe quoi pour se tirer d'un mauvais pas – elle était bien placée pour le savoir. Et Tripp n'hésiterait pas un instant à balancer le premier nom qui lui viendrait à l'esprit pour éviter des ennuis, elle n'en doutait pas un instant. Sans doute pouvait-elle donner ces noms à Sandow, lui expliquer que Turner allait examiner leurs alibis à la loupe, l'exhorter à reconsidérer l'implication du Léthé dans l'enquête. Mais il lui faudrait alors préciser qu'elle avait soutiré ces informations à un Bonesman.

Et puis, Alex devait faire preuve d'honnêteté avec elle-même. Quelque chose en elle s'était libéré quand la *gluma* l'avait attaquée – la *vraie* Alex se glissant tel un serpent dans la peau de celle qu'elle prétendait être. Cette Alex avait refermé ses crocs sur Salomé, intimidé Tripp, manipulé Turner. Mais elle devait faire preuve de prudence. *Il faut absolument qu'on te considère comme une fille stable, digne de confiance.* Elle ne voulait pas donner à Sandow d'autres excuses pour l'exclure du Léthé – c'était son seul espoir de rester à Yale.

Alex se sentit soulagée en gravissant les marches menant à la résidence Vanderbilt. Elle voulait se réfugier derrière les protections, retrouver Lauren et Mercy, parler boulot et garçons – et dormir dans *son* lit étroit. Sauf que des pleurs emplirent ses oreilles dès qu'elle eut mis un pied dans la suite. Mercy était en train de sangloter sur le canapé, Lauren assise auprès d'elle, son bras passé autour de ses épaules pour la réconforter.

« Qu'est-ce qui s'est passé ? » s'enquit Alex.

Mercy resta prostrée. Lauren, pour sa part, arborait un visage inhabituellement dur. « Où étais-tu fourrée ? lui lança-t-elle d'un ton cassant.

— La mère de Darlington avait besoin d'aide pour quelque chose. »

Lauren leva les yeux au ciel. L'excuse de l'urgence familiale avait fait son temps, apparemment…

Alex s'assit sur la table basse fatiguée, collant ses genoux contre ceux de Mercy. Son amie avait la tête enfouie dans ses mains. « Expliquez-moi ce qui se passe.

— Je peux lui montrer ? » demanda Lauren.

Leur amie sanglota de plus belle. « Pourquoi pas ? »

Lauren lui tendit le téléphone de Mercy. Alex en déverrouilla l'écran, vit s'afficher dessus une conversation qu'elle avait eue avec un dénommé Blake.

« Blake Keely ? » Un joueur de lacrosse, si sa mémoire était bonne. La rumeur disait qu'il avait frappé au visage un gosse de l'équipe adverse lors d'un match entre lycées. Keely avait aussitôt été mis à pied. Toutes les universités avaient refusé de lui accorder une bourse après ça – excepté Yale. L'équipe de lacrosse avait été sacrée championne de l'Ivy League quatre années d'affilée, et Blake avait décroché un contrat de mannequinat avec *Abercrombie & Fitch*. Des affiches à son effigie garnissaient toutes les vitrines des magasins de Broadway – des photos géantes en noir et blanc, sur lesquelles il émergeait torse nu d'un lac de montagne, traînait un sapin de Noël dans un bois enneigé ou câlinait un bébé bulldog face à un feu rugissant.

Tu as sacrément assuré, hier soir. Les frangins sont unanimes. Repasse nous voir ce soir. Il y avait une vidéo en pièce jointe.

Alex répugnait à la lancer, mais elle s'y contraignit. Un rire rauque s'échappa aussitôt du téléphone, par-dessus le *boum-boum* d'une piste de basse. « Hé hééé, disait Blake, si c'est pas une jolie fille, ça ! Tu voudrais quelque chose d'exotique au menu, ce soir ? »

Il braqua la caméra sur Mercy, qui riait à gorge déployée. Elle occupait les genoux d'un autre garçon, sa jupe en velours remontée sur les cuisses, un gobelet rouge à la main. *Merde. Fusion Omega.* Alex lui avait promis de l'accompagner, mais elle avait complètement oublié.

« Va regarder ça dans l'autre pièce », lui lança Lauren – Mercy s'étant remise à pleurer toutes les larmes de son corps.

Alex se précipita dans sa chambre, en referma la porte. Le lit de Mercy était défait. Plus encore que ses sanglots, c'était là une preuve incontestable de sa détresse.

La jupe de Mercy était remontée jusqu'à sa taille à l'écran, sa culotte baissée. « Putain, non, mais regardez-moi cette touffe ! » Blake ricana – un son aigu, presque étourdissant. Il pleurait littéralement de rire. « C'est super dru ! Tout va bien, ma belle ? »

Mercy opina du chef.

« Tu n'as pas trop bu ? Tu es "sobre et consentante", comme on dit ?

— Grave. »

Les yeux de Mercy étaient brillants, vifs, *alertes*. Elle n'avait l'air ni ivre ni droguée.

« À genoux, poupée. C'est l'heure de manger chinois. »

Mercy s'exécuta – les pupilles brillantes, dilatées. Ouvrit la bouche. Sa langue avait pris une teinte violette, sans doute à cause du punch. Alex appuya sur pause. Non, ce n'était pas le cocktail. La jeune femme connaissait cette couleur : elle l'avait vue sur les langues des serviteurs du Manuscrit, la nuit de leur fête. C'était de l'Accessit, la drogue de la soumission, que les acolytes prenaient pour se défaire de leur volonté.

La porte s'ouvrit ; Lauren se faufila à l'intérieur. « Elle refuse de me laisser l'emmener au centre médical.

— Ce sont des violeurs. On devrait aller voir les flics. » C'était peut-être dans leurs cordes, *ça*.

« Tu as vu la vidéo. Elle m'a dit qu'elle n'avait presque pas bu.

— Elle a été droguée.

— C'est ce que je croyais aussi, mais ça n'en donne pas l'impression. Tu as tout regardé ?

— En partie seulement. Comment ça se finit ?

— Pas bien.

— Combien de types ?

— Juste ces deux-là. Elle pense qu'il va l'envoyer à ses amis – si ce n'est déjà fait. Pourquoi tu n'étais pas avec elle ? »

J'ai oublié. Alex ne voulait pas l'avouer. Car, oui, une fille avait été assassinée, elle-même s'était fait agresser – mais au bout du compte, elle avait totalement zappé Mercy, qui méritait mieux que ça. Elle méritait de s'amuser, peut-être de rencontrer un beau garçon qui l'embrasserait et l'emmènerait au bal. *Voilà* pourquoi Alex avait accepté de l'accompagner à Fusion Omega. Elle lui était redevable, pour sa gentillesse, pour l'aide qu'elle lui apportait sans jamais se plaindre. Mais la fête lui était complètement sorti de l'esprit à cause de l'attaque de la *gluma*. Sa peur, son désespoir – et son désir de savoir pourquoi elle était traquée – avaient pris toute la place.

« Elle y est allée avec qui ? s'enquit Alex.

— Charlotte et la bande de l'étage. » Il y avait de la colère dans la voix de Lauren. « Putain, elles l'ont laissée en plan là-bas. »

Si Mercy était sous l'influence de l'Accessit, elle leur aurait dit que tout allait bien, qu'elles pouvaient partir – et ces filles ne la connaissaient pas assez bien pour se permettre d'insister. Alex, *elle*, aurait remarqué la langue violette de Mercy. Elle aurait pu empêcher cela.

La jeune femme renfila son manteau, fit une capture d'écran où son amie avait la bouche grande ouverte et se l'envoya sur son téléphone.

« Tu vas où ? chuchota furieusement Lauren. La mère de

Darlington a encore besoin d'aide ?

— Je vais régler ce problème.

— Elle ne veut pas qu'on aille voir la police.

— Je n'ai pas besoin des flics. Ce Blake, où est-ce qu'il vit ?

— À la maison Omega. »

Sur Lynwood Place, là où s'était formé le quartier des fraternités lorsque l'université les avait chassées du campus des années plus tôt.

« Alex… commença Lauren.

— Essaie de la calmer – et ne la laisse pas seule. »

Alex sortit de la résidence Vanderbilt, traversa Old Campus. Elle se serait bien rendue directement chez Blake, mais cela n'aurait servi à rien. Un groupe de Gris apparut à la lisière de sa vision. « Orare las di Korach », cracha-t-elle. La malédiction de sa grand-mère avait bon goût sur sa langue. *Qu'ils soient dévorés vivants*. Toute sa colère devait s'être rassemblée dans ces paroles : les Gris se dispersèrent aussitôt comme des oiseaux.

Et quid de la *gluma* ? Si la créature traînait dehors, en pleine chasse… La jeune femme chercha le Marié du regard, mais elle ne l'avait pas vu depuis leur rencontre dans les zones frontalières.

Alex n'aurait pas dû énerver l'inspecteur Turner, elle le savait. Il aurait sans doute accepté de l'aider si elle s'était montrée un peu plus diplomate. Mais ce n'était peut-être pas trop tard : en son for intérieur elle croyait qu'il faisait vraiment partie des gentils. Mais il ne fallait compter ni sur Turner, ni sur la loi, ni sur l'administration pour régler ce problème. Parce que Blake Keely était riche, beau et populaire – et qu'il y avait une grande différence entre ce qui était juste et ce qu'il *fallait* rectifier.

15

Hiver

Alex n'était pas retournée au Manuscrit depuis la fête d'Halloween. Elle était restée à Black Elm cette nuit-là, avec Darlington, à essayer de se réchauffer dans son lit étroit. Réveillée par la lumière de l'aube qui s'infiltrait dans la pièce, la jeune femme avait trouvé Darlington lové tout contre elle, endormi. Il bandait à nouveau, son sexe collé contre les courbes de ses fesses. Une de ses mains enveloppait son sein, son pouce titillant son mamelon d'un mouvement nonchalant digne de la queue d'un chat. La jeune femme avait senti tout son corps s'embraser.

« Darlington, lui avait-elle lancé d'une voix cassante.

— Mmmmh ? avait-il murmuré tout contre sa nuque.

— Réveillez-vous et baisez-moi – ou *arrêtez ça tout de suite.* »

Il s'était figé, et Alex l'avait senti se réveiller. Il s'était tant bien que mal extirpé du lit, à moitié emmêlé dans les couvertures. « Je n'ai pas… Je suis désolé. Est-ce qu'on a… ? »

Elle avait levé les yeux au ciel. « Non.

— Putains de connards. »

Un juron rare, mais bien mérité au vu des circonstances. Darlington avait les traits tirés, les yeux injectés de sang. Ça aurait été pire encore s'il avait su que le rapport qu'elle lui avait montré au petit-déjeuner ne ressemblait en rien à celui qu'elle avait envoyé au doyen Sandow.

Le tombeau du Manuscrit avait l'air encore plus laid sous le soleil de midi ; le cercle dissimulé dans sa maçonnerie lui apparaissait par intermittence pendant que la jeune femme s'approchait de la porte. Mike Awolowo lui fit signe d'entrer. La grande salle et la cour qui s'étendait derrière étaient d'un calme presque éthéré – tout signe ésotérique profondément enfoui sous la surface.

« Je me réjouis de ta venue », dit-il – ce dont Alex doutait fortement. Awolowo suivait un cursus d'études internationales ; il avait la prestance, intense et amicale, d'un animateur de talk-show.

La jeune femme lança un coup d'œil par-dessus son épaule, découvrit avec plaisir que l'endroit semblait vide. Maintenant que Kate Masters était sur sa liste de suspects, elle ne voulait pas compliquer les choses. « Bon, passons aux choses sérieuses. »

Mike arborait l'air résigné d'un patient installé dans le fauteuil d'un dentiste. « De quoi as-tu besoin ?

— D'un moyen de recouvrer quelque chose. Une vidéo.

— Il n'y a rien qu'on puisse faire si elle est devenue virale.

— Je ne crois pas, pas encore – mais ça risque d'arriver d'une minute à l'autre.

— Combien de personnes l'ont vue ?

— Je n'en suis pas sûre. Sans doute pas grand monde, pour l'instant.

— C'est un sacré rituel, Alex. Et je ne peux même pas t'assurer que ça marcherait. »

Alex soutint son regard. « Si vous êtes encore en activité, c'est uniquement grâce au rapport que j'ai fait à Halloween. »

Le soir de la fête, Darlington et elle étaient partis en trombe du tombeau, du mieux qu'ils l'avaient pu en tout cas – suivis de Mike et de Kate dans leurs costumes de Batman et de Poison Ivy. Darlington tenait à peine debout, il s'accrochait à son bras pour ne pas tomber sans cesser de cligner des yeux comme si tout était trop lumineux.

« S'il te plaît, l'avait suppliée Awolowo. Ce n'était pas une action autorisée par la délégation. Un des anciens élèves avait un compte à régler avec Darlington. C'était censé être une blague.

— Il ne s'est rien passé, avait plaidé Kate.

— Tu trouves *vraiment*? », avait rétorqué Alex en lui désignant le poids mort dont elle était en train de s'occuper. Mais Awolowo et Masters n'avaient pas lâché le morceau: ils voulaient *négocier*. Une fois Darlington posé contre la Mercedes, Alex avait donc conclu un accord avec eux: une faveur contre un assouplissement du rapport. Elle y avait décrit l'épisode comme un simple accident, et le Manuscrit – qui risquait une suspension – s'en était sorti avec une simple amende. Avec des sanctions aussi peu sévères, Darlington finirait par soupçonner quelque chose – la jeune femme n'en doutait nullement. Elle écoperait au minimum d'un sermon sur la différence entre la morale et l'éthique. Mais Darlington avait disparu, et le rapport n'avait jamais posé un quelconque problème. C'était là un coup un peu pourri, mais le Léthé allait devenir son terrain de jeux si d'aventure elle survivait à sa première année d'études. Il lui fallait faire les choses à sa façon.

Awolowo croisa les bras. « Je croyais que tu avais fait ça pour préserver l'amour-propre de Darlington.

— Si j'ai fait ça, c'est parce que le monde fonctionne sur des retours d'ascenseur. » Alex se passa une main sur le visage, pour tenter d'évacuer une soudaine vague de fatigue. Elle lui tendit son téléphone. « Regarde sa langue. Quelqu'un se sert d'une de vos drogues pour se taper des filles. »

Mike prit le portable, fronça les sourcils devant la capture d'écran. « De l'Accessit? Impossible. Nos stocks sont sous clé.

— Quelqu'un aurait pu partager la recette.

— Nous avons parfaitement conscience des enjeux. Et nous sommes tous soumis à de puissantes interdictions: on ne va pas se balader un peu partout en parlant de ce qu'on fait ici. Et puis, la question ne se résume pas à *connaître* la formule. L'Accessit ne pousse que dans les montagnes du Grand Khingan. Il n'y a littéralement qu'un seul fournisseur, et nous nous en réservons l'exclusivité à prix d'or. »

Où Blake et ses amis l'avaient-ils obtenue, dans ce cas ? Un autre mystère.

« Je vais me pencher sur la question, dit Alex. Mais pour l'instant, j'ai *ce* problème à régler. »

Mike la dévisagea. « Tu n'es pas là en tant que représentante du Léthé, pas vrai ? » Alex garda le silence. « Il y a un seuil pour tout ce qui concerne les médias. Ça varie selon qu'il s'agit de musique, d'une célébrité ou d'un mème. Mais une fois qu'il est franchi, aucun rituel ne peut rien y faire. Peut-être qu'on pourrait essayer d'inverser les effets de la Pleine Coupe – on s'en sert pour donner de l'élan à nos projets. C'est ce qu'on a utilisé pour le single de Micha en septembre dernier. »

Alex se remémora la description que Darlington avait faite des membres de la société, chantant nus dans une énorme cuve en cuivre qui se remplissait d'un vin bouillonnant depuis un endroit invisible situé sous leurs pieds. La Pleine Coupe. Cela avait suffi à propulser un single médiocre à la deuxième place des hit-parades.

« Il te faudrait combien de personnes ?

— Au moins trois autres. Je sais à qui demander. Mais les préparatifs vont prendre un certain temps. Tu vas devoir faire de ton mieux pour stopper l'hémorragie d'ici là – sans quoi rien de tout cela n'aura la moindre utilité.

— D'accord. Rassemble tes troupes. Aussi vite que possible. » Elle n'appréciait guère l'idée que Kate Masters soit impliquée, mais mentionner son nom n'aurait fait que soulever des questions.

« Tu es sûre de toi ? »

Alex savait ce que Mike voulait dire par là. C'était là une violation de *tous* les protocoles du Léthé. « Ouaip. »

Elle était déjà à la porte quand Awolowo l'interpella : « Attends. »

Il se rapprocha d'un mur constellé d'urnes décoratives, en ouvrit une, puis sortit d'un tiroir une petite enveloppe en plastique dans laquelle il préleva une infime mesure de poudre argentée. Mike scella ensuite l'enveloppe et la tendit à Alex.

« Qu'est-ce que c'est ?

— De la Poudre d'étoile. Astrumsalinas. Du sel extrait d'un lac maudit dans lequel d'innombrables hommes se sont noyés en contemplant leur reflet.

— Comme Narcisse ?

— Le lit du lac est tapissé de leurs ossements. Ça va te rendre vraiment persuasive pendant vingt-cinq à quarante minutes. Promets-moi juste de découvrir où ce pauvre type s'est procuré de l'Accessit.

— Je dois la sniffer ? La saupoudrer sur mon crâne ?

— L'avaler. Ça a un goût horrible, tu vas sans doute avoir du mal à te retenir de vomir. Et sache que tu auras un mal de tête violent quand les effets s'estomperont – de même que tous ceux avec qui tu auras été en contact. »

Alex secoua la tête. Tant de pouvoir simplement *posé* sur le manteau de la cheminée, à la portée de n'importe qui… Que contenait le reste de ces urnes ?

Elle repensa aux yeux fous de Darlington, à Mercy agenouillée. « Vous ne devriez pas détenir ce genre de choses. Vous ne devriez pas pouvoir faire ça aux gens. »

Mike haussa les sourcils. « Tu n'en veux pas ?

— Je n'ai pas dit ça. » Alex plia l'enveloppe, la glissa dans sa poche. « Mais si un jour je découvre que quelqu'un a utilisé un truc comme ça sur moi, je réduirai ce bâtiment en cendres. »

La maison de Lynwood Place comportait deux niveaux de bois blanc et un porche s'affaissant sous le poids d'une épaisse couverture de mousse. Darlington lui avait dit qu'Omega possédait jadis une demeure dans la ruelle qui courait derrière la Wolf's Head, une solide petite baraque de pierre regorgeant de bois patiné et de vieux vitraux. Leurs lettres étaient encore gravées dans la pierre, mais Alex avait du mal à imaginer des fêtes comme Fusion Omega ou Sex on the Beach dans ce qui ressemblait à un salon de thé douillet pour célibataires écossais.

« Les fraternités n'avaient pas les mêmes coutumes à l'époque, lui avait expliqué Darlington. Ils s'habillaient mieux, mettaient les formes à chaque dîner, prenaient le côté "gentlemen érudits" bien davantage au sérieux.

— "Gentleman érudit", ça vous va comme un gant.

— Un vrai gentleman ne se vante pas de son titre, et un érudit emploie son temps à des choses plus constructives que descendre des shots enflammés de Dr Pepper. »

Mais quand Alex lui avait demandé pourquoi la fraternité avait été expulsée du campus, il s'était borné à hausser les épaules, puis à souligner un passage du livre qu'il était en train de lire. « Les temps ont changé. L'université voulait la propriété, pas la responsabilité qui allait avec.

— Ils auraient peut-être dû les garder sur le campus.

— Vous me surprenez, Stern. D'où vient cette sympathie pour la fraternité des stands de bière et de l'agressivité déplacée ? »

Alex repensa au squat de Cedros Avenue. « Traitez les gens comme des bêtes, et ils se conduiront comme tels. »

Mais « bête » était un terme trop charitable pour Blake Keely.

La jeune femme sortit de sa poche le sachet en plastique et déposa la poudre sur sa langue. Elle eut instantanément un haut-le-cœur, dut se pincer le nez et se couvrir la bouche de ses doigts pour s'empêcher de tout recracher. Le goût était fétide, salé ; Alex se serait plus que volontiers rincé la bouche, mais elle se força à avaler.

Elle ne sentait aucun changement. Merde, Mike ne s'était quand même pas foutu de sa gueule ?

La jeune femme cracha un peu dans la cour boueuse, puis entreprit de gravir les escaliers – pour découvrir la porte d'entrée déverrouillée. Le salon empestait la bière éventée. Autour d'une table basse ébréchée couverte de gobelets rouges étaient disposés un autre canapé défoncé ainsi qu'un siège inclinable La-Z-Boy, et une bannière marquée des lettres de la maison avait été accrochée au-dessus d'un bar de fortune, devant lequel se trouvaient deux tabourets dépareillés. Un type torse nu, affublé d'une casquette de baseball à l'envers et d'un pantalon de pyjama, ramassait des bouteilles éparpillées et les mettait dans un grand sac poubelle noir.

La voir là, en ces lieux, le fit sursauter.

« Je cherche Blake Keely. »

Il fronça les sourcils. « Euh... Vous êtes une de ses amies ? »

Alex regrettait d'avoir dû quitter si rapidement le Manuscrit. Comment cette putain de Poudre d'étoile était-elle censée fonctionner ? Elle prit une longue inspiration, puis le gratifia d'un grand sourire. « J'apprécierais vraiment que vous m'aidiez à le trouver. »

Le type recula d'un pas. Posa sa main sur son cœur, comme s'il avait reçu un coup de poing dans la poitrine. « Bien sûr, dit-il solennellement. *Bien sûr.* Tout ce que vous voudrez. » Il lui rendit son sourire. Alex se sentit un peu malade ; et en même temps merveilleusement bien.

« Blake ! » lança-t-il en direction de l'étage, tout en faisant signe à la jeune femme de le suivre. Sa démarche avait quelque chose de sautillant. Par deux fois, il se retourna pour lui lancer un regard par-dessus son épaule, un sourire béat aux lèvres.

Alex entendit de la musique une fois au premier – le vacarme d'un jeu vidéo poussé à plein volume. L'odeur de la bière était moins forte, ici, ce qui lui permit de détecter celles, lointaines, d'une très mauvaise herbe, du pop-corn soufflé au micro-ondes. Plus un remugle typiquement masculin. On aurait dit l'endroit que la jeune femme avait partagé avec Len, à Van Nuys. Miteux à sa façon, d'architecture plus ancienne – plus sombre aussi en l'absence du soleil californien.

« Blake ! » Son guide tendit une main en arrière – et la referma sur celle d'Alex.

Un géant passa la tête par l'entrebâillement d'une porte. « Gio, espèce de connard. » Lui aussi était torse nu ; il portait un short et une casquette à l'envers – à croire qu'il s'agissait d'un genre d'uniforme. « Tu étais censé nettoyer les toilettes. » Gio devait être un genre de larbin, de *laquais*.

« Je faisais le ménage en bas, expliqua-t-il. Je te présente... Oh mon Dieu, je ne me souviens pas de votre nom. »

Parce qu'elle ne le lui avait pas donné. Alex se borna à le gratifier d'un clin d'œil.

« Nettoie d'abord ces putains de toilettes, râla le géant. Vous ne pouvez pas continuer ainsi à chier *sur* de la merde, bande d'enfoirés ! Putain, c'est qui cette...

— Salut », dit Alex, qui fit alors un geste totalement inédit pour elle : elle fit virevolter ses cheveux.

« Je... Salut ? Comment va ? » Il remonta son short, ôta sa casquette, passa une main dans sa tignasse touffue, remit son couvre-chef en place. « Salut.

— Je cherche Blake.

— Pourquoi ? » Sa voix avait pris un timbre lugubre.

« Tu peux m'aider ?

— Absolument. Blake ! beugla le géant.

— Quoi ? » tonna une voix irritée depuis une chambre située au fond du couloir.

Alex ignorait combien de temps il lui restait. Elle se libéra de la prise de Gio le Laquais et avança, veillant à ne *pas* regarder l'intérieur des toilettes en passant devant.

Affalé sur un futon, Blake Keely sirotait une grande bouteille de Gatorade en jouant à Call of Duty. Au moins portait-il une chemise.

Elle sentit les autres garçons s'agglutiner derrière elle.

« Où est ton téléphone ? » lui demanda Alex.

Blake la jaugea d'un unique coup d'œil arrogant. « T'es qui, toi ? »

L'espace d'un instant, la jeune femme sentit monter en elle une vague de panique. La poudre magique de Mike s'était-elle *déjà* dissipée ? Blake était-il d'une manière ou d'une autre immunisé ? La jeune femme se remémora alors la façon dont la poudre lui avait brûlé la gorge. Elle arracha la prise du mur ; le jeu cessa aussitôt de beugler.

« Qu'est-ce que...

— Je suis *teeellement* désolée », fit Alex.

Il cligna des yeux, puis lui adressa un sourire indolent, lascif. *C'est avec ça qu'il fait tomber les culottes,* songea la jeune femme, qui caressa l'idée de lui faire avaler ses dents. « Pas de souci, dit-il. Je m'appelle Blake.

— Je sais. »

Son sourire s'élargit. « On se connaît? J'étais bien déchiré hier soir, mais... »

Alex ferma la porte – et les yeux de Blake s'écarquillèrent. Il avait l'air troublé, mais franchement ravi. Un gosse à Noël. Un gosse de *riches* à Noël.

« Tu me passes ton téléphone? »

Il se releva et le tendit à Alex, tout en lui offrant sa place sur le futon. « Tu veux t'asseoir?

— Non, tu vas rester là où tu es. Et garder cet air de connard qui te va si bien. »

Aucune réaction. Le même sourire docile continuait à barrer son visage.

« T'as ça dans le sang. » Elle secoua le portable. « Déverrouille-le. »

Sitôt qu'il se fut exécuté, Alex se rendit dans sa galerie et lança la première vidéo. Le visage de Mercy apparut – souriant, *euphorique*. Blake frotta son gland humide contre sa joue, ce qui la fit éclater de rire. Il retourna la caméra vers lui, fit son stupide sourire de bouffeur de merde en hochant la tête comme pour saluer son assistance virtuelle.

Alex lui montra le téléphone. « Cette vidéo, tu l'as envoyée à qui?

— À deux des frangins, pas plus. Jason et Rodriguez.

— Fais-les venir ici – et qu'ils apportent leurs téléphones.

— Je suis là! » lança le géant depuis le couloir. Elle lui ouvrit. « C'est moi Jason! » Il avait la main en l'air, comme un écolier.

Pendant que Blake se lançait aux trousses de Rodriguez

et que Jason le Géant attendait patiemment, Alex retrouva les messages qu'il avait envoyés, les effaça, puis pour faire bonne mesure supprima le reste de ses messages. Il avait obligeamment nommé un de ses albums photo *Baisodrome*. Le dossier regorgeait de vidéos de diverses filles. Certaines avaient la langue violette, d'autres juste l'air défoncé – des gamines ivres aux yeux vitreux, les seins plus ou moins à l'air. L'une d'elles était si stoned qu'on ne voyait ses prunelles que par intermittence : elles apparaissaient et disparaissaient tels des croissants de lune pendant que Blake la baisait ; une autre, les cheveux pleins de vomi, se faisait prendre par-derrière, le visage écrasé dans une flaque de gerbe. Et toujours, Blake retournait la caméra vers lui, comme s'il ne pouvait pas résister au besoin d'exhiber son sourire de star.

Alex effaça tous les dossiers – photos comme vidéos –, mais rien ne disait qu'ils n'avaient pas été sauvegardés ailleurs. Elle passa ensuite au téléphone de Jason. Soit celui-ci avait une once de conscience, soit c'était simplement la gueule de bois, mais lui n'avait partagé la vidéo avec personne pour l'instant.

Elle entendit des halètements dans le couloir – et vit Blake traîner Rodriguez sur le tapis souillé. « Qu'est-ce que tu fais ?

— Tu m'as demandé de te l'amener, répondit Blake.

— Donne-moi son téléphone. »

Une autre vérification rapide. Rodriguez avait envoyé la vidéo à deux amis, et Alex n'avait aucun moyen de savoir à qui ils avaient pu la transférer ensuite. *Putain de merde.* La jeune femme espérait *vraiment* que Mike avait réussi à rassembler suffisamment de membres du Manuscrit et que la Pleine Coupe allait faire son office.

« Est-ce qu'ils savaient ? demanda Alex. Pour l'Accessit ? Est-ce qu'ils savaient que Mercy était droguée ? »

Blake souriait toujours aussi bêtement. « Non. Juste que je suis toujours chaud pour m'envoyer en l'air.

— Où t'es-tu procuré l'Accessit ?

— Par un type de l'école forestière. »

L'école forestière ? Il y avait là-bas des serres à la température et à l'humidité régulées, conçues pour recréer des environnements du monde entier – les montagnes du Grand Khingan, par exemple. Qu'est-ce que Tripp lui avait dit, déjà ? *Lance et T avaient la meilleure herbe que j'aie jamais goûtée – la plus belle, la plus verte qui soit.*

« Lance Gressang et Tara Hutchins, ça te dit quelque chose ? demanda-t-elle.

— Ouais ! C'est eux. Tu connais Lance ?

— Tu as fait du mal à Tara ? Est-ce que tu as *tué* Tara Hutchins ? »

Blake prit un air confus. « Non ! Jamais je ne ferais une chose pareille. »

Alex se demanda sincèrement comment il faisait pour établir ses propres limites. Une douleur avait commencé à palpiter dans sa tempe droite. Ça devait vouloir dire que l'effet de la Poudre d'étoile n'allait pas tarder à s'estomper. La jeune femme ne voulait qu'une chose : sortir d'ici. Cette maison lui filait la chair de poule, comme si elle était imbibée de toutes les choses tristes, *sordides*, qui s'étaient déroulées entre ses murs.

Elle considéra le téléphone dans sa main ; songea aux nanas de Blake alignées dans leurs galeries. Il lui restait encore une chose à faire.

La jeune femme lança un regard à la porte ouverte de la salle de bains, au fond du couloir. « Suis-moi.

— Où est-ce qu'on va ? s'enquit Blake, son sourire lascif se répandant comme un jaune d'œuf.

— On va tourner un petit film. »

16

Hiver

Lauren avait donné un Ambien à Mercy, puis l'avait mise au lit. Alex resta à son chevet, piquant du nez dans la pièce plongée dans la pénombre, et se réveilla en fin de soirée au son des pleurs de son amie.

Alex lui saisit la main. « Il n'y a plus de vidéo.

— Je ne te crois pas. Elle ne peut pas *disparaître* comme ça, d'un coup de baguette magique.

— Si elle avait dû se propager, ce serait déjà fait.

— Peut-être qu'il la garde comme une épée de Damoclès, pour me forcer à y retourner et… à faire des choses.

— C'est fini, Mercy. » Alex n'avait en réalité aucun moyen de savoir si le rituel de Mike avait fonctionné. La Pleine Coupe était censée créer de l'élan, pas le drainer – mais l'espoir faisait vivre.

« Pourquoi moi ? » Mercy posait la même question encore et encore, en quête d'une logique quelconque, d'une équation susceptible de remettre un tant soit peu de logique dans son existence. « Il aurait pu choisir n'importe quelle fille. Pourquoi me faire ça à *moi* ? »

Parce que les filles qui veulent de lui ne l'intéressent pas. Parce qu'il s'est lassé du sexe, et qu'il a développé un goût pour l'humiliation. Alex ignorait ce qui animait les garçons dans le genre de Blake. De beaux garçons qui avaient tout pour être heureux, qui n'aspiraient à rien, mais trouvaient quand même toujours des choses à prendre.

Elle descendit de son lit à la tombée de la nuit, enfila un pull et un jean, puis se tourna vers son amie.

« Viens dîner », la supplia-t-elle, en s'accroupissant devant sa table de chevet pour allumer une lampe. Mercy avait le visage bouffi à force de pleurer. Sa crinière brillait telle une balafre noire sur l'oreiller. Elle avait les mêmes cheveux qu'Alex – épais, sombres, raides.

« Je n'ai pas faim.

— Mercy, tu dois manger. »

Son amie enfouit son visage dans l'oreiller. « Je ne peux pas.

— Mercy. » Alex lui secoua l'épaule. « Mercy, tu ne peux pas laisser tomber la fac pour ça.

— Je n'ai jamais dit une chose pareille.

— Pas besoin. Je sais que ça te trotte dans la tête.

— Tu ne comprends pas.

— Oh que si. Il m'est arrivé un truc du même genre en Californie. Quand j'étais plus jeune.

— Et tu t'en es remise ?

— Pas vraiment. C'était vraiment craignos. Et j'ai plus ou moins laissé ça me pourrir l'existence.

— Tu as l'air d'aller bien, pourtant.

— Si tu savais… Mais je me *sens* bien ici, avec toi et Lauren – et ça, je refuse qu'on me l'enlève. »

Mercy se frotta le nez avec le revers de sa bouche. « C'est donc pour *toi* que tu fais tout ça ? »

Alex sourit. « Exactement.

— Si quelqu'un dit quoi que ce soit…

— Si quelqu'un s'avise de simplement te *regarder* de travers, je lui arrache un œil avec une fourchette. »

Mercy passa un jean et un pull à col haut pour cacher ses

suçons – des vêtements si sobres qu'elle ressemblait presque à une étrangère. Elle se passa le visage sous l'eau, se tamponna les yeux d'anticernes. Sa peau restait pâle et ses yeux étaient rouges, mais à New Haven personne ne ressemblait à un top model un dimanche soir, au beau au milieu de l'hiver.

Encadrée par ses deux amies, bras dessus bras dessous, elle fit son entrée dans le réfectoire. L'endroit était aussi bruyant que de coutume – le tintement des plats, les montagnes russes des conversations… –, mais leur arrivée ne provoqua aucun hoquet dans le brouhaha ambiant. Peut-être que Mike et le Manuscrit avaient réussi leur coup, au bout du compte.

Elles étaient installées devant leurs plateaux, Mercy jouant mollement avec sa morue frite tandis qu'une Alex un peu gênée mordait dans son deuxième cheeseburger, quand les rires débutèrent. C'est un rire bien particulier, que la jeune femme ne manqua pas de reconnaître – un ricanement, trop enjoué, interrompu d'une main faussement embarrassée sur la bouche. Lauren se figea. Mercy s'enfonça dans les profondeurs du col de son pull, toute tremblante. Alex se tendit, aux aguets.

« Tirons-nous d'ici », fit Lauren.

Mais Evan Wiley fondit littéralement sur le siège situé à côté d'elle. « Oh mon Dieu, je vais *mouriiiir*.

Lauren dévisagea Mercy. « Tout va bien. » Après quoi elle se tourna vers le nouvel arrivant. « C'est quoi ton problème ? grommela-t-elle d'une voix furibonde.

— Je savais que Blake était du genre dégueu, mais j'ignorais à *quel* point… »

Le téléphone de Lauren sonna, puis celui d'Alex. Mais personne ne regardait Mercy; les étudiants hurlaient et gloussaient à leur table, le visage rivé sur leur écran.

« Allez-y, regardez », fit Mercy, le visage dans ses mains. « Et dites-moi. »

Lauren prit une longue inspiration, puis ramassa son portable. Elle fronça les sourcils.

« Beurk ! s'exclama-t-elle.

— Tu *trouves* aussi ? », dit Evan.

L'écran montrait Blake Keely penché au-dessus de toilettes dans un état absolument immonde. Alex sentit le serpent se détendre de satisfaction en son for intérieur, comme s'il avait trouvé la roche parfaite pour cuire au soleil.

« Sérieux ? » Blake ricanait exactement sur le même ton hystérique que lorsqu'il avait lâché : *« Non, mais regardez-moi cette touffe ! »*

« OK, OK, poursuivit-il. Tu es vraiment tarée, toi ! » Mais son interlocuteur – quelle que soit son identité – restait hors champ.

« Non, dit Lauren.

— Oh mon Dieu, fit Mercy.

— Tu *trouves* aussi », répéta Evan.

Et ils regardèrent Blake Keely plonger sa main dans les toilettes bouchées, ramasser une poignée de merde et mordre dedans à pleines dents.

Il mâcha et avala, ricanant toujours autant – après quoi, ses parfaites dents blanches brunies et ses lèvres *nappées,* Blake lança à la caméra son fameux sourire nonchalant de bouffeur de merde.

Le portable d'Alex se remit à sonner. Awolowo.

PUTAIN, QU'EST-CE QUI TOURNE PAS ROND CHEZ TOI ?

xoxoxo, se borna à répondre Alex.

Tu n'avais pas le droit de faire ça. Je te faisais confiance.

L'erreur est humaine.

Mike n'irait pas se plaindre auprès de Sandow. Ça l'aurait contraint à admettre que sa délégation avait d'une manière ou d'une autre laissé s'échapper le secret de l'Accessit *et* qu'il avait confié à Alex une dose de Poudre d'étoile. Elle avait utilisé le téléphone de Blake pour envoyer la nouvelle vidéo à tous ses contacts, et personne à Omega ne connaissait son nom.

« Alex, chuchota Lauren. C'est quoi ce binz ? »

Un chaos sans nom avait gagné le réfectoire tout autour d'elles. Les gens hurlaient par petits groupes, ricanaient, repoussaient leurs assiettes avec dégoût, et exigeaient de savoir ce qui se passait. Evan avait déjà investi la table suivante. Quant à Lauren et à Mercy, elles avaient retourné leurs portables et fixaient Alex sans mot dire.

« Comment tu as fait ça ? s'enquit finalement Lauren.

— Fait quoi ?

— Tu m'as dit que tu allais arranger les choses. » Mercy tapota son téléphone. « Alors ? »

Alex sourit. « Je ne vois pas ce que tu veux dire. »

Un long silence s'abattit sur les trois amies.

Puis Mercy fit traîner son doigt sur la table. « Tu sais ce qu'on dit ? Qu'on ne guérit pas le mal par le mal ?

— Ouais. »

Mercy rapprocha d'elle l'assiette d'Alex, avala une énorme bouchée de son cheeseburger. « Eh bien, c'est des conneries. »

Que la magie de la Scroll & Key ait été apprise auprès des sorciers du Moyen-Orient pendant les Croisades – ou qu'elle leur ait été volée – n'est pas vraiment sujet à débat : les modes changent, les voleurs deviennent des conservateurs de musée, quand bien même les Serruriers continuent à clamer que leur maîtrise des portails a été acquise d'une façon parfaitement respectable. La façade du tombeau de la Scroll & Key rend hommage aux origines de leur pouvoir, mais l'intérieur est sans raison apparente consacré à la légende arthurienne – il y a même une table ronde en son cœur. D'aucuns prétendent que la pierre fut rapportée d'Avalon ; d'autres jurent qu'elle provient du temple de Salomon, et d'autres encore chuchotent qu'elle a été extraite au bas de la route, à Stony Creek. Quelles que soient ses origines, tout le monde, du doyen Acheson à Cole Porter en passant par James Gamble Rogers – l'architecte responsable des fondations mêmes de Yale – y est allé de sa version.

— extrait de *La Vie du Léthé : Procédures et Protocoles de la Neuvième Maison*

Les coups de soleil me tiennent éveillé. On devait atteindre Miami à temps pour le coup d'envoi, à en croire Andy. Tout avait été répertorié et approuvé par le conseil de la S & K comme par les anciens élèves. Mais la magie qu'ils ont concoctée, quelle qu'elle soit, n'a pas tardé à se dégrader. Enfin, ça m'aura quand même permis de découvrir Haïti.

— Journal de Naomi Farwell,
alors membre du Léthé (*Université Timothy Dwight, 1989*)

17

Hiver

Alex avait passé le reste du dimanche soir dans la salle commune en compagnie de Mercy et de Lauren, Rimski-Korsakov tournant sur la platine, une copie du *Bon Soldat* sur ses genoux. La résidence semblait particulièrement bruyante cette nuit-là; des gens vinrent frapper plusieurs fois à la porte de leurs quartiers – ce qu'elles ignorèrent systématiquement. Anna finit par rentrer, aussi lugubre et somnolente qu'à son habitude. Elle les gratifia d'un « salut » taciturne avant de disparaître dans sa chambre. Une minute plus tard, elle appelait sa famille au Texas; il leur fallut se couvrir la bouche, les larmes aux yeux, leurs épaules agitées de soubresauts, lorsqu'elles l'entendirent dire: « Je suis presque sûre que ce sont des sorcières ».

Si tu savais...

Alex dormit d'un sommeil sans rêves, mais elle se réveilla au beau milieu la nuit pour découvrir le Marié devant la fenêtre de sa chambre, tenu en respect par les sorts de protection. À voir son visage, North *attendait* quelque chose.

« Demain », promit-elle. Il s'était écoulé moins de vingt-quatre heures depuis son périple dans les zones frontalières. Alex allait se repencher sur l'affaire Tara Hutchins, mais Mercy avait eu d'urgence besoin d'elle. La jeune femme se devait davantage aux vivants qu'aux morts.

Je gère, se dit-elle tout en gobant deux aspirines supplémentaires. Elle se laissa retomber sur son matelas. *Peut-être pas comme Darlington l'aurait fait, mais je maîtrise.*

Sa première tâche le lundi matin fut de se rendre au cimetière d'Il Bastone pour remplir ses poches de terre, après quoi elle consacra une heure à collecter autant d'informations que possible sur les *glumae*. Si la Book & Snake – pour peu que ce soit bien eux qui lui avaient envoyé cette créature – voulait retenter sa chance, c'était le moment idéal. Elle avait pété un plomb en public ; au niveau de ses études elle était sous pression. Si d'aventure elle décidait sans crier gare de se jeter dans une rivière, d'un immeuble ou au beau milieu de la circulation, il y aurait plein de signes avant-coureurs à pointer du doigt.

Est-ce qu'elle avait l'air déprimée ? Elle était distante. Elle ne se faisait pas beaucoup d'amis. Elle avait des difficultés en cours. Autant d'affirmations exactes. Mais cela aurait changé quoi si elle avait été quelqu'un d'autre ? Fêtarde, on aurait dit qu'elle buvait pour noyer sa peine. Si elle avait été une étudiante modèle, que son perfectionnisme l'avait dévorée vivante. Les excuses ne manquaient jamais pour expliquer la mort d'une fille.

Et pourtant Alex trouvait un étrange réconfort dans le fait que son histoire différerait sensiblement de celle qu'elle aurait été un an plus tôt : une mort par hypothermie après s'être bourré la gueule et introduite par effraction dans une piscine publique, ou par overdose après avoir abusé d'un nouveau truc. Elle aurait même pu finir par se volatiliser, tout simplement : perdre la protection de Len et disparaître dans la Vallée de San Fernando, au beau milieu des rangées de petites maisons pareilles à des mausolées de stuc sur leurs lopins de terre.

Mais ce serait chouette si elle pouvait éviter de mourir tout de suite. *C'est une question de principe*, aurait dit Darlington. Au terme de quelques heures passées à en découdre avec la bibliothèque, elle dénicha deux textes consacrés aux moyens de combattre les *glumae*, l'un en anglais, l'autre en hébreu – qui nécessita une pierre de traduction, et parlait au final davantage de golems que de *glumae*. Mais vu que les deux sources mentionnaient l'utilisation d'une montre, de poignet ou à gousset, le conseil ne semblait pas à négliger.

Bien remonter sa montre. Le tic-tac régulier d'un mécanisme d'horloge désoriente toute créature fabriquée, *et non pas née. Elle y percevra le battement d'un cœur, et cherchera à trouver un corps là où il n'y en a aucun.*

Ce n'était pas précisément une protection – plutôt une distraction –, mais ça allait devoir faire l'affaire.

Darlington portait une montre dotée d'un large bracelet de cuir noir et d'un cadran en nacre. Alex l'avait prise pour un objet de famille, ou une coquetterie de sa part. Mais peut-être avait-elle une fonction bien précise.

Elle pénétra dans l'armurerie, là où était conservé le Creuset d'Hiram; faute d'avoir été utilisé, le Bol d'Or donnait presque l'impression d'être en deuil. La jeune femme dénicha une montre à gousset dans un tiroir, entortillée dans une collection de pendules d'hypnotiseur. Elle la remonta, la fourra dans sa poche – mais il lui fallut poursuivre un long moment sa fouille pour trouver le miroir de poche qu'elle cherchait, enveloppé dans de la ouate de coton au fond d'un autre tiroir. Une carte posée à côté en expliquait la provenance: le verre initialement fabriqué en Chine, puis placé dans le poudrier par des membres du Manuscrit pour une opération – toujours classifiée – de la CIA lors de la guerre froide. La carte ne disait pas comment il avait quitté Langley pour se retrouver au manoir d'Orange Street, par contre. L'objet était taché; Alex entreprit de le nettoyer avec son sweat-shirt.

Malgré les événements du week-end, elle survécut au cours d'espagnol sans être trop larguée, passa deux heures à la bibliothèque Sterling pour boucler sa dernière lecture shakespearienne, et dévora sa double portion habituelle au déjeuner. Elle se sentait alerte, concentrée – comme sous *basso belladonna*, mais sans les palpitations.

Il avait suffi pour cela d'une tentative de meurtre et d'une visite aux confins de l'enfer. Si seulement elle l'avait su plus tôt...

North rôdait dans la cour de la résidence Vanderbilt ce matin-là. Alex lui avait fait comprendre qu'elle ne serait pas libre avant la fin du déjeuner. Fidèle à lui-même, il l'attendit donc à la sortie du réfectoire, et tous deux firent ensemble le trajet de College Street à Prospect. Ils avaient presque atteint la patinoire Ingalls quand quelque chose la frappa : elle n'avait pas croisé un seul Gris. Non, ce n'était pas tout à fait exact : elle en avait aperçu tapis derrière les colonnes, ou déguerpissant dans des ruelles. *Ils ont peur de lui*, comprit-elle. Elle se souvint de leur rencontre au milieu du fleuve, du sourire qu'il arborait. *Il est des choses pires que la mort, M*^me^ *Stern.*

Alex ne cessa de consulter son téléphone jusqu'à Mansfield. La jeune femme n'avait toujours pas la carte de New Haven en tête : elle connaissait les principales artères du campus de Yale, les itinéraires qu'elle empruntait chaque semaine pour se rendre en cours, mais le reste de la ville demeurait pour elle une entité vague, informe. Alex marchait présentement en direction d'un quartier où Darlington l'avait déjà emmenée dans sa vieille Mercedes cabossée. Il lui avait montré l'ancienne usine de la Winchester Repeating Arms, partiellement transformée en lofts de luxe. Une ligne, où la peinture cédait le pas à la brique brute, coupait le bâtiment en deux – et marquait le moment exact où le promoteur s'était retrouvé à court d'argent. D'un geste il lui avait désigné le portail du Science Park, souvenir d'une tentative d'investissement dans les technologies médicales au cours des années quatre-vingt-dix.

« Ça n'a pas l'air d'avoir marché, avait commenté la jeune femme en contemplant les fenêtres condamnées et le parking désert.

— Pour reprendre les mots de mon grand-père : cette ville était foutue depuis le début. » Darlington avait alors appuyé sur l'accélérateur, comme si Alex avait été témoin de quelque dispute familiale embarrassante au dîner de Thanksgiving. Ils étaient passés devant les rangées d'habitations bas de gamme où les ouvriers vivaient à l'époque de Winchester, puis avaient remonté Science

Hill – où l'on trouvait les demeures de brique des contremaîtres, avec leurs larges pelouses bordées de haies. En approchant du sommet de la colline, les maisons trapues faisaient place à des habitations plus grandes et, enfin, à l'imposant jardin botanique du Marais. Comme si un sort avait été levé.

Mais Alex ne comptait pas se rendre là-bas, présentement. Elle allait s'en tenir aux bas-fonds, aux maisons délabrées, aux jardins pelés et aux magasins d'alcool nichés à chaque coin de rue. L'inspecteur Turner lui avait appris que Tara vivait à Woodland; même sans le flic en uniforme posté devant la porte, Alex n'aurait eu aucun mal à localiser l'appartement de la défunte. Il y avait de l'autre côté de la rue une femme collée à la clôture grillagée de sa cour, les yeux rivés sur l'affreux immeuble comme si elle le pensait sur le point de se mettre à parler. Deux types en survêtement discutaient sur le trottoir, tournés vers la pelouse du bâtiment – mais à distance respectueuse. Alex ne pouvait pas les en blâmer: les ennuis avaient le don de vous tomber dessus sans prévenir.

« La plupart des villes sont des palimpsestes », lui avait dit un jour Darlington. En cherchant la définition de ce mot, elle s'y était reprise à trois fois pour en trouver la bonne orthographe. « Elles se reconstruisent encore et encore, au point qu'au final on ne se souvient plus des strates antérieures. Mais New Haven, elle, *affiche* ses cicatrices. Les grandes autoroutes qui vont dans le mauvais sens, les parcs abandonnés au pied de bureaux déserts, les paysages de lignes électriques à perte de vue... Personne ne voit toute la vie qui se développe entre ces blessures ni tout ce qu'elle apporte. C'est une ville construite pour vous donner envie d'en partir. »

C'était sur la crête d'une de ces cicatrices que Tara avait vécu.

Alex n'avait pas mis son manteau ni tiré ses cheveux en arrière. Il était facile pour elle de se fondre dans ce décor, et la jeune femme voulait éviter d'attirer l'attention.

Elle adopta un pas tranquille, s'arrêta un peu plus loin comme pour attendre quelqu'un, vérifia son téléphone. Jeta un coup d'œil à North, juste assez longtemps pour déceler sa frustration.

« Détendez-vous », murmura-t-elle. *Je n'ai pas de comptes à te rendre, mon pote. Pas que je sache, du moins.*

Enfin, un homme sortit de l'immeuble de Tara. Grand, mince, il portait une veste des Patriots et un jean délavé. Il fit un signe de tête à l'officier, puis entreprit de descendre les marches en brique tout en mettant ses écouteurs. Alex le suivit jusqu'au coin de la rue. Une fois tous deux hors de vue, elle lui tapota l'épaule. Il fit volte-face, et la jeune femme lui tendit le miroir qu'elle tenait. Un reflet l'éblouit ; il leva une main pour s'en protéger tout en reculant.

« C'est quoi ce bordel ? »

Alex referma le miroir. « Oh mon Dieu, je suis vraiment désolée. Je vous ai pris pour Tom Brady. »

Le type lui lança un regard mauvais, puis s'éloigna à grandes enjambées.

Alex retourna jusqu'à l'immeuble en trottinant. En s'approchant de l'agent en poste devant la porte, elle lui présenta le miroir comme s'il s'agissait d'un badge. La lumière éclaira son visage.

« Déjà de retour ? » lui demanda le flic, qui ne voyait rien d'autre que l'image capturée de Monsieur Patriots. Le Manuscrit possédait peut-être le pire tombeau, mais leurs tours de passe-passe faisaient partie des meilleurs.

« J'ai oublié mon portefeuille », fit Alex, en rendant sa voix aussi rauque que possible.

Le flic hocha la tête, et la laissa franchir la porte d'entrée.

La jeune femme remit le miroir dans sa poche, traversa le hall d'un pas vif. Elle trouva l'appartement de Tara au premier étage ; de la rubalise jaune en barrait le seuil.

Alex était prête à en crocheter la serrure – il lui avait fallu en apprendre les bases après que sa mère lui eut interdit l'accès de l'appartement dans une phase d'amour vache. Il y avait eu quelque chose d'étrange à entrer par effraction dans sa propre maison, à s'y glisser comme un fantôme, comme si les lieux avaient appartenu à quelqu'un d'autre. Mais la serrure de Tara avait complètement disparu, sans doute ôtée par les flics.

Alex poussa la porte du coude, se glissa sous le cordon. De toute évidence, personne n'était revenu mettre de l'ordre dans l'appartement de Tara après le passage de la police. Guère étonnant : l'un de ses occupants était en garde à vue, l'autre gisait sur une table d'autopsie.

Des tiroirs étaient ouverts, des coussins sortis de leurs housses – certains éventrés par des flics en quête d'articles de contrebande. Le sol était jonché de débris : une affiche arrachée de son cadre, un club de golf, des pinceaux de maquillage. Tara s'était quand même efforcée d'en faire un lieu confortable, Alex le voyait. Des courtepointes bleues et violettes recouvraient de larges pans de murs. *Des couleurs apaisantes*, aurait dit la mère d'Alex. *Océaniques*. Un attrape-rêves accroché à la fenêtre surplombait une collection de plantes grasses. Alex ramassa un des petits pots, effleura du bout des doigts les feuilles cireuses. Elle en avait acheté une presque identique dans un marché de producteurs. Ces trucs ne demandaient qu'une attention limitée – de petits survivants. Sa propre plante avait sans doute été jetée à la poubelle, ou gardée comme preuve, mais elle aimait l'imaginer au soleil, posée sur le rebord de sa fenêtre à Ground Zero.

La jeune femme suivit le couloir étroit jusqu'à la chambre, qu'elle découvrit dans un désordre similaire. Un tas d'oreillers et d'animaux en peluche gisait à côté du lit. Le dos de la commode avait été démonté. Depuis la fenêtre, on pouvait tout juste apercevoir la tour de l'antique manoir du Marais. Il faisait partie de l'école forestière, de même que ses interminables jardins en pente grouillants de serres – le tout à quelques minutes de marche de l'appartement de Tara. *Dans quoi tu t'étais fourrée, ma fille ?*

North s'était arrêté dans le couloir, au niveau de la salle de bains. Quelque chose avec des *effluves*, lui avait-il dit.

La salle de bains était malcommode, sans espace entre le lavabo sur pied et le bain-douche miteux. Alex jeta un coup d'œil dans la poubelle, fit le tour des objets posés sur l'évier. Une brosse à dents n'allait pas faire l'affaire, pas davantage que des vieux mouchoirs. Il fallait quelque chose de plus personnel, à en croire le Marié.

Elle ouvrit l'armoire à pharmacie. Il ne restait presque rien à l'intérieur, mais elle dénicha quand même une boîte en plastique bleue sur l'étagère du haut. *Changez votre sourire, changez votre vie,* disait l'étiquette collée dessus.

Alex l'ouvrit. L'appareil dentaire de Tara. North afficha un air sceptique.

« Vous savez ce que c'est, au moins ? Vous avez conscience de contempler un miracle de l'orthodontie moderne ? » Il croisa les bras. « Je m'en doutais. »

North était à un siècle et demi de comprendre de quoi il s'agissait – mais l'objet aurait sans doute également interloqué la plupart des jeunes du campus. C'était le genre de chose que les parents achetaient à leurs enfants sans leur en dire la valeur, et qui se perdait lors des voyages scolaires ou finissait au fond d'un tiroir. Pour Tara, cependant, cet appareil avait eu de l'importance – elle avait dû se serrer la ceinture pendant des mois pour se l'offrir, le porter chaque nuit, craindre constamment de l'égarer. *Changez votre sourire, changez votre vie.*

Alex prit un morceau de papier-toilette et retira l'appareil de sa boîte. « Ce truc comptait pour elle. Faites-moi confiance. » Et avec un peu de chance, il devait encore y avoir des effluves de qualité dessus.

La jeune femme boucha l'évier, ouvrit le robinet. Pouvait-on considérer cela comme une masse d'eau ? Elle l'espérait.

Elle y plongea l'appareil. Avant même que celui-ci n'ait touché le fond, elle vit une main pâle émerger à côté de la canalisation – elle semblait avoir *éclos* des fissures de la vasque. Les doigts se refermèrent, la main disparut en même temps que l'appareil. Alex leva les yeux. North le tenait dans sa paume dégoulinante, sa bouche recroquevillée en une grimace de dégoût.

Alex haussa les épaules. « Vous vouliez des effluves. » Elle déboucha l'évier, jeta le papier-toilette dans la corbeille, puis se tourna vers la sortie.

Un homme se tenait dans l'embrasure de la porte. Il était

gigantesque : sa tête frôlait le cadre supérieur, et ses épaules remplissaient tout l'espace. Le haut détaché de sa salopette de mécanicien grise révélait un T-shirt blanc d'où dépassaient deux bras musculeux couverts de tatouages.

« Je... » commença Alex. Mais l'inconnu était déjà en train de charger.

Le choc la projeta en arrière contre le mur. Sa tête tapa contre le rebord de la fenêtre, et son agresseur referma ses mains autour de son cou. Elle lui griffa les bras.

Les yeux de North avaient viré au noir. Il se rua sur l'agresseur – et passa à travers.

Ce n'était pas une *gluma*. Ni un fantôme. Ni quelque créature venue de l'autre côté du Voile. Il s'agissait d'un être fait de chair et de sang, qui essayait de tuer Alex. North ne pouvait rien pour elle.

Alex enfonça sa paume dans la gorge de son assaillant. Le souffle coupé, il relâcha sa prise – ce dont elle profita pour lui donner un coup de genou entre les jambes. Pas tout à fait dans le mille, mais pas loin. Il se plia en deux.

La jeune femme se précipita dans le couloir, North sur ses talons, arrachant au passage le rideau de douche – dans lequel elle se prit les pieds. Et soudain le mécanicien se retrouva devant elle. Il n'avait pas ouvert la porte – il l'avait simplement *traversée*, à la manière d'un Gris. De la magie des portails ? Un bref instant Alex crut distinguer un jardin désolé derrière lui, après quoi il lui fonça dessus.

Alex battit en retraite par le salon en désordre, un bras collé contre son flanc. Son esprit partait dans tous les sens, elle saignait, et chaque respiration lui arrachait une grimace de douleur. Elle devait avoir plusieurs côtes cassées. Quelque chose de chaud et d'humide s'écoulait le long de sa nuque – une conséquence du choc que son crâne avait reçu, à n'en pas douter. Allait-elle réussir à atteindre la cuisine ? À attraper un couteau ?

« Qui êtes-vous ? », grogna le mécanicien. Sa voix était rauque, sifflante, peut-être à cause du coup qu'Alex lui avait asséné. « Qui a fait du mal à Tara ?

— Son connard de petit ami », cracha la jeune femme.

Il rugit – et se jeta sur elle.

Alex l'évita de justesse en plongeant sur sa gauche, vers la cheminée – mais l'inconnu lui interdisait toujours l'accès à la porte : léger sur ses appuis, il évoquait un boxeur fin prêt à reprendre le combat.

Il souriait. « Tu n'as nulle part où aller, espèce de salope. »

Et ses mains se retrouvèrent à nouveau autour de la gorge de la jeune femme, qui n'avait même pas eu l'occasion d'échapper à son nouvel assaut. Des taches noires commençaient à obstruer sa vision. North hurlait, gesticulait dans tous les sens, parfaitement impuissant. Non, pas impuissant. C'eût été lui faire injure. *Laissez-moi entrer, Alex.*

Personne ne savait qui elle était. Ni North ni ce monstre devant elle. Et pas davantage Dawes, Mercy ou Sandow. Personne.

À part Darlington, qui seul avait deviné.

18

L'automne précédent

Alex lui en voulait de l'avoir appelée, Darlington le savait. Il ne pouvait guère l'en blâmer. Ce n'était ni un jeudi de rituels ni un dimanche consacré à préparer sa semaine de cours, et il n'ignorait pas que la jeune femme avait du mal à concilier la fac et les exigences du Léthé. Il s'était inquiété de l'impact que l'incident du Manuscrit risquait d'avoir sur leur travail, mais elle était passée à autre chose plus facilement que lui. Alex s'était occupée du rapport pour lui épargner la peine de revivre cet épisode embarrassant – ce qui ne l'avait pas empêchée de râler sur les exigences ridicules du Léthé. La facilité avec laquelle elle avait lâché l'affaire, le pardon désinvolte qu'elle lui avait offert… tout cela l'avait déconcerté, laissé songeur quant à ce qu'elle avait dû traverser jusque-là. Elle était même parvenue à gérer sans encombre son deuxième rite avec Aurélien – un dépôt de brevet effectué sous les néons de l'horrible annexe du Peabody – et sa première pronostication pour la Skull & Bones. Il y avait eu un moment… compliqué durant lequel la jeune femme avait visiblement verdi ; elle était passée à deux doigts de vomir sur l'Haruspice. Mais Alex s'était contrôlée, et Darlington ne se voyait pas lui reprocher d'avoir flanché. Il avait assisté à douze pronostications – et en restait encore ébranlé.

« Ce sera rapide, Stern », lui promit-il le mardi soir, alors même qu'ils quittaient Il Bastone. « Rosenfeld perturbe le réseau électrique.

— Qui est Rosenfeld ?

— Pas "qui". Rosenfeld Hall. Vous devriez savoir le reste. »

Elle ajusta la sangle de sa sacoche. « Je ne m'en souviens pas.

— St. Elmo ? insista-t-il.

— Ah, oui. Le type électrocuté. »

Il lui avait remis toute l'histoire en tête. Saint Érasme avait prétendument survécu à l'électrocution et à la noyade. C'était lui qui avait donné son nom au feu de Saint-Elme, ainsi qu'à la société ayant jadis habité les tours élisabéthaines de Rosenfeld Hall. Le bâtiment de briques rouges accueillait à présent bureaux et annexes. Il était fermé la nuit, mais Darlington en possédait une clé.

« Enfilez ça. » Il lui tendit des gants et des surbottes en caoutchouc – similaires à celles que fabriquait jadis l'usine familiale.

Alex s'exécuta, puis lui emboîta le pas. « Ça ne peut pas attendre demain ?

— La dernière fois que le Léthé n'est pas intervenu à Rosenfeld dans ce genre de circonstances, il y a eu un black-out sur l'intégralité du campus. » Comme pour intervenir dans la discussion, les lumières des étages supérieurs se mirent à clignoter. Le bâtiment bourdonnait doucement. « Toutes ces informations se trouvent dans *La Vie du Léthé*.

— Vous vous rappelez m'avoir dit qu'on ne s'occupait pas des sociétés non propriétaires ? s'enquit Alex. »

Darlington comprit où elle voulait en venir. « Oui, soupira-t-il.

— Eh bien, j'ai pris vos enseignements à cœur. »

Darlington lâcha un soupir, après quoi il se servit de sa clé pour ouvrir une autre porte – qui donnait sur une immense réserve remplie de mobilier de dortoir et de matelas à l'abandon. « C'est l'ancien réfectoire de St… Elmo. » Il braqua sa lampe de poche sur les arches gothiques, sur le ciselage précis de la pierre. « Quand la société manquait de liquidités, dans les années soixante, l'université leur a racheté le bâtiment et a promis de leur louer la crypte pour qu'ils puissent continuer leurs rituels. Mais au lieu de faire rédiger par Aurélien un contrat en bonne et due forme, les parties ont opté pour un *gentleman's agreement*.

— Et ces gentlemen ont fini par changer d'avis?

— Ils sont morts, laissant place à des personnes *beaucoup* moins distinguées. Yale a refusé de renouveler le bail de la société, et St. Elmo s'est retrouvé dans cette petite maison sordide de Lynwood Place.

— "Où le cœur aime, là est le foyer", espèce de snob.

— Précisément, Stern. Et le cœur de St. Elmo se trouvait ici, dans leur tombeau d'origine. Depuis qu'ils ont perdu cet endroit, ils n'ont presque plus accès à la magie – et je ne vous parle pas de leurs finances. Aidez-moi à déplacer ça. »

Ils écartèrent deux vieux cadres de lit qui dissimulaient une autre porte fermée. La société devait à l'époque sa renommée à sa magie élémentaire, l'*artium tempestate,* qu'elle utilisait pour tout et n'importe quoi – de la manutention à la réorientation d'objectifs de terrain essentiels. St. Elmo n'était parvenue qu'à produire de pathétiques brises depuis son déménagement sur Lynwood Place. Toutes les demeures des sociétés avaient été érigées sur des nexus de pouvoir magique. Personne ne savait vraiment ce qui les avait créés, mais cela expliquait pourquoi on ne pouvait tout simplement plus construire de nouveaux tombeaux. Il y avait des endroits en ce bas monde que la magie évitait, comme la lugubre esplanade lunaire du National Mall à Washington, et des lieux qui l'attiraient, tel le Rockefeller Center à Manhattan ou le quartier français de La Nouvelle-Orléans. New Haven avait une concentration extrêmement forte de sites où la magie semblait s'agglutiner – comme de la barbe à papa autour d'un bâtonnet.

L'escalier qu'ils descendaient serpenta à travers trois niveaux souterrains. Le bourdonnement s'intensifiait à chaque marche. Il ne restait en réalité pas grand-chose à voir dans les étages inférieurs: les corps empaillés, poussiéreux, d'animaux du zoo de New Haven –

acquis sur un coup de tête par J.P. Morgan lors de sa folle jeunesse ; de vieux transformateurs hérissés d'antennes métalliques, tout droit sortis d'un film de monstres classique ; des cuves vides et des réservoirs fissurés.

« Des aquariums ? s'enquit Alex.

— Des théières à tempêtes. » C'était là-dedans que les étudiants de St. Elmo faisaient infuser le mauvais temps. Des blizzards qui provoquaient une hausse des charges d'électricité, des sécheresses qui brûlaient les récoltes, des vents assez puissants pour envoyer un navire par le fond.

Le bourdonnement se fit plus intense – un grincement électrique incessant, qui hérissait les poils des bras de Darlington et faisait vibrer ses dents.

Alex colla ses mains sur ses oreilles. « C'est quoi, *ça* ? » Darlington savait d'expérience que cela n'augurait rien de bon. Le vrombissement faisait vibrer le sol, emplissait l'air. S'y exposer trop longtemps ne pouvait que rendre fou.

« St. Elmo a passé des années ici, à invoquer des tempêtes. Allez savoir pourquoi, le mauvais temps aime revenir en ces lieux.

— Et c'est là qu'on reçoit l'appel ? »

Il la conduisit devant la vieille boîte à fusibles. Elle était depuis longtemps hors d'usage, mais la poussière l'avait globalement épargnée. Darlington sortit alors de son sac la girouette en argent.

« Tendez votre main. » Il déposa l'instrument sur sa paume. « Soufflez dessus. »

La jeune femme lui lança un regard sceptique, mais s'exécuta néanmoins. Les fines branches d'argent se mirent aussitôt à tourner – et l'appareil se redressa d'un coup, pareil à un somnambule de dessin animé.

« Encore. »

La girouette tourna d'abord lentement, captant peu à peu le vent – puis se mit à vrombir dans la paume d'Alex, comme prise dans une rafale. Elle l'écarta un peu de son visage. Dans le faisceau de la lampe de poche, avec ses cheveux dressés au-dessus de sa tête, nimbée comme elle l'était d'un halo de vent et d'électricité, la jeune femme arborait un visage qui semblait comme couronné de sombres serpents. Darlington se la remémora lors de la fête du Manuscrit, enveloppée de nuit ; il dut cligner deux fois des yeux pour en chasser l'image de son esprit. Ce n'était pas la première fois que ce souvenir lui revenait, et cela le mettait toujours mal à l'aise : était-ce la honte liée à cette nuit qui s'attardait, ou bien avait-il vu quelque chose de réel, quelque chose dont il aurait *dû* détourner le regard ?

« Il faut faire tourner la girouette, poursuivit-il, puis appuyer sur les interrupteurs. » Il les actionna tous à la file, d'un mouvement assuré. « Et portez *toujours* des gants. »

Son doigt poussa le dernier ; le bourdonnement se transforma en un son strident qui se logea sous son crâne – le cri perçant d'un enfant terrible frustré d'avoir été envoyé au lit. Alex grimaça. Un filet écarlate coulait de son nez. Darlington sentit quelque chose d'humide sur ses lèvres – lui aussi devait saigner. Et puis, tout d'un coup, la pièce s'embrasa d'une lumière aveuglante. La girouette s'envola, tinta en percutant le mur – et tout le bâtiment parut comme lâcher un soupir, alors même que le bourdonnement s'évanouissait.

Un frisson de soulagement parcourut le corps de la jeune femme. Darlington lui tendit un mouchoir propre.

« Il faut faire ça chaque fois que le temps s'énerve ? » s'enquit-elle.

Darlington se tamponna à son tour le nez. « Une ou deux fois par an. Parfois moins. L'énergie doit bien aller quelque part, et elle créera une surtension si jamais on ne la canalise pas. »

Alex ramassa la girouette. Les pointes de ses flèches d'argent avaient légèrement fondu, son axe était tordu. « Et qu'est qu'on fait de ce truc ?

— On va le mettre dans le creuset avec un peu de fluide. Il devrait se rafistoler en à peu près quarante-huit heures.

— Et c'est tout ? On n'a rien d'autre à faire ?

— C'est tout. Le Léthé dispose de capteurs à tous les niveaux inférieurs de Rosenfeld. Si le mauvais temps fait son retour, Dawes recevra une alerte. Ne venez *jamais* sans la girouette. Enfilez toujours des gants et des bottes. Rien de bien méchant. Bon, vous allez pouvoir vous remettre à... qu'est-ce que vous êtes en train de lire, déjà ?

— *La Reine des fées.* »

Il leva les yeux au ciel, les fixa ensuite sur la porte. « Mes condoléances. Spenser est d'un ennui mortel. Sur quoi porte votre devoir ? » Darlington n'était plus qu'à moitié attentif. Il voulait qu'Alex reste calme – lui-même luttait pour garder son sang-froid. Parce qu'il entendait quelque chose *respirer* dans le silence que le mauvais temps avait laissé dans son sillage.

Il leur refit traverser les allées remplies de verres poussiéreux et de machines cassées, à l'affût du moindre bruit.

Darlington écoutait d'une oreille distraite Alex lui parler de la reine Elizabeth – et lui raconter qu'un étudiant de son groupe avait perdu un bon quart d'heure à défendre l'idée que tous les grands poètes étaient gauchers.

« C'est absolument faux », trancha-t-il. Le souffle était profond, régulier – pareil à celui d'une créature au repos. Il se confondait presque avec le système de ventilation du bâtiment.

« C'est ce qu'a dit notre chargé de cours, mais ce type devait être gaucher : il s'est lancé dans une diatribe dénonçant la façon dont la société les forçait à écrire de la main droite.

— Le fait d'être gaucher était jadis considéré comme un signe d'influence démoniaque. La main *sinistre*, ce genre de choses.

— Et c'en était un ?

— Un quoi ?

— Un signe d'influence démoniaque.

— Pas du tout. Les démons sont ambidextres.

— Est-ce qu'on aura à en combattre un jour ?

— Certainement pas. Les démons sont confinés dans une sorte de paysage infernal situé derrière le Voile, et nous ne sommes pas assez payés pour nous occuper de ceux qui parviennent à le franchir.

— Depuis quand on est payé ?

— Précisément. »

Là-bas, dans le coin, l'obscurité semblait plus *profonde* qu'elle ne l'aurait dû – une ombre qui n'en était pas une. Un portail. Dans le sous-sol de Rosenfeld Hall. Il n'avait rien à faire là.

Darlington se sentit soulagé. Le bruit de respiration devait être causé par l'air qui traversait le portail ; si sa présence ici était un mystère, il l'estimait à sa portée. Quelqu'un avait à l'évidence tenté de capturer le pouvoir de l'ancien nexus de St. Elmo pour pratiquer de la magie. La Scroll & Key était le coupable tout désigné : ils avaient annulé leur dernier rite, leur récente tentative d'ouvrir un portail vers la Hongrie ayant constitué un signe avant-coureur ; la magie de leur propre tombeau était en train de s'estomper. Mais Darlington n'était pas du genre à porter une accusation sans preuve concrète. Il allait lancer un sort de confinement et de protection pour rendre le portail inutilisable, après quoi tous deux retourneraient à Il Bastone récupérer de quoi le fermer définitivement. Alex n'allait pas apprécier.

« Je ne sais pas, disait la jeune femme. Peut-être essayaient-ils simplement de brider tous ces gauchers diaboliques – parce qu'honnêtement, c'est *vraiment* le bordel avec eux. Hellie n'arrivait jamais à me cacher les moments où elle écrivait dans son journal : elle avait le poignet tout noir. »

Darlington s'estimait en mesure de refermer le portail tout seul, et accorder un peu de répit à Alex pour lui laisser le temps d'écrire quelques pages forcément impérissables sur l'ennuyeux Spenser. *Modes de déplacement et modèles de transgression dans* La Reine des fées.

« Qui est Hellie ? » Mais la mémoire lui revint sitôt qu'il eut prononcé son nom. Helen Watson. La fille morte d'une overdose, celle auprès de laquelle Alex avait été retrouvée. Quelque chose en lui grésilla comme une ampoule mal vissée. Il se remémora l'horrible motif que formaient les éclaboussures de sang sur l'intégralité des murs de ce misérable appartement. Le carnage était l'œuvre d'un gaucher, à en croire la police.

Mais Helen Watson était morte plus tôt, non ? Il n'y avait pas de sang sur elle. *Aucune* des deux filles ne faisait un suspect crédible. Toutes deux étaient bien trop défoncées, et bien trop menues pour commettre ce genre de dégâts. Sans compter qu'Alex n'était pas gauchère.

Contrairement à Helen Watson.

Hellie.

La jeune femme le dévisageait dans l'obscurité. Elle affichait l'air circonspect d'un individu conscient d'en avoir trop dit. Darlington devait faire semblant de ne rien avoir remarqué, il le savait. *Agis naturellement*. Oui, agir naturellement – dans un sous-sol crépitant de la magie des tempêtes, tout près d'un portail menant Dieu savait où, à côté d'une fille capable de voir des fantômes. Non, pas seulement les voir.

Peut-être pouvait-elle les laisser *entrer*.

Agis naturellement. Au lieu quoi il se figea, ses yeux fixés sur ceux d'Alex, son esprit parcourant en hâte tout ce qu'il savait des possessions par les Gris. Le Léthé avait suivi d'autres personnes censées voir des fantômes. Beaucoup avaient perdu la tête, ou étaient devenues des candidats « difficilement défendables ». Des rumeurs couraient à propos de gens qui devenaient fous et détruisaient leur chambre d'hôpital, ou attaquaient leurs médecins avec une force inouïe – le genre de force requise pour manier une batte contre cinq hommes adultes. Après leurs crises, les sujets se retrouvaient systématiquement plongés dans un état catatonique qui rendait tout interrogatoire impossible. Mais Alex n'avait rien d'ordinaire, pas vrai ?

Darlington considéra la jeune femme. Une Ondine aux cheveux noirs – la raie au milieu pareille à une colonne vertébrale. Ses yeux dévorants.

« Vous les avez tués, dit-il. Tous. Leonard Beacon. Mitchell Betts. Helen Watson. *Hellie*. »

Le silence s'éternisait. L'éclat sombre de ses prunelles parut se durcir. N'avait-il pas eu envie de magie, d'une porte vers un autre monde, d'une petite fée ? Sauf que les fées n'étaient jamais gentilles. *Dis-moi d'aller me faire foutre*, pensa-t-il. *Ouvre cette bouche vulgaire et dis-moi que je me trompe. Dis-moi d'aller au diable.*

Mais seuls deux mots sortirent de sa bouche : « Pas Hellie ».

Darlington entendait le vent qui soufflait à travers le portail, les grincements ordinaires de l'immeuble qui les surplombait – et quelque part, au loin, le son d'une sirène.

Il l'avait toujours su. Le jour même de leur rencontre, Daniel avait senti que quelque chose n'allait pas chez cette fille. Mais jamais il n'aurait pu deviner la gravité de ses crimes. *Meurtrière.*

Mais *qui* avait-elle tué, au bout du compte ? Ses victimes n'allaient manquer à personne. Peut-être même n'avait-elle pas eu le choix de faire ce qu'elle avait fait. Quoi qu'il en soit, le conseil du Léthé n'avait aucune idée de ce à quoi il avait affaire, de la *nature* de ce qu'ils avaient ramené au bercail.

« Qu'est-ce que vous allez faire ? » lui demanda Alex. Ces yeux noirs, durs – ces deux pierres de rivière. Pas de remords, pas d'excuses. La survie comme seule motivation.

« Je n'en sais rien. » Mais tous deux savaient que c'était un mensonge. Darlington allait devoir en parler au doyen Sandow. Il n'y avait pas d'autre solution.

Demande-lui pourquoi. Non, demande-lui comment. Son mobile aurait dû l'intéresser davantage – mais c'était sa *méthode* qui allait l'obséder, il le savait. Et pas que lui : le conseil voudrait certainement en savoir davantage, lui aussi. Mais ils ne pouvaient plus se permettre de la garder au sein du Léthé. Si quoi que ce soit arrivait, si Alex faisait à nouveau du mal à quelqu'un, la faute leur incomberait.

« On verra. » Et il se tourna vers l'ombre occupant le coin. Darlington ne voulait plus la regarder, il ne voulait plus voir la peur dans ses yeux – la conscience de ce qu'elle s'apprêtait à perdre.

Est-ce qu'elle s'en serait sortie, de toute façon ? Le Darlington implacable qu'il avait en lui estimait qu'elle n'avait jamais vraiment eu ce qu'il fallait pour appartenir au Léthé. À Yale. Cette fille venue de l'Ouest – le royaume du soleil, du contreplaqué et du formica.

« Quelqu'un nous a précédés. » Parler du travail qui les attendait lui paraissait plus facile que d'évoquer ce fait vertigineux : cette jeune femme était une meurtrière. Leonard Beacon avait été retrouvé dans un état méconnaissable. Les organes de Mitchell Betts avaient été réduits en bouillie, quasiment liquéfiés. Deux hommes dans les pièces du fond avaient des trous dans la poitrine, signe qu'on leur avait enfoncé un pieu dans le cœur. La batte avait été retrouvée en fragments si petits que les flics n'avaient pu relever aucune empreinte digitale dessus. Mais Alex s'était montrée méticuleuse. Pas une goutte de sang sur elle. Les techniciens de la police scientifique avaient même vérifié les canalisations.

D'un geste, Darlington lui indiqua la tache sombre dans le coin. « Quelqu'un a ouvert un portail.

— D'accord », fit-elle. D'une voix prudente, indécise. La camaraderie et la spontanéité construites au fil des mois venaient de fondre comme neige au soleil.

« Je vais installer une protection, dit-il. Après quoi on retourna à Il Bastone pour discuter de tout cela. » Pensait-il vraiment ce qu'il venait de dire ? N'était-ce pas plutôt : *je vais te soutirer le maximum d'informations avant de te dénoncer et de passer à autre chose.* Ce soir, elle allait encore chercher à négocier – des informations contre son silence. Elle était son Dante. Il devait en tenir compte. *C'est une meurtrière. Et une menteuse.* « Ce n'est pas quelque chose que je peux cacher à Sandow.

— D'accord », répéta-t-elle.

Darlington sortit deux aimants de sa poche, puis traça un glyphe de protection au-dessus du portail. Les passages de ce genre portaient la signature de la Scroll & Key, mais les Serruriers avaient pris un risque absurde en essayant d'ouvrir un portail hors de leur tombeau. Il allait néanmoins utiliser *leur* magie pour le refermer.

« *Alsamt*, commença-t-il. *Mukhal...* » Son souffle se retrouva aspiré de sa bouche avant même qu'il n'ait achevé sa phrase.

Quelque chose s'était emparé de lui – Darlington comprit qu'il avait commis une terrible erreur. Ce n'était pas un portail. Pas du tout.

Dans ces derniers instants, il prit conscience du peu de choses qui le rattachaient au monde. Qu'est-ce qui le retenait ici ? Qui le connaissait suffisamment bien pour réchauffer son cœur ? Tous les livres, la musique, l'art et l'histoire, les pierres silencieuses de Black Elm, les rues de cette ville… *Cette ville*. Rien de tout cela ne se souviendrait de lui.

Il essaya de parler. Un avertissement ? L'ultime soupir d'un je-sais-tout ? *Ci-gît un garçon qui se prenait pour un petit malin.* Sauf qu'il n'y aurait pas de tombe…

Danny regardait le visage faussement juvénile d'Alex, le puits sans fond de ses yeux, ses lèvres entrouvertes qui demeuraient désespérément immobiles. La jeune femme ne fit pas le moindre pas dans sa direction. Ne prononça aucune parole de protection.

Il disparut ainsi qu'il l'avait toujours imaginé. Seul, dans le noir.

19

L'été précédent

Alex ne parvenait pas à identifier le moment où les problèmes avaient commencé cette nuit-là, à Ground Zero. Tout cela remontait à trop longtemps. Len voulait monter en grade, convaincre Eitan de lui donner davantage de responsabilités. L'herbe payait les factures, mais les gamins des écoles privées de Buckley et d'Oakwood étaient demandeurs d'Adderall, de MDMA, d'oxy et de kétamine – et Len avait beau lui faire de la lèche, Eitan refusait obstinément de lui refiler davantage que des pochons d'herbe. Question de confiance…

Len adorait baver sur Eitan ; il le traitait de connard de juif mielleux – Alex se tortillait alors de malaise en pensant à sa grand-mère qui allumait les bougies les jours de Shabbat. Mais Eitan Shafir avait tout ce que Len désirait : de l'argent, des voitures, des top models en veux-tu en voilà. Il vivait à Encino dans une énorme baraque équipée d'une piscine à débordement qui surplombait l'autoroute 405 ; une quantité incroyable de malabars en assuraient la sécurité. Le problème, c'était que Len ne possédait rien qu'Eitan aurait pu désirer – jusqu'à ce qu'Ariel arrive en ville.

« Ariel, avait dit Hellie. C'est le nom d'un ange. »

Ariel était le cousin d'Eitan – ou son frère, quelque chose

comme ça. Alex ne le saurait jamais vraiment. Il avait de grands yeux globuleux surmontés de lourdes paupières, un beau visage qu'une barbe parfaitement soignée venait encadrer. Et il avait rendu Alex nerveuse dès l'instant de leur rencontre. Ce type était toujours à l'affût, telle une bête en chasse – la jeune femme sentait la violence tapie en lui. Cela se manifestait dans la façon dont même Eitan s'en remettait à lui, dans la frénésie croissante des soirées qui enfiévraient la maison d'Encino – comme s'il fallait le divertir coûte que coûte, l'impressionner, éviter à tout prix qu'il ne s'ennuie. Alex avait le sentiment d'avoir passé son existence à se coltiner des Ariel ; les pauvres types de la trempe d'Eitan ou de Len lui évoquaient des marionnettes incapables de se mouvoir sans qu'un Ariel tire leurs ficelles depuis son confortable fauteuil.

Ariel s'éclatait vraiment avec Len. Celui-ci le faisait rire – mais jamais *sourire* en même temps, étonnamment. Il adorait l'inviter à sa table : il lui donnait une tape dans le dos et lui demandait de faire du freestyle.

« C'est notre ticket d'entrée », avait déclaré Len le jour où Ariel s'était invité à Ground Zero.

Alex ne comprenait pas comment Len faisait pour ne pas percuter : Ariel se foutait de sa gueule, il s'amusait de leur pauvreté, se repaissait de leurs espoirs impossibles. La survivante en elle savait que certains hommes aimaient voir les autres ramper, qu'ils adoraient voir jusqu'à quel point un type dans le besoin pouvait s'humilier. Des rumeurs couraient d'une fille à l'autre chez Eitan : *Ne te retrouve pas seule avec Ariel. Il n'aime pas simplement quand c'est brutal : c'est la* violence *qui le fait triper.*

Alex s'était efforcée d'ouvrir les yeux de Len sur le danger que représentait ce type. « Ne fais pas l'imbécile avec lui. Il n'est pas comme nous.

— Mais il m'aime bien.

— Il joue avec sa nourriture.

— Il travaille Eitan au corps pour me décrocher une promotion, avait rétorqué Len, accoudé au comptoir jaune ébréché de Ground

Zero. Pourquoi faut-il que tu chies sur tout ce qui m'arrive de bien ?

— C'est du fentanyl de merde, putain. Il te refourgue ça parce que personne n'en veut. » Eitan ne touchait pas au fentanyl à moins de savoir exactement d'où il venait. Il tenait à rester sous le radar des forces de l'ordre, et tuer ses clients avait tendance à attirer l'attention. Quelqu'un avait réglé une dette avec ce qui était censé être de l'héroïne coupée au fentanyl, mais elle était passée par trop de mains pour être considérée comme propre.

« Ne fais pas tout foirer, Alex, l'avait averti Len. Et fais briller ce putain de trou à rats.

— Un instant, je vais aller chercher ma baguette magique. »

Il l'avait alors giflée, mais pas fort. Juste histoire de bien lui faire comprendre qu'il parlait *business*, là.

« Hé ! » avait alors protesté Hellie. Alex ne saurait jamais ce que son amie avait voulu dire par là, mais elle lui en avait quand même été reconnaissante.

« On se calme, avait lancé Len. Ariel veut faire la fête avec du naturel, pas avec les culs en plastique qu'Eitan traîne dans son sillage. On va passer chercher les enceintes de Damon. Il va falloir tout faire briller. » Il avait regardé Hellie, puis Alex. « Essayez de vous habiller correctement. Et pas de scène, ce soir. »

— Tirons-nous d'ici », avait lancé Alex sitôt Len parti. Micmac attendait son pote sur le siège passager, les phares déjà allumés. C'était lorsqu'ils avaient dû payer sa caution pour possession de drogue que la jeune femme avait découvert qu'il s'appelait en réalité Mitchell. Micmac traînait déjà depuis bien longtemps avec Len quand Alex était arrivée dans sa vie – et il était toujours là, grand, trapu, avec un peu de ventre et des boutons d'acné sur le menton.

Sans la moindre destination en tête, Alex et Hellie avaient pris la direction du lit en béton du fleuve Los Angeles, avant de marcher jusqu'à l'arrêt de bus de Sherman Way. Ce n'était pas la première fois qu'elles faisaient ça ; à plusieurs reprises, elles s'étaient même juré que c'était la bonne. Les deux amies s'étaient déjà rendues à la jetée de Santa Monica, à Barstow, et même à Vegas – elles y avaient passé la première journée à errer dans les halls d'hôtel, et la seconde à voler des pièces aux vieilles mamies qui jouaient aux machines à sous, histoire de pouvoir se payer le bus de retour. Bercées par la climatisation sur l'autoroute I-15, elles s'étaient endormies collées l'une contre l'autre. Alex avait rêvé du jardin du Bellagio, de ses roues à aubes et du parfum qu'on y diffusait, de ses fleurs disposées tel un puzzle. Ces petites parenthèses duraient parfois quelques heures, au pire un jour ou deux, mais elles finissaient toujours par revenir. Le monde était trop vaste. Il y avait trop de choix à faire. Cela revenait à *vivre*, et ni l'une ni l'autre n'avait jamais acquis cette compétence.

« Len dit qu'on va perdre Ground Zero si jamais Ariel refuse de l'épauler », avait lancé Hellie au moment de monter à bord du bus. Pas de grands projets ce jour-là. Pas de Vegas, juste un voyage à West Side.

« C'est du blabla, avait rétorqué Alex.

— Il va être furieux qu'on n'ait pas fait le ménage. »

Alex avait lancé un regard dehors par la fenêtre sale. « Tu as remarqué qu'Eitan a foutu sa petite amie à la porte ?

— Pardon ?

— Quand Ariel est arrivé en ville. Il s'est débarrassé d'Inger. On ne voit plus aucune des filles habituelles dans le coin. Juste les traînées de la Vallée.

— Et ce n'est pas franchement un drame, Alex. »

Toutes deux savaient ce qui avait attiré Ariel à Ground Zero. Il voulait s'encanailler, et les deux jeunes femmes étaient censées faire partie du show.

« Ce n'est jamais un drame – jusqu'à ce qu'il soit trop tard », avait rétorqué Alex. Il y avait eu d'autres faveurs. La première fois avec un mec bossant dans le cinéma, à en croire Len, qui avait promis de leur ouvrir les portes de Hollywood – sauf qu'Alex avait vite compris que c'était juste un assistant de production à peine sorti de son école. Elle avait passé la nuit sur ses genoux, à espérer que les choses n'iraient pas plus loin, jusqu'à ce qu'il la ramène dans la petite salle de bains et étende un tapis sale sur le carrelage – un geste étrangement chevaleresque – avant de poser son cul sur les toilettes, pour lui permettre de le sucer plus confortablement. *J'ai quinze ans*, avait-elle ensuite songé en se rinçant la bouche, avant de se remaquiller les yeux. *À quoi ça ressemble, d'avoir quinze ans?* Une autre Alex était-elle invitée à des soirées pyjama? Embrassait-elle des garçons aux bals de son école? Elle aurait bien aimé traverser le miroir qui lui faisait face et se glisser dans la peau de cette fille...

Mais tout allait bien. Vraiment. Jusqu'au lendemain matin, quand Len s'était mis à claquer les portes des armoires en fumant comme s'il voulait gober sa cigarette à chaque bouffée. « C'est quoi ton problème? avait fini par lâcher Alex.

— Ma petite amie est une pute. »

Alex avait entendu tellement de fois ce mot sortir de la bouche de Len qu'elle n'y prêtait presque plus attention. Chienne, salope, connasse à l'occasion – quand il était particulièrement en colère ou se prenait pour un gangster anglais. Mais il ne l'avait jamais traitée de pute. C'était un mot qu'il réservait aux autres filles.

« Tu as dit...

— J'ai dit que dalle.

— Tu m'as demandé de lui faire plaisir.

— Et ça veut dire *sucer sa bite* comme une pute? »

Un vertige s'était aussitôt emparé de la jeune femme. Comment était-il au courant? L'apprenti réalisateur s'en était-il vanté sitôt sorti de la salle de bains? Et quand bien même – pourquoi Len se mettait-il en colère? Elle savait ce que « lui faire plaisir » signifiait. Alex n'avait rien ressenti d'autre que de la fureur – mais c'était mieux que n'importe quelle drogue: ça balayait tout doute de son esprit.

« Qu'est-ce que tu croyais que j'allais faire, putain? lui avait-elle demandé avec un aplomb auquel elle-même ne s'attendait pas. Des imitations? Des sculptures de ballons? »

Alex avait ramassé leur mixeur, celui dont Len se servait pour ses boissons protéinées, et l'avait fracassé contre le réfrigérateur. L'espace d'un instant, elle avait vu de la peur dans les yeux de son mec, et ça lui avait plu davantage qu'elle n'aurait pu l'imaginer. Len l'avait alors traitée de folle, avant de s'éclipser en hâte de l'appartement – de *la* fuir. Mais l'adrénaline n'avait pas tardé à déserter les veines d'Alex après son départ, pour laisser place à un sentiment d'apathie, de solitude. Elle ne se sentait ni en colère ni particulièrement fière d'elle, juste honteuse, et flippait à l'idée d'avoir tout foutu en l'air. Où allait-elle aller, si Len la foutait dehors ? La jeune femme ne désirait plus qu'une chose : le voir franchir la porte de leur appart.

Elle avait fini par s'excuser, l'avait supplié de la pardonner. Ils s'étaient défoncés, puis avaient fait l'amour après avoir branché la climatisation pour couvrir leurs gémissements. Mais Alex ne s'était sentie ni sexy ni bestiale quand Len l'avait traitée de bonne petite salope – juste toute *petite*. Elle avait peur de pleurer, et peur que ça plaise à son mec. Tournant son visage vers le souffle de la climatisation, elle avait laissé l'air glacial s'engouffrer dans ses cheveux. Les yeux clos, alors même que Len se carapatait derrière elle, elle s'était imaginée sur un glacier, dans le plus simple appareil, seule dans un monde propre, vide et plein de miséricorde.

Mais Ariel n'était pas un étudiant en cinéma en quête de plaisirs déviants. Il avait une réputation à tenir. Certaines rumeurs laissaient entendre qu'il se trouvait aux États-Unis uniquement pour échapper à la police israélienne, parce qu'il aurait brutalisé deux mineures à Tel-Aviv ; d'autres qu'il dirigeait un réseau de combats de chiens, ou qu'il disloquait les épaules de ses partenaires sexuelles en guise de préliminaires, tel un garçon arrachant les ailes d'une mouche.

Len serait furieux de retrouver l'appartement dans le même état – et plus encore de ne pas les voir revenir pour la fête de Ground Zero. Mais elles préféraient encore sa colère aux attentions d'Ariel.

Alex avait compris que Len s'attendait à ce qu'elle soit jalouse d'Hellie lorsqu'il l'avait ramenée chez eux de Venice Beach, ce jour-là. Il n'avait pas anticipé le rire chaleureux d'Hellie, sa façon d'enrouler son bras autour d'Alex, de cueillir un thriller ou un vieux bouquin de science-fiction dans sa bibliothèque en lui lançant : « Lis-le moi ».

Hellie avait rendu sa vie *supportable*. Alex n'allait pas mettre le pied sur la pente qui menait à Ariel, et elle allait empêcher Hellie d'y poser un orteil – parce que confusément la jeune femme savait que toutes deux n'en reviendraient pas indemnes. Elles ne menaient pas la belle vie. Ce n'était pas le genre d'existence à laquelle on pouvait aspirer, mais elles faisaient avec.

Elles avaient franchi la colline en bus, qui les avait conduites à Westwood par la 101 et la 405. Après quoi elles avaient fait tout le chemin à pied jusqu'à l'UCLA, pour remonter ensuite jusqu'au campus à travers le jardin de sculptures. Une fois installées sur les marches du Royce Hall, elles avaient regardé les étudiants jouer au frisbee et lire au soleil. *Du temps libre*. Si ces privilégiés couraient autant après le temps libre, c'était parce qu'ils avaient mille choses à faire. Un métier. Des objectifs. Alex, elle, n'avait *rien* à faire. Jamais. Cela lui donnait l'impression de tomber dans le vide.

Quand les choses allaient mal, elle aimait évoquer son Plan d'Action sur Deux Ans. Les deux amies allaient s'inscrire à l'automne dans un centre universitaire, ou bien suivraient des cours en ligne. Elles se dégotteraient un job au centre commercial, économiseraient leur fric pour s'offrir une voiture d'occasion histoire de ne pas avoir à prendre tout le temps le bus.

Hellie aimait jouer le jeu d'ordinaire – mais pas ce jour-là. Maussade, grincheuse, elle perçait des trous dans tout ce qui lui tombait sous la main. « Personne ne va nous donner suffisamment d'heures de travail pour qu'on puisse s'acheter une voiture *et* payer le loyer.

— Eh bien on bossera comme secrétaires, dans ce cas, ou un truc du genre. »

Le regard d'Hellie s'était longtemps attardé sur les bras d'Alex. « Trop de tatouages. » Elle-même n'en avait pas. Allongée jambes croisées sur les marches du Royce Hall, mise en valeur par son short en jean et sa peau dorée, elle donnait l'impression d'être à sa place. « Mais ton enthousiasme fait plaisir à voir. C'est… *mignon*.

— Ça n'a rien d'un rêve inaccessible.

— On ne peut pas se permettre de perdre l'appartement, Alex. J'ai vécu un moment dans la rue quand ma mère m'a foutue dehors. Plus jamais ça.

— T'inquiète, ça n'arrivera pas. Len parle beaucoup, mais de là à passer aux actes… Et dans le cas contraire, je ne doute pas qu'on saura se démerder.

— Si tu restes au soleil plus longtemps, tu vas vraiment te la jouer *Mexicana.* » Hellie s'était levée, avait épousseté son short. « Allez, on va fumer un joint et se faire une toile.

— On n'aura plus assez pour le retour en bus. »

Hellie lui avait fait un clin d'œil. « On trouvera une solution. »

Elles avaient déniché un cinéma, le vieux Fox Theater – où Alex voyait parfois le personnel installer les cordons rouges pour des premières. Blottie contre l'épaule d'Hellie, elle humait le doux parfum de noix de coco qui émanait de sa peau encore gorgée de soleil, sentait la soie de ses cheveux blonds qui venaient à l'occasion caresser son front.

Elle avait fini par s'assoupir. Pour découvrir à son réveil, quand les lumières s'étaient rallumées, qu'Hellie avait disparu. Alex était sortie examiner l'entrée, puis les toilettes, après quoi elle lui avait envoyé un message. Son amie ne lui avait répondu qu'au second: *C'est bon. Je sais quoi faire.*

Hellie était retournée à la soirée, chez Len et Ariel. Elle s'était assurée qu'Alex ne l'en empêcherait pas.

Sans un sou en poche, Alex n'avait aucun moyen de rentrer chez elle. Elle avait essayé de faire du stop, mais personne ne voulait d'une fille ruisselant de larmes, vêtue d'un T-shirt sale et d'un short en jean noir. Elle avait déambulé sur Westwood Boulevard, désemparée, jusqu'à ce qu'un rouquin affublé de dreadlocks et d'un chien famélique lui achète ce qui lui restait d'herbe.

Elle avait fini par retrouver les murs de l'appartement, les pieds couverts d'ampoules sanguinolentes dans ses Converse. La fête battait son plein à Ground Zero; tout le quartier profitait – à son corps défendant – de la musique.

Alex avait arpenté les lieux en catimini sans voir Hellie ou même Ariel dans le séjour. Elle avait fait la queue devant la salle de bains, espérant que personne n'irait signaler sa présence à Len – ou qu'il serait trop bourré pour s'en soucier. Après s'être lavé les pieds dans la baignoire, elle était partie s'allonger sur le matelas de la chambre du fond. Et avait renvoyé des messages à Hellie :

Tu es ici ? Moi je suis au fond de l'appart.

S'il te plaît, Hellie.

S'il te plaît.

Elle s'était endormie, pour se réveiller quand Hellie était venue se coucher auprès d'elle. Le faible éclairage de la ruelle conférait une teinte jaunâtre à sa peau. Ses yeux énormes possédaient une qualité presque vitreuse.

« Ça va ? s'était enquise Alex. Ça s'est mal passé ?

— Non », lui avait répondu Hellie – mais à quelle question, Alex n'aurait su le dire. « Non, non, non, non, non, non. » Son amie l'avait entourée de ses bras et s'était lovée tout contre elle. Ses cheveux étaient humides. Elle s'était douchée ; son odeur sucrée de noix de coco avait laissé place à celle du savon bon marché. « Non non non non non non », ne cessait-elle de répéter. Elle gloussait nerveusement, le corps agité de soubresauts, mais ses doigts s'enfonçaient dans le dos d'Alex comme pour éviter qu'un courant ne l'entraîne vers le large.

Alex s'était à nouveau réveillée quelques heures plus tard. Elle avait l'impression de ne jamais faire de nuits complètes ni la moindre grasse mat' – juste de courtes siestes interrompues par des pseudo-réveils. Il était trois heures du matin, et la fête avait pris fin ou bien se poursuivait ailleurs. L'appartement était silencieux. Hellie la regardait, allongée auprès d'elle. Il y avait toujours de la panique dans ses yeux. Elle avait vomi sur sa chemise à un moment quelconque de la nuit.

La puanteur était… désagréable. « Salut, mon petit putois préféré », lui avait lancé Alex. Hellie avait souri – il y avait tellement de douceur et de tristesse dans son expression. « Foutons le camp d'ici, avait repris Alex. Pour de bon. On en a fini avec cet endroit. »

Hellie avait hoché la tête.

« Enlève cette chemise. Tu sens le repas chaud. » Alex avait alors tendu une main pour l'aider à se déshabiller. Ses doigts avaient poursuivi leur course, sans rencontrer la moindre résistance, là où la peau ferme de l'abdomen d'Hellie aurait dû se trouver.

Hellie avait cligné des yeux. Ces yeux tristes, *tellement* tristes.

Allongée là, elle se bornait à fixer Alex, à l'étudier. Pour la dernière fois, avait compris celle-ci.

La dépouille mortelle d'Hellie gisait à trente centimètres d'Alex sur le matelas, froid et immobile, son T-shirt moulant éclaboussé de vomi. Sa peau était bleue. Combien de temps son fantôme était-il resté là à attendre qu'Alex se réveille ? Il y avait deux Hellie dans la salle. Et en même temps aucune.

« Hellie. *Hellie*. Helen. » Penchée au-dessus de son corps dans une vaine tentative de trouver un pouls, Alex pleurait toutes les larmes de son corps. Quelque chose s'était brisé en elle. « Reviens », avait-elle sangloté, une main tendue vers le fantôme d'Hellie, qu'elle traversait encore et encore. À chaque fois lui apparaissait un aperçu de l'existence de son amie. La maison ensoleillée de ses parents à Carpinteria. Ses pieds calleux sur une planche de surf. Les doigts d'Ariel fourrés dans sa bouche. « Tu n'avais pas à faire ça. Rien ne t'y obligeait. »

Mais Hellie ne disait rien, elle se bornait à pleurer en silence. Ses larmes étaient pareilles à des gouttelettes d'argent sur ses joues. Alex s'était mise à hurler.

Len s'était précipité dans la pièce, chemise déboutonnée, cheveux ébouriffés, hurlant déjà qu'il était trois heures du matin et que ça allait se payer. Il avait alors vu le corps d'Hellie.

« Putain, putain, putain, putain », avait-il répété, comme en écho au *non non non* d'Hellie. Ratatatata. Un instant plus tard, il avait collé sa paume contre la bouche d'Alex. « Tais-toi. Putain de merde, mais tu vas la fermer, espèce de salope débile ? »

Mais Alex en était bien incapable. Une véritable cascade de

larmes s'écoulait le long de ses joues, de la morve ruisselait de son nez – et elle peinait à reprendre son souffle à cause de la main collée contre son visage. La jeune femme s'était débattue de son mieux, à deux doigts de s'évanouir.

« Tu fais *vraiment* chier, hein. » Il l'avait repoussée, s'était essuyé les mains sur son pantalon. « Vraiment, ferme-la – et laisse-moi réfléchir.

— Oh merde. » Micmac se trouvait à la porte, son gros ventre – que ne retenait pas son T-shirt trop lâche – pendant par-dessus son short de basket. « Elle est… ?

— Il faut qu'on la nettoie, avait dit Len. On ne peut pas la laisser ici. »

Alex s'était un instant bornée à hocher la tête, croyant qu'il proposait de la faire belle. Hellie méritait mieux que de finir à l'hôpital avec du vomi sur sa chemise.

« Il est encore tôt, avait repris Len. Il n'y a personne dehors. On peut la mettre dans la voiture, la déposer… je sais pas trop où. Devant ce club de petits vicelards, sur Hayvenhurst ?

— *Le Noceur* ?

— Ouais. On la lâche dans l'allée. Elle a toujours l'air déchirée, et il doit rester plein de merde dans son système.

Micmac avait abondé dans son sens. « Ouais. D'accord. »

Alex ne les quittait pas des yeux, les oreilles bourdonnantes. Hellie aussi les regardait, postée tout près de son propre cadavre ; elle les écoutait deviser sur la meilleure manière de la bazarder comme un sac poubelle.

« J'appelle les flics, avait dit Alex. Ariel a dû lui donner… »

Len l'avait alors frappée – une simple claque, mais violente. « Tu es stupide ou quoi ? Tu veux aller en prison ? Tu veux qu'on ait Eitan et Ariel sur le dos ? » Et il l'avait giflée de plus belle.

« Merde, mec, calme-toi, était intervenu Micmac. Ne réagis pas comme ça. » Mais il ne s'était pas interposé. Il n'allait en réalité *rien* faire pour empêcher Len de continuer.

Le fantôme d'Hellie avait incliné la tête en arrière, regardé le plafond, puis commencé à flotter en direction du mur.

« Viens m'aider, avait lancé Len à Micmac. Attrape ses chevilles.

— Vous ne pouvez pas lui faire ça », s'était insurgée Alex. Voilà ce qu'elle aurait dû dire la nuit précédente. Et toutes celles d'avant. *Vous ne pouvez pas lui faire ça.*

Le fantôme d'Hellie commençait déjà à traverser le mur.

Son corps évoquait un hamac tendu entre Len et Micmac. Le premier l'avait saisie sous les bras. Sa tête penchait sur le côté. « Mon Dieu, qu'est-ce qu'elle pue. »

Micmac l'avait attrapée par les chevilles. L'une de ses chaussures rose nacré pendait de son pied. Hellie ne les avait pas ôtées avant de se coucher. Alex n'arrivait pas à détourner les yeux de cette pompe qui glissait de son orteil, tombait par terre…

« Merde, remets-lui ça. »

Micmac avait tant bien que mal tenté de s'exécuter – on aurait dit une version dégénérée des valets de pied dans *Cendrillon*.

« Nom de Dieu, prends-la avec toi. On s'en débarrassera en même temps qu'elle. »

En arrivant dans le séjour, Alex s'était rendu compte qu'Ariel se trouvait toujours là, endormi en caleçon sur le canapé. « J'essaie de dormir, putain, avait-il lancé d'une voix ensuquée. Oh merde, elle est… ? »

Il avait alors *gloussé*.

Une pause devant la porte. En essayant d'atteindre la poignée, Len avait fait tomber sa stupide batte de gangster qu'il rangeait là pour sa « protection ».

« Bouge ton cul, Alex, lui avait-il lancé. Viens nous ouvrir. Laisse-nous sortir. »

Laisse-moi entrer.

À moitié dans le vide, le fantôme d'Hellie était en train de virer au gris. Allait-elle les suivre jusqu'à cette ruelle crasseuse ? « N'y va pas ! », l'avait suppliée Alex.

Len avait cru qu'elle lui parlait. « Ouvre-nous cette porte, espèce de bonne à rien. »

Alex avait attrapé la poignée. *Laisse-moi entrer*. Le métal était froid dans sa main. La jeune femme avait entrouvert la porte, pour aussitôt la refermer. Elle avait verrouillé la serrure puis s'était retournée face à Len, Micmac et Ariel.

« Quoi encore ? » avait grogné Len avec impatience.

Alex avait tendu la main vers Hellie. *Reste avec moi*. Elle ignorait alors ce qu'elle demandait. Ce qu'elle offrait. Mais Hellie, elle, le comprenait.

Alex l'avait sentie fondre sur elle – puis tout son être s'était comme fragmenté : il s'était déchiré pour laisser place à un autre cœur, une autre paire de poumons, à la volonté d'Hellie et à sa *force*.

« Quoi encore, Len ? Tu vas voir. » Et Alex avait ramassé la batte.

Elle ne se rappelait pas grand-chose de ce qui s'était produit ensuite. La sensation d'Hellie *en* elle, comme une longue et profonde apnée ; puis celle de la batte dans sa main, aussi légère qu'une plume.

Aucune hésitation : Alex avait frappé de son bras gauche, comme elle avait vu Hellie le faire quand elle jouait pour les Midway Mustangs. La jeune femme était si forte que cela la rendait maladroite. Elle s'était attaquée à Len pour commencer, un coup direct sur son crâne. Il s'était déplacé sur le côté – ce qui avait fait trébucher Alex, emportée par la puissance de son swing. Nouvel impact : le *crac* épais d'une piñata qui éclate lui avait envahi les oreilles. Du sang, des morceaux de crâne et de cervelle volaient un peu partout. Micmac tenait encore les chevilles d'Hellie quand Alex l'avait fauché d'un coup de batte derrière les genoux – elle était rapide à ce point. Il s'était effondré en hurlant, mais un nouvel assaut contre sa nuque avait étouffé son cri à jamais.

Ariel s'était relevé ; Alex avait craint un instant qu'il se saisisse d'un flingue, mais il avait battu en retraite, l'air terrifié. La jeune femme avait compris pourquoi en passant devant la porte coulissante en verre : son corps brillait. Elle s'était lancée – non, *envolée* à sa poursuite, ses pieds touchant à peine le sol. La rage d'Hellie agissait comme une drogue en son for intérieur, une drogue qui embrasait ses veines. Alex avait mis Ariel à terre et l'avait frappé, encore et encore, jusqu'à ce que la batte se fracasse contre sa colonne vertébrale. Elle en avait alors ramassé deux morceaux et s'était mise en chasse du reste des vampires – une bande de garçons défoncés, endormis la bave aux lèvres.

Une fois sa tâche terminée, alors qu'il ne lui restait plus personne à tuer, qu'elle sentait son propre épuisement s'insinuer dans l'énergie illimitée d'Hellie, celle-ci l'avait guidée : elle lui avait fait enfiler ses chaussures en plastique rose, et marcher trois kilomètres jusqu'à l'endroit où le boulevard Roscoe croisait le Los Angeles. Alex n'avait croisé personne en chemin ; Hellie lui avait indiqué les rues vides, où tourner et quand attendre, jusqu'à ce qu'elles atteignent le pont. Elles étaient descendues jusqu'au cours d'eau dans la grisaille du petit matin, avaient pataugé ensemble dans la fraîcheur du fleuve fétide. La ville avait décidé de le domestiquer après une inondation de trop, le scellant dans du béton pour s'assurer qu'il ne ferait plus jamais de dégâts. Alex l'avait laissé laver son corps, les restes brisés de la batte tombant de ses mains comme des graines. Elle avait longé le cours de la rivière sur une bonne partie du chemin la ramenant à Ground Zero.

Toutes deux avaient reposé le corps d'Hellie à sa place, puis s'étaient allongées ensemble dans la pièce glacée. La police pouvait bien venir, Alex pouvait bien mourir de froid – plus rien n'avait d'importance désormais.

« Ne pars pas », avait-elle murmuré à son amie. Elle écoutait le tonnerre de leurs cœurs battre à l'unisson, ressentait sa présence dans ses muscles et dans ses os. « Reste avec moi. »

Mais un ambulancier braquait une lampe sur ses yeux à son réveil, et Hellie avait disparu.

20

Hiver

Qu'avait eu en tête Alex la nuit de la disparition de Darlington ? Qu'il leur fallait retourner au Clapier, histoire qu'ils aient une petite discussion tous les deux ? Elle allait lui expliquer… quoi, exactement ? Qu'ils l'avaient bien mérité ? Que tuer Len et les autres leur avait donné un peu de paix, à Hellie, mais aussi à elle-même ? Que le monde faisait payer aux filles comme elle, comme Tara, tous les mauvais choix, toutes leurs erreurs qu'elles faisaient ? Qu'elle avait *apprécié* d'exécuter elle-même la sentence ? Que la conscience dont elle s'était toujours crue dotée ne s'était tout simplement pas manifestée ce jour-là ? Elle ne regrettait certainement pas son geste.

Mais elle pouvait toujours faire semblant. Dire qu'elle ne se souvenait pas de la batte dans sa main, promettre qu'elle ne recommencerait pas. Parce que c'était ce que Darlington craignait – qu'elle soit non pas méchante, mais dangereuse. Il redoutait le chaos. Alex pouvait donc lui avouer qu'Hellie l'avait possédée ; elle en ferait un mystère, une énigme qu'il leur faudrait résoudre ensemble. Cela lui plairait, aucun doute là-dessus. Alex deviendrait une chose à réparer, un projet à ranger aux côtés de sa ville brisée ou de sa maison en ruine. Elle pourrait encore faire partie des gentils.

Mais Alex n'avait pas eu à mentir. La créature dans le sous-sol s'en était assurée. Darlington n'était pas parti à l'étranger. Il ne se trouvait pas en Espagne. Et la jeune femme doutait qu'il ait disparu dans quelque royaume de poche, où il attendrait d'être retrouvé comme un enfant égaré. Sandow et Dawes n'avaient pas assisté à la scène cette nuit-là. Ils n'avaient pas ressenti *l'irrévocabilité* de cette obscurité.

« Ce n'est pas un portail, avait-il déclaré dans le sous-sol de Rosenfeld Hall. C'est une bou... »

Un instant plus tard, l'obscurité l'avait englouti.

Alex avait vu de la terreur dans ses yeux, un appel à l'aide. *Fais quelque chose. Viens à mon secours.*

La jeune femme en avait eu l'intention. Du moins tentait-elle de s'en persuader. Elle s'était rejoué la scène un bon millier de fois, se demandant chaque fois pourquoi elle s'était figée – par peur, par manque d'entraînement, par négligence ? Ou bien par *choix* ? Ce machin, dans le coin, ne lui offrait-il pas une solution au problème que représentait Darlington ?

Ce n'est pas quelque chose que je peux cacher à Sandow. Ses mots lui faisaient l'effet de doigts glissés dans sa bouche, qui lui pinçaient la langue et l'empêchaient de crier.

La jeune femme repensait à son visage parfait une fois la nuit tombée, à son corps lové autour du sien dans les draps chauds de son lit étroit.

Je t'ai laissé mourir. Pour sauver ma peau, je t'ai laissé mourir.

C'est le risque, quand on fréquente des survivants.

Le mécanicien était penché au-dessus de son corps, un sourire aux lèvres. « Tu n'as nulle part où aller, espèce de salope. »

La prise qui enserrait son cou était d'une effroyable puissance : les pouces de son bourreau semblaient sur le point de traverser sa peau pour s'enfoncer dans sa trachée.

Alex avait cherché à oublier les événements de cette nuit-là, à Ground Zero. Elle préférait ne pas regarder en arrière. La jeune femme n'était même pas sûre de ce qui s'était passé, qui d'elle ou d'Hellie en avait été l'instigatrice.

Laisse-moi entrer.

Reste avec moi.

Peut-être craignait-elle de laisser sortir quelque chose d'horrible si d'aventure elle s'avisait de rouvrir la porte. Mais c'était exactement ce dont elle avait besoin : de quelque chose d'horrible.

La main droite d'Alex se referma sur le club de golf abandonné – un putter. La jeune femme tendit la gauche vers North, se remémora la sensation de fragmentation corporelle, se força à la reproduire. *Ouvre la porte, Alex.* Elle eut le temps de voir une expression de surprise envahir son visage avant que cette ombre glacée ne se précipite dans sa direction.

Hellie était venue à elle de son plein gré – pas North, qui résistait. Elle sentait sa confusion, sa peur panique de perdre sa liberté… après quoi la marée de ses propres besoins submergea les préoccupations du Marié.

C'était une présence différente de celle d'Hellie, qui avait concentré la puissance d'une vague déferlante. La force de North était sombre et louvoyante, agile comme un fleuret d'escrimeur. Elle la sentait investir ses membres, couler dans ses veines comme du métal en fusion.

Elle fit tournoyer le putter dans sa main, le soupesa. *Qui a dit que je m'enfuyais ?* Le coup partit.

Le mécanicien parvint à lever le bras pour protéger sa tête, mais Alex entendit les os de sa main craquer – un bruit des plus satisfaisants. Son adversaire trébucha en arrière dans un hurlement sauvage, heurtant le canapé au passage.

Alex s'attaqua ensuite à son genou. Les malabars devenaient plus faciles à gérer lorsqu'ils étaient à terre. Il s'effondra dans un bruit sourd.

« Qui es-tu ? tonna-t-elle. Et qui t'envoie ?

— Va te faire foutre », cracha-t-il en retour.

Alex abattit le putter, qui percuta les lattes du plancher. Son adversaire avait *disparu* – à croire que le sol l'avait avalé. Les bras vibrant encore du contrecoup, la jeune femme fixa l'endroit vide qu'il occupait un instant plus tôt.

Quelque chose la frappa à l'arrière du crâne. Elle tomba en avant, étourdie par la douleur.

Une fois au sol, elle roula sur elle-même pour faire face à son assaillant. Le mécanicien sortait à moitié du mur, son corps coupé en deux par le manteau de la cheminée.

Alex bondit sur ses talons – mais son agresseur ne mit qu'une seconde à se retrouver à son niveau. Son poing s'abattit sur sa mâchoire; seule la force de North la retint de s'écrouler. Elle fit virevolter le club, mais l'inconnu s'était déjà évaporé. Un coup de poing venu de l'autre côté l'atteignit presque aussitôt.

La jeune femme s'effondra, cette fois.

Le mécanicien shoota violemment dans ses côtes cassées. Alex lâcha un hurlement de douleur. Il la frappa de plus belle.

« Les mains en l'air ! »

L'inspecteur Turner. Il se tenait dans l'embrasure de la porte, l'arme à la main.

Le mécanicien se tourna vers lui. Il lui fit un doigt d'honneur puis s'évapora dans la cheminée.

Alex s'affala contre le mur, sentit North s'écouler hors de son corps. La jeune femme le vit la quitter telle une vague indécise, reprendre sa forme, le visage marqué par la peur et le ressentiment. Était-elle censée s'apitoyer sur son sort ?

« Je sais, marmonna-t-elle. Mais il ne m'a pas laissé le choix. » Il porta sa main à sa poitrine mutilée, comme si c'était Alex qui lui avait tiré dessus.

« Retrouvez Tara, lâcha-t-elle. Vous avez l'appareil.

— Le quoi ? » s'enquit Turner. Ses mains couraient sur la cheminée, tâtaient les briques du foyer en quête de quelque passage secret.

« C'est de la magie des portails », grogna Alex.

North lui lança un unique coup d'œil par-dessus son épaule, puis disparut à travers le mur de l'appartement. Une vague de douleur déferla aussitôt sur elle, et une composition kaléidoscopique envahit dans la foulée son champ visuel – comme si la présence de North l'avait préservée du pire : maintenant qu'elle était *vide*, les ravages que son corps avait subis pouvaient se réveiller. Alex s'efforça de se relever. Turner rengaina son arme…

… puis abattit un poing sur le plan de travail. « C'est impossible.

— La preuve que non.

— Vous ne comprenez pas. » Il lui jeta le même regard que North – à croire que la jeune femme lui avait causé un tort quelconque. « C'était Lance Gressang. *Mon* suspect de meurtre. Je l'ai quitté il y a moins d'une heure. Il avait le cul posé dans une cellule de prison. »

Y a-t-il quelque chose d'anormal dans le tissu même de New Haven ? Dans la pierre utilisée pour ériger ses bâtiments ? Dans les rivières où ses grands ormes plongent leurs racines ? Pendant la guerre de 1812, les Britanniques firent le blocus du port de New Haven, et la pauvre église de la Trinité – bien loin de la merveille gothique qui orne aujourd'hui le parc – se retrouva à court de bois pour achever sa construction. Mais le commandant Hardy, de la Royal British Navy, eut vent de l'usage auquel les grandes poutres étaient destinées, et consentit à ce qu'on les fasse descendre le fleuve Connecticut. « S'il y a un endroit sur Terre qui a besoin de foi, dit-il, c'est bien New Haven. Laissez passer les radeaux ! »

— *extrait de* Le Léthé : Un héritage

Pourquoi pensez-vous qu'ils ont construit autant d'églises ici ? Les hommes et femmes de cette ville le savaient confusément : leurs rues étaient le foyer d'autres dieux.

— Journal d'Elliot Sandow,
alors membre du Léthé (*Université Branford, 1969*)

21

Hiver

Turner avait sorti son téléphone; Alex savait ce qui allait se passer ensuite. Et une partie de son cerveau voulait se laisser faire. Elle aspirait au bip régulier des machines de l'hôpital, aux odeurs d'antiseptique, à une intraveineuse remplie d'une dope puissante capable de la plonger dans le sommeil et de lui épargner cette douleur. Allait-elle mourir? La jeune femme en doutait. Maintenant qu'elle en avait fait l'expérience, elle s'estimait en mesure de le savoir. Mais *l'impression* était la même.

« Pas ça. » Une voix rauque, *forcée*. Sa gorge lui faisait toujours mal, comme si les énormes mains de Lance Gressang continuaient à l'enserrer. « Pas d'hôpital.

— Vous avez entendu ça dans un film?

— Comment vous comptez expliquer mon état aux toubibs?

— Je leur dirai que je vous ai trouvée comme ça.

— Et *moi*, qu'est-ce que je suis censée leur dire? Comment vais-je justifier le chaos sans nom qu'est devenue cette scène de crime? Sans même parler de ma présence ici.

— Ah oui, tiens, *parlons*-en…

— Je n'ai pas besoin d'hôpital. Emmenez-moi voir Dawes.

— Dawes ? »

Cela l'agaça, que Turner ait oublié son nom. « Oculus.

— Allez tous vous faire foutre, fit le flic. Avec vos noms de code, vos secrets et vos putains de conneries. » Sa rage le disputait visiblement à la peur. Son esprit s'efforçait d'effacer tout ce qu'il avait vu. C'était une chose d'apprendre que la magie existait ; c'en était une autre de la voir littéralement vous faire un doigt d'honneur.

Alex se demanda ce que le Léthé lui avait révélé. Centurion avait-il reçu la même brochure qu'elle – cette satanée *Vie du Léthé* ? Un long dossier rempli d'histoires d'horreur ? Un mug commémoratif proclamant *Les monstres sont réels* ? Alex avait passé sa vie entourée de surnaturel, et pourtant l'existence même du Léthé la laissait toujours passablement interdite. Alors que dire de quelqu'un qui aurait grandi dans ce qu'il croyait être une ville ordinaire – *sa* ville –, qui aurait contribué à maintenir l'ordre dans ses rues, et découvrirait soudain que les règles les plus élémentaires ne s'appliquaient pas ?

« Elle a besoin d'un médecin ? » Une femme se tenait dans le hall, son téléphone portable à la main. « J'ai entendu du bruit. »

Turner lui montra son badge. « Les secours sont en route, madame. Je vous remercie. »

L'insigne *aussi* était une sorte de magie. Mais l'inconnue ne s'en tourna pas moins vers Alex. « Vous allez bien, ma belle ?

— Ouais, ça va », parvint-elle à articuler. Elle sentit une bouffée de sympathie l'envahir pour cette étrangère en peignoir de bain qui s'éloignait en traînant les pieds, son portable collé contre sa poitrine.

Alex tenta de relever la tête ; la douleur la cingla aussitôt comme un coup de fouet. « Il faut que vous m'emmeniez dans un endroit protégé. Un lieu où ils ne pourront pas m'atteindre, vous comprenez ?

— Ils ?

— Oui, *ils*. Des fantômes, des goules, des détenus capables de traverser les murs. Tout cela est *réel*, Turner – il ne s'agit pas simplement d'une bande d'étudiants vêtus de toges. Et j'ai besoin de votre aide. »

Ce furent *ces* mots qui sortirent le flic de sa torpeur. « Il y a un garde devant, et il m'est impossible de vous faire passer sans qu'il vous faille répondre à tout un tas de questions – et vous ne pouvez certainement pas sortir toute seule.

— Bien sûr que si. » Mais, putain, qu'est-ce qu'elle n'en avait pas envie… « Regardez dans ma poche droite. Vous y trouverez un flacon avec un compte-gouttes. »

Il secoua la tête, mais s'exécuta néanmoins. « Qu'est-ce que c'est ?

— De la *basso belladonna*. Versez-m'en deux gouttes dans les yeux.

— Une drogue ? demanda Turner.

— Un médicament. »

Ce qui eut pour effet de l'apaiser. Bien sûr. Mais quel boy scout…

Alex sut qu'elle avait mal calculé son coup sitôt que la première goutte fut tombée dans son œil. Elle se sentit immédiatement pleine d'énergie, prête à bouger, à agir, mais la *basso belladonna* n'avait aucun effet antalgique : elle ne faisait qu'exacerber ses sens. La jeune femme pouvait *sentir* les arêtes de ses os cassés, les vaisseaux sanguins éclatés, les capillaires rompus occupés à enfler.

La drogue susurrait à son cerveau que tout allait bien, que rien n'était impossible, qu'avec un peu de volonté Alex pouvait se guérir séance tenante. Mais la douleur était un cri de panique, un coup de poing contre la prison de verre de sa conscience. Une fêlure qui se propageait sur le pare-brise de sa santé mentale. On l'avait traitée de folle à d'innombrables reprises ; ça lui était arrivé de le croire, mais c'était la première fois qu'elle se *sentait* perdre la tête.

Son cœur battait la chamade. *Je vais mourir ici.*

Tout va bien. Combien de fois avait-elle dit cela, par une nuit tardive ou au cours de quelque après-midi interminable, à quelqu'un qui avait trop fumé, trop avalé, trop sniffé ? *Respire. Tout va bien. Tout va bien.*

La jeune femme bondit sur ses pieds. « Retrouvez-moi sur Tilton Street », lança-t-elle à Turner. Il était beau. La *basso belladonna* éclairait sa peau brune comme un coucher de soleil de fin d'été. La lumière rebondissait sur la courte brosse qui recouvrait son crâne.

Un médicament, mon cul. Le mouvement de ses côtes cassées lui arracha un cri de douleur.

« C'est une *très* mauvaise idée, dit-il.

— Je n'en ai pas d'autres. Allez-y. »

Turner poussa un soupir exaspéré, puis s'en fut.

L'esprit surexcité d'Alex avait déjà tracé un itinéraire jusqu'au palier branlant. L'air était frais et humide contre sa peau fiévreuse. Elle pouvait voir le grain du bois gris altéré par le temps, sentir la sueur fleurir sur ses joues et se refroidir au contact de l'hiver. Il allait encore neiger.

La petite rangée de marches se déployait devant elle. *Tu peux les descendre d'un bond*, disait la drogue qui embrasait son organisme.

« S'il te plaît, grommela Alex entre ses dents, *ferme-la*. »

Tout semblait revêtu d'un lustre argenté, briller d'un incroyable éclat. Il lui fallait se retenir de courir, ses os crissaient les uns contre les autres comme un archet de violon. Le bitume de la ruelle *scintillait* derrière l'appartement de Tara. La puanteur des ordures et de la pisse formait une épaisse brume *visible* qu'elle traversait comme un cours d'eau. Alex passa entre deux rangées de maisons, bifurqua sur Tilton Street. Un instant plus tard, une Dodge Charger bleue tourna au coin de la rue. Turner en sortit, ouvrit la portière arrière, et laissa Alex se glisser sur la banquette.

« Où allons-nous ? s'enquit-il.

— À Il Bastone. La maison d'Orange Street. »

La douleur semblait encore pire maintenant qu'elle avait cessé de bouger : elle lui vrillait la tête, torturait son corps allongé sur le cuir neuf de la banquette arrière. Des morceaux de ciel et de toits défilaient devant la jeune femme par la fenêtre alors même qu'elle s'efforçait de retracer mentalement leur chemin vers Il Bastone. Encore combien de temps ? Dawes se trouverait là-bas. Dawes y passait sa *vie* – mais allait-elle pouvoir l'aider ? *C'est mon boulot*.

« Oculus ne répond pas », dit Turner. Dawes était-elle en cours ? Perdue quelque part entre des piles de livres ? « Qu'est-ce que j'ai vu, là-bas ?

— Je vous l'ai dit. De la magie des portails. » La jeune femme lui avait répondu avec une assurance que rien ne venait justifier. Elle croyait que ce genre de tours servait à franchir de grandes distances, ou à pénétrer dans des bâtiments sécurisés. Pas à prendre le dessus dans une bagarre. « Les portails se trouvent au cœur de la magie de la Scroll & Key. Je me suis dit que Tara et Lance leur fournissaient peut-être de la drogue, à cause de Colin Khatri. Et du tatouage de Tara.

— Lequel ?

— *Mourir plutôt que douter*. C'est tiré des *Idylles du Roi*. » La jeune femme avait l'étrange sentiment d'avoir pris la place de Darlington. Cela signifiait-il qu'il avait pris la sienne ? Merde, elle *détestait* planer à ce point. « Lance a dit quelque chose quand il m'a passée à tabac : il voulait savoir qui avait fait du mal à Tara. Ce n'est pas lui le coupable.

— Dois-je vous rappeler que c'est un criminel ? »

Alex voulut secouer la tête, se borna finalement à grimacer. « Il ne me racontait pas des craques. » Dans le chaos de l'agression, la jeune femme s'était crue à nouveau victime d'une chasse à l'homme, comme avec la *gluma*. Mais elle n'en était plus si sûre, à présent. « Il me faisait subir un interrogatoire. Il pensait que j'étais entrée par effraction.

— Vous *êtes* entrée par effraction.

— Il ne se trouvait pas là-bas pour moi. C'est *autre chose* qui l'a poussé à revenir chez Tara.

— Tiens, puisqu'on en parle : je vous avais explicitement demandé de ne pas vous approcher…

— Vous voulez des réponses, ou vous préférez continuer à jouer les connards ? Lance Gressang n'a *pas* tué Tara. Vous n'avez pas coffré la bonne personne. »

Comme Turner gardait le silence, Alex s'autorisa un petit rire. Que son corps lui fit regretter aussitôt. « Je comprends. Vous vous dites que l'un de nous est fou – et que ce serait quand même mieux si c'était moi. J'ai une mauvaise nouvelle pour vous, Turner. Nous sommes tous les deux sains d'esprit. Quelqu'un a voulu vous faire croire en sa culpabilité.

— Mais *vous*, vous ne le croyez pas coupable. » Un lourd silence s'abattit alors sur eux. Alex entendait le *tic-tac* du clignotant, qui battait en rythme avec son cœur. Au bout du compte, Turner se décida à reprendre : « J'ai vérifié les allées et venues des membres des sociétés que vous avez mentionnés. »

Ainsi donc il avait enquêté. Turner était un flic trop scrupuleux pour exclure une piste. Même fournie par le Léthé. « Et ?

— Nous savions déjà qu'il était impossible de confirmer l'alibi de Tripp Helmuth, personne ne l'ayant eu à l'œil pendant l'intégralité de la nuit. Quant à Kate Masters, elle affirme être restée au Manuscrit jusqu'à trois heures du matin. »

Alex grogna lorsque la Charger passa sur un ralentisseur. Parler lui faisait mal, mais ça l'aidait également à se distraire l'esprit. « Toute sa délégation aurait dû s'y trouver. C'était un jeudi soir. Une nuit de réunion.

— J'ai comme l'impression qu'ils ont fait la fête jusqu'au bout de la nuit. C'est un grand bâtiment ; elle aurait facilement pu aller et venir sans que personne s'en rende compte. »

Seuls quelques pâtés de maisons séparaient le Manuscrit de la scène de crime. Kate aurait-elle pu s'éclipser, travestie en Lance, pour rejoindre Tara ? S'agissait-il d'une sorte de jeu, d'un délire qui aurait mal tourné ? Kate avait-elle eu l'intention de lui faire du mal ? Ou tout cela n'était-il qu'un château de cartes qu'Alex se bâtissait dans sa tête ?

« Que savez-vous du gosse de la Scroll & Key, Colin Khatri ? lui demanda Turner.

— Je l'aime bien, se surprit à dire Alex. Il est gentil, et il sait s'habiller – un peu comme vous, mais en plus européen.

— Une info *très* utile, merci bien. »

Alex fouilla dans sa mémoire. La *basso belladonna* l'aida à se rappeler l'intérieur alambiqué du tombeau de la Scroll & Key, les motifs sur les carreaux du sol. La nuit de la tentative foirée d'ouvrir un portail vers Budapest, Colin lui avait lancé un petit signe enthousiaste de la main lorsqu'il l'avait vue – comme s'ils *partageaient* quelque chose. « Darlington m'a dit que Colin était un étudiant particulièrement brillant, que ses travaux de chimie étaient d'un niveau universitaire avancé. Qu'il se destinait à intégrer un établissement prestigieux dès l'année prochaine. Stanford, je crois.

— Il ne s'est pas pointé à la Scroll & Key, jeudi dernier. Il faisait la fête dans la maison d'une professeure. Belle-machin. Un nom français. »

Elle faillit éclater de rire. « Pas une fête. Un salon. » Colin s'était rendu au salon de Belbalm. Alex était censée assister au prochain… le lendemain? Non, le soir même. Jamais son été magique passé à travailler dans le bureau tranquille de l'enseignante en arrosant ses plantes ne lui avait paru aussi lointain. Mais Colin avait-il *vraiment* assisté au salon? Peut-être avait-il filé en douce. La jeune femme espérait vraiment que ce ne soit pas le cas. Le monde de Belbalm, avec ses parfums poivrés et ses douces conversations, avait des airs de refuge, d'une récompense qu'elle ne méritait sans doute pas, mais qu'elle aurait volontiers acceptée. Il était hors de question d'associer cela au bordel sans nom qu'elle devait présentement affronter.

Alex sentait sa concentration s'évaporer, signe que les effets de la *basso belladonna* commençaient à s'atténuer. Elle entendit un *bip* assourdissant, puis Turner parler dans sa radio, détailler les dégâts qu'avait subis l'appartement de Lance et de Tara, évoquer un toxico en quête de drogue. L'inspecteur avait poursuivi le délinquant à pied, mais avait fini par perdre sa trace. Il dressa un portrait pour le moins vague du suspect – un homme ou une femme en parka noire ou bleu foncé.

Alex fut surprise de l'entendre mentir – mais ce n'était pas pour la couvrir, elle s'en doutait: il ne savait tout simplement pas comment expliquer ce qu'il avait vu.

« On approche du parc », finit par lancer le flic.

Alex se força à se redresser de manière à pouvoir le guider. Tout ce qui l'entourait avait pris une teinte rougeâtre; l'air lui-même semblait fait d'épines acérées.

« Cette allée, là. » La brique sombre et les vitraux d'Il Bastone leur apparurent enfin. Il y avait de la lumière à la fenêtre du petit salon. *Dawes, tu as intérêt à être là.* « Garez-vous à l'arrière. »

Alex ferma les yeux, lâcha un soupir lorsque le moteur s'arrêta. Elle entendit la portière de Turner claquer, après quoi le flic vint l'aider à sortir du véhicule.

« Les clés, fit-il.

— Il n'y en a pas. »

Une vague d'inquiétude s'abattit sur elle lorsqu'elle vit Turner batailler avec la poignée. La maison allait-elle le laisser entrer ? Mais la porte finit par s'ouvrir en grand – soit sa propre présence avait suffi à rassurer la demeure, soit celle-ci avait reconnu Centurion.

Il Bastone produisit un fracas préoccupant à son entrée. Les lustres s'étaient mis à tinter. N'importe qui d'autre aurait mis ça sur le compte d'un camion de passage, mais à son grand dam Alex *sentait* l'inquiétude sourdre de la demeure. Peut-être désapprouvait-elle simplement que tant de sang et de traumatismes franchissent son seuil, mais la jeune femme voulait croire qu'elle compatissait à la souffrance d'un des siens.

Dawes était allongée sur le tapis du petit salon, emmitouflée dans son large sweat-shirt, un casque sur les oreilles.

« Hé », dit Turner. Sans résultat. *« Hé ! »* répéta-t-il, plus fort cette fois.

Dawes sursauta – tel un gros lapin beige qui s'anime. Puis se recroquevilla à la vue de Turner et d'Alex dans la pièce.

« Elle est raciste ou juste nerveuse ? s'enquit le flic.

— Je ne suis pas raciste ! protesta Pamela.

— Nous le sommes tous un peu, Dawes, intervint Alex. Tu n'as donc rien appris pendant ton premier cycle ? »

Pamela en resta bouche bée lorsque Turner eut traîné Alex à la lumière. « Oh mon Dieu. *Oh mon Dieu.* Que s'est-il passé ?

— Longue histoire, fit Alex. Tu peux y faire quelque chose ?

— Il faut aller à l'hôpital. Je n'ai jamais…

— Non. Hors de question que je quitte la sécurité des protections.

— Qu'est-ce qui t'est arrivé ?

— Un type gigantesque.

— Mais encore…

— Capable de traverser les murs.

— Ah. » Elle pinça les lèvres. « Inspecteur Turner, je… pourriez-vous…

— De quoi avez-vous besoin ?

— De lait de chèvre. Je pense qu'il y en a au *City Market* d'Elm Street.

— En quelle quantité ?

— Tout leur stock. Le creuset fera le reste. Alex, tu peux monter les escaliers ? »

Celle-ci jeta un coup d'œil aux marches. Elle n'était pas sûre d'y parvenir.

Turner hésita. « Je peux…

— Non, fit Alex. On va se débrouiller toutes seules.

— Super. » Il se dirigeait déjà vers la porte de derrière. « Vous avez de la chance que ce trou à rats se gentrifie. Ça m'aurait fait mal au cul d'essayer de trouver du lait de chèvre dans une épicerie discount. »

« Tu aurais dû le laisser te porter », grogna Dawes alors qu'elles montaient lentement les escaliers.

Le corps d'Alex luttait à chaque marche. « Là tout de suite, il culpabilise de ne pas m'avoir écoutée. Je ne veux pas le laisser se racheter trop vite.

— Pourquoi ?

— Parce que plus il s'en veut, et plus il nous sera utile. Fais-moi confiance. Turner *déteste* être dans son tort. » Une marche. Puis une autre. Pourquoi ce taudis n'était-il pas équipé d'un ascenseur ? Une cabine magique remplie de morphine… « Parle-moi de la Scroll & Key. Je croyais que leur magie déclinait. La nuit où Darlington et moi avons joué les observateurs, ils n'ont même pas réussi à ouvrir un portail donnant sur l'Europe de l'Est.

— Ces dernières années ont été difficiles pour eux – ils ont eu du mal à faire de bons recrutements. Il y a certaines spéculations au sein du Léthé : la magie des portails serait si disruptive qu'elle aurait érodé le nexus sur lequel leur tombeau est construit. »

Mais les Serruriers jouaient peut-être la comédie – une petite arnaque destinée à les faire passer pour plus faibles qu'ils ne l'étaient. Mais à quelles fins ? Pour accomplir des rituels en secret sans éveiller la suspicion du Léthé ? Peut-être y avait-il quelque chose de louche dans les rituels proprement dits ? Mais en quoi cela reliait-il Colin Khatri à Tara ? À en croire Tripp, la malheureuse n'avait mentionné Colin qu'une fois, en passant. Ça ne pouvait pas se résumer à cela. Ce tatouage ne pouvait pas être une simple coïncidence.

Dawes conduisit Alex à l'armurerie, l'adossa contre le Creuset d'Hiram. Son métal glacé donnait l'impression de vibrer doucement contre la peau d'Alex. La jeune femme n'avait jamais utilisé le Bol d'Or ; elle avait juste vu Darlington y préparer son élixir. Il avait traité l'objet avec un mélange de déférence et d'amertume – un rapport *classique* entre un junkie et sa came.

« Ce serait vraiment plus sûr d'aller à l'hôpital, dit Pamela tout en tirant l'un après l'autre les tiroirs du vaste cabinet.

— Allez, Dawes. Rappelle-toi cette merde à l'œuf d'araignée que tu m'as donnée la dernière fois.

— C'était… différent. Il s'agissait d'un remède *spécifique*, pour une affection magique *spécifique*.

— Tu n'as pas hésité à me noyer. C'est si compliqué que ça de me retaper ?

— Bien *sûr* que j'ai hésité. Et aucune des sociétés n'est spécialisée dans la magie de guérison.

— Pourquoi ça ? » Si Alex continuait à parler, son corps ne la lâcherait peut-être pas. « Il y aurait de l'argent à se faire. »

Le froncement de sourcils désapprobateur de Dawes – ce fameux « la connaissance ne devrait servir qu'elle-même » – lui rappela douloureusement Darlington. Mais bon, *tout* était douloureux présentement.

« La magie de guérison est bordélique, expliqua Dawes. C'est la plus couramment pratiquée par les profanes, ce qui signifie que son pouvoir se diffuse largement au lieu d'être attiré par les nexus. En plus, fricoter avec l'immortalité est strictement interdit. Et ce n'est pas comme si je savais exactement ce que tu as : je ne peux pas te radiographier ou te jeter un sort de réparation de côte cassée. Tu pourrais avoir une hémorragie interne, ou un truc dans le genre.

— Tu vas trouver quelque chose.

— On va tenter une inversion, dit Dawes. Je peux te ramener… une heure en arrière suffira ? Deux ? J'espère qu'on a assez de lait.

— Tu parles de… de voyager dans le temps ? »

Dawes marqua une pause, sa main sur un tiroir. « Tu es sérieuse ?

— Naaan, s'empressa de lui répondre Alex.

— Je vais juste aider ton corps à retrouver une version antérieure de lui-même. J'appelle ça un rembobinage. Et c'est bien plus simple que d'essayer de fabriquer de la chair fraîche ou des nouveaux os. Si tu veux tout savoir, ce sort procède de la magie des portails. Tu pourras remercier la Scroll & Key.

— Je leur enverrai un petit mot. Jusqu'à quand tu peux me faire remonter ?

— Pas bien loin. Pas sans une magie plus puissante et davantage de gens pour la manipuler. »

Un rembobinage. *Ramène-moi en arrière. Transforme-moi en quelqu'un que personne n'a jamais fait souffrir. Remonte aussi loin que possible. Fais-moi repartir de zéro. Sans plaies. Sans cicatrices.* Elle pensa aux phalènes dans leurs boîtes. Ses tatouages lui manquaient, tout comme ses vieux vêtements. Tout comme les bains de soleil qu'elle s'offrait avec Hellie, ou les courbes moelleuses du vieux canapé de sa mère. Alex ne savait pas vraiment ce qui lui manquait ; juste qu'elle était nostalgique de quelque chose qu'elle n'avait jamais eu, de quelqu'un qu'elle n'avait jamais été.

Elle fit courir sa main le long du creuset. *Ce truc a-t-il le pouvoir de me faire renaître de mes cendres ? Faire en sorte que je ne voie plus jamais le moindre fantôme, ou Gris si ça leur chante de les baptiser ainsi ?* Mais était-ce *vraiment* ce qu'elle souhaitait désormais ?

Alex se remémora le jour où Belbalm lui avait demandé ce qu'elle voulait. La sécurité. Une chance de mener une vie normale. C'était ce qui lui était venu à l'esprit à ce moment-là, dans le calme du bureau de l'enseignante, avec les plantes qui fleurissaient dans leurs jardinières, ce service à thé assorti plutôt que la collection dépareillée de tasses ébréchées que possédait la jeune femme. Elle voulait prendre des bains de soleil à cette fenêtre. Elle voulait la paix.

Menteuse.

La paix était une drogue comme une autre. Elle ne durait pas. C'était une illusion, susceptible de disparaître en un claquement de doigts. Seuls l'argent et le pouvoir vous garantissaient un minimum de protection.

Alex n'avait pas d'argent. Mais elle avait du pouvoir. Elle en avait eu peur : peur de se confronter aux événements de cette nuit sanglante, aux regrets et à la honte, peur d'avoir à faire une fois encore ses adieux à Hellie. Mais quelque chose s'était peut-être brisé en elle quand elle avait accepté de faire face à ses souvenirs, car la jeune femme ne ressentait à présent qu'un calme infini en sachant de quoi elle était capable.

Les Gris avaient pourri sa vie, l'avaient rendue insupportable – mais après toutes ces années de tourments, ils avaient fini par lui donner quelque chose en retour. Ils lui étaient redevables. Et ce pouvoir lui plaisait – même l'étrange sensation d'avoir North en son for intérieur. Elle s'était délectée de la surprise qu'arboraient les visages de Lance, de Len et de Micmac. *Vous pensiez me connaître ? Vous allez voir.*

« Déshabille-toi », dit Dawes.

Alex déboutonna son jean. Ses mouvements étaient lents, entravés par la douleur. « J'ai besoin de ton aide. »

À contrecœur, Dawes s'éloigna des étagères pour l'aider à retirer son jean. Elle s'avisa dans le mouvement qu'il fallait aussi lui ôter ses bottes : Alex se retrouva donc à attendre en sous-vêtements que

Pamela ait terminé sa besogne.

Dawes considéra alors son œuvre, ses yeux passant du visage meurtri d'Alex aux serpents tatoués sur ses hanches, jadis assortis à ceux qui recouvraient ses clavicules. Elle se les était fait faire après qu'Hellie lui eut dit qu'elle avait un crotale en son for intérieur. L'idée lui avait plu. Len lui avait proposé de la tatouer dans leur cuisine : il avait acheté en ligne son propre pistolet, des encres, insisté sur la stérilité de l'instrument. Mais Alex n'avait pas la moindre confiance en lui – sans même parler de l'état de leur appartement. Elle lui avait refusé le privilège de la marquer, pas de cette façon en tout cas.

« Tu peux lever les bras au-dessus de ta tête ? fit Dawes, les joues écarlates.

— Mmh mmh », grogna Alex. Le simple fait de former des mots lui coûtait à présent.

« Je vais chercher des ciseaux. »

Quelques instants plus tard, elle sentit sa chemise se détacher progressivement de sa peau ; le tissu collait au sang pas encore sec.

« Ne t'inquiète pas, dit Dawes. Tu te sentiras mieux dès que je t'aurai installée dans le creuset. »

Alex se rendit compte qu'elle était en train de pleurer. La jeune femme avait été étranglée, noyée, battue, *encore* étranglée, mais à présent elle pleurait – pour une chemise. Elle l'avait achetée neuve dans un *Target* avant de rentrer à l'université – son tissu était doux, et la coupe lui allait à ravir. Elle n'avait jamais possédé grand-chose de neuf.

Elle avait la tête lourde. Si seulement elle avait pu fermer les yeux une minute. Une journée.

La voix de Dawes la sortit de sa torpeur : « Désolée. Je n'y arrive pas toute seule. On va avoir besoin de l'aide de Turner. »

Était-il rentré du magasin ? Alex ne l'avait pas entendu. Elle avait dû s'évanouir.

Une matière douce se posa alors sur sa peau. Pamela l'avait enveloppée dans un drap – bleu pâle : il provenait de la chambre de Dante. *Ma chambre*. Bénie soit Dawes.

« C'est un genre de linceul ? » La voix de Turner.

Alex se fit violence pour ouvrir les yeux. Il était en train d'aider Dawes à vider des briques de lait dans le creuset. Son regard balayait la pièce à la manière d'un projecteur, lentement, comme pour assimiler l'étrangeté des étages supérieurs. Alex était fière d'Il Bastone, du cabinet de curiosités qu'accueillait son armurerie, de l'étrange baignoire dorée située en son centre.

Elle voulait se la jouer courageuse, supporter vaillamment la douleur – mais Turner lui arracha un cri en la soulevant. Un instant plus tard, elle s'enfonçait sous la surface froide, tandis que le drap se déployait autour de son corps, et que son sang striait le lait de veines aussi roses qu'un sundae à la fraise.

« Ne touchez pas au lait ! s'écria Dawes.

— J'essaie de l'empêcher de se noyer ! » aboya Turner, dont les mains enserraient sa tête.

« Je vais bien, dit Alex. Laissez-moi.

— Vous êtes toutes les deux cinglées ! » s'exclama le flic – mais elle n'en sentit pas moins sa prise se relâcher.

Alex se laissa couler. La fraîcheur du lait semblait s'infiltrer directement dans sa peau, pour apaiser sa douleur. La jeune femme retint son souffle aussi longtemps qu'elle put. Elle voulait rester là, sentir ce cocon lacté autour d'elle. Mais ses orteils finirent par rencontrer le fond du creuset, et elle remonta à la surface d'un coup de pied.

Dawes et Turner étaient tous les deux en train de lui crier dessus lorsqu'elle émergea. Alex avait dû rester sous la surface un peu trop longtemps…

« Je ne vais pas me noyer, intervint-elle. Je vais bien. »

Et tel était le cas. La douleur n'avait pas disparu, mais s'était estompée ; ses pensées lui semblaient plus nettes, plus précises. Le lait aussi avait changé. Il était plus clair, plus aqueux.

Turner paraissait sur le point de dégueuler un bon coup – et Alex pensait savoir pourquoi. La magie générait une sorte de vertige. Voir une fille à deux doigts de mourir plonger dans une baignoire et en ressortir saine et entière quelques secondes plus tard, c'était peut-être le tour de manège de trop.

« Il faut que j'aille à la gare, dit-il. Je... »

Il fit volte-face et sortit à grandes enjambées.

« Je crois qu'il ne nous aime pas, Dawes.

— Et alors ? » Pamela ramassa le tas de vêtements ensanglantés d'Alex. « On avait trop d'amis, de toute façon. »

Dawes partit lui préparer quelque chose à manger, clamant qu'elle serait affamée une fois l'inversion terminée. « Ne te noie pas en mon absence », lui lança-t-elle, avant de laisser derrière elle la porte de l'armurerie ouverte.

Alex s'allongea dans le creuset. Elle sentait son corps changer, la douleur *s'écouler* d'elle, et quelque chose – le lait, ou quoi qu'il soit devenu avec l'enchantement de Dawes – l'emplir. Les petites enceintes diffusaient de la musique ; le son était si mauvais que la jeune femme peinait à y discerner un air.

Elle replongea sa tête sous la surface. C'était calme, ici, et en rouvrant les yeux Alex eut l'impression de regarder à travers quelque brume. Alors que se dissipaient les ultimes traces de lait et de magie, une forme pâle apparut progressivement devant elle. Un visage.

Alex ouvrit la bouche de surprise – et but la tasse. Elle se redressa d'un coup, toussant et crachant, les bras croisés sur ses seins. Le reflet du Marié était en train de la fixer.

« Vous ne pouvez pas être ici, lui lança-t-elle. Les protections...

— Je vous l'ai dit. Partout où l'eau forme une étendue ou même une simple flaque, nous pouvons désormais converser. L'eau est un élément de traduction. Elle nous sert de médiateur.

— Vous comptez prendre un bain avec moi ? »

Le visage froid de North resta de marbre. Alex voyait dans le reflet le rivage sombre qui se déployait derrière lui. Il ne ressemblait pas à celui qu'elle avait vu la première fois ; elle se souvint alors de ce que Dawes lui avait dit à propos de la multiplicité des zones frontalières. La jeune femme ne devait pas contempler l'Égypte, cette fois – du moins la version de l'Égypte qu'elle avait arpentée en traversant le Nil. Mais Alex discernait les mêmes formes sombres sur le rivage, humaines et inhumaines ; elle se réjouissait qu'elles ne puissent pas l'atteindre ici.

« Que m'avez-vous fait à l'appartement de Tara ? » demanda North, d'une voix plus hautaine, plus *sèche* que jamais.

« Je ne sais pas quoi vous dire, lui répondit Alex – parce que c'était ce qui semblait se rapprocher le plus de la vérité. Tout est allé très vite. Je n'ai pas franchement eu le temps de vous demander la permission.

— Mais qu'avez-vous *fait* ? Comment vous y êtes-vous prise ? »

Reste avec moi.

« Je n'en ai aucune idée. » Toute cette histoire la laissait interdite. D'où lui venait ce don. Pourquoi elle était la seule à voir certaines choses. Les réponses se cachaient-elles quelque part dans sa lignée ? Dans les gènes de ce père qu'elle n'avait jamais rencontré ? Dans les os de sa grand-mère ? Les Gris n'avaient jamais osé s'approcher de la maison d'Estrea Stern, des bougies allumées aux fenêtres. Eût-elle vécu plus longtemps qu'elle aurait peut-être trouvé un moyen de protéger sa petite-fille.

« Je vous ai donné ma force », dit North.

Non, songea Alex. *Je l'ai prise.* Mais elle doutait qu'il apprécie la distinction.

« Je sais ce que vous avez fait à ces hommes, reprit le Marié. Je l'ai vu quand vous m'avez ouvert votre for intérieur. »

Un frisson parcourut le corps de la jeune femme. Toute la chaleur et le bien-être que le lait du bain avait déversés en elle ne faisaient pas le poids face à l'idée d'un Gris occupé à fouiner dans sa tête. Qu'avait-il vu d'autre ? *C'est sans importance.* Contrairement à Darlington, North ne pouvait pas divulguer ses secrets au reste du monde. Peu importait combien de fois il avait percé le Voile, il restait prisonnier de la mort.

« Vous avez des ennemis de ce côté-ci du Voile, Galaxy Stern, poursuivit-il. Leonard Beacon. Mitchell Betts. Ariel Harel. Une kyrielle d'hommes que vous avez envoyés sur l'autre rive. »

Daniel Arlington.

Sauf que Darlington ne se trouvait pas de l'autre côté, à l'en croire. Un murmure s'éleva des formes postées derrière le Marié, le même son qu'Alex avait entendu lorsqu'elle pataugeait dans le Nil. *Jean Du Monde. Jonathan Mont.* Ce n'était peut-être même pas un nom. Les syllabes avaient quelque chose d'étrange, de faux – comme prononcées par des bouches impropres au langage humain.

Et qu'en était-il d'Hellie ? Était-elle heureuse, là où elle se trouvait ? À l'abri des coups foireux de Len ? Ou bien s'étaient-ils retrouvés derrière le Voile, où ils reproduisaient leur existence misérable ?

« Ouais, ma foi – j'ai *aussi* des ennemis de ce côté. Mais au lieu de faire l'inventaire de mes vieux potes, pourquoi ne partiriez-vous pas à la recherche de Tara ?

— Et *vous*, qu'est-ce qui vous a empêchée d'étudier les carnets de Darlington ?

— J'étais occupée. Et puis bon, ce n'est pas comme si vous étiez attendu quelque part.

— Quelle désinvolture. Quelle assurance. Il fut une époque où m'habitait une confiance similaire. Le temps s'est chargé de m'en débarrasser. Le temps emporte tout, Mme Stern. Mais je n'ai pas eu besoin d'aller chercher vos amis : après ce que vous m'avez fait à la résidence de Tara Hutchins, ils sont venus tout seuls à moi. Ils *sentaient* votre pouvoir me coller à la peau comme une odeur de tabac froid. Vous avez renforcé notre lien. »

Parfait. Exactement ce dont elle avait besoin. « Contentez-vous de retrouver Tara.

— J'ai espoir que cette chose répugnante l'attirera à moi. Mais sa mort a été brutale. Elle est peut-être en train de s'en remettre quelque part. L'autre côté a tendance à… *déstabiliser* les nouveaux trépassés. »

Une chose à laquelle Alex n'avait pas pensé. Elle avait simplement supposé que les gens faisaient la traversée dans une sorte d'abnégation, d'indolence tranquille. La jeune femme regarda à nouveau le reflet vacillant du Marié à la surface de l'eau, les formes monstrueuses situées quelque part derrière lui – et frissonna.

Comment Hellie était-elle passée dans l'autre monde ? Sa mort avait été… eh bien, à certains points de vue, par rapport à Tara, à Len, Micmac et Ariel, Hellie était décédée dans une paix relative.

Mais ça n'en restait pas moins une mort. Une mort *prématurée*.

« Retrouvez-la, fit Alex. Retrouvez Tara, histoire que je puisse découvrir qui l'a tuée – et que Turner enferme ce salopard avant qu'il ne s'en prenne à moi. »

North fronça les sourcils. « Je doute que l'inspecteur soit le bon partenaire pour ça. »

Alex colla son dos à la courbe du creuset. La jeune femme voulait sortir de l'eau, mais ce n'était peut-être pas la bonne chose à faire. « Pas habitué à voir un Noir porter un badge, j'imagine ?

— Je ne suis pas resté cloîtré dans ma tombe ces cent dernières années, Mme Stern. Je sais que le monde a changé. »

Sa tombe. « Où êtes-vous enterré ?

— Mes os se trouvent à Evergreen. » Un rictus agita sa lèvre. « L'endroit est devenu une véritable attraction touristique.

— Et Daisy ?

— Sa famille a fait enterrer sa dépouille dans leur mausolée de Grove Street.

— C'est pour ça que vous rôdez toujours dans le coin.

— Je ne *rôde* pas. Je m'y rends pour lui présenter mes hommages.

— Si vous y allez, c'est parce que vous espérez lui montrer votre repentance et arracher son pardon. »

Le visage de North se transformait sous l'effet de la colère. Il avait l'air moins humain. « Je n'ai fait aucun mal à Daisy.

— On a son petit caractère, hein », ironisa Alex. Mais elle ne voulait pas le provoquer davantage. Elle avait besoin de lui, et un geste de paix semblait s'imposer. « Je suis désolée pour ce que je vous ai fait à l'appartement.

— Non, vous ne l'êtes pas. »

Au temps pour la paix. « Non, en effet. »

North détourna la tête. Il avait le profil idéal pour figurer sur une pièce de monnaie. « Ce n'était pas une expérience totalement désagréable. »

Une déclaration qui prit Alex au dépourvu. « Ah bon ?

— C'était… J'avais oublié ce que ça faisait d'avoir un corps. »

Alex réfléchit un instant. Il lui fallait éviter de renforcer leur lien. Mais si le Marié pouvait fouiner dans sa tête quand il pénétrait en elle, *ses* pensées lui seraient peut-être accessibles. La jeune femme n'avait guère eu le temps de se pencher sur la question dans le feu de l'action. « Vous pouvez revenir dedans, si vous voulez. »

Il hésita. Pourquoi ? Était-ce là un acte trop intime ? Avait-il quelque chose à cacher ?

Dawes franchit alors brusquement la porte, un plateau couvert de plats dans les mains. Elle le posa sur le casier géographique. « J'ai fait simple. Purée de pommes de terre. Macaronis au fromage. Soupe à la tomate. Salade verte. »

L'estomac d'Alex se mit à gronder sitôt que l'odeur eut atteint ses narines. « Sois bénie, Dawes. Je peux sortir de ce truc ? »

Pamela jeta un coup d'œil à la baignoire. « Ça m'a l'air bon, oui.

— Si vous comptez manger, fit North, je vais rester. » Il avait parlé d'une voix égale, mais ses yeux brillaient d'un éclat avide dans le miroir aqueux.

Dawes tendit une serviette à Alex, puis l'aida à sortir tant bien que mal de la baignoire.

« Tu peux me laisser seule une minute ? »

Les yeux de Pamela se plissèrent. « Qu'est-ce que tu vas faire ?

— Rien. Manger, tout simplement. Mais si tu… Si jamais tu entends quelque chose, ne te donne pas la peine de frapper. Contente-toi d'entrer.

— Je serai en bas », fit Dawes avec circonspection, avant de refermer la porte derrière elle.

Alex se pencha au-dessus du creuset. North l'attendait dans le reflet.

« Partant ? lui demanda-t-elle.

— Immergez votre main », murmura-t-il, comme s'il lui demandait de se dévêtir. Sauf qu'elle était déjà nue – *bien sûr*.

Elle la plongea sous la surface.

North tendit la sienne dans sa direction. « Je ne suis pas un meurtrier. »

Elle sourit, laissa ses doigts se refermer sur ceux du Marié. « Bien sûr que non. Et moi non plus. »

Postée devant une fenêtre, elle se sentait surexcitée, envahie d'une fierté et d'un bien-être qu'elle n'avait jamais expérimentés. Le monde lui appartenait. Cette usine, plus moderne encore que celle de Brewster ou de Hooker. La ville qui s'étendait devant ses yeux. La femme à ses côtés.

Daisy. Elle était exquise avec son adorable visage délicat, ses cheveux bouclés qui effleuraient le haut col de sa robe, ses douces mains blanches enfouies dans un manchon en fourrure de renard. C'était la plus belle femme de New Haven, peut-être du Connecticut, et elle était à lui. À elle. *La mienne*.

Daisy tourna vers lui ses noirs yeux espiègles. À l'occasion, son intelligence ne manquait pas de le désarçonner. Il ne s'agissait pas d'un trait particulièrement féminin, et pourtant c'était – il le savait – ce qui l'élevait au-dessus de toutes les beautés d'Elm City. Peut-être n'était-elle pas vraiment la plus belle : son nez était trop pointu, ses lèvres trop fines – mais oh ! les mots qui en sortaient, aussi vifs que drôles, coquins parfois. Et il n'y avait absolument rien à reprocher à sa silhouette ou à son sourire malicieux. Elle était tout simplement la plus *vivante* des créatures qu'il lui avait été donné de croiser.

Ces pensées fusèrent en un instant. Il ne pouvait s'en empêcher : elles l'emplissaient toujours d'un sentiment de triomphe et de satisfaction.

« À quoi penses-tu, Bertie ? » demanda-t-elle de sa voix enjouée, en s'approchant davantage. Elle était la seule à l'appeler comme ça. Sa servante les avait accompagnés, comme il se devait, mais

Gladys était restée en retrait dans le couloir. À présent, il la voyait par la fenêtre marcher en direction de la pelouse, les ficelles de son bonnet pendant de sa main chaque fois qu'elle arrachait une brindille de cornouiller. Bertie n'avait pas eu beaucoup d'occasions de lui adresser la parole, mais il se promit de faire un effort. Les serviteurs entendaient tout, et il serait bien avisé d'avoir l'oreille de la personne la plus proche de sa future épouse.

Il se détourna de la fenêtre pour contempler Daisy. Elle rayonnait d'un éclat laiteux, comme un morceau de verre poli contre le bois lisse de son nouveau bureau. Ses meubles, ainsi que le nouveau coffre-fort, avaient été construits spécialement pour l'endroit. Il y avait déjà passé plusieurs nuits, à profiter du confort des lieux pour travailler en paix. « Je pense à toi, bien sûr. »

Toujours plus proche, elle lui donna une petite tape sur le bras. Le déhanché de son corps aurait pu être inconvenant chez une autre femme – mais pas chez Daisy.

« Tu n'as plus besoin de me faire la cour. » Elle agita ses doigts. L'émeraude qu'accueillait l'annulaire se mit à scintiller. « J'ai déjà dit oui. »

Il attrapa sa main, l'attira à lui. Quelque chose s'alluma dans les yeux de la jeune femme – mais quoi ? Du désir ? De la peur ? Elle était parfois impossible à déchiffrer. Bertie vit leur reflet dans le miroir qui surplombait la cheminée. Une image qui le ravit.

« Allons à Boston après le mariage. On pourrait passer notre lune de miel dans le Maine. Je ne veux pas d'un long voyage en mer. »

Elle se borna à hausser un sourcil, tout sourire. « Paris faisait partie du marché, Bertie.

— Mais pourquoi ? Nous avons toute une vie pour voir le monde.

— Parle pour toi. Moi, je serai bientôt la mère de tes enfants, et une hôtesse pour tes partenaires commerciaux. Mais pour le moment… » Elle se tenait sur la pointe des pieds, ses lèvres à un souffle des siennes, la chaleur de son bras palpable sous les doigts de son aimé. « Je pourrais être une fille découvrant Paris pour la première fois, et toi mon… amant ? »

Un mot qui l'ébranla comme un coup de marteau.

Il éclata de rire. « Va pour Paris ! » Et l'embrassa. Ce n'était pas leur premier baiser, mais avec Daisy chacun avait le goût de la nouveauté.

Un grincement dans les escaliers, puis un bruit sourd – comme si quelqu'un avait trébuché.

Daisy se recula. « Gladys a le don pour choisir ses moments. »

Mais par-dessus l'épaule de son aimée, Bertie voyait toujours la servante déambuler rêveusement dans le jardin, son bonnet blanc inratable au milieu des cornouillers.

Il fit volte-face et – rien, personne, une porte vide. Daisy avait disparu dans un hoquet de surprise.

Une tache sombre commençait à envahir son champ visuel, telle une flamme léchant les bords d'une feuille. Une douleur soudaine, brûlante, lui transperça alors le crâne – lui arrachant un cri au passage. *« Ils m'ont ouvert,* lança une voix. *Ils voulaient voir mon âme. »*

« Daisy ? » haleta-t-il. Son nom resta fiché dans sa gorge. Il était allongé sur le dos dans une salle d'opération. Des hommes se tenaient au-dessus de lui – des *garçons*, à dire vrai.

Quelque chose ne va pas, dit l'un d'eux.

Finissez-en ! s'écria un autre.

Il baissa les yeux. Son ventre avait été ouvert. Il voyait – Dieu du ciel – il voyait *ses* entrailles, *ses* organes, étalés comme des boudins sur la table d'un boucher. Un des garçons était en train de les triturer. *Ils m'ont ouvert.*

Il hurla, se plia en deux. Étreignit son ventre. Il était entier.

La pièce qui l'entourait ne lui disait rien : un genre de bureau, avec du bois poli partout. En émanait une odeur de neuf. La lumière du soleil était si forte qu'elle lui faisait mal aux yeux. Mais il n'était pas à l'abri de ces garçons. Ils l'avaient suivi jusqu'ici. Ils voulaient le tuer. Ils l'avaient arraché à son coin préféré à la gare de triage, lui avaient offert de l'argent. Les garçons faisaient ça pour s'amuser, il le savait à présent – une chose qu'il l'ignorait lorsqu'ils lui avaient ouvert le ventre pour s'emparer de son âme.

Hors de question qu'il les laisse le ramener dans cette pièce glacée. Il avait de quoi se protéger, ici. Si seulement il pouvait mettre la main dessus… Il s'approcha du bureau, ouvrit des tiroirs. Ils paraissaient tellement loin – à croire que ses bras étaient plus courts que dans son souvenir.

« Bertie ? »

Ce n'était pas son nom. Ils essayaient de l'embrouiller. Il baissa les yeux, vit une forme noire dans sa main. On aurait dit une ombre, sauf qu'elle pesait lourd dans sa paume. Il connaissait le nom de cet objet, s'efforçait de le formuler dans son esprit.

C'était une arme qu'il avait à la main, et une femme était en train de hurler. De supplier. Sauf que ce n'était pas une femme, mais quelque créature horrible. Il voyait la nuit *s'épaissir* autour d'elle. Les garçons l'avaient envoyée pour le ramener, de manière à pouvoir se réattaquer à ses entrailles.

Un éclair zébra le ciel – toujours bleu, pourtant. *Daisy*. Il était censé la protéger. La malheureuse était en train de ramper sur le sol. En larmes. Elle essayait de s'enfuir.

Là-bas, au-dessus de la cheminée, un monstre qui lui rendait son regard, son visage blanc transi d'horreur et de rage. Ils étaient venus pour lui, et il *devait* les arrêter. Le choix était limité : il lui fallait gâcher leur plaisir. Il fit pivoter l'ombre dans sa main, l'appuya contre son ventre…

Un autre éclair. À quel moment la tempête avait-elle débuté ?

Il baissa les yeux, découvrit sa poitrine déchiquetée. Il avait accompli sa tâche : ils ne pourraient plus l'ouvrir, à présent. Ils ne pourraient pas lui voler son âme. Il s'écroula par terre. Les rayons du soleil quadrillaient les lattes du plancher ; un scarabée rampait dans la poussière. Daisy – il la connaissait – gisait auprès de lui ; le rose désertait ses joues, ses yeux vifs et espiègles commençaient déjà à devenir vitreux.

22

Hiver

Alex tituba en arrière, manquant de renverser le plateau de Dawes dans le mouvement. Elle étreignit sa poitrine, s'attendant à y trouver une blessure béante. Sa bouche était remplie de nourriture, et la jeune femme se rendit compte qu'elle venait de revivre la mort de North tout en enfournant des macaronis. Alex le sentait encore en elle, oublieux, obnubilé par son premier repas depuis plus d'un siècle. De toute sa volonté elle le repoussa, refermant la brèche qui lui avait permis de l'investir.

Elle recracha les macaronis, haletante, prostrée au bord du creuset. Seul son visage la regardait depuis la surface de l'eau. Elle y plongea la main, observa les ondulations se propager…

« Vous l'avez tuée, murmura-t-elle. Je vous ai vu la tuer. Je l'ai *senti.* »

Mais tout en disant cela, Alex savait qu'elle n'avait pas été North à ce moment-là. Il y avait eu quelqu'un d'autre en lui.

Elle se rendit d'un pas guère assuré dans la chambre de Dante, enfila un survêtement aux couleurs du Léthé. Des jours *entiers* semblaient s'être écoulés. Une légère douleur persistait là où ses côtes avaient été cassées, seule trace des coups qu'elle avait subis.

Et pourtant elle se sentait fatiguée, *tellement* fatiguée. Chaque jour qui passait charriait le poids de plusieurs années ces derniers temps, et la jeune femme ignorait si c'était le traumatisme physique ou la surexposition au surnaturel qui l'épuisait à ce point.

La lumière de l'après-midi filtrait à travers les vitraux, décalquant leurs motifs bleus et jaunes sur les lames polies du parquet. Peut-être allait-elle dormir ici ce soir, quand bien même cela la contraindrait à se rendre en cours vêtue d'un sweat le lendemain. Alex était littéralement à court de vêtements. Ces tentatives de meurtre faisaient des ravages dans sa garde-robe.

La salle de bains de la grande chambre était équipée de deux lavabos et d'une baignoire sur pieds que la jeune femme n'avait jamais utilisée. Darlington prenait-il des bains ? Elle l'imaginait mal s'enfoncer dans la mousse pour se détendre.

Elle mit sa main en coupe sous un robinet, but quelques gorgées, puis cracha dans la vasque. Alex eut un mouvement de recul – l'eau était rose, et quelque chose la mouchetait. Elle s'empressa de refermer la bonde.

C'était le sang de North qu'elle contemplait. Elle en était à peu près sûre. Le sang qu'il avait lui-même avalé près d'un siècle plus tôt, au moment de sa mort.

Et du persil.

De petits bouts de persil.

Elle se remémora Michael Reyes, allongé inconscient sur une table d'opération, les Bonesmen rassemblés autour de lui. *Un cœur de colombe pour la lucidité, des racines de géranium, et une mesure d'herbes amères.* Le régime alimentaire d'une *victima* avant une pronostication.

Quelqu'un avait possédé North ce jour-là, à l'usine – quelqu'un que la Skull & Bones avait utilisé pour une pronostication, bien avant que le Léthé ne soit dans le coin pour monter la garde. *Ils m'ont ouvert. Ils voulaient voir mon âme.* Ils l'avaient laissé mourir, cela ne faisait aucun doute : ce n'était qu'un vagabond sans nom, dont la disparition passerait complètement inaperçue. *PCM. Plus de Clochards Morts.* Elle avait vu l'inscription dans *Le Léthé : Un Héritage*. Une petite blague entre vieux garçons de la Neuvième Maison. Alex n'y avait pas porté grand crédit, même après avoir vu Michael Reyes le ventre ouvert sur une table. Elle se promit d'aller prendre de ses nouvelles.

La jeune femme vida l'évier, se rinça une nouvelle fois la bouche, puis enroula ses cheveux mouillés dans une serviette propre et alla s'asseoir devant le petit bureau ancien installé près de la fenêtre.

La Skull & Bones avait été fondée en 1832. Leur tombeau n'avait été bâti que vingt-cinq ans plus tard, mais cela ne signifiait pas qu'ils en avaient attendu la construction pour s'essayer à certains rituels. Personne ne surveillait les sociétés à l'époque, et Alex se souvenait de ce que Darlington lui avait dit à propos de la magie buissonnière. Cette pronostication précoce s'était peut-être mal passée ? Un Gris avait peut-être perturbé le rite, laissant l'esprit de la *victima* s'échapper ? Celui-ci s'était peut-être frayé un chemin jusqu'à North… Le malheureux n'avait même pas semblé comprendre qu'il tenait une arme – *une ombre dans ma main.*

La *victima* terrifiée en North, et North en Alex, telle une poupée russe surnaturelle. L'esprit avait-il *choisi* le corps de North pour s'échapper ? Daisy et son bien-aimé s'étaient-ils simplement trouvés au mauvais endroit au mauvais moment, deux innocents fauchés par une force supérieure ? Était-ce là-dessus que Darlington enquêtait ? Cette magie buissonnière était-elle responsable du meurtre North-Whitlock ?

Alex gravit les escaliers jusqu'au deuxième étage. Malgré le peu de temps qu'elle avait passé ici, elle trouva la chambre de Virgile à son second essai. Située directement au-dessus de celle de Dante, la pièce s'avérait bien plus grandiose. Si Alex survivait trois ans au Léthé et à Yale, ce serait peut-être un jour la sienne.

La jeune femme ouvrit un à un les tiroirs du bureau. À part une note couverte de quelques vers et de la papeterie estampillée du chien du Léthé, elle n'y trouva pas grand-chose.

Un manuel de statistiques était posé sur le meuble. Darlington l'avait-il laissé là avant de se rendre au sous-sol de Rosenfeld Hall ?

Alex redescendit les escaliers sur la pointe des pieds, jusqu'au meuble qui tenait la garde devant la bibliothèque. Ouvrit le Livre d'Albemarle. De ses pages s'éleva aussitôt une odeur de chevaux, le bruit de sabots sur les pavés, un brin d'hébreu – le souvenir de ses recherches sur les golems. Darlington consultait régulièrement la bibliothèque; les colonnes du registre témoignaient de ses innombrables requêtes, mais la plupart des entrées trahissaient son obsession pour New Haven – histoire industrielle, titres de propriété, plans d'urbanisme... Alex reconnut ici et là l'écriture de Dawes – elle avait demandé des titres sur le tarot et d'antiques cultes mystérieux –, ainsi que quelques lignes rédigées par le doyen Sandow. Mais *là*, au début du premier semestre, deux noms gribouillés de l'écriture illisible de Darlington: Bertram Boyce North et Daisy Whitlock. Le Marié avait vu juste. Darlington s'était penché sur son affaire. Mais où se trouvaient ses notes? Les avait-il avec lui cette nuit-là, dans sa sacoche, à Rosenfeld? Avaient-elles été englouties avec le reste de son corps?

« Où êtes-vous, Darlington? » murmura-t-elle. *Et sauras-tu me pardonner?*

« Alex? »

Elle sursauta. Dawes se tenait en haut des escaliers, son casque autour du cou, un torchon dans les mains. « Turner est de retour. Il a quelque chose à nous montrer. »

Alex récupéra ses chaussettes à l'armurerie, puis rejoignit Turner et Dawes dans le petit salon. Ils se tenaient côte à côte devant un ordinateur portable imposant, un même air soucieux sur le visage. Le flic avait troqué son costume pour un jean et une chemise, mais il n'en restait pas moins élégant – surtout à côté de Dawes.

Turner fit signe à Alex de se rapprocher. Il y avait une pile de dossiers à côté de lui.

L'écran affichait apparemment la vidéo de surveillance en noir et blanc d'un couloir de prison. Une rangée de prisonniers longeait une enfilade de cellules.

« Regardez l'heure, dit-il. Ça correspond sensiblement au

moment où vous vous rendiez sur ma scène de crime. »

L'inspecteur lança la vidéo; les détenus s'animèrent aussitôt. Une forme massive entra bientôt dans le cadre.

« C'est lui », dit Alex. C'était Lance Gressang, aucun doute là-dessus. « Où va-t-il?

— Il tourne au bout du couloir – avant de *disparaître*. » Il appuya sur quelques touches; l'image d'un autre couloir s'afficha aussitôt; l'angle n'était pas non plus le même, mais Alex ne voyait Gressang nulle part. « Parmi la longue liste de choses qui m'échappent dans cette histoire, je vous présente la première: pourquoi est-il revenu? » Nouveau changement de caméra: apparut un plan large de ce qui ressemblait à une salle d'hôpital.

« Gressang est retourné en prison? s'enquit la jeune femme.

— Ouaip. Il est à l'infirmerie, avec une main cassée. »

Alex se remémora le craquement de ses os lorsqu'elle l'avait frappé avec le putter. Mais pourquoi diable Gressang serait-il retourné attendre son jugement en prison?

Elle désigna les dossiers. « C'est pour moi, tout ça? »

Turner hocha la tête. « C'est tout ce que nous avons sur Lance Gressang et Tara Hutchins actuellement. Étudiez-les tout votre saoul, mais ils repartent avec moi ce soir. »

La jeune femme les emporta sur le canapé en velours. « Pourquoi une telle générosité?

— Je suis têtu, pas stupide. Je sais ce que j'ai vu. » Il s'adossa à son fauteuil. « Bon, je vous écoute, Alex Stern. Gressang n'a pas commis ce meurtre, à votre avis; alors *qui* est le coupable? »

Alex ouvrit le premier dossier de la pile. « Je n'en sais rien. Mais Tara avait des liens avec au moins quatre sociétés, et on ne poignarde pas quelqu'un pour un peu d'herbe.

— Ça vous dirait de me faire un petit topo?

— Je vais chercher le tableau blanc, fit Dawes.

— C'est un tableau magique? » s'enquit Turner d'un ton acerbe.

Pamela le fusilla du regard. « Ils sont *tous* magiques. »

Elle revint avec une poignée de marqueurs et un tableau qu'elle posa sur la cheminée.

Le flic se passa une main sur le visage. « Allez-y, donnez-moi votre liste de suspects. »

Alex se sentit soudainement mal à l'aise, comme si on lui demandait de résoudre un problème de maths devant la classe ; elle s'avança néanmoins, marqueur bleu en main.

« Quatre des Huit Doyennes avaient possiblement des liens avec Tara : la Skull & Bones, la Scroll & Key, le Manuscrit et la Book & Snake.

— Les Huit Doyennes ? demanda Turner.

— Les Maisons du Voile. Les sociétés propriétaires d'un tombeau. Vous auriez dû lire votre *Vie du Léthé*. »

Turner lui fit signe de poursuivre. « Commencez par la Skull & Bones. Tara vendait de l'herbe à Tripp Helmuth, mais je ne vois pas en quoi ça justifierait un meurtre.

— Elle couchait également avec lui.

— C'était sérieux entre eux ?

— J'en doute, admit Alex.

— Mais peut-être que ça l'était pour Tara ? suggéra Dawes d'une voix hésitante.

— Elle devait savoir à quoi s'en tenir. » Pas le choix, vu son activité. « Mais Tripp n'en appartient pas moins à une vieille famille pleine aux as. Tara a peut-être voulu lui soutirer un peu de fric.

— On dirait un scénario de soap opera », déplora Turner.

Il n'allait pas être facile à convaincre. « Peut-être qu'ils lui achetaient autre chose que de l'herbe. Je crois qu'un troisième année se fournissait chez eux en Accessit. Un certain Blake Keely.

— C'est impossible, fit Dawes. L'Accessit ne pousse…

— … qu'au sommet d'une montagne bien précise, je sais. Mais Blake en a acheté à Lance et à Tara. Et Tripp prétend avoir vu Tara en compagnie de Kate Masters, qui appartient au Manuscrit – la seule société capable de se fournir de l'Accessit.

— Tu crois que Kate a vendu de l'Accessit à Tara et à Lance ? lui demanda Dawes.

— Non. » Mais Alex n'en retourna pas moins l'idée dans sa tête. « Je pense que Kate a payé Tara pour trouver un moyen d'en cultiver. Lance et Tara vivaient à proximité de l'école forestière et des serres du Marais. Kate voulait se débarrasser des intermédiaires. Faire en sorte que le Manuscrit dispose de sa propre réserve.

— Mais alors… comment Blake a-t-il mis la main dessus ?

— Peut-être qu'ils ont commencé à cultiver leur propre Accessit, et qu'ils en ont vendu à Blake. Les affaires sont les affaires.

— Mais ce serait…

— Malhonnête ? proposa Alex. Irresponsable ? Comme tendre une machette magique à un bambin sociopathe ?

— Quels sont les effets de cette drogue ? » Turner semblait réticent à poser cette question, comme s'il n'était pas sûr de vouloir obtenir une réponse.

« Ça vous rend… » Alex hésita. *Obéissant* n'était pas le bon terme. *Zélé* ne convenait pas tout à fait non plus.

« Ça vous transforme en acolyte, répondit Dawes. En serviteur. »

L'inspecteur secoua la tête. « Et laissez-moi deviner : ce n'est pas une substance réglementée, car personne n'en a jamais entendu parler. » Il arborait le même air nauséeux que lorsqu'il avait vu Alex dans le creuset. « Vous jouez avec le feu, les enfants – et après vous vous étonnez que la maison brûle. » Sa main revint frotter son visage. « Bon, revenons au tableau. Tara est liée aux Bones par Tripp, au Manuscrit par Kate Masters et cette drogue. Colin Khatri est-il sa seule connexion avec la Scroll & Key ?

— Non, dit Alex. Elle s'était fait tatouer le bras d'un vers des *Idylles du Roi*, un poème qu'on retrouve partout dans le tombeau des Serruriers. » Elle tendit à Dawes le dossier rempli de clichés. « Là, sur l'avant-bras droit. »

Pamela jeta un coup d'œil aux photos d'autopsie montrant les tatouages de Tara, puis s'empressa de passer aux suivantes.

« Je doute que ce soit une coïncidence, fit Alex.

— C'est quoi, ça ? » s'enquit Dawes en tapotant une photo de la chambre de la défunte.

« Juste des outils servant à la fabrication de bijoux, lui répondit Turner. Elle faisait tourner une petite affaire à côté de ses activités de dealeuse. »

Bien sûr. C'était ce que les filles faisaient quand elles voyaient leur vie s'effondrer : elles se cherchaient une issue de secours. Un centre universitaire. Des savons faits maison. Un petit commerce de bijoux fantaisie.

Pamela mordilla si fort sa lèvre inférieure qu'elle faillit se faire saigner. Alex se pencha en avant pour regarder de plus près la photo : des gemmes bon marché, des pinces, des récipients remplis de crochets pour boucles d'oreilles. Mais l'un d'eux était différent, moins profond que les autres, fait de métal brut martelé. Des résidus de cendre ou de chaux avaient laissé un cercle blanc à l'intérieur.

« Dawes, fit Alex. À quoi ça te fait penser ? »

Pamela repoussa le dossier comme pour le *chasser* de son esprit. « C'est un creuset.

— Pourquoi Tara en aurait-elle eu besoin ? Pour préparer de l'Accessit ? »

Dawes secoua la tête. « Non. L'Accessit s'utilise sous sa forme brute.

— Hé, intervint Turner. Vous pourriez vous arrêter trente secondes pour m'expliquer de quoi vous parlez ? »

Pamela coinça une mèche auburn derrière son oreille. « Ce sont des récipients conçus pour la pratique de la magie et de l'alchimie, lui répondit-elle sans le regarder. Ils sont en général faits d'or pur, et sont hautement réactifs.

— La grande baignoire en or dans laquelle Dawes m'a mise – c'en est un, ajouta Alex.

— Si je comprends bien, ce truc dans l'appartement de Tara… serait en or massif ? Ça fait la taille d'un cendrier. Gressang et sa nana n'auraient jamais pu se payer une chose pareille.

— Sauf si c'était un cadeau, suggéra Alex. Et ce qu'ils élaboraient dedans avait peut-être une valeur supérieure à celle du métal lui-même. »

Pamela enfonça ses mains dans les manches de son sweat-shirt. « J'ai entendu parler de saints qui auraient eu recours à la psilocybine – un champignon – pour ouvrir des portes vers d'autres mondes. Mais les drogues qu'ils prenaient devaient au préalable être purifiées… dans un creuset.

— Des portes », répéta Alex, qui se remémorait la nuit où elle avait contemplé le rituel bâclé de la Scroll & Key en compagnie de Darlington. « Des *portails*, tu veux dire. Il n'y avait pas des rumeurs de magie défaillante au sein de la Scroll & Key ? Tu crois que la mixture secrète de Lance et Tara aurait pu servir à leur arranger le coup ? »

Dawes lâcha une longue expiration. « Oui. En théorie, une telle drogue pourrait faciliter l'ouverture des portails. »

Alex saisit la photo du petit creuset. « Et ce truc, vous l'avez, euh… en garde à vue ?

— En salle des preuves, la corrigea Turner. Oui. S'il reste quelque chose au fond, on pourra le faire analyser et voir si ça correspond à l'hallucinogène trouvé dans le corps de Tara. »

Pamela avait retiré son casque de son cou. Elle s'installa avec eux en posant sa tête sur les genoux d'Alex, comme un animal endormi.

« Qu'est-ce qu'il y a ? lui demanda Alex.

— Tu as dit que Lance traversait les murs, en se servant peut-être de la magie des portails. Si un membre de la Scroll & Key a laissé des étrangers accéder à leur tombeau, s'ils ont fait venir Lance et Tara à leurs rituels… Les Maisons du Voile ne le pardonneraient jamais. *Nefandum*. »

Alex et Turner échangèrent un regard.

« C'est quoi les sanctions prévues en cas de partage d'informations aussi sensibles avec le monde extérieur ? » demanda Alex.

Pamela serra son casque entre ses mains. « La confiscation du tombeau de la société concernée, puis sa dissolution.

— Vous savez de quoi ça a l'air ? fit Turner.

— Oui, répliqua Alex. D'un *mobile*. »

Colin Khatri avait-il initié Lance et Tara aux secrets de la société ?

S'était-il agi d'un genre de paiement, qu'il aurait voulu interrompre ? Était-ce cela qui avait condamné Tara ? Alex imaginait mal ce garçon enjoué si propre sur lui commettre un meurtre violent. Mais le destin radieux qui lui était promis signifiait aussi qu'il avait beaucoup à perdre.

« Je vais assister au salon de la professeure Belbalm, ce soir », annonça Alex. Elle aurait préféré s'endormir ici, devant la cheminée, mais se mettre à dos la seule personne qui semblait s'intéresser à son avenir ne lui semblait pas particulièrement judicieux. « Colin travaille pour elle. Je peux essayer de découvrir à quelle heure il est parti de chez elle la nuit de la mort de Tara. »

Dawes leva enfin les yeux. « Alex, murmura-t-elle. Si Darlington a eu vent de cette histoire de drogue, de ce que Colin et les autres Serruriers manigançaient avec Lance et Tara, alors peut-être... » Sa voix s'éteignit, mais Alex avait compris ce qu'elle suggérait : la Scroll & Key était peut-être à l'origine du portail qui avait englouti Darlington.

« Où *est* Darlington ? demanda Turner. Et si vous me répondez "en Espagne", je remballe mes dossiers et je rentre chez moi. Mon lit me fait grave de l'œil, là tout de suite. »

Dawes se tortilla dans son fauteuil.

« Il lui est arrivé quelque chose, expliqua Alex. On ne sait pas trop quoi. Il existe un rituel pour essayer de le faire revenir, mais il ne peut être tenté qu'à la nouvelle lune.

— Pourquoi ça ?

— Le timing est crucial, intervint Dawes. Pour qu'un rituel fonctionne, il faut qu'il se déroule à une date ou à un endroit propice. La nouvelle lune représente le moment qui précède la révélation d'un secret.

— C'est Sandow qui vous a demandé de la fermer ? » demanda Turner. Alex opina du chef, l'air coupable. La jeune femme n'avait pas non plus envie de le crier sur les toits... « Et quid de sa famille ?

— Darlington est *notre* responsabilité », rétorqua sèchement Dawes – on aurait dit une mère louve. « On va le ramener. »

Peut-être.

Le flic se pencha en avant. « Donc, si je comprends bien, vous soupçonnez la Scroll & Key d'être impliquée dans un meurtre *et* un kidnapping ? »

Alex haussa les épaules. « Ouaip. Disons ça comme ça. Mais on ne peut pas pour autant écarter le Manuscrit. Kate Masters a peut-être découvert que Tara vendait de l'Accessit à Blake Keely et qu'il s'en servait sur des filles – à moins que quelque chose ait mal tourné dans leur petit trafic. Si Lance n'a pas tué Tara, alors quelqu'un a utilité un charme pour se faire passer pour lui. Le Manuscrit n'est pas en manque d'astuces susceptibles d'aider Kate à revêtir son visage pendant des heures. Et rien de tout cela n'explique la *gluma* qui a été envoyée à mes trousses. » Elle glissa la main dans sa poche, sentit le *tic-tac* rassurant de la montre contre sa paume.

Turner parut sur le point de se suicider. « La *quoi* ?

— La chose qui me pourchassait sur Elm Street. Ne me regardez pas comme ça, putain. C'est *vraiment* arrivé.

— D'accord capitula l'inspecteur. C'est arrivé.

— *Les glumae* sont les serviteurs des morts, expliqua Dawes. Des coursiers. »

Alex se renfrogna. « C'était un coursier très féroce.

— Elles accomplissent des tâches simples. La Book & Snake les utilise comme messagers pour traverser le Voile. Elles sont trop violentes, trop imprévisibles pour servir à quoi que ce soit d'autre. »

Elles étaient pourtant parvenues à faire passer Alex pour une folle, et n'avaient pas ménagé leurs efforts pour la réduire définitivement au silence.

« Et donc, fit Turner, la Book & Snake mérite sa place sur ce tableau. Mobile inconnu. Vous avez bien conscience que rien de tout ceci ne ressemble à une *preuve*, hein ? On ne peut pas établir de liens crédibles avec ces sociétés sur le seul témoignage de Tripp. Je n'ai même pas de quoi obtenir un mandat pour perquisitionner les serres.

— Centurion doit bien avoir quelques ficelles sur lesquelles tirer pour convaincre ses supérieurs. » Une ombre traversa le visage de Turner. « Sauf que vous ne voulez pas tirer de ficelles.

— Ce n'est pas comme ça que les choses devraient fonctionner. Et je ne peux pas me pointer comme ça devant mon capitaine : il n'est pas au courant, pour le Léthé. Il faudrait que je remonte toute la chaîne de commandement jusqu'au chef. » Et l'inspecteur n'allait pas jouer cette carte tant que leurs hypothèses se résumaient à un gribouillage approximatif sur un tableau blanc. Alex ne pouvait pas l'en blâmer. « Je vais me procurer la liste des appels passés depuis le vendeur d'alcool situé près de l'appartement de Tara – ils ont peut-être utilisé le téléphone du magasin pour leur petit business. Le numéro de Kate Masters n'était pas dans le portable de Tara, ni dans celui de Lance. Idem pour Colin Khatri et Blake Keely.

— Si Lance et Tara utilisaient les serres, avança Dawes, ça veut dire qu'ils bossaient avec quelqu'un de l'école forestière. Mandat ou pas, on devrait essayer de découvrir qui.

— Je suis étudiante, lui fit remarquer Alex. Il me suffit de m'y pointer pour pouvoir entrer.

— Vous ne vouliez pas que je tire quelques ficelles ? » ironisa Turner.

Certes, mais la jeune femme s'était ravisée. « On peut gérer ça toutes seules. Si vous remontez la chaîne alimentaire, quelqu'un risque d'en parler à Sandow. »

Turner haussa un sourcil. « Ce serait un problème ?

— J'aimerais savoir où il se trouvait la nuit du meurtre. »

Pamela se redressa. « Alex…

— Il m'a poussée à interrompre mes recherches, Dawes. Le Léthé a vocation à garder les sociétés dans le droit chemin. Pourquoi a-t-il tiré si fort sur les rênes ? »

Nous sommes les bergers. Le Léthé avait été fondé sur ce mot d'ordre. Vraiment ? Était-il vraiment destiné à protéger, ou ses membres devaient-ils simplement maintenir le *statu quo*, faire croire que les Maisons du Voile étaient surveillées, que certains critères étaient respectés, alors même qu'ils n'avaient aucun moyen véritable de contrôler leur pouvoir? *C'est une année de financement*. Sandow avait-il su qu'en regardant de trop près, ils auraient trouvé des liens avec la liste des donateurs? La Skull & Bones, la Book & Snake, la Scroll & Key, le Manuscrit – quatre des huit sociétés participant au financement du Léthé. Elles représentaient la moitié des fonds nécessaires pour maintenir à flot la Neuvième Maison – davantage encore, vu que Berzelius ne payait jamais. Le Léthé était-il donc à ce point précieux aux yeux de Sandow?

« Quel genre de salaire le doyen Sandow perçoit-il du Léthé? » s'enquit Alex.

Pamela cligna des yeux. « Eh bien, je n'en sais rien. Mais il est titularisé. L'université doit le payer grassement.

— Des jeux d'argent? suggéra Turner. Des drogues? Des dettes? »

La colonne vertébrale de Dawes parut se raidir un peu plus encore. « Un divorce, dit-elle lentement, à contrecœur. Sa femme l'a quitté il y a deux ans. Ils règlent leurs comptes au tribunal depuis. Mais…

— Ce n'est probablement rien », fit Alex – d'une voix qui trahissait ses doutes en la matière. « Mais ça ne peut pas faire de mal de savoir où il se trouvait cette nuit-là. »

Les dents de Dawes se remirent à mordiller sa lèvre. « Le doyen Sandow ne ferait jamais rien qui puisse nuire au Léthé. »

Turner se leva, entreprit de rassembler ses dossiers. « Tout le monde a un prix, vous savez. Pourquoi ai-je accepté de devenir Centurion, à votre avis?

— C'est un honneur, protesta Dawes.

— C'est un *boulot*, qui s'ajoute à celui – pour le moins *prenant* – que j'ai déjà. Mais ce fric m'a permis de rembourser l'hypothèque de ma mère. » Il glissa les dossiers dans sa sacoche. « Je vais voir ce que je peux trouver sur Sandow sans éveiller ses soupçons.

— Ça devrait être à moi de m'en occuper, murmura Dawes. J'ai l'oreille de sa gouvernante. Si jamais vous commencez à poser des questions, Yelena ira directement le prévenir.

— Vous vous sentez vraiment de le faire ? lui lança Turner d'une voix sceptique.

— Elle peut gérer ça, affirma Alex. On a juste besoin d'un coup d'œil sur son emploi du temps.

— L'argent comme mobile, fit Turner. Ça me plaît. Clair et net. Rien à voir avec vos délires abracadabrantesques. » Il enfila son manteau, puis se dirigea vers la porte de derrière. Alex et Dawes lui emboîtèrent le pas.

Le flic marqua une pause sur le palier. Derrière lui, le crépuscule teignait le ciel en bleu profond au-dessus des lampadaires allumés. « Ma mère a refusé d'endosser le chèque, dit-il, un sourire triste aux lèvres. Elle sait qu'aucun flic ne reçoit ce genre de primes. Elle voulait savoir d'où venait l'argent.

— Vous le lui avez dit ? s'enquit Alex.

— Bien sûr que non. Je lui ai dit que j'avais eu la main heureuse au Foxwoods. Mais elle n'était pas dupe : elle a compris que je m'étais fourré dans quelque chose de louche.

— C'est tellement typique d'une mère », fit Dawes.

Vraiment ? Alex songea au message que la sienne lui avait envoyé la semaine précédente. Une de ses amies l'avait prise en photo dans l'appartement. Mira portait un sweat-shirt aux couleurs de Yale ; des cristaux encombraient le manteau de la cheminée dans son dos.

« Vous savez ce qu'elle avait coutume de dire ? fit Turner. "Il n'est pas de porte que le diable ignore." Le mal est toujours à l'affût du moindre interstice dans lequel glisser le pied. Je ne l'avais jamais vraiment crue – jusqu'à ce soir. »

L'inspecteur remonta son col et disparut dans le froid.

23

Hiver

Alex monta d'un pas lourd récupérer ses bottes à l'armurerie. Le creuset avait apaisé ses blessures, mais elle manquait de sommeil et son corps le savait. Si elle avait eu le choix, pourtant, la jeune femme aurait préféré une nouvelle bagarre, même avec une armoire à glace dans le genre de Lance, plutôt que d'affronter le salon de Belbalm le soir même, puis les cours les jours suivants. Quand elle luttait pour survivre, tout se résumait à une dichotomie réussite/échec. Le simple fait de ne pas mourir pouvait être considéré comme une victoire. Installée là dans le petit salon en compagnie de Dawes et de Turner, elle avait l'impression d'être dans le coup, pas seulement de jouer le jeu. Elle ne voulait pas se retrouver une nouvelle fois dans la peau d'un imposteur.

Sauf que tu fais toujours *semblant,* se dit-elle. Dawes et Turner ne la connaissaient pas vraiment. Ils n'auraient jamais pu deviner ce que Darlington avait appris sur son passé. Et si le rite de la nouvelle lune fonctionnait ? Si Darlington faisait son retour dans deux jours et leur dévoilait toute la vérité – qui se dresserait pour prendre sa défense ?

Une pile de vêtements l'attendait sur son lit, dans la chambre de Dante.

« Je les ai rapportés de mon appartement. » Dawes se tenait dans l'embrasure de la porte, les mains enfouies dans ses manches. « Ils ne sont pas très élégants, mais c'est toujours mieux qu'un survêtement. Je sais que tu aimes le noir, alors...

— Ils sont parfaits. » Sauf que non. Le jean était trop long, la chemise avait été lavée tellement de fois qu'elle tirait franchement sur le gris – mais rien n'avait obligé Dawes à lui ouvrir les portes de sa garde-robe. Alex voulait profiter de toutes ces attentions tant qu'elle le pouvait encore.

Alex sentit sa nervosité grimper encore d'un cran sur le chemin menant à la maison de Belbalm. Elle avait remonté sa montre au cas où la *gluma* la traquerait, fourré un bocal rempli de terre de cimetière dans sa sacoche, placé deux aimants à l'intérieur de sa poche et mémorisé les glyphes de protection permettant de refermer temporairement un portail. De bien maigres protections, *a priori*. La liste des suspects du meurtre de Tara s'était transformée en un inventaire de menaces potentielles, qui toutes disposaient d'une puissance de feu magique pour le moins préoccupante.

Belbalm vivait sur St. Ronan Street, à vingt minutes de marche au nord d'Il Bastone, à proximité de l'école de théologie. Sa maison, toute de briques rouges et recouverte de plantes grimpantes grises pareilles aux cheveux d'une vieille femme, était l'une des plus petites de la rue avec son unique étage. Lorsqu'Alex franchit le portillon surmonté de treillage blanc, elle sentit le même sentiment de sérénité qui l'avait saisie dans le bureau de Belbalm l'envahir. Une odeur de menthe et de marjolaine flottait dans l'air.

Alex marqua une pause sur les graviers couleur ardoise du sentier. Par les grandes fenêtres elle voyait des gens assis en cercle, qui sur des chaises, qui sur un banc de piano, d'autres par terre. Elle distingua des verres de vin rouge dans leurs mains et des assiettes posées sur leurs genoux. Un garçon affublé d'une barbe et d'une crinière de boucles apparemment indomptables était en train de lire quelque chose. Alex avait l'impression d'observer un autre Yale, un Yale situé *au-delà* du Léthé et des sociétés, un Yale qui lui ouvrirait peut-être sa porte pour peu qu'elle apprenne ses codes et ses rituels. Chez Darlington, elle se sentait comme une intruse. Ici, elle avait été invitée. Elle risquait de ne pas s'y sentir à sa place, mais au moins y était-elle la bienvenue.

Alex toqua à la porte et, en l'absence de réponse, la poussa doucement. Elle n'était pas verrouillée, comme si la maîtresse des lieux ne craignait aucun visiteur indésirable. Il y avait des tas de manteaux accrochés les uns sur les autres le long d'une rangée de crochets. Le sol était jonché de bottes.

Belbalm la remarqua dans l'entrée, occupée à déambuler; d'un geste, elle lui indiqua la direction de la cuisine.

Alex faisait partie du personnel, comprit-elle alors.

Bien *sûr* qu'elle faisait partie du personnel.

Parfait: elle n'aurait pas à faire semblant d'être quoi que ce soit d'autre.

Par-dessus l'épaule de Belbalm, Alex vit le doyen Sandow parler avec deux étudiants sur un canapé. La jeune femme se glissa dans la cuisine, espérant qu'il ne l'avait pas vue, puis se demanda pourquoi elle devrait s'en soucier. Le pensait-elle vraiment capable de s'en prendre à Tara? L'hypothèse lui avait paru crédible dans le petit salon d'Il Bastone; mais ici, dans la chaleur avenante de ces lieux, cela lui semblait bien plus difficile à imaginer.

La cuisine était spacieuse, les placards bien blancs, les comptoirs noirs, et le damier au sol d'une propreté irréprochable.

« Alex! » exulta aussitôt Colin. Il y avait vraiment des suspects de meurtre partout… « Je ne savais pas que tu venais! On a besoin de mains supplémentaires. Mais montre-moi ce que tu portes. Le noir, c'est bien, mais la prochaine fois n'oublie pas de mettre une chemise blanche. »

Alex n'avait pas de chemise blanche. « D'accord.

— Allez, viens par ici; tu vas me mettre ça sur la plaque de cuisson. »

Alex prit rapidement le rythme. Isabel Andrews, l'autre assistante de Belbalm, se trouvait là elle aussi, à disposer des fruits, pâtisseries et autres mystérieux empilements de viandes sur divers plateaux. La nourriture qu'ils servaient lui semblait totalement étrangère. Quand Colin lui demanda de lui passer le fromage, elle mit un long moment à se rendre compte qu'il se trouvait juste sous son nez : non pas un plateau de cubes de cheddar, mais un assortiment évoquant des rocs de quartz et de cordiérite, un petit pot de miel sur le côté – et le tout saupoudré d'amandes. Une œuvre d'art.

« Après les lectures et les débats, expliqua Colin, ils passeront au dessert. Meringues et tartelettes aux pommes, comme à chaque fois.

— Le doyen Sandow était là la semaine dernière ? » s'enquit Alex. Si oui, elle pourrait le rayer de leur liste. Et si Colin n'en savait rien, alors peut-être *lui-même* n'avait-il pas passé toute la nuit ici.

Mais la professeure Belbalm franchit les portes battantes avant qu'il ne puisse répondre. « Bien sûr que oui. Cet homme ne laisserait filer aucune occasion de descendre mon bourbon. » Elle glissa une petite fraise des bois entre ses lèvres, s'essuya les doigts sur une serviette. « Il a lâché la chose la plus inepte qui soit sur Camus – mais bon, il est difficile de ne pas être inepte à propos de Camus. J'ignore pourquoi je m'attendais à mieux de sa part – il a encadré une citation de Rumi au-dessus de son bureau, après tout. Ça me fait mal pour lui. Bref, Colin chéri, vous pouvez vous assurer qu'on aura toujours du blanc et du rouge à portée de main ? » Elle leva une bouteille vide ; le visage de Colin blêmit aussitôt. « Tout va bien, mon cœur. Prenez une bouteille et rejoignez-nous. Alex et les autres vont tout garder sous contrôle ici, n'est-ce pas ? Vous avez bien apporté quelque chose à nous lire ?

— Je… oui. » Et Colin s'évapora de la cuisine comme si des ailes venaient de lui pousser aux chevilles.

« Meringues, ordonna Isabel.

— Meringues », répéta Alex en se dirigeant vers le mixeur pour lui tendre le bol. Elle prit une photo de la cuisine pour sa mère, la lui envoya avec le message *« Au travail »*. C'était ainsi qu'elle voulait que Mira l'imagine. Heureuse. Normale. En sécurité. Tout ce qu'Alex n'avait jamais été. Elle l'envoya également à Mercy et à Lauren. *Au salon de Belbalm. Doigts croisés pour des restes.*

« Je n'arrive pas à croire que Colin ait le droit de lire ce soir », se plaignit Isabel en déposant la meringue sur une plaque de cuisson. « J'assiste Belbalm depuis un semestre de plus que lui, et j'ai fait un sans-faute à son séminaire sur les femmes et l'industrialisation.

— La prochaine fois », murmura Alex tout en nappant les tartelettes de beurre fondu. « Il y avait autant de monde la semaine dernière ?

— Oui, et Colin a passé la nuit à chouiner. On a tout nettoyé jusqu'à deux heures passées. »

L'alibi de Colin tenait donc debout. Alex sentit une bouffée de soulagement l'envahir. La jeune femme appréciait Colin, appréciait l'aigreur d'Isabel, cette cuisine, cette maison, cet espace confortable. Elle aimait ce petit bout de monde, qui n'avait rien à voir avec le meurtre ou la magie – et refusait de le voir perturbé par une quelconque violence. Mais cela ne signifiait pas pour autant qu'elle pouvait rayer de sa liste les membres de la Scroll & Key. Même si Colin n'avait pas tué Tara, il la connaissait. Et *quelqu'un* avait enseigné à Lance la magie des portails.

« Sandow est resté jusqu'à la fin ?

— Malheureusement, lui répondit Isabel. Il boit toujours trop. Si j'ai bien compris, il est au beau milieu d'un divorce qui tourne au vinaigre. La professeure Belbalm a fini par le coucher dans son bureau, avec une couverture. Colin a même dû nettoyer une flaque d'urine autour des toilettes. » Elle frissonna. « À la réflexion, il mérite complètement de lire ce soir. Il y a tant de belles choses qui t'attendent, Alex. »

Isabel n'avait aucune raison de mentir. La maladresse du doyen Sandow venait de lui valoir un alibi. Dawes en serait ravie. Et Alex aussi – sans doute. C'était une chose d'être une meurtrière ; c'en était une autre de travailler pour un assassin.

La soirée s'éternisait, mais Alex ne s'en plaignait nullement. Ça lui donnait l'impression de faire quelque chose de concret, d'œuvrer à son avenir.

Vers une heure du matin, une fois le service terminé, elles rangèrent la cuisine, mirent les bouteilles vides au recyclage, acceptèrent les baisers lointains de Belbalm, puis filèrent dans la nuit les mains lestées de plateaux de restes. Après la violence et l'étrangeté de ces derniers jours, tout cela était d'une douceur bienvenue – un bel aperçu de ce que la vie pouvait devenir, du peu d'importance que la plupart des habitants de Yale accordaient aux sociétés, d'un travail qui ne réclamait rien d'autre que du temps et un peu d'attention dans une demeure remplie de gens inoffensifs qui ne se shootaient qu'à leur propre prétention.

Alex vit devant elle une Grise en rollers zigzaguer dans sa direction entre les lampadaires. Son crâne et son torse semblaient avoir été enfoncés – une fossette profonde laissée par les roues d'un conducteur imprudent.

Pasa punto, pasa mundo, chuchota Alex, presque gentiment. La fille disparut aussitôt. Un moment passe, un monde passe. *Facile.*

Alex n'avait pas cours le lendemain matin. La jeune femme se leva tôt pour prendre son petit-déjeuner et avancer dans ses lectures avant de monter au Marais – sauf qu'elle aperçut le Marié alors qu'elle finissait sa pile d'œufs sauce piquante. L'expression de North se fit désapprobatrice lorsqu'elle jeta son dévolu sur un sundae au caramel fondu, mais il y avait de la glace à disposition à tous les repas dans chaque réfectoire, et ce n'était pas là une occasion à gâcher.

Après le petit-déjeuner, elle fila dans la salle de bains commune du JE et remplit le lavabo. La jeune femme n'avait pas particulièrement hâte de parler à North ; elle n'était pas prête à discuter de ce qu'elle avait vu dans ses souvenirs. Mais Alex voulait savoir si par chance il avait déniché Tara.

Le visage de North finit par apparaître dans le reflet.

« Alors ? fit-elle.

— Je ne l'ai pas encore retrouvée. »

Alex effleura la surface de l'eau du bout du doigt, regarda le reflet du Marié se fracturer. « À force, je commence à me demander si vous êtes vraiment doué pour ça. »

North arborait une expression sinistre quand l'eau redevint calme. « Qu'avez-vous découvert de votre côté ?

— Vous aviez raison. Darlington s'est penché sur votre cas. Mais ses notes n'étaient pas dans son bureau d'Il Bastone. Je peux regarder à Black Elm demain soir. » À la nouvelle lune. Peut-être Darlington serait-il alors en mesure de répondre lui-même aux questions du Marié.

« Et ?

— Et quoi ?

— Qu'avez-vous vu quand vous vous trouviez dans ma tête, Mme Stern ? Vous étiez bouleversée quand vous m'en avez chassé. »

Alex considéra tout ce qu'elle voulait lui dire. « De quoi vous souvenez-vous depuis le moment de votre mort, North ? »

Le visage parut comme s'immobiliser dans l'eau ; la jeune femme se rendit compte qu'elle venait de prononcer son nom à haute voix. *Merde.*

« Est-ce là ce que vous avez vu ? s'enquit-il lentement. Ma mort ?

— Contentez-vous de me répondre.

— Je ne me souviens de rien, admit-il. Je parlais à Daisy dans mon nouveau bureau, et l'instant d'après… je n'étais plus personne. Le monde des mortels avait disparu.

— Vous étiez de l'autre côté. » Alex imaginait sans peine à quel point l'expérience pouvait vous retourner la tête. « Ça vous est arrivé de rechercher Gladys O'Donaghue derrière le Voile ?

— Qui ça ?

— La femme de chambre de Daisy. »

North fronça les sourcils. « La police l'a interrogée. Elle a retrouvé nos… corps, mais elle n'avait même pas assisté au crime.

— Et ce n'était qu'une domestique ? » s'enquit Alex. Les types comme lui ne prêtaient jamais attention aux petites gens. Mais North avait raison. Alex l'avait elle-même vue profiter de l'air printanier à l'extérieur. Si Gladys avait vu ou entendu quoi que ce soit d'inhabituel, elle n'aurait eu aucune raison de le dissimuler à la police. Et Alex soupçonnait qu'il n'y avait eu *personne* à voir – juste de la magie, invisible et sauvage, l'esprit terrifié d'un homme brutalisé par les Bonesmen et qui, d'une manière ou d'une autre, s'était réfugié en North. « Je vous tiendrai au courant de ce que je trouve à Black Elm. Arrêtez de me suivre, et retrouvez-moi Tara.

— Qu'avez-vous vu dans ma tête, Mme Stern ?

— Désolée ! Je ne vous capte plus ! » Et Alex tira sur la bonde.

Sitôt sortie de la salle commune, la jeune femme envoya un message à Turner pour l'avertir qu'elle se rendait aux serres du Marais. Elle passa en chemin un coup de fil à l'hôpital pour demander des nouvelles de Michael Reyes. Alex aurait dû s'enquérir plus tôt de l'état de la *victima* dont la Skull & Bones s'était servie lors de sa dernière pronostication, mais elle avait été légèrement occupée. Obtenir la bonne personne au bout du fil lui prit un certain temps, mais au final Jean Gatdula lui annonça que Reyes se remettait bien, et qu'on allait le renvoyer chez lui dans les deux jours – « chez lui » signifiant la Maison Columbus, un refuge situé à bonne distance du campus. Elle espérait que les Bones lui laisseraient une belle somme pour le dédommager de ses ennuis.

Le Jardin Botanique du Marais trônait au sommet de Science Hill. Le vieux manoir était surmonté d'une sorte de clocher, et le terrain de l'ancien domaine suivait une pente menant directement à l'appartement que Tara avait partagé avec Lance. L'endroit ne disposait d'aucune mesure de sécurité particulière ; Alex se fondit donc sans problème parmi les étudiants qui arpentaient l'établissement. Il y avait quatre serres immenses à proximité de l'entrée arrière, entourées de petites structures en verre. Alex avait craint de ne pas pouvoir identifier l'endroit où Tara entretenait son dangereux jardin, mais en faisant le tour du terrain elle détecta la puanteur du surnaturel sous les odeurs de fumier et de compost. La petite serre n'avait rien d'extraordinaire, mais Alex la soupçonnait de conserver les vestiges d'un charme – une attention de Kate Masters et du Manuscrit, sans doute. Sans quoi Tara n'aurait jamais pu cultiver ses plantes sans éveiller les soupçons.

Mais quand Alex ouvrit la porte, elle ne découvrit là rien d'autre que des pots vides, parfois retournés sur les tables. L'endroit avait-il été nettoyé ? Par Kate ? Colin ? Quelqu'un d'autre ? Lance avait-il ouvert un portail depuis sa cellule pour venir ici détruire des preuves potentielles ?

La délicate vrille d'une plante inconnue gisait dans un tas de terre à côté d'un pot en plastique renversé. Alex l'effleura du bout du doigt. Le petit végétal se déploya, un blanc bourgeon solitaire naquit de ses feuilles. Tel un feu d'artifice, ses pétales s'envolèrent dans un éclat de graines scintillantes, avec un *pan* ! doux, mais audible, après quoi la plante se flétrit complètement – au point de disparaître.

À l'extérieur, Alex tomba sur une femme élancée, vêtue d'un jean et d'une veste de travail, occupée à retourner un genre de paillis dans un seau.

« Hé, l'interpella-t-elle, vous savez qui utilise cette serre ?

— Sveta Myers. C'est une étudiante diplômée. »

Alex ne se souvenait pas d'avoir vu son nom dans le dossier de Tara.

« Vous avez une idée de l'endroit où je peux la trouver ? »

La femme secoua la tête. « Elle est partie il y a quelques jours en congé pour le reste du semestre. »

Sveta Myers avait pris peur. Peut-être s'était-elle occupée seule de détruire les traces de son travail dans la serre. « Vous l'avez déjà vue en compagnie d'un couple ? Une petite blonde maigrichonne et un grand type musculeux ?

— La fille traînait souvent par ici. C'était la cousine de Sveta, ou sa nièce, ou un truc du genre. » Alex en doutait fortement. « Quant au type, j'ai dû le voir une ou deux fois. Pourquoi ?

— Merci pour votre aide », la remercia Alex, avant de se diriger vers le portail.

La jeune femme s'efforça de contenir sa déception en redescendant la colline. Elle avait espéré trouver d'autres infos sur Tara dans les jardins, pas seulement des tas de terre retournée évoquant une tombe récente.

Turner lui avait dit qu'il la retrouverait devant la patinoire Ingalls ; sa Dodge se trouvait bel et bien garée devant. Et il faisait une chaleur merveilleuse à l'intérieur.

« Du nouveau ? » s'enquit le flic.

Elle secoua la tête. « Quelqu'un a effacé toutes leurs traces, et l'étudiante qui bossait avec eux aurait quitté la ville. Une certaine Sveta Myers.

— Ça ne me dit rien, mais je vais voir si je peux la retrouver.

— Moi je vais vérifier les listes d'anciens élèves pour voir si elle a un lien quelconque avec l'une ou l'autre des sociétés. Il faut que je parle à Lance Gressang.

— Vous êtes encore là-dessus ? »

Alex avait presque oublié qu'elle avait déjà feint de s'intéresser à l'éventualité d'une petite discussion avec lui. « Quelqu'un doit l'interroger sur les nouveaux éléments à notre disposition.

— Si l'affaire passe en jugement…

— Il sera trop tard. Quelqu'un a lancé un monstre à mes trousses. Ils ont tué Tara, lui ont volé toutes ses récoltes. Sveta Myers a peut-être connu le même sort. Ces gens font le ménage.

— Même si j'arrive à obtenir un entretien avec Gressang, je ne vous emmènerai pas avec moi.

— Et pourquoi ça ? Il faut qu'on le convainque de l'avance qu'on a sur lui dans toute cette histoire. Ça lui prendra une trentaine de secondes pour comprendre que vous ne savez pas distinguer votre cul d'une pierre chaude.

— Quelle tournure de phrase colorée.

— Je vous ai vu dans cet appartement, Turner. Vous avez failli vous pisser dessus quand Lance a disparu à travers ce mur.

— Vous êtes un sacré personnage, Stern – vous le savez ?

— C'est mon charme ou mon apparence qui vous séduit le plus ? »

Turner se tortilla dans son siège pour la dévisager. « Vous n'êtes pas obligée d'être toujours aussi mordante. Qu'est-ce qui vous met à ce point en colère ? »

La jeune femme sentit un frisson d'irritation la parcourir. « Tout, murmura-t-elle, les yeux fixés sur le pare-brise embué. Quoi qu'il en soit, vous savez que j'ai raison.

— Peut-être, mais Lance est représenté par un avocat. Ni vous ni moi ne pouvons lui parler seul à seul.

— Mais vous ne diriez pas non ?

— Bien *sûr* que je ne dirais pas non. Mais j'aimerais aussi un steak saignant, et un moment de paix sans avoir à vous entendre me japper à l'oreille.

— Je ne peux rien pour vous de ce côté. Par contre, je me pense capable de vous obtenir un entretien avec Gressang.

— Admettons que ce soit vrai. Rien de ce qu'on apprendra ne sera recevable devant un tribunal, Stern. Lance Gressang pourrait clamer une douzaine de fois qu'il a tué Tara qu'on serait quand même dans l'incapacité de lui mettre ça sur le dos.

— Mais nous aurions des réponses. »

Turner reposa ses mains gantées sur le volant. « Je suis presque sûr que quand ma mère parlait du diable, elle avait votre portrait en tête.

— Je ne suis que douceur.

— Si j'accepte, de quoi aurions-nous besoin ? »

L'inspecteur avait déjà le costume classe. « D'une mallette ?

— Je peux en emprunter une.

— Super. Il ne nous manque plus que ça. » La jeune femme sortit de sa poche le miroir qu'elle avait utilisé pour accéder à l'appartement de Tara.

« Vous voulez que j'entre dans une prison sécurisée avec un poudrier et un bel attaché-case ?

— C'est pire que ça, Turner. » Alex retourna le miroir dans sa main. « Je veux que vous croyiez en la magie. »

24

Hiver

Le plan s'avéra plus délicat à mettre en œuvre que ce qu'Alex avait prévu. Le miroir pouvait tromper les gardiens, pas les caméras de la prison.

Ce fut Dawes qui vint à leur rescousse avec… une théière. Alex n'avait pas pris Darlington au pied de la lettre dans l'étrange sous-sol de Rosenfeld Hall – mais apparemment, à son apogée, St. Elmo pratiquait bel et bien toutes sortes de magies intéressantes.

« Ce n'est pas tant le récipient… », leur expliqua Pamela le lendemain, devant le plan de travail de la cuisine d'Il Bastone, une théière en or et une petite passoire incrustée de pierres devant elle. « … que le thé lui-même. » Elle sortit soigneusement quelques feuilles séchées d'une boîte marquée de l'emblème sinistre de St. Elmo, la « chèvre et le bateau ».

« Darlington m'a expliqué qu'ils faisaient campagne pour obtenir un nouveau tombeau », dit Alex.

Dawes acquiesça. « La perte de Rosenfeld Hall les a brisés. Ça fait des années qu'ils se démènent pour convaincre tout le monde des potentielles applications de leur magie. Mais sans nexus sur lequel le bâtir, un nouveau tombeau n'a aucun intérêt. » Elle versa l'eau sur les feuilles, régla la minuterie de son téléphone. Les lumières vacillèrent. « Si le breuvage est trop fort, ça pourrait provoquer un black-out couvrant l'intégralité de la côte Est.

— En quoi les tombeaux sont-ils à ce point importants ? demanda Turner. Ce n'est qu'une maison, après tout, alors que vous... vous êtes là à faire de la *magie*. » Il se passa la langue sur ses dents, comme pour en chasser un mauvais goût.

« La magie de la Maison Léthé repose sur l'ensorcellement d'objets – des enchantements très stables, dans l'ensemble. On ne dépend d'aucun rite, ce qui nous permet de maintenir constamment nos protections en place. Les autres sociétés fraient avec des forces bien plus puissantes – pour prédire l'avenir, communiquer avec les morts, transmuter la matière.

— Le top de la magie », confirma Alex.

Turner s'appuya contre le plan de travail. « Donc, si je comprends bien, ils ont des mitrailleuses – tandis que vous, vous utilisez des arcs et des flèches ? »

Dawes leva les yeux, surprise. Elle se frotta le nez. « Plutôt des arbalètes – mais oui, c'est l'idée. »

L'alarme de son téléphone sonna. Dawes s'empressa de retirer la passoire, puis versa le thé dans un thermos qu'elle tendit à Alex. « Ça devrait te donner environ deux heures de bonnes perturbations. Après ça... » Elle haussa les épaules.

« Mais vous n'allez pas faire sauter le courant, hein ? s'enquit Turner. Je ne veux pas me retrouver dans le noir au beau milieu d'une prison.

— Ouah, que de chemin parcouru ! ironisa Alex. Maintenant, vous craignez de vous frotter à une magie *trop* puissante. »

Dawes tira sur les manches de son sweat-shirt ; toute trace de la prudence qu'elle avait affichée pendant la préparation du thé s'était évanouie. « Pas si j'ai réussi mon coup. »

Alex rangea le Thermos dans sa sacoche, puis tira ses cheveux en un chignon serré. Elle avait prétexté un entretien d'embauche pour emprunter à Mercy son beau pantalon noir.

« J'espère que tu auras le job », lui avait dit son amie, en l'étreignant si fort qu'elle avait cru sentir ses os grincer.

« Moi aussi », avait répondu Alex. Malgré le danger qui l'attendait, ça lui faisait du bien de se mettre sur son trente-et-un, de se laisser distraire par cette aventure inoffensive. Le rite de la nouvelle lune lui avait paru lointain, incroyablement lointain, mais ce soir c'était la bonne. La jeune femme avait du mal à penser à autre chose.

Elle vérifia son téléphone. « Pas de signal. »

Turner en fit de même. « Moi non plus. »

Alex alluma la petite télévision qui se trouvait au-dessus du coin repas. Des parasites, rien d'autre. « Une infusion parfaite, Dawes. »

Pamela sourit. « Bonne chance.

— Je suis sur le point de commettre un suicide professionnel, dit Turner. Espérons avoir *davantage* que de la chance de notre côté. »

Le trajet jusqu'à la prison fut rapide. Personne ne connaissait Alex là-bas, aussi n'avait-elle pas à craindre d'être reconnue. Elle faisait une assistante tout à fait crédible dans son tailleur d'emprunt. Pour Turner… ça avait été une autre affaire. Il avait dû passer au tribunal le matin même pour croiser l'avocat de Lance Gressang et capturer son visage dans le miroir.

Ils franchirent sans incident la sécurité.

« Arrêtez de regarder les caméras, chuchota Alex pendant qu'on les escortait dans un couloir miteux sous le bourdonnement des néons.

— J'ai l'impression qu'elles fonctionnent toujours.

— Elles sont alimentées, mais n'enregistrent que des parasites », affirma Alex avec un aplomb qu'elle ne ressentait pas vraiment. Le poids du Thermos contre sa hanche, dans son sac, avait quelque chose de rassurant.

Au moins seraient-ils en sécurité une fois en salle de réunion. Aucun enregistrement vidéo ou audio n'était autorisé lors d'une rencontre entre un avocat et son client.

Lance était déjà installé devant la table à leur entrée. « Qu'est-ce que vous voulez? », demanda-t-il en apercevant Turner, qui avait remis le miroir dans sa poche après l'avoir présenté au garde grognon.

« Vous avez une heure, dit le garde. Ne tirez pas sur la corde. » Gressang s'écarta de la table, son regard passant de Turner à Alex. « C'est quoi ce bordel? Vous travaillez ensemble?

— Une heure, répéta le garde » – avant de refermer derrière lui.

Gressang se leva. « Je connais mes droits. » Il avait l'air encore plus massif qu'à l'appartement, et sa main bandée ne faisait rien pour mettre Alex à l'aise. Elle s'était fait une règle de ne jamais se retrouver enfermée dans des espaces clos avec des hommes dans le genre de Lance Gressang. Mieux valait ne pas être la seule chose en vue quand leur humeur tournait à l'aigre.

« Asseyez-vous, dit Turner. Il faut qu'on parle.

— Vous ne pouvez pas me parler en l'absence de mon avocat.

— Vous avez traversé un mur hier, rétorqua l'inspecteur. Je doute que le Code pénal couvre ce genre d'infraction. »

L'accusation laissa Lance tout penaud. *Il sait qu'il n'est pas censé pratiquer la magie des portails,* songea Alex. Et encore moins devant un flic. Lance n'avait aucun moyen de savoir si Turner était associé aux Maisons du Voile.

« Asseyez-vous, Gressang, répéta Turner. Mais je dis ça pour vous, hein. »

Alex se demanda si Lance allait gober un champignon et disparaître à travers le sol. Mais lentement, l'air maussade, il se relaissa choir sur son siège.

Turner et Alex prirent chacun une chaise, s'installèrent face à lui. La mâchoire crispée, Lance agita le menton en direction de la jeune femme. « Qu'est-ce que tu foutais chez moi? »

Chez *moi*. Pas chez *eux*. Elle garda le silence.

« J'essaie de découvrir qui a tué Tara », dit Turner.

Lance leva aussitôt les mains. « Si vous savez que je suis innocent, pourquoi ne pas me faire sortir de ce trou à rats?

— "Innocent" est un bien grand mot pour vous qualifier »,

rétorqua Turner sur le même ton agréable-mais-condescendant dont il avait gratifié Alex quelques jours plus tôt. « Peut-être êtes-vous innocent de cette brutalité-*là*; auquel cas je me ferai une joie d'effacer l'accusation de meurtre portée contre vous. Mais il faut que vous compreniez bien une chose: en ce moment, *personne* ne nous sait ici, avec vous. Vos gardiens sont persuadés que vous êtes en train de discuter avec votre avocat: mettez-vous bien en tête qu'on peut faire tout ce que nous voulons.

— Et je suis censé avoir peur?

— Oui, répondit Turner. Absolument. Mais pas de nous.

— Hé, intervint Alex, il peut *aussi* avoir peur de nous, hein!

— Il a des problèmes plus importants à régler. Si ce n'est pas vous qui avez tué Tara, alors quelqu'un d'autre l'a fait. Et ce quelqu'un n'attend qu'une chose: vous mettre la main dessus. Vous êtes un bouc émissaire *utile* pour l'instant – mais pour combien de temps? Tara savait des choses qu'elle n'était pas censée savoir, et peut-être que vous aussi.

— Je ne sais rien du tout.

— Ce n'est pas moi qu'il faut convaincre. Vous avez vu de quoi ces gens sont capables. Vous croyez vraiment que ça les dérangera d'essuyer la petite tache de merde que vous êtes? Qu'ils auront des scrupules à vous éradiquer, vous, vos amis ou tout le quartier, si cela les aide à mieux dormir la nuit?

— Les gens comme toi et moi ne comptent pas, enchérit Alex. Dès qu'on cesse d'être utiles. »

Lance posa précautionneusement sa main blessée sur la table, puis se pencha en avant. « Putain, mais tu es *qui*, à la fin? »

Alex soutint son regard. « Je suis la seule personne à te croire innocent du meurtre de Tara. Alors, aide-moi à découvrir qui a fait ça avant que Turner ne perde patience, me foute à la porte et te laisse moisir ici. »

Les yeux de Lance firent des allers-retours entre Alex et Turner. « Je ne lui ai rien fait, finit-il par lâcher. Je l'aimais. »

L'un n'empêchait pas l'autre. « Quand avez-vous commencé à

travailler avec Sveta Myers ? » lui demanda le flic.

Lance s'agita sur son siège. À l'évidence, il n'appréciait guère l'idée qu'ils connaissent ce nom. « Je ne m'en souviens plus. Il y a deux ans, peut-être ? Tara s'est rendue là-haut pour un deal d'herbe, et elles ont fait connaissance. Elles ont bien accroché, ont parlé jardinage communautaire et toutes ces conneries. On l'a fournie pendant un certain temps, et puis elle a commencé à faire pousser avec nous en échange d'une part du gâteau.

— Parle-nous de l'Accessit, dit Alex.

— De la quoi ?

— Vous ne faisiez pas pousser que de l'herbe. Qu'est-ce que vous cultiviez pour Blake Keely ?

— Le mannequin ? Il arrêtait pas de tourner autour de Tara, toujours à exhiber son fric comme une célébrité. Je ne supporte pas ce connard. »

Alex avait trouvé un terrain d'entente avec Lance Gressang. Elle ne savait pas quoi en penser.

« Qu'est-ce que vous faisiez pousser ? insista Turner.

— Ce n'était pas pour lui. Pas au début, en tout cas. Ça faisait un moment qu'on vendait de l'herbe à sa fraternité – rien de tout ça ne sera retenu contre moi, hein ? C'est bien "off the record", hein ? » Turner lui fit signe de poursuivre. « Rien de particulier. Des pochons de dix ou vingt balles. La merde habituelle. Et puis cette fille, Katie, se pointe cette année… »

Alex se pencha vers lui. « Kate Masters ?

— Oui. Blonde, mignonne, mais un peu hommasse.

— J'aimerais en savoir plus sur tes goûts en matière féminine.

— Vraiment ?

— Non, espèce de connard. Cette *Katie*, qu'est-ce qu'elle voulait ?

— Savoir où on faisait pousser, et si Tara pouvait faire de la place dans les serres pour un nouveau truc. Une plante médicinale, avec tout un tas de contraintes d'humidité et j'en passe. Tara s'est vraiment investie dans ce boulot avec Sveta. Ça a pris un moment, mais les plants ont fini par plutôt bien pousser. J'en ai pris un peu, une fois. Ça m'a fait ni chaud ni froid. »

Putain de merde. Lance Gressang avait mis la main sur de l'Accessit sans même s'en rendre compte. Alex songea aux dégâts qu'il aurait pu faire s'il avait compris l'emprise que ça pouvait lui conférer sur autrui. Mais quelqu'un lui avait damé le pion.

« Tu pensais que ça ne valait rien, fit-elle. De la merde en barre. Du coup, tu en as vendu à Blake. »

Il sourit de toutes ses dents. « Ouais.

— Et qu'est-ce que tu t'es dit quand il est venu en redemander ? »

Gressang haussa les épaules. « J'étais content de prendre son argent.

— Kate Masters savait que tu vendais de l'Accessit à Blake ?

— Non. Elle était vraiment du genre coincé. Elle nous a dit que c'était toxique, un truc comme ça - qu'il ne fallait pas y toucher. Je savais qu'elle péterait un plomb si elle le découvrait, mais Blake nous en demandait toujours plus... Et voilà qu'un jour il s'est pointé avec ce type qui voulait qu'on lui dégotte des champis. »

Turner le dévisagea. « Et c'était qui ? » Mais Alex savait déjà ce qu'il allait répondre.

Lance se tortilla sur son siège. Il avait l'air mal à l'aise, presque effrayé.

« C'était Colin Khatri, pas vrai ? dit la jeune femme. De la Scroll & Key.

— Ouais. Il... » Lance s'adossa à sa chaise. Son air bravache s'était envolé. Il regarda le mur comme s'il s'attendait à y voir apparaître un genre de réponse. L'heure tournait, mais Alex et Turner gardèrent le silence. « Je savais pas dans quoi on mettait les pieds.

— Racontez-moi, fit Turner. Dites-moi comment ça a commencé.

— Tara passait sa vie dans les serres, reprit-il d'une voix hésitante. Elle rentrait tard à la maison et restait debout pour mélanger ses trucs, mixer les champignons avec je ne sais quoi. Elle avait ce petit plat jaune que Colin lui avait donné. Son chaudron de sorcière, qu'elle l'appelait. Colin n'en avait jamais assez des buvards qu'elle confectionnait. Il arrêtait pas de revenir pour lui en reprendre.

— Ses buvards ? s'enquit Turner. Je croyais que vous faisiez pousser des champignons.

— Tara distillait cette saloperie, là. Ce n'était pas de l'acide. Mais j'ignore ce que c'était. » Lance passa sa main valide sur son autre bras. Il avait la chair de poule. « On voulait savoir ce que Colin en faisait, mais il restait super évasif sur le sujet. Du coup, Tara l'a menacé d'arrêter sa tambouille. » Il tendit les mains vers Alex, comme pour la supplier. « Je lui ai *dit*. Je lui ai dit de laisser tomber, de continuer à prendre l'argent de Colin.

— Mais ce n'était pas suffisant », fit la jeune femme. *Mourir plutôt que douter*. Tara avait senti qu'un gros coup se tramait, et elle avait voulu en être. « Qu'est-ce qui s'est passé ensuite ?

— Colin a lâché l'affaire. » Alex n'arrivait pas à dire si la suffisance l'emportait sur le regret dans sa voix. « Un week-end, ses potes et lui sont passés nous chercher à l'appart. On a pris tous les buvards de Tara, ils nous ont bandé les yeux – et on s'est retrouvés dans ce bâtiment, dans cette *pièce*. C'était super joli, avec ces écrans couverts d'étoiles... juives dessus, et ce toit ouvert sur le ciel. » Alex avait arpenté cette salle la nuit du rituel raté des Serruriers, quand ils avaient essayé de se rendre à Budapest. Avaient-ils fait tous ces préparatifs en sachant pertinemment que le rite ne marcherait pas sans les buvards de Tara ? « On se tenait en cercle autour de cette table ronde, ils ont commencé à chanter – en arabe, peut-être –, et la table s'est juste... *ouverte*.

— Comme un passage ? » s'enquit Turner.

Lance secouait la tête. « Non, non. Vous ne comprenez pas : il n'y avait pas de fond. C'était la nuit, là en bas – une *autre* nuit – et pareil en haut, dans *notre* ciel. Des étoiles partout. » Une admiration sincère perçait dans sa voix. « On est passés de l'autre côté, pour se retrouver au sommet d'une montagne. On pouvait voir à des kilomètres à la ronde : le ciel était si clair que la courbure de l'horizon était visible. C'était incroyable. Mais j'ai été malade comme un chien le lendemain. Et putain, qu'est-ce qu'on puait. L'odeur nous a collé à la peau pendant des jours. » Il lâcha un soupir. « Ça a dû partir de là, j'imagine. Colin et toute l'équipe voulaient que Tara continue à leur faire ses préparations. Nous, on voulait continuer à voyager – Tara pour voir le monde, moi juste pour glander. On s'est rendus en Amazonie, au Maroc, dans les sources chaudes d'Islande. On a passé le Nouvel An à La Nouvelle-Orléans. C'était comme le meilleur jeu vidéo de tous les temps. » Il lâcha un petit rire. « Colin n'arrivait pas à comprendre comment Tara s'y prenait pour ses mélanges. Il faisait comme s'il trouvait ça drôle, mais je peux vous dire que ça les lui brisait menu. »

Alex tenta de faire cadrer ce Colin – cupide, jaloux, zonant avec des dealers – avec le garçon ambitieux si propre sur lui qu'elle avait vu chez Belbalm. Qu'est-ce qui lui avait pris ?

« Comment Blake et Colin se sont-ils rencontrés ? » demanda la jeune femme. Elle les imaginait mal traîner ensemble.

Lance haussa les épaules. « Au lacrosse, peut-être ? »

Au lacrosse. Colin avait l'air si peu sportif que c'était difficile à imaginer. Avait-il visionné une des sales petites vidéos de Blake et – à l'instar d'Alex – reconnu les effets de l'Accessit ? La magie des Serruriers avait commencé à péricliter. Le nexus situé sous leur tombeau ne fonctionnait plus : ils cherchaient à tout prix des moyens d'ouvrir des portails. Et Colin – le Colin brillant, amical, poli – n'avait pas rendu compte de ce que Blake faisait avec l'Accessit. Il n'avait rien fait pour l'empêcher d'amocher des filles. Pire encore : il en avait tiré un avantage, pour lui-même et pour sa société.

« Et Tripp Helmuth ? » s'enquit Turner. L'interroger sur Tripp, ce gamin aux joues roses plein d'ondes positives, pouvait paraître incongru, mais Alex ne voulait faire l'impasse sur personne.

« Qui ?

— Le gosse de riches, dit Alex. De l'équipe de voile, toujours bronzé ?

— Comme beaucoup de types dans le coin. »

Il avait l'air sincère.

« L'autre jour, intervint Turner, vous avez ouvert un portail dans la prison.

— J'avais un buvard sur moi quand vous êtes venus me chercher. » Il sourit de toutes ses dents. « Il y a beaucoup d'endroits où planquer un truc aussi petit.

— Pourquoi ne pas vous échapper ? reprit le flic. Vous enfuir à Cuba ou ailleurs ? »

— Qu'est-ce que j'irais foutre à Cuba ? rétorqua Lance. Et puis c'est impossible de franchir de si grandes distances sans la table. »

Sans le tombeau, voulait-il dire. La Scroll & Key avait toujours besoin du nexus. Les produits de Tara ne réglaient pas seuls le problème.

« Attends, dit Alex. Tu as gaspillé ton seul buvard pour retourner à l'appartement ?

— Je pensais trouver de l'argent ou quelque chose à échanger ici, mais ces connards de flics avaient tout mis sens dessus dessous.

— Pourquoi n'as-tu pas simplement ouvert un portail vers le tombeau – vers la table ? Tu aurais pu aller où tu voulais, ensuite. »

Lance cilla. « Merde. » Il s'effondra sur sa chaise. *« Merde. »* Il se tourna vers Alex, une profonde tristesse dans le regard. « Vous allez m'aider, hein ? Vous allez me protéger ? »

Turner se leva. « Faites profil bas, Gressang. Tant que vous donnerez *l'impression* de porter le chapeau, vous devriez être en sécurité ici. »

Alex s'attendait à ce que Lance proteste, marchande ou les menace. Au lieu de quoi il resta là, abasourdi sur son siège, son gros corps figé comme une statue de pierre sous la lumière fluorescente des néons. Il ne pipa mot quand Turner appela le gardien, ne leva pas la tête quand ils disparurent dans le couloir. Il avait exploré les jungles de l'Amazonie, déambulé dans les marchés de Marrakech. Il avait vu les mystères du monde – mais les mystères du monde n'avaient pas pris conscience de son existence, et au bout du compte il s'était retrouvé ici. Les portes s'étaient refermées. Les portails aussi. Lance Gressang n'irait plus nulle part.

Turner et Alex retournèrent sans mot dire au campus ; seul le bruit du chauffage de la Dodge, qui luttait de son mieux contre le froid mordant, venait rompre le silence. La jeune femme envoya un SMS à Dawes pour l'avertir qu'ils étaient hors de danger et qu'elle reviendrait à Black Elm au plus tard vers huit heures – après quoi elle ôta les chaussures qu'elle avait empruntées à Mercy. Elles étaient trop petites d'une demi-taille, et ses pieds lui faisaient vivre un enfer.

Le flic ouvrit enfin la bouche à la sortie de l'autoroute : « Alors ?

— Je pense qu'on a plus de mobiles qu'au départ.

— Je n'efface pas Gressang du tableau. Pas tant qu'on n'aura personne d'autre à y mettre pour le remplacer. Mais Colin Khatri et Kate Masters m'ont l'air *bien plus* intéressants. » Il tapota le volant de ses mains gantées. « Mais ça va au-delà de ces deux gosses, pas vrai ? Tout le monde est mouillé. Tous ces gamins en robe à capuche qui se prennent pour des sorciers.

— Ils ne se *prennent* pas pour des sorciers. » Mais Alex savait exactement ce qu'il voulait dire par là. Si Colin était le lien le plus direct entre Tara et la Scroll & Key, au bout du compte *tous* les Serruriers avaient partagé leurs rituels avec des étrangers et caché la vérité au Léthé. Si Tara était devenue une menace pour leur société, n'importe lequel d'entre eux aurait pu décider de la réduire au silence. Il était peu probable que Kate Masters ait choisi de tourner le dos au Manuscrit. Alex se souvint de ce que Mike Awolowo lui avait dit à propos de la rareté de cette drogue. Peut-être avaient-ils tous pensé pouvoir se séparer de leur fournisseur traditionnel et commencer à cultiver de leur côté. Mike avait paru sincèrement surpris d'apprendre qu'il y avait de l'Accessit dans la nature, mais peut-être avait-il joué la comédie.

« Et donc, lui demanda Turner, qui serait votre coupable préféré ? »

La jeune femme s'efforça de dissimuler sa surprise. L'inspecteur lui faisait peut-être simplement jouer le rôle de caisse de résonance, mais ça faisait du bien de faire partie du jeu. Elle regrettait d'autant plus de ne pas avoir de meilleure réponse à lui offrir.

Alex étira ses pieds douloureux. « N'importe quel membre du Manuscrit aurait pu se servir d'un charme pour faire croire à Tara qu'elle avait Lance devant les yeux. Et puis, si les Serruriers dépendaient de Tara pour la mixture secrète, pourquoi auraient-ils voulu sa mort ? Ça fait des années que leur magie mord la poussière. Ils avaient besoin d'elle.

— À moins qu'elle n'ait eu les yeux plus gros que le ventre. On ignore complètement la nature *réelle* de la relation qu'elle entretenait avec Colin. Nous ne savons même pas exactement ce qu'il y avait sur ces buvards. On ne parle plus de champignons magiques, là. »

Il disait vrai. Colin, le petit génie de la chimie, n'avait peut-être pas apprécié qu'une fille de la ville lui tienne la dragée haute. Et Alex imaginait mal la Scroll & Key tolérer un chantage. Peut-être aussi avaient-ils percé la recette de Tara à jour – et décidé de se séparer d'elle.

« Colin Khatri a un alibi, dit Alex. Il assistait au salon de Belbalm.

— Et vous me dites qu'il n'aurait pas pu s'ouvrir un petit portail pour aller tuer Tara et revenir sans se faire remarquer ? »

Alex se serait bien giflée. « Malin, Turner.

— Faites comme si je connaissais mon boulot. »

Alex aurait dû y penser, elle le savait. Peut-être aurait-ce été le cas si elle n'avait pas été à ce point obnubilée par le risque de devoir renoncer à son été prometteur en compagnie de Belbalm si l'horrible meurtre de Tara venait à tout éclabousser.

Turner tourna sur Chapel Street, s'arrêta aux portes de la résidence Vanderbilt. Elle vit North rôder à proximité des marches. Depuis combien de temps l'attendait-il ? Avait-il déniché Tara de l'autre côté ? Dans un frisson, elle s'avisa qu'il avait été tué – ou qu'il s'était suicidé en emportant avec lui la jolie Daisy – à quelques pâtés de maisons de l'endroit où elle se trouvait présentement.

« Qu'est-ce que vous diriez si je vous disais qu'il y a un fantôme devant ma résidence ? lança Alex. Juste là, dans la cour ?

— Honnêtement ? fit Turner. Après tout ce que j'ai vu ces derniers jours ?

— Ouais.

— Je continuerais de penser que vous me baladez.

— Et si je vous disais qu'il bosse sur notre affaire ? »

Le vrai rire de Turner différait complètement de son ricanement forcé. C'était un rire profond, qui remontait de ses tripes. « J'ai eu des indics plus bizarres. »

Alex enfila ses escarpins, puis ouvrit la portière. L'air nocturne était si froid qu'il lui brûlait les poumons ; le ciel était d'une noirceur de poix. Un soir de nouvelle lune. La jeune femme était attendue à Black Elm dans quelques heures à peine. La première fois que le doyen Sandow lui avait parlé du rituel, Alex avait supposé qu'ils essaieraient de contacter Darlington depuis Il Bastone, peut-être même en utilisant le creuset. Mais en réalité Sandow comptait le faire revenir chez lui.

« J'irai secouer un peu Kate Masters demain, fit Turner. Et Colin Khatri aussi, pour faire bonne mesure. Histoire de voir ce qu'on peut en tirer.

— Merci pour la balade. » Alex referma la portière, regarda les phares de la voiture disparaître sur Chapel Street. Elle se demanda si elle aurait un jour l'occasion de reparler à l'inspecteur.

Tout risquait de basculer ce soir. Alex se languissait du retour de Darlington autant qu'elle le redoutait – et elle avait du mal à conjuguer ces sentiments. Quand le doyen Sandow apprendrait ce qu'elle avait fait, quand il saurait ce qu'elle était *vraiment*, c'en serait fini du « chapitre Léthé » de la jeune femme. Mais elle savait aussi que Darlington était la meilleure chance qu'avait Tara d'obtenir justice. Il parlait la langue de ce monde, en comprenait les protocoles. Il établissait des liens qui échappaient à tous les autres.

Son côté je-sais-tout lui manquait. Mais c'était plus que ça : il la protégerait.

L'idée était embarrassante. Alex la survivante, Alex le crotale – elle aurait dû se montrer plus forte que ça. Mais elle était fatiguée de se battre. Darlington n'aurait jamais toléré que Dawes subisse ce qu'elle avait subi, qu'elle-même traverse ce qu'elle avait traversé.

Peut-être n'avait-elle pas sa place au sein de Léthé, à ses yeux, mais il l'estimait digne de leur protection – cela ne faisait aucun doute. Il lui avait promis de la préserver des ténèbres. Ce n'était pas rien.

North gardait ses distances ; il rôdait dans la lumière dorée du lampadaire. Meurtrier ou victime, mais partenaire dans les deux cas. Pour l'instant.

Alex lui fit un signe de tête, et en resta là. Ce soir, elle avait d'autres dettes à rembourser.

25

Hiver

« Comment ça s'est passé ? » s'enquit Mercy dès qu'Alex entra dans la pièce commune. Elle était assise en tailleur sur le canapé, entourée de livres. Alex hésita un instant, avant de se rappeler qu'elle était censée sortir d'un entretien d'embauche.

« Je sais pas trop, lui répondit-elle en allant se changer dans leur chambre. Pas trop mal, je pense. C'était intéressant. Mais ce pantalon est trop serré.

— Ou ton cul trop gros.

— J'ai un cul *parfait* », rétorqua Alex. Elle enfila un jean noir, une de ses dernières chemises, et un pull noir par-dessus. Après avoir envisagé d'invoquer l'excuse d'un groupe d'étude, elle entreprit finalement de se brosser les cheveux et de s'appliquer du rouge à lèvres couleur prune.

« Et *où* tu comptes aller comme ça ? lui demanda son amie à son retour dans la salle.

— Je vais boire un café avec quelqu'un. »

Lauren sortit aussitôt la tête de sa chambre. « Minute : Alex Stern a un *rendez-vous* ?

— D'abord, fit Mercy, Alex Stern a eu un *entretien d'embauche*.

Et maintenant, elle a un rendez-vous.

— Mais *qui* êtes-vous, Alex Stern ? »

Si seulement je le savais. « Si vous avez fini, qui m'a piqué mes créoles ?

— Il est inscrit à quelle fac ? demanda Lauren.

— Il est de la ville.

— Oooh. » Elle déposa les boucles argentées sur sa paume. « Alex aime les prolétaires. Ce rouge à lèvres, c'est beaucoup trop par contre.

— J'aime bien, moi, rétorqua Mercy.

— On dirait qu'elle va lui dévorer le cœur. »

Alex mit les créoles à ses oreilles, s'essuya les lèvres avec un mouchoir. « Nickel.

— Le Feb Club est presque fini », dit Mercy. Chaque nuit de février, un groupe ou une organisation hébergeait un événement – en protestation contre la morosité de l'hiver. « La dernière fête a lieu vendredi. On devrait y aller.

— Vraiment ? » Alex se demandait si son amie était vraiment prête pour ça.

« Ouais. Je ne parle pas de rester toute la nuit, rien de ce genre, mais… j'ai envie d'y aller. Je t'emprunterai peut-être ton rouge à lèvres. »

Alex sourit et sortit son téléphone pour appeler un chauffeur. « Alors c'est décidé, on ira. » *Si je suis toujours étudiante à Yale demain.* « Ne m'attends pas pour manger, m'man.

— Tu es la plus belle des salopes, la complimenta Lauren.

— Sois prudente, dit Mercy.

— C'est *lui* qui a intérêt à être prudent. » Et Alex verrouilla la porte derrière elle.

Elle demanda au taxi de la déposer devant les colonnes de pierre de Black Elm, remonta la longue allée à pied. Le garage était ouvert ; Alex voyait la Mercedes bordeaux de Darlington garée à l'intérieur.

Des lumières éclairaient le rez-de-chaussée et le premier étage de la maison. Alex aperçut Dawes par la fenêtre de la cuisine, occupée à remuer quelque chose sur la cuisinière. Elle reconnut l'odeur du citron sitôt la porte franchie. De l'avgolémono. Darlington adorait ça.

« Tu es en avance, lui lança Pamela par-dessus son épaule. Et toute belle.

— Merci », fit Alex, soudain timide. Les boucles d'oreilles et le rouge à lèvres étaient-ils sa version de la soupe au citron ?

Alex ôta son manteau, le suspendit à un crochet près de la porte. La jeune femme ne savait pas trop à quoi s'attendre dans les heures à venir, mais espérait avoir le temps de fouiller le bureau et la chambre de Darlington avant l'arrivée des autres. En son for intérieur, elle remercia Dawes d'avoir tout allumé. La solitude des lieux l'avait submergée la dernière fois qu'elle était venue ici.

Alex passa d'abord par le bureau. La pièce, toute de boiseries et d'étagères garnies, se trouvait juste à côté de l'agréable solarium où elle avait rédigé son rapport sur la mort de Tara. L'endroit était plutôt bien organisé, mais les classeurs ne semblaient remplis que de documents relatifs à Black Elm. Dans le tiroir du haut, Alex trouva un agenda démodé et un paquet de Chesterfield écrasé. Elle imaginait mal Darlington tirer une taffe sur une clope taxée.

Les recherches qu'elle effectua dans sa chambre monacale, au deuxième étage, s'avérèrent tout aussi infructueuses. Cosmo, qui l'avait suivie à l'intérieur, la regardait d'un air suspicieux ouvrir les tiroirs et fouiller dans les piles de livres.

« Oui le chat, je sais, je m'immisce dans sa vie privée. Mais c'est pour la bonne cause. »

Le chat parut accepter ses explications. Il se faufila entre les jambes d'Alex, se frotta la tête contre ses bottes de combat en ronronnant bruyamment. Elle le gratta entre les oreilles tout en feuilletant les livres empilés près du lit de Darlington – tous consacrés à l'industrie de la Nouvelle-Angleterre. Elle s'arrêta sur ce qui ressemblait à un vieux catalogue de calèches, au papier jaunissant déchiré sur les bords, scellé dans un sac en plastique pour le protéger des éléments.

La famille de North en fabriquait à une certaine époque.

Alex le retira précautionneusement du sachet. Un examen plus méticuleux lui permit de découvrir qu'il s'agissait d'une sorte de magazine professionnel à l'attention des constructeurs de calèches de New Haven et des commerçants qui les vendaient. Il y avait là des dessins à la main de roues, de mécanismes de verrouillage et de lanternes et, à la troisième page, en gros caractères, l'annonce de la construction de la toute nouvelle usine de North & Sons – qui accueillerait une salle d'exposition à l'intention des acheteurs potentiels. La jeune femme reconnut dans la marge un gribouillis caractéristique de son mentor : *la première ?*

« C'est tout ? Fais un effort, Darlington. La première *quoi* ? »

Des bruits de pneus sur le gravier. La jeune femme vit dans l'allée les phares de deux voitures – une Audi passablement défoncée et, juste derrière, une Land Rover bleue étincelante.

L'Audi se gara à côté de la Mercedes de Darlington. Un instant plus tard, Alex voyait le doyen Sandow en sortir, accompagné d'une femme qui devait être Michelle Alameddine. Alex n'aurait su dire à quoi elle s'attendait, mais c'était une fille parfaitement ordinaire. D'épaisses boucles entouraient un visage anguleux aux sourcils élégamment épilés. Elle portait un manteau noir bien coupé et des bottes, noires également, qui remontaient jusqu'à ses genoux. La New-Yorkaise type aux yeux d'Alex – qui ne s'était jamais rendue à New York.

Elle remit le catalogue dans son sachet et s'empressa de descendre. Sandow et Michelle étaient déjà en train de suspendre leurs manteaux dans le débarras ; ils avaient sur leurs talons une femme plus âgée ainsi qu'un garçon dégingandé affublé d'une crête iroquoise et d'un énorme sac à dos. Alex mit une minute à les reconnaître sans leur robe blanche, mais ça finit par lui revenir : Josh Zelinski, le président de la délégation aurélienne, et l'ancienne élève ayant mené le rituel l'automne dernier avec ce romancier – celui qui avait failli mal tourner. *Amelia*.

Darlington avait convaincu les Auréliens de leur responsabilité, disculpant Alex au passage. Cette même nuit, au grand dam de Dawes, ils s'étaient enivrés de vin rouge hors de prix avant de réduire en miettes un innocent service en cristal – ainsi qu'un assortiment douteux de plats en porcelaine ayant probablement mérité son sort. La jeune femme se souvenait de s'être tenue dans la pièce pleine de vaisselle brisée, avec au cœur une légèreté qu'elle n'avait pas connue depuis des années. Darlington avait examiné les dégâts, rempli son verre, et s'était exclamé d'une voix avinée : *« Il y a une métaphore dans tout cela, Stern. Et je la comprendrai quand je serai sobre. »*

Les présentations faites, Sandow ouvrit une bouteille de vin. Dawes avait préparé une assiette de fromage et des bâtonnets de légumes. Le tout avait des airs de prélude à un dîner désastreux.

« Alors comme ça, lança Michelle en fourrant une tranche de concombre dans sa bouche, Danny a disparu ?

— Il est peut-être mort, maugréa Dawes.

— J'en doute fort, répliqua Michelle. Il *hanterait* celle-là, si tel était le cas. » Elle pointa son pouce vers Alex. « Vous vous trouviez avec lui, pas vrai ? »

Alex opina du chef, l'estomac noué.

« C'est donc vous, la fille magique capable de voir les Gris. Est-ce qu'il traîne dans les parages ?

— Non », répondit Alex. Et North ne l'avait pas vu de l'autre côté. Darlington était vivant *quelque part*, et il allait rentrer chez lui ce soir.

« Quel don extraordinaire ! » s'exclama Amelia. D'épais cheveux de miel lui tombaient jusqu'au menton, et elle portait un twin-set bleu marine ainsi qu'un jean amidonné. « Le Léthé a de la chance de vous avoir.

— Oui, intervint Sandow d'une voix aimable. Effectivement. »

Josh Zelinski secoua la tête. « C'est fou, quand même. Vous les *voyez* vraiment flotter ? Est-ce qu'il y a des Gris ici, en ce moment ? »

Alex avala une bonne gorgée de vin. « Oui. L'un d'eux vous colle une main au cul. »

Zelinski tournoya sur lui-même. Sandow prit un air affligé.

Michelle, par contre, éclata de rire. « Darlington a dû se pisser dessus quand il a découvert ce dont vous étiez capable. »

Sandow s'éclaircit la gorge. « Merci d'être venu, dit-il. Merci à vous tous. La situation est compliquée, et je vous sais tous très occupés. »

Ce n'est pas un putain de conseil d'administration, se retint de crier Alex. *Il a disparu.*

Michelle remplit son verre de vin. « Je mentirais en disant que votre appel m'a surprise.

— Pourquoi cela ?

— J'ai l'impression d'avoir passé la majeure partie de sa première année à m'assurer qu'il ne s'était pas suicidé ou n'avait pas mis le feu à quelque chose. Où qu'il soit, il est sans doute ravi que les choses soient enfin devenues intéressantes dans le coin. »

Sandow gloussa. « Vous avez sans doute raison. »

Alex eut du mal à contenir son agacement. Elle n'appréciait guère que Sandow et Michelle s'amusent sur le dos de Darlington. Il méritait mieux.

« C'est un amateur de sensations fortes ? s'enquit Amelia, qui semblait elle-même un peu exaltée.

— Pas exactement, répondit Michelle. Il était toujours prêt à se lancer à l'aventure. Il s'imaginait dans la peau d'un chevalier – un garçon posté au seuil des Enfers, l'épée à la main. »

Alex s'était moquée de Darlington chaque fois qu'il avait parlé en ces termes de lui-même ou du Léthé. Mais ça ne lui paraissait plus si absurde à présent – pas quand elle repensait à Tara, à des drogues aussi dangereuses que l'Accessit, aux garçons comme Blake. Les Maisons du Voile détenaient trop de pouvoir, et les règles qu'elles avaient mises en place visaient à contrôler l'accès à ce pouvoir, non à en prévenir les dégâts.

« N'est-ce pas ce que nous sommes ? lança Alex, incapable de s'en empêcher. *Nous sommes les bergers* et tout ça ? »

Michelle rit de plus belle. « Ne me dites pas qu'il vous a eue, vous aussi ? » Elle glissa son bras sous celui de Sandow en sortant de la cuisine, Zelinski et Amelia sur ses talons. « J'aurais aimé pouvoir arriver plus tôt histoire de voir cet endroit à la lumière du jour. Il lui a consacré tellement de temps et de sueur. »

À la surprise d'Alex, la main de Dawes frôla la sienne. Ce n'était pas grand-chose, mais Alex ne manqua pas de lui rendre son geste. Darlington avait *raison* à propos de la nécessité du Léthé. Ils n'étaient pas de simples flics de centre commercial surveillant une bande de gamins turbulents. Ils étaient censés être des détectives, des soldats. Michelle et Sandow ne semblaient pas le comprendre.

Et moi? se demanda-t-elle. Depuis quand était-elle devenue une guerrière sainte? Et qu'est-ce qu'il allait se passer lorsqu'ils sortiraient Darlington de sa retraite involontaire pour le ramener dans leur monde?

Sa prestation sur l'affaire Tara Hutchins lui vaudrait peut-être un bon point, mais elle doutait fort qu'il se contente de lui dire: *« Excellente initiative, tout est pardonné »*. Alex se confondrait en excuses, expliquerait qu'elle n'avait rien su des intentions d'Hellie ce matin-là à Ground Zero. Elle lui dirait tout ce qu'il fallait dire, et s'accrocherait de ses deux mains à cette existence.

« Où se trouve-t-il, à votre avis? » s'enquit Michelle au moment où ils s'engageaient dans les escaliers pour monter à l'étage.

« Nous l'ignorons. Je pensais invoquer un limier pour retrouver sa trace. » Sandow avait parlé d'une voix presque… satisfaite? Alex oubliait parfois que le doyen avait fait ses armes – et ses preuves – au sein du Léthé.

« Brillant! De quoi allons-nous nous servir pour son odeur?

— De l'acte de propriété de Black Elm.

— Il a été scellé par Aurélien?

— Pas que je sache, dit Amelia. Mais nous pouvons en activer la langue pour invoquer les signataires.

— De n'importe où? s'enquit Michelle.

— De n'importe où », confirma Zelinski avec suffisance.

Ils décrivirent longuement les mécanismes du contrat, et la manière dont l'invocation devait fonctionner – pour autant que le contrat ait été fait de bonne foi en engageant émotionnellement les signataires.

Alex et Dawes échangèrent un regard. De cela au moins, elles étaient certaines : Darlington adorait Black Elm.

Des lanternes positionnées aux quatre points cardinaux éclairaient la salle de bal située à l'étage. Le matériel d'exercice de Darlington avait été poussé contre le mur.

« C'est un bon endroit », annonça Zelinski en dézippant son sac à dos. Amelia l'aida à en sortir quatre objets enveloppés dans de la ouate.

« On n'a pas besoin de quelqu'un pour ouvrir un portail ? » chuchota Alex à l'intention de Dawes en regardant Josh déballer une grande cloche d'argent.

« Si Sandow a vu juste, et que Darlington est simplement coincé entre deux mondes ou dans une espèce de royaume de poche, l'activation de l'acte devrait créer une attraction suffisante pour le ramener jusqu'à nous.

— Et si ce n'est pas le cas ?

— Alors nous demanderons l'aide de la Scroll & Key à la prochaine nouvelle lune. »

Mais les Serruriers avaient peut-être créé le portail du sous-sol, cette nuit-là… Peut-être ne voulaient-ils pas que Darlington fasse son retour…

« Alex, l'appela Sandow, s'il vous plaît, venez m'aider à tracer les marques. » La jeune femme se sentit bizarre en procédant à la protection du cercle : elle eut l'étrange sentiment d'avoir remonté le temps et d'être devenue le Dante de Sandow.

« Nous allons laisser la porte nord ouverte, dit-il. Le vrai nord, pour le guider chez lui. Je vais devoir vous demander de vous charger des Gris, ma chère. Je prendrais bien de l'élixir d'Hiram, mais… à mon âge, ce serait un risque inconsidéré. » Il avait l'air gêné.

« Je peux gérer, dit Alex. Est-ce qu'il y aura du sang ? » Elle ne voulait pas être prise au dépourvu si leur déferlait dessus une véritable marée de Gris.

« Non, dit Sandow. Pas de sang. Et Darlington a planté des essences protectrices aux alentours de Black Elm. Mais comme vous le savez, un puissant désir attire les Gris – et c'est ce dont nous allons avoir besoin pour le ramener. »

Alex hocha la tête, puis prit position au point cardinal nord. Sandow prit la pointe sud; Dawes et Michelle Alameddine se faisaient face à l'est et à l'ouest. Seule la lumière des bougies donnait forme à l'espace, ce qui rendait visuellement la salle de bal plus vaste encore. C'était une grande pièce froide, conçue pour impressionner des gens depuis longtemps disparus.

Amelia et Josh se tenaient au centre du cercle, une liasse de papiers à la main – l'acte de propriété de Black Elm.

« Tout le monde est prêt? » demanda-t-il. Comme personne ne répondait, Sandow commença l'incantation – en anglais d'abord, puis en espagnol, en néerlandais, en portugais, en mandarin enfin. Les langues que Darlington parlait, s'avisa Alex.

Elle entendit un bruit de pattes, un halètement. Était-ce son imagination? Sandow psalmodiait une invocation de *chien de chasse*. Elle pensa aux canidés du Léthé, aux chacals étonnamment beaux que Darlington lui avait lâchés dessus ce premier jour à Il Bastone. *Je vous pardonne*, pensa-t-elle. *Revenez chez vous.*

Elle entendit un hurlement soudain, puis le lointain écho d'aboiements.

Les bougies s'allumèrent, flamboyant d'un vert éclatant.

« Nous l'avons trouvé! » s'écria Sandow d'une voix tremblante. Il avait l'air presque effrayé. « Activez l'acte! »

Amelia approcha une bougie des papiers posés au centre du cercle. Une lumière verte s'éleva autour d'eux. Elle jeta quelque chose dans la flamme, qui crépita comme un feu d'artifice.

Du fer, comprit Alex. Elle avait déjà vu une expérience de ce genre dans un cours de science.

Des mots semblaient planer dans la flamme verte au-dessus du document; la limaille de fer crépitait littéralement.

ATTESTE
QUE
LEDIT CÉDANT
MOYENNANT
UNE CONTREPARTIE
SUBSTANTIELLE
ET DÉFINITIVE
ET DÉFINITIVE…

Les paroles se recroquevillèrent sur elles-mêmes, s'élevant dans le feu avant de disparaître comme de la fumée.

Les flammes de la bougie montèrent plus haut encore, puis s'étiolèrent. Le feu qui recouvrait l'acte s'éteignit alors brusquement, les laissant seuls dans l'obscurité.

Et puis Black Elm prit vie. D'un seul coup, les appliques murales se mirent à briller, de la musique sortit des haut-parleurs, et les couloirs résonnèrent au son d'un bulletin d'information télévisé de fin de soirée.

« Qui diable a laissé toutes les lumières allumées ? » lança un vieil homme posté à l'extérieur du cercle. Il était effroyablement mince, et n'avait qu'une mèche de cheveux sur le crâne ; son peignoir ouvert révélait une poitrine émaciée et des organes génitaux ratatinés. Une cigarette pendait à sa bouche.

Alex ne le distinguait pas aussi clairement que les Gris habituels ; il avait l'air… eh bien, *gris*. Comme si la jeune femme le regardait à travers de couches de mousseline laiteuse. *Le Voile*.

Il s'agissait de Daniel Tabor Arlington III, elle le savait. Un instant plus tard, il avait disparu.

« Ça marche ! s'écria Josh.

— Faites sonner les cloches ! enchérit Amelia. Ramenez-le ici ! »

Alex souleva la cloche d'argent posée à ses pieds, vit les autres en faire de même. Leur doux bruit retentit dans le cercle, par-dessus le vacarme de la musique et le chaos de la maison.

Les fenêtres s'ouvrirent d'un coup. Alex entendit un crissement de pneus à l'extérieur, suivi d'un grand fracas. Des gens dansaient autour d'elle ; un jeune homme affublé d'une épaisse moustache – il ressemblait énormément à Darlington – flottait dans la pièce, vêtu d'un costume d'une autre époque.

« Stop ! s'écria Sandow. Quelque chose ne va pas ! Arrêtez ! »

Alex attrapa le battant de sa cloche pour tenter de la réduire au silence, vit les autres en faire de même. Mais les cloches ne s'arrêtaient pas de sonner. Elle sentait la sienne qui continuait à vibrer dans sa main. Le grondement s'amplifia.

La jeune femme avait chaud aux joues. Les lieux étaient glacés quelques instants auparavant, mais désormais elle transpirait dans ses vêtements. La puanteur du soufre emplissait l'air. La jeune femme entendit un grognement qui semblait comme émaner du sol – pareil à un riff de basse. Elle se souvint des crocodiles qui s'appelaient les uns les autres depuis les rives du fleuve dans les zones frontalières. La chose qui se trouvait là, qui avait pénétré dans cette pièce, était plus grande – beaucoup, *beaucoup* plus grande. Et elle faisait le bruit d'une bête affamée.

Les cloches *hurlaient*. Elles évoquaient une foule en colère, prête à commettre de terribles débordements. Les vibrations faisaient palpiter les paumes de la jeune femme.

Boum. Le bâtiment trembla.

Boum. Amelia perdit l'équilibre, s'agrippa à Zelinski pour ne pas tomber ; la cloche tomba de ses mains, sans cesser de sonner.

Boum. Le même son qu'Alex avait entendu cette nuit-là lors de la pronostication, le son de quelque créature cherchant à s'extirper du cercle pour pénétrer dans *leur* monde. Cette nuit-là, les Gris du bloc opératoire avaient percé le Voile et fait voler la balustrade en éclats. Elle avait cru qu'ils tentaient de détruire la protection du cercle – mais peut-être avaient-ils cherché à s'y réfugier, par peur de ce qui était en train de surgir ? Le lourd grondement secoua de nouveau la salle. On aurait dit des mâchoires qui s'ouvrent, les mâchoires de quelque créature tout droit sortie d'un passé immémorial.

Alex toussa, saisie d'un haut-le-cœur. L'odeur de soufre était si lourde qu'elle pouvait en sentir le goût pourri dans sa bouche.

Assassin. Une voix, dure et forte, par-dessus les cloches – celle de Darlington, mais plus grave, comme un rugissement. *Assassin,* disait-il.

Merde. Il ne fallait décidément pas compter sur lui pour fermer sa gueule.

Et puis elle le vit, dominant le cercle comme s'il n'y avait pas de plafond, pas de deuxième étage, pas de maison du tout, un monstre – il n'y avait pas d'autre mot pour le désigner – cornu aux crocs imposants, si massif que son corps occultait le ciel nocturne. Un sanglier. Un bélier. Le corps segmenté d'un scorpion. Son esprit bondissait de terreur en terreur, incapable de donner sens à ce qu'il voyait.

Alex se rendit compte qu'elle était en train de hurler. Comme tout le monde. Les murs semblaient comme embrasés.

Elle sentait sur ses joues la fournaise, qui lui brûlait les poils de ses bras.

Sandow s'avança jusqu'au centre du cercle, jeta sa cloche et rugit : *« Lapidea est lingua vestra ! »* Il ouvrit les bras comme pour diriger un orchestre, son visage doré par les flammes. Il avait l'air jeune. On aurait dit un étranger. *« Silentium domus vacuae audito ! Nemo gratus accipietur ! »*

Les fenêtres de la salle de bal implosèrent, propulsant des éclats de verre dans toute la pièce. Alex tomba à genoux, la tête enfouie dans ses mains.

La jeune femme attendit, le cœur battant la chamade. Les cloches avaient cessé de sonner, se rendit-elle alors compte.

Le silence était doux à ses oreilles. Les bougies s'étaient rallumées quand Alex ouvrit les yeux, baignant la scène d'une lueur feutrée. Comme si rien ne s'était passé, comme si tout cela n'avait été qu'une grande illusion – à l'exception des bouts de verre brisé qui jonchaient le sol.

Amelia et Josh étaient tous deux à genoux, en pleurs. Dawes s'était recroquevillée par terre, les mains sur sa bouche. Michelle Alameddine faisait les cent pas en marmonnant : « Putain de merde.

Putain de merde. *Putain de merde.* »

Le vent charriait l'odeur douce et froide de la nuit à travers les vitres brisées. Sandow fixait l'endroit où la bête était apparue. Sa chemise était trempée de sueur.

Alex se força à se lever et à se rendre auprès de Pamela; ses bottes crissaient sur le verre.

« Dawes ? » Elle s'accroupit, posa une main sur son épaule. « Pammie ? »

Des larmes coulaient lentement le long des joues de Pamela. « Il est parti, répondit-elle. Il est vraiment parti.

— Mais je l'ai entendu. Ça ressemblait beaucoup à sa voix, en tout cas.

— Tu ne comprends pas. Cette chose...

— C'était une bête infernale, expliqua Michelle. Elle parlait avec sa voix. Ça veut dire qu'elle l'a consommé. »

Ce n'est pas un portail. Voilà ce que Darlington avait lâché cette nuit-là, dans le sous-sol de Rosenfeld. Et à présent, Alex comprenait ce qu'il avait voulu dire, ce qu'il avait *essayé* de dire, avant que cette chose ne l'emporte. *Ce n'est pas un portail. C'est une bouche.*

Darlington n'avait pas disparu. Il avait été mangé.

« Quelqu'un l'a laissée entrer dans notre monde, reprit Michelle. Quelqu'un s'en est servi pour *piéger* Darlington.

— Mais qui ? » Dawes essuya ses larmes. « Et *comment* ? »

Sandow l'entoura de ses bras. « Je l'ignore. Mais nous allons le découvrir.

— Mais s'il est mort, dit Alex, il devrait se trouver de l'autre côté. Or il n'y est pas. Il...

— Il est parti, Alex, dit sèchement Michelle. Il n'est pas de l'autre côté. Il n'est pas derrière le Voile. Il a été *dévoré*, corps et âme.

— Personne ne peut survivre à cela », dit Sandow. Sa voix était rauque. Il ôta ses lunettes, et Alex le vit s'essuyer les yeux. « Aucune âme n'est capable de le supporter. Nous avons invoqué un poltergeist, un écho. C'est tout.

— Il est parti », répéta Dawes.

Alex ne put que l'admettre, cette fois.

Ils rassemblèrent les cloches auréliennes, et le doyen Sandow se proposa de passer des appels pour faire condamner les fenêtres de la salle de bal dès le lendemain matin. La neige commençait à tomber, mais il était trop tard pour faire quoi que ce soit présentement. Et qui restait-il pour s'en soucier? Le gardien de Black Elm, son protecteur, ne reviendrait plus.

Ils entreprirent d'un pas lourd de quitter la demeure. Les pleurs de Dawes redoublèrent d'intensité dans la cuisine. La scène, pleine d'espoir, lui paraissait si stupide: les verres de vin à moitié pleins, les légumes bien ordonnés, la soupe qui attendait sur le poêle.

Dehors, ils retrouvèrent la Mercedes de Darlington emboutie contre la Land Rover d'Amelia. C'était l'accident qu'Alex avait entendu – la voiture de Darlington *possédée* par l'espèce d'écho qu'ils avaient attiré dans ce monde.

Sandow soupira. « Je vais faire venir une dépanneuse et attendre avec vous, Amelia. Michelle…

— Je peux appeler un taxi pour retourner à la gare.

— Je suis désolé, je…

— Aucun problème » le coupa-t-elle. Michelle semblait distraite, désorientée, comme incapable de donner sens à ce qu'elle avait vu. Elle semblait prendre conscience d'avoir cheminé avec la mort pendant toutes ses années passées au Léthé…

Le doyen se tourna vers Alex. « Vous pouvez raccompagner Dawes chez elle? »

Pamela essuya sur sa manche son visage taché de larmes. « Je ne veux pas rentrer chez moi.

— À Il Bastone, donc. Je vous rejoindrai dès que possible. Nous… » Il s'interrompit. « Je ne sais pas exactement ce que nous allons faire.

— Je comprends. » Alex appela un taxi, puis passa un bras autour de Dawes pour l'aider à descendre dans l'allée à la suite de Michelle.

Tournant le dos à Black Elm, les trois jeunes femmes attendirent en silence près des colonnes de pierre ; la neige s'amoncelait autour d'elles.

La voiture de Michelle arriva en premier. Elle ne proposa pas de la partager, mais se tourna vers Alex avant d'y monter.

« Je travaille au département des dons et acquisitions à la Butler Library de Columbia, dit-elle. Si jamais vous avez besoin de moi. »

Et elle plongea à l'intérieur sans laisser à Alex le temps de réagir. La voiture s'éloigna lentement dans la rue – la neige rendant son conducteur prudent –, ses feux arrière se réduisant peu à peu à deux étincelles.

Alex maintint son bras autour de Dawes, de peur qu'elle ne s'éloigne. Jusqu'à cet instant, jusqu'à cette nuit, tout avait été possible – Alex avait sincèrement cru que, d'une manière ou d'une autre, inévitablement, à cette nouvelle lune ou bien à la suivante, Darlington allait faire son retour. Mais l'espoir était brisé, à présent, et aucune magie ne pouvait le réparer.

L'enfant prodige du Léthé était parti.

26

Hiver

« Tu restes, hein ? » lui demanda Dawes dans le vestibule d'Il Bastone. La demeure soupirait autour d'elles, comme si elle compatissait à leur tristesse. Le savait-elle ? Avait-elle su dès le départ que Darlington ne reviendrait jamais ?

« Bien sûr. » Alex la remercia intérieurement de sa supplique. Elle-même ne voulait pas se retrouver seule, ou faire bonne figure devant ses camarades de chambre. Jouer la comédie était au-dessus de ses forces pour l'instant. Et pourtant elle ne pouvait s'empêcher de se cramponner au moindre espoir. « On s'est peut-être trompés. Peut-être que Sandow a merdé. »

Dawes alluma les lumières. « Il a eu presque trois mois pour tout préparer. C'était un bon rituel.

— Eh bien, il s'est peut-être trompé *exprès*. Peut-être qu'il ne veut pas que Darlington revienne. » Alex s'accrochait à du vent, elle le savait – mais c'était tout ce qui lui restait. « S'il a aidé à étouffer le meurtre de Tara, tu crois vraiment qu'il préférerait un croisé comme Darlington à une nana dans mon genre ?

— Mais toi *aussi* tu es un croisé, Alex.

— Un croisé plus compétent, je veux dire. Qu'est-ce que Sandow a dit pour interrompre le rituel ?

— *Vos langues sont de pierre* – c'est ce qu'il a lâché pour faire taire les cloches.

— Et après ? »

Dawes ôta son écharpe, pendit sa parka à un crochet. *« Écoutez le silence d'une maison vide,* reprit-elle sans se retourner. *Nul n'y sera plus accueilli. »*

L'idée que Darlington soit à jamais banni de Black Elm avait quelque chose d'horrible. Alex frotta ses yeux fatigués. « La nuit de la pronostication de la Skull & Bones, j'ai entendu quelqu'un – quelque *chose* – frapper à la porte, juste au moment où Tara a été assassinée. Exactement comme ce soir. C'était peut-être Darlington. Il a dû voir ce qui arrivait à Tara, et aura tenté de me prévenir. S'il… »

Pamela secouait déjà la tête, ses cheveux libérés se déployant dans son dos. « Tu as entendu ce qu'ils ont dit. Cette… cette chose l'a mangé. » Ses épaules tremblaient ; Alex se rendit compte qu'elle s'était remise à pleurer, agrippée à son manteau comme pour s'empêcher de s'écrouler. « Il est parti. » Ces mots étaient comme un refrain qu'elles allaient chanter jusqu'à ce que leur deuil soit passé.

Alex effleura son bras. « Dawes… »

Mais Pamela se redressa, renifla énergiquement et essuya ses larmes. « Sandow avait tort, au demeurant. Techniquement parlant, il est possible de survivre à l'assaut d'une bête infernale – à certaines conditions.

— Lesquelles ?

— Être un démon. »

Et nous ne sommes pas assez payés pour nous occuper de ceux qui parviennent à le franchir.

Dawes inspira longuement, tira ses cheveux en arrière pour reformer son chignon. « Tu crois que Sandow voudra un café quand il arrivera ? demanda-t-elle en récupérant son casque sur le tapis du salon. J'aimerais bien bosser un moment.

— Comment ça se passe ?

— La thèse ? » Dawes cligna lentement des yeux, les baissa sur son casque – elle avait l'air de se demander comment il était arrivé là. « Je n'en ai aucune idée.

— Je vais commander une pizza, dit Alex. Et première à la douche. On pue toutes les deux.

— Je vais ouvrir une bouteille de vin. »

Alex avait gravi la moitié de l'escalier quand elle entendit frapper à la porte. L'espace d'un instant, elle se dit qu'il pouvait s'agir du doyen Sandow. Mais pourquoi aurait-il frappé ? Depuis six mois qu'elle faisait partie du Léthé, *personne* ne le faisait à Orange Street.

« Dawes… commença-t-elle.

— Laissez-moi entrer. » Une voix masculine, forte, pleine de colère.

Les pieds d'Alex l'avaient portée jusqu'au bas des marches avant qu'elle ne s'en rende compte. *Sujétion.*

« Dawes, non ! » s'écria-t-elle. Mais Pamela était déjà en train de déverrouiller la serrure.

La porte s'ouvrit d'un coup, la projetant contre la rampe. Le casque lui vola des mains. Alex entendit un *crac* bruyant au contact de sa tête avec le bois.

Sans prendre le temps de réfléchir, Alex attrapa le casque de Dawes et le pressa contre ses oreilles, se servant de ses mains pour le maintenir en place pendant qu'elle remontait les escaliers. D'un regard en arrière elle vit Blake Keely – le beau Blake Keely, les épaules de son manteau de laine saupoudrées de neige comme s'il sortait des pages d'un catalogue – enjamber le corps de Pamela, les yeux rivés sur Alex.

Dawes va s'en sortir, se dit celle-ci. *Forcément. Mais tu ne pourras rien faire pour elle si jamais tu perds ton sang-froid.*

Blake utilisait de la Poudre d'étoile, ou un truc dans le genre. Alex en avait senti l'influence dans sa voix à travers la porte. C'était la seule raison qui avait poussé Dawes à déverrouiller la serrure.

Elle se précipita vers l'armurerie, composa à toute vitesse le numéro de Turner et frappa le vieux panneau stéréo installé près de la bibliothèque, dans l'espoir que – pour une fois – il ne joue pas sa forte tête. Peut-être la maison se battait-elle à ses côtés : la musique envahit aussitôt les couloirs, plus forte et plus nette que jamais. Si Darlington s'était trouvé dans le coin, les enceintes auraient diffusé du Purcell ou du Prokofiev ; au lieu de quoi, ce fut ce que Dawes avait écouté en dernier – si Alex n'avait pas été à ce point terrifiée, les gazouillis de Morrissey n'auraient pas manqué de la faire rire aux larmes.

Les paroles couvertes par le casque, ses oreilles emplies du son de sa propre respiration, elle entreprit d'ouvrir à la volée les tiroirs de l'armurerie. Dawes gisait à terre, en sang. Turner était loin – et Alex préférait ne pas songer à ce que Blake pourrait lui faire, à ce qu'il lui *ferait* faire. Était-ce là sa vengeance pour ce qu'elle lui avait infligé ? Avait-il découvert son identité ? L'avait-il suivie jusqu'ici ? Ou bien était-ce Tara qui l'avait mené jusqu'à sa porte ? Alex s'était tellement focalisée sur les sociétés qu'elle n'avait prêté aucune attention à un suspect pourtant évident – ce beau garçon au cœur pourri qui n'aimait pas le son du mot « non ».

Il lui fallait une arme, mais rien dans l'armurerie ne se prêtait au combat contre un corps vivant, humain, doté de surcroît d'un hypercharisme.

La jeune femme lança un coup d'œil par-dessus son épaule. Blake se trouvait juste derrière. Ses lèvres bougeaient – mais par chance, la musique couvrait sa voix. Alex farfouilla dans les tiroirs et lui jeta au visage tout ce qu'elle pouvait trouver de lourd. Elle n'avait pas la moindre idée de la valeur, sans doute inestimable, des objets qu'elle lui balançait dessus. Un astrolabe. Un presse-papiers scintillant, qui représentait un paysage aquatique…

Blake les écarta sans mal et saisit la jeune femme au niveau de la nuque. Il était fort, ce salopard – merci au lacrosse, et à sa vanité. Il lui arracha le casque des oreilles. Alex hurla à pleins poumons et planta ses ongles dans son visage. Blake poussa un hurlement, et Alex s'enfuit dans le couloir. Elle avait déjà combattu des monstres. Et l'avait emporté. Mais pas seule. Elle avait besoin de sortir, de s'éloigner des protections – de manière à pouvoir puiser dans la vigueur de North ou trouver un autre Gris pour l'aider.

La maison parut frémir, bourdonner d'anxiété. *Un étranger s'est introduit ici. Un tueur.* Les lumières crépitaient et flamboyaient, de la friture sortait des enceintes stéréo.

« Du calme », lui chuchota Alex en retournant à pas lourds vers les escaliers. « Vous êtes trop vieille pour ces conneries. »

Mais la demeure continuait à grincer et à cliqueter.

Blake plaqua Alex par-derrière. Elle heurta le sol avec violence. « Tiens-toi tranquille », lui susurra-t-il à l'oreille.

La jeune femme sentit ses membres se raidir. Elle ne se borna pas à s'arrêter de bouger : elle était heureuse, *ravie* même, de s'exécuter. Alex allait rester parfaitement immobile, pareille à une statue.

« Dawes ! cria-t-elle.

— Tais-toi », dit Blake.

Elle scella ses lèvres, honorée d'avoir la chance de le satisfaire. Il le méritait bien. Il méritait *tout*.

Blake la retourna, la domina de toute sa taille. Il avait l'air incroyablement grand sous cet angle, avec sa tête blonde ébouriffée encadrée par les caissons du plafond.

« Tu as foutu ma vie en l'air. » Il posa sa botte sur sa poitrine. « Ça va se payer. » Une partie de son esprit cria : *« Cours ! Pousse-le, fais quelque chose ! »*, mais c'était une voix lointaine, perdue dans le suave bourdonnement de sa soumission. Elle était heureuse, *si* heureuse de lui obéir.

Blake pesa sur son talon, et Alex sentit ses côtes se tordre. Ce type était gigantesque, près de cent kilos de muscles qui comprimaient sa poitrine, juste sous son cœur. La maison se mit à protester de plus belle. La jeune femme entendit une table s'effondrer quelque part, de la vaisselle tomber des étagères. Il Bastone donnait voix à sa peur.

« Qu'est-ce qui t'en a donné le droit ? fit-il. Réponds-moi. »

Il lui avait accordé sa permission.

« Mercy et toutes les filles avant elle », cracha Alex – alors même que son esprit implorait un nouvel ordre, une autre occasion de lui faire plaisir. « *Elles* m'en ont donné le droit. »

Blake leva sa botte, l'abattit avec force. Une explosion de douleur fit hurler la jeune femme.

Au même instant, les lumières s'éteignirent. La stéréo aussi : la musique s'interrompit, les laissant dans le silence et l'obscurité – comme si Il Bastone venait simplement de mourir.

Elle entendit Blake pleurer. Son poing gauche semblait fin prêt à fondre sur elle. Mais la lumière des lampadaires qui passait par les fenêtres révéla un reflet argenté dans son autre main. Une lame.

« Tu peux te taire ? lui demanda-t-il. Dis-moi que tu peux te taire.

— Je peux me taire », répéta Alex.

Blake s'esclaffa. Alex reconnut le ricanement aigu de la vidéo. « C'est aussi ce que Tara a dit.

— Qu'est-ce qu'elle a dit ? murmura Alex. Qu'est-ce qu'elle a fait pour te mettre à ce point en colère ? »

Blake se pencha en avant. Il avait décidément un beau visage, des traits bien découpés, presque angéliques. « Elle se croyait meilleure que mes autres nanas. Mais tout le monde obtient la même chose de Blake. »

Avait-il été assez stupide pour lui faire prendre de l'Accessit ? Avait-elle deviné l'usage qu'il en faisait ? L'avait-elle menacé ? Cela n'avait plus guère d'importance. Alex allait mourir. Elle ne s'était pas montrée plus maligne que Tara, au bout du compte : elle non plus n'était pas parvenue à assurer sa propre protection.

« Alex ? » La voix du doyen Sandow.

« Ne montez pas ! lui hurla-t-elle. Appelez les flics ! Il a...

— Ferme-la, bordel ! » Blake lui balança son pied dans les côtes. La jeune femme se tut.

C'était trop tard, de toute façon. Sandow se tenait en haut des escaliers, perplexe. Depuis sa position, Alex le vit prendre conscience de la situation : son corps allongé par terre ; Blake qui se tenait au-dessus d'elle, le couteau à la main...

Sandow s'élança, mais il était trop lent.

« Stop ! » lui lança Blake d'un ton sec.

Le doyen se figea, ce qui faillit le faire tomber à la renverse.

Blake se tourna vers Alex, un large sourire aux lèvres. « Un de tes amis ? Ça te dirait, que je le force à se jeter dans les escaliers ? »

Alex ne répondit rien. Il lui avait demandé de se taire, et elle ne voulait que son bonheur, mais son esprit ruait des quatre fers dans son crâne. Ils allaient tous mourir ce soir.

« Venez ici », dit Blake. Sandow s'empressa d'avancer, d'un pas guilleret. Blake agita la tête en direction d'Alex. « J'aimerais que vous me rendiez un service.

— Tout ce que vous voudrez », dit Sandow, comme s'il invitait un nouvel étudiant prometteur à passer le voir à son bureau.

Blake lui tendit le couteau. « Poignardez-la. Poignardez-la au cœur.

— Avec plaisir. » Sandow saisit le couteau, se mit à califourchon sur la jeune femme.

Un courant d'air froid envahit la demeure par la porte ouverte. Alex le sentit sur son visage écarlate. Elle ne pouvait ni parler, ni se battre, ni s'enfuir. Derrière Sandow était visible le chemin de briques. La jeune femme se remémora le jour où Darlington l'avait conduite ici pour la première fois. Elle se souvint du sifflement qu'il avait émis. Elle se souvint des chacals, ces chiens mystiques contraints de servir les délégués du Léthé.

Nous sommes les bergers.

La main d'Alex reposait contre le plancher. Elle pouvait sentir le bois froid et poli sous sa paume. *S'il vous plaît,* supplia-t-elle intérieurement la maison. *Je suis une fille du Léthé, et le loup est à nos portes.*

Sandow leva le couteau au-dessus de sa tête. Alex ouvrit ses lèvres – elle ne parlait pas, non, elle ne *disait* rien – et, désespérément, éperdument, siffla. *Envoyez-moi ces putains de chiens.*

Les chacals déferlèrent par la porte d'entrée en une meute grondante, qui s'engagea aussitôt dans les escaliers avec force. *Trop tard.*

« Faites-le », dit Blake.

Quelque chose percuta Sandow au moment précis où il abattait le couteau. Le couloir se retrouva soudain empli d'une masse fulminante de chacals. L'un d'eux se jeta sur Blake. Alex, qui sentait ses poumons se vider sous leur poids, cria de toutes ses forces alors que leurs pattes s'enfonçaient dans ses côtes meurtries.

C'était une meute sauvage, assoiffée de sang, qui jappait et cherchait à mordre. Alex ignorait complètement ce qu'il fallait faire pour la contrôler. Elle n'avait jamais eu la moindre raison de se pencher sur la question. Il y avait là un entremêlement de canines luisantes, de gencives noires et de museaux écumants. Elle essaya de les repousser – mais des mâchoires se refermèrent sur son flanc. De longues dents s'enfoncèrent dans sa chair, lui arrachant un autre cri.

Sandow hurla alors une suite de mots qu'Alex ne comprit pas ; elle sentit les mâchoires se desserrer, du sang chaud s'échapper de son corps. Sa vision s'obscurcissait peu à peu.

Les chacals battirent en retraite, retournant d'un pas chaloupé vers les escaliers, leurs corps ne cessant de se heurter. Ils se tapirent le long de la rampe, gémissant doucement, les mâchoires claquant dans l'air.

Sandow gisait en sang à côté d'elle ; la jambe de son pantalon était déchirée. Les mâchoires du chacal avaient cassé net son fémur : un morceau d'os luisait comme un tubercule pâle. Un épais filet de sang s'échappait de sa blessure. Le souffle court, il fouillait dans sa poche à la recherche de son portable, mais ses mouvements étaient lents, patauds.

« Doyen Sandow ? » haleta-t-elle.

Elle vit sa tête vaciller mollement ; vit le téléphone glisser de ses doigts et tomber sur le tapis.

Blake était en train de ramper dans sa direction. Lui aussi saignait abondamment. Les chacals avaient planté leurs crocs dans la chair de son biceps, et dans sa cuisse.

Il se tira le long de son corps, collé à elle comme un amant. D'un poing il la frappa. Une fois, deux fois. L'autre main la saisit par les cheveux.

« Bouffe ta merde », murmura-t-il contre sa joue. Il se redressa, l'agrippa par les cheveux et lui cogna la tête contre le sol. Des étoiles explosèrent derrière les yeux de la jeune femme. Son bourreau tira de plus belle sur sa tignasse pour la forcer à lever le menton. « Bouffe ta merde et crève. »

Alex entendit un bruit sourd, humide; elle se demanda si son crâne venait de se fendre en deux. Puis Blake tomba en avant sur son corps. Les ongles plantés dans sa poitrine, la jeune femme s'efforça de le repousser malgré son poids monstrueux, parvint finalement à se dégager. Elle porta sa main à l'arrière de sa tête. Pas de sang. Aucune blessure.

Elle ne pouvait pas en dire autant de Blake. Un côté de son visage parfait avait laissé place à un cratère rouge ensanglanté. Dawes se tenait au-dessus de lui, en pleurs. Dans ses mains Alex reconnut le buste en marbre d'Hiram Bingham III, patron du Léthé, son profil sévère couvert de sang et d'éclats d'os.

Pamela laissa le buste lui glisser des doigts. Elle se détourna d'Alex, tomba à genoux, puis vomit.

Blake Keely fixait le plafond, les yeux écarquillés. La neige avait fondu sur sa veste; la laine scintillait comme une étoffe bien plus fine. Il avait l'air d'un prince déchu.

Les chacals redescendirent les escaliers à pas feutrés, disparurent par la porte ouverte. Alex se demanda où ils allaient, à quel genre de chasse ils consacraient leur temps.

Quelque part au loin, elle distingua ce qui lui parut être le bruit d'une sirène, ou bien un hurlement perdu dans le noir.

27

Hiver

À son réveil, Alex se crut de retour à l'hôpital de Van Nuys. Les murs étaient blancs. Les machines bipaient. Hellie était morte. *Tout le monde* était mort. Et elle allait finir en prison.

L'illusion ne dura pas: la douleur cuisante qui irradiait de sa blessure au flanc la ramena au présent. L'horreur des événements d'Il Bastone déferla sur elle telle une vague un peu floue: les lumières rouges clignotantes, Turner et ses collègues montant les escaliers. Les flics en uniforme lui avaient causé une bouffée de panique, mais ensuite… *Comment tu t'appelles, petite? Parle-moi. Tu peux me dire ce qui s'est passé? Tout va bien maintenant. Tout va bien.* Ils lui avaient parlé gentiment, l'avaient manipulée avec douceur. Elle avait entendu Turner dire: *C'est une étudiante, une première année.* Des mots magiques. Yale l'enveloppant, linceul et bouclier. *Sois courageuse; personne n'est immortel.* Un tel pouvoir en quelques mots, une incantation.

Alex repoussa ses couvertures et tira sur sa blouse d'hôpital. Le moindre mouvement lui faisait mal. Son flanc avait été recousu – il était recouvert de bandages. Sa bouche était sèche, cotonneuse.

Une infirmière fit alors son entrée, un large sourire sur le visage ; elle se frottait les mains avec du désinfectant. « Vous êtes debout ! » s'exclama-t-elle.

Alex lut le nom inscrit sur sa blouse – et sentit un frisson lui parcourir l'échine. *Jean*. S'agissait-il de Jean Gatdula ? La femme que la Skull & Bones avait payée pour prendre soin de Michael Reyes, pour s'occuper de toutes les *victimae* des pronostications ? Ça ne pouvait pas être une coïncidence.

« Comment allez-vous, ma belle ? Vous ne souffrez pas trop ?

— Ça va », mentit Alex. Elle ne voulait pas qu'ils la sédatent. « Juste un peu groggy. Pamela Dawes se trouve-t-elle ici ? Est-ce qu'elle va bien ?

— Au bout du couloir. On l'a retrouvée en état de choc. Je sais que vous avez traversé ça ensemble, mais il faut vous reposer pour l'instant.

— Ça me semble être une bonne idée. » Alex laissa ses paupières se refermer. « Je peux avoir du jus de fruits ?

— Bien sûr, dit Jean. Je reviens dans une seconde. »

Sitôt l'infirmière partie, Alex se redressa tant bien que mal et glissa hors du lit. La douleur la forçait à respirer par petites bouffées ; ses halètements lui donnaient l'impression d'être un animal pris au piège. Mais il *fallait* qu'elle voie Dawes.

La jeune femme était accrochée à sa perfusion et devait l'emmener partout avec elle – ce qui n'était pas forcément un mal : ça lui donnait quelque chose à quoi s'accrocher. La chambre de Dawes se trouvait au bout du couloir. Alex la trouva allongée sur son lit d'hôpital, au-dessus des couvertures, vêtue d'un survêtement bleu marine de la police de New Haven bien trop grand pour elle – mais qui n'aurait nullement juré avec son uniforme d'étudiante de troisième cycle.

Pamela tourna la tête sur l'oreiller. Elle ne prononça pas un mot en voyant Alex entrer, se contentant de se pousser pour lui faire de la place.

Alex se hissa précautionneusement sur le lit et s'allongea auprès d'elle. Il y avait tout juste assez d'espace pour les accueillir toutes les deux, mais peu lui importait. Dawes allait bien. Elle aussi. C'était sans doute un miracle, mais toutes deux avaient survécu à l'agression.

« Le doyen ? demanda-t-elle.

— Il va bien. Ils l'ont plâtré et lui ont refait le plein de sang.

— Depuis combien de temps on est là ?

— Je ne sais pas trop. On m'a mise sous sédatifs. Au moins une journée, je pense. »

Pendant longtemps elles restèrent là, sans mot dire, les sons de l'hôpital se faufilant jusqu'à elles par le couloir – les voix des infirmières, les cliquetis et ronronnements des machines.

Alex s'enfonçait doucement dans le sommeil quand Dawes lui demanda : « Ils vont tout étouffer, hein ?

— Ouais. » Jean Gatdula en était le signe évident. Le Léthé et les autres sociétés allaient jouer de toute leur influence pour s'assurer que les vrais détails de cette affaire ne seraient jamais divulgués. « Tu m'as sauvé la vie. Une fois de plus.

— J'ai tué quelqu'un.

— Tu as tué un prédateur.

— Ses parents vont apprendre qu'il a été assassiné.

— Même les alligators ont des parents, Dawes. Ça ne les empêche pas de mordre.

— Tu crois que c'est fini, maintenant ? J'aimerais… un peu de normalité. »

Fais-moi signe si jamais tu en trouves.

« Je pense que oui », lui répondit Alex. Dawes méritait un minimum de réconfort, et c'était tout ce qu'elle était en mesure de lui offrir. Au moins allaient-ils pouvoir tirer toute cette histoire au clair : Blake serait la clé leur permettant d'ouvrir jusqu'à la dernière des portes. Les drogues. Les mensonges. Des comptes allaient se régler parmi les Maisons du Voile.

Alex avait dû s'assoupir, car elle se réveilla en sursaut lorsque Turner fit entrer le doyen Sandow dans la chambre. Elle se redressa – trop vite : le geste lui arracha un gémissement de douleur –, puis donna un petit coup de coude à Dawes pour la tirer du sommeil.

Sandow avait l'air épuisé ; sa peau pendait, presque poudreuse. Il traînait devant lui sa jambe plâtrée. Se remémorant la pointe blanche qui saillait de sa cuisse, Alex se demanda s'il lui fallait s'excuser d'avoir appelé les chacals. Mais elle serait morte, dans le cas contraire, ce qui aurait fait du doyen Sandow un meurtrier – un meurtrier tout aussi *mort* qu'elle, à n'en pas douter. Comment avaient-ils fait pour expliquer ces blessures à la police ? Aux médecins qui les avaient recousues ? Peut-être n'avaient-ils même pas eu à trouver d'excuses. Le pouvoir – celui du Léthé, des sociétés, du doyen de l'université Yale – rendait peut-être toute explication inutile.

Le détective Abel Turner avait quant à lui l'air plus frais que jamais, dans son costume anthracite rehaussé d'une cravate mauve. Il s'installa dans le coin, sur le grand fauteuil inclinable réservé aux invités qui passaient la nuit ici.

C'était la première fois qu'ils se retrouvaient tous ensemble dans une même pièce, s'avisa alors Alex : Oculus, Dante, Centurion et le doyen. Seul Virgile manquait à l'appel. Les choses se seraient peut-être passées différemment s'ils avaient débuté l'année de cette façon.

« Je devrais j'imagine commencer par des excuses, lança Sandow d'une voix rauque. Ces derniers mois – *années* – ont été difficiles. Je voulais protéger le Léthé des conséquences de la mort de cette pauvre jeune femme. Si j'avais su pour l'Accessit, pour les expériences de la Scroll & Key… mais je n'ai pas daigné demander, n'est-ce pas ? »

Dawes s'agita sur le lit étroit. « Qu'est-ce qui va se passer ?

— L'accusation de meurtre contre Lance Gressang sera levée, déclara Turner. Mais il sera jugé pour trafic et possession de drogue. Lui et Tara fournissaient des psychotropes à la Scroll & Key, sans doute au Manuscrit également, et nous avons jeté un coup d'œil au téléphone de Blake Keely. Quelqu'un s'y est introduit récemment pour supprimer tout un tas de fichiers. » Alex conserva un visage de marbre. « Les messages vocaux se sont révélés instructifs, par contre. Tara avait découvert ce dont l'Accessit était capable et à quelles fins Blake l'utilisait. Elle menaçait de le balancer à la police. J'ignore ce qui faisait le plus peur à Blake, le chantage ou le battage potentiel, mais une chose est sûre : ils se détestaient cordialement.

— Et donc il l'a tuée ?

— Nous avons interrogé de nombreux amis et associés de Blake Keely, poursuivit Turner. Ce n'était pas quelqu'un qui appréciait la gent féminine. Il a peut-être définitivement pété un plomb, à moins qu'il ne se soit mis à consommer lui-même de la drogue. Son comportement était vraiment bizarre, ces derniers temps. »

Bizarre. Comme manger le contenu de toilettes bouchées. Mais sinon il y avait une certaine logique là-dedans. Blake considérait à peine les filles comme des êtres humains. Si Tara avait défié son autorité, peut-être n'avait-il eu aucun mal à franchir le pas. Lorsqu'Alex avait revécu la mort de la malheureuse, c'était le visage de Lance qu'elle avait vu face à elle – la jeune femme avait supposé qu'un charme dissimulait le véritable meurtrier. Blake avait-il, d'une manière ou d'une autre, drogué Tara à l'Accessit avant de lui *ordonner* de voir le visage de Lance ? Cette saloperie était-elle à ce point puissante ?

Quelque chose d'autre la titillait. « Blake m'a dit qu'il n'avait pas tué Tara.

— Il avait à l'évidence perdu l'esprit quand il vous a attaqu… fit Sandow.

— Non, le coupa Alex. Quand… » Quand elle s'était vengée de ce qu'il avait fait à Mercy. « Il y a quelques jours. Il était sous sujétion. »

Turner plissa les yeux. « Vous l'avez interrogé ?

— J'ai eu l'occasion de le faire, et je l'ai saisie.

— Est-ce franchement le moment de critiquer les méthodes d'Alex ? » s'enquit Dawes à voix basse.

Alex lui donna un petit coup d'épaule. « Excellente remarque. Aucun de vous n'aurait cherché plus loin que Lance si je ne vous les avais pas brisées. »

Turner s'esclaffa. « Toujours prête à monter sur le ring, Stern. »

Sandow poussa un soupir douloureux. « Doux euphémisme.

— Mais elle n'a pas tort, fit Pamela.

— Non, admit Sandow, l'air contrit. Elle n'a pas tort. Mais Blake croyait peut-être en sa propre innocence. Peut-être ne se souvenait-il pas d'avoir commis le crime s'il était sous influence au moment où ça s'est produit. À moins qu'il n'ait voulu plaire à celui qui le contrôlait. La sujétion est une chose… compliquée.

— Et la *gluma* qui m'a suivie? demanda Alex.

— Je ne sais pas, dit Sandow. Mais je soupçonne celui qui a envoyé ce… monstre contre Darlington d'avoir aussi lancé la *gluma* à vos trousses. Pour empêcher le Léthé d'enquêter.

— Qui ça? demanda Alex. Colin? Kate? Comment ont-ils fait pour mettre la main sur une *gluma*? » Avaient-ils délibérément utilisé ce monstre pour jeter la suspicion sur la Book & Snake?

Vous m'avez demandé de vous expliquer dans quoi vous vous embarquiez. Vous le savez, *à présent.* C'était ce que Darlington avait dit après avoir lâché les chacals sur elle. Mais *lui*, le savait-il? Avait-il compris que son intelligence, l'amour qu'il vouait au Léthé et à sa mission, avaient fait de lui une cible?

« Nous allons le découvrir, dit Sandow. Je vous le promets, Alex. Je n'aurai de répit qu'une fois le ou les coupables identifiés. Colin Khatri a été interrogé. Il est clair que lui et Tara faisaient certaines expériences hasardeuses ensemble. Sur la magie des portails, les sorts financiers, des choses *très* dangereuses. L'identité de l'instigateur reste à déterminer, mais Tara voulait aller plus loin et refusait de laisser Colin la freiner – pas si sa société voulait continuer à profiter de… l'assistance qu'elle leur apportait. »

Parce que Tara avait goûté à quelque chose de plus. Elle avait eu un aperçu du vrai pouvoir, et savait que c'était sa seule chance de s'en emparer.

« C'était ni plus ni moins de l'extorsion, déclara Sandow. Toute cette histoire est une véritable ignominie – et quand je pense que ça s'est passé sous mon nez… » Il s'avachit dans son fauteuil roulant. Il avait l'air vieux, éreinté. « Vous étiez en danger, et je ne vous ai pas protégée. Vous gardiez en vie l'esprit du Léthé, tandis que moi je me focalisais sur la disparition de Darlington, prétendant que tout allait bien, maintenant l'illusion pour les anciens élèves. C'était… C'*est* honteux. Votre ténacité fait honneur au Léthé ; tant Turner que moi-même en témoignerons dans les rapports que nous allons adresser au conseil.

— Et qu'est-ce qu'elle va obtenir en contrepartie de sa peine ? demanda Dawes, bras croisés. Vous étiez tellement désireux de vous laver les mains du meurtre de Tara qu'Alex a failli mourir deux fois.

— Trois, précisa Alex.

— Trois fois. Ça mérite bien une forme de reconnaissance. »

Alex haussa les sourcils. Depuis quand Dawes était-elle devenue une arnaqueuse ?

Mais Sandow se borna à hocher la tête. Ils vivaient après tout dans un monde de *quid pro quo*.

Tu as vu ça, Darlington ? songea Alex. *Même moi, je connais un peu de latin.*

Turner se leva. « Peu m'importe toutes les conneries que vous allez imaginer, je ne veux pas les entendre. Vous pouvez habiller tout ça de belles paroles, mais Blake Keely, Colin Khatri, Kate Masters – ce sont des gosses de riches défoncés qui ont envoyé dans le décor une voiture de sport qu'ils n'avaient aucune raison de conduire. » Il serra doucement l'épaule d'Alex en sortant. « Je suis content que personne ne vous ait écrasée. Essayez de ne pas vous faire botter le cul pendant une semaine ou deux.

— Essayez de ne pas acheter de nouveaux costumes.

— Je ne promets rien. »

La jeune femme le regarda s'éloigner d'un pas nonchalant. Elle voulut dire quelque chose pour le retenir, pour le convaincre de rester. C'était un type bien, ce Turner, malgré son badge brillant. Sandow fixait quant à lui ses mains jointes, comme s'il préparait un tour de magie particulièrement difficile. Allait-il les déplier pour faire s'envoler une colombe ?

« Je sais que ce semestre a été difficile, dit-il enfin. Je crois pouvoir vous aider à ce sujet. »

Alex oublia Turner et la douleur qui couvait dans ses côtes. « Comment ? »

Il s'éclaircit la gorge. « Je pourrais, éventuellement, m'assurer que vous réussirez vos examens. Y aller trop fort ne serait sans doute pas très sage, mais…

— Un A moins devrait faire l'affaire », intervint Dawes.

Alex savait qu'elle aurait dû refuser – elle voulait *mériter* sa réussite, après tout. C'était ce que Darlington aurait fait ; tout comme Dawes, Mercy et Lauren, probablement. Tara, par contre, aurait accepté. Une chance pareille ne se refusait pas ; Alex aurait tout le loisir de faire preuve d'honnêteté l'année prochaine. Mais quand même… Sandow avait accepté trop vite. Quels étaient donc les termes exacts de ce marché ?

« Que va-t-il arriver à la Scroll & Key ? s'enquit Alex. Au Manuscrit ? À tous ces salopards ?

— Des mesures disciplinaires seront prises. De lourdes amendes.

— Des *amendes ?* Ils ont essayé de me tuer. Et Darlington aussi, à peu de chose près.

— Le trust de chaque Maison du Voile a été contacté. Une réunion va se tenir à Manhattan. »

Une réunion. Avec un plan de table. Peut-être du punch à la menthe. Alex sentit une sainte colère monter en elle. « Dites-moi que quelqu'un va payer pour ce qu'elles ont fait.

— Nous verrons, dit Sandow.

— Nous *verrons ?* »

Le doyen leva la tête. Ses yeux brillaient d'une lueur féroce, embrasés du même feu qu'Alex y avait vu lorsqu'il avait affronté la bête infernale sous la nouvelle lune. « Que croyez-vous, que j'ignore ce qu'ils ont fait ? Que cela m'indiffère ? L'Accessit, distribuée comme des bonbons ; la magie des portails révélée à des étrangers, utilisée par l'un d'eux pour attaquer un délégué du Léthé. Le Manuscrit et la Scroll & Key devraient *toutes les deux* être dépouillées de leurs tombeaux.

— Mais le Léthé ne fera rien ? demanda Dawes.

— Et détruire deux autres des Huit Doyennes ? » Sa voix était amère. « C'est leur financement qui nous maintient en vie, et ce n'est d'Aurélien ou de St. Elmo dont il est question, mais de deux des Maisons les plus puissantes. Leurs anciens élèves ont énormément de pouvoir ; ils font déjà pression pour obtenir une certaine... clémence.

— Je ne comprends pas. » Alex aurait dû lâcher l'affaire, elle le savait, accepter sa moyenne dopée aux hormones et se réjouir d'être en vie. Mais c'était au-dessus de ses forces. « Vous saviez forcément qu'un jour ou l'autre il allait arriver un truc dans le genre. Turner a raison. Vous avez gonflé le moteur, et vous leur avez remis les clés de la voiture. Pourquoi laisser toute cette magie, tout ce pouvoir, à une bande de gamins ? »

Sandow s'affaissa encore un peu plus dans son fauteuil ; toute flamme l'avait abandonné. « La jeunesse est une ressource périssable, Alex. Les anciens élèves ont besoin des sociétés ; tout un réseau de contacts et de complices dépend de la magie à laquelle ils ont accès. C'est la seule raison pour laquelle les anciens étudiants reviennent ici, ce pour quoi les trusts conservent les tombeaux.

— Donc personne ne va payer », dit Alex. Sauf Tara. Sauf Darlington. Sauf Dawes et elle-même. Peut-être étaient-ils bel et bien des chevaliers – relativement précieux, mais sacrifiables à de plus grands intérêts.

Dawes jeta un regard glacial au doyen. « Vous devriez partir. »

Sandow sortit dans le couloir, la mine abattue. « Tu avais raison, dit Dawes une fois les deux jeunes femmes seules. Ils vont tous s'en sortir impunément. »

Un coup résonna contre la porte ouverte.

« Mademoiselle Dawes, annonça Jean, votre sœur est venue vous chercher. » Elle pointa Alex du doigt. « Et vous devriez vous reposer dans votre propre lit, jeune demoiselle. Je reviens avec un fauteuil roulant.

— Tu t'en vas ? » Alex n'avait pas prévu de parler d'un ton aussi accusateur. Pamela lui avait sauvé la vie. Elle pouvait faire ce qu'elle voulait. « J'ignorais que tu avais une sœur.

— Elle vit à Westport. J'ai juste besoin... » Elle secoua la tête. « C'était censé être un boulot de chercheuse. Ça va trop loin pour moi.

— À qui le dis-tu. » Si l'appart de sa mère s'était trouvé à quelques arrêts de train au lieu de quelques milliers de kilomètres, ça ne l'aurait pas dérangée d'aller s'effondrer sur son canapé pendant une semaine – ou douze.

Alex s'extirpa du lit. « Sois prudente, Dawes. Je te souhaite toute la normalité du monde et plein de télé merdique pendant quelque temps.

— Reste, protesta Pamela. J'aimerais que tu la rencontres. »

Alex se força à sourire. « Passe me voir avant de partir. Je vais devoir prendre un peu de ce douuux oxycodone avant de m'effondrer, et il est hors de question que j'attende notre chère Jean pour retourner dans ma chambre – pas de fauteuil roulant pour moi. »

Elle s'éclipsa aussi vite que possible, sans laisser à Dawes le temps d'en dire davantage.

Alex retourna dans sa chambre uniquement pour récupérer son téléphone et se débarrasser de sa perfusion. Ses vêtements et ses bottes étaient introuvables; les flics avaient dû les saisir comme preuves. Sans doute ne les reverrait-elle jamais.

Ce qu'elle faisait présentement était irrationnel, elle le savait, mais Alex voulait *vraiment* filer d'ici. Son attitude n'avait aucun sens, et elle refusait de faire semblant d'en discuter raisonnablement.

Sandow pouvait bien présenter toutes les excuses qu'il voulait: la jeune femme ne se sentait pas en sécurité. Quant à savoir si un jour elle n'aurait plus aussi peur... *Nous sommes les bergers*. Mais qui *les* protégeait des loups? Blake Keely était mort, son joli crâne brisé en mille morceaux. Qu'allait-il arriver à Kate Masters et au Manuscrit, qui avait relâché l'Accessit dans la nature pour économiser quelques dollars? Qu'adviendrait-il de Colin – l'enthousiaste Colin, Colin à la peau douce – et des autres membres de la Scroll & Key, qui avaient vendu leurs secrets à des criminels, et peut-être envoyé un monstre dévorer Darlington ? Et quid de la *gluma* ? Alex était passée à deux doigts de finir assassinée par un golem à lunettes, et personne ne semblait s'en soucier. Dawes avait été agressée. Le doyen Sandow avait failli se vider de son sang sur un tapis. Étaient-ils tous sacrifiables ?

Aucune société n'allait être démantelée. Rien n'allait changer. Il y avait trop de gens puissants qui avaient besoin de la magie de New Haven, des sorts entretenus par les Maisons du Voile. L'enquête se trouvait à présent entre les mains de Sandow et d'anciens élèves aussi anonymes que fortunés, qui distribuaient sentences et pardons selon leur bon vouloir.

Après avoir attrapé la blouse d'un médecin sur le dossier d'une chaise, Alex se traîna en chaussettes jusqu'aux ascenseurs de l'hôpital. La jeune femme s'était attendue à ce que quelqu'un l'en empêche, or elle passa sans encombre devant le poste des infirmières. La douleur était presque insupportable – Alex avait failli s'agripper au mur, pliée en deux –, mais elle n'allait pas prendre le risque d'attirer l'attention.

L'ascenseur s'ouvrit sur une femme aux cheveux auburn, vêtue d'un pull crème et d'un jean moulant. Elle ressemblait à Dawes, une Dawes polie jusqu'à en briller. Alex la laissa passer puis se faufila dans la cabine. Sitôt les portes refermées, elle s'avachit contre le mur, hors d'haleine. Elle n'avait pas vraiment de plan. Mais elle ne pouvait se contenter de rester là, à faire la conversation à la sœur de Dawes ; à se comporter comme si tout ce qui s'était passé était juste, correct, *acceptable*.

Elle se traîna dans le froid extérieur, boita sur un demi-pâté de maisons, puis appela un taxi. Il était tard et les rues étaient vides – à l'exception du Marié. North faisait les cent pas à la lueur des lumières de l'hôpital. Il avait l'air inquiet, mais Alex n'arrivait pas à s'en soucier. Il n'avait pas retrouvé Tara. Il n'avait rien fait pour l'aider.

C'est fini, pensa-t-elle. *Que tu le veuilles ou non, mon pote.*

« Sans larmes, sans honneur et sans gloire », gronda-t-elle. North recula et disparut, le visage empreint d'une expression blessée.

« Comment allez-vous ce soir ? », s'enquit le taxi lorsqu'elle se glissa sur la banquette arrière.

À moitié morte et totalement désabusée. Et vous ? Elle voulait retrouver la sécurité des protections, mais ne pouvait pas supporter l'idée de retourner à Il Bastone. « Vous pouvez m'emmener au croisement de York et d'Elm Street ? Il y a une allée, là-bas. Je vous indiquerai. »

Les rues étaient silencieuses dans l'obscurité, la ville sans visage.

Fin de partie pour moi, se dit-elle Alex en s'extirpant de la voiture. Elle gravit tant bien que mal les marches de l'escalier du Clapier, enveloppée par l'odeur réconfortante des clous de girofle.

Dawes pouvait s'enfuir à Westport; Sandow retrouver sa gouvernante et son labrador incontinent. Turner… eh bien, elle ignorait auprès de qui Turner pouvait rentrer. Sa mère. Une petite amie. Le travail. Elle-même allait faire ce que ferait tout animal blessé : se réfugier en un lieu inaccessible aux monstres. Se terrer.

D'aucuns vacilleraient et commettraient un faux pas. Quelle peine alors, sinon la fierté ? Nôtre est le chant des trompettes lors de la dernière chevauchée.

Nôtre est la réponse donnée sans hésitation ni délai. Les ailes noires de la Mort planent au-dessus de nous, hoplites, hussards, dragons.

— « Aux hommes du Léthé », *Cabot Collins*
(Université Jonathan Edwards, 1955)

Cabsy n'était pas vraiment, mais alors vraiment pas un bon poète. Il semble avoir raté le coche des quarante dernières années de versification, et veut juste refaire du Longfellow. Ce n'est guère généreux de ma part de le critiquer, surtout depuis qu'il a perdu ses mains et tout le reste, mais je doute fort que cela justifie deux heures d'enfermement à Il Bastone, à l'écouter lire son dernier chef-d'œuvre pendant que le pauvre Lon Richardson se tape la corvée de tourner les pages.

— Journal de Carl Roehmer,
alors membre du Léthé (*Branford College 1954*)

28

Début du printemps

Ce fut un bruit de verre brisé qui réveilla Alex. Il lui fallut un moment pour se rappeler où elle était, pour reconnaître le motif hexagonal du sol de la salle de bains du Clapier, son robinet qui fuyait goutte à goutte. La jeune femme attrapa le bord du lavabo pour se relever – trop vite. Elle attendit un instant que l'étourdissement s'estompe, avant de passer par le dressing et de se traîner jusqu'à la salle commune. La fenêtre cassée la laissa un long moment ébahie : un des vitraux avait été fracassé, et l'air frais du printemps sifflait à travers. Il y avait des éclats éparpillés sur la couverture de laine qui recouvrait le fauteuil, à côté de son falafel abandonné et des *Critères de recrutement du Léthé*. La brochure était toujours ouverte à la page où Alex avait arrêté de lire. *Mors irrumat omnia.*

Elle lança un coup d'œil prudent à l'extérieur. Le Marié se trouvait dans la ruelle, comme chaque jour ces deux dernières semaines. Trois ? Elle n'était plus sûre de rien. Mercy était là elle aussi, habillée d'une veste à ceinturon décorée de motifs de roses cent-feuilles, ses cheveux noirs tirés en queue-de-cheval, une expression coupable sur le visage.

Alex songea à ne rien faire. La jeune femme ne savait pas

comment son amie l'avait retrouvée, mais celle-ci finirait bien par se lasser d'attendre qu'elle se montre. Et là, de deux choses l'une : soit elle repartirait, soit elle jetterait une autre pierre contre la fenêtre.

Mercy agita la main et une autre silhouette fit son apparition, vêtue d'un manteau violet en crochet et d'un foulard pailleté couleur mûre.

Alex colla sa tête contre le cadre de la fenêtre. « Merde. »

Elle enfila un sweat-shirt de la Maison Léthé pour couvrir son débardeur sale, descendit pieds nus les escaliers, prit une interminable inspiration et ouvrit la porte.

« Ma chérie ! » s'écria sa mère en se jetant sur elle.

Éblouie par le soleil printanier, Alex retint non sans mal un mouvement de recul. « Salut maman. Ne me serre pas trop f… »

Trop tard. Sa mère l'étreignait déjà dans ses bras. Alex siffla de douleur.

Mira s'écarta aussitôt. « Qu'est-ce qui ne va pas ?

— Juste une petite blessure. »

Sa mère prit son visage entre ses mains, repoussa ses cheveux en arrière. Elle avait les larmes aux yeux. « Oh, ma chérie. Ma petite étoile. J'avais peur que ça puisse arriver.

— Je ne me drogue pas, maman. Je le jure. J'ai été très, très malade. » Mira affichait une moue incrédule. Elle avait l'air en forme, plus qu'elle ne l'avait été depuis longtemps. Ses cheveux blonds brillaient, sa peau était éclatante et elle semblait avoir pris du poids. *C'est à cause de moi,* s'avisa Alex avec un pincement au cœur. *Toutes ces années où elle semblait fatiguée et trop vieille pour son âge, en fait elle s'inquiétait pour moi.* Mais sa fille était devenue peintre et avait intégré Yale. Comme par *magie*.

Alex vit Mercy rôder près du mur de l'allée. *Espèce de balance.*

« Viens, dit Alex. Entre. »

Laisser des étrangers pénétrer dans le Clapier était une infraction flagrante aux règles de la Maison Léthé. Mais bon, accueillir sa mère et sa camarade de chambre pour le thé ne lui semblait pas si terrible, si Colin Khatri pouvait montrer à Lance

Gressang comment se téléporter en Islande.

Elle jeta un coup d'œil au Marié. « Pas vous. »

Il commença à se rapprocher d'elle ; Alex s'empressa de refermer la porte.

« Pas qui ? s'enquit sa mère.

— Personne. Rien. »

Gravir les marches la laissa quelque peu essoufflée, étourdie, mais Alex avait encore assez de discernement pour appréhender l'ampleur du désastre qui les entourait. Ses couvertures de fortune étaient jetées en tas sur le canapé, de la vaisselle sale et des plats de nourriture avariée traînaient un peu partout. Après cette bouffée d'air frais, la jeune femme s'avisa que la salle commune puait comme un croisement entre un marécage et un service de malades.

« Désolée. Je n'ai pas fait le ménage. »

Mercy entreprit d'ouvrir les fenêtres, Mira de ramasser les ordures.

Elle piqua aussitôt un fard. « Ne faites pas ça…

— Je ne sais pas quoi faire d'autre, rétorqua Mira. Assieds-toi et laisse-moi t'aider. Tu es toute pâle. Où est la cuisine ?

— À gauche. » Alex lui indiqua la cuisine exiguë, aussi mal rangée que la salle commune.

Mercy ôta son manteau. « À qui appartient cet endroit ?

— À Darlington. » C'était la vérité, en un sens. « Comment t'as su que je me trouvais ici ? », poursuivit-elle, presque dans un filet de voix.

Mercy semblait ne plus savoir où se mettre. « Je, euh… je t'ai peut-être suivie jusqu'ici une ou deux fois.

— Quoi ?

— Tu es très mystérieuse, d'accord ? Et je m'inquiétais pour toi. Tu as une sale tête, au fait.

— Je me suis déjà sentie en meilleure forme.

— Où étais-tu passée ? On se faisait un sang d'encre. Tu avais disparu, on ne savait pas si tu étais partie.

— Et tu as appelé ma mère, du coup ? »

Mercy leva les mains au ciel. « Ne t'attends pas à ce que je te présente des excuses. Si je disparaissais, j'espère que tu ferais pareil pour moi. » Alex fronça les sourcils, mais Mercy lui enfonça un doigt dans l'épaule. « Tu me sauves, je te sauve. C'est comme ça que ça marche.

— Où est le recyclage ? » cria Mira depuis la cuisine.

Alex lâcha un soupir. « Sous l'évier. »

Les bonnes et les mauvaises choses se confondaient peut-être, au bout du compte. Parfois, il fallait simplement les laisser se produire.

Mercy et Mira formaient une équipe étonnamment redoutable. Elles sortirent les poubelles, la forcèrent à prendre une douche et lui obtinrent un rendez-vous à l'infirmerie de l'université pour un traitement antibiotique, mais Alex n'alla pas jusqu'à leur montrer sa blessure. Elle leur raconta qu'elle venait de se coltiner une sorte de grippe, ou un virus. Une fois la jeune femme douchée, elles l'habillèrent de vêtements propres, puis Mira alla lui acheter de la soupe et du Gatorade au petit marché gourmet. Sa mère ressortit quand Alex leur expliqua qu'elle avait dû jeter ses bottes.

« Du goudron, dit-elle. Elles étaient foutues. » *Goudron, traces de sang. Quelle différence ?*

Mira revint une heure plus tard avec une paire de bottes, deux jeans, deux T-shirts Yale et des sandales de douche dont Alex n'avait pas besoin. Elle la remercia malgré tout.

« Je t'ai aussi acheté une robe.

— Je ne porte jamais de robe.

— On ne sait jamais. »

Elles s'installèrent devant la cheminée, des tasses de thé et de chocolat chaud entre les mains. La jeune femme avait malheureusement mangé toutes les guimauves gastronomiques de Dawes. Il ne faisait pas tout à fait assez froid pour allumer un feu, mais la pièce était douillette ; et Alex s'y sentait en sécurité dans cette lumière de fin d'après-midi.

« Tu comptes rester combien de temps ? » s'enquit-elle, avec une pointe d'ingratitude qu'elle n'avait pas prévue.

« J'ai un vol à la première heure demain matin, lui répondit Mira.

— Tu ne peux pas repousser un peu ton départ ? » Elle n'aurait su dire si c'était vraiment ce qu'elle voulait. Mais vu l'air rayonnant de sa mère, Alex se félicita de lui avoir posé la question.

« J'aimerais bien. Mais je reprends le travail lundi. »

Ce devait donc être le week-end, s'avisa-t-elle alors. Alex n'avait consulté ses mails qu'une seule fois depuis qu'elle se terrait au Clapier, et n'avait lu aucun des messages de Sandow. Son téléphone était éteint. Pour la première fois, elle se demanda si les sociétés avaient continué à se réunir sans la supervision du Léthé. Toute activité avait peut-être été suspendue après l'attaque à Il Bastone. Honnêtement, elle s'en foutait un peu. *Par contre*, elle ne comprenait pas comment sa mère avait pu se payer un vol de dernière minute pour traverser le pays. Alex regretta de ne pas avoir extorqué de l'argent au Léthé en même temps que son diplôme.

Mercy avait apporté trois semaines de notes correspondant aux cours qu'elle avait manqués, et parlait déjà d'un plan de bataille en prévision des examens. Alex acquiesça religieusement – mais à quoi bon ? L'affaire était réglée : Sandow allait faire en sorte qu'elle réussisse son année. Et même s'il n'honorait pas sa promesse, Alex se sentait incapable de rattraper son retard. Mais elle pouvait faire semblant. Pour Mercy, et pour sa mère.

Après un dîner léger, elles entamèrent leur lente marche de retour vers Old Campus. Alex montra à sa mère la cour de la résidence Vanderbilt ainsi que leur suite commune, sa carte de la Californie et l'affiche de *June flamboyante* de Leighton – devant laquelle Darlington avait un jour levé les yeux au ciel. La jeune femme laissa Mira roucouler devant le carnet de croquis qu'elle avait tenté de remplir de temps à autre pour sauver les apparences, mais admit qu'elle n'avait pas beaucoup peint ou dessiné.

Lorsque sa mère alluma une poignée de sauge et commença à l'agiter dans la salle commune, elle s'efforça de ne pas fondre dans le sol d'embarras. Retrouver la résidence lui faisait néanmoins plaisir, plus qu'elle ne l'aurait imaginé : le vélo de Lauren adossé à la cheminée, le four à micro-ondes surmonté de boîtes de Pop-Tarts... Elle aimait cet endroit.

Quand il fut temps pour Mira de retourner à son hôtel, Alex l'accompagna dehors – en essayant de lui dissimuler à quel point lui coûtait le simple fait de descendre quelques marches.

« Je ne t'ai pas demandé ce qui s'est passé et je ne le ferai pas, lui lança sa génitrice en enroulant autour de son cou son foulard pailleté.

— Merci.

— Ce n'est pas pour toi, mais par pure lâcheté. Si tu me dis que tu es clean, je préfère te croire. »

Alex ne sut que répondre. « J'ai peut-être un boulot qui m'attend cet été. Je ne rentrerai probablement pas à la maison. »

Mira baissa les yeux sur ses chaussures, des bottines en cuir faites main qu'elle achetait depuis dix ans au même type à la même foire artisanale. Elle hocha la tête, puis essuya les larmes qui avaient envahi ses yeux.

Alex sentit sa gorge se nouer. Combien de fois avait-elle fait pleurer sa mère ? « Je suis désolée, maman. »

Mira tira un mouchoir de sa poche. « Pas de problème. Je suis très fière de toi. Et puis je ne *veux* pas que tu rentres. Après toutes les horreurs qui te sont arrivées là-bas, toutes ces personnes horribles... Ta place est ici. C'est là que tu pourras t'épanouir. Ne lève pas les yeux au ciel, Galaxy. À chaque fleur son jardin. »

Alex n'aurait su démêler la part d'amour et de colère dans la vague de sentiments qui s'abattit alors sur elle. Sa mère croyait aux fées, aux anges et aux cristaux – mais qu'aurait-elle pensé de la *vraie* magie ? Pouvait-elle en appréhender la terrible vérité ? Que la magie n'était ni merveilleuse ni anodine, juste une marchandise de plus à la seule portée de quelques élus ? Mais la voiture attendait et l'heure était aux adieux, pas à la réouverture de vieilles blessures.

« Je suis contente que tu sois venue, maman.

— Moi aussi. J'espère... Si les examens se passent mal...

— Je vais assurer », la coupa Alex – et ça faisait du bien de savoir que, grâce à Sandow, ce n'était pas un mensonge. « Promis. »

Mira la serra dans ses bras. L'odeur du patchouli et de la tubéreuse la renvoya aussitôt en enfance. « J'aurais dû faire mieux, murmura sa mère dans un sanglot. J'aurais dû fixer des limites plus claires. Je n'aurais pas dû t'interdire de manger au *fast food.* »

Alex ne put s'empêcher de rire – ce qui lui arracha une grimace de douleur. Aucun couvre-feu, aucun burger n'aurait pu la protéger.

Sa mère prit place sur la banquette arrière. « Maman... mon père... » lui lança sa fille avant de refermer la portière. Au fil des ans, Mira avait toujours fait l'effort de répondre aux questions d'Alex sur son géniteur. D'où venait-il ? *Parfois, il me disait le Mexique, parfois le Pérou, Stockholm ou Cincinnati. C'était une blague entre nous.* Je ne trouve pas ça drôle. *Non, peut-être pas.* Qu'est-ce qu'il faisait dans la vie ? *On ne parlait pas d'argent. Il aimait le surf.* Tu l'aimais ? *Oui.* Et lui ? *Pendant un certain temps, oui.* Pourquoi est-il parti ? *Les gens s'en vont, Galaxy. J'espère qu'il trouvera le bonheur.*

Mira le pensait-elle vraiment ? Alex n'en savait rien. Quand elle était devenue assez grande pour remarquer à quel point ce genre d'interrogatoire blessait sa mère, pour accepter que ses réponses n'allaient jamais changer, elle avait cessé de poser des questions. Si son père avait décidé de ne pas s'intéresser à elle, elle n'avait aucune raison de s'intéresser à lui.

Et pourtant elle se retrouva à demander : « Y avait-il quoi que ce soit d'inhabituel chez lui ? »

Mira s'esclaffa. « Demande-moi plutôt ce qu'il avait de normal !

— Je veux dire... » Alex peinait à trouver un moyen de décrire ce qu'elle voulait savoir sans passer pour une folle. « Est-ce qu'il aimait les mêmes choses que toi ? Le tarot, les cristaux, tout ça ? Tu as déjà eu l'impression qu'il pouvait voir des choses qui n'étaient pas là ? »

Le regard de Mira se perdit dans Chapel Street. « Tu as déjà entendu parler des mangeurs d'arsenic ? »

Alex cligna des yeux, confuse. « Euh... non ?

— Ils ingéraient chaque jour un peu d'arsenic. Leur peau était claire, leurs yeux brillants, et ils se sentaient merveilleusement bien. Et tout ce temps ils ne faisaient rien d'autre que boire du poison. » Quand sa mère tourna les yeux vers elle, ceux-ci étaient plus vifs, plus *réfléchis* que dans le souvenir d'Alex, dénués de leur habituel enthousiasme intempestif. « C'était un peu comme ça, avec ton père. » Puis elle sourit, et la vieille Mira fut de retour. « Envoie-moi un SMS quand tu auras vu le médecin.

— Promis, maman. »

Alex referma la portière, regarda la voiture s'éloigner. Le Marié était jusque-là resté à distance respectueuse, mais il se rapprochait désormais. Allait-il un jour lâcher l'affaire ? La jeune femme ne voulait vraiment pas retourner à Il Bastone, mais elle allait avoir besoin de la bibliothèque du Léthé pour trouver comment rompre leur connexion. *« Personne n'est immortel »*, lui lança-t-elle – et il se mit à reculer à contrecœur, pour finalement disparaître à travers les briques.

« Ta mère va bien ? » lui demanda Mercy lorsqu'elle fut de retour dans la salle commune. Son amie avait enfilé sa robe jacinthe avant de se lover dans le canapé.

« Je crois. Elle s'inquiète juste pour moi, avec ce qui m'attend d'ici à la fin de l'année.

— Et pas toi ?

— Si. Bien sûr. »

Mercy renifla. « Non, clairement pas. Ça se voit. Ainsi se perpétue le mystère Alex Stern. Pas grave. Ça a des bons côtés, le mystère. J'ai joué au softball pendant deux ans au lycée.

— Vraiment ?

— Tu vois ? Moi aussi, j'ai des secrets. Tu as appris la nouvelle, pour Blake ? »

Non. Alex n'avait eu aucun contact avec le reste du monde au cours des semaines qu'elle avait passées terrée au Clapier. Mais à en croire Mercy, Blake Keely avait attaqué une femme chez elle, et son mari l'avait défendue avec un club de golf. La police scientifique avait pu établir un lien entre le couteau que Blake portait sur lui et l'arme retrouvée dans l'enquête sur le meurtre de Tara Hutchins. Il n'y avait aucune mention de Dawes, du manoir d'Orange Street, de la caboche de marbre de Hiram Bingham III. Pas un mot sur l'Accessit ni sur les sociétés. Affaire classée.

« J'aurais pu me faire tuer, fit Mercy. Je devrais m'estimer *chanceuse*, j'imagine. »

Chanceuse. Le mot flotta dans l'air, sa fausseté résonnant comme le son criard d'une cloche.

Mercy laissa retomber sa tête en arrière sur l'accoudoir. « Mon arrière-grand-mère a vécu jusqu'à cent trois ans. Elle remplissait ses propres fiches d'impôts et allait nager au YMCA tous les matins, jusqu'à ce qu'elle s'effondre au milieu d'un cours de yoga.

— Elle avait l'air géniale.

— C'était une vraie pourriture. Mon frère et moi on détestait aller chez elle. Le thé qu'elle nous servait sentait mauvais et elle râlait sans arrêt. Mais on se sentait toujours un peu plus fort après une visite chez elle. Comme si on avait vécu un genre d'épreuve. »

Alex se fit la réflexion que le semestre allait être long. Mais c'était un sentiment agréable. « J'aurais aimé que ma grand-mère vive jusqu'à cent trois ans.

— Comment était-elle ? »

Elle s'installa dans l'affreux fauteuil de Lauren. « Superstitieuse. Ou bigote, c'est selon. Mais elle avait des reins en acier. Ma mère m'a raconté que lorsqu'elle a ramené mon père à la maison, il a jeté un coup d'œil à ma grand-mère, a tourné les talons et n'est jamais revenu. » Alex avait interrogé sa grand-mère à ce sujet, après sa première crise cardiaque. *Trop beau,* avait-elle lancé en agitant la main avec dédain. *Mal tormento que soplo*. Ce type était un courant d'air, un vent mauvais.

« Je pense qu'il faut être comme ça, fit Mercy. Pour survivre jusqu'à ses vieux jours. »

Alex regarda par la fenêtre. Le Marié était revenu. Il avait le visage tendu, déterminé. Et semblait capable de patienter éternellement. Ce qui était sans doute le cas.

Que voulez-vous? lui avait demandé Belbalm. La sécurité, le confort. Ne pas avoir peur. *Je veux vivre assez de temps pour devenir vieille,* songea Alex en tirant les rideaux. *Je veux pouvoir m'asseoir sur mon porche et boire du thé malodorant en criant sur les passants. Je veux survivre à ce monde qui me veut du mal.*

29

Début du printemps

Quand Alex se rendit en cours le lendemain matin, déterminée à au moins donner le change, North ne la lâcha pas d'un pouce. Il ne cessait de passer devant ses yeux, lui masquant le tableau sur lequel gribouillait le prof d'espagnol.

Je sais que tu n'es pas dans le coin, envoya-t-elle à Dawes au sortir de la salle. *Mais as-tu trouvé quoi que ce soit sur la manière de rompre des liens avec les Gris ? J'ai un problème avec le Marié.*

Sur le point de craquer, elle fit signe à North de l'accompagner aux toilettes.

« Dites-moi juste une chose, lui lança-t-elle. Avez-vous trouvé Tara derrière le Voile ? »

Il secoua la tête.

« Alors je vais vous prier de bien vouloir aller vous faire foutre un looooong moment. Notre accord ne tient plus. L'affaire est résolue, et je n'ai aucune envie de traîner avec votre sale tronche de tueur de femmes. » Alex ne le croyait pas vraiment coupable : elle voulait juste qu'il lui foute la paix.

Le Marié tendit un doigt vers l'évier.

« Si vous croyez que je vais vous faire couler un bain, vous vous fourrez le doigt dans l'œil. Lâchez-moi. »

La jeune femme songea à sécher le cours suivant, pour retrouver la quiétude de sa chambre de résidence. Mais elle s'était donné la peine de s'habiller. Autant en profiter. Au moins allait-on y parler de Shakespeare, pas des romans britanniques modernes.

Alex traversa Elm Street, prit par High Street pour atteindre Linsly-Chittenden Hall. Une fois dans l'amphithéâtre, elle prit place derrière un bureau. Chaque fois que le Marié faisait irruption dans son champ visuel, elle détournait le regard. Elle n'avait rien préparé, mais tout le monde connaissait *La Mégère apprivoisée*, et elle appréciait ce passage où les sœurs parlaient musique.

Alex regardait une diapo du Sonnet 130 quand elle sentit une douleur terrible lui vriller le crâne. Un courant d'air glacial l'envahit. Dans un flash, elle vit une rue éclairée par des lampes à gaz, une cheminée crachant des nuages sombres dans le ciel gris. Elle avait le goût du tabac dans la bouche. *North*. North avait investi son corps sans qu'elle l'y invite. Un bref éclair de rage s'abattit sur elle, puis le monde s'assombrit.

L'instant d'après elle avait les yeux fixés sur son cahier. L'enseignant continuait à parler, mais Alex n'arrivait tout simplement pas à comprendre ce qu'il disait. Là où ses notes s'étaient arrêtées, trois dates avaient été griffonnées d'une main erratique sur la page.

1854 1869 1883

Il y avait du sang sur la feuille.

Alex leva la main – et faillit se gifler. À croire qu'elle avait oublié la longueur de son bras. Son nez saignait. Elle s'essuya le visage du revers de sa manche.

La fille à sa droite était en train de la dévisager. « Tout va bien?

— À merveille. » Alex se pinça les narines tout en refermant en hâte son cahier. North planait juste devant elle, l'air obstiné. « Espèce de fils de pute. »

Sa voisine eut un mouvement de recul – mais Alex se moquait bien de faire bonne figure. North l'avait *possédée*. Il s'était emparé de son corps. Il aurait tout aussi bien pu lui fourrer la main dans le cul et faire d'elle sa marionnette.

« Putain de *salopard* », grogna-t-elle.

Elle glissa son carnet dans sa sacoche, saisit son manteau et dévala l'allée de la salle de conférences, pour sortir par la porte de derrière du Linsly-Chittenden. Elle fila tout droit vers Il Bastone, en envoyant un SMS furieux à Dawes : *S.O.S.*

Alex boitait déjà le temps d'atteindre le parc. La douleur à son flanc l'empêchait de respirer normalement. Elle regretta de ne pas avoir pris de Percocet. North la suivait toujours, en retrait de quelques pas. « Ah, *maintenant* tu gardes tes distances, espèce de connard désincarné ? » aboya-t-elle par-dessus son épaule.

Il arborait un air maussade – mais certainement pas désolé.

« Je ne sais pas ce qu'on peut faire subir à un fantôme, menaça-t-elle. Mais je vais trouver quelque chose. »

Ses fanfaronnades ne servaient qu'à masquer la peur qui s'était emparée de son cœur. Il l'avait déjà possédée à une occasion : pouvait-il recommencer ? Reprendre le contrôle de son corps ? La forcer à se faire du mal ? À blesser quelqu'un d'autre ? Alex avait utilisé North à peu près de la même manière lorsque Lance l'avait agressée – mais c'était une question de vie ou de mort à ce moment-là. Elle ne l'avait pas contraint à partir en mission de recherche d'indices.

Et si d'autres Gris se découvraient capables d'un même tour de passe-passe ? Ça devait être le résultat du lien qu'elle avait tissé avec North. Alex l'avait invité deux fois à l'investir. Elle connaissait son nom, et s'en était servie pour l'appeler. Peut-être qu'une fois cette porte ouverte, on ne pouvait plus la refermer.

« Alex ? »

La jeune femme fit aussitôt volte-face, au grand dam de ses côtes. Tripp Helmuth se tenait devant elle sur le trottoir, affublé d'un coupe-vent bleu marine et d'une casquette à l'envers.

« Qu'est-ce que tu veux, Tripp ? »

Il leva les mains, sur la défensive. « Rien ! J'ai juste… Ça va ?

— Non, vraiment pas. Mais ça va passer.

— Je voulais juste te remercier. D'avoir gardé pour toi ce truc avec Tara. »

Alex n'avait rien fait de tel, mais ça lui allait parfaitement si Tripp voulait le croire. « À ton service, mon pote.

— Mais c'est quand même dingue, pour Blake Keely.

— Tu trouves ? »

Tripp souleva sa casquette, passa ses doigts dans ses cheveux, puis la remit en place. « Peut-être pas. Je n'ai jamais pu le blairer. Certains types naissent juste pourris, tu vois ? »

Alex fixa des yeux surpris sur lui. Helmuth n'était pas aussi nul qu'il le paraissait, finalement. « Je vois. »

Elle jeta un regard d'avertissement à North, qui faisait les cent pas à *travers* le corps de Tripp.

Qui lâcha un frisson. « Merde, je crois que je couve une grippe.

— Va te reposer, dit Alex. Il y a un sale truc dans l'air. »

Un truc aux allures de Victorien mort.

Alex s'empressa de redescendre Elm Street jusqu'à Orange, impatiente de se retrouver derrière les protections. Elle gravit les trois marches du porche d'Il Bastone, sentit un sentiment d'aisance l'envahir dès le seuil franchi. North errait au beau milieu de la rue. La jeune femme claqua la porte derrière elle, vit par la fenêtre une bourrasque le repousser – comme si toute la maison lui avait rugi dessus. Alex appuya son front contre le bois. « Merci », murmura-t-elle.

Mais qu'est-ce qui l'arrêterait la prochaine fois qu'il tentera de s'introduire en elle ? Allait-elle devoir retourner dans les zones frontalières pour rompre leur connexion ? Alex y était prête. Elle se jetterait aux pieds de Salomé Nils pour avoir à nouveau accès au tombeau de la Wolf's Head. Elle laisserait Dawes la noyer mille fois.

Alex se retourna, colla son dos à la porte. La lumière de l'après-midi s'infiltrait dans ce havre de paix à travers le vitrail survivant du vestibule – l'autre ayant été barricadé : il y avait encore des éclats de verre qui gisaient dans l'ombre. Le vieux papier peint était maculé de sang, là où Dawes s'était cogné la tête. Personne n'avait entrepris de le nettoyer.

La jeune femme jeta un coup d'œil dans le petit salon, s'attendant à moitié à y trouver Pamela. Mais il n'y avait là plus aucune trace d'elle, de ses classeurs ou de ses fiches. La maison paraissait vide, éreintée. Alex en eut le ventre noué. Elle n'avait jamais aimé Ground Zero, et se réjouissait de ne jamais avoir eu à y remettre les pieds pour se confronter aux horreurs qu'elle y avait commises.

Mais peut-être aimait-elle Il Bastone, l'hospitalité tranquille de cette vieille maison de bois chaleureuse.

Elle s'éloigna de la porte, alla récupérer pelle et balayette dans l'office. Après avoir tant bien que mal ramassé le verre brisé, Alex versa le tout dans un sac en plastique, qu'elle scella avec du ruban adhésif. Elle hésitait à le jeter : il était peut-être possible de mettre ces fragments dans le creuset avec du lait de chèvre, pour les reconstituer.

Ce n'est qu'en se lavant les mains dans la petite salle d'eau qu'elle constata que son visage était couvert de sang séché. Pas étonnant que Tripp lui ait demandé si elle allait bien. Elle se rinça, regardant l'eau rougie tourbillonner dans la vasque avant de disparaître.

Du pain et du fromage encore comestibles l'attendaient dans le réfrigérateur. Elle se prépara à manger, sans grand appétit, puis monta à la bibliothèque.

Dawes n'avait pas répondu à son message. Sans doute ne consultait-elle même pas son portable. Elle aussi s'était retirée du monde. Alex n'allait certainement pas le lui reprocher, mais cela voulait dire qu'il lui fallait trouver seule un moyen de rompre son lien avec le Marié.

Alex attrapa le Livre d'Albemarle sur l'étagère, mais hésita un instant. Elle avait reconnu instantanément la première date que North l'avait forcée à griffonner dans son cahier : 1854, l'année de son meurtre. Les autres s'avéraient beaucoup plus mystérieuses. Elle ne devait rien à North. Mais Darlington avait jugé l'affaire du Marié digne d'intérêt : il aurait voulu savoir ce que ces dates signifiaient.

Et peut-être qu'Alex *aussi* le voulait. Ça lui donnait l'impression de céder aux sollicitations de North, mais rien ne l'obligeait à lui avouer qu'il était parvenu à piquer sa curiosité.

Alex sortit son cahier de sa sacoche, l'ouvrit à la page éclaboussée de sang : *1854 1869 1883*. Si elle lançait une recherche sur l'intégralité de ces trois années, la bibliothèque allait péter un plomb : il lui fallait donc trouver un moyen de circonscrire les paramètres.

Ou peut-être juste trouver les notes de Darlington.

Alex se souvint des mots qu'il avait écrits dans le catalogue de calèches : *la première ?* S'il avait fait des recherches sur l'affaire North, Daniel ne les avait laissées ni dans la chambre de Virgile ni à Black Elm. Mais peut-être étaient-elles ici, dans la bibliothèque ? Alex ouvrit le Livre d'Albemarle, considéra la dernière entrée de Darlington – le plan de Rosenfeld. Mais il y avait juste au-dessus une requête relative à un certain *Daily New Havener*. La jeune femme recopia mot pour mot l'entrée, puis remit le bouquin à sa place.

Quand le meuble eut cessé de trembler, elle s'empressa de pénétrer dans la bibliothèque. Les étagères étaient remplies de piles évoquant moins des journaux que des milliers de prospectus écrits en caractères minuscules.

Alex ressortit, rouvrit le Livre d'Albemarle. Darlington avait travaillé à la bibliothèque la nuit de sa disparition ; elle recopia donc sa demande des plans de Rosenfeld.

Cette fois, la bibliothèque s'ouvrit sur des étagères vides, à l'exception d'un seul ouvrage, posé à plat. Il était grand, mince, relié en cuir de bœuf, et totalement exempt de poussière. Alex le posa sur la table située au centre de la pièce, le laissa se déployer. Là, entre les plans des troisième et quatrième niveaux souterrains de Rosenfeld Hall, se trouvait une feuille de papier jaune, un document juridique délicatement plié et recouvert des minuscules gribouillis de Darlington – la dernière chose qu'il avait écrite avant d'être envoyé en enfer.

Elle avait peur de déplier la feuille. Ce n'était peut-être rien : des notes sur un mémoire, une liste des réparations à faire à Black Elm.

Mais ça l'aurait étonnée. Cette nuit-là, en décembre, Darlington travaillait sur un sujet qui lui tenait à cœur, auquel il avait consacré plusieurs mois. Quelque chose l'avait distrait dans ses recherches : peut-être pensait-il à la nuit à venir, peut-être s'inquiétait-il pour son apprentie, qui ne s'était pas astreinte à cette satanée lecture. N'ayant pas voulu emporter ses notes avec lui, il les avait cachées dans un endroit sûr. Ici, au milieu de ces plans. Il avait cru pouvoir revenir rapidement.

« J'aurais dû être un meilleur Dante », chuchota-t-elle.

Mais elle avait l'occasion de se rattraper, désormais. Délicatement, elle déplia la page. La première ligne disait : *1958 – Colina Tillman-Wrexham. Crise cardiaque ? AVC ?*

Il y avait une série de dates, ensuite – associées à ce qui semblait être des noms de femmes. Les trois dernières dates de la liste correspondaient à celles que North l'avait contrainte à écrire dans son carnet.

1902 – Sophie Mishkan-Rhinelander – Méningite cérébrale ?

1898 – Effie White-Stone-Dropsy (Œdème ?)

1883 – Zuzanna Mazurski-Phelps – Apoplexie

1869 – Paoletta DeLauro-Kingsley – Poignardée

1854 – Daisy Fanning Whitlock-Russell – Par balle

La première ? De quoi Daisy avait-elle été la première, selon Darlington ? Elle avait été abattue, Paoletta avait été poignardée, mais les autres filles étaient mortes de causes naturelles.

À moins que quelqu'un ne soit devenu plus ingénieux…

J'imagine des choses, songea Alex. *Je vois des liens qui n'existent pas.* S'il fallait en croire toutes les émissions de télé qu'elle avait vues, les tueurs en série agissaient toujours selon un *modus operandi*, une façon de tuer bien précise. Et puis, même si un meurtrier avait sévi à New Haven et que ces dates se révélaient exactes, ce psychopathe s'était attaqué aux filles de 1854 à 1958 – plus d'un siècle auparavant.

Mais ce n'était pas impossible, se dit-elle : Alex savait à présent ce dont la magie était capable…

Et elle voyait quelque chose de familier dans le schéma que

formaient ces dates. Il correspondait à la façon dont les sociétés avaient été fondées. Il y avait eu une effervescence dans les années 1800 – après quoi aucun nouveau tombeau n'avait été construit pendant très longtemps, jusqu'à celui du Manuscrit dans les années soixante. Un frisson désagréable parcourut l'échine de la jeune femme. Elle savait que la Skull & Bones avait vu le jour 1832, et que cette date ne concordait avec aucun des décès, mais c'était la seule année dont elle parvenait à se souvenir.

Alex prit toutes les notes, puis rebroussa chemin dans le couloir jusqu'à la chambre de Dante. Elle sortit du tiroir du bureau un exemplaire de *La Vie du Léthé*. La Scroll & Key avait été fondée en 1842, la Book & Snake en 1865, St. Elmo en 1889, le Manuscrit en 1952. Seule la date de fondation de la Wolf's Head correspondait à 1883, mais ça pouvait être une simple coïncidence.

Elle fit glisser son doigt sur la liste des noms.

1854 – Daisy Fanning Whitlock-Russell – par balle

Jamais auparavant elle n'avait vu le nom de Daisy avec un trait d'union. Ça avait toujours été Daisy Fanning Whitlock.

Parce que ce n'était pas un trait d'union. Aucune de ces femmes n'avait un nom composé. Rhinelander. Stone. Phelps. Kingsley. Russell. Wrexham. C'était le nom des trusts, des fondations et associations qui avaient financé les sociétés – et payé pour la construction de leurs tombeaux.

Alex retourna en hâte à la bibliothèque; elle ressortit le Livre d'Albemarle – mais se força à temporiser. Il lui fallait réfléchir à un moyen de formuler ça. Russell était le trust qui finançait la Skull & Bones. Elle écrivit soigneusement: *Acte d'achat d'un terrain acquis par le Russell Trust sur High Street, New Haven, Connecticut.*

Un grand livre marqué du chien mystique du Léthé l'attendait sur l'étagère du milieu; elle y trouva, l'un après l'autre, des actes d'acquisition de terrains un peu partout dans New Haven – correspondant aux lieux qui accueilleraient un jour chacune des huit Maisons du Voile, chacune construite sur un nexus de pouvoir qu'une force inconnue avait créé.

Darlington avait compris. *La première.* 1854 : l'année où le Russell Trust avait acquis le terrain sur lequel la Skull & Bones construirait plus tard son tombeau. Darlington avait trouvé ce qui avait généré ces points focaux de magie nécessaires aux rituels des sociétés : des filles, mortes l'une après l'autre. Il avait compulsé les anciennes éditions du *New Havener* pour relier les lieux qui les avaient vues mourir à ceux des tombeaux des sociétés.

Quelle était la particularité de ces décès ? Quand bien même toutes ces filles avaient été assassinées, il y avait eu beaucoup d'homicides à New Haven au fil des ans, et tous n'avaient pas été commis à des fins magiques. Et Daisy n'était même pas morte sur High Street, où la Skull & Bones avait érigé son tombeau : alors pourquoi le nexus s'était-il formé là-bas ? Alex savait qu'il lui manquait une pièce pour compléter le puzzle.

North lui avait donné les dates ; lui aussi avait fait les mêmes rapprochements. Alex retourna à la salle de bains pour remplir d'eau le lavabo.

« North. » Elle se sentait idiote. *« North. »*

Rien. Aaah, les fantômes. Jamais là quand on a besoin d'eux.

Mais il y existait de nombreuses façons d'attirer l'attention d'un Gris. Alex hésita, puis attrapa le coupe-papier posé sur le bureau. Elle l'enfonça dans son avant-bras et regarda le sang s'écouler dans l'eau.

« Toc toc, North. »

Son visage apparut si soudainement dans le reflet qu'elle sursauta.

« La mort de Daisy a créé un nexus, dit-elle. Comment l'avez-vous découvert ?

— Je n'ai pas réussi à retrouver Tara. Cela aurait dû être facile avec cet objet en main, mais il n'y avait aucun signe d'elle de ce côté du Voile. Exactement comme avec Daisy. Pas de trace non plus de Gladys O'Donaghue. Il s'est passé quelque chose, ce jour-là. Quelque chose de plus important que ma mort, ou celle de Daisy.

Et je pense que ça s'est reproduit à la mort de Tara. »

Daisy était une aristocrate, elle appartenait à l'élite de la ville. Sa mort avait tout déclenché. Mais les autres filles ? Qui étaient-elles ? Des noms comme DeLauro, Mazurski, Mishkan. S'agissait-il de jeunes immigrées travaillant dans les usines ? De femmes de ménage ? De filles d'esclaves libérés ? De filles qui n'auraient ni fait les gros titres ni hérité d'une pierre tombale pour témoigner de leur passage sur terre ?

Tara était-elle censée en faire partie elle aussi ? Une sacrifiée de plus ? Mais pourquoi son meurtre avait-il été si horrible ? Si *public* ? Et pourquoi maintenant ? S'il s'agissait vraiment de meurtres, plus de cinquante ans s'étaient écoulés depuis celui de la dernière fille.

Quelqu'un avait besoin d'un nexus. L'une des Maisons du Voile cherchait à obtenir un nouveau foyer. Depuis des années, St. Elmo réclamait la construction d'un nouveau tombeau – à quoi bon, sans nexus sur lequel l'ériger ? Alex se rappela le terrain vague où le corps de Tara avait été retrouvé. Il y avait là toute la place de construire...

« North, dit-elle. Repartez en quête des autres. » Elle lui lut leurs noms, l'un après l'autre : *Colina Tillman, Sophie Mishkan, Effie White, Zuzanna Mazurski, Paoletta DeLauro*. « Essayez de les trouver. »

Alex attrapa une serviette et la pressa contre son bras. La tête pleine d'hypothèses, elle retourna ensuite s'asseoir devant le bureau, face à la fenêtre qui donnait sur Orange Street. Si Darlington avait mis au jour la cause de ces nexus, Sandow aurait été la première personne à qui il serait allé en parler. Il en aurait sans doute tiré une certaine fierté, sa découverte apportant un nouvel éclairage à la façon dont la magie opérait dans sa ville. Mais jamais Sandow ne lui avait parlé, non plus qu'à Dawes, de cet ultime projet sur lequel bossait Darlington.

Quelle importance ? Sandow ne pouvait *pas* être impliqué. Il avait été violemment attaqué à quelques mètres seulement de l'endroit où elle se tenait. Lui aussi avait failli mourir.

Mais pas à cause de Blake Keely. Blake avait blessé Dawes, il avait presque tué Alex, mais n'avait pas blessé le doyen. C'étaient les chiens hargneux à moitié fous du Léthé qui avaient pris la défense d'Alex. Elle se souvint du poing serré de Blake. Il l'avait frappée avec cette main, mais l'avait gardée fermée.

La jeune femme retourna dans le couloir en haut des escaliers. Ignorant les taches sombres sur le tapis, l'odeur persistante de vomi, elle s'agenouilla et commença à chercher – sous les lattes du sol, au fond des tiroirs. Enfin, sous un panier d'osier vide, elle repéra un éclat doré. Après avoir enveloppé sa main dans la manche de sa chemise, Alex saisit la chose brillante, l'examina soigneusement à la lumière. Une pièce de sujétion. Quelqu'un contrôlait Blake… Quelqu'un lui avait donné des ordres *très* précis.

C'est une année de financement.

Darlington avait bel et bien exposé au doyen sa théorie sur les filles et les tombeaux. Sauf que Sandow était déjà au courant : Sandow, qui s'était retrouvé à court d'argent après son divorce et n'avait rien publié depuis des années ; Sandow, qui avait tout fait pour passer sous silence la disparition de Darlington ; Sandow, enfin, qui avait retardé le rituel jusqu'à cette première nouvelle lune et s'en était servi pour bannir définitivement Daniel de Black Elm. Peut-être même était-ce le doyen qui lui avait tendu un piège dans le sous-sol de Rosenfeld. Il planifiait déjà la mort de Tara Hutchins à ce moment-là – et savait que seul Darlington aurait été à même de découvrir la véritable signification de son meurtre. Il s'était donc débarrassé de lui.

Sandow n'avait jamais eu l'intention de ramener Darlington. Alex faisait un parfait bouc émissaire, après tout. *Bien sûr* que tout avait tourné au vinaigre depuis qu'ils avaient nommé une inconnue comme déléguée du Léthé. Il fallait s'y attendre. Ils feraient preuve de davantage de prudence à l'avenir. L'année prochaine, la brillante, stable et compétente Michelle Alameddine reviendrait à Yale pour veiller à l'éducation de leur imprévisible Dante. Et le petit coup de pouce que Sandow allait donner à Alex pour ses notes était censé lui assurer sa reconnaissance éternelle.

Peut-être que je me trompe, pensa-t-elle. Et même si elle avait raison, rien ne l'obligeait à ouvrir sa gueule. Elle pouvait garder le silence, avoir son diplôme, profiter d'un été aussi paisible que magnifique. Colin Khatri allait être diplômé en mai, ce qui lui épargnerait d'avoir à faire la gentille avec lui. Elle pourrait survivre, *s'épanouir*, sous la houlette de la professeure Belbalm.

Alex retourna la pièce de sujétion dans sa main.

Dans les jours ayant suivi le massacre de l'appartement de Van Nuys, Eitan avait arpenté les rues de Los Angeles en quête du meurtrier de son cousin. Des rumeurs circulaient selon lesquelles c'étaient les Russes – sauf que les Russes aimaient les armes à feu, pas les battes de baseball – ou les Albanais. À moins qu'un Israélien ne se soit assuré qu'Ariel ne reviendrait jamais de Californie.

Il était venu voir Alex à l'hôpital, malgré l'agent de police posté à sa porte. Les hommes dans son genre étaient pareils à des Gris : ils trouvaient toujours un moyen d'entrer sans y être invités.

Il s'était assis près de son lit, dans le fauteuil que le doyen Elliot Sandow avait occupé la veille. Ses yeux étaient rouges, il arborait une barbe de trois jours – mais son costume était toujours aussi chic. Une chaîne en or des années soixante-dix pendait à son cou, comme un flambeau passé d'une génération de proxénètes à la suivante.

« Tu as failli mourir, l'autre nuit. » Alex avait toujours apprécié son accent. Elle l'avait cru français, de prime abord.

Ne sachant que répondre, la jeune femme s'était passé la langue sur ses lèvres, avant de faire un geste vers le pichet rempli de glaçons. Eitan avait grogné, puis hoché la tête.

« Ouvre la bouche. » Et il lui en avait déposé deux dans sa bouche. « Tes lèvres sont gercées. Très sèches. Demande de la vaseline.

— D'accord, avait-elle croassé.

— Que s'est-il passé cette nuit-là ?

— J'en sais rien. Je suis arrivé en retard à la fête.

— Pourquoi ? Où étais-tu ? »

Un interrogatoire. Fort bien. Alex avait préparé sa confession.

« C'est moi la coupable. » La tête d'Eitan s'était aussitôt redressée. « Je les ai tous tués. »

Eitan s'était passé une main sur le visage, affalé dans son fauteuil. « Putain de junkies.

— Je ne suis pas une junkie. » Alex n'aurait su dire dans quelle mesure c'était vrai. Elle n'avait jamais touché aux drogues dures. Perdre le contrôle la terrifiait, mais cela faisait des années qu'elle se cloîtrait dans un brouillard soigneusement dosé.

« *Toi*, tu les as tués ? Tu n'es qu'une petite fille. Et tu étais évanouie, défoncée au fentanyl. » Eitan lui avait jeté un regard de biais. « Tu me dois du fric pour la drogue, d'ailleurs. »

Le fentanyl. D'une manière ou d'une autre, le sang d'Hellie l'avait contaminée, laissant assez de traces dans son organisme pour donner l'impression qu'elle *aussi* avait failli faire une overdose. Un ultime cadeau. Un alibi parfait.

Alex avait éclaté de rire. « Je vais aller à Yale.

— Putain de junkies », avait répété Eitan avec dégoût. Il s'était levé, avait épousseté son pantalon impeccablement taillé.

« Qu'est-ce que tu vas faire ? » lui avait demandé Alex.

Il avait parcouru la pièce du regard. « Pas de fleurs. Pas de ballons, rien. C'est triste.

— Si tu le dis. » Sa mère n'avait peut-être même pas été informée de sa présence à l'hôpital – un coup de fil que Mira attendait sans doute depuis longtemps.

« Bonne question. Je pense que ton connard de petit ami a dû s'endetter auprès de la mauvaise personne. Il a arnaqué ou énervé quelqu'un, et Ariel s'est retrouvé au mauvais endroit au mauvais moment. » Il avait reniflé. « Mais ça n'a pas grande importance. Être un crétin, c'est comme un tatouage. Tout le monde peut le voir. Quelqu'un va donc devoir mourir pour ça. » Alex s'était demandé s'il parlait d'elle. « Tu me dois du fentanyl. Six mille dollars. »

Après le départ d'Eitan, la jeune femme avait demandé à l'infirmière de lui apporter le téléphone. La carte d'Elliot Sandow en main, elle avait composé le numéro de son bureau.

« J'accepte votre offre », lui avait-elle annoncé une fois que sa secrétaire les avait mis en relation. « Mais je vais avoir besoin d'argent.

— Cela ne devrait pas poser problème », avait-il répondu.

La jeune femme regretterait par la suite de ne pas en avoir demandé davantage.

Alex joua une ultime fois à pile ou face avec la pièce de sujétion. Puis elle se releva, faisant abstraction de la douleur qui la submergeait, pour retourner s'installer devant le bureau sur lequel elle avait étalé les gribouillages de Darlington à côté de son cahier ensanglanté.

Être un crétin, c'est comme un tatouage. Tout le monde peut le voir.

Elle sortit son téléphone et appela la demeure de Sandow. Ce fut sa gouvernante qui décrocha, ainsi qu'elle l'avait prévu. « Bonjour, Yelena. Alex Stern à l'appareil. J'ai quelque chose à remettre au doyen.

— Il n'est pas chez lui, répondit Yelena avec son fort accent ukrainien. Mais vous pouvoir passer déposer paquet.

— Vous savez où il est parti ? Il se sent mieux ?

— Oui. Lui allé à la maison du président pour grande fête de retour. » Alex ne s'était jamais rendue à la demeure du président de l'université, mais elle connaissait le bâtiment. Darlington le lui avait montré – un joli tas de briques rouges et de fioritures blanches sur Hillhouse Avenue.

« Super, dit Alex. Je me mets en route. »

Elle envoya un SMS à Turner : *On s'est plantés. Rendez-vous chez le président.*

La jeune femme plia la liste des noms et la mit dans sa poche. Elle ne serait plus la poupée de Sandow. « Très bien, Darlington, chuchota-t-elle. Allons jouer les chevaliers. »

30

Début du printemps

Alex repassa par sa chambre pour prendre une douche et se changer. Elle se coiffa avec soin, vérifia ses bandages, puis enfila la robe que sa mère lui avait achetée. La jeune femme voulait se fondre dans le décor : si quoi que ce soit devait mal se passer, mieux valait avoir l'air aussi crédible que possible. Elle se versa un thé et attendit que North apparaisse dans sa tasse.

« Alors ? demanda-t-elle quand le pâle visage se fut formé dans le reflet.

— Aucune d'elle n'est ici. Il est arrivé quelque chose à ces filles. La même chose qu'à Daisy. Un sort pire que la mort.

— Retrouvez-moi à l'extérieur des protections. Et soyez sur vos gardes. Je vais avoir besoin de vos forces.

— Vous pouvez compter dessus. »

Elle n'en doutait pas. La magie buissonnière avait tué North et sa fiancée, Alex en était convaincue. Mais il s'était passé autre chose par la suite, quelque chose qu'Alex ne s'expliquait pas. Mais cela avait empêché Daisy de passer en paix de l'autre côté du Voile.

Elle appela un taxi pour se faire conduire chez le président. Il y avait un valet devant la maison, et par les fenêtres Alex voyait des pièces bondées de gens. Bien. Il y aurait des témoins.

Ce qui ne l'empêcha pas d'envoyer un message à Dawes. *Je sais que tu as disparu, mais s'il m'arrive quelque chose, sache que c'est Sandow. J'ai laissé un dossier à la bibliothèque. Tu demanderas au Livre d'Albemarle.*

Toujours aucune réponse de Turner. En avait-il fini avec elle, maintenant qu'il croyait son affaire résolue ? La présence de North aux côtés d'Alex ne manquait cependant pas de raffermir ses pas…

Alex s'était attendue à ce qu'il y ait un contrôle nominatif à la porte, mais elle entra sans problème. Des pièces chaleureuses émanait une odeur de laine humide et de pommes cuites. La jeune femme ôta son manteau et l'accrocha sur une patère par-dessus deux autres. Un air de piano lui parvenait aux oreilles, étouffé par le murmure des conversations. Elle subtilisa deux champignons farcis à un serveur de passage : si elle devait mourir, au moins n'aurait-elle pas l'estomac vide.

« Alex ? » fit le garçon. C'était Colin.

Il avait l'air un peu fatigué, mais ni secoué ni en colère.

« Je ne savais pas que tu bossais aussi pour le président, dit la jeune femme avec prudence.

— Je suis prêté par Belbalm. Je dois la reconduire chez elle en fin de soirée, au demeurant – si jamais tu veux que je te raccompagne. Tu travailles aujourd'hui ? »

Alex secoua la tête. « Non, je suis juste passée déposer quelque chose. Pour le doyen Sandow.

— Je crois que je l'ai vu à proximité du piano. Passe par la cuisine quand tu auras fini. Quelqu'un a envoyé une bouteille de champagne à Belbalm, et elle nous l'a apportée.

— Cool », dit Alex, feignant l'enthousiasme.

Elle dénicha les toilettes, se précipita à l'intérieur. Il lui fallait un moment pour se ressaisir, pour donner un sens à l'attitude docile de Colin. Il aurait dû être fou de rage. Il aurait dû lui en vouloir à mort d'avoir mis au jour ses liens avec Tara, d'avoir révélé que la Scroll & Key partageait ses secrets avec des étrangers, qu'ils avaient consommé des drogues illégales. Sandow avait beau avoir effacé son nom des procédures disciplinaires, la jeune femme restait une représentante du Léthé.

Mais Alex avait compris qu'aucune sanction sérieuse ne serait prise. Une tape sur la main. Une amende. Quelqu'un d'autre allait payer le prix du sang. Et pourtant elle avait nourri l'espoir qu'il y ait un *minimum* de comptes à rendre.

Mains appuyées sur le lavabo, la jeune femme leva les yeux vers le miroir. Elle avait l'air épuisée. Des cernes creusaient des tranchées sous ses yeux. Elle était venue vêtue d'un vieux cardigan noir par-dessus le fourreau de laine crème que sa mère lui avait acheté. Maintenant qu'elle l'avait ôté, on ne voyait plus que son teint cireux, ses bras maigres, presque faméliques – les bras d'une personne à jamais dans le besoin. Elle voyait le rose de sa blessure transparaître sous l'étoffe de sa robe ; son nouveau pansement avait dû se détacher un peu. Alex voulait ressembler à une personne respectable, à une fille bien, qui faisait des efforts, à qui on pouvait faire confiance. Au lieu de quoi elle avait des airs de gargouille.

Le tintement des verres et le murmure de conversations civilisées lui parvenaient du séjour. Alex avait fait tout son possible pour intégrer ce monde ; mais si c'était ça le monde réel, le monde *normal*, voulait-elle *vraiment* en faire partie ? C'était toujours la même chose : il n'arrivait jamais rien aux salopards. Colin, Sandow, Kate et tous les hommes et les femmes qui les avaient précédés, qui s'étaient agglutinés dans ces tombeaux pour y pratiquer leur magie – ils n'étaient pas si différents de tous les Len, Eitan ou Ariel de ce monde : ils prenaient ce qui leur faisait envie. Ledit monde pouvait les pardonner, les ignorer ou les étreindre, mais jamais il ne les punissait. À quoi bon, dans ce cas ? À quoi bon passer des examens ou mettre des pulls en cachemire bon marché, si le jeu était truqué depuis le début ?

Alex se rappela Darlington déposant les phalènes de transfert sur sa peau dans la lumière tamisée de l'armurerie. Elle revit ses tatouages qui s'effaçaient, se remémora ce moment où pour la première fois tout lui avait paru possible, où elle avait cru pouvoir s'intégrer ici.

Faites attention, lui avait-il expliqué. *La salive humaine annule la magie.*

Alex serra les poings. Se passa la langue le long de sa main gauche, en fit de même avec la droite. Dans un premier temps, rien ne se passa. Le goutte-à-goutte du robinet venait lui titiller les oreilles…

Puis l'encre fleurit sur ses bras. Serpents et pivoines, toiles d'araignée et amas d'étoiles, deux carpes koïs maladroites imbriquées sur son biceps gauche, un squelette sur un avant-bras, les obscurs symboles de la Roue de la Fortune sur l'autre. Elle n'avait toujours aucune idée de la signification de ces arcanes. Elle avait tiré la carte du jeu de tarot d'Hellie quelques instants avant d'entrer dans un salon de tatouage sur la promenade. Alex voyait dans le miroir son histoire se répandre sur sa peau. C'étaient là les cicatrices qu'elle s'était choisies.

Nous sommes les bergers. Ce temps était révolu. Mieux valait être un crotale. Mieux valait être un chacal.

Sitôt sortie des toilettes Alex se laissa absorber par la foule, les nuages de parfum, les costumes et les tricots St. John. Des regards nerveux se braquaient sur elle. Non, elle ne partageait pas leurs airs bien élevés, *accomplis*. Elle n'était pas des leurs.

La jeune femme aperçut les cheveux poivre et sel de Sandow près du piano, au milieu d'un groupe d'invités. Il se tenait en équilibre sur une paire de béquilles. Elle fut surprise de le trouver toujours convalescent – mais à la réflexion, elle l'imaginait mal traîner tout seul une douzaine de cartons de lait de chèvre dans les escaliers d'Il Bastone.

« Alex ! lui lança-t-il avec une certaine confusion. Quel plaisir inattendu. »

Elle sourit chaleureusement. « J'ai réussi à mettre la main sur le dossier que vous vouliez ; je me suis dit que vous souhaiteriez le savoir au plus vite.

— Quel dossier ?

— Les titres fonciers de 1854. »

Sandow sursauta, puis partit d'un rire peu convaincant. « Bien sûr. Je serais capable d'oublier ma tête si elle n'était pas aussi bien vissée. Veuillez nous excuser un instant », dit-il avant de fendre la foule. Alex lui emboîta le pas. Sans doute était-il déjà en train d'évaluer ce qu'elle savait, de trouver un moyen de lui faire cracher le morceau. La jeune femme sortit son téléphone et lança un enregistrement. Elle aurait préféré la protection de la foule, mais le micro aurait été incapable de capter sa voix au milieu du vacarme de la fête.

« Restez près de moi », chuchota-t-elle à North qui planait à côté d'elle. Sandow ouvrit la porte d'un bureau – une belle pièce, un carré parfait doté d'une cheminée en pierre. Une baie vitrée donnait sur un jardin arrière hésitant entre les restes de neige et les prémices vertes du dégel printanier. « Après vous.

— Je n'en ferai rien », fit Alex.

Le doyen haussa les épaules, puis entra. Il posa ses béquilles et s'appuya contre le bureau.

Alex laissa la porte entrouverte. Elle ne s'attendait pas à ce que Sandow lui règle son compte à coups de presse-papiers de luxe, mais il avait déjà tué une fille.

« Vous avez assassiné Tara Hutchins. »

Sandow ouvrit la bouche, mais la jeune femme l'arrêta d'un geste de la main. « Ne commencez pas *tout de suite* à me mentir. Nous avons beaucoup de terrain à couvrir, ménagez-vous. Vous l'avez tuée – ou l'avez *fait* tuer – sur un triangle de terre que le Rhinelander Trust s'apprête j'imagine à acquérir. »

Le doyen sortit de sa poche une pipe et un sachet de tabac, entreprit de bourrer doucement le fourneau. Il la reposa ensuite à côté de lui, sans l'allumer.

Enfin, il croisa les bras et regarda Alex droit dans les yeux. « Et alors ? »

Elle ne savait trop à quoi s'attendre, mais certainement pas à cette réaction. « Je...

— *Et alors*, Mme Stern ?

— Ils vous ont payé ? » demanda-t-elle.

Il jeta un coup d'œil par-dessus son épaule, s'assurant que personne ne laissait traîner d'oreille indiscrète dans le couloir.

« St. Elmo ? Oui. L'année dernière. Mon divorce m'a laissé sur la paille. Mes économies se sont envolées. Je lui devais une pension alimentaire scandaleuse. Mais quelques anciens élèves dévoués de St. Elmo ont balayé tous ces problèmes d'un seul chèque. Tout ce qu'ils demandaient en retour, c'était de leur fournir un nexus sur lequel bâtir un nouveau tombeau.

— Comment savaient-ils que vous pouviez en créer un ?

— Ils n'en savaient rien. C'est moi qui les ai approchés. J'avais découvert le pot aux roses pendant mes jeunes années. Je savais que ça se reproduirait. Nous n'avions que trop tardé. Je ne pensais pas avoir à *faire* quoi que ce soit. Il fallait simplement attendre.

— Les sociétés étaient-elles impliquées dans les meurtres de ces autres filles ? Colina, Daisy et les autres ? »

À nouveau, il lança un coup d'œil derrière Alex. « Directement ? J'avoue m'être posé la question au fil des ans. Mais si l'une de ces sociétés avait résolu l'énigme de la création des nexus, pourquoi s'en serait-elle tenue à un seul ? Pourquoi ne pas tirer profit de ce savoir ? Le marchander ? » Il ramassa sa pipe. « Non, je ne pense pas qu'elles aient été impliquées. Cette ville est particulière. Le Voile est plus fin ici, la magie y circule mieux qu'ailleurs. Elle gravite autour des nexus, mais on la trouve dans chaque pierre, chaque bout de terre, dans la moindre feuille de ses vieux ormes. Et elle est affamée.

— La ville... » Alex se remémora l'étrange sentiment qu'elle avait eu sur la scène du crime, la façon dont celle-ci avait reflété la carte de la colonie de New Haven. À en croire Dawes, les rituels fonctionnaient mieux lorsqu'ils étaient pratiqués autour d'une date – ou d'un *endroit* – propice. « C'est pourquoi vous avez choisi ce carrefour pour tuer Tara.

— Je sais comment conduire un rituel, Alex. Quand je veux. »

Darlington ne lui avait-il pas dit que Sandow était un brillant délégué du Léthé ? Que certains des rites qu'il avait inventés continuaient à être utilisés ?

« Vous l'avez tuée pour de l'argent.

— Pour beaucoup d'argent.

— Vous avez reçu le chèque du conseil de St. Elmo. Vous leur avez dit que vous pouviez contrôler l'emplacement du nexus à venir.

— Je leur ai dit que je préparerais un *site*. Je pensais qu'il me suffirait d'attendre que le cycle suive son cours. Mais rien ne s'est produit. Personne n'est mort. Aucun nouveau nexus ne s'est formé. » Il secoua la tête de frustration. « Ils étaient si impatients. Ils… ils m'ont menacé d'exiger un remboursement, d'aller voir le conseil du Léthé. Il me fallait les apaiser. J'ai créé un rituel qui allait fonctionner, je le savais. Mais j'avais besoin d'une offrande.

— Et puis vous avez trouvé Tara.

— Je la connaissais, dit Sandow d'une voix presque affectueuse. Quand Claire était malade, Tara lui apportait sa marijuana.

— Votre femme ?

— Je l'ai aidée à survivre à deux cancers du sein, et puis elle m'a quitté. Elle… Tara était à la maison. Elle a entendu des choses qu'elle n'aurait sans doute pas dû entendre. Disons que je n'étais pas… focalisé sur la discrétion. Quelle importance ? »

Qu'importait ce qu'une fille de la ville savait ? « Et Tara était gentille, n'est-ce pas ? »

L'air coupable, Sandow détourna le regard. Peut-être l'avait-il baisée ; peut-être était-il juste content d'avoir quelqu'un à qui parler. C'était comme ça, il fallait satisfaire les clients. Sandow avait besoin d'une épaule compatissante, et Tara lui avait proposé la sienne.

« Mais Darlington a fini par résoudre l'énigme. Par remonter la piste des filles.

— De la même manière que moi. C'était inévitable, j'imagine. Il était trop brillant, trop curieux pour son propre bien. Il voulait toujours savoir ce qui faisait la particularité de New Haven. Il essayait de dresser une carte de l'invisible. Il m'en a parlé un jour, en passant – un exercice académique, une folle théorie, un sujet possible pour son mémoire de fin d'études. Mais...

— Vous aviez déjà prévu de tuer Tara.

— Ce qu'elle avait entendu chez moi n'était pas tombé dans l'oreille d'une sourde. Elle avait monté une jolie petite affaire en se... rapprochant des sociétés. Elle était trop impliquée avec la Scroll & Key et le Manuscrit. Les drogues. Les rituels. Tout était sur le point de s'effondrer. Elle avait dix-neuf ans, et c'était une droguée, une criminelle. C'était...

— Une cible facile. » *Tout comme moi.* « Mais Darlington avait compris. Il savait ce qui était arrivé aux filles avant ça. Il était assez intelligent pour faire le lien entre leur mort et celle de Tara. Vous avez donc envoyé la bête infernale pour le consommer, cette nuit-là.

— Vous étiez tous les deux visés, Alex. Mais il semble que Darlington ait suffi à apaiser l'appétit de cette créature. À moins qu'il ne vous ait sauvée dans un ultime acte d'héroïsme stupide. »

Ou alors le monstre s'était refusé à consommer Alex. Peut-être savait-il qu'elle allait lui rester en travers de la gorge.

Sandow soupira. « Darlington aimait à dire que New Haven passait toujours à deux doigts du succès, sur le point de basculer du côté de la chance et la bonne fortune. Il ne comprenait pas que la ville marchait sur une corde raide. Le succès d'un côté, la ruine de l'autre. La magie de ces lieux, le sang versé pour la conserver : *voilà* ce qui sépare la ville de l'anéantissement. »

Cette ville était foutue depuis le début.

« Vous l'avez fait vous-même ? lui demanda Alex. Ou bien vous n'avez pas eu les couilles ?

— J'étais chevalier du Léthé autrefois, vous savez. J'avais la volonté de mon côté. » Il y avait de la fierté dans sa voix.

À en croire Isabel, Sandow avait passé la soirée du meurtre de Tara à boire trop de bourbon dans le bureau de Belbalm. Mais il aurait parfaitement pu s'éclipser en douce, peut-être en se servant de la même magie des portails qu'elle soupçonnait Colin de maîtriser. Resterait alors à employer un charme – ce qui ne devait pas être un problème pour Sandow. Alex repensa au miroir qu'elle avait utilisé pour entrer dans l'appartement de Tara, puis en prison. Il y avait une tache dessus quand elle l'avait sorti du tiroir. Mais jamais Dawes ne l'aurait rangé sale. Quelqu'un s'en était servi juste avant elle.

« Vous avez pris l'apparence de Lance. Vous avez drogué Tara pour lui épargner des douleurs inutiles et vous l'avez assassinée. Et la *gluma*, c'est vous qui l'avez envoyée à mes trousses ?

— Oui. C'était risqué, probablement idiot. Je n'ai aucun talent pour la nécromancie. Mais j'ignorais ce que vous aviez pu découvrir à la morgue. »

Elle se souvenait de Sandow assis face à elle au Clapier, sa tasse de thé en équilibre sur son genou, lui affirmant que son pouvoir avait provoqué l'attaque de la *gluma*, qu'*elle* était responsable de la mort de Tara. « Vous m'avez dit que c'était ma faute.

— Ma foi, vous n'étiez pas censée survivre. Il fallait bien que je dise quelque chose. » Il avait l'air si raisonnable. « Darlington savait que vous nous poseriez des problèmes. Mais j'ignorais à quel point.

— Vous l'ignorez toujours, dit Alex. Et Darlington vous vomirait, s'il savait.

— Darlington était un gentilhomme. Mais l'époque n'est pas propice aux gentilshommes. » Il ramassa sa pipe. « Vous savez le pire, dans tout ça ?

— Pire qu'un meurtre de sang-froid censé permettre à des gosses de riches de se construire un club-house ? Ça me paraît déjà pas mal. »

Mais il ne semblait pas l'entendre. « Ça n'a pas fonctionné. » Il secouait la tête ; ses sourcils raides creusaient des rides sur son front. « Le rituel était impeccable. Parfait, vraiment. Mais aucun nexus n'est apparu.

— Donc Tara est morte et vous êtes toujours dans la merde ?

— Je l'aurais été sans votre intervention : je plaide actuellement pour que le Manuscrit soit privé de son tombeau. St. Elmo aura un nouveau foyer d'ici à la prochaine année scolaire. Ils obtiendront ce qu'ils voulaient. Je toucherai mon argent. La question est donc,

Alex : qu'est-ce que *vous* voulez ? »

Elle le dévisagea. Il cherchait bel et bien à *négocier* avec elle. « Ce que je veux ? *Arrêtez de tuer des gens*. Vous ne pouvez pas assassiner impunément une fille et faire disparaître Darlington dans la foulée. Vous n'avez pas le droit de vous servir de moi, de Dawes ou du Léthé simplement parce que vous voulez vivre dans un beau quartier et conduire une grosse voiture. Nous ne sommes pas censés marcher sur cette corde raide. Nous sommes les foutus *bergers*. »

Sandow éclata de rire. « Nous ne sommes que des mendiants à qui on jette des miettes, ma chère. Mais la vraie magie, celle qui forge des destins et sauve des vies, leur appartient. À moins qu'on en récupère un peu au passage. »

Le doyen souleva sa pipe, mais au lieu de l'allumer il en vida le contenu dans sa bouche. Ses lèvres brillaient – Astrumsalinas. De la Poudre d'étoile. *Sujétion*. Voilà ce qu'il avait donné à Blake Keely pour qu'il la tue, cette nuit-là, à Il Bastone.

Pas cette fois.

Alex tendit la main vers North – et le sentit aussitôt se déverser en elle, lui insuffler sa force. Elle se jeta sur Sandow.

« Restez où vous êtes ! », ordonna le doyen. Alex chancela, désireuse avant tout d'obéir. Mais la drogue n'avait aucun pouvoir sur les morts.

Non, dit North dans sa tête, d'une voix claire et assurée.

« Non », fit Alex. Elle poussa le doyen dans un fauteuil. Ses béquilles tombèrent par terre. « Turner va bientôt arriver, et vous allez tout lui raconter. St. Elmo n'aura pas son nouveau tombeau. Vous ne vous en sortirez pas à coups d'amendes et de suspensions. Vous allez tous payer. J'emmerde les sociétés, j'emmerde le Léthé, et je vous emmerde *vous*.

— Alexandra ? » La jeune femme fit volte-face, tout comme Sandow. La professeure Belbalm se tenait dans l'embrasure de la porte, une coupe de champagne à la main. « Qu'est-ce qui se passe ici ? Elliot... vous allez bien ?

— Elle m'a attaqué ! cria-t-il. Elle est instable. Marguerite, appelez la sécurité du campus. Demandez à Colin de m'aider à la maîtriser !

— Bien sûr », dit Belbalm. La sujétion faisait déjà effet.

« Professeure, attendez… » commença Alex. Mais c'était inutile, elle le savait. Il n'y avait aucun moyen de la raisonner tant qu'elle était sous l'influence de la Poudre d'étoile. « J'ai un enregistrement. J'ai des preuves…

— Alexandra, je ne comprends pas ce qui vous a pris. » Belbalm secouait tristement la tête. Puis, tout sourire, elle lui adressa un clin d'œil. « En fait, je sais *exactement* ce qui vous a pris. Bertram Boyce North.

— Marguerite ! la coupa Sandow. Je vous ai dit de…

— Oh, Elliot, arrêtez. » La professeure Belbalm referma la porte derrière elle et la verrouilla.

31

Début du printemps

Alex n'en croyait pas ses yeux. Ce n'était pas possible. Comment Belbalm faisait-elle pour résister à la Poudre d'étoile ? Et comment pouvait-elle *voir* North ?

L'enseignante posa sa coupe de champagne sur une étagère. « S'il vous plaît, Alex, asseyez-vous, lui lança-t-elle d'une voix gracieuse d'hôtesse de l'air.

— Marguerite, gronda Sandow avec sévérité.

— Nous aurions dû avoir cette discussion depuis longtemps, n'est-ce pas ? Je vous crois désespéré, pas stupide. Le président est déjà bien aviné, et confortablement installé devant la cheminée. Personne ne viendra nous interrompre. »

Sandow se réinstalla avec circonspection dans le fauteuil de bureau.

Mais Alex n'était pas d'humeur à obéir. « Vous pouvez voir North ?

— Je peux voir sa forme, dit Belbalm. Il se terre en vous comme un secret. Vous n'avez pas remarqué que mon bureau était sous protection ? »

Alex se souvint de la paix qu'elle y avait ressentie, des plantes qui poussaient dans les jardinières – de la menthe et de la marjolaine. Elles fleurissaient aux abords de la maison de l'enseignante, même au cœur de l'hiver. Mais elle ne comprenait pas bien ce que Belbalm voulait dire. « Vous êtes comme moi ? »

La professeure sourit, hocha une fois la tête. « Nous sommes des Déambulatrices. Tous les mondes nous sont ouverts, pour peu que nous ayons l'audace d'y pénétrer. »

Alex était abasourdie. Elle se laissa choir dans un fauteuil, trouva le craquement du cuir étrangement rassurant.

Belbalm prit sa coupe de champagne et, calme et élégante – comme à son habitude – s'installa sur le siège situé face à elle. Alex songea qu'elles auraient pu être une mère et sa fille venues voir le doyen.

« Vous pouvez le laisser sortir si vous voulez », dit-elle. Alex ne comprit qu'un instant plus tard qu'elle parlait de North.

La jeune femme hésita, puis donna une pichenette au Marié pour le faire sortir. Prenant forme à côté du bureau, il dévisagea tour à tour Alex et Belbalm d'un œil circonspect.

« Il ne sait pas trop quoi faire, n'est-ce pas ? » L'enseignante inclina la tête. Un sourire malicieux se dessina sur ses lèvres. « Bonjour, Bertie. »

North eut un mouvement de recul.

Alex se souvint de cet après-midi ensoleillé dans les bureaux de la North & Sons, de la sciure de bois accumulée dans les coins, de la satisfaction qu'elle avait ressentie alors. *À quoi penses-tu, Bertie ?*

« Daisy ? » murmura Alex.

Le doyen Sandow se pencha en avant, les yeux rivés sur Belbalm. « Daisy Fanning Whitlock ? »

Impossible.

« Je préfère en français : *Marguerite*. Beaucoup moins provincial que *Daisy*, n'est-ce pas ? »

North secoua la tête, l'air de plus en plus furieux.

« Non, dit Alex. J'ai vu Daisy. Pas seulement en photo. Je l'ai *vue*. Vous ne lui ressemblez pas du tout.

— Parce que ce n'est pas le corps dans lequel je suis née. Ce n'est pas le corps que mon amoureux suffisant a anéanti. » Elle se tourna vers North, dont le visage trahissait son incrédulité. « Ne t'inquiète pas, Bertie. Je sais que ce n'était pas ta faute. Mais bien la mienne, d'une certaine façon. » L'accent de Belbalm semblait avoir disparu, sa voix empruntant désormais aux longues voyelles de North. « J'ai tellement de souvenirs, mais aucun n'est aussi précis que ce jour-là à l'usine. » Elle ferma les yeux. « Je sens encore le soleil qui se déverse par les fenêtres, l'odeur du bois verni. Tu voulais partir en lune de miel dans le Maine. Dans *le Maine*, alors que le monde nous tendait les bras... Et puis une âme m'a possédée, éperdue, sanglante, grouillante de magie. J'avais passé ma vie en communion avec les morts, à cacher mon don, à emprunter leur force et leur savoir. Mais jamais un esprit ne m'avait débordée de cette façon. » Elle soupira. « J'ai paniqué. Je l'ai rejeté vers toi. Je ne savais même pas qu'une telle chose était possible. »

Éperdue, sanglante, grouillante de magie.

Quelque chose avait dû mal tourner lors d'une pronostication en 1854. Les Bonesmen avaient sans doute tué accidentellement le vagabond qui leur servait de *victima*. Alex s'était demandé ce qui avait attiré son esprit dans cette pièce, pourquoi il avait cherché refuge en North. Cela avait-il été le fruit d'une horrible coïncidence ? Non : cette magie, cette âme rebelle séparée de son corps, coincée entre la vie et la mort, aspirait au pouvoir d'une jeune femme. Elle convoitait Daisy.

« C'était une erreur stupide, poursuivit Belbalm. J'en ai payé le prix. Cette âme en colère était incontrôlable. Elle s'est emparée de ton arme et a utilisé ta main pour me tirer dessus. J'avais si peu vécu – et, d'un coup, comme ça, mon existence prenait fin. »

North se mit à faire les cent pas ; il secouait toujours la tête.

Belbalm se relaissa choir sur son siège, lâcha un petit rire. « Mon Dieu, Bertie, comment peux-tu être aussi obtus ? Combien de fois es-tu passé devant moi dans la rue sans me regarder ? Combien d'années ai-je dû supporter de te voir te morfondre à New Haven, dans toute ta gloire byronienne ? On m'avait volé mon corps : j'ai dû en trouver un nouveau. » Sa voix était calme, mesurée, mais Alex percevait sa colère sourdre dessous. « Je me demande, Bertie, combien de fois tu as regardé Gladys sans vraiment la voir. »

Les types comme lui ne prêtaient guère attention aux petites gens. Alex se rappela avoir vu Gladys se promener dans les cornouillers avec son bonnet blanc. Non – pas tout à fait : Gladys tenait son bonnet dans une main. C'étaient ses cheveux qui étaient blancs, lisses et soyeux comme une tête de phoque. Tout comme ceux de Belbalm.

Celle-ci posa son menton sur sa main. « Pauvre Gladys. Je ne doute pas que tu l'aurais remarquée si elle avait été plus belle. » North ne cessait de la fixer, sa foi le disputant à son refus obstiné. « Je n'étais pas prête à mourir. J'ai abandonné ma dépouille mortelle pour réclamer la sienne. Elle fut la première. »

La première.

Après avoir découvert les corps de Daisy et de North, Gladys O'Donaghue avait couru en hurlant de Chapel jusqu'à High Street – où les autorités l'avaient retrouvée, où l'esprit aux abois de Daisy l'avait poursuivie, où le premier nexus avait été créé et le premier tombeau construit.

« Vous avez possédé Gladys ? » Alex s'efforçait de donner un sens à ce que Belbalm racontait. North s'était logé dans sa tête, mais pour un court instant seulement. Elle avait entendu parler d'histoires de possessions, de hantises, mais rien de comparable à *ça*.

« Je crains de lui avoir infligé bien pire que ça, dit doucement Belbalm. Elle était irlandaise, vous savez. Une vraie tête de mule. J'ai dû m'imposer, tout comme cette âme en peine m'avait poussée hors de moi. Ce fut une âpre lutte. Saviez-vous que le mot "ours" était tabou chez les Irlandais ? Personne ne sait vraiment pourquoi, peut-être par crainte d'invoquer la créature simplement en prononçant son nom. Ils l'appellent donc "l'hirsute", ou le "mangeur de miel". J'ai toujours aimé cette expression. *Mangeur de miel*. J'ai mangé son âme pour faire de la place à la mienne. » Elle fit claquer sa langue contre ses dents. « C'était si doux.

— Ce n'est pas possible ! s'exclama Sandow. Un Gris ne peut pas prendre possession d'un corps vivant. Pas de façon *permanente*. La chair pourrirait, et finirait par périr.

— Petit malin, ironisa Belbalm. Mais je n'étais pas une fille ordinaire, et je ne suis pas devenue n'importe quelle Grise. Mon nouveau corps devait être sustenté – et j'avais les moyens d'y parvenir. » Elle lança à Alex un sourire malicieux. « Vous vous savez déjà capable d'héberger les morts. Vous ne vous êtes jamais demandé ce que vous pourriez faire aux vivants ? »

Le poids de ces mots s'imposa à Alex. Daisy n'avait pas seulement tué Gladys : elle avait consumé son âme. C'était cette violence qui avait généré un nexus. Comment les autres avaient-ils donc été créés ? *Mon nouveau corps devait être sustenté.*

Gladys avait été la première. Mais pas la dernière.

Alex recula vers la cheminée. « Vous les avez toutes tuées. Toutes ces filles. Une par une. Vous avez dévoré leurs âmes. »

Belbalm hocha une fois la tête. « Et abandonné leurs corps. Des coquilles vides pour le croque-mort. Ce n'est pas très différent de ce que vous faites quand vous accueillez un Gris en vous pour sa force, mais la vitalité d'une âme vivante est sans commune mesure. Chacune m'a sustentée pendant des années. Parfois davantage.

— Pourquoi ? » demanda Alex d'une voix désespérée. Cela n'avait aucun sens. « Pourquoi ces filles ? Pourquoi cet endroit ? Vous auriez pu aller n'importe où, faire n'importe quoi.

— Faux. » Le rire de Belbalm était amer. « J'ai exercé de nombreux métiers. J'ai changé de nom et d'identité, mené de fausses vies pour dissimuler ma vraie nature. Mais je n'ai jamais pu aller en France. Ni dans mon ancien corps, ni dans celui-ci. Peu importe le nombre d'âmes que je consomme, la putréfaction commence dès que je pars d'ici.

— C'est la ville, dit Sandow. Vous avez besoin de New Haven. C'est ici que réside la magie. »

Belbalm frappa l'accoudoir du plat de la main. « Cette saleté de ville.

— Vous n'aviez pas le droit, dit Alex.

— Bien sûr que non. » Belbalm avait l'air presque confuse. « Les hommes de la Skull & Bones avaient-ils le droit d'ouvrir en deux ce pauvre homme ? » Elle pointa son menton vers Sandow. « Et *lui*, avait-il le droit de tuer Tara ? »

Le doyen sursauta.

« Vous le saviez ? demanda Alex. Vous avez *aussi* dévoré son âme ?

— Je ne suis pas un chien qui accourt au son du dîner. Pourquoi me contenter d'une âme aussi triviale quand un festin me tendait les bras ?

— Oh », fit Sandow. Il joignit le bout de ses doigts. « Je vois. C'est de vous qu'elle parle, Alex. »

Belbalm lui lança un regard glacial. « Ne prenez pas un air aussi ravi, Elliot. Je ne suis pas venue ici pour réparer vos erreurs, et je n'ai pas l'intention de vous laisser le loisir de dévoiler mes secrets. Vous allez mourir ici, dans ce fauteuil.

— J'en doute, Marguerite. » Sandow se leva, le visage imprégné de la même détermination qui l'avait habité la nuit du rite de la nouvelle lune, lorsqu'il avait fixé les feux de l'enfer. *« Quand enfin la cloche sonne le glas du jour, le troupeau va et mugit dans les pâturages… »*

Le Marié recula. Tout en lançant un regard désespéré à Alex, il commença à disparaître dans la bibliothèque, griffant vainement les murs, luttant contre son bannissement malgré la peur des mots de mort qui s'emparait de lui.

« North ! » La jeune femme tendit la main dans sa direction, pour essayer de le ramener en elle. Trop tard. Il avait disparu dans le mur.

« Alors le fermier chez lui rentre d'un pas lourd », continua Sandow, sa voix retentissant à travers la pièce. *« Laisse aux ombres et à moi le monde en partage… »*

Belbalm se leva lentement de sa chaise, agita les manches de son élégante tunique noire. « Un peu de poésie, Elliot ? »

Les mots de mort. Mais l'enseignante ne craignait pas la mort. Elle l'avait déjà rencontrée, et l'avait vaincue.

Sandow se concentra sur Belbalm. « *Peut-être qu'en cet endroit désolé réside un cœur qu'un feu céleste jadis embrasait...* »

La professeure prit une grande respiration, tendit la main vers Sandow – comme Alex l'avait fait pour accueillir North et Hellie.

« Arrêtez ! » La jeune femme traversa d'un bond la pièce. Elle attrapa le bras de Belbalm – mais sa peau était aussi dure que du marbre. Impossible de le bouger.

Les yeux exorbités, Sandow poussa un sifflement aigu, comme une théière sur le point de bouillir. Puis il retomba brutalement sur son fauteuil de bureau, ses mains agrippées aux accoudoirs. Le son strident s'estompa, mais le doyen resta figé, les yeux dans le vide, comme un mauvais acteur mimant un instant de stupeur.

Belbalm pinça les lèvres avec dégoût et s'essuya délicatement le coin de la bouche. « Cette âme avait la consistance d'une vieille pomme.

— Vous l'avez tué, dit Alex, incapable de détourner le regard du corps du doyen.

— Méritait-il vraiment un meilleur sort ? Les hommes *meurent*, Alexandra. C'est rarement une tragédie.

— Il ne va pas passer de l'autre côté du Voile, n'est-ce pas ? » Alex commençait à comprendre. « Vous dévorez leur âme, et ils restent à jamais bloqués. » Voilà pourquoi North n'avait pas pu retrouver Gladys de l'autre côté, ni aucune des autres filles. Et qu'était devenue l'âme de Tara, sacrifiée lors du rituel de Sandow ? Où était-elle passée ?

« Je vous ai contrariée. Je comprends. Mais vous savez ce que c'est, de se tailler une place dans le monde, de devoir se battre à chaque instant. Vous n'imaginez même pas à quel point c'était pire à mon époque. Les femmes étaient envoyées à l'asile parce qu'elles lisaient trop de livres, ou lorsque leurs maris se lassaient d'elles. Il y avait si peu de chemins qui s'ouvraient à nous. Et le mien m'a été volé. J'en ai donc tracé un nouveau. »

Alex tendit son index vers Belbalm. « Vous n'avez pas le droit de transformer *ça* en une sorte de manifeste féministe. Vous avez pavé votre nouveau chemin de l'existence d'autres femmes. Des Noires, des immigrantes. De pauvres filles. » *Des filles comme moi.* « Juste pour gagner quelques années supplémentaires.

— C'est bien plus que ça, Alexandra. Il s'agit d'un acte divin. À chaque vie que je prenais, un nouveau temple était érigé à ma gloire – construit par des hommes qui n'avaient jamais pris le temps de comprendre le pouvoir qu'ils revendiquaient comme un dû. Alors qu'ils jouaient avec la magie, je façonnais le visage de l'immortalité. Et vous allez m'y aider.

— Quelle chance. » Alex ne demanda pas plus de détails. Belbalm avait rejeté l'offre de Sandow par crainte de gâcher son appétit. « Je suis un trophée.

— J'ai appris la patience au cours de cette longue vie, Alexandra. J'ignorais la véritable nature de Sophie quand nous nous sommes rencontrées ; mais après avoir consommé son âme ? C'était fort, sauvage, amer comme un brin d'if, un véritable brasier dans mes veines. Ça m'a fait tenir pendant plus de cinquante ans. Et puis, alors même que je commençais à faiblir, à *vieillir*, Colina a fait son apparition. J'ai reconnu l'odeur de son pouvoir, cette fois. Je l'ai sentie sur le parking d'une église, et je l'ai suivie sur plusieurs pâtés de maisons. »

Leur mort avait servi de fondations aux tombeaux de St. Elmo et du Manuscrit.

Quel mot Belbalm avait-elle employé, déjà ? « C'étaient des Déambulatrices.

— Elles sont venues à moi, comme attirées ici dans le seul but de me nourrir. Tout comme vous. »

Cela expliquait pourquoi les tueries s'étaient arrêtées en 1902. Les filles ordinaires avaient été dévorées les unes après les autres jusqu'à la fin des années 1800. Elle avait alors trouvé sa première Déambulatrice, Sophie Mishkan, une fille dotée d'un pouvoir similaire au sien. Cette âme l'avait rassasiée jusqu'en 1958 : Belbalm avait ensuite assassiné Colina Tillman, elle aussi dotée des mêmes capacités. Et maintenant, c'était au tour d'Alex.

Cette ville. New Haven attirait-elle les Déambulatrices ? Daisy. Sophie. Colina. Alex se trouvait-elle depuis toujours sur une trajectoire de collision avec cet endroit, avec ce monstre ? La magie nourrissant la magie ?

« Quand avez-vous compris ce que j'étais ? s'enquit-elle.

— Dès notre rencontre. Je voulais vous laisser mûrir un peu. Vous débarrasser de la puanteur de l'ordinaire. Mais bon... » Belbalm haussa les épaules, puis leva la main.

Une douleur aiguë transperça la poitrine d'Alex – à croire qu'un crochet s'était logé sous son sternum, dans son cœur. Autour d'elle et de l'enseignante la jeune femme voyait des flammes bleues s'élever en cercle. Une roue. Elle se sentit tomber.

Hellie avait été un rayon de soleil ; North, le froid et la fumée de charbon. Belbalm, quant à elle, ne fut que crocs.

Alex chancelait à côté du gril sur le minuscule balcon de Ground Zero. L'odeur du charbon flottait dans l'air. Au loin, le smog prenait peu à peu possession des collines. La ligne de basse faisait trembler le sol sous ses pieds nus. Elle leva le pouce, occultant et faisant réapparaître tour à tour la lune montante.

Une femme se penchait sur son berceau, tendant ses bras vers elle, ses mains la traversant sans la toucher, encore et encore. Elle pleurait des larmes d'argent, qui tombaient sur les bras potelés d'Alex et disparaissaient sous sa peau.

Hellie lui tenait la main. Elle la tirait le long de la promenade de Venice Beach. Elle sortit le Neuf de Bâtons d'un jeu de tarot. Alex avait déjà une carte dans ses mains. *Pas question que je me fasse tatouer ça,* dit Hellie. *Laisse-moi tirer une autre carte.*

Len prit un des bracelets en cuir de son bras et l'attacha autour du poignet d'Alex. *Ne le dis pas à Pogo,* murmura-t-il. Son haleine sentait le pain rassis, mais jamais Alex n'avait été aussi heureuse.

Sa grand-mère se tenait devant le poêle. Alex sentit le cumin, le fumet de la viande rôtissant dans le four, un goût de miel et de noix sur sa langue. *Nous sommes végétariens, maintenant,* dit Mira. *Chez toi, tu fais comme tu veux*, répondit sa grand-mère. *Ici, je lui donne des forces.*

Un homme s'attardait dans le jardin, pour tailler des haies qui ne changeaient jamais. Le soleil lui faisait plisser les yeux, même les jours nuageux. Il essayait de parler à Alex, mais celle-ci n'entendait pas ce qu'il disait.

La jeune femme sentait ses souvenirs s'effilocher un à un, capturés par les dents pointues de Belbalm. Belbalm – Daisy – les convoitait jusqu'au dernier, les bons comme les mauvais, les tristes comme les doux : tous étaient pour elle aussi délicieux les uns que les autres.

Il n'y avait nulle part où fuir. Alex essaya de rappeler le parfum de sa mère, la couleur du canapé dans le séjour, tout ce qui pouvait l'aider à maintenir un semblant de cohésion pendant que Daisy l'engloutissait.

Elle avait besoin d'Hellie. Elle avait besoin de Darlington. Elle avait besoin de... comment s'appelait-elle, déjà ? Elle l'avait sur le bout de la langue : une fille aux cheveux roux, un casque autour du cou. *Pammie ?*

Alex était pelotonnée sur un lit, entourée de monarques qui se transformaient en phalènes. Il y avait un garçon blotti tout contre son dos. *Je te servirai jusqu'à la fin des temps*, lui dit-il.

Les dents de Belbalm s'enfoncèrent plus profondément. Alex ne se rappelait même plus la forme de son corps, de ses bras. Elle aurait bientôt complètement disparu. Y avait-il du soulagement qui accompagnait sa peur ? Tous ses chagrins, ses erreurs et ses pertes, tout allait disparaître. Alex allait cesser complètement d'exister.

Belbalm allait l'ouvrir en deux. Elle allait boire Alex jusqu'à la dernière goutte.

Une vague s'élevait au-dessus du sol en pierre de la Beinecke Plaza ; un beau garçon aux cheveux noirs hurlait. *Que tout devienne océan !*

Elle pourrait partir à la dérive sur l'océan Pacifique, dépasser l'île de Santa Catalina, puis regarder les ferries aller et venir.

La vague s'écrasa sur la place, emportant une marée de Gris.

Recroquevillée sur le sol de la bibliothèque, les larmes aux yeux, Alex chantait les vieilles chansons de sa grand-mère, récitait les paroles que son aïeule avait jadis prononcées. Elle cherchait à se soustraire aux Gris, cachée derrière… Darlington, son nom était Darlington… Darlington et son manteau sombre. Elle se cachait, comme elle l'avait fait toute sa vie. Enfermée loin du monde des vivants pour se libérer des morts.

Que tout devienne océan.

Alexandra. La voix de Belbalm. Un avertissement. Comme si elle avait découvert cette pensée sitôt entrée dans la tête d'Alex.

La jeune femme ne voulait plus se cacher. Elle se considérait comme une survivante, mais n'avait jamais agi autrement qu'en chien battu, grognant et montrant les crocs pour tenter de rester en vie. Sauf qu'elle était *plus* que cela, à présent.

Alex arrêta de se débattre, ouvrit grand ses portes à Belbalm. Elle se souvint de son corps, de ses mains. Ce qu'elle s'apprêtait à faire était dangereux. Elle s'en réjouissait d'avance.

Que tout devienne océan. *Laissez-moi devenir le déluge.*

Elle leva les bras et se laissa submerger.

Instantanément, elle les sentit, comme s'ils *attendaient* ce moment : des navires sur une mer sans fin, guettant l'horizon sombre dans l'espoir d'une lumière, d'une balise pour les guider. Dans tout New Haven elle les sentait, de Hillhouse Avenue à Prospect Street. Elle sentit North retournant sur le site de l'ancienne usine, où les mots de mort l'avaient projeté ; ce gamin, toujours en quête de tickets à l'extérieur du Colisée disparu ; les Gris qui piquaient des sprints devant le gymnase Payne Whitney, et un millier d'autres qu'elle n'avait jamais vus – des vieillards morts dans leur lit, une femme poussant un landau déchiqueté de ses mains mutilées, un garçon blessé par balle au visage, cherchant à tâtons un peigne dans sa poche. Une randonneuse desséchée boitait sur la pente d'East Rock, traînant sa jambe cassée derrière elle ; et à Westville, dans le labyrinthe en ruine de Black Elm, Daniel Tabor Arlington III resserra son peignoir avant de s'élancer vers elle, une cigarette encore à ses lèvres.

Venez à moi, supplia-t-elle. *Aidez-moi.* Elle leur fit ressentir sa terreur, braqua sa peur sur eux comme le projecteur d'une tour de guet, son désir de vivre un autre jour, une autre heure, éclairant le chemin.

Il en venait toujours plus: ils se déversaient dans les rues, traversant le jardin, les murs, s'entassant dans le bureau, s'entassant en *elle,* déferlant comme une vague.

Alex sentit Belbalm battre en retraite, et la vue lui revint d'un coup. L'enseignante se tenait devant elle, un bras tendu, les yeux flamboyants. Les flammes bleues de la Roue les encerclaient encore. Elles se tenaient en son centre, entourées par ses rayons.

« Que se passe-t-il ? siffla Belbalm.

— Invoquez les disparues ! cria Alex. Invoquez les égarées ! Je connais leurs noms. » Et les noms avaient du pouvoir. Elle les prononça l'un après l'autre, une élégie aux filles perdues : « Sophie Mishkan ! Colina Tillman ! Zuzanna Mazurski ! Paoletta DeLauro ! Effie White ! Gladys O'Donaghue ! »

Les morts chuchotaient leurs noms, les répétaient tout en se rapprochant, telle une marée de corps. Alex les entendait gémir *Sophie, Colina, Zuzanna, Paoletta,* comme une longue complainte.

Les Gris parlaient : ils appelaient les fragments de ces âmes. Le murmure de leurs voix s'élevait en un chœur brisé, de plus en plus fort.

« Alexandra », grogna Belbalm, et Alex vit la sueur perler sur son front. « Je ne renoncerai pas. »

Ce n'était plus à elle de décider.

« Je m'appelle Galaxy, putain de gloutonne. »

Au son de son nom, les Gris poussèrent de concert un soupir qui *balaya* la pièce. L'ourlet d'Alex claqua sous la bourrasque, les cheveux de l'enseignante volèrent sur son visage. Ses yeux s'écarquillèrent et virèrent au blanc.

Une fille parut émerger, se détacher de Belbalm comme une pâle peau d'oignon. Sous d'épaisses boucles sombres, elle portait le tablier d'une ouvrière d'usine par-dessus une blouse et une jupe grises. Une blonde coiffée d'un chapeau à plumes apparut ensuite, sa peau comme celle d'un abricot délavé, vêtue d'une robe à carreaux à col haut, la taille beaucoup trop serrée pour son propre bien ; puis une fille noire, chatoyante dans son cardigan rose pastel et sa jupe ronde, les cheveux plaqués en vagues brillantes. L'une après l'autre, elles s'extirpèrent de Belbalm, rejoignant la foule des Gris.

Gladys était la dernière. Elle ne voulait pas sortir : Alex le sentait. Malgré toutes les années passées à se recroqueviller dans la conscience de Daisy, elle avait peur de quitter son corps.

« Elle n'a pas le droit de vous séquestrer, la rassura Alex. N'ayez pas peur. »

Une fille émergea, à peine visible, un fragment de Gris. Elle ressemblait à une version beaucoup plus jeune de Belbalm, mince et élancée, ses cheveux blancs tressés. Gladys se retourna pour se regarder, pour observer l'enseignante, sa tunique noire et ses bagues. Elle leva les bras pour se protéger d'elle, toujours effrayée, se retirant dans la foule où l'attendaient les autres filles.

Belbalm ouvrit la bouche comme pour crier, mais n'en sortit qu'un sifflement de bouilloire pareil à celui que le doyen avait émis.

North se tenait à côté d'Alex ; peut-être se trouvait-il là depuis le début.

« Ce n'est pas un monstre, plaida-t-il. Ce n'est qu'une fille.

— Elle savait ce qu'elle faisait » Toute pitié avait déserté la jeune femme. « Elle trouvait simplement que sa vie valait davantage que toutes les nôtres.

— Je l'ignorais capable de tels méfaits, lança-t-il par-dessus la clameur de la foule. Je ne savais pas que son cœur était si sombre.

— Vous n'avez jamais rien su d'elle. »

La prudente Daisy, qui avait su garder tous ses secrets. Qui avait vu des fantômes, qui brûlait de voir le monde. L'indomptable Daisy, abattue à l'aube de sa vie. Daisy la cruelle, enfin, qui avait refusé son sort et avait volé vie après vie pour se nourrir.

Alex prononça le dernier nom. « Daisy Fanning Whitlock ! »

Elle tendit la main et sentit l'esprit de Daisy s'approcher d'elle, lentement, à contrecœur, s'accrochant à son corps comme une plante déploie ses racines dans le sol pour s'y ancrer.

Alex puisa dans la force dans les Gris qui l'entouraient. La jeune femme laissa son esprit former des dents, les laissa plonger dans la conscience de Daisy. Puis tira.

L'âme de Daisy se rua sur elle. Alex la libéra avant qu'elle ne puisse la posséder.

L'espace un bref instant, elle aperçut une fille aux cheveux noirs et au visage de fée, en jupes larges et manches bouffantes. Sa poitrine avait été percée par un coup de feu ; sa bouche se tendait en un cri. Les Gris bondirent en avant.

North s'interposa devant Daisy. « S'il vous plaît, dit-il. Laissez-la tranquille ! »

Mais Gladys s'avança, mince comme l'air. « Non.

— Non », répétèrent à l'unisson Sophie, Zuzanna, Paoletta, Effie et Colina.

Les Gris submergèrent North et fondirent sur Daisy dans un tourbillon.

« *Mors irrumat omnia,* chuchota Alex. La mort nous baise tous. »

La Roue tourna, et Alex sentit son estomac brimbaler. Elle tendit ses mains devant elle, pour s'accrocher à quelque chose – à n'importe quoi. Heurtant quelque chose de solide, elle tomba à genoux. La pièce se figea soudainement.

La jeune femme était étendue sur le tapis du bureau du président. Elle leva les yeux, toujours étourdie. Les Gris avaient disparu – tous, sauf le Marié. Alex pouvait entendre son cœur battre dans sa poitrine et, à travers la porte, les bruits de la fête en cours. Le doyen gisait mort dans son fauteuil. La rémanence bleue de la Roue brûlait encore ses paupières lorsqu'elle les referma.

Le corps de Belbalm s'était effondré sur lui-même. Sa peau se dissolvait en une gangue poudreuse, ses os s'effritant sous le poids du siècle qui s'abattait sur eux. Elle n'était plus guère qu'un tas de cendres.

Le Marié fixait la poussière qui avait jadis été son aimée. Il s'agenouilla, tendit la main vers elle – mais sa main passa à travers.

Alex se servit du bord du bureau pour se relever. Tant bien que mal, elle se rapprocha de la baie vitrée qui donnait sur le jardin. Elle avait les jambes en coton, et la blessure à son flanc l'élançait. Sitôt la baie déverrouillée, un air froid vint refroidir ses joues et disperser les cendres de Belbalm.

North les regarda impuissant s'envoler du tapis.

« Désolée, marmonna Alex. Mais vos goûts en matière de femmes sont désastreux. »

La jeune femme tourna la tête vers le corps du doyen, tenta de remettre en route son esprit – mais elle se sentait vide, épuisée. Le fil de ses pensées lui échappait. Des jonquilles commençaient à envahir les parterres dans le jardin.

Turner, songea-t-elle. Où était-il ? Avait-il reçu son message ?

Alex sortit son portable. Elle avait reçu une réponse du détective. *Travaille sur une affaire. Restez sur place. Appellerai dès que j'aurai fini. NE FAITES RIEN DE STUPIDE.*

« Comme si c'était mon genre. »

Un éclat de rire fusa à travers la porte. Il fallait qu'elle réfléchisse. Si les archives attribuant les autres meurtres à Daisy étaient correctes, alors la mort de Sandow ressemblerait très probablement à une crise cardiaque ou à un accident vasculaire cérébral. Mais Alex ne voulait prendre aucun risque. Elle aurait pu filer en douce par le jardin, mais des gens les avaient vus entrer ensemble dans le bureau. Elle n'avait pas précisément fait preuve de discrétion…

Il lui fallait retourner au sein de la fête, se mêler aux autres. Si jamais on lui posait la question, elle dirait que le doyen était en train de parler avec la professeure Belbalm la dernière fois qu'elle l'avait vu.

« North », dit-elle. Il leva les yeux, s'arrachant au triste spectacle qu'il contemplait agenouillé. « J'ai besoin de votre aide. »

Il était possible que le Marié refuse, qu'il lui reproche la disparition définitive de Daisy. Alex se demanda si les Gris allaient la laisser franchir le Voile, au moins en partie. La présence de North ici, son chagrin, suggéraient le contraire.

Lentement, le Marié se releva. Ses yeux étaient plus sombres et tristes que jamais, mais une prudence nouvelle les habitait. *Est-ce qu'il a peur de moi?* L'idée ne la dérangeait pas. Il y réfléchirait peut-être à deux fois avant de lui sauter à nouveau dans le crâne. Mais elle avait quand même de la peine pour lui. Elle comprenait sa douleur : il avait perdu Daisy à deux reprises – d'abord la fille qu'il avait aimée, puis l'idée qu'il s'était faite d'elle.

« Vous pourriez regarder s'il y a quelqu'un dans le couloir ? Personne ne doit me voir quitter cette pièce. »

North s'empressa de traverser la porte ; pendant un long moment Alex se demanda s'il allait simplement la laisser là, en compagnie d'un cadavre et d'un tapis couvert de poudre maléfique.

Il réapparut finalement par le mur, hocha la tête pour lui signaler que la voie était libre.

Alex se força à mettre un pied devant l'autre. Elle avait l'étrange sentiment d'être une maison aux portes grandes ouvertes.

La jeune femme se recoiffa, réajusta l'ourlet de sa robe. Elle devait agir normalement, faire comme si rien ne s'était passé. Mais ce ne serait pas un problème, Alex le savait. Elle avait fait ça toute sa vie.

Nous disons « le Voile », mais nous savons qu'il en existe plusieurs, chacun formant une barrière entre notre monde et l'au-delà. Certains Gris restent à jamais séquestrés derrière, incapables de revenir parmi les vivants; d'autres s'avèrent brièvement visibles dans notre monde, par ceux qui se risquent à essayer la Balle d'Hiram, et d'autres encore peuvent s'aventurer encore plus loin, et apparaître aux gens ordinaires. Nous savons aussi qu'il y a de nombreuses zones frontalières où les morts peuvent communier avec les vivants, et nous soupçonnons depuis longtemps qu'il y a de nombreuses vies après la mort. Cela nous conduit naturellement à subodorer l'existence de nombreux *enfers*. Mais si de tels lieux ont quelque réalité, ils nous restent opaques, inconnus. Car il n'est pas d'explorateur assez intrépide ou audacieux pour oser marcher sur la route de l'enfer - et qu'importe de quoi sont faits ses pavés.

— extrait de *La Vie du Léthé : Procédures et Protocoles de la Neuvième Maison*

Cuando ganeden esta acerrado, guehinam esta siempre abierto.

Le jardin d'Éden nous est peut-être fermé, mais les portes de l'enfer restent quant à elles toujours ouvertes.

— *Dicton ladino*

32

Printemps

Alex retrouva Dawes au Clapier, et toutes deux remontèrent ensemble Elm Street jusqu'au gymnase Payne Whitney, à l'intersection que Sandow avait choisie pour son rite, là où Tara Hutchins était morte. *De bon augure*. Des fleurs printanières avaient commencé à fleurir sur la parcelle de terre vide, des crocus violet pâle et de minuscules clochettes blanches de muguet perchées sur leurs cous penchés.

La jeune femme avait du mal à s'éloigner des protections. Sa vie durant, elle avait vu des Gris – les Silencieux, ainsi qu'elle les appelait. Ils ne se taisaient plus, désormais. La défunte vêtue d'une chemise de nuit se chantonnait des airs devant l'école de musique. Deux jeunes hommes en manteau et hauts-de-chausses, perchés sur la clôture d'Old Campus, échangeaient des ragots, le côté gauche de leur corps carbonisé par un vieil incendie. Même en cet instant la jeune femme devait faire un effort pour ignorer le rameur noyé courir au vent devant le gymnase. Elle entendait son souffle bruyant. Comment était-ce possible ? Depuis quand un fantôme avait-il besoin de respirer ? Était-ce simplement là le *souvenir* d'un besoin d'air ? Une vieille habitude ? Ou une tentative pour paraître humain ?

Alex secoua légèrement la tête. Elle allait devoir trouver un moyen quelconque de les faire taire, sans quoi elle finirait par perdre les pédales.

« Il y a quelqu'un qui parle ? » s'enquit Dawes à voix basse.

Alex opina du chef et se frotta les tempes. Elle ignorait comment régler ce problème, mais il lui fallait s'assurer que les Gris ne se rendaient pas compte qu'elle pouvait toujours les entendre : trop d'entre eux cherchaient désespérément un lien avec le monde des vivants.

Elle n'avait pas revu North depuis l'après-midi de la fête chez le président. Peut-être portait-il quelque part le deuil de ce que Daisy était devenue. Peut-être avait-il créé un groupe de soutien de l'autre côté du Voile pour les âmes qu'elle avait gardées captives pendant tant d'années. Alex n'en savait rien.

Elles firent le tour du terrain que le doyen avait réservé pour St. Elmo. Alex espérait que des fleurs pousseraient à l'endroit où Tara était morte. Elle avait envoyé au conseil du Léthé l'enregistrement de la confession de Sandow. C'était horrible, avaient-ils convenu. Grotesque. Mais avant tout dangereux. Même si le rituel de Sandow avait échoué, ils redoutaient que se répande l'idée qu'il était possible de créer des nexus par le biais d'un homicide – et ne voulaient pas que Léthé soit lié à la mort de Tara. À l'exception de quelques membres du conseil, tout le monde croyait encore Blake Keely coupable du meurtre, et le Léthé n'avait pas l'intention de les démentir.

Et Alex n'allait pas monter sur ses grands chevaux, cette fois. Elle avait trop à perdre, trop de nouveaux secrets à préserver. La mort de Sandow avait été mise sur le compte d'une crise cardiaque foudroyante lors de la fête censée célébrer son retour. Il avait fait une mauvaise chute quelques semaines auparavant. Il était en proie à d'énormes difficultés financières. Son décès avait été pleuré, mais n'avait guère attiré l'attention – d'autant que Marguerite Belbalm avait disparu après avoir été vue en sa compagnie dans le bureau du président. Personne ne savait où elle se trouvait ni ce qui lui était arrivé, et la police de New Haven avait ouvert une enquête.

Le Léthé ne savait rien de la véritable nature de Belbalm, et ignorait tout de son implication dans la mort de Sandow. Alex s'était assurée de couper l'enregistrement avant que l'enseignante n'entre dans le bureau. Le conseil du Léthé n'avait jamais entendu le terme « Déambulatrice » et c'était aussi bien ainsi : si Alex avait vu juste, elle-même avait la capacité de créer un nexus – tout ce qu'elle avait à faire, c'était de développer un appétit pour les âmes. Elle avait vu comment le Léthé et les sociétés fonctionnaient. Ce n'était pas un savoir qu'elle souhaitait mettre entre leurs mains.

Dawes vérifia l'heure sur son portable, puis d'un commun accord silencieux toutes deux s'éloignèrent du gymnase Payne Whitney et prirent à droite sur Grove Street. Alex vit bientôt se dresser devant elle l'immense mausolée de la Book & Snake, un bloc lugubre de marbre blanc entouré de fer forgé noir. Maintenant qu'Alex savait qu'ils n'avaient pas lancé la *gluma* à ses trousses, qu'ils n'étaient pas impliqués dans ce qui était arrivé à Tara, elle se demandait comment solliciter leur aide afin de retrouver l'âme de Tara. La jeune femme n'aimait guère l'idée de passer sous ce portique, et redoutait ce que la Book & Snake allait exiger en échange, or le Léthé devait à Tara Hutchins le repos qu'ils étaient en mesure de lui offrir. Mais cela attendrait. Alex avait une dernière tâche à accomplir avant de pouvoir aider Tara. Une mission à laquelle elle risquait de ne pas survivre.

Alex et Dawes passèrent sous les immenses portes néo-égyptiennes du cimetière, sous l'inscription qui avait tant plu à Darlington : LES MORTS RESSUSCITERONT.

Et pas seulement les morts, si elle avait son mot à dire.

Elles passèrent devant les tombes de poètes, d'érudits et d'anciens présidents de Yale. Une petite foule s'était rassemblée devant une nouvelle pierre tombale. Comme toujours, le doyen Sandow était en excellente compagnie.

La foule devait grouiller d'anciens élèves du Léthé, elle le savait, mais Alex n'y reconnut que Michelle Alameddine. Elle portait le même manteau élégant que la fois précédente, et ses cheveux foncés formaient un chignon assez strict. Turner était là également, mais il lui adressa à peine un regard. Sa présence ne lui faisait clairement pas plaisir.

« Vous m'avez fait disparaître un *corps* ? avait-il grogné lorsqu'elle avait accepté de le voir à Il Bastone.

— Désolée, lui avait-elle répondu. Vous êtes vraiment difficile à joindre.

— Que s'est-il passé à cette fête ? »

Alex s'était adossée contre une des colonnes du porche. La maison semblait comme s'appuyer de tout son poids sur ses épaules. « Sandow a assassiné Tara.

— Et *lui*, qu'est-ce qui lui est-il arrivé ?

— Crise cardiaque.

— Ne me prenez pas pour une buse. Vous l'avez tué ?

— Je n'ai pas eu à le faire. »

Turner l'avait dévisagée un long moment, et la jeune femme s'était réjouie de pouvoir lui dire la vérité, pour une fois.

Ils ne s'étaient pas reparlé depuis. Alex soupçonnait Turner de vouloir tourner la page – avec elle, comme avec l'intégralité du Léthé. Elle ne pouvait pas l'en blâmer, mais son absence créait un vide. Ça faisait du bien d'avoir un des gentils de son côté.

La cérémonie fut longue, et ennuyeuse : une liste des accomplissements du doyen, une déclaration du président, quelques mots d'une femme mince vêtue d'une robe bleu marine – probablement l'ex-femme de Sandow. Il n'y avait guère de Gris au cimetière, ce jour-là. Ils n'aimaient pas les enterrements, et le peu d'émotion que suscitait celui-ci ne leur suffisait pas à surmonter leur répulsion. Mais un peu de silence ne dérangeait nullement Alex.

Alors que le cercueil du doyen disparaissait sous terre, elle croisa le regard de Michelle Alameddine et lui adressa un bref signe du menton : une invitation. Accompagnée de Dawes, elle s'éloigna de la tombe – en espérant que Michelle les suive.

Elles prirent un chemin sinueux sur leur gauche, passant devant la tombe de Kingman Brewster, sur laquelle un noisetier de sorcière fleurissait de jaune tous les ans au mois de juin – presque toujours le jour de son anniversaire – et perdait ses feuilles en novembre, au moment de sa mort. Le premier corps de Daisy avait été enterré quelque part dans ce même cimetière.

« Tu es sûre de toi ? » lui lança Pamela lorsqu'elles eurent atteint un coin tranquille entre deux sphinx de pierre. Elle avait mis un pantalon de mamie et des perles aux oreilles pour les funérailles, mais son chignon rouge avait légèrement glissé sur le côté.

« Non, admit Alex. Mais on va avoir besoin de toute l'aide possible. »

Dawes n'allait certainement pas dire le contraire. Elle s'était confondue en excuses quand le Léthé était enfin parvenu à la joindre chez sa sœur, à Westport, et avait entendu de la bouche d'Alex la véritable histoire de ce qui s'était passé à la fête du président. Et puis, cette quête, cette mission, lui importait autant qu'à son amie. Peut-être davantage.

Alex vit Michelle traverser la pelouse dans leur direction. La jeune femme attendit qu'elle les ait rejointes, puis mit les pieds dans le plat. « Darlington n'est pas mort. »

Michelle soupira. « Qu'est-ce qu'il y a encore ? Alex, je comprends…

— C'est un démon.

— Excusez-moi ?

— La bête infernale ne l'a pas tué. Il a été *transformé*.

— Ce n'est pas possible.

— Écoutez, fit Alex. J'ai passé un moment dans les zones frontalières ces derniers temps…

— Pourquoi ça ne me surprend pas ?

— À chaque fois, j'ai entendu… eh bien, j'ignore ce que c'était – des Gris ? Des monstres ? Des genres de créatures pas tout à fait humaines sur le rivage le plus sombre. Elles disaient quelque chose que je n'arrivais pas à comprendre. J'ai cru que c'était un nom, au début, Jonathan Desmond, ou Jean Du Monde. Mais ce n'était pas ça du tout.

— Et donc ? » Michelle gardait un visage parfaitement impassible ; elle faisait à l'évidence de son mieux pour avoir l'air ouverte d'esprit.

« *Gentilhomme démon.* C'est ce qu'elles disaient. Elles parlaient de Darlington. Et elles étaient effrayées. »

Darlington était un gentilhomme. Mais l'époque n'est pas propice aux gentilshommes. Alex avait à peine prêté l'oreille aux paroles du doyen. Ce n'était qu'en écoutant l'enregistrement de leur conversation qu'elle avait percuté. Darlington : le gentilhomme du Léthé. Les gens le décrivaient toujours ainsi, comme s'il n'était pas né à la bonne époque – une pensée qui avait souvent traversé l'esprit de la jeune femme.

Mais ça lui avait quand même pris un moment pour rassembler toutes les pièces du puzzle, pour comprendre que les créatures de cette rive sombre murmuraient toujours ces sons étranges lorsqu'elles mentionnaient Darlington ou pensait à lui. Elles n'étaient pas en colère : elles étaient *effrayées*, comme les Gris la nuit de la pronostication. *C'était* Darlington qui avait prononcé le mot « assassin » lors du rite de la nouvelle lune, et non un simple écho – mais il désignait alors Sandow, pas Alex : l'homme qui avait tué Tara et tenté de lui faire subir le même sort. Du moins Alex espérait-elle que ce soit le cas. Daniel Tabor Arlington, toujours gentilhomme, un garçon aux excellentes manières. Mais qu'était-il advenu de lui ?

« Ce que vous suggérez est impossible, fit Michelle.

— Je sais de quoi ça a l'air, dit Dawes. Mais les humains peuvent devenir…

— Je connais le processus. Mais il n'existe qu'un seul moyen de créer un démon : l'union du soufre et du péché.

— Quel genre de péché ? s'enquit Alex. La masturbation ? Une mauvaise orthographe ?

— On est dans un cimetière, la réprimanda Dawes.

— Dawes, crois-moi, les morts s'en fichent.

— Il n'y en a qu'un seul capable de transformer un homme en démon, dit Michelle. Le meurtre. »

Dawes prit un air dévasté. « Jamais il n'aurait…

— Tu as tué quelqu'un, lui rappela Alex. *Et moi aussi*. "Jamais" est un bien grand mot.

— Darlington ? déclara Michelle, incrédule. Le petit chien du professeur ? Le chevalier en armure brillante ?

— Ce n'est pas sans raison que les chevaliers portent des épées, et je ne vous ai pas appelée pour me disputer avec vous. Vous ne voulez pas nous aider ? Tant pis. Je sais ce que je sais : une bête infernale a été envoyée pour tuer Darlington. Mais il a survécu et cette chose l'a rejeté en enfer. Nous allons le chercher.

— Nous ? répéta Michelle.

— Nous », lui confirma Dawes.

Un vent froid souffla entre les arbres du cimetière ; Alex se retint de frissonner. L'hiver semblait vouloir s'accrocher, comme un avertissement. Mais Darlington était en train de vivre une expérience terrible, et il devait attendre que quelqu'un vienne à son secours. Sandow avait privé ce monde de l'enfant prodige du Léthé, et quelqu'un se devait de le ramener.

« Bon. » Une rafale agita les branches chargées de bourgeons, frappa les pierres tombales – on aurait dit le gémissement d'une pleureuse accablée de chagrin. « Qui est prêt à aller en enfer ? »

Les Maisons du Voile

« Les Huit Doyennes »

GRANDES MAISONS

Skull & Bones – 1832

Riches ou pauvres, tous sont égaux dans la mort.

Enseignements : Haruspice et splanchomancie. Divination à l'aide d'entrailles humaines et animales.
Anciens élèves remarquables : William Howard Taft, George H.W. Bush, George W. Bush, John Kerry.

Scroll & Key – 1842

Avoir le pouvoir sur cette terre sombre pour l'éclairer, et le pouvoir sur ce monde mort pour le faire vivre.

Enseignements : *Duru dweomer*, magie des portails. Projection astrale et éthérique.
Anciens élèves remarquables : Dean Acheson, Gary Trudeau, Cole Porter, Stone Phillips.

Book & Snake – 1863

Tout se transforme, rien ne périt.

Enseignements : *Nekyia* ou *nekromanteía*, nécromancie et conjuration des os.
Anciens élèves remarquables : Bob Woodward, Porter Goss, Kathleen Cleaver, Charles Rivkin.

Wolf's Head – 1883

Le loup est la force de la meute ; la meute est la force du loup.

Enseignements : thérianthropie.
Anciens élèves remarquables : Stephen Vincent Benét, Benjamin Spock, Charles Ives, Sam Wagstaff.

Manuscrit – 1952

Le rêve nous livre au rêve, et l'illusion n'a pas de fin.

Enseignements : Magie des miroirs et glamour.
Anciens élèves célèbres : Jodie Foster, Anderson Cooper, David Gergen, Zoe Kazan.

MAISONS BASSES

Aurélien - 1910

Enseignements : Logomancie – mots de pouvoir et divination par le langage.
Anciens élèves remarquables : Amiral Richard Lyon, Samantha Power, John B. Goodenough.

St. Elmo - 1889

Enseignements : *Tempestate Artium*, magie élémentaire, invocation des tempêtes.
Anciens élèves remarquables : Calvin Hill, John Ashcroft, Allison Williams.

Berzelius - 1848

Enseignements : Aucun. Fondée dans la tradition de son homonyme, Jöns Jacob.
Berzelius, chimiste suédois, a créé un système de notation des éléments chimiques, reléguant le secret des alchimistes au passé.
Anciens élèves remarquables : Aucun.

Remerciements

À New York : Un grand merci à tous les membres de Flatiron Books, en particulier Noah Eaker, qui a très tôt fait le pari de ce livre, Amy Einhorn, Lauren Bittrich, Patricia Cave, Marlena Bittner, Nancy Trypuc, Katherine Turro, Cristina Gilbert, Keith Hayes, Donna Noetzel, Lena Shekhter, Lauren Hougen, Kathy Lord, Jennifer Gonzalez et son équipe. Merci à New Leaf Literary-Pouya Shahbazian, Veronica Grijalva, Mia Roman, Hilary Pecheone, Meredith Barnes, Abigail Donoghue, Jordan Hill, Joe Volpe, Kelsey Lewis, Cassandra Baim et Joanna Volpe – qui nous ont défendues, cette idée et moi-même, depuis le début.

À New Haven et à Yale : la professeure Julia Adams du Hopper College, Angela McCray, Jenny Chavira de l'Association des anciens élèves de Yale, Judith Ann Schief des Archives et Manuscrits, Mark Branch du *Yale Alumni Magazine*, David Heiser du Yale Peabody Museum of Natural History, Michael Morand du Beinecke, et Claire Zella. Merci au rabbin Shmully Hecht de m'avoir permis d'accéder au manoir Anderson, et à Barbara Lamb, qui m'a fait partager sa connaissance du Connecticut et m'a emmenée visiter de nombreux cimetières. J'ai pris des libertés occasionnelles avec l'histoire et la géographie de New Haven. La Wolf's Head, notamment, a construit son premier bâtiment sur Prospect Street en 1884. Celui sur High Street est sorti de terre plus de quarante ans plus tard.

En Californie : David Peterson pour son latin, Rachael Martin, Robyn Bacon, Ziggy the Human Cannonball, Morgan Fahey,

Michelle Chihara, Sarah Mesle, Josh Kamensky, Gretchen McNeil, Julia Collard, Nadine Semerau, Marie Lu, Anne Grasser, Sabaa Tahir, Robin LaFevers, Victoria Aveyard et Jimmy Freeman. Merci aussi à ma mère, qui m'a chanté pour la première fois en ladino, à Christine, Sam, Emily, Ryan, Eric qui se sont débrouillés pour que je garde le sourire, et aux lamantins.

Dans la Salle : Steven Testa, Laini Lipsher, et ma propre meute de 1997.

Partout ailleurs : Max Daniel de l'UCLA et Simone Salmon pour l'aide qu'ils m'ont apportée sur les ballades séfarades, Kelly Link, Daniel José Older, Holly Black, Robin Wasserman, Sarah Rees Brennan, Rainbow Rowell, Zoraida Córdova, Cassandra Clare, Ally Carter, Carrie Ryan, Marie Rutkoski, Alex Bracken, Susan Dennard, Gamynne Guillote et Michael Castro.

De nombreux livres ont contribué à la construction du monde de la Neuvième Maison : *Yale in New Haven: Architecture and Urbanism* de Vincent Scully ; *Yale University: An Architectural Tour* de Patrick Pinnell ; *Go to Your Room: A story of undergraduate Societies and Fraternities at Yale* de Loomis Havemeyer ; *Yale: A History* de Brooks Mather Kelley ; *The Power of Privilege: Yale and America's Elite Colleges* de Joseph A. Soares ; *Skulls and Keys: The Hidden History of Yale's Secret Societies* de David Alan Richards ; *Ebony and Ivy: Race, Slavery and the Troubled History of America's Universities* de Craig Steven Wilder ; *Carriages and Clocks, Corsets and Locks: The Rise and Fall of an Industrial City* de Preston Maynard et Marjorie B. Noyes ; *New Haven: A Guide to Architecture and Urban Design* par Elizabeth Mills Brown ; *Model City Blues: Urban Space and Organized Resistance in New Haven* par Mandi Isaacs Jackson ; et *The Plan for New Haven* par Frederick Law Olmsted et Cass Gilbert. J'ai trouvé la ballade *La Moza y El Huerco* dans l'article « Sephardic Songs of Mourning and Dirges » de Paloma Díaz-Mas. Merci également au Pan-Hispanic Ballad Project.

Note sur l'autrice

Leigh Bardugo est une autrice américaine de romans Young Adult de Fantasy figurant en première position sur les listes des best-sellers du *New York Times* et à l'international.
Elle est la créatrice du Grishaverse (bientôt adapté en série TV sur Netflix) qui comprend la trilogie *Grisha,* la duologie *Six of Crows,* le recueil de contes *Le Chant des Ronces* et la duologie *King of Scars*.
La Neuvième Maison est sa première incursion dans le fantastique adulte. En 2019, le livre a été élu meilleur roman fantastique au GoodReads Choice Awards.
Leigh Bardugo est née à Jérusalem et a grandi dans le sud de la Californie. Diplômée de l'université Yale, elle vit aujourd'hui à Los Angeles.

www.leighbardugo.com

Le papier intérieur de cet ouvrage est composé de fibres naturelles, renouvelables, recyclables et fabriquées à partir de bois issu de forêts plantées expressément pour la fabrication de pâte à papier.

ISBN : 978-2-37876-052-6 (broché)
ISBN : 978-2-37876-065-6 (relié)

Dépôt légal : août 2020

N° d'édition : 0018-014-01-01 (broché)
N° d'édition : 0019-014-02-01 (relié)

Achevé d'imprimer en Italie par L.E.G.O. - Lavis